KUWEI

酷威文化

图书 影视

叶斐然 ♡ 著

白乌龙

上

江苏凤凰文艺出版社
JIANGSU PHOENIX LITERATURE AND
ART PUBLISHING

目 录

第一章

曾几何时

白桃窝在裴时家别墅外盘点"作案工具"，死党余果还在苦口婆心地劝说："白桃，你真的想清楚了吗？要不还是别了吧，我觉得风险很大……"

"风险越大，收益越大。"白桃朝余果翻了个白眼，"你听过一句名言没？'我们既然有成功的欲望，就要敢于承担风险，只有这样才能够最终实现伟大的目标。'"

余果仔细想了想，好学地问道："这句话哪个名人说的？我怎么一点印象没有？"

"总之……是个名人说的！"

"啊，这样啊，既然是名人说的，那应该是靠谱的……不过以防万一，要不我们还是再排练一遍？"

白桃不屑地摆了摆手："不了，不就是表个白吗？这还需要排练？你放心吧，我这么稳重可靠的人，早就预估了十几种可能发生的状况，也做好了相应预案，不论待会儿发生什么，我都可以轻松应对。"

余果还想再说，白桃径自伸出一根手指堵住了她的嘴唇："女人，安静，不要再质疑我的能力，不然我不能保证会发生什么。"

余果："……"

白桃霸道总裁上身似的演完，没再多话，径自抓着"作案工具"——扩音喇叭上的套绳套进了头里,再把自己的运动鞋鞋带系紧,然后朝余果比了个帅气的"V",动作利落地翻身进了裴时家的花园。

今天是 2015 年 5 月 16 日,周六,地点裴时家别墅。

在这个激动人心的日子里,白桃决定开启她宏大的计划——

落地后,她拿下了扩音喇叭,打开了开关,深吸了两口气,然后中气十足地朝着二楼裴时卧室的方向深情开嗓——

"裴时……"

可惜那句"我喜欢你"还没说完,也不知道从花园哪里窜出来一条黑色法国斗牛犬,还没系狗绳,朝着白桃就是一顿狂吠。

谁能告诉她为什么裴时的院子里会有一条狗? 裴时什么时候养狗的?

白桃天不怕地不怕,唯一怕的动物就是狗,看见狗就无法呼吸……

一刹那,白桃完全忘记了自己表白裴时的大计,当即握住扩音喇叭,吓得鬼叫起来——

"你这条狗! 快给我滚! 不许靠近我! 我白桃命令你,给我滚! 从我的眼前消失!"

今天是裴时的生日,他原本不想大办,毕竟父母和妹妹都不在身边。这个月裴菲在洛杉矶举办第一场小型钢琴演奏会,父母都陪同一起前往了,只是越是这样,父母就越对没法兼顾裴时感到愧疚,于是请了专业的策划团队,偷偷为裴时邀请了几乎所有同学和朋友,给他在家里准备了一场惊喜派对。

本来一切都有条不紊地进行,裴时难得心情也还不错,只是等到点蜡烛许愿时,他突然听到了别墅花园里传来了扩音喇叭的声音——

"裴时……"

是个女孩的声音。

裴时正以为是父母又安排了什么惊喜，就听到那声音继续道——

"你这条狗！快给我滚！不许靠近我！我白桃命令你，给我滚！从我的眼前消失！"

现场气氛一度十分尴尬，几个同学你看看我，我看看你，有人打开了窗户往外探头看——

"真的是白桃哎？我只听说过她，没见过，她真人真的好漂亮。"

"不过她怎么认识裴时的？而且为什么在裴时家花园里，还要骂他？"

"嘘，裴时好像生气了……"

"可他没什么表情啊？"

"不是，真的，我认识裴时好几年了，他这样就已经是很生气很生气了……"

裴时面上没有什么特别的表情，他的情绪总是淡淡的，让人捉摸不透，面对室内叽叽喳喳的讨论，他没说话，径自走下了楼。

白桃看到裴时卧室窗户里探出那么一排脑袋时，心里的悔恨就达到了顶峰。只是此刻，她没有闲工夫想这些，因为那条法斗正追着她，她只能在裴时家的别墅里夺路狂奔，直到裴时那张清隽出挑又性冷淡风的脸出现在门口，然后出声唤回了他的狗。

既然都到这一步了，白桃想也不能功亏一篑，她咬了咬牙，索性决定豁出去，她举起了扩音喇叭，气喘吁吁地激情开麦："裴时！我喜欢你！听说你还没有女朋友，那从今天起，你就有了！我愿意！"

"我不愿意。"

裴时冷淡地看了她一眼，然后皱起了眉："我还没聋，不至于这么近说话还需要你用扩音喇叭。"

白桃从善如流地关掉了喇叭开关，把喇叭随手扔进了边上的灌木丛里，然后她含羞带怯般看了裴时一眼："你不愿意也没事，你要是觉得我哪里不好，我都可以改。"

"不用改了。"

白桃的眼睛亮了起来，她的长相非常明艳，如今因为奔跑，更是面若敷粉，唇红齿白，连带着一双眼睛都像星星在发光，她就用这种眼神盯住了裴时："你的意思是，我哪里都很符合你的标准？"

"不是。"裴时垂下了目光，"你哪里都不符合，已经没有改的必要了。"

白桃没了狗的顾虑，胆子又大了起来，她看向裴时："那你喜欢什么样的？"

裴时这次抬起了头，他对白桃轻飘飘地笑了笑："我喜欢喜欢狗的。"

他看了白桃一眼："还有，我择偶的第一标准就是，我的狗喜欢，我才考虑喜欢。"

白桃：我看你自己才是条狗。

最后，白桃是被连人带喇叭"请"出裴家的。回学校的路上，白桃心如死灰瘫如死狗，余果几次想开口询问，都被白桃一个死亡暗示的眼神给阻止了。

别问，问就是想死。

只是白桃没想到，更想死的还在后头，当晚，她在裴时家里激情告白的视频就上了学校论坛的热门。

本来表白失败也就自己一个人知道，如今全校都知道了……

"我总算知道为什么明星都讨厌恶意剪辑了，为什么只剪了这段我表白的？没拍前因后果我被狗追的那段啊！看起来我好没面子，好卑微啊！"

白桃缩在被窝里哭唧唧："余果，你还是我姐妹吗？你不是说自己有可靠情报，裴时爸妈和裴菲都不在家吗？"

余果一边给白桃递纸巾一边心虚解释："我没说错啊，裴时爸妈和裴菲确实不在家……我只是没想到他正好生日，请了同学一起过罢了……"事到如今，这位闺密甚至倒打一耙，"何况这应该是你自己的失误，你要追裴时，怎么连他生日都不知道？"

说到这，白桃终于掀开了被子："我是要追他吗？我还不是为了当大哥的女人？还不是因为裴菲这家伙？"

说起裴菲，白桃更气了，要不是她，自己能沦落到这种地步，去招惹她这个傻子哥哥吗？

余果劝说道："要不算了，你就把裴菲当个屁给放了吧，何必呢，我看她哥不太好惹啊……"

"怎么能就这么算了！"白桃愤怒地指了指自己的脸，"垃圾裴菲，4月12日下午3点12分，在203画室里打了我一个耳光，这事我忘不了，这事没完！这是我人生的耻辱！"

其实白桃并不是睚眦必报的人，但她是个死要面子的人，里子可以丢，面子绝对不能丢！在画室和裴菲扯着头发厮打，这事很快引起了围观，也不知道是哪个好事的，还精彩三连抓拍了白桃被裴菲打耳光的瞬间，虽说没公开到学校论坛里，可微信群里都传疯了。

说起这事，余果也有些同情："你也是倒霉，谁能想到裴菲新交的男朋友劈腿你那天画室里的女模特呢，裴菲这人也不长脑子，一听说女模特在画室里，冲进来看见你和女模特，就直接认定你才是她男朋友劈腿的那个人……"

白桃和裴菲从初中开始就是同学，两人也从初中开始就不对付，白家和裴家在容市算是分庭抗礼的两家，两个人年龄相仿，自然少不了比较：谁穿的是当季的高定，谁去名媛舞会艳压一筹，谁考试成绩更好，谁在学校里人气更高，谁风头更盛……

久而久之，风起云涌的明争暗斗是不少。

裴菲长得挺好看，但比起白桃来说确实逊色不少，单独看裴菲可圈可点，可往白桃身边一放，就显得有些素雅和寡淡了。

因为长相明艳出挑，白桃几乎就是情书收割机，裴菲喜欢的男生，最后无一例外都对白桃心生情愫。

虽然这些情书白桃都没接受过，可大概正因为这一点，裴菲在被绿以后几乎先入为主地认定白桃就是抢她男朋友的人。

想起当天的场景，余果至今还心有余悸："但你当天都把裴菲给弄成'绿巨人'了，这事其实也算扯平了吧，听说她洗了三天头才把那个绿色去掉……"

白桃也不是省油的灯，她被裴菲打了一耳光，当场就操起自己的油画颜料奋起反击，把头上本来就一道绿光的裴菲实实在在变成了绿色的……

"可我被打了！她明明弄错了，最后还死鸭子嘴硬不道歉！"

白桃言简意赅地总结道："总之她整我，我就整她哥哥。"

说完这一句，白桃再次振聋发聩地表达了自己的雄心壮志："等我把裴时搞到手，裴菲又怎么样？还能嘚瑟吗？还不是只能恭恭敬敬喊我一声大嫂？我都是大哥的女人了，裴菲也只能哭唧唧跪在我脚边给我捶腿捏脚，还能造次？"

余果好心提醒道："但前提是你能把裴时弄到手，我看他挺难搞的……"

白桃一个鲤鱼打挺从床上坐了起来："你懂什么？世界上只有两款男人，一款喜欢美女，另一款还是喜欢美女。"她说到这里，指了指自己的脸，"我是美女吗？是！

"总之，难搞的人，多搞搞，就能行。这种方法不能，就换种方法。

"人贵在会总结经验，我今天想了想，看来裴时不喜欢热情似火主动表白的，我要委婉一点，你懂的吧？他可能是喜欢柔弱款的那种，我觉得要切换到 B 计划了。"

白桃说完，又朝床上一躺，还拉上了被子，她探出个脑袋，对余果道："现在，把灯关了。"

"干什么？"

"我要睡觉！"

余果看了看手表："这才晚上 10 点，年轻人的夜生活应该刚刚开始！"

"不了，一位伟人说过，晚睡的人，会没对象。"

余果呆了。

怎么什么都是名人说的？

皇天不负有心人，明明昨天还艳阳高照，结果第二天一早竟是个阴雨天，窗外淅淅沥沥正下着小雨。

白桃当即激动得一个鲤鱼打挺坐了起来："余果，这可真是天助我也！连老天都鼓励我的计划！我们就按 B 计划行事！我看今天能行！”

　　余果有些犹豫：“要不算了，虽然现在雨还挺小的，但万一待会儿下大呢？”

　　“不可能！”白桃十分自信，“昨天天气预报说今天多云呢，结果下雨了，可见这雨最多也就一个小雨，毕竟天气预报偏差不可能那么大。”

　　“可这不正说明天气预报不准，不可信吗……”

　　白桃给余果甩了个“你闭麦”的眼神：“你别杞人忧天。”

　　“之前我研究过裴时出行的路线，8点半，他一定会从他家门口那条单行的小路经过……”白桃一边说一边就在自己的口红架上逡巡，最终挑选了一个很淡的色号，“就这个吧！这个一涂，我再配个森系小清新的衣服，往那路口一站，就是个活脱脱的柔弱美少女，再加上下小雨，而这位美少女不仅没带伞，还因为穿得少瑟瑟发抖，这时候，裴时的车路过，试问，他看到这样的场景，遇到我的求助，能不停下车有绅士风度地载我同行吗？”

　　白桃一边贴假睫毛一边振振有词：“我想明白了，有些男人吧，你为他付出、主动表白出击，他不在意；他们反而就容易对需要自己保护、离开自己会死的那种生物产生极大的怜爱，所以我之前制定的 B 计划，就是专门针对这类男人的。”

　　白桃贴好假睫毛，结果怎么都找不到眼线笔了，于是转头看向余果：“你眼线笔有没？借我用用。”

　　余果在自己化妆包里扒拉着找了半天，终于找出一支来：“这个，拿去。”她对白桃挤了挤眼睛，“一般人，我不和人家分享我的化妆品，但你是我的真姐妹，你懂的。”

　　半小时后，白桃赶在 8 点半之前就埋伏到了裴时必经的小路上。

她今天打造了个柔弱风的妆容，我见犹怜。时间还没到，此刻她便撑着伞站在树下守株待兔。

8点25分，远处的路口果然出现了裴时的车影，白桃见时机成熟，立刻扔开了雨伞，摆了一个做作柔美的姿势，把自己暴露在小雨中。

五分钟，非常完美，等裴时的车开到自己身边，自己正好被淋湿了。她还非常心机地特意穿了件很薄的裙子，白桃对自己的身材很有自信，等一沾上雨，衣服贴在身上，半露不露，身体曲线朦胧可见，不正是最有吸引力的时候吗？试问有哪个正常男人能不心动怜惜呢？

白桃扬起脸，让自己脸上也淋到点雨，以确保营造出被淋雨后无助柔弱又梨花带雨般的模样……

近了，更近了，裴时的车已经开到了不远处。

成功，也近在咫尺了。

白桃心里已经预设了几十种搭讪撩拨的方案，等上了裴时的车，她有把握在这短短的搭车旅途里就给裴时留下深刻又惊心动魄的印象。

只是白桃刚往路口更贴近地走了走，准备好开始朝着轿车挥手，原本细小的雨点突然就密集起来，等车越发靠近，这雨就突然瓢泼似的大了起来，像一盆盆冷水浇在了白桃的身上……

余果这个乌鸦嘴，真是好的不灵坏的灵！

不过总体上白桃是个很乐观的人，雨大一点也行，这不更显得没有伞在暴雨中踽踽独行的自己惹人怜爱和需要依靠吗？

稳住，问题不大。

果然，这样大的雨，自己这样站在路边的柔弱身影非常显眼，轿车行进至白桃不远处便开始了明显的减速，白桃微微一笑，等待着裴时叫司机把车停在自己身边，然后撑伞下车，为自己打开车门，甚至脱下衣服给自己披上……

裴时坐在车上，窗外有雨，但很安静，他拿出了《财经早报》，开始利用碎片时间快速扫一扫这几日的科技和金融动向，等看完一则自己曾看好的一家智能人工心脏研发企业获得 B 轮融资的新闻后，他抬起头，才发现窗外的雨已经变大了，而司机也是在这时开始减速的。

裴时皱了皱眉："怎么减速了？"

司机有些犹豫，但最终还是开了口："左边路口有个人好像在朝我们招手。"

裴时抿了抿唇，然后看向了窗外，司机说得没错，在左边路口，有个矮小的落汤鸡正在朝自己挥手。

"裴少爷，是认识的人吗？需要停吗？"

裴时没有表态，只言简意赅道："不用，先开慢点。"

司机于是更加放慢了速度，以便裴时能够看得更清楚。

裴时不戴眼镜，裸眼视力 5.2，他侧过头，只看了一眼，就收回了目光。

"不认识。"

这时候车已经开到了招手的那人面前，司机也终于看清了来人的面目——是个女的，衣服都湿了，头发也都贴在了脸上，最可怕的是两行以眼睛为中心流下的黑色细流，眼周乌黑，只觉得皮肤很白，但因为黑色的晕染，完全看不清五官……

裴时家的别墅环境好，但相对的地段也比较闹中取静，这段小路平时一向没什么人，别墅依山傍水，后面就是森林公园，平日里甚至有些幽静到荒凉……

司机挺害怕，哪里还敢减速慢行，根本不需裴时的新指令，当即一脚油门，飞速驶过了这个朝着他们招手的"女鬼"，并痛下决心周末去庙里拜拜。

雨越来越大了，白桃被淋得几乎睁不开眼，心里都快要骂娘，好在眼见着车子减速了，自我安慰道，等上了裴时的车就好了……

然而就在她准备撩开头发擦擦脸上雨水之际，刚才还减速的车子突然一个加速，快速把自己甩在了身后，白桃躲避不及，车加速驶过水坑时溅起了一地泥水，就那么直直地往白桃身上泼了过去……

白桃是一路诅咒着裴时走回学校的，之前被她潇洒扔开的伞早不知道被大风吹到哪里去了，她浑身混着泥水，像个水鬼似的回了宿舍，一照镜子，当即被自己吓了一跳。

"余果！你给我的眼线笔！怎么晕染成这样了！"白桃快崩溃了，"你不能买支防水抗汗的吗？"

看着镜子里这张可怕的脸，白桃瞬间原谅了裴时。

都这个德行了，裴时没把自己当女鬼撞死算是仁至义尽了。

接连两次示好翻车，白桃一下子也有些被打击到，祸不单行的是她此前投稿出去的穿越漫画又收到了退稿信，理由也还是大同小异——

"目前漫画市场上穿越梗已经过分饱和，主流热度集中在现代穿越回古代上，您的稿件以纯现代为背景，缺乏新意和冲突感，主角穿越到五年后的设定也较为平淡，经过编辑部审核，做退稿处理，希望您再接再厉……"

喜欢裴时是假的，因此再打击也不要紧，但这个穿越漫画是白桃倾注了很多心血，认真做了脚本，仔细画了分镜，也耐心上色的，凭着一腔热爱最终一口气画出了十话，自以为能得到出版社的赏识，结果接连得到的都是打击。

像今天这封退稿信，至少还会例行给个模板化的鼓励，遇到有些刻薄的编辑，白桃还得到过更尖酸的评价——

就这种脑洞和创作力，建议你还是转行吧。

平平无奇，不是吃这碗饭的。

白桃有些烦闷地把画稿塞进抽屉，正准备倒头睡觉，余果就从门外咋咋呼呼冲了进来——

"白桃，号外号外！新鲜的八卦！裴时动向，在线透露！"

白桃重新打起了精神，一分耕耘一分收获，自己漫画上没能有回报，还不如搞搞裴时，东边不亮西边亮："裴时怎么了？"

余果笑嘻嘻地伸出手："情报费！"

"多少钱？"

"二十！"

白桃转头就给余果发了个两百的微信红包："我们裴时的信息怎么能只值二十！开什么玩笑，两百，一口价，不要和我讨价还价。"

余果开开心心收了钱，很称职地科普起来："裴菲演出结束从洛杉矶回来了！好像挺成功的，她可嘚瑟了，到处炫耀呢……"

"说重点。"

"重点就是，她坐在食堂里和朋友聊天呢，我在背后听了一嘴，听她提起她哥，说裴时每周六早晨会在家附近的五星级酒店里游泳……"

白桃的眼睛亮了："周六几点？"

"6点！"

裴时是人吗？他不要睡觉的吗？6点已经在游泳的话，岂不是5点多就要起来了？

余果大概是接收到了白桃内心的震撼，解释道："这就是成功人士，你知道吗？乔布斯每天凌晨4点就起床了，在9点半就把一天的工作都完成了……"

"你听过一句话吧？人一生能吃九吨食物，谁先吃完谁先走。"白桃心有余悸道，"我想睡觉也是一样的，人一生里清醒的时间是有个总的额度的，谁先用完谁先走。乔布斯是每天早上4点就起来了，看着好像是比别人每天多了几小时，可结果呢？乔布斯五十六岁就走了！因为他提早就用完了自己的清醒额度！要知道，美国人均男性寿命早几年前就已经到七十多岁了！"

白桃无视了余果的无语，径自摇了摇头，叹气道："也不知道谁将来嫁给裴时啊，可能年纪轻轻就要守寡了。可怜，可怜。"

不过吐槽归吐槽，白桃想了想，还是决定勉力一试，不就是周六5点多起床，6点去酒店游泳池报到吗？只要裴菲一天还没跪下给自己道歉，去泳池"偶遇"裴时，她就可以！

周六，白桃定了二十个闹钟，在第十六个闹钟响起的时候才成功爬了起来。

5点50分，她在比基尼外披着浴袍，打着哈欠出现在了五星级酒店的泳池边。

6点整，裴时果然走了进来。

此时清晨的阳光打在他的身上，裴时的脸上没有特别的表情，但举手投足间充满蓄势待发的力量感，白桃看着愣了几秒钟，才后知后觉开始准备解浴袍的衣带。

白桃特意挑了一件性感比基尼，能很完美地展现她前凸后翘的身材。她计划得也很好，等裴时走进来的刹那，自己就把浴袍脱了，然后就站在泳池边做准备运动，自然，准备运动是假，展露自己的身材是真。

大清早的，性感美女在线营业，裴时肯定最后也是嘴上说着不要，眼睛却很诚实。

上次娇柔脆弱型的裴时不喜欢，那说不定他对美艳性感型的把持不住？

只可惜白桃也不知道怎么的，大概是睡太少脑子糊了，一时之间自己竟然没能解开浴袍的带子。眼见着裴时都没注意到自己，已经在泳池边做好准备运动都快下水了，她更加心急，拉扯间好不容易把带子给解开了，结果不慎被垂在地上的一侧腰带给绊倒了，还没来得及展现自己的完美身材，整个人就往泳池栽去……

"扑通！"伴随着水花四溅的响声，白桃彻底掉进池子里，虽然不慎喝了两口泳池水，姿势狼狈，但白桃水性不错，栽在水里也没什么危险，她正准备浮起来游回岸边，一回头，竟然发现自己此刻离裴时非常近！

随机应变是成功人士的必备才能！

白桃踩着水往裴时游了过去，她都设计好了，等游到裴时身边，她就装作因为没做准备运动意外落水而抽筋，然后就揽住裴时脖子，抱住他的人。温香软玉在怀，自己身材这么好，今天的妆容也是性感挂的，再对裴时吐气如兰地求救两句，正常男人对这类肢体接触都没什么抵抗力，到时候裴时还不是手到擒来？等他抱着自己走出泳池，自己自然能以救命恩人的名义对他"以身相许"，成功上位，成为大哥的女人……

完美，真的是完美！

白桃眼看自己距离裴时只有半米的距离了，很快就能实施自己的大计了，她娇滴滴地朝着裴时的背后喊了句——

"裴时，我好像……"

结果"抽筋"两个字还没说完，裴时连看都没回头看自己一眼，只是加快了游泳的速度。

刚才的半米距离很快被拉大成了一米，眼见着往两米奔去……

此刻泳池里也不是没别人，白桃身边就正游着一个看起来两百斤的胖子，自己"抽筋"要是离裴时太远，到时候即便假装抽筋，先赶来救自己的也会是别人。

这绝对不行！

这么一想，白桃也不说话了，当即闭了嘴，开始脚下用力，猛力追赶裴时。

只是裴时越游越快，白桃使了吃奶的劲儿，但到底吃亏在腿短，怎么都追不上。

如果一开始她心里想的还是泡裴时，如今就只剩下求胜欲了。

该死的裴时，是想向自己炫耀他的泳技吗？

白桃在好胜心的驱使下，来来回回追着裴时游，等她发现自己都有点脱力，才意识到自己都快游了一千米……

冷静下来想一想，这样追下去，看来是追不上的。

成功人士，不能思维定式，要改变方向，逆向翻盘！

白桃想了想，也不再追裴时了，她停下来，开始往回游。

　　小学数学告诉我们，一辆时速为五十公里的车，如果往同一方向行驶，是无论如何不可能追上一辆时速为一百公里的车的。但是！两辆速度不一的车，如果相向行驶，总是会相遇的！

　　学好数理化，走遍天下都不怕！白桃看着如今朝自己游来且越来越近的裴时，心想，学习真的能使人增长智慧！真的可以改变人生！

　　看着离自己已经近在咫尺的裴时，白桃一瞬间福至心灵顿悟了很多人生道理——追裴时和追时尚简直是有异曲同工之妙，追不上裴时，就让裴时追着你，转换思维，裴时犹如瓮中之鳖，唾手可得。

　　几乎是在裴时游过自己面前之际，白桃蹬了一脚水，行云流水般地在水中演绎了一场经典碰瓷行为。

　　她径自堵截了裴时的泳道，趁着对方还没反应过来，一只手直接揽上了裴时的肩，然后就整个人往裴时身上贴去，一边假装快要溺水般的扑腾，一边娇滴滴又状若惊恐地喊道："裴时哥哥，我、我好像抽筋了，头突然也有点晕，刚才不小心……"

　　白桃根本没来得及看裴时的表情，最后一句直接没说完，就假意晕倒在了裴时的怀里。

　　等闭上了眼睛，白桃就更看不清裴时的反应了，只觉得被自己攀着的这具身体有一瞬间的僵硬，好在裴时并没有推开自己，只是动作并不温柔，甚至有些粗鲁地把白桃扛出了水面，然后丢到了地上。

　　白桃偷偷把眼睛睁开一条缝，果然看到裴时正站在自己身旁，居高临下地看着自己。

　　白桃看了两眼，赶紧闭上了眼睛。

非礼勿视，非礼勿视！

只是大概在水里泡了泡脑子也进了水，白桃忍不住头脑风暴起来——裴时这男人，就算用完了清醒时间早早走了，未来老婆要守寡，这个品相来看，至少他活着的时候，他未来老婆还是幸福的，也算值了吧……

也是这时，白桃感觉到有人走近自己，然后蹲下了身，虽然闭着眼睛，但白桃直觉对方是裴时，他身上有一股淡淡的安息香的味道，带了点木质元素的后调，大概因为从泳池起来，让白桃没来由地想到雨后的静谧花园。

"晕了，可能要做人工呼吸。"

这个声音白桃确定了，确实是裴时，他的声线非常独特，带了点冰质，很平稳，显得有些没有感情。

不过……

不过他说要给自己做人工呼吸！

白桃心里差点笑出声，自己这波不亏！看看！裴时原来吃这款！性感美艳少女突然晕倒在怀，叫人怎么顶得住？都要给自己做人工呼吸了！四舍五入不就是亲嘴了吗？

好，自己和裴时锁了！

垃圾裴菲，等着跪下给自己磕头吧！

只是白桃心里正演着一出大戏，就听裴时的声音再一次响了起来，他似乎站起了身，声音变得有一点遥远——

"你会人工呼吸吗？过来给她做下。"

接着回应裴时的，是一个有些磕磕巴巴带了点惊喜的男声："我？会的！我来！"

白桃偷偷睁开了一点点眼皮，然后看到朝自己雄赳赳走来的人，差点当场吓得魂飞魄散。

要是找个泳池边的救生员也就算了，裴时这给自己钦点的，竟然是之前泳池里那个两百斤的胖子！这哪里是人工呼吸啊！眼看着是人工送葬！

白桃绷不住了，当即一个鲤鱼打挺就坐了起来："不用了不用了！我好了！我恢复了！我很好！"

白桃一"恢复"，就见裴时正好整以暇地站在一边冷眼看向自己，她也后知后觉意识到，裴时大概率是故意的。

他又看了白桃一眼，才漠然转身离开。

白桃是调整过动作的，如今她坐在湿滑的地面上，双腿并拢，按照美人鱼般的模样非常刻意地摆出了脆弱又妖娆的姿势，泳池周遭的男人或光明正大地或偷偷地都在看她，然而唯独裴时，连一点惊艳的眼神也没分给自己。

"总之！事情就是这样！"等一离开酒店往外走，白桃就迫不及待地给余果打电话实名辱骂裴时，"我和你说，他肯定不是正常男人！"

白桃觉得自己应该收回此前的话，嫁给裴时？呵！不仅他死得早要早早守寡，平时他活着，也是守活寡！

"他连看也不看我一眼！我穿的可是比基尼！比基尼！"

"热情活泼主动表白款不喜欢！柔弱款不喜欢！美艳款也不喜欢！他还有喜欢的吗？不！他就不喜欢女人！"

白桃起了个大早，又被迫游了一千米，只觉得此刻头晕目眩："算了！不搞了！这男人完全不解风情！这大哥的女人我不做了！以后谁嫁给裴时谁是傻子！"

她光顾着和余果吐槽，仗着绿灯自己可以直行，并没有观察周边的车况，等眼睛被远光灯刺到睁不开，发现从自己左侧有一辆车快速狂奔而来之时，白桃已经完全来不及躲避。

要被撞了！

这一刻，白桃心里只有一个想法：垃圾裴时！要是死了，我做鬼也不放过你！

第二章

嫁给死对头

白桃当然没死。

"目前除了轻微擦伤外，您还有一些轻微脑震荡，后续会再做一些检查，其余指标都很正常，如果有别的不舒服的地方，可以尽管说。"

身穿白袍的主治医生推了推眼镜，一脸慈爱："下次在路口还是要当心一点。"他说完，又关照了小护士几句，这才转身离开。

此刻距离白桃苏醒已经过去一天了。

可明明自己出车祸的时候是 2015 年，等白桃再睁开眼，已经是 2020 年了。

白桃知道自己足够聪明，所以即便在这种混乱的情况下，她也非常谨慎地没有表现异议，然后用一个小时飞速了解了现下的情况——她要么穿越了，要么失忆了。

一场车祸，醒来竟是五年后！

看起来，应该是 2015 年的自己发生了一场车祸，而 2020 年的白桃也出了车祸，于是自己的记忆出现了偏差，停在了五年前。

苏醒后的一切，已经完全验证了白桃的猜测！

以前看了那么多类似的小说，白桃此前对这种情节嗤之以鼻，没想到会轮到自己！

失忆第一条——保持冷静，收集信息。

第二条——保持隐藏，切勿透露自己目前的状况，以免引来不必要的麻烦。

意识到问题的严重性后，白桃就开始摸索起自己如今的处境来——五年后的世界和五年前没太大不同，像她这么聪明的人完全可以毫无破绽地很好适应。

只是昨晚白桃突发奇想把自己的名字输入搜索引擎后，她受到了巨大的惊吓——她……她竟然结婚了！

自己竟然会这么想不开英年早婚？

白桃完全无法接受，而等她查到自己的结婚对象时，更没法接受了——

裴时？

自己和裴时结婚了？

嫁给裴时的这个傻子竟是自己？

自己是不是受了裴时这垃圾的什么胁迫？

白桃颤抖着手以两人的名字为关键词再次进行了检索，这次跳出来的东西就更了不得了——

《裴氏掌权人裴时卑微求爱，历经三十次拒绝后终抱得美人归》

《裴时亲自种桃，只为讨娇妻一笑》

《裴时五年暗恋，多年苦追，终成正果》

虽然大部分新闻言简意赅，但是也有很多报道非常详尽，几乎可以说全方位描述了裴时是如何追求自己的，很多报道还表示是采访了白桃本人或者其身边好友再发的新闻。白桃随便挑了一条一看——

据白桃身边好友透露，原本白桃对裴时是没有那方面感情的，但耐不住裴时不放弃的苦追：每天给白桃写情书，每天在白桃必经的路口等她，白桃不理他，他就跟着白桃一路直到她安全到达目的地，总之白桃要星星就不会给月亮，随口一句话，裴时都愿意满足。

后来白桃很感动，也决定给他一次机会，就和他在一起了，中间也不是没有过争吵，结果有次提分手，裴时虽然没说话，但当晚就为白桃寻死觅活的，说没了她自己活着都没意思了，白桃身边的朋友们才知道裴时原来对白桃用情已经这么深了！

虽然理论上来说这些也是自己的亲身经历，可没有前情提要的白桃看这些报道完全像是看别人的故事一样。

这写报道的人文字水平不错，气氛烘托到位，明明是新闻稿，却跌宕起伏，充满共情，细节的张力尤其入微，让人不自觉代入，随着裴时的情绪而波动，为裴时的暗恋而神伤，为裴时抱得美人归而欣慰，为裴时被分手而痛苦。

白桃一边看，一边都忍不住为这绝美爱情而流下了眼泪。

没想到啊，真是没想到……

原来裴时竟然对自己有这种心思？暗恋自己五年？那可不就是当初一开始就不可自拔地爱上自己了？结果死鸭子嘴硬不承认？可见当初他那面上冷漠的掩盖下，心里是对自己怎么样的火热啊！自己当初不理睬他的时候，他一定很痛苦吧？

白桃读着报道，更是觉得自己过去太坏了！怎么裴时都那样卑微了，自己还对他爱理不理，最后还害得裴时想不开喝酒喝到胃穿孔送医院呢？

裴时，他到底多爱自己啊！就为了自己这么作践身体？连男人的尊严都不要了，有时候吵架了为了寻求自己原谅，甚至写下悔过书，还不惜向自己下跪！

试问如果这都不是爱情，那什么是爱情？！

白桃当夜坚强读完了网上所有的报道，被感动到泪流不止。谁能想到，高岭之花裴时，原来早偷偷爱自己到癫狂！

想想裴时的家世、脸蛋、身材，还有他对自己那深沉的爱，白桃公允地想了想，觉得理解自己为什么英年早婚嫁给对方了，谁能想到，自己嫁给裴时，真的是嫁给了爱情呢！

既然都这样了，那就好好对裴时，好好过日子吧，别让人家又是流泪又是流血了，这男人为了自己也是怪不容易的……

尤其是裴时那张脸，白桃觉得，自己还是可以的。

白桃拿起手机，依次点开各社交软件，简单衔接厘清自己如今的社交关系，结果等搞完这些打开相册，发现映入眼帘的竟全是自己和裴时恩爱的照片：有两个人十指相扣的，有贴着脸的，还有自己依靠在裴时肩上的背影……

猝不及防，她竟然吃了一嘴自己的狗粮。

而点开备忘录，白桃就更惊讶了——里面竟然记录着满满的恩爱日常！

　　和老公抱怨下雨天门口有水洼，结果老公一句话没说，只是弯腰揽着我把我抱过了水洼。

　　因为昨晚随口一句想吃煎饼，他竟然自己偷偷学了清晨早起做给我吃。

　　老公完全是外冷内热的典范，有时候装的像要和我保持一米距离那样，但私下里……别人或许根本想不到他的模样，而这种模样，只属于我。

而除了这种平淡生活里的甜蜜日常外，还有些画风是这样的——

老公出差一个月，小别胜新婚，昨晚都没有睡觉，下次还是要早睡，健康作息。

饶是自己就是当事人，白桃读着这些日常也有些脸红心跳。

白桃越往下翻，越是有些不敢直视，最后索性用病床上的被单遮住了自己的脸。

还真有点害臊，看起来不仅裴时对自己百依百顺为爱癫狂，自己也对他挺有那么点意思的啊……

白桃负责任地想了想，以后自己要督促裴时晚点起床，没事多睡睡觉，不然死得早！以后他是自己的人了，自己还是要多关爱一下他身心健康的……

而正当白桃想着这些有的没的之时，病房门被推了开来。

白桃不得不承认，这一刹那非常像文艺电影里的镜头，画面的推进极具层次感，每一帧光影的变换都像是精心设计的，缓慢、精致、恰到好处，光线随着门缝的拉大而变化，然后门后出现了裴时宛若艺术品的脸。

饶是白桃早有心理准备，在见到裴时脸的刹那心跳还是漏了一拍。

五年的时光，裴时的棱角没变，但仿佛又什么都变了。

这个男人一如既往地英俊，脸上每一寸线条都透露出不好接近，隐在阴影里的表情让他的情绪看起来更加难以揣测。

白桃印象里的那股少年气已经淡了，此刻眼前的裴时处处展现着成熟，穿着裁剪得体的高定西装，带了浑然天成的威压和气势。

而也是这时，裴时看向了白桃。

两个人的目光在空中相交，白桃也没躲闪，径自直勾勾就盯着裴时看。

最后反而是裴时移开了目光，他敛去了眼神，声音镇定："你醒了。"

那语气，平淡得毫无波澜，和视察工作似的。

瞧瞧，这多道貌岸然的口气。要是不了解实情，还要以为自己和裴时是一对怨偶呢！

白桃心里得意地想，幸好自己早有准备，早就把所有的新闻报道和手机备忘录日常生活片段都做了功课，裴时这种男人，完全就是表面一本正经，内心热情似火啊！

历经五年时光，裴时不仅没有长残，还越长越好了。

白桃微妙地理解了五年后的自己，别说裴时家里有钱还聪明，哪怕他是个只有这张脸的男人，靠这脸，可能自己还是会给他饭吃……

白桃正天马行空地想着，裴时倒是又开了口，语气竟还很冷淡，像是要和白桃谈判似的："你现在想怎么样？"

装什么呀！

白桃根据新闻报道和备忘录里写的揣测模拟自己的行动，觉得自己此刻该给裴时一个娇嗔的眼神，于是努力娇嗔了一下："现在只有我和你，不用装了啦。"

结果裴时见了这个眼神，明显地愣了愣，然后周身显得更紧绷了："你……"

自己这是没掌握好度，用力过猛了？

不对，白桃冷静分析道，根据新闻和备忘录，自己和裴时的恩爱，有过之而无不及！肯定是这个眼神完全连平日里和裴时恩爱的五分之一都没到！自己一定因为业务生疏，表现得还不够浓情蜜意。

不行，不能这样，不能让裴时看出破绽，得再充满爱意一点！

白桃觉得自己还需要调整下情绪，赶紧先转移了话题："我现在想吃苹果。"

"好。"裴时言简意赅道，"我让护工过来。"

"不要，人家要你削苹果！"白桃觉得自己情绪已经酝酿到位了，她柔情似水地看了裴时一眼，撒娇道，"我只吃你削的苹果。"

裴时这次脸上终于有表情了，但不知道怎么的，还是怪怪的，甚至带了点狐疑和戒备？

看来自己还得酝酿酝酿！要真情流露得更自然一点！

白桃径自从床头柜上拿起了一个苹果，往裴时怀里一塞："你削嘛。"又撩了撩头发，"你不是说最喜欢给我削苹果？以后要给我削一辈子苹果吗？难道反悔啦？"

裴时的表情看起来不太妙，他的脸上第一次出现了生动的表情——他瞪着自己手里的苹果有些茫然。

白桃愣了愣，这才想起来，虽然有苹果，但没刀，巧妇难为无米之炊，瞧把裴时给愣的。

白桃贴心地找了刀，递给了裴时："别犯傻啦，刀在这里，快给我削吧！"

裴时下意识接过了刀，虽然表情还是很怪，但这一次，裴时总算是真的削起苹果来了。

　　他削苹果削得很好，修长的手动作流畅，好看的人连削苹果都这么好看，他削的皮都能连成一条。

　　眼见着苹果快削好了，白桃想了想，觉得自己得有所表示，她回想着备忘录，像里面记录的那样，调整好表情，对裴时甜甜地笑起来——

　　"谢谢老公！老公真好！"

　　可惜很多事不经夸，一夸就要出事。

　　自己话音刚落，裴时的手就一抖，不仅苹果皮断了，那刀也径自往他另一只手上划去，一时之间，鲜血淋漓，裴时好看的手立刻挂彩了。

　　"老公！你怎么样？！"白桃这下是真的紧张了起来，她入戏挺快的，一开始喊裴时老公还有点内心尴尬，如今已经自然顺畅了，一脸自责地看向了裴时，"早知道不让你给我削苹果了，老公，你一定是前几天工作太忙了吧？削苹果也不能出神的！"

　　裴时大概是伤到了手，应激反应让他一下子就从椅子上站了起来，然而这一刻，他还把白桃放在第一位，表情严肃地打量白桃道："你……真的没事吗？"

　　能有什么事？不就是到手的苹果飞了吗！

　　这男人，真的也太爱自己了吧！自己手上都那样了，结果第一反应还关心自己没吃上苹果是不是会不高兴！

　　"我没事，老公，反而是你……"

　　大概是听到白桃说自己没事，裴时这才想起自己，移开目光，径自转身往门外走："我找一下医生。"

　　他的眼神很深沉，表情也有一些怪异，步子迈很快，白桃还想再说两句，这男人就已经走了。

　　白桃复盘了下自己刚才的反应，开始自我反省，与自己恩爱的老公都受伤了，自己的反应就那样？看看人家裴时！人家裴时第一时间不是想他血流如注的手，而是关心自己没吃上苹果会不会不开心！

什么是爱情？这就是爱情啊！

这两相比较，白桃觉得，自己的表现确实有点平淡了，等待会裴时回来，自己一定要认真对待！

裴时确实这一刻都快顾不上自己的伤口了，他一边让护士包扎，一边叫来了白桃的主治医生。

"我太太的情况不太对。"

虽然裴时只是简单地陈述，但他低沉声线里已经带了隐隐的兴师问罪之意。

主治医生求生欲很强，当即拿出了白桃的全套检查资料："裴总，这是裴太太的检验单据，确实身体没有大碍，虽然出了车祸，但因为汽车性能好，气囊也很快弹出，并没有大的损伤，我们再三做了检测确认，裴太太醒来后待人处事也完全正常，没有看出问题，您说的情况不太对具体是哪里？裴太太是有什么反常的表现吗？"

反常，什么都反常。

裴时抿了抿唇，想起刚才白桃娇滴滴给自己抛媚眼喊老公的样子，觉得背后有点发冷，然而很多事，他并不便于对外公开，即便对于医生，因此只简短道："对有些事的认知可能有点问题。"

"原来是这样！"主治医生松了口气，"这是正常的，因为裴太太有些轻微脑震荡，而且遭遇这样突然的车祸，确实有可能有一些应激性的后遗症，比如记忆产生一定程度的偏差，对时间、逻辑的感知出现暂时的……"

"记忆产生偏差？"

"对。"主治医生宽慰裴时道，"不过这种症状不会持续太久，也无须治疗，只要多休息就会恢复。一些症状严重的患者清醒时记忆错乱，一般都会产生严重的不安全感，对外界都很戒备，但裴太太完全没这个问题，所以问题不大，想必也只是对一些小细节的记忆有所模糊……"

裴时越听眉头皱得越紧："她醒来后都干了些什么？没什么异常举动？"

此刻给裴时包扎的护士即是负责白桃病房的，她还是今年新来的实习生，挺热情活泼地回答道："没有异常，就是玩了挺久手机。"

"玩手机？打游戏？"

"没打游戏，她一直在看新闻呢！"小护士羡慕地看了裴时一眼，"她一直在翻看和您的恩爱新闻报道呢，一边看一边笑，有些采访还看哭了！一直喃喃自语说没想到您这么爱她！你们、你们感情真好！"末了，小护士还鼓起勇气补充了一句，"祝、祝你们幸福！"

裴时只觉得脑壳都在疼，他挥手告别了医生和小护士，然后给自己助理袁牧打了电话："把所有关于我和白桃的新闻报道搜集一下给我。"

袁牧跟着裴时干了很多年，诚实可靠，工作能力强，没一会儿就把所有新闻报道打包发给了裴时。

于是两分钟后，裴时坐在 VIP 候客厅里，点开了这些报道，第一篇就让裴时感受到了振聋发聩、五雷轰顶的卓越效果——

《为爱割腕，痴情裴时为你揭开那些卑微求爱的真相！》

自己什么时候割腕过了……

裴时忍着情绪关闭了这篇，点开了新的——

《外冷内热，你不得不知道的霸总裴时二三事，为白桃，千千万万遍！》

这一篇报道号称经过裴时本人首肯，确保真实度，然而实际内容简直像个不入流的恶俗言情小说，比如裴时为白桃在南非拍下价值几亿的珠宝矿，又因为白桃喜欢吃某个品牌的甜品，为她收购了这条生产线……裴时觉得按照报道里的描述，自己简直像一个大脑萎缩的智障。

当然，拍下珠宝矿、买下甜品线都是真的，但这只是自己家族某个投资项目战略发展里的一步，和白桃一点关系也没有。

但唯一让人庆幸的是这篇报道里没有再渲染自己为爱割腕……

因为妻子，裴氏裴时坦言最喜欢的颜色是白色，最爱的水果是桃子。

很好。

裴时最讨厌的颜色就是白色，不耐脏；最讨厌的水果就是桃子，太甜。

后面的报道，裴时更看不下去了，以前白桃单方面通知自己准备发通稿的时候，他就应该制止她的，至少应该把通稿的最终编审权拿在手里。

而也是这时，裴时接到了高律师的电话——

"裴总，作为上市法律辅助顾问，我还是建议您能继续和您太太沟通一次，希望她能放弃离婚的想法。公开招股说明书已经发布了，几个月内我们就会完成上市，如今这个关键节点爆出离婚或者进行离婚诉讼，存在影响股票交割的风险，甚至可能会影响IPO（首次公开募股）进程，尤其同类竞品企业本来也虎视眈眈，可能趁您离婚官司的当口浑水摸鱼……如果您需要，我可以马上和您太太进行谈判，说服她暂缓离婚起诉……"

裴时抿了抿唇："现在不需要了。"

对面律师果然愣了愣。

裴时冷静道："目前不会离婚了，你不用分心，全力推进上市。"

律师自然也不希望上市过程中节外生枝，裴时成立运作的这家科技新贵企业"时来科技"一路走势良好，做的是大数据管理工作，如今为银行、中小企业客户、游戏公司、大型购物网站等提供数据支撑服务，拥有强大的开源数据库，踩准了目前国内大数据发展的风口时间点，可谓黑马公司。虽然四年前初创时亏损3.2个亿，但裴时力挽狂澜，极有魄力，第二年亏损收窄，第三年就扭亏为盈，营收飙升134%，中间连续获得了红杉资本、软银集团等的投资，目前估值已达到12亿美元，拟登录纽交所挂牌上市，而这位律师则需要负责对接美方律师，推进IPO进程。

这是很大的一笔生意，原本还担心裴时的婚姻状况影响IPO，如今一听，律师自然喜笑颜开："没问题！恭喜裴总和太太重修旧好！我一看你们就很恩爱！裴太太肯定是闹小性子呢，我当初都看到过你们恩爱的那些新闻报道！要是你们都离婚了，这世界上真是让人没法相信爱情了！"

裴时：我看你一个律师还是别相信爱情的好。

其实包扎划伤的伤口用不了太多时间，可裴时这一去，去得还挺久，白桃左顾右盼，等裴时再回病房的时候，都过了两小时了。

不过这次回来，虽然还是有些怪异，但裴时的表情自然了很多，手也已经包扎好了。

大概觉得削苹果把自己弄伤了，太笨手笨脚不好意思，裴时此刻的表情有些不自然，他有些拘谨地坐到了白桃的床头。

这男人，竟然有一点可爱？难怪看那些备忘录里，自己也对裴时一往情深……

白桃决定好好表现，当即一把捂住自己的胸口，差一点就泪眼汪汪了："老公，我胸口好疼！"

裴时这下也皱了皱眉："你肋骨没断，胸口没有伤到，怎么会疼？"

白桃举起裴时另一只没有受伤的手，一脸心疼地握在自己手心里："老公，伤在你身，疼在我心，我身体不痛，可我心痛。"

虽然这话白桃说出来也有些起鸡皮疙瘩，但是按照已经搜集到的资料和记录，白桃平时和裴时就是这个说话风格……

白桃其实也不太能理解，短短一年不到的婚姻生活到底对自己做了什么，自己怎么会说话变成这种风格的……

但显然，自己这次终于摸对了路子，这话说完，虽然有些不自然，但裴时好歹也有了点反馈，他看了一眼白桃的眼睛："没关系，为你受伤，都是值得的。"

只是可能因为受伤后失血影响了他的情绪，裴时说这番话时，白桃总觉得有些干巴巴的。

但白桃握着裴时的手，还是很满意，这男人这双手生得极好，白桃忍不住摸了又摸，只是摸着摸着，她就觉察出问题来了，这只左手，不正是新闻里裴时为自己受伤的那只吗？怎么手腕间光洁平滑一片？一周前的新闻还说裴时手腕间有一道很丑的疤，正是爱情的象征，而裴时还把这道疤用文身修饰成了白桃的名字。

"老公，你手上的伤疤呢？不是说血流如注都送医院急救，输了人体五分之一的血液量才救回来吗？为了修饰疤痕做的文身呢？"

裴时愣了愣，虽然表情仍很镇定，但白桃总觉得他内心是有一点崩溃的。

人嘛，想起以前求而不得的痛苦，总是容易感慨的，这也正常。

大概是想起往事，裴时的表情有些勉强，但语气还是冷静的："你上次说，疤痕不好看，文身没必要，叫我去掉，说你看到了会心疼，每次见了都难过，只要想起当初我差一点因为割腕而出事，都没法呼吸，所以我不久前去做了疤痕祛除手术，也把文身洗了。"

原来如此！

白桃又摸了两把裴时的手腕，真心实意地感慨起来，才五年而已，医学竟然有了这样长足的发展！去疤痕手术竟然已经真的能做到这种完全无痕的地步！甚至都看不出裴时曾经为自己割腕文身过！

当天，再做了几次检测，确定身体指标都无误后，医生告知白桃可以出院。

于是白桃试探性地看向裴时："那我们是回家吗？"

"嗯。"

裴时还是一如既往言简意赅，然而回程的路上，白桃就坐立难安多了——

如今自己和裴时是已婚夫妇身份，还是那种如胶似漆、恩爱非凡的，但从自己备忘录来看，好像过于恩爱了……

这个……

虽然接受了裴时是自己老公这件事，但不代表已经能接受两个人有亲密接触……

根据备忘录里的行为模式来说，这种小别胜新婚的时刻，一般而言，如今虽然在外人面前裴时还禁欲自持，看着人模人样，但是一旦进了家门，基本会瞬间化为禽兽……

白桃不想还好，这一想，整个人都吓精神了。

与其待会面临险境，不如如今先发制人！

白桃做了下心理建设，当即顺势柔弱无骨般地倚靠到了裴时的肩上，她微微皱起眉，用手轻轻地揉着额头："我的头……"她娇滴滴地看向裴时，"老公，我好像车祸以后，还是没有彻底恢复过来，觉得身体还有一点累。"

因为白桃的突然靠近，裴时根本没有做好准备，整个人都显得有些僵硬。

白桃其实行动之前也没多想，如今倚靠在裴时肩上，望着裴时近在咫尺的脸，这才后知后觉意识到，有点超过安全距离了——两个人靠得实在太近了，近到裴时微微低头，就可以毫无障碍地接吻……

白桃有些尴尬，正准备不着痕迹地挪开，结果车行进到一段正在整修的路面，突然的颠簸之下，白桃不仅没能移开，还没掌握好力度，整个人彻底栽进了裴时的怀里……

白桃觉得自己有些脸红心跳，都说身体是有记忆的，难道这具身体，和裴时这样那样多了，遇到裴时自动就这样了？

这个气氛，下一秒不会干柴烈火吧？

这可要命了！

保护自己，义不容辞！

白桃当即径自从裴时怀里溜了出来，决定也不搞虚的了，直截了当地宣布道："今晚不行！"

结果自己这话说完，裴时皱了皱眉，反问道："什么不行？"

裴时这人，脸皮可真厚！自己都那么暗示了，结果这男人竟然还跟自己玩无辜装纯，想着蒙混过关！

"就！今晚我累了！我要睡觉！"白桃说完，才觉得自己这语气有些硬了，转而又对裴时撒娇地笑了笑，"老公你呢，平时也日理万机，还是要注意休息的，今晚呢，别熬夜了，早点睡，我看着你关灯，督促你早睡！"

裴时奇怪地瞥了白桃一眼，这女的怎么回事，还管自己什么时候睡？

今晚他有一个和国外的视频会议，为了配合对方的时差，是不可能睡觉的。他本来不想再理睬白桃，但耐不住她叽叽喳喳在自己耳边念叨早睡的好处、熬夜的不利，像是死活要等他一个允诺一样。

裴时忍无可忍，言简意赅地宣布了自己的决定："我今晚不睡。"他看了白桃一眼，含蓄地想告诉她管好自己，"你累了你先睡就可以，不影响。"

裴时并没有意识到这话有什么不妥，然而这话却像一枚炸弹一样，瞬间移平了白桃心里的三观。

裴时！真的是禽兽啊！自己都表示累了，结果他竟然一点都不在乎！

这是人吗？这谁经得住啊！

只是话都说到这一步了，自己再劝说耍赖下去，似乎也没什么意义，白桃想了又想，终于在到别墅之前，计上心头，她埋头，开始在微信上操作起来……

裴时本来正在闭目养神，突然听到了微信接连不断的提醒声，他拿起手机，点开微信，然后看到了白桃转给自己的十几篇文章……

《做冰清玉洁的好男人》

《克制自己方能成功》

《存天理灭人欲之男德篇》

……

这一刻，裴时终于彻底理解白桃刚才那句"今晚不行"是什么意思了。

而也是这时，车正好行进至目的地，自己身边的那位始作俑者一脸"我什么也没干"的镇定表情，在裴时的目光下溜下车了。

白桃觉得自己这明示和暗示给得已经够明确了，不然裴时这脸，怎么从收到信息后就黑得像能喷墨的乌贼似的。

但不行就是不行，白桃对裴时的脸色视而不见，径自"哒哒哒"就跑进了别墅。

这栋山顶别墅位于容市最昂贵的区域，是独栋的，四周环境看着清幽别致，而推开门，白桃忍不住对裴时的品位赞赏起来——

"这个装修风格真是眼光太独到了！"

不是繁复的欧式，不是夸张的美式，屋内的风格像是自成一派，每样摆设、家具，甚至屋内角落的一盆背景绿植，都恰到好处，也独一无二，每处细节，都彰显着主人的家装品位……

只是白桃脱口而出完，就觉得有些不妥，她佯装甜蜜地看向裴时，补救道："虽然看了很多次，但每次再看我们的房子，还是忍不住感慨，老公，你装修房子的品位和你选老婆的品位一样好！"

然而裴时大概还因为"今晚不行"而不太快活，面对白桃对他品位的夸赞，不仅没高兴，甚至脸上露出了一些真实的"想死"。

也是，这么漂亮的老婆摆在眼前，可惜看得到睡不到，换位思考，要是白桃，白桃也要"想死"，裴时露出这种表情，也可谓情有可原。

好在裴时没再深究这个话题，他的电话响了。白桃也趁机打量了下别墅，她往楼上走去，正准备打开二楼卧室的门，就被裴时制止了。

他似乎打完了电话："前几天杂志社给你寄来的最新样书我已经放到你三楼房里了，不在我房里。"

白桃跑上三楼一看，才发现裴时说的没错，三楼明显带了女性气息，而等白桃转了一圈，也确认了自己和裴时确实不住在一起，因为房里除了自己的一套洗漱用品、护肤品还有衣物外，完全没有第二个人的气息。

但……不是连体婴一般的恩爱夫妻吗？怎么不仅分房了，甚至都分层了？

白桃看向了裴时，只是她还没想好怎么开口试探性问一问，裴时就清了清嗓子径自开口——

"你之前闹脾气，把我从房里赶出去了。"裴时矜持地抿了抿嘴唇，很镇定的模样，"所以我不得不搬去了二楼，之前我们并未分房，感情很好，完全没问题。"

原来如此！可怜的裴时，竟是被自己赶出的房间！

这个世界上，原来真的有人可以为了爱情如此卑微！有家不能回，有房不能住！

原本白桃还不觉得怎样，如今再看裴时，只觉得他此刻的镇定里都带了一点隐隐的凄凉。

在外要风是风要雨是雨，裴时哪里受过这种罪、挨过这种打呢？然而如今他叙述这种自尊受挫的事，竟都很平静，可见平日里受自己压迫都已经习惯了！

一时之间，白桃既有些怜悯他，又有些想笑。

看看，早知如今何必当初呢？

只是很快，白桃又紧张起来，裴时引起这个话题，怕不是下一句就要问自己，能不能允许他今晚回房吧？

这可不行！

白桃警觉地盯向裴时，发现他的情绪果然有些紧绷。

来了来了，一定是想提回房睡觉了！

白桃当即表态："不可以！我今晚要一个人……"

结果白桃的宣言还没说完，裴时的声音同时响了起来——

"今晚不行。"这男人的声音有些咬牙切齿，"我知道了，你不用再说。"他居高临下地瞥了白桃两眼，"别说今晚不行，以后每晚都不行，永远不行。"

白桃心里这一瞬间只有一个想法：急了急了，他急了！

都说男人的求欢如果被拒绝，很多时候是会恼羞成怒的，这话果然不假！瞧瞧裴时如今，不让他这样那样，他的气性就这么大！

这男人大概还没撒够气，赶回公司前，再次郑重地向白桃发出了声明——

"以后别给我发那种东西。我不是那种人。"

看吧，还是耿耿于怀记恨上了。

　　裴时一走，警报解除，白桃就彻底放飞自我了，她在床上躺了会儿，然后想到了裴时此前说的话。

　　他说有样书？

　　三楼卧室连着一个开放式书房，白桃走进去，果然在书桌上看到了一摞书。

　　醒来以后，除了自己和裴时结婚这件事外，另一个令白桃十分受用的认知就是——她如今是一名名利双收的漫画家。

　　非常巧合的，让她声名大噪、打开市场的作品正是那本穿越到五年后的处女作，在白桃毕业那年，白桃自费出版发行了那本作品，没想到一炮而红，白桃也因此走上了职业漫画家的道路。

　　如今摆在书桌上的，正是这本作品的精装修订本。

　　白桃查过，这已经是这本书第四次再版了，累计销量已经在五十万册以上，就快冲破百万销量大关。

　　一瞬间白桃就有些忍不住得意，以往那些出版社果然都瞎了眼，自己果然是个人才！

　　而白桃此前查阅新闻才意识到，这五年来，漫画传播不再仅仅依托杂志、图书出版这类传统纸媒，几大漫画网络平台崛起，传播度都完全超越纸媒了。

　　闲来无事，白桃便点开了一个漫画连载网络平台，想看看五年后都流行什么漫画。

　　本是无心之举，然而顺着网站首页的大图广告位点进去，白桃竟然津津有味就看了起来。

　　她随意点进去的漫画叫《像这样靠近你》，讲述的是有双向情感障碍的总裁以及咸鱼女特助之间的职场爱情故事，其间还有女特助的青梅竹马男偶像、腹黑医生、铁血刑警等男二、男三、男四出场，以单元剧的形式糅杂了很多有意思的元素。

这部作品轻松幽默，台词风格有特色，画风华丽但也可爱，人设 CP 有梗，副 CP 剧情也很饱满，剧情很出彩，白桃一边看一边为男女主角之间的搞笑互动哈哈哈大笑。

真的是太好看了！

然而这么好看的漫画，上周的连载竟然停更了！而且正断在女主角向男主角勇敢表白的当口！就这么没了！

"垃圾作者！这该死的断章！"

有些作者为了吊读者胃口，就专门在最引人入胜的剧情处戛然而止。作为漫画家白桃自然是理解的，但作为读者，还是忍不住气呼呼起来。

白桃最初点进这个漫画时并没有注意作者是谁，如今倒是执念起来："让我看看是哪个浑蛋……"

她一边不满地哼哼唧唧，一边就退出页面往漫画主页看去，然后白桃看到了自己的名字。

这就很尴尬了……

这个浑蛋竟然就是自己……

白桃望着屏幕页面上自己的名字，一时之间百感交集。一瞬间，她只有一种感受——不愧是我！

是谁，能画出这么轻松可爱接地气却又独具匠心的作品？是谁，能画出如此华丽画风却并不做作的人物？是谁，能画出剧情线如此紧凑、爱情线也丝毫不落下风的作品？是谁，能断章在这么讨打却又勾得人心痒痒的地方？

是我！是我！是我！还是我！

白桃正在兀自自恋，手机就响了，屏幕上显示的是宋妍。

根据白桃此前做的功课，宋妍是她这几年漫画工作室的助理。

试问助理找自己能有什么事？

自己这样一名当红的成功漫画家，这通电话自然是有什么商务合作或者约稿找上门了。

白桃稳了稳心神，做了下心理建设，然后接起了电话。

成功人士，遇到不论多大标的额的合作，都要稳住，都要淡定，切忌喜形于色。

结果白桃刚默念完淡定，就听电话里传来了宋妍振聋发聩的咆哮——

"白桃老师！你的稿子到底什么时候交啊！难道这期连载又要开天窗吗？！你已经请假一期了呀！这期不能再这样鸽了！咱们超话里好多粉丝都快急死了，扬言要粉转黑啊！而且我们和平台的合同，也有延期交稿的违约责任啊！要我给你算一下滞纳金吗？！"

这助理怎么这么凶？！

白桃被劈头盖脸质问三连，顿时有些结巴："什、什么？"

宋妍字字泣血："你的《像这样靠近你》啊！下一话，什么时候交？你上次和我允诺今天能交的，再这样，我只能到你门口吊死了，我才二十一岁，我连男人的手都没摸过，你忍心吗白桃老师？"

白桃下意识道："我马上，我马上交！"

"离截稿期还有五天！你说的马上是哪天？需要我开个酒店把你关起来断网画吗？"

不……不用了！

白桃当即指天发誓，立刻就画！

这位小助理大概特长是变脸，一得到白桃的允诺，这语气立刻甜起来了，当即温柔道："还有，白桃老师，你都多久没发微博了？该营业下啦！别忘记我们对外的人淡如菊人设，多发发你和裴总平淡生活里的恩爱日常，大家可都等着呢！"

白桃挂了电话，瞪着电脑屏幕上的漫画，陷入了沉默。

苟且得了一时，苟且不了一世。

她真的不知道这漫画剧情接着该怎么发展，只觉得脑海一片空白。

人家小说里的女主，吟诗作画、引经据典，自己倒好，一穷二白，两眼一抹黑……

白桃在房间里翻找了一圈，也没找到任何灵感记录本或者脚本草稿、大纲之流。

算了，离截稿期还有那么几天，没准别这么精神紧张，睡一觉，明天灵感就来了呢？

何况自挂了宋妍的电话后，白桃还处在不真实感里，她的对外形象竟然是人淡如菊！自己竟然能人淡如菊？

和裴时的日常恩爱生活片段？

好在备忘录里记录了一堆，白桃从中摘出一条，然后发了微博。

不管如何，自己如今好歹是知名漫画家了，还是裴时深爱的老婆，这么一想，忍不住又有些得意，自己这五年看来混得不错，那裴菲呢？

一想到裴菲，白桃就没忍住，她又用"裴菲"作为关键词搜了下。

五年过去了，裴菲在干什么？怎么这么久了一直没见到裴菲？自己可是她嫂嫂，都出车祸了，怎么不来慰问觐见的？

结果不看还好，一看白桃就气上了，裴菲竟然有一个百度百科!

　　"裴菲,知名钢琴家,现旅居奥地利,气质高贵如兰、温婉娴雅,底蕴深厚,出自书香世家,优雅、高贵、端庄,是她的代名词……"

　　什么鬼玩意儿?就裴菲?还高贵?还优雅?她当初不问三七二十一就反手给自己一个耳光口吐芬芳的时候,可不是这样的!

　　难怪自己能人淡如菊了,这可不,连裴菲都能高贵优雅呢!

　　大千世界,无奇不有!

第三章
这就是爱情

如今裴菲远在海外，还不是担心她的时候，此刻白桃面临的劲敌还是她的哥哥裴时。

五年前的白桃从来不会知道，有朝一日，"如何不让裴时睡自己"竟然能成为重大人生课题！

大约自己此前"今晚不行"的态度刺痛了裴时，裴时当晚确实没能行，但并不是以自我克制为结局——这男人直接小心眼到当晚夜不归宿了！为了面子，号称去公司加班开视频会议了！

可这样下去也不是办法，白桃盯着手里裴时为了自己亲手种桃树的新闻报道发呆，自己和裴时毕竟是一对恩爱非凡的夫妻，自己一天两天不行也就算了，可不能日日不行夜夜不行啊，这样下去，裴时可是要起疑的啊！

而第二天，白桃在经历了拼命想漫画下一话剧情未果后，索性开始祈祷今晚裴时不要回家。

可惜天不遂人愿，晚上饭点之前，裴时回家了。

因为昨晚没能行上，这男人脸色果然不太好，看着有些疲惫。按照当初自己要分手他甚至能割腕的行为模式来说，白桃怀疑他可能躲在办公室里哭了一夜，而裴时眼睛下方淡淡的黑眼圈似乎验证了这一点——他，度过了一个不眠夜。

白桃内心有一丝不忍，但是人不为己天诛地灭，今晚，还是不行。

家政阿姨早就做好了可口饭菜，然而白桃吃着味同嚼蜡，等吃完饭，万一裴时又提出要饭后运动，那自己该何去何从？

男人这种生物，精力如果不发泄掉，那肯定是要出事的……

白桃左思右想，突然想起自己没多久前看过的那篇裴时种桃的报道，一下子福至心灵计上心头，她一边小口小口精致地用刀叉吃着牛排，一边试探地看向裴时："老公，你之前不是为我种过一棵桃树吗？"

裴时的刀叉顿了顿，明显愣了下，片刻后，他才有些不自然地点了点头："嗯。"

"我现在想看那棵树，我们今晚去看看它吧？当初你种下的时候不是说了，这象征着我们爱情的结晶吗？最近天气那么热，有人在给我们爱情的结晶浇水施肥和捉虫吗？"

根据新闻报道，这棵树裴时种在了他父母家别墅背靠的森林公园里，而那里距离此刻裴时和白桃住的这套别墅，一来一回就是三个多小时的车程，只要自己拽着裴时晚上去看桃树，今晚基本就没时间干别的了。

可惜裴时这男人大概是打定了主意今晚要做点别的运动，几乎想也不想就脸色不善地拒绝了白桃："桃树挺好的，有专人照顾。"这男人信口雌黄道，"晚上了，它也是需要休息的，我看我们还是不要打扰它了。"

晚上你不打扰桃树，你就打扰我是吗？

那可怎么行呢！

白桃是不会轻易投降的！

昨晚的视频会议里，对方公司的外籍高管咄咄逼人、寸步不让，以至于原本以为能在早上六七点结束的会议，愣是拖到了中午，裴时一晚上没睡，过高强度的工作让他整个人有点疲惫。按照以往惯例，他是不会回家，而是直接住在公司的个人休息室的，然而如今自己和白桃是"恩爱夫妻"，此刻面临上市最重要时期，裴时不希望事情节外生枝，因此还是强撑着回了家。

然后白桃就开始缠着他要看那棵他为她种下但实际并不存在的桃树……

在饭桌上搪塞了白桃后，裴时几乎是当机立断就给袁牧打了电话："马上找人去我父母家别墅后山森林里种一棵桃树。"

虽然这种命令简直没头没脑，但作为一个成熟的助理，袁牧二话没说就去负责执行了。

挂了电话，裴时心里略微松了口气，先把桃树种了，万一以后白桃还要看，就不用像今天这样了，推脱多了，万一白桃起疑就不好了。

只是裴时没想到，白桃对这棵桃树念念不忘，饭后，她蹭到自己身边，指了指别墅外面的院子，扭捏道："老公，我想了想，我希望你在别墅院子里再给我种一棵桃树！"

白桃简直为自己绝佳的主意鼓掌，裴时没表态，她就继续装腔作势重复了一遍："老公，就在院子里再种一棵桃树吧！"

只是对自己的提议，裴时大概还在生昨晚的气，看起来非常勉强："会破坏花园景观的设计，桃树和院子里的景观气质不搭，没有必要。"

"难道我们别墅的院子里，不配有一棵桃树？不配有我们爱情的结晶吗？"

果然，搬出爱情，裴时不说话了。

"你就种一棵嘛！好不好！"白桃摆出了委屈的脸，"以前你不是说，对我千依百顺，要天上的星星也给我摘吗？难道现在我们的感情并不……"

结果刚才不为所动的裴时，听到这话，微妙地沉吟了片刻，然后拿起电话，当着白桃的面打给了袁牧，他言简意赅道："马上安排一棵桃树送到我住的别墅，小一点。"

白桃在一边补充道："要今晚到。"

裴时抿了抿唇，还是重复了白桃的话。

挂了电话，裴时看向白桃，像是进行会议总结一般给了白桃一个"如你所见"的眼神："我们感情没问题。"

没问题，当然没问题！

白桃奸计得逞，顿时喜笑颜开，哪里还管别的。

裴时这位助理办事可靠迅速，说今晚到，就是今晚到，只可惜到了晚了那么一点——桃树送到的时候，都已经快夜里 10 点了。

裴时自然有些不满，白桃却觉得这个时间简直完美！

饭后裴时其实并没有和白桃有什么交流，他在一边飞快地看公司 OA 系统里的审批文件，架着一副金边平光眼镜，模样严谨又有些异样的魅力。

然而白桃看着这幅画面，只觉得提心吊胆，工作总是有尽头的，等裴时处理好了公务，这不就轮到夜间运动的时刻了吗？

裴时是在 9 点 45 分合上电脑的，而也几乎是下一秒，袁特助特快专线的桃树就送到了。虽然裴时已经关照了需要小一点，但袁特助对小的概念显然理解有问题，桃树移进院子一摆，还是老大一棵，树根上还细致地包着土。

裴时对这样一棵破坏格局的桃树进自己别墅院子非常不满，然而出于无奈，只能眼不见为净，当即转身就准备上楼："桃树给你准备了，明天再找工人来种，先睡觉。"

睡觉？！又要睡觉？！

只可惜裴时这话，听在白桃的耳朵里，就让她出离愤怒了！

裴时这人脑子里能不能除了睡觉有点别的？年纪轻轻，怎么可以睡觉呢？

这绝对不行啊！

白桃当即拉住了裴时的手："老公，我想和你……度过一个浪漫的夜晚……"

裴时被白桃握住的手有些僵硬，他沉默了片刻，才有些不自然地看向了白桃，声音干巴巴地询问道："你指的浪漫……"

白桃如今这望着自己的眼神，怎么感觉甜腻到下一刻就要扑上来？

裴时心里有些没底，她该不会今晚要让他履行丈夫的义务？

白桃发现裴时的脸色以肉眼可见的速度复杂和微妙了起来，心里几乎是立刻敲响了警钟，该死的裴时，这色眯眯的表情，肯定直接把浪漫的夜晚想到那档子事上去了！

白桃觉得不能再让他误解下去了，当机立断道："就是，晚上我们两个一起把我们爱情的结晶种一下吧！"

裴时皱了皱眉，声音提高了一个度："什么？"

白桃晃了晃脑袋，避开了裴时的目光："我刚找跑腿代购给我买了把铲子，现在正好到了，我让他放门口了，你去取一下。你看，漫漫长夜，无心睡眠，不如挖坑？"

自己拒绝和裴时睡觉，要求裴时半夜种桃树，这种行为果然遭到了裴时全方位的否定，这男人几乎有些气急败坏了："你让我三更半夜给你挖坑种桃树？"

白桃可怜巴巴地眨了眨眼："可老公，你说不论如何，你都永远爱我，看我作看我闹，看我又笑还要跳。"

白桃状若委屈再接再厉道："何况你以前不是说过，桃树就是我的象征，在你家自己后门那个森林里种桃树，就是希望有一种我陪在你身边的感觉，桃树就像是我和你的小宝贝？现在天气这么热，这棵桃树如果不快点种进院子里，过了一晚上要是死了怎么办？不是你说的吗？只要桃树在，就像我们的爱情永不凋谢……我没法自己躺在床上，却眼睁睁看着这棵桃树就这样无家可归无坑可入……"

果然，一提爱情，裴时脸上的冷硬就出现了裂缝，神色里隐隐间露出了挣扎。

战斗的号角吹响了！生死存亡的时刻到了！千万不能功亏一篑了！就是现在！

白桃决定再来点大的，她趁裴时不注意，狠狠捏了自己的大腿一把，顿时痛得眼泪就在眼眶里打转了，她用泪意盈盈的目光一脸悲凄地看向裴时："老公，帮帮我们的小宝贝吧！求求你了！救救孩子！"

……

一刻钟后，黑漆漆的院子里，白桃一只手打着手电筒，一只手拼命摇着扇子，间或还放下吸两口冰奶茶，然后开始指点江山——

"还要大一点！大一点！我们住的房子这么大，怎么能让这棵桃树宝宝住很小的坑呢？

"老公，再深一点！不然桃树宝宝的树根不好伸展！

"再加强一点！再深！再大！"

别墅的院子里，白桃像个监工的包工头，裴时则像个称职的农民工，夏夜的户外一点都不凉快，大概在酝酿着一场大雨，因此此刻反而越发闷热。原本院子的小径边有小夜灯，但如今半夜挖坑种树，这些夜灯昏黄柔和的光就不太够看了，反倒是光线聚集了一堆蚊虫，白桃"贴心"的照明，反倒像是给蚊子指了一条明路，朝裴时露在外面的皮肤直冲而去。

白桃反手又拍死了几只意图吸自己血的蚊子，一边又看向了正在劳作的"工人"："老公！再加把劲儿！加油！加油！"

男人嘛，精力肯定是必须发泄掉的，夜间运动还是要做的，瞧瞧，这半夜挖坑种桃树，不也十分浪漫别致吗？

在如此月夜下，进行如此独特的夜间运动，不也十分令人难忘吗？

看得出来，裴时已经努力找出自己最廉价最休闲的衣服穿上了，但这男人不论穿什么都像是立刻能去走秀一样，如今即便手里拿着铲子，抿着嘴表情难看地挖坑，竟也显得非常英俊……

白桃托腮看着裴时，越看越满意。

裴时挥汗如雨进行夜间运动，白桃则负责在一边呐喊助威，试问还有比这更恩爱的场景吗？男女搭配，干活不累，果然诚不欺我！

一个小时后，裴时终于挖出了白桃满意的超级大深坑，白桃指点着他把桃树给放进坑里，然后便是填土工作，这一来一去，一晚上彻底就没了。

等种完桃树浇完水，饶是裴时这种常年夜间运动的选手，眼看着也露出了疲惫，连话也不想说了，可能心里还在记恨白桃不让他那样夜间运动却强迫他这样夜间运动，脸非常黑，理都不想理白桃一下，他丢下铲子，径自上楼洗了澡，就睡在了二楼。

从视频会议到半夜种树，裴时本以为这大概是近期最荒唐的经历了，然而没想到第二天，更荒唐的还等着他——

别墅区有邻居匿名举报，声称裴时半夜挖大坑，疑似涉嫌杀人埋尸……

其实这本来是个小乌龙、小插曲，然而也不知是哪个好事的邻居，大概是在发展直播业余爱好，把裴时挖坑的过程给全程录制了，第二天一早，公司的舆情官就给裴时紧急发来了报告。

裴时一看，挺好，自己以＃裴时半夜挖坑疑埋尸＃上了热搜。

袁牧有些紧张："裴总，热搜我们已经在撤了，但……"

裴时只觉头痛："发个声明。"

袁牧有些摸不着头脑："……发什么？"

"澄清下。"

袁牧不敢说话，静等自己的老板继续。

裴时抿了抿唇，脸色难看："我半夜挖坑是在给白桃种桃树。"

袁牧有些感动了："昨天送到您别墅的桃树，您连夜就亲自种了？"

袁牧跟了裴时好多年，从裴时和白桃结婚到现在，虽然外界关于这对夫妻恩爱的新闻满天飞，但袁牧其实并没怎么看到裴时和白桃有什么亲密举动，因此对裴时的感情、婚姻生活也带了点怀疑，如今这一刻，袁牧只为自己的无知而感到羞愧！

如今裴总亲自下场实锤恩爱！

什么是恩爱？这就是恩爱！

那么热的夜晚，那么多的蚊虫，那么昏黄的环境，那么累的活儿，试问是什么让裴总连夜辛勤挖坑？

是爱情啊！

裴时"操劳"了一宿，白桃终于得以睡了个安稳觉。

只是作为自由职业者，本打算睡到自然醒的她，最后还是被电话给吵醒了——

"白桃！你上热搜了！"

给白桃打电话的是余果,根据白桃手机里的聊天记录来看,这五年来,她和余果关系还是很好,铁血姐妹情还是青山不改绿水长流。

虽然隔着五年的时光,然而听到余果和五年前如出一辙的熟稔口吻,白桃还是忍不住有些动容。

"你是不是又没起床啊?快点出来,中午一起吃饭!地址我发定位给你!"

挂了电话,白桃就一个鲤鱼打挺起来梳洗了,余果和她约的地方是一家墨西哥餐厅,就在余果上班的写字楼楼下。

毕业后,余果毫无意外地进了自家公司,并且实现了自己的人生理想——当一条无人关注的咸鱼。

因为家里还有哥哥姐姐,作为老幺的她没有接管公司的压力,于是隐姓埋名,就在公司里当个普普通通的广告部设计专员,过上了梦寐以求的普通人生活。

有些人一辈子都在为成为老板而奋斗,谁能想到余果的人生理想却是成为社畜呢?

等白桃赶到餐厅的时候,余果已经在了,她见了白桃,就开始挥手招呼:"这里!"

等白桃一落座,余果就两眼放光地八卦起来:"热搜上说的是真的吗?裴时真的半夜不睡亲自给你挖坑种桃树?这么惊悚的吗?可为什么我觉得他半夜挖坑埋尸反而还现实一点?"

白桃撩了撩头发:"裴时这么爱我,为了我,有什么不会做的?"她心里有些难得的转瞬即逝的甜意,只是很快就被得意的情绪所淹没了,"我以前真是从没想过,我原来这么有魅力,他竟这么爱我……"

来餐厅的路上,裴时就已经发了律师声明,澄清了视频内容,并严正声明了自己是在为妻子挖坑种桃树，对造谣的人将保留法律追诉的权利。

这声明一出，舆论大反转，吃瓜群众果然都开始羡慕起白桃和裴时的恩爱来。

白桃的虚荣心得到极大满足，当下忍不住和余果炫耀起来："你还记得吧？以前我还拿着大喇叭对他表白，结果他拒绝了！当初他生日会那么多朋友呢，不是校友就是一个圈子的，害得我丢尽了脸，结果呢？现在爱我爱得要死要活……"

白桃一边说，一边细数起自己在新闻报道里看到的片段来："为我削水果、为我洗手做羹汤、为我亲自做蛋糕、为我弯腰系鞋带……就是有次晚上两点我想吃小馄饨，他都起来亲自给我揉面、擀面然后下馄饨呢！说速冻的有添加剂，舍不得我吃，要吃就吃他亲手为我做的……"

余果听得一愣一愣的，脸上忍不住流露出了佩服的表情，不过也有些疑惑："不过白桃，你以前从不和我说你和裴时的事啊？每次我提起裴时，你就岔开话题，我还以为你不喜欢谈他呢……"

坏了！一时得意忘形，忘记自己已经是在五年后了！

也是……这时自己虽然和裴时终成眷属了，但余果至今还是单身，瞧瞧五年后的自己是多么体贴啊！平时为了顾虑余果的心情一直没在她面前晒过恩爱！

"我以前不说，那是怕我和裴时的幸福刺激到你，你一个单身狗，我天天塞你狗粮吃，不合适吧？"白桃清了清嗓子，解释道，"今天一下子没忍住，以后不了！我保证！"

余果露出了个受不了的表情，好在两个人很快就聊起了别的话题和八卦——

"以前那个薛熙学长你还记得吗？说和女友八年爱情长跑的，

结果在外面劈腿了六七个女的，被女友的家长打得脸肿成猪头了。"余果一边说，一边啧啧称奇，"就这么一个名声臭到死的男的，这周的校友会竟然还有脸说参加呢！脸皮厚的人可真是让人叹为观止！"

说者无心听者有意："校友会？"白桃来了精神，"什么时候？我要去！你怎么不早说！"

白桃可好奇了，当初那些同学和校内知名人士，现在也不知道都在干什么呢。

结果这话说完，余果的表情却很狐疑："你确定？可以前每次校友会你都一点兴趣没有啊？每次主办方确实都发邀请函邀请你和裴时一起参加了，可你觉得就是变相炫耀大会，说不屑于去啊？"

白桃一听，当场就差点为自己的高洁品性所感动了！

想不到五年过去，当初死要面子的自己竟然都改了？变得不爱炫耀、愿意接受锦衣夜行做一个低调奢华有内涵的人了！自己可真是长大了！

只可惜如今的白桃还是五年前的自己，没那么高的觉悟，当即表示要参加这次校友会。

开什么玩笑？如今这扬眉吐气重新做人的机会，怎么可以放过？！

白桃至今为止人生最丢脸的经历都和两个姓裴的相关：一是被裴菲当成第三者给打了；二是"表白"裴时惨遭无情拒绝，还被多人围观……

但如今，时代不同了，一切都不同了！如今的自己，已经是大哥的女人了！不仅裴时爱自己爱到不可自拔，裴菲还得低头乖乖叫自己一声大嫂！当初人生里最丢脸的两件事，自己全都成功逆风翻盘！

这种时候不去参加校友会炫耀自己的翻身，什么时候去？

白桃当即就愉快做了决定："这次我去！"

"裴时呢？"

白桃给余果抛了个"这你都不懂"的眼神："我是风儿他是沙，缠缠绵绵到天涯，我在哪儿，裴时当然也在哪儿啊。"

白桃捂嘴笑了下，想起此前新闻报道里的种种，忍不住得意道："哎，裴时啊，就是特别黏我，一刻都不能离开我，有时候也真是一种甜蜜的烦恼，毕竟我偶尔也是需要一点私人时间的嘛。"

校友会的时间就安排在这周六晚上，当晚裴时回家，白桃就向他宣布了自己的决定——

"我决定去参加今年的校友会！"

裴时愣了愣，没什么特别的反应，只点了点头，言简意赅地"嗯"了一下。

"你说穿什么裙子？"白桃很兴奋，把裴时拉上楼，打开衣橱，"你觉得哪种风格好？可爱风？淑女风？还是美艳风？"

白桃说着，一件件换好后给裴时展示，只是裴时的反馈始终如一——

"不错。"

"可以。"

"挺好。"

连续试了几件，白桃也不高兴了，她冲上前踮起脚用双手径自固定住了裴时的头，强迫他的双眼只看自己，盯着对方一字一顿深情道："我知道我在你心里是绝对女神的地位，所以在你眼里，我没有不好看的时候，穿什么都好……"

男人嘛，都是需要肯定的，一想起新闻里裴时那些为自己要死要活的片段，白桃就有些不忍心批评他，而自己这样暖心体贴的举动，果然让裴时相当动容，白桃的话一说完，裴时脸上就露出了微妙又复杂的表情。

白桃受到鼓舞，再接再厉道："老公，我知道你不是敷衍，你是真的觉得我不论穿什么都完美，但是你还是要努力客观一点，虽然我确实是挺完美的，但你努力找找，或许还是能找到那么一两个小缺点。我知道我穿什么风格都很美，但每个风格还是有差别的，答应我，努力找找每条裙子的缺点？最后我们确定挑出参加校友会的那一条！"

白桃都这样要求了，裴时果然放下手机，有些无可奈何般认真起来。

白桃进更衣室换了一条粉色的裙出来："怎么样？是不是很粉嫩很少女？"对于直男，下达指令一定要具体，因此白桃补充道，"说一段超过十个字的点评，找一下不足。"

裴时皱着眉，沉吟了片刻，然后认真点评道："这个颜色和款式，很适合主持十年前的春晚。"

那就是土和过时了……

行吧，这粉色的裙子看来不能要，白桃没说话，转身进去又换了一条："这条呢？"

这次她换了一条蓝绿拼色的裙子。

裴时看了一眼："还是要十个字的点评吗？"

"对！"白桃说完，期待地看向他，"这条是独立设计师的定制款，上个月出的新款，很时尚吧？"

裴时赞同道："挺时尚的，就是颜色搭配……你想听真话吗？"

"说！"

裴时诚恳道："像一块行走的蓝绿色盲鉴定板。"

白桃又再接再厉换了好几条裙子，然而裴时大概是太认真找缺点了，每一条裙，他都能用犀利平实的言辞让白桃瞬间质疑自己的品位。

换到最后，白桃渴求真实的心累了倦了，她望着一床的裙子，叹气道："老公你说得对，它们都配不上我，是时候换新的了，走，我们现在就出发。"

裴时愣了愣："出发？去哪里？"

白桃给了他一个"你懂的"的眼神："既然这些裙子都有这么多毛病，那就让你带我去买新的嘛！"

裴时抿了抿唇，沉吟了片刻，认真道："其实现在回头看看，刚才那些裙子都挺好的。粉色的可爱又怀旧，很适合参加校友会这种主题，让人有一种昨日重现的观感；蓝绿色的也很好看，不仅显白，蓝绿还让人联想到孔雀的羽冠，自带一种雍容华贵……"

这男人说完，抬起头看向白桃，表情镇定道："我觉得不用再买了。"

"可你刚才说的缺点，我仔细想了想，确实是有……"白桃解释道，"我还是想买一条能配得上我的完美的裙子……"

裴时声音冷静地继续道："我不想给你买完美的裙子。"

"哦？"

"因为你本身已经够完美了，如果再配上更完美的裙子，太吸引人了，我会不放心你去参加校友会。"

裴时不说还好，这么一说，白桃心里那点他不陪自己买裙子的不满都烟消云散了，可不是吗？自己这样盛装出席校友会，按照裴时爱吃醋的性格，岂不是要在醋坛子里闷死，别人多看自己两眼，裴时没准都会气到失眠。

而如今自己一答应不去买新裙子，裴时脸上果然就露出了劫后余生、逃过一劫般的庆幸。

哎！被人这么深爱着，也真是一种烦恼！果然一份感情里，更深爱的那个人，更累啊！瞧瞧裴时，虽然明明也是要脸有脸，要身材有身材，要钱有钱，可爱惨了自己，以至于和自己在一起，他浑身上下都写满了自卑，为自己的优秀而时刻提心吊胆，看任何男人都是潜在的假想敌！

白桃这么一想，再看裴时，就更怜惜了，她安慰道："你别怕，校友会我一定全程都陪在你身边，不会多看别的男人的！"

结果大概自己的这番表态太过感人，裴时愣了愣，继而有些不可思议道："陪在我身边？我也要去？"

"那当然了！"白桃笑笑，"你不要太激动，放心吧，这种活动我怎么会不带你呢？不然你在家里一个人能睡得着吗？"

白桃看向裴时，露出一个"我懂你"的表情："老公，你不要紧张，我这个人口味挺挑的，一般的庸脂俗粉，我看不上！"

只可惜，可能是裴时实在太爱自己了，白桃这一番话，没能让他露出"有被安慰到"的表情，这男人还是一脸心事重重的模样。

哎，可怜的裴时，这可真是吃够了爱情的苦！

"算了，我就不去了。"结果沉默了片刻，裴时对白桃的邀请做出了拒绝，这男人一本正经的模样，"夫妻之间最重要的是信任，我相信你，即便我不在场，你也是有原则和底线的人，为了表达对你的信任，给你充分的尊重和自由，校友会你自己去就好。"

只是虽然这番话如此义正词严，然而裴时举手投足之间的不自然，还有眼神的躲闪，一下让白桃洞察了他的内心。

这男人，还真是典型的口是心非！

裴时如今的表现，怎么幼稚得像个小女孩呢？明明自己心里在意得要命，结果男友问起来，就说"没事"，这种时候，如果这男朋友真的当作没事于是转身走人不再关心，那女朋友就没了……

白桃觉得自己不愧是画漫画的，裴时这点小心思，她能看不出来吗？就裴时这种善妒的男人，能真的放心给自己自由吗？这种时候，他就是试探，试探自己是不是真的就不带他了，要是自己真就一个人去了，裴时指不定在家里又悲秋伤春、寻死觅活了。

她语重心长地拍了拍裴时的肩："一起去吧，虽然是我的大学校友，但容市这种小地方，大多数人也是你高中校友，都是一个圈子认识的，我不忍心把你一个人放家里，怕你想不开做傻事。"白桃努力安抚道，"这次去校友会，我也会让你以后都不再有这种担忧。"

瞧瞧裴时这缺乏安全感的模样，都和自己结婚了，还这样患得患失，白桃心里自责了一秒，要是自己做得够好，裴时至于这样吗？

趁着这次校友会，是时候让别人看看裴时和自己的恩爱了！不仅能一扫此前大学里倒追裴时失败的耻辱扬眉吐气，更能让裴时这爱自己到癫狂的男人也在别人眼里拥有地位！过上被自己认证的有名分的生活！

第四章

校友会

虽然竭尽全力逃避，用了各种冠冕堂皇的借口，然而裴时终于明白了一个道理——有些东西犹如宿命，当厄运要降临到你头上的时候，是无论如何都没法躲开的。

在经历了连轴转的工作和高强度的股东会后，裴时本以为终于能偷得半日闲，把白桃支走去参加校友会，自己得以拥有一个宝贵平静的夜晚。

可惜事与愿违，即便他努力逆境求生，白桃还是不给他好好活着的机会。

周六晚上，裴时还是被白桃热情地拖去了校友会。她最终挑选了一条黑色的高开衩绸缎裙，这裙子很典雅，能很好地彰显身材，黑色又永不过时，即便裴时这样挑剔的人，见到白桃穿着这条裙子出现在面前时，也完全挑不出错来。

明眸皓齿，颜如渥丹，顾盼生辉，白桃虽然脑子不太好，但外在的卖相确实是生动惑人的。

这条裙子的领口设计很独特，含而不露，既保持了端庄的基调，又带了小心机一样的勾引，裴时瞥了一眼，然后移开了目光。

对白桃犯过的错误，裴时不想再犯第二遍。

然而只要有白桃在，错误仿佛就会继续，即便是以另一种形式——

一刻钟后，裴时被白桃挽着手，姿态亲昵地走进了举办校友会的高级会所，然后开始了他长达一晚上的错误体验。

虽然裴时大概是担忧看向自己的男人太多，因此一进会场，这男人身上的气场就很紧绷，但白桃还是挺高兴，尤其看到那么多五年后的同学们，她还挺新奇。

谁能想到，以前头发茂密的严明竟然早早就秃了头呢？上课成天迟到早退视校规为无物的朱莉莉竟然当上了教导主任！叫嚣着不婚不育保平安的彭旭竟然大学一毕业就结婚，如今都是三个孩子的妈了……

五年，可真是足够让人大变样啊！

白桃想着想着，忍不住看了一眼身边的裴时，可不是吗？当初的裴时对自己不假辞色，如今为自己要死要活！哎，人生！就是充满了变数！

"白桃，以前约你和裴时一起来校友会，你说什么都拒绝，我们还以为是因为你带不出你老公呢！"

"就是！"

"你们真的好配啊！那时候死也想不到你们会结婚，哈哈哈哈！"

白桃第一次参与这类聚会，自然也引发了众多同学的好奇，她在与裴时的关系中彻底逆袭了，如今更是抬头挺胸做人了，趁着裴时临时有个电话出门去接的当口，白桃就忍不住炫耀起来。

"那是！裴时现在超黏人的，以前也没想过会这样。"

"你们男同学可离我远一点，我们裴时要吃醋的……"

对于白桃这些话，现场自然是一片艳羡的唏嘘声，只是在众多声音里，有一个柔柔的声线让白桃很不舒服——

"看新闻说你们婚后感情真的很好哦，你也说裴时很黏你，但今天怎么感觉他有点冷呢？是因为有什么事情心情不好吗？……"

这话虽然每个字都没毛病，然而连在一起语气里却带了引人遐想的意味，白桃不是傻子，怎么能听不懂潜台词——

你不是说裴时黏人吗？可没见着他今晚黏你啊，你们婚后感情好，也不过是你一面之词以及新闻里说的，谁知道真的好不好呢。

白桃抬头一看，发现开口的是郑晴，她一下就都明白了。

毕业后，郑晴也成了一名漫画家，画的还是和自己同类的少女漫，算是业内同行，漫画界的蛋糕就那么大，也算个竞争关系。白桃自车祸醒来以后，就没少看新闻，郑晴每次出新连载之前，她的工作室可没少带上自己，拉着自己营销倒是挺热情的。

更何况，郑晴以前是裴菲的闺密，和裴菲好得穿一条裤子似的，裴菲不喜欢自己，郑晴自然是站在她那一边的。

呵，就让你开开眼！让你看看什么叫恩爱！

白桃没接茬郑晴，她径自喝了口水，就起身出了包厢的门，连带着把那些郑晴引导下的窃窃私语都甩在了脑后。

这些校友同学不相信自己和裴时恩爱也可以理解，谁叫当初裴时那个死样子呢！

为了亲自辟谣，白桃决定出门找裴时，这男人，怎么出去打电话打了这么久？

而走到拐角处，白桃终于找到了裴时，他原来早就结束了电话，此刻正和对面一个男人说着什么，白桃走近了些，才发现对方是裴时曾经的高中好友庄严，而也是随着接近，白桃终于听清了裴时在说什么——

"你以后离白桃远点……"

裴时的语气严肃郑重，白桃一瞬间感动得差点流泪。

自己如今不在场，裴时这种严正交涉，自然只有真情流露可以解释了，想不到他对自己的好友都这样戒备，都不许对方靠近自己，这对自己到底是爱得有多惨，占有欲有多强啊！

男人啊！有时候真是有了爱情就忘了友情！瞧瞧！这男人为了自己如今都恨不得和至交好友刀剑相向了！要知道，庄严和自己压根儿是没有交集的！

为了防止裴时吃醋情绪不可控，再继续下去无意中破坏了他自己的友情，白桃当即开口打断了他——

"老公！"白桃调整了下情绪，露出娇嗔的表情，用小拳拳捶打了一下裴时，然后抱歉地看向庄严，"对不起啊庄严，裴时现在吧，特别会吃醋，有时候醋意上脑，就有点冲动，对你不是那个意思，朋友妻不可欺，他肯定是相信你的，就是太爱我了，一碰上我的事，就没有理智了，你谅解一下吧。"

"……"

庄严飞快地看了裴时一眼，脸上露出了一言难尽的表情。

也是，裴时说出这一番话，是个人都会介意，白桃心里叹了口气，下次还是要多和裴时沟通一下这个问题，他如今这状态，也太"病娇"了吧！

她抱歉地看了庄严一眼，然后把裴时一把往包厢里拽，低声劝诫道："虽然我能理解作为男人，有了爱情就抛弃友情这种事，也理解你爱我不可自拔，但是在外还是要注意界限。人呢，出门在外，多个朋友多条路，你别对庄严太有敌意了，说实话，我看他对我没兴趣！"

"……"

裴时一瞬间只觉得自己已经说不出话来了，他本来出包厢接电话交代工作，正好遇上庄严。

庄严刚回国，如今是个摄影师，挺有事业心，裴时和老友多年未见，刚聊了几句，庄严就又聊到了自己的工作上："我原本不是拍风景吗？最近准备回国发展了，也准备拓展下业务拍下人像，但是拍照这种事，摄影师也讲究灵感的，虽然周围那么多人，但之前一直都没有特别让我想拍的。"庄严说到这里，意味深长地看了裴时一眼，"现在好不容易找到一个。"

裴时和庄严算是一起长大的，关系熟稔，裴时于是笑了笑："哦，你想拍我？可惜我现在……"

他那句"没什么时间"还没说完，就听庄严道："我想拍你老婆！她特别有镜头感！"

裴时抿了抿唇，几乎下一秒就给出了拒绝："不行。"

"不是吧？我又不是拍少儿不宜的照片，我就拍拍正经的人像啊！"庄严抱怨道，"你至于吗？这么小气！"

"不是小气。"裴时揉了揉眉心，难得含蓄又简短地解释道，"她现在脑子有点问题，总之，你以后离白桃远点……"

只可惜裴时和庄严的对话，被突然冒出来的白桃给搅和乱了，唯一值得庆幸的是，白桃似乎并没有听到自己和庄严的对话内容，如今挽着自己，脸上仍是一脸的得意和骄傲，看自己的眼神里也带了一种裴时无法理解的怜爱。

她这个脑子真的是坏得有点彻底。

但很快，裴时就再没心思关心白桃了，因为白桃接下来的行动，让裴时开始怀疑自己的脑子了……

白桃把裴时重新带回了包厢前，然后她整理了下表情，露出柔情蜜意的眼神，娇滴滴地朝着裴时撒娇道："老公，现在我们就去秒杀全场。"

裴时露出疑惑的表情："什么？"

"就给你足够的安全感啊！"白桃状若娇羞地一笑，"给他们看看，我们到底多恩爱！"

"你以后也不用担心了，我要在全校友的面前，给你一个名分！我以后再也不要你背着我一个人流泪，再也不要你只能卑微地去找自己好友宣战，再也不要你因为没有安全感而痛苦……"

大概自己这番话太过真诚，裴时脸上露出了心事被戳破的难堪和尴尬紧张，这男人有些慌乱地当即开口道："我觉得大可不必……"

哎！这也算是口是心非的最高境界了！

白桃拍了拍裴时的手背："别，这很有必要，我得让那些想让我好看的人脸疼，你呢，也是时候从我们这段感情里抬头挺胸了，要知道，不对等的感情时间久了，你也是会累的……"

白桃说完，也不再顾忌裴时的反应，径自拉着他就推开了包厢的门。

此刻包厢里大家聊天累了，正上菜吃饭，白桃一看，就知道机会来了！

她当即拉着裴时坐下，裴时一来，包厢里果然安静不少，郑晴的话像条导火索，众人如今看向裴时和白桃的目光也带上了不少探究。

而被这么多目光盯着，白桃不仅心里不焦躁，反而很得意——她要的就是这个效果。

她指了指不远处的葱爆虾，然后给裴时抛去了一个甜蜜又自然的眼神："老公，我要吃那个。"

裴时愣了愣，像是挣扎了一秒般，最后还是帮白桃夹了虾。

白桃心里有些好笑，这男人，等的不就是这一刻，在众人面前彰显自己对他的依赖吗？如今这表情竟然还不太好看，可见自己这恩爱晒的，力度还不够。

这么一想，白桃就做作地朝裴时嘟了嘟嘴唇："老公，你帮我剥嘛。"

白桃这句话，果然像是一滴油进了热锅，瞬间，包厢里众人的目光都若有若无地看了过来。

白桃当即挽着裴时的肩膀晃了晃，撒娇道："在家里你不是都帮我剥虾的吗？"

大概是这种公开晒恩爱的幸福来得太过突然，裴时抿紧了嘴唇片刻，才终于如梦初醒般开始剥虾，只是表情有些难以读懂的复杂。

剥完，白桃又开始自己的表演了，她拿捏好了表情，娇嗔道："你喂我吃吧，我今天懒得自己用手了。"

裴时看起来可能太过激动，因此行动反而显得非常僵硬，然而他停顿了片刻，最终还是按照白桃的要求把虾喂给了她吃。

白桃吃完虾，在各路好奇艳羡探究的目光里，扬眉吐气又故作精致地擦了擦嘴，她扫了周围一圈，虽然都装作各自吃饭，然而大家的眼神都关注着自己和裴时呢。

"不好意思啊。"白桃看向郑晴，做作又毫无诚意地道歉道，"我和裴时平时在外面一般都比较克制的啦，毕竟我们如果真实发挥彼此间的感情，怕单身的看着心里不是滋味，但这次既然是同学聚会，大家都是自己人，我们也索性放开啦。"

她说到这里，看向郑晴："郑晴，你还是单身吧？不会介意吧？"

这一场校友会，白桃大获全胜，以至于散场后，等回到家，她仍然情绪激昂亢奋："你真应该看看郑晴当时的表情，都扭曲了！"

只可惜和自己的兴高采烈相比，裴时倒是有些低气压，情绪也不太好，脸似乎也有点黑，白桃中肯地想了想，这可能是最后自己和裴时晒恩爱时，庄严那盯着两人吃惊又震撼的表情刺激了敏感的裴时——

"你不用在意庄严，他虽然确实今晚看我看得有点多，但我看他这人，一向是有贼心没贼胆的，虽然在'犯罪'的边缘反复横跳，但还不至于最终迈出这一步。"

白桃努力安慰裴时道："你不相信他，难道还不相信我吗？放心吧，我肯定守住底线，而且从他刚才的表情看，我们这么恩爱的样子，已经给他留下了深刻的印象，不至于这么蠢来撬墙脚的……"

只可惜不论自己怎么安慰，裴时的脸色都还是很难看，甚至有一丝生无可恋。

白桃越看，越是不忍，这男人爱起来，和女人真是一样一样的，防火防盗防兄弟，看看这醋劲儿！

不过今晚裴时的表现确实已经可圈可点，余果这次有事没参加校友会，然而校友会一结束，她就给白桃发来了贺电——

"你和裴时黏死人了吧？我看几个校友小群里都在讨论你们，都说没想到裴时这么高冷的人，对你会这么死心塌地！"

一想起这，白桃看身边的裴时就越发顺眼，她想了想，觉得自己也该有所表示，于是朝裴时勾了勾手指。

裴时脸上果然又一次露出了傻气的疑惑。

白桃言简意赅道："你弯腰，凑近点，把脸伸过来。"

裴时不明所以，皱眉看了白桃一眼，虽然有些狐疑，但最终还是照做了。

白桃飞快地踮起脚，亲了裴时的侧脸一下："今晚表现很好，奖励你一下。"

说完，她就飞快跑向了楼上自己的房间。

新闻报道里说了，自己和裴时每次都会有爱的亲亲，彼此约定好，如果对方做了自己特别高兴的事，就一定要亲一下……

虽说读到这些报道，白桃也觉得有些扭捏和肉麻，但想了想，既然时间已经是五年后，还附赠了一个老公，那这日子还是要好好继续过下去的。

只是亲了裴时这么一下，虽然裴时应当觉得习以为常，但大概是许久没有亲密行为，就光这么一个脸颊吻，这男人整个人都激动得僵硬了。

一个吻便偷一颗心，一个吻便救一个人！

如今裴时可不就是靠着自己的吻才能续命吗？

这可怜的男人！瞧把他给激动的！

第五章

贴身助理 Fiona·白

白桃校友会首战告捷，第二天，余果就和她汇报了昨晚的战果——如今江湖流传的尽是裴时为了白桃鬼迷心窍丢了三魂七魄的传言。

余果又是哀叹又是懊丧，只后悔自己昨晚没亲临现场。

"甚至有些人说裴时是色令智昏了！姜言平时不是和裴时有业务上往来吗？说看裴时工作时候那么正经正常，没想到一和你在一起，就完全头脑发热了……哇！白桃！我真没想到，你竟然这么御夫有术，裴时竟然对你这么死心塌地！"

对此，作为当事人的白桃只淡然一笑："这些人就是嫉妒，裴时工作上是很专业的，他只是公私分明而已，我昨晚呢，也只是让别人看看我和裴时正常的日常而已。"

白桃有些苦恼道："裴时爱起来就是这么疯狂的，我劝过他，别这样，克制点，不然人家看了心里泛酸容易攻击他，但他根本听不进去。"

虽然这么说，其实白桃对自己如今的近况很满意，她觉得完全掌握了和裴时的相处模式——这男人相当好骗，多喊两声老公就可以差遣他做这做那，末了亲两口糊弄下，好哄骗得很。

只可惜感情生活得意，白桃的事业就不那么顺遂了。

告别余果回家，白桃转身被自己的助理宋妍堵了个准——

"白桃老师！新的一话，你到底什么时候交？"对方哭诉道，

"我连男人的……"

白桃趁她没说完，当即表态："我可以安排一个男人给你摸手让你安心上路！"

"老师！"

最后，白桃凭借三寸不烂之舌，才好说歹说送走了宋妍，只是这之后，她也陷入了沉默。

这样下去不是办法，总不能连载一直开天窗。

看着日历上的截稿期，白桃也有些焦虑起来。

按照故事进度，《像这样靠近你》如今刚进行到高潮阶段：霸道总裁和女特助之间在职场上的斗智斗勇，根据正常节奏，白桃也知道接着应该是鸡飞狗跳笑料百出最好玩的部分。

然而好玩的前提是自己是个纯读者，作为画作者的白桃是一点也高兴不起来。期待中的睡一觉会有灵感并没有出现，如今的白桃，脑袋里还是一片空白。

要真说起来，白桃并不是没有构思男女主角甜蜜互动的能力，只是所有的互动需要依托剧情，然而对于一个助理在职场上能和她的老板如何斗智斗勇，这确实难倒她了……

白桃的记忆还停留在大学，不仅毫无职场经验，连五年后诸多科技体验都还尚在摸索，让她去凭空想象普通通勤职员朝九晚五的生活，简直强人所难，更不知道老板会怎么压榨小助理，因此下属和上司怎么斗智斗勇，白桃简直没有任何思路……

这种职场人生，没点阅历，没个体验，怎么写得出来呢？何况自己如今这样一个豪门贵妇，又怎么可能有机会体验一个小助理的境遇呢？

白桃正愁眉不展之时，传来了开门的声音，裴时一只手接着电话，一只手推门而入。

这男人看起来正在和袁牧打电话："是，对，明天的会议对接就先麻烦你了，还有确认下对方的航班信息，嗯，是……"

白桃本来正独自焦灼，然而裴时的出现，却陡然间让她茅塞顿开了！

没有阅历没有灵感，那体验一下不就好了？

既然自己是豪门贵妇，拥有裴时这样的总裁老公，那何不利用一下这身份呢？

等裴时挂了电话，白桃当即就调整出了一个甜蜜的表情，她对裴时熟练地暗送了一个秋波，娇滴滴道："老公，你回来啦，好想你哦。"

可惜大概自己只是嘴上甜言蜜语，没有任何实际的表示，裴时的表情看起来不仅没受到什么触动，反而有些受惊般的紧张。

白桃清了清嗓子，决定直截了当地出手："袁牧平时给你当特助，应该挺忙的吧？毕竟你的工作强度总是这么大。"

裴时显然有些讶异话题的转变速度，但他抿了抿唇，还是言简意赅地回答了白桃的问题："还好。"

"但其实，男助理吧，在很多事情上还是不如女的细心，他可能在对接商务上很有一套，但是在照顾你的日常生活上，肯定还是差那么点的……"

裴时皱了皱眉："你想说什么？"

"就……你是不是缺个女助理？"

"不用，男助理方便。"

白桃大为感动："你找男助理，一定是为了我吧？为了避嫌，所以宁可牺牲生活上的便利，还是找了袁牧这种粗枝大叶的男助理？"

"袁牧不粗枝大叶……"

都这个时候了，为了不让自己自责，瞧瞧裴时，还在竭尽所能找借口，可别的总裁，不都配备一个女助理吗？也就裴时，作为一个高风亮节的已婚人士，品行高洁！

"说实话，老公你这么好，身边找个贴身女助理，我确实是不放心的，但我也不忍心老公你就一直只有袁牧这种粗心的大男人陪着，正好我最近也没什么事，我就给你当一段时间贴身助理吧！"

白桃说完，就去偷看裴时的表情，等待着他脸上出现癫狂的惊喜之色。

然而没想到，裴时倒是没癫狂的惊喜，反而脸色有些发黑，几乎想也没想就拒绝："不行。"

"为什么？！"白桃不服了，"你难道不想每天看到我吗？"

"不想。"

就在白桃快要发作之际，裴时按住了她的肩膀，这男人表情有些复杂，看起来也像是在给自己做心理建设一般："我们的感情很好。"

所以？

裴时皱了皱眉，有些干巴巴地解释道："所以我当然是希望每天见到你的。"

"那给你当贴身女助理不正好？"

"但人之所以成功，还是需要克制自己的欲望，和自己的内心做斗争。"裴时的表情看起来相当一本正经，说的内容也很严肃，"虽然每天都想看到你，但是人贵在有自制力，毕竟只要你在我身边，我就无法思考无法理智无法工作，所以，你懂吗？你好好在家里就行了。"

这一番真情剖白，一下子就击中了白桃，她能不懂吗？那些校友说的还真没错，裴时一见着自己，可不就是色令智昏吗？这样说来，她要是每天出现在裴时眼前，可能裴时的公司就要倒闭了……

哎，怪不好意思的，白桃想不到，五年之后，自己对裴时而言竟然成了这种祸国妖姬一般的存在。

"我懂……"

自己这边刚开口，对面的裴时就露出了松了口气以及劫后余生的幸存者表情。

这男人有时候也挺可爱的，谁能想到，只有不见到自己，他才能集中精力工作呢？

但……漫画还是要交稿的……

白桃语重心长地拍了拍裴时的肩膀："你知道吧？有些人对蛋白质过敏，可大部分食物里都有蛋白质，一直过敏的话，未来生活会很麻烦，所以就要进行脱敏治疗，过敏轻微的，就可以从每次添加一点点蛋白质制品开始，渐渐让身体习惯蛋白质……"

裴时皱了皱眉："什么？"

白桃让自己的语气尽量听起来通情达理："老公，我懂你，我知道自己是你的弱点，但你也是个成熟的男人了，该学会克服人性的弱点了。"

裴时露出了不明所以的表情。

白桃叹了口气："你该长大了。这样吧，我也不是长期给你当助理，但是你这种有我在身边就无法工作的弱点，还是要改一改的，所以我就给你当个把月临时助理，让你习惯下，就和脱敏治疗一样，否则以后你的商业伙伴，知道了你这个弱点，该怎么办呢？"

裴时仿佛竭力克制才能抑制住内心激烈的情绪，他努力平静道："我觉得不用了……"

"用的。"白桃笑了笑，"何况这是一举两得的好事，不仅能让你改掉缺点变得更强，我正好给自己的漫画取点材，需要一些当助理的视角和经验来激发灵感。"

"那就这么说好了！"白桃愉快道，"明天我跟你一起去上班！"

"这样影响不太好……"裴时却犹自在挣扎，"把你带在身边会让我显得公私不分，而且员工一旦知道你是谁，不会用对待普通小职员的态度来对待你，这样最后也达不成你想要的体验效果，你还是……"

"没事的，老公！"裴时为自己竟想得如此细致体贴，白桃大为感动，宽慰道，"虽然新闻报道里都知道我们伉俪情深、比翼双飞，可我从没公开过照片，大家也不过只知道我的漫画家身份，具体长什么样，你不说我不说，再威胁袁牧如果敢说出来就把他开除，那还有谁知道呢？"

白桃机智地总结道："所以即便把我带在身边，也只需要说是新招的生活助理就行了！根本没必要公开我的真实身份啊！没有人会对我不同！我还是能隐藏身份体验一个小职员的痛与乐！这完全没问题！"

白桃说到这里，也觉得有些过于专注自己了，赶紧又给裴时送了一阵秋波，善解人意地补充道："要知道，以我们的感情，即便隐姓埋名在你身边，能远远看着你，我也满足了……我不需要名分……你不用在意不能为我正名……"白桃懂事地看向裴时，"我不要紧的，老公，陪在你身边，看你一眼，对我而言就是幸福。"

经过对裴时进行心理疏导并各种保证，白桃最后还是得到了成为他短期贴身助理的机会，宋妍帮她向平台又争取延长了两天交稿时间，于是白桃一下子就拥有了五天时间，她暗暗发誓，一定要好好利用这得来不易的时间，认真取材，用心构思，回馈读者！

去公司的车上，白桃唯一纠结的就是名字："既然不公开我的身份，那就不能用真名了，要不就用个英文名？"她晃了晃身边一声不吭看起来情绪很沉重的裴时，"老公，你给我起个英文名吧。"

裴时这男人，自白桃确定成为他的临时助理以来，表情就没舒展过，今天上班，这表情黑的简直和上坟一样。

也是，自己这样的气质美人，带进公司里，可不像是羊入虎口吗？裴时公司里一定不乏优秀的单身男青年，裴时可不得紧张吗？这脸色能好看吗？

一旦理解了裴时的心理，白桃便也对症下药了——把给自己起英文名的权利交给裴时！命名权这种东西，很多时候就是一种宣示主权般的行为，如今这可不得好好哄哄裴时吗？

见裴时沉默，白桃便好心提示道："就你看到我，第一印象是什么，就往那个方向想想？毕竟很多英文名其实都有寓意的嘛……"

果然，白桃这么一提醒，裴时看了她两眼，很快有了灵感，这男人轻启嘴唇，表情似笑非笑，言简意赅道："那就 Fiona 好了。"

白桃当即乖巧甜蜜地点头称好。

大约真是为了低调，等到了公司，裴时甚至并没有对白桃有任何介绍，白桃便一路跟在袁牧身后，像个助理的助理。

而真去了裴时公司，白桃才发现裴时其实并不只有袁牧一个助理，袁牧是贴身的特助，除此外，袁牧手下还有对应的行政助理、营运助理等细分的助理岗位。

最后是由袁牧把白桃带去助理办公室的："孙静，这是裴总新来的生活助理 Fiona，你带她熟悉一下公司情况。"

袁牧又克制地关照了孙静几句，这才把白桃留下，孙静还没来得及带白桃熟悉环境，就被一个会务电话给牵绊住了。

白桃也不急，她还有些别的在意的事，孙静打电话的当口，白桃就掏出手机，径自查起了 Fiona 的寓意来。

结果不查还好，这一查，白桃心里的得意都忍不住爆棚了——

  Fiona：富有想象力，善于表达，是温柔、聪明、开朗、清纯的象征，既有时尚气质又具高贵品质，是适合作家、创作者、画家等具有创造力职业的名字。

裴时这也……对自己太上心了！

白桃内心深受感动，自己只不过随口让他联想个寓意给起个英文名而已，这男人竟然脱口而出就是如此契合自己气质的 Fiona！温柔、聪明、开朗、清纯，这可不正是自己的写照吗？甚至连充满创作力、想象力这一点，也完全和自己的职业所契合！

新闻报道诚不欺我，裴时这男人，善于在云淡风轻、波澜不惊中对自己宠溺有加，一个眼神一个动作，就是一个行走的发糖机器！

这么一想，白桃望了望裴时办公室的方向，忍不住就有些脸红。

裴时为自己做了这么多，那自己在给他当临时助理的这几天，是不是也该好好体贴关爱对方，让对方感受到自己无微不至的爱呢？

机会总是留给准备好的人的，恰是这时，行政助理孙静挂了电话，然后转头指挥另一个年轻的男助理道："裴总的美式黑咖啡到了，你去取下给裴总送进会议室……"

"我来吧！"白桃抢先一步，男人平时要多喝水，这样才保健，这个时间，确实应该来点东西提神醒脑了。

但美式黑咖啡？白桃想，这些助理可真是不了解裴时，他最爱的，是白桃乌龙啊！哪喜欢这种美式黑咖啡！毕竟不止一篇新闻报道里写过，因为自己，裴时对一切和桃有关的东西都爱屋及乌、完全没有抵抗力，最爱吃桃，亲手种桃树不说，连茶饮，也都喜欢带桃的！一天里，只要看见和桃相关的东西，就会心情大悦！

也是白桃运气好，茶歇的吧台上正好有白桃乌龙的茶包，白桃当即挑了一个，贴心地给裴时泡了一杯白桃乌龙茶。

白桃泡完，端着白桃乌龙茶就敲门进了裴时的办公室，裴时正在看财报，因为全情投入，这男人甚至没有抬头，压根儿没注意到给他端茶来的是白桃。

这样也好，白桃想，万一裴时一抬头，一下子万般柔情涌上心头，财报也看不进了，那可如何是好。

不过裴时这男人，认真起来还真是挺帅的……

只是等她从会议室出来，孙静就迎了上来，她看了眼吧台上的美式黑咖啡："怎么这杯没给裴总送进去？"她狐疑地看了白桃两眼，"你刚送了什么进去？"

白桃笑笑："白桃乌龙茶。"

孙静显然受到了惊吓："你疯了！"

"怎么了？"

"我去把茶换回来！"孙静一脸恐慌，"裴总不能喝白桃乌龙！一喝就出事了！"

她几乎来不及和白桃再多说些什么，就拿起美式黑咖啡，一脸大难临头般地敲门进了会议室……

白桃看着她的背影，不得其解了几秒钟，然后很快就想通了——看来裴时爱自己爱到癫狂这件事真是人尽皆知，他说只要自己在身边就无心工作看来也是真的，想必以他对自己的痴迷，就是白桃乌龙茶也喝不得……这一喝，又满脑子只剩下自己了……

然而白桃不知道，事情在孙静眼里完全是另一种模样。

孙静在公司入职虽然只有一年，可此前的累计工作经验就已有四年了，不多不少，虽然离资深尚有距离，但也早不是新人，职场该学的规矩，也都了解得七七八八。她作为特助袁牧的直接下属，管理着行政助理团队，团队下面还直管两个小助理，都是毕业没多久的新人，听话肯干，但耐不住行政助理需要协调的事项实在太多，多数工作还需要自己出面，前几天就朝人事总监大肆抱怨人手不够，结果没想到今天就给她添了一个新人。

团队加人是好事，只是自己这儿加的，看起来不太行啊……

来的是个年轻女生，孙静公允地评价，她原本以为公司的前台作为门面得是最好看的，但眼前这张脸，比公司"门面"高了不知道多少倍。主要不仅是漂亮，对方身上还有股娇滴滴的精致感。以前孙静是不相信气质这一说法的，但如今一对比，才知道确实气质不同，高下立现。虽然特助袁牧说了这就是个普通新人，可孙静还是敏感地觉得，这女的不普通。

首先，她连个正经的简历也没有，孙静挂了会务电话，借口有事去人事部打听了下，也没听说有办理正规入职手续，再看对方，连个中文名也不给，就给起了个英文代号 Fiona……

起什么英文名不好，竟然起个这么土的！还 Fiona 呢？我还史莱克呢！

孙静再试探了下，果不其然，这个 Fiona，该会的职场技能一项也不会，甚至复印、扫描、打印都不会操作！一看就是个完全没有任何工作经验的菜鸟！

但是菜鸟不可怕，可怕的是关系户。

这个女的，长得这么好看，却身份成谜，不敢以真名示人，裝总那么高冷的老板，和太太白桃伉俪情深，平时大概也是为了避嫌，基本找的都是男助理，即便是女助理，也是自己这样长相普通的，至于找眼前这什么 Fiona 这种长相让人浮想联翩但技能全无的助理吗？这关系到底多硬啊！

孙静要添人手不仅没成功，还被难伺候的关系户占了个名额，心里本就不爽，结果从人事总监那里回来，就见这个 Fiona 自作主张，不仅没给裴总送他习惯的美式黑咖啡进去，反而弄了裴总最讨厌的白桃乌龙茶！

真是成事不足，败事有余！

自这一秒开始，孙静就决定讨厌这个 Fiona。

她急急忙忙冲进会议室，想在裴时喝白桃乌龙茶前调换，等孙静冲进会议室，裴时眼睛不离财报，一只手正下意识拿起茶杯把白桃乌龙茶送进嘴里……

晚了，一切都晚了。

孙静心里只有"大势已去"这四个字……

果然，裴时只喝了一口，就差点吐出来，幸而良好的教养让他最终艰难地咽了下去，然而下一秒，他就抬头兴师问罪了："谁泡的茶？"

孙静结结巴巴道："Fiona。"

裴时皱了皱眉："谁？"

"就……今天新来的那个新人 Fiona。"

孙静偷偷观察，裴总好像愣了愣才反应过来，历史是惊人的相似，就在孙静等着裴时发火直接怒开 Fiona 之际，却见裴时愣生生将火气憋了下去，他没再追究白桃乌龙茶，只言简意赅道："换一杯美式黑咖啡来，以后不要让……"他顿了顿，"不要让 Fiona 泡茶。"

　　直到孙静出了会议室，整个人还有些恍惚，裴总竟然没生气？裴总喝了最讨厌的白桃乌龙茶竟然没生气？

　　不，裴总是生气的，但他的生气……在听到 Fiona 的名字时就努力克制住了？！

　　孙静努力冷静地分析起来，这 Fiona 一看就是关系户，长得很好看，但干啥啥不行，倒是有种金丝雀一样的气质，娇滴滴的，浑身上下每个毛孔写满了骄奢淫逸，又主动往裴总身边贴，给裴总去端茶倒水，甚至选了个裴总最讨厌的白桃乌龙茶，裴总都忍住了没生气，甚至让她别泡茶了！可一个生活助理，不端茶倒水，要她何用？裴总这竟然舍不得一个助理泡茶？

　　这……这莫不是……裴总在外面背着白桃老师有情况了？

　　这么一怀疑，孙静就更关注起这个 Fiona 来。

　　中午用餐的时候，孙静本想叫对方一起，上午太忙，也就这时候得空，顺带正好给对方介绍下公司情况。结果没等孙静开口，这 Fiona 鬼鬼祟祟看了眼四周，大概自以为没人注意，然后竟然偷偷闪身就溜进了裴总的办公室！

　　孙静心里敲响了警钟，此刻大办公区除了因为一份材料加班到现在的她，别人都七七八八去吃饭午休了，等这 Fiona 进了裴总办公室，就真的四下没人了。

　　其实除了是裴时的行政助理外，孙静还有另一个身份，那就是白桃的狂热漫画粉。

　　每晚加班后深夜回到家，打开网页连载，孙静总是能为白桃漫画里的爱情故事流眼泪，而在现实世界里，她又被白桃和裴时那感人至深的爱情所折服。

　　没有错，孙静不仅是白桃的事业粉，还是白桃和裴时的 CP 粉。

　　作为白桃的死忠事业粉，想着这个突然空降、闯进裴总办公室的 Fiona，孙静陷入了沉思。

最终，好奇心和怀疑占据了上风，孙静悄悄起身，也走近了裴时的办公室。这 Fiona 进门时没注意，并没关好门，还留着一条缝，孙静拿了份文件，以备被抓包后还能掩饰自己的意图好解释说是为了找裴总签字，然后站到了门口——

"裴时，你中午吃什么呀？这个点了，我们一起去吃饭嘛。"

入耳的赫然是 Fiona 的声音！

这女的平时嗓音就偏甜美，如今和裴总讲话这口气，更是铆足了劲儿撒娇，那娇滴滴的气息，就连门口的孙静都能感受到那种甜腻的氛围。

孙静捂住了嘴，内心大喊：裴总！骂她！怒斥她！拒绝她！赶走她！开除她！

裴时确实拒绝了对方，然而事与愿违，他的声音相当平静，并没有任何震怒的迹象："我中午有宴请，不和你一起吃了，你自己去吃吧。"

这发展，不太对啊……

孙静印象里的裴时是很冷酷无情的，做任何事都带了浓重的距离感，就差挂一块"生人勿近"的牌子，对任何人都无差别地不感兴趣，作为一个已婚男人，是十分洁身自好的。孙静常常看着工作里冷淡的裴时，再对照着新闻里白桃眼中的裴时，感动得眼泪哗哗的。

裴总可不就是当代好男人的典范吗？

只是孙静怎么也想不到，如今这位冷淡的裴总竟然对这个矫揉造作的 Fiona 心平气和……

而这 Fiona 也得寸进尺更进一步道："那我会想你的……"这女人嗲嗲地道，"不过，虽然不能一起吃饭，你能给我打包带点东西来吗？我怕食堂的东西我吃不惯……"

公司的食堂可是被评为容市最佳公司食堂前十的！还能吃不惯？这个恶心吧啦的 Fiona，以为自己拿的是什么公主剧本吗？！看这个样，不就是个连中文名字都见不得人的第三者？

然而裴总竟然没有驳斥她，虽然语气还是淡淡的，但态度却很包容："你想吃什么？".

"我想吃鲍汁捞饭、海胆豆腐、干炒牛河，还有草莓拿破仑……还有……"

这 Fiona 一点也不知道见好就收，竟然真的报了一串菜名。

"好，我让袁牧记下给你打包。"

后面两人还互动了些什么，孙静觉得自己已经听不下去了，可怜的袁特助，一身正气，满身才学，结果竟然沦为给这第三者打包饭菜的！

孙静心里惊涛骇浪，她意识到自己发现了不得了的事。

"二十四孝老公"裴总，竟然……竟然……

不多会儿，奸计得逞的 Fiona 便鬼鬼祟祟又从裴总办公室溜了出来……

孙静心里无法平静，说起来，白桃老师非常低调，为人温婉，人淡如菊，虽然漫画销量累计都快破一百万册了，但从没开过签售，也不接露面的访谈，除了偶尔在微博用平实质朴的文字记录和老公的温馨日常。虽然只是神交，但孙静完全能感受到白桃是一个恬静、温和、淡泊的人，长得未必多美，但气质绝对一流。

总之，和这个花枝招展的 Fiona 肯定截然不同，白桃老师像是天上的月亮，高洁淡然，哪里是这个 Fiona 能比的？

想到这里，孙静忍不住看了眼坐在自己不远处的 Fiona，对方明艳的侧脸白皙得像是能反光，明明长相出挑，打扮上也不知道收敛……

长得妖里妖气，还搔首弄姿，孙静心里忍不住翻了个白眼，就这？就这？

男人还真是就算山珍海味也会吃腻了想换换口味，可裴总也不能就这么从白桃老师这样的满汉全席一下子换成了路边地沟油烤肉串啊！

要说孙静本来心里对这 Fiona 的身份还带了点猜测，对方后面这一系列行为，就坐实了这"第三者"的第一把交椅了——

没过多久，要外出宴请的裴总从办公室出来，这 Fiona 立刻抬头挺胸，眼睛巴巴地就朝裴总看去，那表情，那眼神里带着的秋波意味，就是孙静看了都显肉麻，然而裴总和她目光相交，对她这种逾矩的目光不仅没有指责，甚至都没逃避！

裴总竟然相当平静地就接受了！虽然还是面无表情，但孙静觉得，即便这样，裴总的思想已经很危险了，再想想刚才办公室里两个人毫无廉耻突破道德底线的对话，孙静觉得，裴总他已经在精神上就处在出轨的边缘了！

作为白桃的忠实粉丝，孙静真是觉得越发看不下去。

孙静当初选择进这家公司，就是冲着对白桃老师的热爱，想着能在白桃老师的老公裴总手下工作，没准有机会见到自己心爱的白桃老师，能离自己的偶像近一点……

只是这么多年，从没见白桃老师出现过，以至于孙静也不再为这事执着，但这一刻，孙静突然理解了自己的使命！

虽然不能见到白桃老师，但自己一个粉丝，也该为偶像发光发热！

孙静瞪着那该死的 Fiona，心中立下了誓言——

她孙静，从今天开始，要为白桃老师的婚姻幸福而奋斗！

人淡如菊、温柔恬静的白桃老师不能斗的第三者，就让她孙静来出手！

白桃老师第一铁粉，请求出战！

裴总买的外卖，说什么也不能进了第三者的肚子！

第六章

菜鸟的职场新体验

白桃对自己的现状相当满意，虽然只在裴时的公司待了半天，她还没什么活儿可干，但经过她对别的小助理的细致观察，一下子还真的有了不少灵感，竟然把漫画后面的连载剧情都构思出来不少。

中午的时候，袁牧给自己带来了打包的食物，白桃一边吃一边心里美滋滋的，和裴时一起上班的感觉竟然还挺不错，尤其是随时能看到对方，别人又不知道自己的身份，竟然还挺有种隐秘的快乐。

白桃正打算吃鲍汁捞饭，就见孙静阴恻恻地朝自己侧过身来，她的表情有些皮笑肉不笑，目光盯向了白桃的饭……

白桃挺大方，刚想招呼孙静不要客气，就见孙静一把抢过了自己手里的鲍汁捞饭："职场生存守则第一条，免费教你了，好东西都要先孝敬上级，人要学会分享！"

她说完，白桃就见对方以迅雷不及掩耳的速度又拿走了自己的干炒牛河，接着是汤、甜品……一来二去，白桃什么都没吃上，食物就已经以诡异的速度进了孙静的肚子……

这孙静看起来和白桃差不多年纪，白桃以前就听说工作会导致压力肥，当初不理解，累了怎么还能肥？如今一看这孙静，顿时懂了，这不就是累得慌、饿得快、吃得多吗？

只是孙静像是饿疯了似的吃东西，越到后面表情就越是勉强，白桃怕她是给噎着了，正好外卖叫的奶茶到了，立刻又给孙静塞了过去，这姑娘吃到最后，眼泪都快出来了。

白桃于心不忍，觉得自己又 get（领悟，学会）到了——职场如战场，同事之间无友谊，都是竞争关系，平时一定明争暗斗多。这一定是孙静第一次得到同事如此无微不至的关怀，因此感动的当下就湿了眼眶……

孙静觉得自己出师不利，为了不让裴总的钱变成食物进了第三者的肚子，她拼死吃完了裴总打包的外卖，撑的眼泪都快流出来了。

暴饮暴食对身体无益，果不其然，吃完后一小时内，她就跑了三次厕所，再出来都快虚脱了，倒是那个第三者，还花枝招展的，甚至厚颜无耻地劝说自己少吃点才能保持身材……

孙静顿时后悔得肠子都青了，也是，自己就该让这 Fiona 吃啊！把她吃成一只猪，裴总还会爱她吗?！结果自己呢？自己不仅没给偶像守护住婚姻，还把本来要长到第三者身上的那几斤肉给争先恐后地抢走了！

接着不能再失误了！

孙静打了个饱嗝，决定教育教育新人，顺带散步消消食："你，过来，我带你熟悉下公司。"

三儿乖巧地眨了眨眼睛，点了点头。

还别说，这三儿长得确实有几分姿色，眨眼睛看向孙静的模样，双瞳剪水，唇红齿白，孙静内心叹了口气，也难怪裴总他没把持住……

孙静尽责地带着对方在公司走了一圈，介绍了各个不同部门的分区以及一些生活辅助性功能区域："运动场馆在一楼，负一楼有洗澡的地方，公司内部咖啡馆、图书阅览室在顶楼，医务室在五楼，食堂就是在三楼……"

介绍完这些，终于能进入正题了，孙静咳了咳，开始敲打对方：

"你知道我们裴总以什么出名吗？"

"什么？"

孙静笑了笑："我们裴总，以爱老婆出名的，裴总的老婆你知道是谁吗？是白桃，她是白家千金，容市白家你该不会不知道吧？"

白桃参观了裴时的公司一圈，没想到小助理孙静主动提起了自己，白桃有些意外之余，心里也有些得意，瞧瞧裴时这对自己的爱啊，看来是人尽皆知了。

大约见自己有兴趣，孙静再接再厉科普道："但白桃和别的千金小姐都不一样，她一点也不骄奢淫逸，性格平易近人，根本不会干出特殊化的事来，像她那样恬淡的性格，即便未来要是哪天来了公司，也肯定会接地气地去食堂就餐，为人朴实，没有那些千金小姐的毛病，更不像有些人，因为自卑，才更会装，以吃好的、喝好的来武装自己……"

白桃头脑里缓缓冒出一个问号，自己明明挺骄奢淫逸的，小姐脾气也不少啊……

她试图让孙静理智："她也未必有你想的这么好，不要戴这么厚的滤镜了，你又不认识她……"

结果自己这话说完，孙静大为光火，给了白桃一个"你闭嘴"的眼神，激动道："我不懂她，难道你懂她吗？！"

她给了白桃一个"你听我说"的瞪视："白桃是个低调奢华有内涵的女子，而且从不依靠白家吃饭，你知道吗？她完全是靠才华征服我们裴总！现在最当红那个漫画《像这样靠近你》，就是白桃老师画的，她就是才情与智慧的完美结合！文化底蕴深厚！"

虽然被别人夸自己有才是挺高兴的，可作为女生，有才和漂亮的夸奖词里二选一，白桃还是选择漂亮，她委婉提示道："难道白桃不够漂亮吗？难道她不是靠美貌才吸引了裴总吗？"

可惜白桃不知道，这话在孙静耳朵里完全是另一回事——

这该死的第三者！竟然如此厚颜无耻，仗着自己长得还行，就讽刺白桃老师不够好看！

"白桃老师那是由内而外的气质！好看的皮囊千篇一律，有趣的灵魂万里挑一！长得好看有什么用？那是会老的！灵魂的高度才是最重要的！"

"但男人很肤浅啊，就是会先看脸。"孙静这么热心工作，白桃有些不忍心她走进思维误区，"不是说女生就不要努力了，但是外在也很重要的，把自己变漂亮也是一种努力，否则灵魂再有趣，也没人愿意了解你啊！"她热心道，"我看你脸上有些干涩，我给你推荐一款睡眠面膜吧，可好用了，也不费事，你涂一下第二天又白又滑……"

这三儿果然非同凡响，不仅脸皮奇厚，还妄图用糖衣炮弹同化自己，孙静虽然很好奇面膜的名字，但心里还是想着自己的偶像白桃，当即拒绝并正色道："总之，裴总和白桃才是天造地设的一对，他们两个人感情好得很！"

自己这话都说到这份上了，结果三儿竟然点了点头，附和道："是啊！"

是啊？那你还插足人家婚姻？这不要脸程度真的超标了！

孙静内心简直出离的愤怒！

以这第三者的不要脸程度，看来暗示提点是没用了，孙静想了想，决定还是给她一顿职场毒打让她知难而退比较直接。

当即，她就决定给三儿找点事做："明天公司有好几个部门一起开会，会议材料我发你邮箱，你去打印一百份，装订好，先摆好放进会议室里。"

其实公司的打印机有装订功能，直接选定成套装订，打印后不需要人工手动装订，但这个 Fiona 连打印机的操作都磕磕巴巴，更别说懂装订模式了。

没一会儿，孙静果然看到对方傻兮兮抱着一份份的资料开始按订书机了。

事了拂衣去，深藏功与名。孙静淡淡地笑了笑，然后又往嘴里塞了几粒健胃消食片。

虽说白桃来体验职场生活之前做好了心理建设，但没想到小助理的人生这么苦——一整个下午，她几乎都耗在文印室里了，一百份材料，每一份还都挺厚实，她重复机械运动不断装订，等装订完，手腕生疼，用来按压的手掌部位也都红了。

晚上回家，裴时正在看财经报纸，白桃便把两只手伸到了他的面前，彻底遮住了他的视线，以至于裴时不得不放下了报纸。

他看了眼白桃的手，皱了皱眉："什么事？"

白桃立刻学着新闻报道细节里撒娇的模样委屈地告起状来了："我今天装订了一百份材料，我的手腕好疼好疼，你看，都红了……"

这两天净想着漫画的事，白桃觉得自己都有些疏于营业了，为了避免裴时发现异样，趁着今晚，她决定和裴时好好"你侬我侬"一下。

于是，白桃把自己的手朝着裴时眼前伸得更近了些，她忍着内心的尴尬，敬业演绎道："要老公吹吹捏捏才会好。"

自己这话说完，裴时脸上露出了难以形容的表情，然后想也不想径自拒绝了白桃，语气还挺冷硬："我不专业，我找理疗师来给你捏。"

白桃偷偷观察了下裴时的表情，觉得这男人应该生气了。

也是，有来才有往，不能总是要裴时为自己付出，何况自己接手五年后的自己以来，可怜痴情裴时，一顿肉也没吃上，连口汤都……自己这老婆，有没有都一样……

这么一想，白桃忍不住有些同情裴时，她做了下心理建设，豁出去一般闭着眼睛快速地啄了一下裴时的脸，然后移开了视线："好了，按摩费都付了，老公给我捏吧。"

她娇滴滴地给裴时抛了个媚眼："我和老公情比金坚，按摩这种事，很私密的，怎么可以叫别人呢？我的手只给老公摸。"白桃道德绑架道，"难道老公不爱我了吗？以前不都说只要我……"

裴时深吸了一口气，打断了白桃："行了，我给你捏。"

这男人说完，脸色还是不好看，但真的低头给白桃捏起了手腕。

白桃这人也是个要求很高的享乐主义者，裴时捏了会儿，她舒服之余就有些飘了，忍不住吱吱哇哇指点起来："太轻了，太轻了，裴时，用力点！像个男人！"

"裴时，动作快一点！又不是色情按摩，这么慢悠悠地打圈干什么呢！"

"疼了！疼了！哎哎哎！轻一点！轻一点！要像对待玻璃公主一样对待我的手呀！这可是漫画家的手！不是你的敌人，是你老婆啊裴时！"

"嗯，这个力度正好，捏得差不多了，你给我捶捶吧！"

半小时后，白桃心满意足地感叹道："裴时，想不到你按摩技术还不错，你看，熟能生巧，多练练，什么都会了！世上无难事，只要肯攀登！以后破产失业了，这还有一技之长可以傍身！"

"谁让你去装订的？"

只可惜裴时到底太爱自己，大约自己的手竟然让他按摩了半小时才有所恢复，裴时心疼不已，以至于此刻问自己的口气，像是要杀个人祭天一样，那脸黑的，像是自己遭受了奇耻大辱一样。

哎！都是爱情的错！

白桃宽慰道："是我自己要去体验生活的，只有真正像小助理那样工作，才会有更多的灵感和素材，你不要问是谁叫我装订的了，也不要为了我就去打击报复你的下属，没必要，真的没必要。"

白桃深情地看向裴时："老公，你对我的爱和守护，我都感受到了，能在每天工作时看到你，就算装订一百份文件，我也愿意……"

白桃是愿意，可裴时不愿意，毕竟她的手腕累了，最后遭罪的是自己……

裴时面无表情给白桃按摩了半个多小时，等回了房间，第一时间就给袁牧打了电话："关照下下面的人，以后不要让白桃装订文件了。"他想了想，补充道，"不要让她做任何体力活儿。"

开什么玩笑，白桃这种骄奢淫逸的人，矫情起来太可怕了，这次累了手腕，就让自己揉了这么久，下次要是扭了腰扭了脚，自己是不是都要揉一揉？长此以往，自己是不是都能学会全套按摩大保健了？

要不是不希望白桃对两人的"恩爱"状态起疑，裴时根本不可能忍着给这女人按摩半小时……

然而裴时这番话，经过袁牧的转达，到了孙静耳朵里，就是另一个意思了——男人果然没一个好东西！

孙静躺在床上，心里久久无法平静——

就连裴总，竟然也……出轨了！

自己只是让那个三儿打印装订了文件而已！结果这三儿一告

状，裴总竟然亲自找袁特助让自己以后不许给三儿布置体力活儿了！

这对狗男女竟然已经发展神速到这种地步了！裴总竟然连装订都不舍得这三儿做！难道这三儿的手都特别金贵吗？

可怜的白桃老师，还浑然不知，微博继续云淡风轻地讲着自己的"恩爱"故事，可……那只是恩爱的假象啊！

孙静一共情白桃，就痛苦得不行，人淡如菊、温柔恬静的白桃老师不应该知道这些肮脏的事。

困难像弹簧，你弱它就强。孙静下了决心，第三者越是强势，她就也越要努力，这些肮脏的事，就让它在自己面前终结吧！

让她来收拾这个第三者！让她来唤回裴总的良心！

白桃打印装订了一百份材料，体验了一把小助理的生活后，原本想再接再厉，再好好切身体会下被压迫的感觉，结果第二天，带她的孙静告诉她，没她什么事了。

"要不我去给裴总端茶倒水？"

"不！不用你！我去！"对于白桃的提议，孙静反应激烈，"这是我的工作！"

明明都已经忙得分身乏术了，可对于这种基础性的工作，孙静竟然还大包大揽不愿放权给白桃。

看着孙静跑来跑去忙得晕头转向的模样，白桃似乎有点悟了——

这怕不就是职场里说的提防同事吧？可自己只是一个菜鸟啊，何德何能啊？

难道即便如此低调，自己的优秀还是忍不住外泄，以至于让孙静紧张成了这样，死活不让自己有接近裴时的机会，以免自己抢占了她的表现机会？

　　但不管怎样，因为孙静的"架空"，白桃竟然一整天什么事也没有，也因此并没有增加什么新的职场灵感，回到家后，一边百无聊赖地看着社会新闻，一边正想着这样下去不行，恰是这时，白桃就听到了裴时的声音。

　　比起自己下班到点就回家，裴时因为开会又过了一个小时后才到家，而这个工作狂男人即便开门的时候都还在接着电话——

　　"嗯，好的，那后天的机票你订一下，对，可以，尽量两天时间结束谈判。"

　　裴时一挂电话，白桃就亮起眼睛盯着他："你要出差？"

　　裴时皱了皱眉："嗯。"

　　"老公，我和你一起去！"

　　出差谈判这种，可不是最增加职场体验度了吗？这种机会都错过，那太不应该了！

　　"不行……"

　　裴时还没说完，白桃就竖起手指，抵住了他的嘴唇："我知道你要说什么。"她矫揉造作、含羞带怯地看了裴时两眼，"老公，我知道，一旦有我在身边，你的专业度可能会下降，可你放心，你的钱就是我的钱，都是婚后共同财产，我怎么可能舍得你在合作谈判里亏钱呢？"

　　白桃移开了手指，语气十分深明大义："我都想好啦，具体谈判的时候我都不参加，但别的时候你带着我就行，比如参观对方企业啊，应酬啊，这些就让我长长见识嘛。"

　　白桃说到这里，朝裴时嘟了嘟嘴："人家也想和你一起工作呀。都说工作的男人最帅，我也想看看老公帅气的样子。"

　　结果这话说完，裴时倒是冷哼了一声："你的意思是我平时不帅？"他看了白桃一眼，冷静道，"你不够爱我，所以还是别去了，在家里反省一下。"

啊，这……这男人也太小心眼了吧？

可惜之后不论白桃怎么狗腿拍马屁威逼加利诱，裴时竟然死活不松口，咬定不允许白桃跟着一起出差——

"总之，一起出差，不行，我出差是去办正事，没有道理还要带你去。"

也是这时，电视机里终于播完了冗长的国际新闻，到了容市社会新闻板块，主持人正用耸人听闻的语气念着知音体的简介——

"常年号称出差工作，不料竟在邻市密会第三者，原配、第三者同时怀孕，张先生到底何去何从……"

白桃看向了裴时。

裴时愣了一秒，还没彻底反应过来，就见白桃露出了快要落泪的表情，一双眼睛泫然欲泣："老公，你该不会背着我……难道我们的爱情是假的吗？难道我们已经变成了那种塑料夫妻？"

其实，白桃大致也摸清了裴时的性格，裴时这男人，好像每次只要自己一提两人的恩爱和爱情，他就完全没法招架。

果不其然，自己这话说完，裴时露出了摇摆的表情，他抿紧嘴唇，不容分说道："我们的感情绝对没有问题。"

白桃又用力憋了两滴眼泪出来，佯装哭哭啼啼道："既然这样，那你证明给我看。"她眨了眨眼睛，下了最后通牒，"我要跟着去，眼见为实。"

果然，裴时就是招架不住自己的眼泪，没多久就败下阵来，虽然这男人生怕自己跟在他身边让他癫狂到丧失理智，一张脸上写满了抗拒，可白桃还是很高兴。这裴时爱自己爱得真是深沉，自己一哭，他脸都黑了，还有什么不答应的？

总之，通过自己的努力，白桃得到了和裴时一起出差的珍贵机会。

行程在后天，第二天上班，白桃没事干，就开始在网上找"出差必备随身物品"，袁牧这种粗心的男人怎么可能三百六十度无死角地照顾好裴时呢？自己虽然是临时助理，但也该对裴时投桃报李，毕竟这男人都爱自己到痴狂了……

一个下午，陆陆续续有快递送到公司来，多到连裴时都发现了不对劲，袁牧不得不顺从裴时的意思特意去问白桃买这么多东西做什么，白桃理所当然地说："你们男人神经粗，我老公又不带女助理，我得多给他准备点东西。"

袁牧愣了愣，说："孙静要和我们一起去的，她没和你说吗？"

白桃眨了眨眼，孙静要去？怎么完全没和自己说呢？

这天白桃正好约了余果一起吃中饭，咖啡馆里，她没忍住就向余果抱怨起来："职场真的太难了，虽然我知道自己是有点优秀过度，但她也太针对我了吧！我特意问了袁牧，袁牧也说，孙静原本最讨厌出差了，结果这次主动请缨，说什么一定要跟去，还说不能浪费这么珍贵的机会……"

白桃总结道："她就是怕我抢了她的表现机会，生怕我和裴时一起出差，因为我的太能干得到裴时赞赏和提拔，她这种人，可不就是典型的嫉贤妒能吗！"

余果咬着吸管，负责地分析道："木秀于林，风必摧之，优秀的你当然要承担常人无法承担的嫉妒！你可别说，她会不会不仅是嫉妒你，可能是对裴时有点那种不寻常的想法啊？所以找尽机会要和裴时一起出差？

"裴时那么工作狂，平时和这个助理相处的时间可能都比你多，你还是要当心点的，别仗着裴时对你死心塌地，就觉得他一定不会变心，裴时是男人吗？是！那就也有可能犯男人都会犯的错！"

白桃本来不觉得有什么，但这越听越是觉得余果分析得有道理，她当即表态道："放心吧！我就走自己的路，让她无路可走！我白桃，不仅在工作中能力卓越，在生活中也能对裴时无微不至！让她知道什么叫作真正的优秀！"

打定了主意在出差中好好表现后，白桃更加紧了自己的采购，等值机托运时，她看着自己满满当当的四个大箱子，顶着孙静目瞪口呆的不解眼神，感到非常满意。

等着瞧吧！这就是差距！白桃决定好好表现，让孙静知难而退！

其实别说孙静，这四个巨大的箱子，白桃早晨要求裴时从楼上提下楼时，连裴时也露出了一言难尽的复杂表情："你只是去出差两天一夜，不是去度假。"

白桃铆足了劲儿想给裴时一个惊喜，也没解释，只撒娇道："老公，帮我提下嘛。"

裴时那么爱自己，自己那么一撒娇，当然是予取予求，最终一言不发地就把箱子给提下了楼。

除了托运走的四个大箱子，白桃还有一个登机行李箱。裴时给一行四人都订了头等舱的机票，不像孙静第一次坐头等舱东看西看充满了好奇，白桃十分淡定。等飞机一平稳飞行，白桃就准备开始表现了。

裴时刚放下正翻看的报纸，白桃就掏出了眼药水，在孙静的目光里殷勤道："裴总，看报纸眼睛累了吧？用点眼药水缓解下眼部疲劳吧！"

裴时微微皱了下眉，大概是生怕被人看出和自己的关系，有些一本正经拒绝道："谢谢，不用了。"

孙静瞧见这情景，脸上果真露出了嘲讽的笑意，像是讽刺自己马屁拍到马脚上似的。

呵，这就是人和人之间的差距！

一个真正的好员工，是永远想好各种备选方案的！

白桃当即掏出了另一样东西："裴总，要不习惯用眼药水，试试这个蒸汽眼罩吧！"她一边说，一边又拿出了别的，"还有这个磁石贴，您平时日理万机，伏案工作，签批文件，手腕、肩颈都需要按摩和修复，我这个磁石贴是找日木代购的，专利产品，不用不知道，用完吓一跳……

"另外，还有这个护手霜，您一定要用一下，长途飞行，空调环境，皮肤容易干燥，就让这款滋润型护手霜保护您的双手，让您的双手重返娇嫩……

"哦，这里还有一款保湿润唇膏，让您的双唇水润丰满，性感无敌，飞行疲劳，一扫而空！"

白桃为了展现自己的全能，昨晚都没睡好，连夜背了一晚上产品说明书，确保不论裴时问什么，都能对答如流，给予裴时全方位的体贴关心和隆重服务。

做助理，也要做最耀眼的助理！

自己这样一番热情讲解，果不其然，孙静的眼睛都直了，她转头就看向了裴时，而裴时的脸色有些复杂，大约自己的体贴让这男人着实感动，他看起来内心情绪澎湃起伏，然而最终不想表露出来，深吸了几口气后，白桃看着裴时选择了压抑，他看起来很努力地心平气和，然后再次拒绝了白桃："谢谢，不用，我现在想睡觉了。"

想睡觉也没问题！

白桃早有准备："裴总，那这个真丝眼罩您一定要用一下！丝滑爽肤，透气轻薄，高贵奢华，与众不同，特别适合您的气质！"

裴时一字一顿道："我不喜欢睡觉的时候戴眼罩。"

"这个真的戴了就和没戴一样，像你的第二层皮肤一样，会呼吸的眼罩！你体验一下吧！"白桃朝裴时眨了眨眼，送了个小小的秋波。

这一眼下去，裴时脸上果然露出了"快忍不了了"的表情，他侧过头，压低声音，眼里像是在压抑着一股火苗："我戴了以后，你能不说话了吗？"

瞧瞧，这男人，连自己多说两句话都快把他勾得把持不住了！

行吧，白桃乖巧地点了点头，奉上了真丝眼罩。

裴时又警告般看了白桃两眼，深吸了一口气，这才接过眼罩，戴上去之前，还再次低声告诫了白桃一次："安静，知道吗？"

知道了，知道了！

第七章

出　差

　　自己的卓越表现果然引起了孙静的注意，这小助理一会儿瞪着自己，一会儿又见鬼似的瞪着戴着真丝眼罩的裴时，她震惊的目光，显然写满了对白桃竟有这体贴入微服务的不敢置信。

　　白桃得意地想，等到了下榻的酒店，自己那四箱子托运行李送达后，让孙静震惊的事还多着呢！

　　自己可是把裴时出差所有细节都考虑到了，从静电按摩梳到白桃味空气清新剂，甚至生怕裴时认床，连裴时的枕头，她都偷偷藏到行李箱带了来。

　　只可惜裴时没给白桃再次表现的机会，下了飞机，拿上行李，把孙静和白桃一路送到酒店，裴时就计划和袁牧独自去合作公司进行商务谈判。

　　裴时看了眼手表，没停留太久，就带着袁牧往酒店门外走，白桃对此没有异议，留下和孙静一起等待前台办理入住手续，然而几乎是下一刻，有人从酒店外推门而入，朝着前台走来。

　　下意识回头的一刹那，白桃整个人吓得汗毛都竖起来了——这客人没什么奇怪的，但他带着狗。

　　而白桃怕狗。

　　虽然是条泰迪犬，体型很小，但白桃怕狗怕到屁滚尿流，只要和狗处在同一空间内，就差不多要她的命了。

　　那客人直奔前台来，没几步已经站到了白桃的身边，而他身后像是跟着个什么贵妇旅行团，很快又乱糟糟拥进了一拨客人。白桃周围一时之间被围到水泄不通，想跑都没处跑，而那条狗已经近在咫尺。

白桃怕狗完全是心理上的问题，如今这条小泰迪不仅没有对白桃吠叫，甚至主动扒拉到白桃的腿上，蹭着白桃的腿，但这却让白桃更害怕了，狗还没近身的话她尚且还能跑，如今狗的触碰让她完全进入了应激状态，她一瞬间甚至有种呼吸不畅、快要窒息的感觉，身体一动也不敢动，生怕一丁点动作这狗就要咬自己……

身边的孙静并没有发现什么不妥，她还在确认着她自己的入住信息，而白桃内心却已经恐惧到无法说话求救了。

就在白桃的惊惧升级到快要晕厥之时，有人拨开人群，走上前揽住了她的肩膀，带了安抚的意味，然后这个人蹲下身，伸手抱走了扒拉着白桃的那只泰迪，交还给了主人。

是裴时。

他看了一眼白桃，冷冷地向狗主人道："麻烦看好你的狗。"

狗主人顿时大感抱歉，不断道歉，抱着狗就远离了白桃，然而即便狗主人带着狗已经退到了安全距离，白桃还是害怕，光是视线看到那条狗都觉得想发抖，也不知道是不是她的脸色太过难看，裴时脱下外套批到了白桃的头上，隔绝了她的视线。

他的手并没有离开白桃，虽然视线被全然盖住，然而白桃被揽在裴时怀里，反而感觉到了极度的安全，她听到头上响起裴时的声音，他在对孙静说话——

"看好行李，不办入住了，办下退房手续，换一家酒店。"他言简意赅道，"她怕狗。"

说完，他不容分说就带着白桃离开了人群，白桃安心地跟着裴时走了一段路，对方这才放开了她，然后拿走了外套。

"现在好了。"

其实只有短短的几分钟，然而倚靠在裴时怀里的这几分钟，害怕的情绪过后，白桃就只觉得心跳如鼓。

裴时并没有说任何甜言蜜语，他的举动也不带任何浪漫的元素，但白桃在他拿走外套后，第一次有些不敢直视他，她竟然觉得害羞，只好顾左右而言他——

"就，你不是走了吗？怎么又回来了？是忘了什么要我给你拿吗？我四箱子行李里什么都带了，你想要什么？"

"我看到有人带狗走进来了。"

裴时并没有什么过多的解释，本来这样的场景，明明可以有个深情表白、爱的亲亲，然而裴时显然不懂情趣为何物，他低头看了眼腕表，皱了下形状好看的眉："我赶时间，走了，你安分点。"

这倒不像是一位丈夫对妻子的温情关照，怎么反而像一位家长对小朋友的严肃警告？

白桃也不知道自己怎么就鬼使神差地伸出了手拽住了裴时，等她反应过来时，话已经说出了口："我不要，我要跟你一起。"

她小心翼翼地看了裴时一眼，一瞬间都忘记了带上标准的撒娇表情，有些露怯地解释道："我怕在酒店还会遇到狗。"

裴时微微皱了下眉："你待在房间里，我让孙静陪你。跟着去谈判绝对不行。"

裴时向来公私分明，并不希望白桃参与进谈判阶段，然而白桃赶紧拉紧了他的衣袖，用可怜巴巴的眼神望着他："可在孙静身边没有安全感。"

然后她又眨巴眨巴眼看向裴时，盯着裴时一字一顿补充道："在老公身边才有。"

裴时愣了愣，然后露出了极其不自然的神色，几乎是下意识的，他侧开脸，避开了白桃的视线。虽然仍然板着脸，看不出太多情绪，但白桃下意识觉得，他脸上已经没有刚才那种"绝对不行"的冷硬了。

于是白桃拉起裴时的手晃了晃，乘胜追击道："好不好啊，老公？我就跟在你身边，谈判的时候我在外面等。"她露出乖巧的表情，"我会很乖的，不给你惹麻烦，可以带着我吗？"

裴时抿着唇，仍然没有松口，都到这地步了，白桃也豁出去了，她踮起脚，又飞快地亲了裴时的脸一下："这样可以了吗？可不可以带我啊，老公……"

也不知道是不是此前撒娇多了，白桃现在对裴时说出这种话简直信手拈来，越发熟稔自然，直到说完才觉得有些赧然。

哎！难怪说真心可以换真心，都怪裴时太爱自己，这可不是把自己也给感染了吗！

虽然酒店大厅此刻熙熙攘攘、人来人往，但也不是完全没人关注白桃所在的这个角落，自己亲裴时这个动作，袁牧就看到了。

这下白桃也有些不好意思起来，决定再接再厉，速战速决："难道亲一下还不够吗？"

她一边说，一边作势又要亲裴时，这下裴时也不好意思了，他终于出声打断了白桃："够了。"

这男人一本正经地咳了咳，瞥向了酒店大厅里的一株绿植："不用再亲了。"

"那……"

"可以。"

"嗯？"

裴时这次不仅移开了视线，径自整个人都转过了头，然后就朝着酒店大门走："要快一点，否则会议要迟到了。"

这个意思？那就是……

白桃顿时兴高采烈："那我是不是可以跟去啦？"

"我说不行你会不去吗？"

裴时没回头，然而白桃还是听到了他的声音，这男人真是……嘴上说着不要，身体却很诚实嘛！

白桃内心喜滋滋的，当即迈开步子跟了上去。

等上了车，白桃心情彻底平静了下来，她打量着裴时的侧脸，越看越觉得赏心悦目，五年后的自己审美到底还是在线，找的老公颜值完全都能吊打小明星了，何况裴时不仅长得好，这男人胜在气质好，往旁边一坐就有种不怒自威、高岭之花不可亵玩的冷感，让人生出距离，但又心生向往。

白桃忍不住就朝裴时靠了靠，娇滴滴道："老公，刚才狗的事，谢谢你哦。"

裴时愣了愣，对白桃的靠近很敏感也有些不自然的模样，然后这男人言简意赅道："没事。"

倒是袁牧立刻接了茬："裴总，是我的疏忽，没有注意这家酒店住店可以带狗，已经安排孙静去订别的禁止狗出入的酒店了。"

"嗯。"

一提起狗，白桃就忍不住想到自己对裴时当初表白的乌龙，跳进院子结果裴时养了条狗！只是白桃并没有见到过这条狗，难道因为自己怕狗，所以裴时迁就自己把狗都送走了？

她这么一想，内心有些甜蜜的同时也有些愧疚，毕竟当初白桃就打听过，裴时是很喜欢狗的……

她清了清嗓子，小心翼翼地试探道："当初的那条法斗，你平时会去看看吗？"

裴时愣了愣："嗯？"

果然真的为了自己送走了？

可惜自己确实怕狗，但对裴时不得不送走法斗，她也有些不忍："那我买点进口狗粮和玩具，你下次去看它的时候带去吧？"

裴时抬了抬眼："不用了。"他看了白桃一眼，又转头看向了窗外，语气很淡，"已经去世了，再买这些也没有意义，不如直接捐给流浪狗协会。"

啊……

白桃这下也意外了，这狗竟然已经去世了？

"生病，没治好。"裴时看了白桃一眼，"怎么了？"

"那你之后没再养狗吗？"

"你这样，我怎么养狗？"裴时抿了抿唇，语气平实，并没有太多情绪，也毫无指责的意味，只是叙述事实。

白桃内心却愧疚上了，她知道裴时多喜欢狗，但因为自己……没想到这男人为了自己其实牺牲了那么多……

"我……我小时候被狗咬过，所以很害怕狗。"白桃说着，伸出了手腕，露出了她平时从不想示人的淡淡疤痕，"保姆带着我的时候偷懒，跑去和别人聊天，没注意到狗，后来我见到狗就会做噩梦……"

下意识的，白桃就想解释，自己并非矫情娇惯才怕狗。

裴时看起来也像是第一次听到这个理由，他愣了愣，然后看向了白桃的手腕。

他的视线让白桃有些想逃避，她缩了下手："这个疤挺丑的吧？"

"没有。"裴时移开了目光，声音有些不自然，"没觉得丑。"

这是在安慰自己吗？

这男人顿了顿，又补充了一句："虽然是有疤，但男人不看手，只看脸。"

"啥？"

"你脸还行，手稍微丑一点问题不大。"

"啥？"

虽然知道裴时这是一本正经在安慰自己，但白桃一瞬间一点感动都没了，脑门上只有一串问号，不是说了不觉得丑吗？讲这么多，还不是就是嫌弃手丑了？！

"我手哪里丑了？！这疤哪里丑了？！"

裴时有点头痛："不是你自己说你这个疤有点丑的吗？"

"我只是那么随便说说试探你的！没想到你真的觉得丑！"白桃一脸泫然欲泣，"裴时，没想到你是这种人！而且什么叫男人只看脸？难道我除了脸，别的不行了吗？我身材不好吗？我气质不行吗？我才华不够吗？！你这男人怎么这么肤浅！"

裴时决定闭嘴，他不应该妄图和白桃说理，因为白桃会把他拉到和她一样幼稚的层面，然后用丰富的实践经验和可怕的逻辑打败他。

好在没多久就抵达了会议地点，裴时恢复了一贯的冷淡，让袁牧把白桃在会议楼下一家禁止携带宠物的咖啡厅安顿好后，才和袁牧上楼。

谈判过程有些坎坷，对方公司的高管张志兴是个油腻的中年男人，老练的油滑和斤斤计较的嘴脸令裴时不适，但奈何对方公司拥有一条可圈可点的云计算和 AI 领域业务线，对裴时公司的全球扩张非常有意义，好在经过一下午的来回推进，总算顺利达成了初步收购意向。

"裴总，合作愉快！为了庆祝，今晚我们宴请，一起吃个饭再走！"张志兴一脸热情地装腔作势道，"不吃就是不给面子啊！"

大数据这行里，因为大部分公司是乙方，需要承包企业的大数据系统搭建或别的需求，接活儿成为企业生存至关重要的环节，企业高管常常需要负责喝酒应酬，搞人脉、拉业务，多少带了点销售的意味，也多少就有部分销售的陋习——总觉得吃饭喝酒能吃出情谊人脉，捏脚按摩能按出惺惺相惜。

裴时不喜这种风气，但考虑到这条业务线的重要性，看了下当前的时间，还是决定参加这场晚宴，他叫来了袁牧："让孙静来接一下白桃，安排下晚饭。"

张志兴却是个老滑头，当即转了转眼珠："裴总这是还有什么助理陪着？那一起吃啊！人多热闹！等以后完成并购了，都是一家人！"

这中年男人有一种自来熟的油滑，并不清楚裴时在完成并购后，第一时间就要大刀阔斧开掉一半以上的高管，首当其冲的就是张志兴。

"不用，小助理，我会让她自己安排。"

这并不是什么高端局，裴时并不希望白桃参与，可惜天不遂人愿，他刚走出公司下楼，坐在楼下咖啡馆玻璃窗边的白桃似有所感，正咬着吸管朝窗外看，一见裴时，便漾起了明艳的笑，幼稚地朝裴时挥手。

裴时来不及阻止，就见白桃丢下咖啡，像个兔子似的蹦了出来，风一样跑到了自己面前。

张志兴看了眼裴时，又看了眼白桃，眼光明显被白桃的脸吸引住了，直到裴时表现出了明显的不悦，这中年男人才忍住垂涎般地收回了目光，只是再看向裴时的眼神，就微妙多了。

"裴总，你这眼光毒辣啊！哈哈哈哈哈。"他伸手想要拍裴时的肩膀，但被裴时避开了，这张志兴倒是也不恼，又看了白桃两眼，对裴时夸赞道，"裴总真是年轻有为，懂行，懂行，买的是咱们公司最有前景的业务线，这招的小助理，也是很有潜力的啊……

"不过既然都遇到了，就一起吃个饭吧，裴总不至于这么小气吧？这么一个小助理，一顿饭能多吃几口多花几个钱呢？"他笑眯眯地看向白桃，"小姑娘，你就一起来吧，你们裴总不管饭，我张大哥给你管饭啊。"

裴时本来想让白桃回去，然而转念想了想，白桃在这里人生地不熟，她长得又太出挑，娇生惯养惯了也没什么生活经验，还不如带在自己身边来得安全。

张志兴虽然烦人，但酒局的时间裴时可以把控，早点结束带白桃回酒店就行，因此也没再驱斥张志兴，一行人便驱车前往饭店。

张志兴大略知道裴时的背景，一开始还算收敛，只试探着敬了一次酒："裴总，来，给个面子，喝一杯！"

可惜裴时并没有给这个面子，他冷淡地拒绝了张志兴："我不喝酒。"

张志兴干笑了两声，也忌惮裴时的地位，并没有再劝酒，只是把目标转向了袁牧，袁牧不得已，最终喝了不少。

酒过半巡，张志兴话就多起来了，那些酒桌上的坏毛病也开始冒了出来，也不知道是真醉了还是装醉，张志兴没敢对裴时放肆，但酒桌上油腻的黄段子已经开始冒了出来，裴时不想再继续，提出了结束饭局。

可惜张志兴这下就仗酒行凶不依不饶了："那裴总，你不喝酒，让你这个小助理陪我喝一杯呗！喝了这一杯，这局就结束了！"

"她也不喝。"

裴时不喝酒，张志兴大约觉得很没面子，之前不敢造次，如今仗着喝了酒装醉，就尽情闹起来："裴总啊，你不喝，你的助理怎么也不能喝？那你带着助理的意义是什么啊？"

张志兴纠缠道："裴总，你要是累了，我就让人先把你送回酒店，我看人家小姑娘来了也没怎么吃东西，我们这儿最有名的就是夜宵。"他说着，就朝白桃靠过去，眼睛滴溜溜地转，"小姑娘，哥带你去吃小龙虾，可够味了！"

白桃转头一看，裴时的脸色很难看，当即有发难的趋势，这场面，放任下去，不出所料这男人就要当场翻脸了，毕竟他那么爱自己，怎么可能忍受别人口头调戏自己呢！

但白桃审时度势想了想，如今就一杯酒的事，别为这事闹得下不了台，还是息事宁人的好。毕竟来的飞机上她也听袁牧说过，这次的并购对裴时很重要，这家企业也有别的公司妄图并购，要是裴时失了先机，对公司业务可能会有颇大打击。

她在裴时发作前起身表了态："那我敬张总一杯！祝合作愉快！"

然而张志兴正意图塞进她手里的酒杯在中途就被另一只骨节分明的手拦截了。

"我替她喝。"裴时的声音带了隐隐的怒意，冷而威严，"喝完这一杯，这一局就结束了，张总醉了，也该回去清醒一下，以免说出不该说的话。"

裴时抿唇笑了下，声音很和缓，听着很客气，然而每一个字都是冷的："毕竟我们的收购协议还没有签订，我也不好意思仗着你喝醉从你这边听到贵司的商业机密，对不对？"

裴时说完，径自拿起酒杯一饮而尽，然后也没再多话，连虚与委蛇的表面功夫都免了，倒是张志兴看着酒杯有些愣神，又打量了白桃和裴时几眼，赶紧自己顺台阶下着说了点场面话，一行人这才散了。

在和代驾接头上车之前，裴时都很镇定没有任何异常，只是微微皱着眉，然而一上了车，他就没有刚才的淡然了。

"开快一点。"

白桃第一次见到他露出了烦躁的表情，甚至伸手动作稍带粗鲁地扯松了衬衣的领口和领带，显得极其不耐烦。

听袁牧说，裴时应酬是从不喝酒的。

而几乎一到酒店，等孙静接到白桃后，裴时就径自回了自己的房间，连话也没再和白桃说一句。

本来经历了这样出差的一天，白桃也有些累，可洗了个澡后，她还是担心起隔壁房里的裴时来。

虽然只喝了一杯酒，可他那个样子，明显很难受，以至于裴时这种人，在车上情绪都有些明显的烦躁和失态，是酒精不耐受吗？这么严重？

想起今天裴时为自己挡狗挡酒，白桃觉得于情于理，在这种时候怎么也应该投桃报李关心一下对方。

只是白桃刚来到裴时房门口，就发现他并没有关门，房间里传出了女人的声音——

"裴总，今晚就让我陪您吧，您放心，张总这边都和我说过了，您想怎样都可以……"

女人的声音浓稠黏腻，带了强烈的暗示意味。

白桃的心一下子提到了嗓子眼里，难道这就是传说中的潜规则？！张志兴这条狗，竟然给裴时安排了小妹？

她登时提起了精神，撸了撸袖子，当即想冲进去棒打这个投怀送抱的第三者。这一刻，白桃的心跳得很快，胸口有点闷，她自己也不知道为什么，心间糅杂了忐忑和恐慌，仿佛自己在门外多待一秒，屋里裴时下一秒的反应就会打破所有的幻象……

或许因为失忆了，到底缺失了点死心塌地的信任感，她竟然并不像别的妻子一样想试探自己丈夫的真心。并不是不好奇裴时的答案，反而她只是害怕听到她并不想知道的答案。

这个时刻，白桃甚至有点想逃回房间。

只是犹豫间，裴时的声音已经响了起来——

"你出去，或者我报警。"

这男人的声音一如既往的冷硬，语句的末梢里已经带了非常浓重的怒意。

可惜那女人显然并不了解裴时，只娇滴滴地继续道："裴总好凶哦，不用担心，我知道裴总结婚了，我只是仰慕裴总，不会给裴总惹麻烦的，今晚我可以留下照顾裴总吗？"

裴总这次声音里带了冷笑："不可以。"

"是我长得不好看吗？"对方声音暖糯，婉转动听，"裴总要不要看看我的身材，比脸更优秀哦……裴总，男人只有一个女人的话可是会腻味的……"

"不需要。"面对这种撒娇，裴时的声音连一丝情绪波动都没有，"你身上、脸上的整容痕迹太重了，我劝你好好返厂做修复。"

裴时的语气还是一如既往的无情："但即使你动刀子了，你现在这样的长相和身材也没什么可骄傲的，因为底子太差太丑了，你整到死，连我太太万分之一都比不上。"

白桃心里剧烈地跳动起来，她脸颊上的温度也不自觉地变高了，连手心都沁出了汗，她从没料到会听到这样的答案……

裴时，对自己一定真的是死心塌地的……

抱着这样的想法，带着心满意足，考虑到毕竟偷听不太好，白桃准备偷偷先跑回房间，结果还没走，裴时的房门就被大力推了开来，紧接着，白桃还没看清，就闻到了一阵刺鼻的香水味——一个女人被裴时几乎是提溜着毫不留情地丢了出来……

接着是裴时冷酷无情的声音——

"滚远点。"

这男人说完，连看也没看门外一眼，径自甩上了门，只留下白桃瞪着门板出神。

而那被扔出来的女人显然是常年做这个的行家，被这样对待，也不羞恼，只站起身拢了拢长发，她刚想说什么，就看到了门口的白桃，接着就露出了意味深长的笑，然后朝白桃点了点头："你是谁安排来的啊？"

啥？

这女人见白桃没说话，挑了挑眉，看着白桃的脸露出了艳羡的表情："你这张脸哪家医院做的？好自然啊，方便加个微信把医生信息推给我吗？"她摸了摸自己的脸，"我的整容痕迹很重吗？难道真的要返厂才行了？"

也不等白桃回答，这女人又瞥到了白桃的胸口："你这个胸，垫了多少硅胶啊？是不是做得太大了啊？腰本来就细，配这个胸视觉效果更大了，不觉得硅胶太沉走路吃力吗？"

白桃简直气得翻白眼，这傻女人，竟然以为自己是整的！睁大狗眼看看，自己就是裴时嘴里的纯天然无添加天生性感尤物裴太太好不好！

见白桃瞪着自己，那女人也没生气，只嘲讽地笑了笑："我劝你省点心，别敲门了，这男的吧，估计不行，我这样的都被赶出来了，你这脸蛋和身材做得比我还夸张。对了，你一起走的话我们拼个车？"

白桃懒得解释，也学着裴时的样子冷酷无情地拒绝了对方，等那女人骂骂咧咧转身走了，白桃才敲了敲裴时的门。

白桃等了会儿，裴时才过来开了，这男人好像刚洗过澡，如今只穿着浴袍，头发还没来得及擦干："你……"

看清了门外是白桃，他才敛了敛神色。

此刻，他脸色比在车里好上一些，但仍然带着努力抑制的烦躁，他用手撑在门口，并没有让白桃进门，只看了白桃一眼，语气有点冲："怎么了？"

白桃小心翼翼问道："裴时，你还好吗？是不是酒量不好？"

裴时揉了揉眉心，没有太大的耐心般言简意赅发号了施令——

"你不用管我，回自己房间。"

只是裴时越是这样，白桃就越是不放心，这男人这么爱自己，自己如今主动关心他，正常情况下裴时都该激动地抱着自己感动哭了，怎么会是这个态度呢？

是不是……

白桃心里顿时有了计较——这男人怕不是酒量很差，喝了酒以后一路憋着，到酒店就一顿大吐，但男人嘛，都是要面子的，这不还要在自己面前逞能，不能露出自己虚弱的一面吗？所以即便难受得要死，也不肯在自己面前露怯。

"不行，不行，我不能放着你不管，今晚我会陪在你身边照顾你……"

这么一想，白桃就有些心疼了，她下定决心今晚好好照顾裴时，虽然裴时撑着手挡在门口，可他个子太高，白桃一弯腰，就从他手臂下面灵巧地钻进房里了。

裴时想着两人的恩爱人设，自然不能像丢前面那女人一样把白桃也丢出去，只能沉着脸先关了门。

而门外，刚刚因为拉扯间一个耳钉丢在地上的女子去而复返，正见证了白桃进裴时房间的这一幕。

"切！装什么一本正经道貌岸然对妻子忠诚啊！"这女人鄙夷地撇了撇嘴，"不让我进门，不过就是嫌弃我腰不够细、皮肤不够白、眼睛不够美、胸不够大呗！"

"男人啊，都不是什么好东西！"

这女人捡起了地上的耳钉，暗下决心，决定把自己的胸再整整大！更大，才能像那个最终进屋的一样更强！

白桃进了裴时的房间后，挺贴心地给裴时倒了水，还帮裴时把脱下来的外套挂好，结果才待了几分钟，裴时就下了逐客令——

"你可以回去了。"

酒店的房内照明一般都用相当暧昧的昏黄色灯光，裴时的脸隐在这样的光线下，白桃有些看不清他的表情，但他的嗓音有些低沉，带了点不自然的沙哑。

白桃凑近，才发现裴时脸上也有不正常的红晕："你怎么了？"

白桃几乎没有多想，就下意识把手贴上了裴时的额头。

是不是发烧了啊？

结果自己的手还没靠近，就被裴时很快地挡住了，显然是拒绝白桃的触碰。

白桃原本只是好心，结果遭到裴时这样的反应，心里登时不开心了，裴时这什么意思啊？自己的老公，怎么的，还碰不得了啊？

白桃起了点逆反心理，裴时越是这样，她越是要碰，当下就提起了另一只手，快速地摸了摸裴时的额头——倒是没有烧。

只是怎么脸这么异常的红？

白桃又顺着从额头往下摸了摸裴时的脸，然后一路流连往下，也不知道怎么回事，鬼使神差不小心碰到了他的锁骨——

裴时此刻穿着浴袍，领口微敞，露出的锁骨存在感太强，白桃从没想过，男人露锁骨也能这么性感和招摇……

只是白桃的手很快被裴时给钳制住了。

"别碰我。"

这男人的声音带着压抑和努力克制的情绪，声线低沉，语气带了排斥和抵抗。

不是说好了是恩爱夫妻？！这种警告是什么意思啊！白桃本来只是过来看看裴时需不需要照顾的，并没有别的意思，然而裴时如今看自己这个戒备的眼神和警觉僵硬的肢体动作是怎么回事？怎么像个良家妇女看色狼似的提防？

难道还以为自己馋他身体？！

白桃性子上来了，当即开始耍赖："我就要碰，你能怎么样啊？"

她一边说，一边手就往下探，准备胡乱摸一把占个面子上的优势再撤，吓吓裴时。

按照自己备忘录里的记录来看，裴时对夫妻生活是很热衷的，如今这么抗拒，白桃皱着眉盯着裴时看了看，突然灵光一现恍然大悟——

裴时可能不太能喝酒，因此滴酒不沾，如今替自己挡了一杯，可能因为不胜酒力各种难受……

男人，最怕的就是女人看不起。

都说酒后影响男人发挥，裴时如今如此提防自己，肯定是害怕万一今晚自己暗示要和他这个那个，他表现不佳，影响在白桃心中的形象！

一想通这里面的逻辑，白桃就有些想笑了，裴时大可放心！

她当即解释道："我就摸摸，没别的想法……"

"你没别的想法就不要摸。"几乎是同时，裴时的声音响了起来，他的声线带了喑哑还有一些努力抑制的咬牙切齿，"你是不是没吃够苦？"

苦？

"什么苦？你酒后表现不佳……的苦？"白桃当即澄清道，"你放心，我今晚对你真的没有那个想法！我马上走！"

然而话音刚落，原本赶自己走的裴时却突然冷笑起来，白桃刚打开房门，裴时就一把把房门重新推了回去，他把白桃抵在门边："你说清楚。"这男人的声音带了点微微抬高的兴师问罪和难以置信的怒意，"表现不佳？什么叫酒后表现不佳？"

裴时的眼睛直直盯着白桃，眼睛里像是有努力抑制的火苗，气息微喘，如今这个动作，白桃像是被他桎梏在了怀里，他的脸颊离白桃也近在咫尺，白桃也不知道为什么，几乎是瞬间，她的脸也红了起来，只觉得酒店的空调似乎打太热了，热到白桃感觉快要呼吸不畅，甚至都能感受到裴时的吐息——温热的，湿润的，暧昧的。

"白桃，你真是学不乖也吃不够苦。"裴时贴近了白桃的耳朵，压低声音道，"你上次自己灌我酒什么结果我看你是忘了。"

在下不才，白桃想，确实是忘了。自己对过去一无所知。

是以前自己还灌过裴时酒？所以裴时酒后怎样了？难道发酒疯？酒品很差？这才死命不喝酒？

"你好好想一想，上次灌我酒以后是怎么求了我半宿的。"

"什么？"

这次，裴时放开了白桃，他移开了目光，然后朝沙发上走去，朝白桃有些不耐烦地挥了挥手："快点走。"

"啊？"

"给你个机会，在我没失控和反悔之前赶紧走。"

失控？看来裴时酒后是真的会发酒疯了……

看到白桃还呆愣着，裴时像是忍无可忍，他瞪了白桃一眼："张志兴给你的那杯酒，是苦艾酒。"

"苦艾酒怎么了？伤身？"

"苦艾酒的酒精浓度一般在50%以上，苦艾脑有精神麻痹的作用，而苦艾酒除了酒精的醉酒效应，还会有一定程度上的致幻和兴奋作用。"裴时抿了抿唇，声音沙哑，"因为效果很好，苦艾酒是很风靡的助兴酒，而我对苦艾酒的耐受度并不高。"

他看了白桃一眼："你懂我的意思了吗？"

白桃有些没反应过来："耐受……不高？"

裴时垂下了目光："意思就是，苦艾酒助兴，对我来说，很有效。"

裴时顿了顿，克制地补充道："而且效果，会很明显。"

这……白桃小心翼翼地看了眼裴时，才发现这男人此刻像是在努力掩盖着什么，白桃愣了片刻，看着裴时忍耐的神色，突然就懂了，当下脑子就炸了——

这……这有点吓人啊！

这得跑啊！

"对不起，打扰了！裴时，我这就走！"

只是白桃刚准备开门，裴时就起身，又一次把门给推上了。

这男人不是后悔了要对自己饿虎扑食了吧？

白桃想了想，虽然五年后两人已经是恩爱夫妻了，但如今的自己，还是没法坦然接受啊！

捍卫自己的清白，义不容辞！

就在白桃举起手义正词严准备推开裴时时，裴时一只手抓住了她的手拿开，然后恶狠狠地瞪了她一眼："你最好消停点。"

　　说着，裴时对白桃做了个噤声的手势，压低声音道："隔壁是不是有敲门声？"

　　他这样一讲，白桃仔细听了下，才发现确实有，可隔壁就是她的房间，这个点了，谁在敲门？孙静吗？她不是早睡了吗？

　　白桃透过猫眼往外一看，这不看还好，一看，就有些心惊肉跳了——正在她门口敲门的，不是醉醺醺的张志兴是谁？

　　裴时把白桃推开，也盯着门外看了眼，然后皱起了眉："你先别走。"

　　白桃这哪里还敢走啊。

　　她怕得要命："他怎么都能找到这里来？不是谈合作的吗？怎么都能做出半夜骚扰合作方助理的事来？而且还想给我喝苦艾酒，你这杯酒原本可是给我的……"

　　裴时揉了揉眉心，表情也很难看，他走回了吧台，喝了口巴黎水："大数据是近几年兴起的业态，但数据系统的开发在作价上其实有很大的自主性，因为很难定义一套系统开发需要五十万还是五百万，定价空间和区间很大，因此甲乙方之间勾结的情况也多，很多乙方可能并不专业，而是甲方高管的亲戚，总是有千丝万缕的关联，像张志兴这样的，企业能开拓出一条独特的业务线做起来，除了需要下面真才实学的数据工程师，更需要他背靠的大树拉业务。

　　"但也因为这种风气，从业人员素质参差不齐，有些像张志兴这样的，并没有什么底线，反而有很多恶习，包括互相向对方提供特殊招待之类。"

　　"可我是你带的助理啊！他都敢下手？也太明目张胆了吧。"

　　白桃义愤填膺，结果裴时看了她一眼却是意有所指："他可能有很大的错觉，觉得我们需要并购他们的业务线是处于有求于他们的弱势地位，因此对于这类潜规则是睁一只眼闭一只眼，为了达成并购目的，甚至会讨好他。"

　　说到这里，裴时顿了顿，又看了白桃一眼："何况你确实不太像是正经的女助理，以至于让他有这样强烈的错觉。"

　　白桃愣了一秒，很快意识到了裴时的暗示："你的意思是我像个你带着用来自我招待和招待别人的花瓶？"

　　裴时清了清嗓子，移开了目光，声音低沉道："我没有这样说过，是你的长相确实会给你造成这样的误会。正经已婚老板不会找你这样的助理。"

　　行吧……

　　白桃忍了忍，努力说服自己，裴时这是侧面夸赞自己漂亮。

　　此时，隔壁的敲门声已经停了，白桃凑近猫眼一看："张志兴走了，我也走了。"

　　她提防地看了裴时一眼，裴时显然也意识到了白桃的目光："我劝你老实待在我房里。这里是张志兴的主场，不是在容市，我并不能确定这家酒店和张志兴有没有什么私下的合作，也不确定他会不会去而复返，你一个人住在隔壁很危险。"他看了白桃一眼，意有所指道，"我想应该比和我在一起更危险。"

　　没想到东山有老虎，西山也有老虎！

　　男人果然没一个好东西！

　　白桃皱着眉思来想去，分析下来，觉得还是待在裴时这只老虎身边更安全一点点——裴时毕竟是自己丈夫，又那么爱自己，自己还是有办法分散他的注意力制服他……如果他想对自己乱来，白桃还能一脚把他送去医院……

　　白桃对裴时笑了笑，又营业上了："老公，那我肯定留在你身边呀。而且我相信你，你就算喝了苦艾酒，也肯定是以我为第一位的对吧？"

她一边这么说，一边就拿出手机，点开了音乐："来，我们听一点睡前音乐放松一下？"

裴时本来没什么意见，直到白桃的手机里响起了《大悲咒》……

这就让他有些咬牙切齿了："你能不能，安静一点？"

裴时说完，径自伸手拿走了白桃的手机，然后关掉了音乐，他把手机扔回给白桃："给我倒杯水。"

裴时的要求不过分，人看起来虽然有些潮红得不自然，但语气和表情都还镇定。白桃小心翼翼地倒完水，刚准备隔着一定的距离递给裴时，结果因为盯着裴时的脸看，脚下被裴时随手乱扔的领带不慎绊倒，水杯里的水径自朝裴时的胸口泼去，人也下意识就要往前栽，好在优秀的应急能力让白桃的手抓住了什么，最后一秒成功没有栽倒。

只是她还来不及得意，就见到了近在咫尺的裴时的脸，而下一刻，她才意识到，自己的手慌乱之中想抓住什么用来平衡身体——

裴时的浴袍此刻领口完全被扯松了，而自己那杯水也正顺着他好看的锁骨往下流……

裴时几乎是下意识躲避一样站了起来，然后他退了好几步，像是要远离白桃一般，此刻眼睛红了，耳垂也红了，声音也带了点颤音般的咬牙切齿，他一字一顿道："白桃，你故意的是吧？"

这男人像是要气疯了："我和你说过了，我喝了苦艾酒，替你喝的。"

裴时深吸了一口气，警告道："你是不是嫌上次灌我酒以后你跪得膝盖不够疼？"

白桃本来心里还有点愧疚，结果一听到这句，当下震惊了！

啊这？

上次裴时喝醉酒以后失控了竟然是让自己下跪？还跪到膝盖都

痛了？那得跪了多久？

这下再抬头看裴时，白桃的目光里也充满了杀意，垃圾渣男，没想到平时和自己恩爱非凡竟然一喝酒就家暴自己！还叫自己下跪？

五年后的自己，到底经历了什么？竟然不仅下跪了，还继续和对方恩爱两不疑？难怪刚才还说上次喝醉酒后自己求了他半宿！

白桃这下出离悲愤了："你竟然喝醉酒以后这么对我！"

白桃一下子对五年后的自己哀其不幸、怒其不争，可又不能自己找自己算账，这股气只能发泄到裴时身上，她顺手拿了个裴时床上的枕头，当即就朝裴时身上打去。

裴时被砸了一下，愣了愣才反应过来："你干什么？"

"你竟然让我下跪！看我不打死你！"

可惜体力上白桃根本不是裴时的对手，没一会儿，她就被裴时收缴了枕头，对方为了防止她继续扑腾，用被子裹住了她压制在了床上。

经过这么一场闹剧，裴时似乎也有些心力交瘁，他的气息更急促了，但是似乎又想到什么一般，也无法发作，最终只能色厉内荏地瞪了白桃两眼。

"你能不能消停点？"裴时一脸头痛，"我已经忍得很辛苦了。"

白桃的战斗欲还很爆棚："可你……"

"没让你给我下跪过。"裴时看起来表情更烦躁了，"你能不能清醒一点？"

裴时移开了目光，脸色也有些红，耐不住白桃被桎梏住了行动还试图闹腾，裴时把她继续按住。

他顿了顿，看向白桃："你自己也醉了。"

白桃简直气晕了，合着自己当初这么一通大跪遭了不少罪，还是自己自作自受了？

见白桃安分下来，裴时没再压制白桃，松开了桎梏："行了，现在一边待着去，离我远点。"

白桃哪里还敢造次，当即以一个被子卷的造型就从床上滚了下去，然后一蹦一蹦快速跳着远离了裴时。

虽然是已婚夫妻，白桃也接受了两个人结婚恩爱的事实，也可以预料自己和裴时不可能还是清清白白的关系，但一想到她和裴时……

吓人！害怕！

第八章

只要胆子大

白桃不敢再深想下去了。

好在裴时也不想提，他又带警告性质地看了白桃一眼，然后揉了揉眉心，进浴室里冲了澡，然后才出来倚靠在床上闭目养神。

大约是出差和高强度的谈判宴请有些疲劳，一个小时后，等白桃再偷偷打量裴时，才发现这男人已经就着依靠在床头的姿势入睡了。

白桃拍了拍胸口，终于松了一口气，裴时一睡，她才觉得警报解除，又倚靠在沙发上玩了会儿游戏，不知不觉也睡着了。

沙发到底不舒服，第二天天蒙蒙亮，白桃就在腰酸背痛里提前醒来了。她刚站起身来活动了下身体，然后就走到裴时床边。

裴时还在睡，纤长的睫毛安静地垂着，高挺俊美的鼻梁下是他看着有些薄情的嘴唇，唇色很淡，皮肤很白。白桃的目光随着他脸部的线条逡巡，划过他的脸颊，然后是他像是小山一样带了起伏线条的喉结。

如果裴时不醒来，白桃甚至也会相信这美好得像一幅画。

然而这不是。这男人是要醒的。

想起裴时昨晚上的模样，白桃有些焦躁，这样下去似乎也不是长久之计，不然裴时难道不会对自己心生怀疑？毕竟两人目前可是恩爱非凡的夫妻呀！

白桃想了想，觉得还是得找个办法自我保护！

　　她揉了揉睡在沙发上酸疼的腰，也不知道是不是急中生智，她停下了揉腰的动作，一个绝佳的念头闪过脑海。

　　白桃又打量了下裴时，发现对方没有醒来的征兆，于是赶紧鬼鬼祟祟地掀开他床上另一侧的被子，然后小心翼翼地躺了进去……

　　半小时后，白桃的身边传来了裴时翻身的声音，接着是窸窸窣窣衣物摩擦的声音，这男人终于悠然转醒。白桃感受着床另一侧的动静，然后这男人起了身，再接着果然看到了被窝里的白桃……

　　趁着对方愣神的刹那，白桃也佯装自然苏醒般睁开了眼睛，她迷蒙地看了裴时一眼，然后娇滴滴地拖长了调子："老公……"

　　裴时皱了皱眉，盯了眼在床上的白桃："你怎么……"

　　战略成功的第一步——先发制人！

　　白桃当即娇嗔地瞪了裴时一眼："老公都忘了吗？"

　　裴时整个人顿了顿，然后疑惑地看向了白桃："什么？"

　　"就……你昨晚……后来……"白桃娇羞般地低下了头，用被子遮住了自己的脸。

　　裴时一句话没说，只见鬼似的看着白桃。

　　见裴时没否认，白桃就继续演上了："你这个人真是的，一点也不怜香惜玉……"

　　裴时面无表情地看着白桃。

　　为了未来自己的清白，白桃也豁出去了，只要裴时不出言质疑，她觉得自己就还能演，于是当即装作相当困难地起了身，学着自己以前漫画里画过的那样，佯装缓慢又艰难地直起身，蹒跚着从床上坚强地爬了起来。

　　她又是害羞又是难耐般看了裴时一眼。

　　白桃见裴时没什么反应，再接再厉微微抬高了声音，佯装腰疼地"哎哟"叫了一声。

就在刚才从沙发起身腰疼的瞬间,这个绝妙的主意就冲进了白桃的脑海里——反正裴时昨晚就睡死了,何不佯装昨晚他苦艾酒上头后失去理智?

如今大着胆子一实践,白桃偷偷观察裴时的表情,才发现裴时的表情和自己预期中的有点不一样,他的脸上既没有震惊,也没有慌乱赧然或者不好意思,更没有疑惑不解、自我怀疑,反而是——出奇的平静。

这男人就这样静静地看着白桃,仿佛是在等着她继续进行什么表演。

胆大心细不要慌!

白桃在心里安慰自己,她清了清嗓子,顶着裴时这种眼神捶打了一下他的肩膀,硬着头皮继续道:"臭老公,都不心疼人家……"

因为苦艾酒的原因,裴时一晚上其实都并没有睡太好,酒精度数过高导致他的头有些痛,睡得也很浅,白桃从沙发上起身凑到他床边时,裴时其实是被惊醒了的,然而因为尚有些困倦,他并没有睁开眼睛,之后他就觉察到自己身边的被子被掀开,白桃闪身钻了进来……

接着再醒来,就是白桃的精彩表演。

裴时没有戳穿,只安静又面无表情地看着白桃,结果这女人大概以为自己默认了,越演越浮夸了——

"老公,看样子,我得休息个三个月……"

白桃却浑然不觉裴时的心理活动,欲言又止地看了裴时一眼,此刻她的脸上一脸娇羞,但其实心里挺得意,觉得自己这一波真是赌对了。

　　结果不出白桃所料，裴时一口答应了自己的要求："没问题。"这男人声音镇定，模样冷静，甚至提出了更好的建议，"我觉得三个月是不是有点短？不够你休养的？"

　　什么是好男人？这就是好男人啊！

　　白桃差点没哭出来，瞧瞧裴时，宁可委屈自己，也要让老婆高兴！

　　她刚想给点甜头亲一下裴时，结果就听裴时继续道："我看这样，不如一劳永逸，我努力一下，未来十个月你都可以好好休息。"

　　白桃一听到十个月，一开始是内心大喜，结果下一秒，裴时就径自凑近了白桃，把她按倒在了床上。

　　男人的气息近在咫尺，吐息间都是强烈的存在感和荷尔蒙。白桃被这突如其来的意外发展惊得整个人都不敢动弹了。

　　她下意识重复了裴时的话："十个月？"

　　"嗯，十个月。"裴时面无表情地点了点头，"十个月结束，休息几个月，还可以再有十个月的休养期。只要胆子大，明年休产假，想要吗？"

　　白桃这下终于反应了过来。

　　垃圾裴时！你才休产假！一胎还不够，连二胎都给自己安排上了！呸！

　　然而即便此刻气红了眼睛，白桃也不敢和现在的裴时对着干，只能虚张声势地瞪着对方，好在裴时尚有良知，他又盯着白桃看了眼，然后起身放开了对她的桎梏。

　　他盯着白桃看了两眼，语气带了隐隐的警告："你……安分……"然而也不知道为什么，裴时中途像是想起什么一般，愣生生刹车改了语气，他移开了目光，有些不自然道，"你……乖一点。"

　　这男人说完，也没再看白桃，拢了拢浴袍，带着有些微红的脸，

125

径自往卫生间走了。

趁着裴时洗澡，白桃赶紧偷偷溜回了自己房间，只是从裴时房里出来时，正撞上孙静大约是出门下楼去餐厅吃早餐，她抬头见了白桃，愣了愣，下意识又看了眼她的房号……

白桃清了清嗓子，赶紧解释道："我早上给裴总送男士护肤品去了！"

结果不说这话还好，白桃一说完，孙静看向自己的目光就更愤怒了，但她最后什么也没说，深吸了一口气，平复心情一般，然后像是下了什么决心，又目光复杂地看了自己一眼，这才转身去了电梯间。

此后一整天，孙静都像生闷气一般，理也没理白桃。

难道是误会自己和裴时有一腿？

虽然自己确实和裴时有一腿，但两个人是合法的有一腿，只是这些细节自然不能和孙静坦白，白桃公允地想了想，觉得还是要为裴时正名。

裴时此行已经完成了并购谈判，在这天上午，最终签订了并购协议，一行人下午便上了回容市的飞机。

为了避免孙静误会，回程的飞机上，白桃非常努力地和裴时保持距离，并决定表明自我的态度——

"裴总和裴太太的爱情真的太好嗑了！孙静姐，裴总是不是特别爱老婆啊？

"裴总和太太彼此之间一定有很深的信任感，你看裴总这一路出差，裴太太都没有查过岗，一定是心有灵犀，裴太太了解裴总的为人，知道他是在外守身如玉坚持自我的男人……"

白桃的计划很简单，就是夸赞和吹捧裴时的婚姻和爱情，通过这种方式向孙静暗示——第一，自己知道裴时已婚了；第二，裴时坚守原则，和太太彼此信任，不会搞有的没的。

只是自己这些话下去，孙静的表情并没有明朗起来，反而更难看了。

难道这些话还不能消除误会？

白桃想了想，决定下剂猛药，她咳了咳，状若聊天般自然道："孙静姐，我和我老公其实感情也挺好的……"

表明自己也已婚，且和老公感情没问题！这下肯定能洗脱误解了！

可惜白桃不知道这一切在孙静眼里都是反效果——孙静越发悲愤了！

这该死的第三者，竟然如此嚣张，明知道裴总和太太的婚姻本来十分美满，还偏向虎山行！听听如今都说的什么话，竟然用这种嘴脸公开嘲讽？而且她本人也是个已婚的了！竟然还好意思在外面勾三搭四！

孙静不瞎，同行这一路来，明显能看出裴总对这个 Fiona 多次包容忍让，甚至为她换了酒店，还全程滴水不漏地带在身边。孙静她特意给 Fiona 的房里拨了内线，这女人一晚上都不在自己房里，早上又从裴总房里走出来，真相已经昭然若揭！

裴总真的出轨了！

白桃老师被绿了！这头顶的草原，眼看着都能赛马了！

白桃挺郁闷，自己一通解释下，孙静的态度并没有好转，对自己还是怒目而视。

听袁牧说，一旦在外出差，如果袁牧因为替裴时挡酒等喝醉，那么同行的别的助理就需要顶上，不仅在工作行程上，在生活细节上也需要对接服务好裴时。

自然，袁牧醉酒这样的事概率就不大，因此袁牧下面的助理也常年并没有什么机会表现自己，只是如今这次难得袁牧不得不退居二线，原本正是孙静"上位"的好机会，结果自己竟然后来者居上抢了？

不过很快，白桃就没空关心这些事了。

飞机落地后，因为子公司开了一个吃里扒外的技术团队，团队里的员工正在公司外闹事示威，裴时带着袁牧打算径自去子公司处理，处理完这件事后还准备大刀阔斧把张志兴一并处理掉，于是他让孙静和白桃先行返回总公司。

孙静本来没有搭理白桃的意思，白桃看她正散漫地刷着手机看什么视频，只是没一会儿，她突然全身都坐直了，然后不可思议地张大了嘴，大概慌乱中点了什么，手机里的视频也变成了公放，视频里的声音传了出来——

"据悉，白桃与裴时的婚姻于近期出现危机，白桃被拍到夜会年轻男性的照片，并多次夜宿酒店，知情人士称，两人拟于近期公布离婚讯息……"

白桃还没反应过来，孙静倒是先有了行动，她的表情有些复杂，看了白桃一眼，声音里带有一种沧桑的感慨："竟是白桃老师先绿了裴总……这样也好……"

我不是，我没有，别瞎说啊！

白桃几乎下意识就为自己辩驳起来："这都什么没头没尾的新闻啊！孙静，成熟点，对这种小道消息你要有自己的分辨能力，怎么能立刻就相信呢？裴总和他太太感情绝对没问题！这绝对是造谣，他太太爱他爱得不行，怎么可能会出轨？这绝对是造谣！"

孙静看起来有些无语，似乎不能理解白桃的立场，她沉默了片刻，又专注到事件本身去："可这爆料里还有照片……"

白桃抢过一看："这照片算什么？就是一个背影！怎么能判断是白桃呢？何况白桃从没有露过脸，大家都不知道她长什么样，这些爆料号还知道了？"

"可这车……这车是白桃老师的啊……"

"PS 的！你不懂吗？！"

可不到半天，白桃自己一搜索，自己疑似情定小鲜肉的消息竟然已经传得铺天盖地了，不少营销号都转载了，语气十分笃定地号称自己和裴时即将离婚。

白桃这下没空管孙静了，身正不怕影子歪，虽然她失忆了，也并不完全了解以前的白桃做了什么，但自接管来，她把白桃手机里的聊天记录、照片相册、备忘录，全部摸排过一遍，根本没有第二个男人的存在，备忘录里也几乎全是裴时的影子，那些恩爱日常怎么也不可能骗人啊！

当天晚上，等裴时一到家，白桃就拿着手机朝对方跑了过去："老公，你看到说我们要离婚的新闻了吗？"

这新闻搞得铺天盖地，下午在裴时公司，职员之间窃窃私语谈论的也都是这事，裴时不可能不清楚。

果不其然，裴时的动作顿了顿，表情有些不自然，他瞥了白桃一眼："怎么了？"

虽然模样还是挺镇定，但白桃总觉得裴时的声音带了点情绪波动："你有想到什么吗？"

这个问题就很微妙了。

白桃的心里顿时涌动起对裴时的怜惜来，看看这男人，即便新闻铺天盖地说自己给他戴绿帽子了，他第一反应不是质问自己，而是小心翼翼地试探，问问自己想到什么没，给足了自己台阶下，仿佛只要自己主动交代，再来一句，"一点小事，以后不犯"，这事就能彻底翻盘一笔带过。

因为对自己爱到不可自拔，裴时这是打定了主意麻痹自己啊！

这也太让人舍不得了！可自己明明是清白的！

裴时越是这样，白桃越是觉得这事不能就这么结束，她看向了裴时，义正词严宣布道："老公！我没有！我们感情那么好，我怎么可能去喜欢别人？"

为了得到裴时的信任，白桃的彩虹屁张口就来："你那么帅那么高身材那么好能力那么好，我怎么可能去找别人？！有你珠玉在前，那种庸脂俗粉我根本看不上！而且你放心吧！我就喜欢老男人！什么小鲜肉，我看不上的！老男人有经验有资历还会照顾人！贴心不用哄，成熟懂事还体贴！不黏人不撒娇，温柔知趣还有钱！小鲜肉有什么？小鲜肉只有年轻的肉体！但我吃肉不喜欢太嫩的！"

白桃胡乱说了一通，对面裴时此前情绪里的紧绷果然是不见了，可惜大概此前担忧白桃要离婚，此刻这男人脸色又变成了一种可怕的黑，他看了白桃两眼，终于忍不住打断了白桃——

"我才二十六。"这男人清了清嗓子，移开目光，一脸镇定自若地纠正道，"也是年轻的肉体。"

敢情自己吹了那么一通裴时就听进去这么一句……

好在在白桃的注视下，裴时终于回归了正经话题："不过你说得对，我们的感情绝对没问题，绝对不会离婚。"

这斩钉截铁的语气，这劫后余生的态度，看得白桃又是心里一酸。

她忍不住拍了拍裴时的肩："老公，以后你要自信点，而且做男人，要有尊严！只有自尊自爱的男人，才会有人爱，男人不能卑微，在感情里，你若作罢我便休，你得有骨气！"

裴时愣了愣，然后皱了皱眉，下意识开口道："我很自尊自爱……"

白桃有些不忍，打断了这男人的自我粉饰："别这样，老公，你这么逞强，我挺心疼的，不用多说了，我懂你……"

大概被戳中了弱点，裴时登时黑了脸，驳斥道："不是，你……"

白桃伸出一根手指，轻轻碰了碰裴时的嘴唇，堵上了他未尽的话语，这次是真的有感而发、推心置腹了："虽然我知道你是爱我爱到不行，但爱别人之前，也要先爱你自己，要是我真的出轨给你戴绿帽子了，你不能隐忍，你得强硬点！不要这么卑微。"说到这里，白桃又语重心长拍了拍裴时，"老婆我看了你都心疼了。"

"大可不必……"

看看，都到这份上了，男人就是死要面子，还死活不肯承认自己在这段婚姻里的卑微。

白桃给了裴时一个"我懂你"的眼神："老公，不用多说了，有些话，我们心里明白就行。"

大约因为不好意思，裴时没再说话，只抿紧了嘴唇，表情有些难以形容。

为了鼓励裴时自尊自爱，白桃决定来一招撒手锏："实话说，我其实还是喜欢有骨气的男人，老公，以后我们一起努力，好好改变，做一个有骨气的男人好不好？"

裴时像是在拼命压抑什么情绪一般，这次都有些咬紧牙关的意味了，然而还是没开口。

要改变一个人的性格不容易，何况是裴时这种爱自己到癫狂的？

白桃鼓励道："你放心吧，老婆不嫌弃你，只是为了我们这份感情未来的健康发展，夫妻之间还是要对等，你不应该把自己一直放得那么卑微，我看了都心疼……"她循循善诱道，"来，你答应我，以后做个自尊自爱的人，好吗？"

大概是觉察到白桃的坚持，裴时在倔强地沉默了片刻后，终于在白桃的催促和鼓励下败下阵来，这男人万般不愿地开了口，说了个"好"字。

白桃刚才那番话也确实不是假话，裴时人哪儿都不错，还爱自己到发狂，可虽然被人这么爱着确实自我感觉很好，但健康有序的婚姻关系还是仰赖平等的爱和交流。

白桃想好好过日子，所以想纠正裴时这份卑微也很久了。

如今说出口，才发现夫妻之间沟通也没有那么难。

那么接着，就要处理这些造谣消息了，对此，白桃绝不想姑息，这既是对自己权益的维护，也是强有力地在裴时面前自证清白的举措。

白桃看向了裴时："老公，你那儿有律师吗？能不能帮我找律师起诉这个最早造谣的营销公司？这简直是对我形象的歪曲，对我们夫妻情谊的抹黑！一定要告到他们公开道歉赔钱！"

垃圾营销公司，没出轨就是没出轨！白桃决定把这个破营销公司告到破产！绝不接受和解！

令白桃十分满意的是，对于维护婚姻，裴时显然比她还上心，这男人完全接手了起诉营销号造谣的工作，当晚就联系律师安排了取证工作。

"我明后天会作为发言嘉宾去参加一个大数据相关的圆桌峰会，是个两天一晚的活动，你如果有事联系不到我，可以联系袁牧。"

明天是周末，白桃这几天跟着裴时体验小职员生活，还真的激发了不少灵感，正准备好好伏案潜心画漫画连载，裴时在家的话总觉得反而容易分心，想了想就点了点头。

刚被造谣了出轨传闻，虽然裴时此刻表现出了很大的信任，可白桃觉得自己还是要巩固一下夫妻情谊的。

她整理了下情绪，娇滴滴地看向了裴时，熟练地撒起娇来："老公，真的要去开会吗？可怎么办啊，你都还没走，我已经开始想你了，两天一夜的话，真的不可以周六晚上先回来下吗？要这么久看不到你，我会不习惯的……"

面对自己的撒娇，裴时先是愣了愣，然后就有些不自然，他转过了头，避开了白桃的目光："你在家里乖一点。"

这男人是害羞了？

白桃想着自己曾经表白却惨遭拒绝的悲惨经历，登时就升起点恶劣的作弄心思来，她指了指自己的侧脸："那要亲一下，要老公的亲亲才可以听话。"

裴时看起来像是挣扎了一下，但最终，还是快速地啄吻了一下白桃的脸颊，然后这男人又很快地移开了视线。

切，假正经。

在这装什么纯洁少男呢！

只是白桃虽然这样想，并不妨碍她心情愉悦。

裴时啊裴时，没想到吧，当初的你对我爱理不理，如今的你任我调戏！

哈哈哈！

第九章
婚姻保鲜指南

第二天白桃还在睡觉，裴时就离开了，等白桃起床，也没闲着，就开始画自己的漫画了。

等画了一个多小时，闹钟就响了。

白桃按掉闹钟，就给裴时发信息——

老公在忙什么呀？想老公想老公想老公……

如今自己和裴时是恩爱夫妻，自己又说了裴时不在的每时每刻都在想他，那自然要有配合的行动，因此白桃特意定了闹钟，决定定时问候裴时，营造想念对方的娇妻形象。

裴时大概在忙，过了很久，才回了简短的一句——"在茶歇"。

瞧瞧这男人，虽然才三个字，但白桃已经 get 到了对方的暗示，茶歇嘛，总之并不在忙，这不就是暗示自己给他打电话吗？像白桃这样平平无奇的恋爱小天才怎么可能不懂呢？

于是她拨通了电话。

结果明明是裴时自己给出了暗示，这男人接到电话竟然还装得十分意外："出什么事了吗？"

真是装腔作势。

但白桃没想到自己竟然还挺吃这一套，她哼了哼："出事才可以给你打电话吗？"

裴时愣了愣，然后才有些声音不自然地否认道："没有。"他顿了顿，又补充了一句，"不出事也可以打。"

这还差不多！

但这气氛，似乎不够热烈！

维系婚姻，还是需要时不时为彼此注入激情！

白桃一边翻看前几天偷偷买的《婚姻保鲜指南》，一边学着里面的样子撒娇道："我在家很乖，老公乖吗？"

按照书上说的，男人这时候八成会害羞，但是男人心里永远住着一个小男孩，聪明的女人只要能唤醒男人心里的小男孩，就收服了这个男人了，而问人家乖不乖，可以给对方这方面的心理暗示。

回答白桃的是裴时的沉默，这男人像是应对不了白桃这种直白般，一时之间没有开口，片刻后，裴时才含糊地应了一声。

虽然白桃是皱着眉读完那本书的，也觉得写得似乎不太有道理，可裴时的反应让她有些相信了——瞧这男人含糊的样子，肯定是害羞了！

她顿时受到鼓舞，决定再接再厉："所以你到底乖不乖啊？"

白桃决定乘胜追击到底："你回答我嘛，不会和别的什么女人在一起吧？"

"没有。"裴时电话里本来背景音似乎有点嘈杂，他看起来像是在往人少的地方走，因为过了片刻，背景里除了他的声音，就没有别的了。

他再次开口道："没有别的女人。"

"那就是很乖咯？"

裴时又沉默了几秒钟，才有些低沉地"嗯"了一声，肯定了自己很乖的事实。

白桃感到较为满意，她看了眼时间，本次定时互动社交任务已经完成，也取得了阶段性成果，于是决定见好就收，等再过一个小时下次闹钟响起再继续给予裴时"定时关怀"。

按照白桃的计划，今天白天一共需要定时联系裴时五次，晚上则频繁一点，要给裴时打一个十分钟以上的电话，再发几个"睡前晚安"和"想你"的短信，体贴入微地营造一个想念老公的娇妻形象。

简直是完美。

裴时这天其实有些后悔，这次的论坛邀请的嘉宾虽然是业内大拿，然而讲座的内容以务虚为主，真正的干货并不多，自己这次活动出席得有些乏味，唯一不那么乏味的事是——光是活动的第一天，白桃就给他发了五六次短信和打了好几个电话，言辞之间尽是想他爱他不能没有他。

裴时并不喜欢工作的时候被不断打扰回复这类私人的信息，幸而这个活动本身就并不需要他集中精神，因此虽然白桃不断地联系让他有一些困扰，但没有非常困扰，他也还是有余裕配合，一一回复了白桃。

虽然脑子还是没恢复，但白桃似乎越来越黏自己了。裴时不喜欢黏人的人，但考虑到白桃目前也并没影响到自己工作，如果一直控制在这个度，这样也不是不行。

他刚这样想，白桃的信息就又来了——

老公，想到今晚见不到你，好难过啊，好想你，你不在身边，连画画的灵感都没有，要是晚上能见到老公就好了……

过了一小时，白桃又发了新的信息，这次不再是表达思念了，而是控诉——

> 老公，你怎么都不主动联系我？都是我找你，你不给我主
> 动发信息也不打电话，难道以前你出去开会也这样吗？我们的
> 感情是不是快到尽头了？

又过了两小时，她又发来了信息，这次看起来只是分享当下的
心情和胡言乱语——

> 老公，又想你了，也想正熙路上那家奶茶店里的白桃乌龙
> 奶盖。
> 老公，你什么时候回来啊？想你想你。
> ……

裴时按熄了屏幕，又安静坐了片刻，最终还是站起身走出会场，
给这次活动的邀请方打了个电话，更改了自己的行程："今晚的宴请
我不参加了。"

然后他没有在乎主办方的哀求和挽留，有些无情地挂掉了电话。

白桃脑子都坏掉了，现在又好像离开自己就会死，自己真的一
晚上不回去，也指不定她又要做出什么事来，何况她似乎也产生怀
疑了，自己不主动联系她，表现出一些应有的回应，似乎确实显得
有些可疑。

白桃愉快地结束了今天白天的定时问候，感觉十分满意。

而令她精神更为振奋的则是自己终于可以面对宋妍了！她交稿
了！在开天窗之前把最新的下一话连载都交了。

对此，宋妍也表达了强烈的感动和震惊："白桃老师！你是怎么改过自新的？！竟然交稿了！是裴总的陪伴给了你前进的动力吗？"

白桃忍不住转了一圈椅子，苦口婆心地教育宋妍："沉迷男色是没有好下场的，正因为裴时出门了，我才可以这么快，没有男人的打扰，女人才可以独自美丽，OK？"

她打完这些，又忍不住叹了口气，半得意半炫耀地继续道："谁叫裴时太爱我了，有时候确实有点黏人呢。"

宋妍自然是回了一堆羡慕嫉妒恨的话，但白桃没再注意了，她画完漫画，觉得有些累了，拿起手机，点进微信小程序，自白天给自己定闹钟给裴时发信息后，白桃经过研究，发现竟然有定时发送的微信小程序！

这简直是重大利好！

科技，真的让人更幸福！让婚姻更牢固！让爱情更简单！让人生更轻松！

白桃找了其中一个，然后编辑起来。

她今晚打算早早泡个澡，敷个面膜，然后就睡个美容觉。

裴时不在家，不用担心这男人晚上提出什么要求，如此安全美好的夜晚，有什么理由不早点睡觉呢？

等编辑完六七条半夜给裴时发送的想念信息后，白桃优哉游哉地享受起了一个人的闲暇时光，还点了个催眠的熏香，这熏香效果卓绝，等9点一到，白桃就已经哈欠连天，她关了灯，开开心心就窝到被子里睡起来。

裴时在理智和客观地分析下，还是觉得这次活动很乏味，因此他最终决定离开，而开车路过正熙路的时候，裴时想了想，停了车，找到了白桃说的那家奶茶店。

这是一家网红奶茶店，噱头就是不做外卖配送，但反而因此获得了更高的人气，如今即便是晚间这个点，门口还是排着长队。

裴时看了眼时间，这个点不算晚，太早回去，他也有点没把握应该怎么和白桃相处，因此索性排起队来。

好在奶茶制作很快，等最终拿到热奶茶回到别墅时，也才晚上9点半。

而刚到别墅门口，白桃的信息就来了——

　　老公，到晚上了，一个人住在这么大的别墅里，真的有点孤单和害怕呢，感觉比白天更想你了。

裴时从没想过白桃这么黏人，一天能发这么多信息表达思念，他有些胡思乱想道，要是自己以后出差要飞行十几个小时以上的无法和她联络，她该怎么办？好在今天自己只是在同城参加活动，晚上尚且能赶回来。

在这种微妙的愉悦里，裴时打开了门，白桃大约在卧室，并没有意识到裴时回家了，并没有人来大厅迎接，甚至楼下的灯火都关了。

裴时开了灯，往楼上走，也是这时，收到了白桃的下一条信息——

　　老公，想你想得睡不着觉，从没离开过你身边那么久。

至于吗？裴时想，见不到自己有这么痛苦吗？

虽然觉得言辞有些肉麻，但考虑到女人本来就很感性，裴时勉强愿意理解白桃。

他走上楼，想着等推开白桃房门，这女人发现自己竟然连夜回家还给她顺手带了奶茶后激动到涕泪横流，自己怎么在这种情况下和白桃保持安全距离，不做出太过亲密的举动，以防止尴尬。

只是等裴时走到门口，才发现三楼也漆黑一片，白桃的房里并没有开灯。

是出什么事了吗？还是白桃关了灯在努力培养睡意？

好在下一条短信就成功打消了裴时的疑虑——

　　老公，我关了灯，想到你，就忍不住在黑夜里默默哭泣……

听起来这个场景是有点惨。

裴时公道地想了想，没有再犹豫，短暂的敲门后，径自打开了白桃的卧室："我回来了，我给你带了……"

然而迎接裴时的不是正在泫然欲泣继而激动不已的白桃，而是——

白桃正四仰八叉地躺在床上，睡得已经不省人事，安静的房间里是她轻微的小声呼噜……

裴时开了个昏黄的夜灯，这才看清了她的模样。

这女人完全睡死了过去，看起来明显进入了深度睡眠，应该已经睡了个把小时。

而也是这时，裴时的手机又响了起来。

他拿起来一看，还是白桃的信息，这次更情真意切了——

　　没有老公的夜晚，倍感寒冷孤独，才知道老公你对我而言有多重要，想你，想到不眠。

裴时抿紧了嘴唇，瞪着睡得香甜的白桃看了很久。

这就是想到不眠？

这就是想到哭泣？

这就是爱到孤独？

呵。

裴时觉得自己被白桃诈骗了，但他最终还是没有叫醒白桃，只把带给她的奶茶放到了她的床头，然后抿紧嘴唇走出了房间。

裴时低气压地准备下楼，结果经过白桃书房时，见她的电脑忘记关了，裴时走进去打算帮她关机。

白桃没有设置密码，因此裴时稍一移动鼠标，电脑上白桃使用时的残留页面便一下子跳了出来，是一个对话框，她和助理宋妍的。

裴时本来不想看的，然而白桃把字体调得太大了，那些字一下子钻进了他的眼帘——

存天理灭人欲，男人都是坏东西，杜绝裴时的黏腻，独自美丽我可以。

这虚伪的女人竟然还写了个顺口溜！还嫌自己黏人？！

裴时差点气笑了，他觉得自己真是多虑了，他回家就是个错误，还是回去开会参加应酬社交的好。

男人要什么婚姻老婆？独自美丽？他也可以。

白桃美美地睡了一觉，第二天醒来简直神清气爽，洗漱完，她第一时间检查了手机，五年过后，科技的进步简直令人感动，微信小程序诚不欺我，昨晚设定好的消息，果然都按时发送了。

只是……

只是非常意外的，裴时竟然一条都没有回复！

虽然此前白天定时向裴时表达"思念"，裴时也没有以与自己同等的"思念"浓度回复，但男人嘛，心里爱到不行还死要面子，何况才刚被教育过要自尊自爱，因此白桃也可以理解。

只是虽然言简意赅，裴时此前都是回复的，而昨晚……

昨晚自己连续定时发送了十来条信息，结果竟全部石沉大海……

裴时的作息白桃大致是了解的，这男人不可能睡得那么早，不存在睡前没看到信息的可能，而以裴时的严谨，也不可能有手机没充电自动关机这种概率——袁牧这方面非常称职，永远带着充电器和充电宝，绝不会让自己的老板陷入哪怕失联一秒的境地，毕竟裴时的一秒钟可能就事关了千万标的额的生意。

所以……

白桃的心里突然有种不妙的预感。

裴时……是不是……昨晚犯错误了啊？！

作为一名漫画家，白桃的想象力可谓优秀，一瞬间，连具象的分镜都有了——觥筹交错间，裴时在微醺后半推半就和贴上来的女人这样那样了，因为过程太过激烈投入，以至于他妻子的信息都根本没有在意……

都怪自己睡太早了！男人！还是要查岗的！

白桃心急火燎地当即拨打了裴时的电话，好在漫长的等待后，裴时接了。

只是他一接通，没等白桃开口质问，倒是先发制人了，这男人顿了顿，才语气低沉地说："昨晚的事，我就当没发生过。"

嗯？

白桃本来还在斟酌用于打算试探，结果裴时竟然这么爽快且厚颜无耻地直接承认了？现在婚内出轨也可以这么坦荡、理直气壮了？

白桃怄着气："我不能当一切都没发生过！昨晚的事没完！"

裴时像是愣了愣，然后有些意外道："那你想怎么办？"

这男人想了想："要给我道歉吗？"

"道歉？我为什么要给你道歉？"白桃简直气炸了，"难道你要说，你昨晚犯错，还是我的原因？"

白桃情绪激动地控诉道："裴时！你不爱我！真正爱一个人，怎么会出轨？你以前的那些甜言蜜语，都是假的！和一个说着假话的人，没有必要再继续过下去了，你回来，明天民政局开门就去离婚！虚伪的人，就应该人道主义毁灭！连甜言蜜语都可以作假的人，绝对是人渣……"

白桃骂骂咧咧说了十几分钟，裴时似乎终于反应过来她到底在讲什么，这才出声打断了她："白桃。"这男人的声音听着有些微妙，"看一下你的床头。"

白桃骂到兴头上，被打断了有些不爽，但还是下意识望了一眼，然后没好气道："什么啊？"

"你好好平静下，看看床头多了什么没有？"

白桃气呼呼地看了眼，第一眼没看出来，第二眼终于意识过来——床头柜上什么时候有了一杯白桃乌龙奶盖？还是自己最馋的那家网红店的？

大约是见白桃安静下来，裴时才继续道："看到奶茶了是吗？"

"我昨晚没回复你，因为我直接回家了，为了你排了很久的队，买了奶茶，然后回到家，还收到了你的甜言蜜语，但是你……"裴时顿了顿，"已经睡着了。"

"只是你人都已经睡了，为什么你的甜言蜜语还是接二连三地发给我呢？"

"还控诉因为我不在，你无法入睡。"

"你刚刚说了什么？我回忆下，是说了'虚伪的人，应该人道主义毁灭'，'连甜言蜜语都可以作假的人，绝对是人渣'，对吧？"

白桃没想到自己会翻车，在裴时冷冷的质问下，只能硬着头皮解释："这是个误会，老公，你听错了，我刚才没说过这种话，偶尔善意的谎言有助于加强夫妻之间的感情，让人更能看清自己的内心，是夫妻沟通里必不可少的环节。

"其实是因为白天没见到你已经哭了很多次，晚上可能太累了，就哭着睡着了。"

裴时"哦"了一声，没什么诚意和信任的模样："那还要离婚吗？"

"不了不了！老公，我那开玩笑的！昨晚的事，我们确实就当没发生过吧！你说得对！"

裴时没有再纠缠这个话题，只径自道："今天会有点忙，没有别的事不用给我发消息了。"他顿了顿补充道，"尤其是定时的虚情假意。"

白桃求生欲强烈道："以后都听你的！不打扰你了，老公你忙吧！再见！"

白桃说完，不等裴时反应，赶紧先挂了电话。

尴尬，尴尬。

她盯着床头那杯奶茶简直是后悔至极，也是，裴时这么爱自己，怎么可能会做出这种破坏两人感情的事呢！瞧瞧这男人，昨晚自己不过喊了几句想他，就颠颠地从论坛活动跑了回来，自己随口一提的奶茶也排长队买来了。

也好在裴时爱自己入魔，自己即便骗了他，他也既往不咎。

只是白桃觉得，自己今天还是安分守己不要再继续在裴时面前刷存在感的好。

可怜的裴时，此刻正是需要一个人安静疗伤的时刻。

漫画连载已经交稿了，白桃无事可干，想了想，索性决定去院子里给裴时此前亲自种下的桃树浇水。

只可惜刚走进院子里，白桃就差点窒息了——

不知道哪里来的一条狗！正抬着腿，对着自己心爱的桃树撒尿！

白桃心里既怒又怕，这桃树，可是裴时和自己爱情的结晶，这条臭狗，不知道从哪里来的，竟敢这么对小桃树宝宝！

白桃心里油然升起一股壮烈感，她要和这条狗拼了！

裴时挂了白桃的电话，觉得自己今天应当能得到宝贵的平静——这女人当众被戳穿，应该不会再用虚情假意的定时信息来骚扰自己了。

白桃能够安分守己地过完每天，如今就是裴时对她最大的期待。

然而和裴时猜测完全背道而驰的是，几乎只是半小时后，他就收到了白桃的信息——

急事，速回！

裴时抿了抿唇，按熄了屏幕，不知道白桃又在搞什么鬼，但自昨晚的事以后，他决定对白桃更加保持距离。

两分钟后，轮到裴时上台演讲，在掌声中，他走上了台。

而等演讲完毕，又现场答疑回复了几个问题，已经是半小时后了，裴时这时才发现手机上全是白桃的未接来电和信息，那些信息的语气也一次比一次更急切——

> 老公，求助求助，赶紧回家！
> 啊啊啊！救命啊！
> 赶紧啊！我们的孩子保不住了！
> 花园里有暴徒入侵！救命！

都什么有的没的，裴时一边看一边忍不住皱起了眉。还我们的孩子？哪来的孩子？白桃就算现在有孩子，算算时间，那也不是他的。

这大概率又是白桃的什么把戏，裴时觉得没必要理睬。

果然，过了十几分钟后，白桃没再发信息来了。

只是本以为自己会随着白桃的安静而平静的裴时，却发现好像不是这么一回事，这女人不发信息来，裴时反而有点在意了。

虽说别墅区治安良好，但也不排除没有意外……

此刻论坛里正轮到另外一家大数据公司的企业主讲话，这是一家竞品企业，裴时本应该好好听下对方未来的拓展方向、目前重点业务领域，可他又瞥了瞥手机，有点心不在焉。

这种心不在焉在给白桃回了条消息但石沉大海后达到了顶点。

最终，裴时起身拿起大衣，还是决定回家一趟。

只是等他风尘仆仆地赶回家，才发现自己又一次上当了。

家里根本没有什么暴徒入侵，白桃也好好地在花园站着，从裴时的角度正好能看到她的背影，她手里挥舞着什么，像是在和什么人说话一样，并没有发现裴时的归来。

裴时朝她走近了些，然后终于看清了她在干什么，也终于听清了她在讲什么。

这女人也不知道从哪里捡了根树枝，正拿在手里挥舞。而她的面前，是一条狗。

很小的柯基，看着像是刚出生不久的模样，毛茸茸的，吃得胖乎乎，动作也不太灵敏，加上四条小短腿，看着危险系数不大，所以也大概因此，白桃还能在这里咋咋呼呼没有立刻逃跑。

敢情这就是她说的入侵的暴徒？

而也是这时，白桃对着狗大放厥词起来："你！别过来！我白桃命令你！不许靠近我！不许碰到我的桃树宝宝！不许伤害我的孩子！"

行了，原来他们的孩子就是这棵桃树。

裴时有点无语，他刚想上前把狗抱走，就听到白桃继续叫嚣道："你这条狗，再往前一步，我会派我座下打手裴时来处理你！"

被点名成座下打手的裴时突然觉得自己上前也不是，不上前也不是。

小柯基并不知道白桃在说什么，它颤悠悠摇着小尾巴又往前了一点，像是对白桃的树枝感兴趣一般咬住了树枝的一端，刚才还气势汹汹的白桃吓得当即就扔掉了树枝，转头跑起来。

然后也是这时，她终于看到了站在她身后不远处的裴时。

"老公！"

几乎是瞬间，白桃的眼神都变了，她眼里的害怕仿佛一扫而空，裴时看着她几乎想也不想地就往自己身边跑来，然后像一只慌张的小鹿一样撞到了自己的胸口，两只手还树袋熊一样环抱住了自己的腰。

"老公！太好了！你来了！"

因为抱着裴时，白桃的声音听起来有点闷，这一次并没有什么夸张的彩虹屁，然而这么简单的几句话，她的语气里是全然的信赖和真切的高兴。

白桃像是找到靠山一般，一下子气势又起来了，她躲到裴时背后，探出脑袋，看向了小柯基，狐假虎威道："狗，你要么快点走，不然裴时要对付你了！"

小柯基低低地叫了两声，往前蹭了蹭，白桃立刻吓破了胆，把脑袋整个缩到裴时背后去了，一个劲儿把裴时往前推去冲锋陷阵："老公，上啊！冲啊！打败它！"

人间自有真情在，就在白桃被狗吓得屁滚尿流之际，裴时像救世主一样从天而降，让白桃重新挺起腰杆做人。

在自己的催促下，这男人最终抿着唇，往前一把抱起了小柯基，这才转身看向白桃："这只是一条小狗，你不用怕。"

裴时的表情看起来有点无可奈何，虽然还穿着让人有距离感的昂贵西装，但抱着狗的模样有种无以言喻的温和，几乎是下意识地，他摸了摸柯基的毛，连凌厉的五官都仿佛柔软下来。

他的声音温柔，难得细心解释道："应该是邻居的狗，东边那户养了好几条柯基，前几天看到他遛狗还聊起说刚生了一窝小狗，算起日子来，应该差不多就这么大。"

裴时说完，又摸了摸小柯基的脑袋，小柯基被揉得舒服，哼哼唧唧径自不动了，安静乖巧地趴在裴时臂弯里。

裴时是真的很喜欢狗。

他抱着狗去敲了东边那户邻居的门，最后证实确实是他们家偷偷跑出来的小狗。

白桃虽然因为怕狗，只远远看着裴时去还狗，但她还是很清楚地看到了小柯基被抱走时裴时的表情，这男人看起来有些不太舍得，虽然很短暂，很快他就恢复了沉稳，但白桃确信自己没有看错。

因为自己怕狗，又出于对自己的爱，裴时压抑了自己，放弃了自己养狗的爱好……

明明那么喜欢狗……

裴时是活动中途为了自己赶回来的，如今时间尚早，自然还需要赶回去，只是裴时是走了，狗也没了，家里恢复了平静，白桃的心情却无法平静。

她突然觉得很对不起裴时。

不论是新闻报道里，还是如今的各种细节，好像自己和裴时相处起来，都是裴时在包容迁就白桃的爱好，可白桃设身处地想想，自己却似乎没为裴时做过任何事。

即便是昨晚定时发送信息翻车，此前被营销号爆料出轨，裴时都从没有质问过自己，都没有朝自己发过脾气，都没有在自己面前表露出负面情绪……

这男人，真的把眼泪都往肚子里咽了啊！

白桃动容地想，是什么，让一个爱自己成狂的男人，即便面对这样不对等的感情和惊涛骇浪般的谣言，还能泰然自若呢？

是爱情。

是像海一样深沉的爱情。

是一个男人宽广的胸襟。

是一种即便受伤还要朝自己跑来的坚定啊！

裴时真是受够了爱情的苦！

白桃太过投入，以至于想着想着，都被感动得哭了起来，她觉得不能这样下去了，要让裴时变成一个自尊自爱的男人，自己必须拉他一把，首先让这男人感受到自己无微不至的爱！拥有安全感！学会先爱己后爱人！

这个下午，因为一条小柯基的闯入，白桃做了一个惊世骇俗的大胆决定。

她深思熟虑后，拨通了心理咨询所的电话。

裴时又赶回活动会场后，白桃百无聊赖，索性拿起漫画重新看了遍，整理了下大纲思路，开始构思起再下次的连载剧情来。

按照如今的发展，男女主角眼看着马上就能捅破窗户纸和暧昧表明心迹了，可这节奏就有点快了，白桃想了想，觉得应当来点波折。

当她刚想到得加个恶毒女配的时候，别墅门外传来了震天响的拍门声，同时响起的还有一个女声——

"白桃，你给我开门！我知道你在家！"

这声音，化成灰白桃都记得，不是她的死敌裴菲是谁？

想到恶毒女配，这恶毒女配还真的就来了。

白桃撸起了袖子，心里涌动着期待和激动，这一刻，她可等了很久很久，此前和裴菲的新仇旧恨一齐涌上心头。

如今的自己，已经不再是五年前的白桃了，而是大哥的女人·钮祜禄·白桃！

浴火重生，闪耀归来！

白桃没立刻开门，特意跑卫生间化了个全妆，又换上了昂贵隆重的礼服裙，确保自己每个细节都无误，连毛孔都能给裴菲美的碾压和冲击。

多年未见，自己这阵仗，绝不能输！绝对要在第一眼就震慑住裴菲！

半小时后，白桃终于慢条斯理、袅袅婷婷地走到门口开了门，也努力像个贵妇般："哦，裴菲，你来了啊，嫂嫂我也好久没见到你了，不如我们……"

白桃那句"叙叙旧"还没说出口，就被裴菲打断了，她的声音充满了悲愤——

"谁是你小姑子？！白桃！你这个臭不要脸的！"

这女人看起来像是从机场直奔的别墅，风尘仆仆，穿了一身休闲运动装，踩了双平跟鞋，戴了个鸭舌帽，提溜着一个大行李箱，骂完白桃，当即推开她，径自走进别墅来。

裴菲把帽子一摘，把行李箱一丢，撸了撸袖子："我哥收拾不了你，就让我裴菲替天行道来收拾你！"

如果换作以前，白桃这时候就动手了，但如今她觉得以自己的身份地位，不能再如此冲动，面对裴菲的挑衅，反而很平静："裴菲，我劝你理智点，你知道你哥多喜欢我吗？你现在这样对我出言不逊，你哥知道了，他会多自责没教育好你吗？"

白桃晓之以理道："我知道你对我有意见，可是裴菲，那都是过去的事了，如今我们都是一家人，你现在叫我一声嫂嫂，我当然也是会关照你的……"

裴菲瞪着白桃，眼睛都气红了："谁要你关照？谁要叫你嫂嫂？"

白桃云淡风轻地喝了口茶："这么说吧，我看新闻说你现在还单身呢，那我和裴时也结了一阵婚了，没准没多久可能就有孩子了，眼看着你未来孩子肯定也没我生得快吧？"

她顿了顿，语气欠扁道："所以呢，裴菲，你不仅要叫我嫂嫂，以后你孩子还要叫我孩子大哥或者大姐，这辈分的事，看来是这么定下了……"

裴菲简直气到跳脚："白桃！你可真是厚颜无耻！谁要叫你嫂嫂！谁认你孩子当大哥大姐！"

怎么还骂人呢？不还"气质高贵如兰、温婉娴雅，底蕴深厚，出自书香世家，优雅、高贵、端庄，是她的代名词"吗？结果这份高贵典雅，还不是在自己面前不堪一击？

白桃怜悯地看了裴菲一眼，语重心长道："你无法接受现实的心情我可以理解，但别忘记，你现在可是知名钢琴家，怎么说的来着？你得时刻对自己高要求，像我一样，保持高贵，保持优雅，不然你这对裴时的形象也是一种负面影响是不是？要为你哥考虑……"

"我就是为了我哥考虑，才火急火燎连夜从奥地利飞回来！"裴菲咬牙切齿道，"我不知道你给我哥灌了什么迷魂汤下了什么降头，弄得我哥整个人都不清醒，还配合你去同学会丢人现眼，但你别瞎得意，等我这次告诉我哥真相，他一定会立刻和你离婚！把你这个垃圾扫地出门！你别以为我哥能真的喜欢你！"

白桃这下也来气了："你喊谁垃圾呢？裴时爱我还来不及，只会把你扫地出门！你哥到底多爱我，你这个旁观者根本不知道！"

白桃下意识就随口举例道："为了帮我挡酒就自己喝，看到我怕狗就保护我，随时呼叫都会立刻到我身边，就连让他给我随便起个英文名，他第一反应就是 Fiona！你知道 Fiona 的寓意吗？在他眼里，我就是温柔、优雅、高智商、有创作力的人，你懂个屁！你哥爱我爱得不可自拔！"

"呸！"裴菲骂道，"那是他不知道你做了什么事！"

裴菲说完，冷哼了声，然后盯着白桃，一字一顿地说了一个名字："钟潇。"

白桃愣了愣："啊？什么？"

裴菲冷静了下来，好整以暇地看着白桃，嘲讽道："装什么傻？怎么？这名字不认识了？"她再次重复了一遍那个名字，"钟潇。"

难道是五年后的自己认识的人？

"钟潇是……"

白桃表面佯装淡然，内心正在狐疑，结果就听裴菲接着抛下了一枚重磅炸弹——

"你前几个月，和钟潇出轨出得开心吗？"裴菲冷笑了下，"别装了，我都知道了。最近曝你出轨小鲜肉的新闻不是前几天还热乎着吗？你自己花钱公关把信息给撤了吧？生怕我哥看到了知道你是什么人，和钟潇藕断丝连、暗度陈仓是不是挺高兴的啊？还好意思在这装傻问我钟潇是谁呢？可不就是你那比你小一岁的前男友小鲜肉吗？"

白桃一时之间震惊了。这？自己这五年来生活如此精彩？不仅嫁了人，竟然还有了前男友？还玩姐弟恋？钟潇？还是个自己听都没听过的名字……

这……自己这五年，可真是有滋有味啊……

裴菲见白桃沉默，越发冷笑道："至于你说的我哥爱你？我看你也别瞎想了，就冲给你起名叫 Fiona 这一点，我哥就不可能喜欢你。"

白桃还强撑气场怒问道："怎么了？！"

"Fiona 的寓意，才不是什么真善美呢，《怪物史莱克》你知道吗？这是我哥最讨厌的动画片，里面那公主 Fiona 突然变成'绿巨人'，可把当时还小的他吓坏了，这个 Fiona 是他最讨厌的人物！

"而且，我哥肯定已经知道你出轨了！"裴菲笃定道，"我哥给你起 Fiona 这个名字，肯定都是有深意的，除了你讨厌，你还不守妇道，给我哥戴绿帽子！所以赐给你一个绿色的名字！Fiona！够绿的！一听这名字，我哥时刻都能自我提醒，警钟长鸣，牢记你这个女人绿了他！不会再对你真心了！"

不！白桃不信！她要是 Fiona，那裴时不就是怪物史莱克吗？有这么骂自己的吗？！

可裴菲说完，也不给白桃反驳的机会，她不再恋战，只鄙夷地看了白桃一眼："我这次回国，使命就是'清君侧'，不能让我哥再被你这女人缠住了，你一天没和我哥离婚，我就一天不走，等给我哥开完回归单身的派对，给他物色介绍完新女朋友，我才会离开。你休想继续蒙骗我哥了！"

裴菲说完，这才转身打算离开。

白桃心里很乱，但她还是下意识喊住了裴菲："你行李箱忘拿了！"

裴菲头也不回："箱子里都是给我哥买的未来庆祝恢复单身的横幅还有气球彩带，留着吧，没准没多久后就要在这房子里挂起来呢！"

……

裴菲就这样嚣张跋扈地走了，只留下白桃一个人瞪着行李箱发呆。

虽然脸上没有太多表情，但白桃的心里此刻惊涛骇浪，自己……难道真的出轨了？难道爆料新闻是真的？自己吃着碗里瞧着锅里的，真的有个奸夫？

难道五年后的自己竟然如此没节操？仗着裴时爱自己爱到没有原则，就出轨劈腿来一手，丈夫第三者一起走？

自己接手的都是什么烂摊子啊！

白桃简直焦虑起来，她开始翻箱倒柜，试图先自行排查是否留下了诸如专用于联系奸夫的手机等出轨的蛛丝马迹……

白桃不知道的是，她正在焦头烂额之际，裴菲已经一个电话把她给举报了。

因为还没结婚，裴菲回的是父母家的别墅，爸妈正好出国旅游了，家里就她一个人，等裴菲稍做休整，就按捺不住情绪，径自给自己哥哥打了电话："哥！我回国了！"

"菲菲？"

一听到自己哥哥熟悉的声音，裴菲当即就忍不住了，声音都有点哽咽起来，为了追求音乐事业，裴菲常年在国外，又加上有很多全球小型巡演，能回家的时间并不多，如今真正回到家人身边，委屈和思念反而全冒了出来："哥，我想你了。"

只是叙述思念并不是主题，裴菲此次回国，还有更重要的事，她整理好情绪，还是决定直奔主题："哥，白桃出轨了！"

自己的哥哥果然沉默了，裴菲内心充满了不忍和愤慨，但还是鼓起勇气继续道："哥，我知道这事说出来对你是种伤害，但如果我不说，让白桃的罪行继续下去，才是对你的不尊重！"

"其实从一开始我就不能理解你为什么会突然和白桃结婚，当然了，如果只是联姻，白桃的家世确实无可指摘。但哥，这真的是你要的人生吗？"裴菲深情道，"回答我，你幸福吗？"

电话那端顿了顿，然后裴菲听到了她哥波澜不惊的声音——

"我姓裴，不姓福。"

裴菲决定对自己哥哥的回答视而不见，继续酝酿情绪道："上次我回国，看你们关系还挺相敬如'冰'的，怎么这次听郑晴说参加了个什么校友会，席间你对她简直百依百顺，甚至给她亲手剥虾？！"

裴菲的声音充满了不可置信，并忍不住发出了灵魂质问："哥，你是不是有什么把柄落在她手里了？她是拍了你裸照还是怎么你了？你怎么可能给人剥虾？连我都没享受过这种待遇！这根本不像是你会做的事！

"要不是郑晴亲眼所见告诉我，我是根本不可能相信的！在奥地利时国内有那么多乱七八糟关于你和她的新闻，我都没当真过，结果怎么……"

然而出乎裴菲的意料，自己的哥哥平静而镇定地进行了否认："没有。"

"什么？"

"没有把柄。"

裴菲简直魔幻了："那你是真的那么爱她？"

结果，对于自己的问题，裴时竟然没有反驳，只是言简意赅道："我做事有自己的分寸。"

这还有分寸？都给白桃剥虾了？！这哪里有分寸！

裴菲气得手都发抖，她决定不再纠缠爱不爱的问题，先把真相公开才是："哥，但我希望你清醒点，白桃就不是个正经女人，以前在大学里，就那么多男人追她，她早就习惯了花蝴蝶一样被追逐的生活，记得她那个前男友钟潇吧？"

"我在奥地利见到钟潇了。"

果不其然，裴菲提起这个名字，自己哥哥终于像是情绪有了点波动："钟潇？他在奥地利干什么？"

"他创业呢，做的还挺巧，和你一样，也是大数据领域，做什么算法的，在拉投资，我正好有个投行的朋友在评估他的公司，听他讲，他那公司背后，白桃就有找人代持入股，给他投了不少钱呢。"

裴菲再接再厉道："后来饭局上钟潇喝多了，讲漏嘴了，说这些年其实和白桃也一直藕断丝连，白桃一直爱的是他，说当初只不过是赌气分了手，他也是如何如何后悔，讲到最后还哭了，拿出了他和白桃好多恩爱合照给我那搞投资的朋友展示，也认领了自己就是白桃出轨那条爆料里的男第三者呢，当然咯，还不打自招地表示自白桃婚后从没有越过友谊界限，没第三者过，但谁信啊？你信吗？

反正我是不信，而且这种花边新闻传得最快了，现在欧洲投资圈的我看基本都知道你老婆出轨了！"

"他做的什么算法？"

"哥！"裴菲跺了跺脚，"都这时候了，接受现实有那么难吗？"

令裴菲不爽的是，自己哥哥的问句听起来语气波澜不惊、镇定自若，甚至像并不太在意白桃出轨，关心的反而是同样创业的细节。

他竟然这么爱白桃的吗？都愿意为她视而不见麻痹自己了？

"白桃出轨了，出轨了，出轨了！我希望你能自尊自爱，赶紧和她离婚，不然说不准这女人以后拿你赚的钱补贴钟潇呢。

"钟潇还说你比他老，没情趣，不浪漫，所以白桃和你过得很辛苦，根本不快乐！你听听，这肯定是白桃和钟潇说的，所以这女人在背后都怎么说你的！"

裴菲越说越生气："总之，我也和白桃摊牌了，希望她至少收敛一点，不要被曝出丑闻以后丢我们家的脸。"

结果此前没什么太大反应的裴时在听到这句后，终于有些郑重的意味，他微微抬高了声音，却是训斥裴菲："你和她说这些干什么？"

裴菲惊呆了："那难道不戳穿她看她演戏？何况你不也介意这个吗？不然怎么会给她起英文名叫Fiona？我都给她说了！而且爆料里不是说她也拟定离婚吗？离就离，哥，你快请律师吧，免得……"

"不会离婚。"

结果裴时只给裴菲甩了这么四个字，然后就低声警告道："你对白桃客气一点，她是你嫂嫂，别动不动就上门质问，她现在身体状态……"裴时顿了顿，不想细说般压低了声音，"现在她的状态有点不一样，你不要去刺激她。"

"至于别的，我会处理。"

裴时不等裴菲反应，说完这些，径自就挂断了裴菲的电话。

白桃现在身体状况有点不一样，还不能刺激……

难道是……难道是怀孕了？！

裴菲知道自己的哥哥是非常喜欢小孩的。

本来他对白桃的突然包容都无法解释，但如果白桃怀孕了，那一切确实都逻辑通顺了——正因为怀孕了，自己哥哥才只能忍痛接受这顶绿帽子，为了孩子忍了，不想孩子一出生就面临破碎的家庭……

这……自己哥哥太惨了！

至于白桃这孩子怎么来的？那肯定也是白桃自己使了计，她压根儿不是自己哥哥喜欢的类型，能有孩子，还用问吗！肯定是她下药灌酒迷奸了自己哥哥啊！

白桃在家里倒腾了一下午，可惜没有什么发现。

别人都是抓丈夫出轨，她倒好，抓自己出轨……

裴菲那笃定的模样，爆料里那言辞凿凿的语气，她是真的开始怀疑自己了。

忐忑地等待了一阵后，裴时下班回了家。

白桃心里惊涛骇浪，裴时倒是云淡风轻，看不出什么异样。

裴菲说裴时早就知道了，可……

最终味同嚼蜡的用餐后，白桃还是忍不住试探起来，她咳了咳，决定旁敲侧击："老公，我今天见到裴菲了，她说你小时候看《怪物史莱克》，最讨厌 Fiona 公主呢。那你给我起 Fiona 这个名字，是为什么呀？"

问完，白桃就仔细地观察着裴时的表情，想从中看出这男人情绪的蛛丝马迹。

"是吗？"裴时非常冷静，没有任何特殊的表情，情绪看起来没有任何波动，甚至没停下手中的餐刀，径自动作优雅地切着牛排，"快十几年前看的动画片了，我早不记得了。Fiona不是智慧善良的意思吗？给你起名的时候就冒出来了，没想别的。"

是吗……

只是就算裴时此前不知情，白桃也不是第一天认识裴菲，她一回国除了怒骂自己，肯定第一时间也把自己出轨的消息告诉她哥了，然而裴时如今这样云淡风轻……

"裴菲有和你说……"

没等白桃说完，裴时很快就打断了她："白桃，别人说什么不重要，我知道你没有，我们很好，离婚只是谣言，这就够了。"

要是裴时起疑还好，但裴时这样，白桃的心里反而揪紧了。

这不是正常人的反应啊！

正常人，要是从自己亲妹妹那得知老婆有出轨传闻，管他真假，总是很紧张的，即便相信妻子，也总要询问或者试探一下，而裴时这样过分信任甚至不愿就这个话题多谈的模样，反而让白桃心里拔凉拔凉的。

自己是不是真的对裴时犯下了不可饶恕的错误？

而裴时，可怜的裴时，即便被戴了绿帽子，还是如此卑微地爱着自己，甚至连指责自己和对质的勇气都没有，难道就这么怕自己索性破罐子破摔提出离婚？

这是怎样一份深沉的感情啊！

白桃这一刻，终于有了一种认知，她车祸失去五年记忆，一定是冥冥之中有某种使命的，原本她一直不知道，但此刻，她终于意识到了，她的使命就是——拯救这段婚姻！

五年后的自己因为习惯了裴时的宠爱，以至于不再珍惜，骄纵地意识不到这份爱的可贵，然而五年前的自己，却能明明白白看到那些深沉的温柔，能反省自己的错误，能改变这段婚姻的命运！

一个如此深爱自己的男人，即便为了婚姻委曲求全，但演得再好，心里总是不可能没波动的。果不其然，晚饭后，裴时不仅没有提出一起睡的要求，甚至主动告知白桃，今晚他要在书房里加班。

"不打扰你休息，你一个人先睡。"

裴时的语气虽然挺正常，但他的表情是有一些严肃的，白桃回到自己房里，却没有一点睡意，裴时这男人，明显加班是假，平和自己的心情才是真。

绿帽子都戴成这样了，这么屈辱的情绪下，他却还是不愿意向自己发脾气，以至于保持距离，暂时平复心情。

太惨了！

尤其裴时这个反应，如此驾轻就熟的，看起来自己让他头上有点绿，都不是第一次了？

虽然裴时解释了 Fiona 的起名缘由，也确实没有异常的表现，可白桃心里却是有了计较。

裴时现在包容，但这种包容不可能永远无休止地持续下去，温柔的人并不是不会生气，只是他们的忍耐值比别人强，然而一旦累积到一个点，温柔的人也会爆发，而那种爆发程度，远远比一般人还强。

一个晚上，白桃一点睡意也没有，心里又有些乱，于是决定找几本催眠的书看看，她随手点了几本有关两性婚恋心理学的电子书。这些书写得倒是并不枯燥，理论知识后面一定配合一个实际案例，而这些案例都非常提神醒脑——

"贪恋老实人提供的情绪价值，却脚踏多条船，年轻美女终于引来杀身之祸，引发老实人备胎男友的报复，被泼硫酸为哪般。"

"欺骗老公，在外养情人，老公多次苦求无果后，终于不再忍受，最终勒死妻子后自杀，家破人亡只因出轨。"

……

合上电脑，白桃觉得自己彻底清醒了。

她也终于觉得自己失忆的意义重大起来，不仅是拯救婚姻，更是拯救自己的狗命！

要是任凭自己这么"作"下去，别说好好的贵妇生活会泡汤，没准长期压抑没有自我之下，裴时最终情绪崩溃，和自己一了百了、同归于尽。

白桃想着想着，都觉得自己脖子有点凉。

不能这样下去！

绝对不可以！

白桃这一晚，是无论如何睡不着，她痛定思痛，决定一定要痛改前非，先稳住裴时的情绪，慢慢地让他重新信任自己，体会到爱，最终教会裴时在感情里拥有自尊，把病态的婚姻关系转变成健康的，做彼此尊重的夫妻！然后冰释前嫌，携手共度未来！

第十章

"去绿色化"计划

白桃给自己定了个闹钟，第二天一大早就爬了起来。

交了连载的漫画稿件后，其实距离下期交稿还有一段时间可以苟延残喘，白桃本是打算休息下不再去裴时公司取材的，然而眼下已经到了生死攸关的时刻！这班，还是得上！

幸而裴时公司的楼是自有的，二十四小时都有值班的保安。早晨六点半，白桃出示了袁牧为她办理的临时工卡，顺利通过安检闸机，一路就上到了裴时的楼层。

她今天这么早起床，并且特意避开了搭裴时的车，比裴时早很多到办公室，就是为了干一件大事！

好在自己此前死缠着裴时给开了工卡的权限，白桃蹑手蹑脚地来到裴时办公室门前，"滴"地刷卡就闪身进了办公室。

而白桃一进去，就被扑面而来的负面情绪压得喘不过气来。

裴时的办公室，太压抑了！

这一屋郁郁葱葱的植物，这长势喜人的发财树，这桌上的绿萝，还有窗台边的多肉，任何一个细节，都是雷区！这一个好好的办公室，整得和个森林似的，这合适吗？！

不合适！太多绿色了！

这不是无时无刻不提醒着裴时，你被绿了吗？能不压抑吗？

好不容易裴时想着借工作麻痹自己，转移注意力，忘却妻子可能对他不忠的惨痛事实，结果面对这样一屋子的绿植，这能不把人逼疯吗?

昨晚白桃痛定思痛,想了一晚,决定先从身边的细节着手,首先改善裴时的心情。

这男人,最近一定还处于沮丧中,又为了保全婚姻,连消耗负能量的机会都没有,长此以往积压下来,可不得产生心理问题吗?

那第一步,自然是消除他身边一切会让他情绪低落的东西——首先消灭绿色,从此让裴时想不起被绿!

因为裴时大部分时间都在办公室里,白桃因此决定先从工作环境入手,于是起了个大早,花了九牛二虎之力,半小时后,终于把裴时办公室的绿植全部搬空了。

很快,她叫的跑腿服务也按时送来了新的植物——吉利红如意、七彩铁、红枫、紫叶酢浆草,还有火焰南天竹……

这些植物未必是多好养活的,也未必是摆放着多好看多适合办公室的,但它们统统有一个很明显的优点,那就是——它们都不是绿的!

看着裴时一下子变得红红火火、五彩缤纷、喜庆洋溢的办公室,白桃感到十分满意!

唯一美中不足的是裴时办公室有一棵发财树,因为太大盆太沉,实在是搬不出去,白桃想来想去,把发财树的绿色叶子都剪了。

看着没了绿色,变得光秃秃的发财树,白桃终于觉得完美了。

她又左顾右盼地看了看,觉得还不够,于是拿起剪刀,把叶片比较大的吉利红如意,都剪成了爱心的形状,然后摆到了裴时的办公桌上。

这爱心吧,看着还有点像桃心,又火红火红的,这可不是让裴时平日工作时偶尔抬头,也能看到自己的一片爱心吗?

白桃又转了一圈,把裴时桌上带绿色元素的东西都撤了,挂历给他也换成了粉色的桃心背景，原本绿色的笔帽，也都换成了带桃子元素的粉色。

原本其实是没想这么兴师动众的，可白桃的职业病使然，一旦把办公室里的绿色消灭后，又想着这办公室颜色的调性也得一致，一来二去，就把别的颜色也都整了整。她甚至为裴时添置了一套腰背靠枕，粉色的；他的茶杯，白桃也给换成了粉色，便签也都是粉色……

毕竟粉色，是个让人想到恋爱的颜色，让人容易冒粉红泡泡的颜色，是一个比绿色好了太多太多的颜色。

一个小时后，看着焕然一新的办公室，白桃终于露出了满意的笑容。

事了拂衣去，深藏功与名。

如今，裴时身边的一切都变成了粉粉嫩嫩、可爱的颜色。

今早白桃出门因为发现没现金，她随手拿了裴时扔在餐桌上的钱包里的钱，同时机智地在他的钱包里发现了一沓绿色美元，最终，白桃抽走了绿色的美元，并确保钱包里都是粉粉的可爱人民币。要啥美元呢！人要爱国！要爱就爱人民币！

白桃觉得自己已经兼顾了一切细节，唯一剩下的别墅，因为面积过大，还要仔细排查绿色，是个系统工程，白桃决定此后再好好改造。

仿佛预示了一天的不顺心一般，裴时一早起来就有些偏头痛。

而一大早，白桃也不知道上哪儿去了，裴时独自用完了早餐，也并没有太在意，甚至有点如释重负，白桃能有自己的事要忙，就不会再跟着自己去公司了，对他而言也是一种解放。

他早晨在一位潜在客户方处有一个框架合作会谈，因此直接让司机驱车去了对方的会议地址，谈判非常顺利，裴时也不再头痛了，他回到自己公司的时候甚至是有些心情愉悦的。

只是这种好心情只持续到他打开自己的钱包之前。

他被偷了！钱包里的美元都没有了！

裴时回想了下截至此刻的行动轨迹，断定唯一有可能被扒手下手的时刻就是会议结束后去楼下咖啡馆买咖啡的那几分钟。

虽然他也不清楚为什么钱包里的人民币都还健在只有美元没了，但总之被偷是既成事实，裴时还是报了警，要求调取咖啡馆里的监控进行排查。

简单的笔录后裴时先行回了办公室，只是他并不知道打开办公室，更大的打击正在等着他。

打开门后的整整一分钟，裴时都不知道应该做出什么反应。

一分钟后，裴时瞪着办公室里可怕的景象，开始怀疑自己的脑子是不是坏了。他深吸了一口气，退出了办公室，关上门，然后平静了五秒钟，才再次打开了办公室的门。

然而很可惜，一切都没变。

或者应该说一切都变了。因为裴时的办公室完全变得面目全非，原本的绿植全部不见了，替代着出现的是一些叶片颜色又红又粉简直谋杀审美的不知名植物，高高矮矮，排列得毫无美感。

这完全没有一个新兴数据企业创业人办公室该有的时尚简约和科技感，倒是充满了一个乡镇企业家的村炮、喜庆和无知。

最让裴时无法忍受的是自己最喜欢的那棵发财树，此刻郁郁葱葱的叶片全没了，光秃秃的树干上被用大红色的丝带系出了一个愚蠢的蝴蝶结。

再环顾一周，自己墨绿色的靠枕也不见了，办公室里所有的元素都变成了粉色或者红色，还有一些乱七八糟的颜色。裴时觉得自已仿佛身处海底世界的珊瑚丛，被五颜六色包围，玄幻无比。

裴时忍着情绪，打了内线电话给前台："今早谁进了我的办公室？"

"裴总，门禁卡这边记录显示 Fiona……"前台的声音有些疑惑，"不过时间显示是早上 6 点半……"

裴时没再听下去，他挂了电话，心里感到深切的后悔。

孩子静悄悄，必定在作妖。他怎么就没想到这一点？白桃早晨不声不响就消失了，按照她的性格，能去做什么好事？

果不其然，最终祸害的还是自己。

但碍于是白桃，按照如今的人设，裴时除了宠溺微笑就是宠溺微笑，他在心中默念着不生气，一边拉开抽屉，想泡点碧螺春喝喝平心静气，这些碧螺春是上等的明前茶，口感层次非常好。

但很快，裴时笑不出来了。

他的碧螺春也没了！

茶罐还在，然而打开罐盖，里面的茶叶早已不翼而飞，取而代之的是立顿红茶包。

裴时觉得真的不能忍了，必须和白桃好好谈谈，他打了内线电话——

"白桃，你来我办公室一趟。"

白桃接到裴时电话时，正在给孙静科普粉色的诸多优点，她飞快结束了话题，并再次郑重告诫道："对了，以后不要叫我 Fiona，从今天起我叫 Pinky，懂吗？绿色不好，不聚财败运势，粉色才是正道，Fiona 太绿了，不吉利。"

说完，在孙静不解的眼神里，白桃撩了撩头发，调整了下表情，然后才往裴时的办公室里走。

自己忙活了一早上，给裴时的办公室大变样，可惜裴时看起来不太高兴，黑着脸坐在办公桌前，见了自己，只扔出了一句话。

"怎么回事？"

裴时的声音冷冷的，但这男人良好的教养让他看着还是比较理智，他看了白桃一眼，然后拿出了红茶包："解释下，我的碧螺春呢？"

白桃镇定自若地解释道："是这样的老公，碧螺春呢，是绿茶，别喝了，因为'绿茶'这个词，现在的意思已经不太好了，'茶艺'也有了新的含义，我不希望老公喝绿茶被人误会成是那种绿茶男人，这对你的形象不好。"她信口雌黄地总结道，"如今好男人都喝红茶。"

裴时顿了很久，像是平复了很久心情，才重新还算平静地道："那我的绿植呢？我办公室的绿色都去哪里了？"

这是要兴师问罪了！

白桃的心里拉起了警报，这种时候，更要冷静沉着，为了自己的未来，为了这段婚姻，她……决定豁出去了！

"老公……"白桃一边嗲嗲地开了口，一边就站了起来，绕到了裴时的椅子前，然后索性状若娇嗔地一屁股坐到了裴时的腿上，接着一把搂住了裴时的脖子，娇媚地朝裴时眨了眨眼，"绿色不是一个好颜色，尤其对男人而言，你知道，我永远不会让绿色和你有任何关系的，因为……"

白桃拖长了调子，然后偷袭般啄吻了裴时的嘴唇一下："因为我爱你，老公，撒浪嘿呦！"

说完，她又朝裴时娇羞地比了个心。

为了不遭到裴时这个深情老实人压抑过后的报复，为了自己的狗命，什么礼义廉耻，白桃都不要了！

不就是坐个大腿亲个嘴吗？有什么不可以？

把自己当成是在逆天改命不就完了？

白桃这么一想，一点心理负担都没了，当即又左边右边狂亲了裴时一通，再充满怜爱地看了他两眼，宣布道："还有，老公，以后不要叫我Fiona，叫我Pinky，希望你喊着我的名字时，内心只充满甜蜜的粉红泡泡。

"至于我，对你情比金坚。绿色，根本不可能存在在我们之间……"

此前豁出去的时候硬着头皮就这么做了，可如今渐渐冷静下来，感受到裴时眼神里的惊愕复杂以及肢体语言的僵硬，白桃也不由自主紧张起来。可如今这气氛，从裴时大腿上下去也不是……

这么一想，白桃的脸就热起来，心跳也加快起来，反倒是裴时，从原本的惊愕不自然到渐渐好整以暇和镇定自若，他没说话，就安安静静盯着白桃。

这男人的目光太有存在感了，白桃被盯得浑身不自在，因为紧张，连说话都语无伦次起来："你不是草原，我也不是野马……"

白桃说了一堆，最终胡乱总结道："愿天堂没有绿色……"

……

好在为了缓解尴尬似的，恰是这时，裴时的手机响了。

因为坐在裴时的大腿上，白桃很完整地听清了电话内容——

"裴先生，这边咖啡馆的监控我们已经调取了，并没有发现……"

来电的似乎是警方，裴时看了白桃一眼，然后镇定道："谢谢你们，美元我已经找到了，对不起是我自己忘记了，耽误你们时间了。"

他又再三向民警表达了歉意，这才挂了电话，然后他看了白桃一眼："你拿的吧？"

白桃只能低头认罪，默认了自己"偷窃"的犯罪事实。

此前脑子一热做出的举动，如今冷静下来，环顾办公室里姹紫嫣红、可怕的乡村风格，白桃也有些悔不当初来，尤其裴时虽然控制得很好，但看着是有些生气的，和自己说话虽然语气还算平静，但越平静，他应该就是越生气了。

自己此前要真是出轨了，那就算把全宇宙的绿色都消灭，恐怕都无法消除对裴时造成的伤害。白桃一想到这，就忍不住沮丧起来。

她低下头，没再看裴时的眼睛，闷闷地开口道："对不起。"

她跳下了裴时的大腿，挺低落，有点想放弃："绿茶我给你拿回来。"

白桃说完，可怜巴巴地看了裴时一眼，低声嘟囔道："你是不是生气了，不爱我了啊？……"

裴时确实是有点生气的，白桃总是不按常理出牌，先是冲进他的办公室，洗劫一通后进行了可怕的大改造，又偷走了他的美金和碧螺春，把他的办公室和生活都搅得一团糟，还跳到他腿上搂着他狂亲，虚情假意地示爱、告白、眨眼睛……

只是看着白桃此刻垂头丧气、灰溜溜的模样，又觉得有点可怜兮兮，考虑到她脑袋出了问题，裴时觉得自己还是需要包容和大度一些，何况白桃思路清奇能找到这么多红色的植物，也算是挺努力了。

"没生气。"裴时这次真的有些心平气和了，他耐心道，"但没有必要，白桃，绿色不重要，我相信你。"

裴时的本意是安抚白桃的情绪，让她不再弄出别的幺蛾子来，然而没想到这句话一说完，白桃就像满血复活一样眼睛亮起来，她重新振作了精神，又跑到了裴时面前，像一只威风的小豹子——

"是的嘛，你怎么会生我的气呢！你是最爱我的！"

她指了指自己的脸颊："但是为了验证你真的不介意绿色，真的没生气，给我取 Fiona 这个名字真的没别的想法，你要证明一下。"

"什么？"

白桃又指了指自己的脸蛋："那你必须亲我一下。"

裴时没有办法，只能亲了白桃的脸一下，然而白桃还是没走，瞪着圆又黑亮的眼睛看着他。

裴时是真的有点无奈了："祖宗，所以你还要什么？"

"说你最爱我。"

"好的，我最爱你。"

白桃终于心满意足地笑了，她心无旁骛又纯真地看着裴时："裴时，我也爱你。"

白桃就这样满血复活般活蹦乱跳地走了，转身就忘了把碧螺春还给裴时，但裴时没有再去要，因为他发现喝红茶好像也不是不可以。

嗯，毕竟好男人喝红茶。

一个懂得忍耐的好男人更应该喝红茶。

因为裴时的态度，白桃的"去绿色化"计划最终偃旗息鼓，在对裴时的办公室进行改造后，她就收了手，没有再去折腾家里。

对此，白桃也感到比较满意，毕竟别墅的院子那么大，那么多绿色植物，光是拔草，就要拔个几天几夜，更别说还有他们爱的结晶——小桃树宝宝了，桃树的叶子那可也是绿的！

不过，白桃到底对自己过去疑似出轨的行为还有些心虚，虽然裴时看起来确实挺信任自己，但到底自己这五年里干了点啥，白桃心里也没底。

为了挽救婚姻、巩固感情，回报裴时这份信任，白桃想了想，决定从给予裴时婚姻的温暖开始。

试问什么最能让男人感受到爱情呢？

那必然是太太每天亲手做的饭菜了！

抓住男人的心，先抓住男人的胃，在日复一日可口的饭菜里，便是恬淡的幸福和温情的仪式感！

虽然有家政阿姨，但白桃非常豪气地大手一挥免除了家政阿姨做晚饭的工作量，决定亲自动手，丰衣足食！

以往没有自己煮饭做菜的体验，如今从采购食材到清洗到切细、烹饪，都一点点自己上手后，白桃倒是觉得做菜还挺有意思的。而她到底还是存了点小心思，虽说裴时不介意，但她对绿色还有些心理阴影，因此在食材采购中，还是尽可能避免了绿叶菜。

虽然白桃从小四体不勤、五谷不分，但为了爱情，这辈子大概第一次这么努力，她看了市面上几乎所有的做菜攻略和教学视频，毕竟裴时这样的，什么样的饭菜没见过？自己要让他惊艳，必然要挑战高难度的菜品！

可惜白桃这边做菜热情高昂，裴时却是生不如死。

在连续吃了一个月的芝士茄子、红黄灯笼椒塞牛肉丸、胡萝卜金针菇爆炒山药、番茄土豆泥等诸如此类的暗黑料理之后，即将迎来裴时的生日，裴时终于找到了机会对自己的肠胃进行抢救——

"生日那天晚上，我想出去吃。"

白桃也在备忘录上看到裴时生日将近了，而对裴时的生日活动，她其实早有计划："老公，没事，我新研究了好几个菜谱，茄子蛋糕、咖喱味秋葵小饼干，还有芥末小土豆……就打算等你生日时亲手做给你吃呢！"

结果自己话没说完，裴时就抿紧嘴唇，打断了她："不用了，我生日不想老婆做菜做饭。不想让老婆辛苦，我们就简单去餐厅吃点就好。"

虽然嘴上说着这么肉麻的情话，但裴时的声音有些不自然的干巴巴，白桃看着他，有些忍俊不禁，虽然裴时在商场上很精明，但爱到深处自然傻，在爱的人面前，所有心机城府都会崩溃，只剩下一个简单的、傻乎乎的男人，瞧瞧他这样子，可不是吗？

虽然很想在裴时生日晚餐上露一手，可白桃最终还是被裴时说服了，毕竟她还为裴时准备了别的惊喜。

一个巨大的惊喜！

一想到这个惊喜，白桃的肾上腺素就有些升高，自己为了这份礼物，可是殚精竭虑，光是心理建设就准备了好久好久……

虽然爱自己爱到卑微，但只要看到这份礼物，白桃相信，裴时就能感受到自己那扑面而来的爱！

裴时的生日越是临近，白桃就越是坐立难安，特别是在接收到宠物店店员的信息，告知她此前定制的礼盒已经送达后，这种不安到达了顶点。

但是为了这个全世界最爱她的男人！拼了！

她，白桃，决定忍辱负重！面对恐惧！战胜自我！超越极限！送裴时一条狗！

而为了能给裴时好好过一个生日，拥有私密又甜蜜的氛围，白桃事先包了场，还请了裴时喜欢的小提琴演奏，整个夜晚的气氛非常好。即便是不苟言笑的裴时，用餐时表情也相当柔和，连看着简单的蔬菜沙拉，都显得……硬要形容的话，白桃觉得裴时看向蔬菜的表情，都甚至带了爱意？

试问谁能望着几根草，都能洋溢出爱呢？还不是因为此刻坐在他对面，陪着他用餐、给他过生日的是他最爱的老婆吗？

这么一想，白桃心里就觉得甜甜的，连带着心情也好起来："老公，我待会要送你一个你会超级爱的生日礼物！"

结果裴时几乎是立刻抬起了头，停顿了片刻，声音都带了点不易觉察的僵硬："是茄子蛋糕还是秋葵饼干？"

瞧把他给激动的！

白桃忍不住娇嗔地笑了笑："老公，你真是的，嘴上说着不希望我辛苦做饭做菜，结果呢，我随口报的菜谱，你就惦记上了。不过对不住呢，今晚的生日礼物，可不是这些。"

裴时的声音听起来有一种劫后余生的感慨："不是这些就好……"

白桃得意地笑了笑："我是不是很周到啊？生日礼物当然会准备别的啦。"

裴时抿了下唇，微微笑了下，声音冷静道："嗯，周到。"

傻瓜！

白桃心里也有些甜，男人也太好骗了吧？就一个生日礼物而已！

就冲着他这没见过世面的模样，白桃都觉得只送一样生日礼物是过不去了。她当即了然地看了眼裴时，向他当场保证道："老公，虽然茄子蛋糕和秋葵小饼干今晚我没准备，但你这么念叨，我明天一定做给你吃！接下来一个礼拜我都没什么交画稿的压力，我天天给你做这些好吃的！你放心！"

或许觉得自己这只是嘴上说说的虚情假意，裴时听完，脸上不仅没有高兴，连刚才的笑都敛了，他不抱什么期待地对白桃笑了一下，面无表情回应道："好，谢谢老婆。"

他这一定是不信了。

白桃是想解释的，但今天是裴时的生日，不需要引入这种插曲，何况，最好的信任是给出行动来证明的，接下来一个礼拜，只要自己天天研发这些美食，还怕裴时不信吗？到时候他自然知道，自己不是嘴上随口开空头支票的！她白桃！说一不二！

白桃抬头，就见裴时正安静优雅地用餐，这男人并没有什么特别的表情，然而这样静谧的脸庞已经足够让人动容。很多时候让人触动的好像也并非多独特的瞬间，只是此刻这样一个非常普通的生活碎片，裴时甚至并没有说什么特殊的话，两个人此刻也并没有处于多浪漫和戏剧化的场景下，只是这样平淡的细节和时光，却让白桃没来由觉得心动，甚至觉得今日为裴时拼的命，值了！

还记得五年前裴时的生日，她还提着喇叭在裴时家的院子里夺路狂奔，并被裴时不留情面地赶了出去；五年后的同一天，她成为这个男人深爱的妻子，和他分享余生里所有的时光碎片。

时间真是好奇妙的东西。

白桃有些心跳加速，更有些得意扬扬。谁能想到，裴时会这么爱自己呢？！

礼物是在约定好的八点半送来的，包裹很大，用粉色的带有桃子元素的礼物纸包了起来，打着大大的蝴蝶结。这礼盒是白桃特别定制的，有透气孔，保证空气流通，小狗放在里面也不会有问题。

彼时裴时刚好结束了用餐，因为有个电话，正好起身走离了餐桌。

白桃觉得这时机简直完美，她把礼盒推到桌边，准备等着裴时待会自己打开礼盒看到小狗后露出巨大惊喜的表情。

这男人怕不是会感动得当场哭出来吧？

白桃相当贴心，为此甚至提前打了招呼，连服务生都清空了，要是待会裴时真的哭到情绪失控，这不是也没人看见吗？绝对确保他的隐私！不会让他没面子！

白桃也早早准备好了抽纸，等裴时待会儿一哭，她就可以一脸怜爱地为他擦干眼泪。

今夜的裴时，看来注定是要为爱掉眼泪呢！

只是白桃想来想去，没想到这美好的计划会戛然而止。

变故是在一分钟内发生的，裴时这通电话似乎有点长，而一开始安静的"礼物本物"也终于在礼盒里待不住了，叫了两声以后，就开始轻轻地撞起了礼盒来，而也不知道是定制的质量不够好还是礼盒在来的路上遭受了什么撞击，白桃还没反应过来，"礼物"就在盒子里翻腾着把礼盒给弄倒了，再接着的一切白桃因为惊吓有些记忆不清晰，但等她整个人的意识再次回归时，狗已经自己挣扎着从礼盒里钻了出来。

重获自由的小狗几乎是兴奋地摇着尾巴立即扑向了白桃。

白桃挑的是一条拉布拉多，即便算是小狗，但也并没有小到哪里，它拼命蹭着白桃的腿表达着兴奋，白桃却已经僵硬到快无法呼吸了。

明明心理咨询师评估下来说自己已经克服对狗的恐惧了啊！

可因为自己清了场，此刻裴时又不在，如今连个可以求救的服务员都没有，小狗特别热情，白桃躲了几次，横竖都甩不开它。

白桃见了狗就脑袋发热，心里除了赶紧躲开狗完全没有办法思考别的，可这餐厅环境空阔，也没个可以躲的柜子，白桃心烦意乱、六神无主地绕着餐厅跑了两圈，最后都害怕地爬到了餐桌上，可狗还是追着她跑，最终在看到地上的空礼盒后白桃灵机一动，终于有了办法——

自己是没法把狗抓进盒子了，那自己躲进去还不行吗？！

狗不走，我走！

白桃乌龙

只是白桃自认为神不知鬼不觉的完美躲避，在裴时眼里却并不是那么一回事。他有幸见证了白桃狼狈出逃直到钻进盒子里的全过程。

因为客户方程序员的一个低级错误，导致数据库服务临时发生了瘫痪，为此，裴时不得不协调技术员工帮助抢修，这通电话也便有一些长，等挂了电话，裴时才发现已经过去快十五分钟了。

他有些抱歉地回到餐厅，然而哄白桃的说辞还没机会说出口，他就发现白桃根本不在桌前。

她竟然站在餐桌上！

穿着十厘米的细高跟！她像是在忌惮和驱赶着餐桌下的什么，手里甚至还举了把叉子自卫……

这番动静自然成功引起了服务生的注意，裴时看到有三两服务生走过来，然后和裴时一样，同样被眼前的场景惊呆了，大概没人能理解，为什么刚才还优雅用餐的白桃，一下子蹦到了餐桌上……

在服务生探究、好奇、惊愕的目光下，裴时感觉有点头痛。

只是更头痛的似乎还等着他，白桃色厉内荏地挥舞了两下叉子，而有什么毛茸茸的东西蹿上了餐桌，也是这时，裴时才看清了，是一条小狗。

"救命啊！"

白桃见了狗，果然吓得屁滚尿流，裴时还来不及开口，就见她突然蹦下了餐桌，然后往餐桌边的什么盒子里钻了进去，还飞快地合上了盒子盖子，在众目睽睽之下躲了起来。

裴时一时之间根本跟不上事情发展的节奏，只是瞪着盒子，有些茫然。

小狗是一条拉布拉多，趴在盒子上刨了两下发现打不开后，很快就趴在餐桌下咬着桌布玩耍起来。裴时缓过神来，然后走过去，弯下腰，这条热情活泼的小狗立刻看向了他，朝他吐着舌头，先是警惕地观察了下，在裴时对它微笑伸手后，它才扑进了裴时怀里。

这狗是怎么进来的？

裴时疑惑地抱着小狗，然后很快发现了答案——

餐桌边那个硕大的礼盒粉色的外包装上，用大字写着"To 我最爱的老公"，礼盒的带子已经散开了，白桃正躲在里边。

裴时知道白桃非常怕狗。

此刻他怀里抱着狗，心下充满了愕然。

虽然知道这种猜测完全不切实际，但摒弃了一切别的可能，或许最不可能也会成为可能。

裴时蹲下身，试探性地朝着礼盒喊了白桃的名字。

几乎是下一秒，礼盒里传来了白桃带了哭腔的声音，她带了点鼻音，有些委屈又可怜地喊裴时的名字："你终于回来了啊。"钻进盒子里的人语气依赖地抱怨道，"怎么去了那么久，我都吓死了！"

裴时简直哭笑不得："你为什么钻进盒子里？不出来吗？"

大概裴时的存在让盒子里的白桃重新有了底气，她的声音立刻变大了，理所当然道："因为有狗啊！"

"可狗原本是你放在盒子里带进来送我的吧？"

"是啊！"

裴时简直难以理解她的逻辑："你自己那么怕狗，你送一条狗给我？"

"可你喜欢狗呀！"

裴时愣了愣："可你怕狗，你送我了我也不能养。"

"可以养的。"因为隔着盒子，白桃的声音听起来有一点不真切，但还是很清晰，她像是说服自己般解释道，"我去做了心理咨询和干预，现在对狗已经不那么怕了，只要再坚持做几个疗程，以后就不怕狗了。"

"而且这条狗很小，我也打得过它。"

"它也不怎么叫，不是太烦人。"

……

盒子里的白桃还在絮絮叨叨，裴时蹲在盒子外，心里糅杂着难以形容的复杂，他不知道该怎么描述这一刻的心情。

"所以你为了送我狗，去做心理干预了？"

"对啊。"白桃非常自然地给出了回应，并没有像自己做了多勇敢和了不起的事一样，她像是背着什么婚姻鸡汤一样流利道，"我看书上说，因为婚姻是相互的付出，你那么喜欢狗，总是迁就我，这次你生日，我也想送你你喜欢的东西，狗你看到了吧？你喜欢吗？"

裴时摸了摸小狗的头，抿了抿唇，才开口道："我喜欢的。"

白桃听起来像是松了口气："那就好，那就好。"

"那你能从盒子里出来了吗？"

一提这个话题，白桃的声音又紧张了起来："狗还在吗？狗在哪里？"

"狗在我怀里，我抱着。"

像是为了应景似的，怀里的小狗"汪汪"叫了几声。

"我……我还有点紧张，虽然做了挺久心理干预了，但、但我可能还是没彻底准备好。"一听狗叫，白桃的声音里又带了点可怜兮兮的哭腔，"要不我还是先再躲一会儿吧！"

"我不养狗没关系，把狗送回去吧。"

裴时确实非常喜欢狗，也很想养狗，但这一刻，他突然觉得不能养狗也没有那么遗憾。

结果自己这样的决定，反倒遭到了白桃的强烈反对："不行！狗不可以送走！

"这是一只被别人虐待后遗弃的狗，之前已经流浪好久了，被好心人捡到送进宠物医院的时候，受了很多伤，吃了很多苦，我都决定养它了，不可以再把它送走的。做人要有责任心！"白桃絮絮叨叨道，"而且狗太可怜了，遇上我这样的富婆'妈妈'也不容易，养就养吧，我还是可以克服一下的，毕竟不努力尝试的话，怎么知道不行呢？但是遛狗、给狗铲屎做饭就都交给你了……"

总之，说来说去，白桃既怕狗所以不敢出来，又坚持不肯把狗送走。

她自我打气道："回别墅就好了，回去以后，你把狗放在一楼，我可以先去三楼，我和狗都适应适应，之后我们会达成和平共处、互不侵犯主权的！"

裴时有些无奈："你不从盒子里出来，那我们怎么回家？"

"这个盒子是我定制的！底下有滚轮，你把我就这么装在盒子里推回家吧！"白桃的声音像是觉得自己非常睿智，她炫耀道，"其实这盒子挺好的，很结实，还安全，而且大！我设计了通气孔的！人畜无害！"

最终，白桃说什么也不肯从盒子里出来，裴时拗不过她，真的只能抱着狗推着硕大的礼盒回家了。

好在餐厅距离别墅并不远，唯一的麻烦来自别墅门口的保安。

近期别墅区新换了一批保安，如今新来的保安并不认识裴时，为了确保别墅住户的安全，非常敬职地向他询问了住处后，刚要放行，突然对裴时推着的大得异常的礼物盒产生了疑惑——

"这里面……我刚才怎么看到好像动了下？装了什么吗？"

裴时没有多想，下意识道："我太太。"他理解保安的敬业，因此主动道，"需要打开给你看下吗？"

结果这话一下去，年轻的保安小哥脸都红了，声音也有些结巴，赶紧摆手道："不、不用了……"保安小哥又看了裴时几眼，眼神有点震惊，像是被刷新了什么三观一样。

裴时没有太在意，推着盒子就往前走，结果没走几步就听到了身后保安小哥的小声嘟囔——

"现在这种都能动了啊。这么帅又有钱还要买充气的老婆吗？"

裴时一开始没反应过来，再走了三步，终于意识到对方误会了什么。

这种事事关名誉，绝对不可以忍，他当即蹲下身，轻轻拍了拍礼盒："白桃。"

如果白桃从礼盒里至少探出头或者说句话，自己的名声就足以保全了，然而白桃并没有回应他，裴时又喊了两声，她还是没有说话。裴时试探着打开了礼盒盖子，才发现她就这么蜷缩在盒子里，已经睡着了。

自己本可以叫醒她起来澄清的，但看着白桃睡得东倒西歪的样子，裴时最终叹了口气，有些情绪复杂地看了她两眼，最后认命地没有再折返回保安处。

等到了家门口，他揉了揉怀里小狗的头，然后拉着狗绳，把小狗放在脚边，这才俯下身，把礼盒里的白桃抱了出来。

明明怕狗怕得要命，竟然还给自己买了狗，结果她自己倒躲进了盒子里，偏偏心还大。裴时有些无可奈何地看了白桃一眼，她此刻趴在自己怀里，睡得像个小孩子，虽说有通气孔，但盒子里的密闭环境，还是让她脸颊上睡得都有些发红，更像熟睡的小孩子了。

裴时忍不住轻轻摸了她的脸一下，皮肤的温度和他想象的一样，带了灼热的触感，然而明明是裴时主动去摸的，但碰到的那一刻，他还是有一些莫名清醒般移开了手。

结果因为自己的动作，白桃迷迷糊糊地醒了过来。

"礼物……"她揉了揉眼睛，环顾四周戒备道，"狗不在吧？"

"不在，在楼下。"

听了裴时这句话，白桃才终于松了口气，然后她睁着打过哈欠、醒来后还有些湿漉漉的眼睛，看向了裴时："对不起啊……"

"我不知道臭狗怎么会提前从盒子里出来……"

白桃控诉了狗擅自跳出盒子以至于裴时无法体验打开礼盒时的惊喜，非常生气的样子。

裴时从小到大过了很多次生日，大多数中规中矩，唯二不同的生日，都是白桃给的——五年前她在自己生日那天跳进别墅里用大喇叭骂了自己，被狗追着在花园里哭爹喊娘；五年后她又被狗吓得躲进了盒子里，甚至没和自己说"生日快乐"就歪头睡着了。

白桃又看了眼裴时，有些沮丧："本来我设计得可好了，你打开礼盒，就能看到生日礼物。我看书上说了，人拆生日礼物的时候会体验到加倍的快乐！结果狗跑了！你根本没拆到礼物！"

"拆到了。"

"嗯？"

"拆到了礼物的。"

其实确实是拆到礼物的，只是礼物盒里的是白桃，并不是狗罢了。

白桃转了转眼珠，大约觉得裴时是在安慰她，也不再纠缠拆不拆礼物的事，只顺水推舟道："那你喜欢你拆到的礼物吗？"

"喜欢吧。"

"觉得怎么样？"

裴时想了下："挺特别。"

白桃挺得意："我这么伟大，克服了对狗的恐惧，送了你那么棒的礼物，那你是不是更爱我了啊？"

裴时忍不住笑了下："嗯。"

白桃虽然脑子不太清醒，但是有变可爱。

不过下一秒，裴时就想收回这句话了，因为白桃嘟着嘴，寻衅滋事般拉长了语调问道——

"那狗和我掉进水里了，你救我还是救狗啊？"

裴时觉得自己应该收回对白桃可爱的评价，这女人的本质还是很"作"……

他可以不回答这个愚蠢问题的，但鬼使神差的，裴时还是回答了："救你。"

他顿了下，在白桃灼灼的目光下，咳了咳，有些不自然地补充道："反正狗会游泳。"

裴时根本没意识到，回答这个问题的时候，他一点没想起来，其实白桃也会游泳。

第十一章
为了团结友爱

虽然有些坎坷，但白桃总算帮裴时过好了生日，对这个生日，裴时没有太多情绪外露，但白桃的直觉告诉她，这男人其实挺高兴的。

毕竟都得到了心心念念的狗作为生日礼物，还有什么不快乐的呢？

说起狗，白桃当晚就紧急和心理干预师通了电话，再做了点自我心理建设，这才渐渐平静下来，战战兢兢地摸着楼梯扶手下了楼。

大约是为了留下小狗，希望白桃能真的接纳小狗，整个过程里，裴时非常耐心地陪伴在白桃身边，几乎到了寸步不离的地步。

"我站在你和狗的中间，狗绳我也牵着，你要是害怕，我会第一时间抱走狗，狗绝对不会碰到你。"

他看了一眼白桃，然后又一次摁掉了来电。

"是不是什么重要的电话呀？"白桃指了指裴时的手机，"你署名'高律师'的这个人，从刚才开始已经连续打了你五六个电话了吧？都被你挂断了。"她深明大义道，"你要是有急事，可以……"

结果白桃那句"可以先接电话"还没说完，就被裴时打断了，他的声音低沉但是果决："你适应狗的这段时间里我不接电话。"

他说完，有些不自然地补充道："没有那么急。"

白桃点了点头，然后又一次如临大敌地和狗"培养感情"起来，好在有裴时在，白桃心里确实安定不少，狗也比较懂事，一来二去，白桃刚才紧绷的情绪还真的渐渐放松了下来，对狗好像也没那么害怕和抵触了。

不过放下了对狗的担心，白桃望着挡在自己身前的裴时，又升腾起了新的担心——

这裴时的生日之夜，万一他提出那方面的要求……

白桃一想起此前备忘录里这样那样的含蓄小作文，整个人都不好了，她立刻就不害怕狗了，毕竟裴时比狗还可怕。

白桃决定先下手为强，裴时生日夜，什么也不表示好像有些说不过去，于是她拉着裴时的手强行让他转身面向了自己。

"老公！"白桃盯着裴时的眼睛，露出深情的表情，她殷切又热烈地望着对方，然后踮起脚，飞快地亲了裴时的嘴唇一下，"生日快乐哦！"

"我知道今晚你在期待什么，但是，想必你也看到了，为了给你送狗，我克服了常人难以克服的心理恐惧，所以我现在整个人精神非常疲惫，我已经……被掏空了，没有办法再经受那种，比较刺激的情绪和体验了……"白桃眨眨眼睛，含蓄地看向裴时，"老公，你懂的吧？"

裴时皱了皱眉。

白桃拍了拍他的肩，一脸凝重道："何况我们也不是二十岁才出头的年轻人了，自己的身体自己要爱惜。你知道古代太监为什么都能活那么长吗？就因为禁欲。现代人呢，可能因为熬夜还有环境污染的问题，其实都很容易肾虚，肾虚的话还会影响精子质量，你看我们还没生孩子，为了以后的宝宝，还是要提高精子质量，让宝宝赢在起跑线上啊！"

白桃顶着裴时的目光，硬着头皮继续道："而且你看，今晚你喝红酒了，喝酒影响精子质量，所以今晚……算了吧！你先修身养性一阵子我看比较好！"

她说完，也不再管裴时的反应，赶紧用手扶了扶额头，佯装打了个哈欠："哎呀，我这怎么说着说着就困了，眼睛都快睁不开了，我先去睡了啊……"

白桃说完，飞快地溜了，那矫健的身姿、灵活的动作，可一点不像是犯瞌睡的人。

裴时盯着她的背影，差点都气笑了。

自己摆着那么重要的电话没接，把她放在第一顺位陪着她克服对狗的心理恐惧，敢情就换来了这个？就这？

婚姻生活果然令人窒息。

裴时面无表情地拿出手机，重新给高律师回了电话。男人，只有把时间奉献给工作，才永远有同等回报。

"裴总！"电话一接通，就响起了高律师的声音，他抱歉道，"不好意思半夜打扰您……"

"是上市材料里有什么出问题了吗？"

"没，是裴太太那边的事……"

裴时皱了皱眉，几乎下意识道："我们不离婚。"

"知道，知道。"高律师笑道，"你们感情这么好，怎么会离婚呢？就是上次有自媒体公司污蔑裴太太出轨，您让我处理取证起诉了，今天那公司联系我，说有内情，想要和我们谈谈，您看？"

"不谈。"裴时冷笑了下，"白桃不会出轨，直接走诉讼程序，不姑息造谣。"

白桃蹑手蹑脚跑下楼时，听到的就是这句话。

裴时的声线偏冷质，没有情绪的时候会有种冷漠的严苛感，然而如今这样的语气，听在白桃耳里，却只觉得温柔宠溺。

自己只是因为手机忘在了楼下，想下楼偷偷拿手机，结果没想到却听到了裴时这样的真情流露!

这男人看来真的相信自己!即便面对亲妹妹的举报,他还是选择了爱情!坚定地站在了自己这边,风雨无阻地守护着自己!

等白桃拿了手机躺回到自己的床上,心脏还在为裴时的这最后一句话躁动不已,自己此刻竟然真的有一点想为裴时哐哐撞大墙……

以后,一定要对裴时好一点!

如今这样的好男人,真的不多了!

想着自己防火防盗防贼一样地防着裴时,白桃心里第一次产生了些许愧疚——按理说,虽然自己失忆了,可这身体确实是五年后的自己没错。都已经是裴时的太太了,完全拒绝履行夫妻义务,还要强迫他守身如玉,这确实有些过分了。

何况裴时长得帅、身材好、屁股翘。看自己备忘录里记载的,这用户体验还是挺好的……要不什么时候……

白桃越想脸越是发红,头脑里闪过了无数十八禁的画面,最后愣是在脸颊左右各贴了一块退热贴,再打开音响,放了一段《大悲咒》,这才渐渐心如止水,进入睡眠。

这一觉睡得很好,第二天是周末,因此白桃睡到了自然醒。

裴时因为要处理一些公司上市的财务事宜,给白桃留了纸条告知上午并不在家。

充足的睡眠让人快乐,爱情的滋润让人愉悦,婚姻的信任让人放松,白桃几乎是哼着歌去厨房的,只是荷包蛋刚煎好,门铃声就响了。

白桃跑去门边,心情一下子就不好了,门外站了一位她无论如何不想看到的不速之客——裴菲。

此刻裴菲正一脸阴险地站在门外，那毫不遮掩的表情，就差在脸上贴一行字了——我来寻衅滋事、惹是生非了。

但白桃现在一点也不怕她，裴时那么爱自己，如今自己和裴菲起冲突，他绝对会为自己撑腰的！倒是裴菲，是时候给她一顿毒打了！

那还等什么？先把裴菲放进来，然后，关门！打狗！

裴菲果然是来挑衅的，一进门，她就嘲讽上了："哟，白桃，你的心理素质真是让人叹为观止，都这样了，还不死心赖在我哥的别墅里，是一定要闹到撕破脸皮上热搜，被所有人发现你不守妇道，然后在全国人民的关注下被扫地出门吗？"

白桃挺冷静："裴菲，虽然你是裴时的亲妹妹，但有些话不能乱说，否则就算是亲人，我也是会起诉你的。何况这是我的家，你再这样大放厥词，我会请你出去的。"

"你早知道了吧？你那个前男友钟潇昨天也从国外回来了，我今天过来，就是来看看能不能抓奸抓双呢！"裴菲翻了个白眼，"你这还没和我哥离婚呢，就迫不及待都被媒体拍到出轨照片了，我这不是替天行道过来成全你们这对狗男女吗？"

放屁！自己根本不知道什么前男友回国！根本就没有联系过！自己是无辜的！是清白的！

但越是到裴菲给自己泼脏水的时刻，就越是要冷静，白桃看了裴菲一眼，故作姿态道："我和裴时结婚以来感情就很好，他为了我可什么都愿意做，现在呢，我就是他的死穴，你要是蓄意破坏我们感情，小心到时候裴时和你恩断义绝、老死不相往来哦。"

"呸！我哥根本不喜欢你这种类型的，还为了你什么都愿意做呢！我哥是那种事业为重感情靠边放的人，还能为了你怎么的？"

白桃越是冷静，裴菲就越是情绪激动："我哥最讨厌的就是你这种水性杨花的女人了！成天招蜂引蝶的！我和你认识那么多年，从大学开始，你就不安分，你自己说说，当初你就有多少绯闻？一会儿和这个男的好了，一会儿又和那个男的好了，而且你这人也没什么道德观念，人家男的有女朋友，你还忍不住和人家暧昧！和我哥结婚后，我看你也没收敛，前男友也没放下！"

裴菲不说还好，这一说，白桃也火了，新仇旧恨一起涌上心头："什么叫我不安分？我在学校从没谈过恋爱，也不知道谁在背后传我和这个好、那个好，我也没和任何人暧昧过，当初你污蔑我说我勾引你那个男朋友，还不分青红皂白打了我，结果到现在你不仅不道歉，还倒打一耙？"

这事是裴菲和白桃交恶的导火线，说起这个，裴菲强词夺理、死不认错起来："我那是有预见性，早在几年前，就知道你未来要祸害我哥，要给我哥戴绿帽子，所以提前先把你给打了呢！我有错吗？当初被我打耳光的滋味你忘了？"

"是我给你扣在头上的绿色颜料不够鲜艳？"白桃也咬牙切齿地回击道，"都怪那次裴时来得太快，不然你不仅要变成'绿巨人'，你还要结结实实挨我一顿打呢！"

裴菲对白桃怒目而视："谁打谁啊？你能打得过我吗？"

时间能改变很多东西，沧海桑田，物是人非，然而总有一种感情，是历经时光也不褪色的，比如白桃和裴菲之间的"情谊"，非但没有被时间所改变，反而像是陈年的美酒，这"情谊"的浓度越加醇厚，丝毫没有变质，还是和五年前一模一样。

此仇不报非君子。

白桃也来气了："打的就是你，这次裴时不在，我倒要看看谁来给你擦屁股！"

"你这人自己没魅力、没眼光，瞎了眼找了个会劈腿的男朋友，人家真劈腿了，你又双标，不打贱男，光想着打第三者。苍蝇只叮臭蛋，你自己抱着个臭蛋当个宝贝还以为是松花蛋啊？"

当年被劈腿是裴菲的人生耻辱，白桃抓着这个死穴狠打，裴菲脸上果然露出了羞愤暴怒的征兆，可白桃说的是事实，她想骂人又无法辩驳，结果暴怒之下随手从沙发上拿起抱枕就朝白桃砸去。

抱枕很轻，白桃也轻松躲开了，但——

这是态度问题！这是尊严问题！这是底线问题！

白桃眼睛都气红了："你竟然对我动手？！"

在自己家里对自己主动出击，这可是战斗的信号啊！

一想起过去不容分说被打的耳光，白桃瞪着掉在地上的抱枕，一下子目露凶光起来："这次让我教教你做人，打人就要做好被反击挨打的准备！"

……

裴时在处理完工作后接到了裴菲的留言，她说正要去别墅里。此次辅佐上市的团队里有位资深会计师的女儿是裴菲的粉丝，听闻这一消息，当即向裴时询问能否趁着正要去取一份财务资料的契机，请裴菲为自己女儿在钢琴专辑上签个名。

这位资深会计师对 IPO 进程有重大贡献，如此举手之劳，裴时便载着他一起朝别墅而去。

"我女儿也从小练琴，可喜欢裴菲了，一直以她为偶像，裴菲每一场演奏她都去了，就像是追星一样追着她。"会计师越说越欣慰，"别的同龄孩子都在追那些乱七八糟的演艺圈明星，我女儿就省心多了，从不追那些，追的都是裴菲这样优秀的人才。"

"您谬赞了。"

"哪里？令妹确实非常优秀。我看过她的专访，优雅又贵气，文静又有礼貌，不像有些年轻人那么浮躁满嘴粗话当时尚……"

裴时笑着道了谢然后打开了门。

而会计师还在继续夸赞裴菲："一举一动都是贵族气质，到底是弹钢琴的，一看就非常有底蕴，还有您太太，也是知识分子，总是恬淡高……"

只是他那个"雅"字没来得及说完，就被屋里振聋发聩的声音给打断了——

"我去你的！白桃你这个小贱人！"

伴随着中气十足的骂声，屋内有什么东西飞速地朝门外飞了过来，裴时常年健身的好习惯练就了他的反应力，几乎是下意识的，他躲开了这个"飞来横物"，但身后跟着的会计师就没那么好运了——他被一个飞出来的抱枕给砸了满头满脸。

而这个抱枕似乎正宣告着屋内的精彩场景——

白桃抓着裴菲的头发，裴菲撕扯着白桃的衣服；白桃腾出手打了裴菲两下，裴菲揪住了白桃的耳朵；白桃掐了裴菲三下，裴菲踢了白桃两脚……

裴时开门后，看到的就是这个场景——屋里一片狼藉，羽绒抱枕也被打散了，羽毛到处乱飞，而白桃和裴菲正扭打成一团。

总体来看，白桃身姿矫健，裴菲力有不逮，裴时眼看着白桃薅了好几把裴菲的头发，已然有了占据优势吊打裴菲的胜利趋势，而两个人还在彼此对骂——

"裴菲你这个傻子，我今天就要替天行道撕烂你的嘴。"

"白桃你这个不守妇道的女人，我哥现在也就看上你的皮囊，等你年老色衰就把你扫地出门……"

……

裴时面无表情地关上了门，转身对会计师冷静道："今天不太方便，财务资料下次我让助理送过去。"

"裴菲和您太太……"

裴时镇定道："她们关系特别好，在彼此面前敢于展现真实的自我，如今很多年没见，所以重逢的时候情绪比较激烈。"

和裴菲的这场战斗，白桃期待了很久，如今这一刻终于到来，她简直犹如战神附体，越战越勇，皇天不负有心人，没多久后，她终于取得了战役的胜利！

裴菲被按在地上，嘴里却还不投降："你等着吧，我哥知道了一定会找你算账的，你竟然敢这么对我，我杀了你……"

也是这时，门口传来了门锁转动的声音。

几乎是同时，白桃放开了压制裴菲的双手，裴菲以为时机到来，立刻反攻。

白痴，等的就是这一刻！这个时间点，一定是裴时回来了！

撑腰的来了！

白桃挨了裴菲两下打，也不还手，还拧了自己一把，硬生生疼出了眼泪，然后，还没等裴菲有所反应，白桃就掩面痛哭起来，她看向门口，梨花带雨地看着裴时默默流泪，做足了被裴菲欺负的模样。

趁着裴菲愣神的刹那，她才推开裴菲，爬起来一路就哭着扑进了裴时的怀里。

"老公……"

此时无声胜有声，白桃只委委屈屈喊了裴时，就不再说别的，只是抱着裴时的腰，默默流泪。

裴菲果然指着白桃气急败坏就开始告状："哥，白桃她……"

白桃抱紧了裴时，抢过了裴菲的话头："老公，这都是我的错，一定是我不够好，才让菲菲对我产生了这么大的误解，菲菲动手打我，这不是她的错，你不要怪菲菲，都是我不好……"

裴菲果然露出了目瞪口呆吃了屎的表情："这……哥，事情不是这样的……"

"确实，不是这样的，老公，你放心吧，菲菲虽然打了我，但我不会埋怨她，也不会报警，我……我会为了你，忍受这一切的，只希望菲菲能……"白桃流下了两行热泪，"我也不想你为难，要是菲菲一直不接受我，实在不行，我们就离婚吧！"

裴时本来有些面无表情，但听到"离婚"二字，终于皱了皱眉，他用带了冷质的声音言简意赅道："不离婚。"

而这一声一锤定音宣告了白桃的胜利，她埋在裴时怀里，以一个裴时无法瞧见表情的角度对裴菲得意地笑了笑。

傻了吧，我哭了，我装的。

哈哈哈。

但嘴上，白桃还是一副声泪俱下的悲痛欲绝："可菲菲她见了我就……"

"这是我和你的家，不是她的家。"裴时看了裴菲一眼，"白桃是这个家的女主人，你跟我出来，我送你走。"

裴菲气红了眼睛："哥！你被她骗了！"

"你，出来。"

"我不出！"

裴时抿紧了嘴唇，看向了裴菲，低声道："出来，你容市的小型独奏会，我出资。"

裴菲显然还是咽不下这口气，但裴时不愧是谈判奇才，打蛇打七寸，一听见独奏会出资，裴菲顿时冷静了，虽然她的胸脯还是剧烈起伏，显然还在消解着心中的怒意，但表情没有刚才狂暴了。

死死盯着白桃十分钟后，她最终选择了跟着裴时出去，但临走，还不忘咬牙切齿、阴恻恻地看向白桃："你等着。"

等着就等着呗，自己的男人还能和她一条心？裴时这么爱自己，绝对不会让自己走，只会赶裴菲走。

哎，裴菲这人啊，就是天真，男人结婚了，能和单身时候一样吗？裴时的第一身份定位，是自己的男人，其次才是裴菲的哥哥，如今自己还没生孩子呢，裴时就这么死心塌地地向着小家，等以后自己生了孩子，裴菲恐怕连自己家门都踏不进了。

可怜啊可怜。白桃觉得自己即将见证一段兄妹情的消逝，对裴菲都忍不住有些怜悯起来。风水轮流转，谁能想到当初事事维护裴菲的裴时，如今如此为爱痴狂呢。

想起裴菲走时的怨恨和不甘，白桃差点笑出声。而等白桃看到地上裴菲一把一把被自己刚才狠狠薅下来的头发时，她都有点意外了。

自己刚才，好像下意识一直对准了一个地方薅的？裴菲本来头发也没太多，看着这地上的头发，裴菲头顶那一侧，恐怕是"凶多吉少"啊……

但演戏还是要演全套的，白桃收拾完头发和乱糟糟的客厅，等了一会儿，裴时终于推开门回来了，看起来是把裴菲给打发了。

白桃当即又露出了泫然欲泣的表情："老公。"

"嗯。"

"我刚好好反省了下，刚才的事，我也有错。"

裴时微微抬了下眼睛，有些意外的样子："你有什么错？"

白桃佯装抹泪道："大概还是我长得太好看，又太有人格魅力吧，总让她觉得我不安于室，以至于总是误会我，说来说去，还是怪我……"

"但我寻思着，我不能只顾着一个人美起来，要先美带动后美，所以我打算给菲菲打个电话道歉。"白桃娇滴滴道，"可能是练琴压力大吧，我看菲菲的头发，原本也不太多，就刚才在家里这么短时间，还像个蒲公英似的，风一吹，掉一把。我给她推荐两个生发精华吧，等她头发长出来，不斑秃了，心情好，自然和我关系也好了……"

此刻裴时眼前的白桃乖巧安分，眼神柔情似水，要不是裴时自己亲眼所见她刚才生龙活虎、一脸邪恶地拼死逮着裴菲薅她的头发，都真的要相信她是个不惹事的标准小娇妻了。

白桃却一脸无辜地继续道："老公，除了生发精华，我上次还看到假刘海和假发片呢，也很好用的，刚才菲菲有一侧头发好像都秃了，戴上假发片就好了呢，以后出门再也不会不自信，看着头发茂密的我就嫉妒到想打人了。"

白桃眨了眨眼睛："老公你放心，我有信心，以后一定可以和菲菲团结友爱成为好朋友的！"

怎么能放心呢？裴时觉得，就照着刚才白桃打裴菲的那个劲儿，这辈子她俩应该都处不好了……

下次还是给裴菲报个自由搏击吧，她这样只顾着练琴不锻炼身体，也不知道会不会被生龙活虎的白桃给薅秃……

扬眉吐气的感觉就是这么好，智斗裴菲后，白桃觉得看哪儿哪儿都顺眼了。自己当初想泡裴时，等的可不就是这一天吗？

梦想实现的感觉，真是该死的美妙！

赶走裴菲的第二天，裴时自然又去加班了，而白桃则决定外出"社个交"，她约了余果，裴菲吃瘪这种事，怎么能不第一时间和好朋友分享呢！

"总之，你没看见裴菲那个表情！可惜人的头发不能做羊毛毡，不然她那些被我薅下来的头发我都给她留着，以后给她留个纪念呢。"

余果笑得东倒西歪。

白桃喝了口奶茶，假装自然道："她还说，钟潇回国了，要来抓奸呢！"

毕竟是失忆了，其实白桃对钟潇这个名字一点印象也没有，甚至都不知道人长什么样，但她不清楚自己和钟潇的过往，没准余果知道呢！

果不其然，余果听到这个名字就没忍住撇了撇嘴，随口道："世事难料啊，当初你不是还带钟潇去见你爸妈了吗？我都以为你要和钟潇结婚了，结果也不知道怎么的，没多久你确实就发请帖了，但新郎突然就变成了裴时……"

这钟潇不仅是前男友，甚至自己还差点和他结婚了？

难道……自己曾经和这个什么钟潇真的是一对，裴时才是"三人电影"里没有姓名的人？

等告别了余果，白桃心里还是惊疑不定，还有这种事？自己这五年，日子可真是过得多姿多彩啊……

而白桃刚走到地下停车场自己的车边，正低头从包里翻找车钥匙，就被车子后面突然窜出来戴着鸭舌帽的黑衣男人给拉住了手。

难道是绑架？

白桃刚想大喊救命，结果对方就放开了白桃的手，然后在白桃的震惊目光里，"扑通"一声对白桃跪下了，挡着白桃的车门，死活不让她走——

"我们也是小本生意混口饭吃，您不能这样说一出是一出，不和我们商量就随便逮着我们玩啊！"

这男人语带哭腔道："我们完全是按照您的意思办的啊……"

白桃的车停在一个角落里，四周压根儿没什么人，跪着的男人看着人高马大，白桃心里有些犯怵，她观察了下四周，一边努力佯装镇定地稳住对方："你在说什么啊？我压根儿不认识你！认错人了吧！"

结果这话说完，那男人声音都抬高了："您这样就没意思了，现在出事了就撇清关系了吗？当初那热搜不就是您安排的吗？那出轨的照片还是您提供的啊！"

白桃愣了愣："什么？"

"就当初爆料您出轨快要离婚的稿子啊，不是付费让我们写了初稿然后给您审核的吗？稿子都是您说了可以我们才发的啊！热搜也是当初您要求我们去买的啊！"对方控诉道，"结果我们一发完，热搜先是被人撤了，接着就收到您先生的律师函了，我们一开始还以为走个假流程呢，结果是真的！裴总把我们给告了啊！连开庭通知都寄到我们公司了！"

白桃这下彻底混乱了，她的心里乱糟糟的，她瞪着眼前的男人："你再说一遍？出轨的新闻和稿子，是我自己找你们发的？"

那男人不疑有他，点头道："是啊！之前联系裴总想解释内情，可他拒绝了，我这也是没办法所以才来找您啊！是您说您打算离婚，先放点风声出来我们才发的啊……您以前还让我们……"

白桃恢复了镇定，她打断了男人："我最近出了车祸，忘了点事，你说我让你们发的出轨闹离婚的稿子，有证据吗？给我看看。"

"有的，有的。"对方立刻掏出了手机，"就这。"

"我们也不想闹上法庭啊，裴总提出了巨额索赔金额还要登报道歉，您也知道干我们这行的，要出了这种事，在圈内还怎么立足了？虽说要对甲方的隐私保密，但公司也要生存，您看您能不能和裴总说说，这事就算了？"

白桃心里很乱，她接过手机一看，还真有自己和对方的短信来往，看起来还聊得挺多，她扫了眼最近的，证实了对方的话——确实是自己提供了所谓的出轨照片。

她翻到电话号码信息，也确实是自己的手机号码无误。

而自己的手机上没有这些记录，恐怕是为了防止节外生枝给删掉了。

白桃心情沉重烦躁，也不想再往上翻了，她飞快地点了几下，清空了所有聊天记录，然后把手机丢回给对方："我什么也没看到，也不知道你在说什么，总之，不要来烦我了！再见吧！"

毁尸灭迹完，趁着对方还在愣神的当口，白桃赶紧上了车，赶紧发动汽车就跑，也不再管对方干号着扬着手机在后面追——

"白小姐！我们是长期合作的啊！除了出轨的新闻，我们还……"

白桃一脚油门，转了个弯，终于把人给甩开清静了。

只是人是甩开了，白桃心里却久久无法平静。

坏事了！

此刻，白桃的心里只有一个想法——自己好像真的出轨了！

裴菲言之凿凿的出轨指控、余果三言两语里的细节、裴时的卑微隐忍，还有刚才那个男人的一番话以及虽然自己手机上单方面删除但铁证如山的聊天记录……

白桃自己是画漫画的，别人或许从这些拼图碎片一般的细节里推导不出什么，但这根本难不倒白桃，还能怎样呢？

还不是自己和那个什么钟潇你侬我侬，结果因为吵架闹分手，冲动之下为了气对方，于是卑微暗恋等待自己已久的裴时乘虚而入成功上位，以至于白桃从此铸成大错，走上了一条不归路……

看裴时平时对自己的样子，还有那些恩爱报道，可见这段婚姻里，是完全找不着裴时的错的，这可怜的男人，甚至亲妹妹如此笃定地举报，他都被爱情蒙蔽了双眼，一点都不信自己出轨了！

要是自己提出离婚，他自然是不愿意的，协议不成，那就要闹上法庭，只要一方没有过错且主张感情没有破裂，那这婚，就离不掉了！

于是为了离婚，为了让裴时慢慢接受感情破裂，自己就索性找公司，放出自己出轨的铁证和新闻了吧……

白桃回到别墅，躺在床上，感觉整个人都麻了。

没想到五年过去，她竟然成了背弃婚姻的人渣。

虽然事到如今也没有自己到底是否出轨、出轨到什么程度的确切答案，但这么多蛛丝马迹，白桃总觉得自己不太无辜啊……至少对钟潇跃跃欲试了吧？所以放出新闻想要倒逼裴时离婚了吧？毕竟像裴时这样的人家，私心里再爱，也不能面子上让家族蒙羞，要是出了个出轨的老婆，就是不为自己争口气，为了家族，也得把婚给离了……

要是自己没车祸失忆，恐怕五年后的自己铁定就婚内继续出轨，然后作天作地和裴时鱼死网破离婚，然后……

然后还用想吗？那肯定是裴时忠犬黑化，对自己展开致命报复。当初爱有多深，现在恨就有多深。自己离死亡，只有一步之遥，半只脚都踏进棺材了！

"幸好我失忆了……"

白桃替自己捏了把冷汗："历来出轨的，都不会有好结果的。"

要不是自己出了车祸，没准这时候她和裴时都上社会新闻了。失忆的意义，就在于逆天改命！

去日不可留，来日尚可追，白桃当自强！

轨是绝对不能出的！白桃决定改过自新，重新做人。

刚才那男人的手机里，她眼疾手快把聊天记录都删除了，对方就是找裴时告状，那也是口说无凭，何况这种开庭，裴时才不可能亲自去，对方应该没机会接触到裴时。所以如今最大的不定时炸弹，就是裴菲嘴里那个刚回国的男第三者钟潇了。

白桃思来想去，觉得只能劝退了。

在裴时还信任自己的时候，先把烂摊子给收拾好！

白桃一个鲤鱼打挺，就给余果打了个电话："姐妹，钟潇的联系方式，你有吗？"

余果果然有些惊讶："怎么了？你没他号码吗？"

"我和裴时情比金坚，怎么可能有他号码呢！"白桃咳了咳，"就突然想起来点事，想联系他问问！"

余果不愧是社交达人，没多久，就把钟潇的手机号码发了过来。

白桃瞪着这串手机号，虽说是前男友、现姘头，可白桃对这人一点印象没有，做了半天心理建设，为了挽救婚姻，最终咬咬牙，决定豁出去拼了！

白桃戴上了帽子、口罩和大墨镜，为了防止被人认出来，还戴了顶假发，如此乔装打扮一番，她才偷偷摸摸地跑到了约定的地点。

白桃最终还是决定把钟潇约出来讲清楚——这轨，她不出了！

不过虽然有些紧张忐忑，但白桃心里也有一丝丝好奇，这钟潇到底是何方神圣，长得是怎样的天人之姿，这才引得自己魂牵梦萦，摆着裴时这等姿色的男人在家里，还要冒险出轨？

裴时已经这么帅了，那钟潇……这得多帅啊！一定是惊人的容貌了！

等白桃真正见到钟潇，确实感到非常惊人——

这……这也……

她瞪着眼前朝她微笑打招呼的男人，连表情管理也忘了。

别问，问就是惊人。

"白桃，好久不见了。"钟潇倒是没在意白桃的反应，径自坐下来，朝她露出个笑容，"等久了吗？不好意思我到晚了些，不过给你带了花。"

这男人说完，把手里的花束递给了白桃："记得以前你就喜欢。"

说实话，钟潇算长得可以，浑身穿着也是名牌，搭配也挺有时尚感，皮肤白皙，四肢修长，五官挺不错，长了一双桃花眼，但……

但这比起裴时来也差太远了吧！

白桃的心里一下子什么别的情绪也顾不上了，只是震惊，充满了逆天的震惊。

自己到底怎么想的？摆着裴时这样的天人之姿不要，过来偷腥这种庸脂俗粉？瞎了吗？

因为整个人都有些恍惚，以至于白桃下意识都接过了花，但很快她就清醒了过来，把花退回给了钟潇，然后她清了清嗓子，开始表态："我想，有件事需要和你说清楚。"

钟潇脸上果然露出了了然的表情，他有些殷切道："我猜测你找我就是为了这件事，我们在一起的那些事……"

白桃冷酷地打断了对方："你要多少钱？"

"啊？"

"裴时还不知道。"白桃表情冷漠，"但出轨是要浸猪笼的，希望你明白，我和你已经再见了，虽然我们过去是好过，但是昨日如死，这话你听过吧？你现在对我而言已经没有吸引力了，不管之前对你允诺过什么，都忘了吧。"

钟潇大概无法接受这样大的变数，一句话也没说，只有些狐疑又惊愕地盯着白桃："你和我……"

"过去都过去了，想开点。"白桃喝了口茶，"我现在想通了，裴时挺好的，我也没有离婚的打算，就准备和他好好过，希望你早日走出感情困境，找到真爱，年轻人还是不要做第三者，裴时那么爱我，报复心、嫉妒心都很重，真被他知道了，他肯定舍不得对我发火，气肯定发泄在你身上，狂怒之下不知道会对你做出什么事……"

白桃口干舌燥说了一通，真诚地望向钟潇："所以你懂了吧？以后没有'你和我'，你归你，我归我，何况你也不至于没了我就不行，你看，最近我们也都没联系过，可见也疏远了不少，对吧？你要还是觉得你有精神损失，我可以意思一下给你点补偿，但以后就不用再见和联系了啊。"

钟潇一路听着，表情从复杂开始变得微妙，但他的情绪比白桃想的平静，还挺有好聚好散的风范，他朝白桃笑了笑，有些忧伤道："钱不用了，我和你在一起，你知道，从来不是图钱。"

钟潇叹了口气，专注地看向白桃："但是这最后一次告别的时刻，我们能不能最后再一次……"

不是吧？长这样竟然还想占我便宜？自己要睡不会去睡裴时吗？

白桃当即做出了严正拒绝："没门。"

钟潇愣了愣，但还是一脸哀求地说完了整句话："能不能最后让我看一次你美丽的眼睛？"

哦，看来是自己思想太不健康，想太多了……

钟潇继续深情款款道："最近没联系主要还是因为你说避风头，让我这个节骨眼上别出来，不然我怎么忍得住那么久不联系你呢？我现在也不求别的，就想再好好看你一眼。"他含蓄地看了眼全副武装的白桃，"你现在这样，包得我都快看不到你的脸了，我只想在告别前，再多看你一眼……"

行吧，白桃想了想，觉得这要求也不过分，这餐厅环境好，是会员制的，一般狗仔也进不来，此刻在角落也没人注意，能看一眼就打发走钟潇，还是挺划算的。

白桃摘了墨镜，让钟潇看了一眼，很快又重新戴上了。

钟潇果然发出了抗议，他深情款款道："时间太短了，我怕不够记住你最后的倩影，能再让我看看吗？"

这都是什么矫情的台词？白桃简直两眼发黑，时光对自己到底做了什么事，竟然会看上这种男人还差一点结婚了？难道自己年纪轻轻就内分泌紊乱、荷尔蒙错位了？

白桃这次没再摘墨镜了，只无情警告道："再多看一眼小心裴时插你双目，让你明天就能上岗盲人按摩。"

事情进展到这一步，该表的态都表了，也算完成使命，白桃重新全副武装，本来已经打算走了，但想了想，还是没忍住转回了身："我有一个问题想问你。"

钟潇露出了伤感又怀念的表情："什么？"

"我到底喜欢你什么？"白桃揉了揉眉心，真诚提问道，"或者说，你能说说你有什么优点吗？"

钟潇愣了愣，但还是努力深情回答道："你大概是爱我的洒脱不羁、温柔体贴、英俊帅气和幽默风趣吧。"

白桃瞪大了眼睛："洒脱不羁？温柔体贴？英俊帅气？幽默风趣？"

钟潇露出了有些不好意思的表情："你以前常常那么夸我……"

白桃惊呆了："不是，你有这种东西？"

"算了。"白桃拢了拢头发，一脸毫不掩饰地不可思议，"可能我之前脑子出问题了，审美产生了偏差，但现在我恢复健康了，我喜欢裴时那样的……"

钟潇原本情绪还稳定，听了这句，脸上也有些难看，声音也变硬了："我哪里比裴时差了？裴时那么冷淡，会哄你吗？他成天就忙着工作，估计连陪你的时间都没有，他能有什么好的？"

"我不在乎。"

"什么？"

"有裴时那张脸，还要什么自行车啊？"白桃翻了个白眼，"都长成他那样了，忙就忙吧，不哄就不哄吧，还能咋的啊，你要长成他那样，我不仅不要你哄，我哄你都行。"

"更何况他不仅脸好，身材也好，品位好，钱还多，对我也好，爱我爱得都快迷失自我了，也不知道我之前到底为什么想不开。"白桃咳了咳，再次简单做了总结和告诫，"总之，以前的我可能脑子出了问题，现在的我彻底冷静清醒了，我不会离婚的，死也不会的，你节哀顺变吧。"

白桃避之不及逃一样地跑了，但钟潇看着她的背影，根本没有介意，等白桃彻底离开，他才收起了深情受伤的表情，然后恢复了冷静，拿起了电话："下来吧。"

第十二章

绯闻来袭

没一会儿，一个戴着口罩鬼鬼祟祟的男人就探头探脑从餐厅二楼走了下来。

钟潇一见对方，就非常急切："拍到没？"

"时间太短了，我连拍了好几张，钟总，你看看。"

钟潇接过相机一看，白桃刚才摘眼镜再戴上的时间太短了，有好几张拍得都糊了，但……

"这张可以！"钟潇指着其中一张，非常满意，"这张她的五官拍得非常清楚，表情也抓拍得很到位。"

对面男人笑嘻嘻道："那您看这钱？"

"没问题！"

钟潇拿了照片，嘴里哼着歌，其实配合着偷拍，他还录了音，此刻他便检查似的打开了录音笔，白桃的声音便倾泻了出来——

"我喜欢裴时那样的……"

钟潇皱了皱眉，关掉了录音笔，心里还是有些不悦，裴时裴时裴时，哪里都有裴时，什么人都在吹捧裴时，连白桃都不例外，以前她和裴时分明看起来关系差得很，钟潇都不知道怎么这八竿子打不着的两个人会突然结婚的，以前对这段商业联姻颇有猜测，如今看来竟是自己想错了？

白桃和裴时结婚还真是因为爱情？

不过管他呢！反正白桃什么都不记得了，脑子好像不太清醒，简直是天助我也！

　　白桃解决了钟潇的事，只觉得神清气爽，虽然这男人样貌、身材、气质没一样比得上裴时，但好在知趣，不扭捏，不纠缠，自己这看男人的眼光看来也没太差，很顺利就把这颗婚姻巨雷给铲除了。

　　剩下的事，就是对裴时好点好点再好点了。

　　白桃如今心里满满都是对裴时的愧疚，何况原本不觉得，如今有了钟潇的对比，她才意识到裴时这样的男人是多么可贵。

　　白桃决定先制订一个挽救婚姻的五年大框架计划，再制订年计划，接着再一步步细化，只是当她花了九牛二虎之力，刚细化到周计划的时候，她接到了余果的电话——

　　"白桃，你还好吧？"

　　"挺好的啊。"难道余果知道自己约见钟潇了？

　　余果一听白桃这语气，顿时像是放下了心："那就好，我就说，你这样的性格，不会对这种事在意的……"

　　白桃一边继续写着周计划，一边考虑怎么开口让余果也帮自己保密，只是她刚要开口，就听余果继续道——

　　"裴时这种也多半是逢场作戏，哎，你也知道的，男人就这样，虽说最爱的是你，但在商业场上活动，总免不了这样。不过呢，你也别太心大了，还是要盯着点，裴时的异性缘特别好啊，我听说我们公司一个女总监就各种喜欢他，这些女的吧，即便知道了裴时已婚，还是会忍不住的……"

　　白桃皱了皱眉："等等，你在说什么？"

　　"就裴时出轨那个新闻啊！"

　　白桃愣了愣，下意识道："啊？裴时出轨？不是我出轨吗？"

　　"裴时啊！"余果惊呆了，"就在热搜上挂着呢，你没看吗？"

白桃挂了电话，第一时间打开了微博，然后整个人都愣住了，准确地说，裴时并不是一个人上的热搜，他还是一拖三——

新晋流量小花黄月然爆出恋情，男友直指时来科技裴时

小花恋上已婚男？深夜在酒店被拍，裴时夜不归宿为哪般？

黄月然 VS 白桃，"黄白大战"是否已打响号角？

好事媒体显然想把黄月然的照片和自己的照片做个对比，可惜因为白桃从没有出现在公众面前，没有照片可用，这美编也是个有想法的，在白桃头像该出现的位置画了个桃子，还自以为挺风趣地在桃子上打了个大大的问号。

白桃抿着唇读完了几篇热门报道，无一例外，此前自己出轨的那个新闻，好不容易压下去，如今又连带着被挖了出来，多数媒体口径一致地认为白桃和裴时的婚姻已经走向尽头，还有所谓"知情人"真真假假的爆料两人已经分居，已在协商谈判离婚事宜，感情早已破裂，裴时被白桃"辜负"后，才和黄月然相识渐渐走到了一起，因此黄月然不能算是"第三者"，而接着的行文里，突然话题一转，盘点起黄月然近期的经典荧幕形象来……

这明显就是这小明星买的洗地稿子了，白桃翻到评论区，果不其然，控评严重，全被水军占领了——

不吹不黑，黄月然是真的好看，至于白桃，从不知道长什么样。

白桃背靠白家，出身名门，月然则是普通人家的孩子，靠自己打拼一步步走来的，切勿传谣伤害！

白桃是什么玩意儿？只知道黄月然，演技好台词棒，看

好她！

……

白桃憋着气打开自己微博，才发现自己微博也被黄月然的粉丝占领了，除了要自己发声明澄清、质问自己是否已经离婚的，还有警告自己管好老公不要碰瓷黄月然的……

虽然白桃也算个知名漫画家，但漫画家的流量根本没法和当红小花比，自己那几个粉丝根本比不过黄月然粉丝，甚至还有贱兮兮的黄月然粉丝上自己微博热评来给黄月然宣传新剧的。

对比自己上次的出轨传闻，裴时这次被拍到的照片清晰很多，几乎无法反驳认错人的可能，并且这次的爆料里，狗仔显然对裴时进行了一段时间的跟拍，因此给出的裴时黄月然同框照片最早可以追溯到两个月前，两个人倒是没有特殊的亲密举动，但两个月内被拍到多次同框，场景从裴时公司到餐厅甚至还有一次是在酒店门口，连白桃也觉得报道说得对。

好气，裴时脏了。

白桃扔开了手机关掉了电脑，然后闷闷地躺到了沙发上。

气得好像都没法呼吸了，上一刻还在做周计划的快乐荡然无存，仿佛从云端跌落，不仅颓丧，还很难受。

其实说白了，对此刻的白桃而言，她和裴时压根儿没什么感情基础可言，白桃唯一对裴时的印象还停留在五年前，中间那些对方对自己多宠爱有加的细节，并没真实感受过，而只是从铺天盖地的新闻报道里得知，也不知道是不是自己太投入了，如今的白桃竟然真情实感了。她完完全全代入了被出轨的妻子的角色，心里沉重得像是以后都不会好了。

要是早些时候给白桃看裴时疑似出轨的这种新闻，她是绝对嗤之以鼻的，就裴时对自己那个死心塌地的样子，怎么可能出轨呢?！

可如今知道了自己可能都做了点什么，白桃心里就发虚了。

是不是因为五年后的自己太作了，又完全对裴时的付出习以为常，看不到裴时的好，从没有对他的感情给予过回馈和感激，还对钟潇那种庸脂俗粉念念不忘，婚内疑似给裴时戴绿帽子，以至于裴时在长久的包容忍让里不断失望，最终失望积攒到一个地步，心里对白桃已经渐渐死心? 而也是这时候，那个什么黄月然乘虚而入……

白桃一想起这，连饭也不想吃了。

自己都痛改前非了，结果裴时先跑了……

一瞬间，白桃觉得自己体会了一把"子欲养而亲不待"的凄凉，心里一瞬间像是要给裴时送终的不孝子一般，悲伤，全是悲伤。自己反悔了，可裴时人已经没了，只留下自己痛哭流涕烧纸……

但就这样认输然后把裴时拱手相让吗?

白桃想起黄月然粉丝对自己的攻击嘲讽，就咽不下这口气。

绝对不行!

六神无主之下，白桃把余果召唤了出来商量对策。

余果对此相当有经验："首先，裴时可能只是在出轨的边缘，所以你此时此刻最不应该做的事情就是直接劈头盖脸斥责他，这样反而会把他越推越远，你应该先试探试探他的态度，看看他还值不值得挽救，再评估下你愿意不愿意挽救这位失足男青年。"

白桃点了点头："那如果他还能挽救呢?"

"那就救救他啊!"

白桃虚心求教道："那怎么救?"

余果吸了口果汁，压低了声音："这还用我说? 就……就那个他啊!"

"哪个啊？"

"睡他啊！夫妻不都这样吗？床头吵架床尾和。"

余果说到这里，叹了口气："没想到你对裴时这么在乎啊，那之前都装得有他没他一个样似的，都从不愿意提及他，这是何必呢？爱一个人呢，就要让他感受到，要让他周围的人都感受到。就算结婚了，以后还是要常常夸赞对方表达爱意啊！还要常常搞点新式花样给爱情提升下保鲜时间。"

五年不见，余果真的长大了！

白桃好好消化吸收了余果老师的话，她立刻囫囵看了市面上所有的婚姻挽救指南，决定一步一个脚印，先从试探裴时开始。

等门口传来裴时开门的声音时，她立刻就打开了电视机，然后把频道调整到最新一部热播的狗血剧《爱我不爱我》上，黄月然就是这部剧的女一号。

挽回婚姻第一步——不质问，用含蓄的方式提及潜在第三者，并观察丈夫的表情和反应。

有些男人出轨后心里有鬼，妻子即便没有质问第三者的情形，在这种情况下也可能心理素质崩塌，不是表现得极其不自然，就是出于愧疚和补偿心理对妻子会加倍地异常体贴，也或者直接悔不当初，将自己出轨的事和盘托出……

然而……

裴时进了屋，电话却没断，白桃听着他和袁牧打了半小时电话确认明天的行程和会议安排，然后又接了几个合作方的电话，一会儿切换到英文，一会儿切换到不知道什么语言……

这男人，一讲起工作来别说没在意屏幕上正哭得梨花带雨的黄月然，就连板着脸杵在客厅里的白桃都没留心……

半个小时后，在黄月然又一次哭到快上气不接下气时，裴时终于结束了他的公务，白桃终于忍不住了，她清了清嗓子，发出了点声音。

裴时这下仿佛终于反应过来白桃的存在，但他只是诧异地看了她一眼："你在家？"

敢情刚才裴时认真工作投入到都没意识到自己在？

白桃笑了笑，尽量看起来语气自然："我不在家还能去哪里呀，哪像老公你，日理万机的，不是去高档餐厅就是去高档酒店呢。"

和黄月然就有空去餐厅和酒店，到自己这就忙于工作了！呸！

结果白桃这番充满暗示讽刺意味的话下去，裴时并没有什么反应，甚至挺云淡风轻，他抿了抿唇："最近是有点忙，但赶完这些进度，下个月就有空陪你了。"

这是装云淡风轻还是真云淡风轻？还陪自己呢？白桃想，我看是陪黄月然吧！想这么简单哄哄自己就翻篇？没门！

为了让裴时无法忽视电视剧里的黄月然，白桃调高了一点电视机声音，《爱我不爱我》里的故事也正进行到高潮情节——

黄月然正在声泪俱下地嘶吼："风，你是爱我，还是不爱我？你到底是不是和我的闺密雅雅酒后发生了那种事？雅雅现在的孩子到底是不是你的？！你和我说实话！"

男主演深情回报以同样的咆哮："雪轻，我真的是被陷害的！我那晚上什么都不记得了，但大错已成，如今雅雅都有了我的孩子，我……对不起，但男人要负责，我不能让我的孩子没有爸爸，我们男人最重视的还是自己的子嗣血脉，我只爱你，但我会和雅雅结婚！我会用和她的婚姻惩罚自己，让自己一辈子只能和不爱的人在一起！这就是我对你的赎罪！雪轻，我们分手吧！"

……

这次调高声音后，裴时果然终于有反应了，白桃的余光里，这男人开始显而易见地坐立不安，他一会儿抬头看看白桃，一会儿皱眉盯着屏幕，表情寡淡的脸上开始出现了淡淡的烦躁。

最终，裴时站起来了，沉着脸朝白桃走了过来。

是终于要交代了？还是反而会恼羞成怒、寻衅滋事？

打心理战，就是这一刻！

稳住，白桃，我们能赢！

裴时果然走到了白桃的身边，然后他静静地和白桃一起盯着屏幕里的黄月然看，像是终于要做什么表态。

白桃的心里有点忐忑紧张，还有点害怕，如果裴时大胆认爱黄月然，那自己说什么……这男人此刻这么严肃的样子，明显是要摊牌的模样……

可自己贵妇的好日子还没过上几天，晒的恩爱还犹在眼前，该死的裴菲还没毒打过瘾，甚至裴时都没睡过！难道就这么……

绝对不行！

"白桃……"

几乎是在裴时开口的同时，白桃也抢在他说完之前开了口："老公！我怀孕了！"

白桃一鼓作气地说完，才终于听清了裴时和自己声音同时响起的那后半句话——

"以后不要看这么智障的电视剧。"

这？不是和自己摊牌的吗？

白桃愣愣地看向裴时，看着他抿着很平的唇角冷静地关掉了电视机。

屏幕上的黄月然彻底消失了，裴时紧皱着的眉头终于舒展开来，仿佛终于得到了清净——

"以后不要看这种东西。"

"哦……"

"对胎教不好。"

白桃只想转移话题，她的屁股从沙发上挪了挪准备开溜："我突然想起来我还有点事……"

可惜裴时挡住了她的去路："我听到了，你说你怀孕了。"这男人盯着白桃意味深长地笑了笑，"怎么怀孕的？什么时候有的？"

白桃也不知道自己鬼使神差当时怎么会喊出这一句的，她心里既后悔也懊丧，都怪这洗脑的垃圾电视剧，要不是那狗血的情节给的启发，白桃能想出这种台词吗？要不是裴时和黄月然传出这种绯闻，裴时刚才那样子还像是要摊牌谈离婚的，她会想到用假怀孕来挽救自己的败局吗？

但谎既然都说了，那就索性硬着头皮圆下去，反正到时候说前三个月没安好胎流产了就行了。

白桃做了个干呕的表情，眼泪汪汪地看向裴时："就，老公，可能是那晚有的吧……"

面对这样惊人的消息，裴时倒是很冷静："哦？哪一晚？"

"就……就那晚啊！"白桃对他娇羞一笑，"就上次去出差，就那一次吧……"

一切为了挽救婚姻！

白桃扶了扶腰，也不管裴时微妙的目光了，索性继续道："就，其实前几天就被我们的未来儿子托梦了，说希望以后能有个健全幸福的家庭，爸爸妈妈都能爱他。"她看向裴时，暗示道，"可千万不能父母离异变成单亲家庭呢，你懂的吧？健全的家庭对孩子的人格和成长还是很重要的……"

可惜裴时显然没抓住白桃话里暗示的重点，他只注意到了别的："哦，儿子？"

白桃一本正经地点了点头："嗯，对，儿子，长得和你一模一样呢，可可爱了！"

"那可要好好安胎，我现在就带你去医院检查下。"裴时抿唇微微笑了下，"不能让我儿子都得不到最好的医疗关怀，输在起跑线。"

"不……不用了吧……不是怀孕三个月才建卡吗？……这还很早，没必要吧……"

裴时的话听着挺温和，但语气没什么太大的起伏，倒是很冷静："当然有必要，我裴时的儿子，都会托梦了，自然现在就要去检查一下了。"

他说完，还真的作势要去穿大衣拉着白桃往外走。

这怎么行！

白桃当场就抱住沙发不走了："等一下！"她顶着裴时的目光，只能尴尬道，"我现在冷静下来了，可能我搞错了。"

"嗯？"

"我仔细想了想，我应该没怀孕，刚刚干呕应该是因为吃多了反胃。"

裴时的语气已然是兴师问罪了："可你刚才不是说儿子都给你托梦了？你解释一下。"

白桃干巴巴道："咱们那狗不就是公的吗？可能是狗儿子给我托梦了吧。狗儿子也想要健全的家庭，也不是不能理解。"

"可你不是说还长得和我一模一样？"裴时冷冷地笑笑，指了指院子里的狗，看向白桃，"我和狗哪里像了？还是你骂我是狗？"

"哪能啊！"白桃干笑了两声，"你和咱们狗儿子，确实有像的地方！你瞧瞧你们这浓密的头发，不是如出一辙、一模一样吗！"

裴时不说话，只静静地看着她。

白桃感觉有点说不下去了……

死一般的寂静后，白桃终于再次听到了裴时的声音，很平静，但有些冷——

"白桃，以后少看乱七八糟的东西，少想乱七八糟的东西，我最近很忙，我没有空玩过家家，你能不能稍微懂事一点？"

这男人说话的态度还是好的，但语气里隐隐警告的意味仿佛像个训孩子的家长，白桃自看到裴时出轨新闻来就憋屈的心一下子就更委屈了，连带着刚才对裴时是否出轨的担惊受怕搅在一起，情绪一下子就决堤了。

"是是是，我是应该懂事一点，懂事到看到你的花边新闻也就当视而不见，反正保证你能红旗不倒彩旗飘飘，不要作不要闹，当个贤良淑德的好正室是吗？"

白桃原本还憋着，如今一开口，情绪像是倾泻而出的水流一样，怎么也堵截不住了："黄月然比我懂事是吗？行，就算她更懂事，可她有我漂亮吗？凭什么都骂我呢，还说我比不上她，所以老公才出轨，才管不住男人，你出轨要是出个比我好看的，我还能勉强咽下这口气，现在就这？"

想起自己接手的这么个烂摊子，整天惶恐提心吊胆生怕露馅，还要艰难求生的，白桃越说越委屈，等意识到的时候，自己的声音都已经带了哭腔了："裴时你不是人，你是人渣，你出轨，你背弃婚姻，你不要脸……"

白桃如此声泪俱下的控诉，然而裴时却像是完全在状态外，直到看到白桃的眼泪，他才有些慌乱起来，下意识开始反驳："出轨？什么出轨？"

"都上热搜了！你和黄月然！"

裴时挺镇定："黄月然是哪个我都不知道。"

裴时越是这样，白桃就越是生气："都这时候了，你还装什么无辜啊！大胆承认我还敬你是条汉子，你和她的合照都被连续跟拍了几个月了，还不认识？"

她打开电视机，重新切到了刚才的电视剧画面，指着女主角的脸："就她！"

裴时抿着唇看了片刻，脸上才终于有些恍然大悟的表情："她啊。"

白桃抹了抹眼泪，瞪着裴时，等着他的下一步反应。

都这时候了，裴时还是很冷静，他又看了黄月然两眼，然后瞥向了白桃，就在白桃以为他要狡辩的时候，只听裴时道——

"没你漂亮。"

这男人说完，还补充地点评了两句："这上面应该已经做过画面的修饰处理了，真人比你差更远。"

白桃愣了愣。

"确实见过几次，我们并购了一家新的公司，做一些科技衍生周边产品，其中有一款针对的消费群体是年轻女性，希望找当下比较带货的流量女星代言，商务部门做了调研，首推是她，因为她的团队比较专业，商务能力好，配合度高，价格合适，很有性价比，所以在原本定了一款产品做首席推荐官以后，也在商谈整个品牌的大代言人，上星期刚走完合同。和她的几次见面都是在她经纪人的见证下的，没有私下单独见过。"

裴时的表情淡淡的，解释得却很详尽，他说完，看了白桃一眼："你要是介意的话，可以换人。"

白桃不哭了，但还是板着脸，语气不太开心："那不是都走完合同了吗？"

裴时平静道："赔违约金。"

"那不是显得你很没有商业眼光吗？刚签完代言就违约赔钱？多丢人啊！"

"娶你这样的太太，是要付出金钱代价的。"

白桃忍不住抬高了声音："你什么意思啊？还是说我不懂事吗？"

裴时看了白桃一眼，样子还是没有任何异常，但白桃没来由觉得，这男人如今已经有些无可奈何了："好的我知道了，我刚才对你提出了错误的要求，对你产生了错误的认识。"裴时斟酌用词道，"你不用懂事，你开心就好，毕竟你不好过，我就不好过，能花钱买到平静，违约金也是值得的。"

白桃感觉自己找回了点场子，但她还是有些不开心，指着电视剧里的黄月然再次确认道："真的是我漂亮吗？"

"是的，你漂亮。"

"那我哪里漂亮？"白桃眨了眨眼，彻底不哭了，"你只要说出我哪里漂亮，你就不用换代言人了，这件事就这么过去了。"

裴时抿了抿唇："你哪里都漂亮。"

"不行！你根本糊弄我的！你得说出我到底哪里比她漂亮？漂亮在什么地方？"

裴时想了想，中肯道："我还是赔违约金吧。"

白桃瞪着裴时看了会儿，决定选择相信他："看在你态度端正的份上，这次算了，但裴时我警告你啊，你要是脏了，我也不要你了。"

裴时愣了愣："什么叫脏了？我哪里脏了？"他看了眼自己的衣服，"我没有脏。"

白桃好心解释道："脏不是字面上的意思，你要是和黄月然出轨睡过了，那你就是脏了。"

"和谁睡过就是脏了？"

"差不多吧，就那个意思。总之，脏了的男人，就贬值了，没人要了。"白桃瞪着裴时，"所以现在坦白从宽抗拒从严，你自己交代，你脏了吗？"

裴时想了想："脏了。"

白桃一口气差点没上来，难道澄清了半天和黄月然没关系，但是还是和别的女人出轨了？

白桃震怒着刚要发难，结果就听到裴时继续道——

"按照你的理论，已经被你弄脏了。"

这男人看向白桃，一本正经地活学活用，末了还挺冷静地总结了一下："但没有被黄月然弄脏。"

裴时想了想，又补充了一句："也没有别人弄脏过，所以这个答案满意吗？"

这男人还挺好学，说完，又举一反三般追问起来："所以说弄脏，意思是被玷污吗？"

白桃哪里还能想得到别的，她没料到裴时的回答是这个，整张脸都涨红了，声音也结巴了："什么玷污不玷污？满脑子黄色！无耻！下流！我哪里玷污你了！是你玷污我！"

裴时看起来也有些不自然，但声音还是维持了镇定，他反驳道："我是持证上岗的，合法的。"

白桃脸红心跳，不想再和这个男人讨论这种问题，只拿出手机转移了话题："黄月然的粉丝骂我，你也不管管！

"我生气了！我要去睡觉了！"

白桃说完，趁着自己的不自然还没暴露，赶紧捂住狂跳不已的胸口一脸冷静地准备上楼。

只是刚走了两步，白桃又想起了一件事，她回头瞪向了裴时："最后一个问题，黄色和白色，你喜欢哪个？"

裴时显然并没有意识到这是一道送命题,他随口道:"黄色吧。"

网上都说自己和黄月然之间是黄白大战,结果裴时竟然喜欢黄色?!

白桃气坏了:"你这人满脑子除了黄色还有别的吗?黄色黄色黄色!黄色有什么好的!喜欢黄色的男人淫荡!以后不许喜欢黄色!你必须喜欢白色!只可以喜欢白色!白色是纯洁的颜色!是最高贵的!"

裴时解释道:"白色容易被弄脏。"

白桃噼里啪啦地把拖鞋踩得贼响,然后佯装着气呼呼的样子跑上楼了,以至于裴时根本没发现她脸上不正常的红晕。

都怪死裴时,说什么脏不脏的,害得白桃现在完全没法直视这个字了。

亏她以前还当裴时是个正经人呢?结果呢!结果这么骚!好好说话呢,怎么就变得画风这么让人不好意思了!搞得白桃现在都没法和他对视,总觉得看两眼就想到不可描述的事情。

就算这次和黄月然没出轨,但就照着裴时这勾人的能力和桃花运,白桃都觉得这男人每天可能都会在危险的边缘试探,就他这个长相、身材、家世的,前赴后继的女人还会少吗?

虽然暂时自己的漫画连载不需要立刻交稿,可白桃觉得为了长久的考虑和婚姻的稳固,自己还是要多盯着裴时一点,明天开始还是要继续跟着裴时去上班!一边取材一边盯着裴时,一石二鸟!简直完美!

孙静最近心情不错,可能是上次出差见识了对方的作,裴总似乎和那个 Fiona 断了,近期都没见到那女的来办公室,裴总也没再提过她。

孙静特意留意了裴时的日程表，排得密密麻麻，应该是没空出轨了。

大概是上次白桃老师的绯闻引起了裴总的注意，让他知道还是怜取眼前人最重要所以回到爱情的初心了？

总之，孙静观察了一阵子，发现没了 Fiona 以后，裴时都挺安分守己的，但裴总回归自律了，却挡不住有些有心人的炒作——

继裴总针对白桃老师的绯闻起诉发函没多久，昨晚突然就铺天盖地都是黄月然和裴总的绯闻了！这些捕风捉影的报道里甚至还大言不惭说裴总离婚了！

不明真相的群众不知道，但孙静就有话说了。

虽然和 Fiona 是搞七捻三过，但裴总和黄月然，还真没有那档子事，几次和黄月然团队的对接，孙静也都在场，裴总做事说话都是滴水不漏的，连黄月然的私下联系方式都没有，更别说偶尔的几次会面里能有什么亲密举动了。

果不其然，今早上班，孙静就收到了袁特助的任务——去和黄月然的团队沟通。

虽然说是沟通，但从孙静需要传递的内容来看，就是警告了……

裴总已经发了律师函，把所有传播他和黄月然绯闻的营销号和自媒体都告了，然后就准备收拾蹭热度胡乱炒作的黄月然团队了——虽然黄月然团队一直哀求保证，但裴总还是走了解约流程，赔了违约金，把代言人替换了。

世界上没有不漏风的墙，黄月然作为当红小花旦，对家一直挺多，纸包不住火，很快这件事就传开了。即便黄月然团队各种澄清是狗仔娱记捕风捉影，清者自清，只是和裴总合作不存在别的关系，合作没成也是别的考量，但圈内都知道怎么回事，蹭已婚男人的热度结果翻车，还丢了代言，这实在是很难堪。

而也因为裴时冷面果断的处理，网上白桃和他的 CP 粉又开始重新活跃起来——

> 裴总实力宠妻护妻！拜托营销号放过我们白桃和裴总吧！
> 裴总白桃锁了！永远发糖的夫妇！
> 这才是教科书式的处理方式，为裴总的速战速决打 call！

孙静看着这些舆论，心里有点哀伤。

裴总是非常成功的商人，因此对投入产出以及成本控制都近乎苛刻，然而这一次竟然为了表态，不惜赔了违约金走了解约流程，她原本以为裴总是醒悟了，然而……

这天下午，刚处理完黄月然的事，许久不见的狐狸精 Fiona 就又来了！

"静静，我回来啦。"一段时间不见，这狐狸精竟然越发光彩照人了，身上穿的也是迪奥最新一季的走秀款，她撩了撩头发，就朝孙静露出了一个笑。

虽然不想承认，但孙静这一刻也对裴时感同身受了——有这么个狐狸精在眼前，还出轨什么黄月然啊！确实没必要！

可同时，孙静想起被蒙在鼓里的自家偶像白桃，又只感到情绪低落。原本她是对自己智斗第三者挺自信的，但如今看裴总对这个 Fiona 的纵容，孙静也没自信了……

这女的如今想来就来，想走就走，这都快和老板娘待遇差不多了！裴总这么专注工作的人，即便自己都没意识到，但每次从办公室出来还总会眼神不自觉朝 Fiona 的座位瞟。

按照这样的进度，如今这两人，大概正打得火热吧？孙静负责任地推测，恐怕裴总对黄月然如此迅速警告，也并不是为了白桃，而是为了讨好这个看着就挺会来事的小狐狸精。

尤其此刻，这小狐狸精正坐在座位上，专注地盯着手机，孙静偷偷凑过去看了眼，发现她果不其然正在看黄月然的新闻，眼睛明亮像是带着光，双颊绯红，嘴角也弯起来，带着笑意，好看归好看，孙静却怎么都觉得充满了小人得志妖里妖气的德行！

虽然孙静曾一腔热血愿替白桃出征，可如今冷静下来，觉得自己是收拾不了这高阶第三者了。

思来想去，孙静拿出手机，最终还是给自己喜爱的偶像白桃老师发了一条微博私信。

这么有才华有底蕴又温婉淡雅的白桃老师，不应该被蒙在鼓里！她有资格知道真相！

虽然自己说了不介意裴时继续用黄月然做代言人，但出乎白桃的意料，裴时还是换了人。

看来自己真误会他了，但凡让自己胡思乱想的因素，裴时可都立刻消除了，就这样的求生欲和爱，白桃觉得裴时还是值得信赖的。

白桃一下午都喜滋滋的，孙静把整个办公室的文件归档整理工作交给了她，挺繁重的任务，但白桃竟然做得挺有干劲。

只是她的这种快乐在点开微博后就没有了。

她收到了一些不得了的私信。

来信人白桃有印象，是自己的一位漫画铁粉。失忆后，为了对自己当前的事业做一个充分了解，白桃曾经泡在自己的超话待了很久，而这位来信人每天坚持打卡，自己每次漫画连载更新后，她又会积极宣传吆喝，不仅是自己的事业粉，还是自己和裴时的 CP 粉。

而如今，她发了这样声泪俱下的信息——

　　白桃老师，您好，很抱歉以这样的方式第一次联系您，我是裴总公司的一名员工，有一件事纠结了很久，但还是决定要告诉您，裴总确实出轨了。第三者不是黄月然，而是窝藏在我们公司的一个女的，出轨挺久了，眉来眼去的……

能看出来，对方发信息来的时候非常激动，语言有些混乱，充满控诉——

　　这女的就是个关系户，做着一份很轻松的工作，是个文化层次很低，受教育程度也不太行，和您相比完全没内涵的空壳子！白桃老师，我用我的名誉保证，我说的句句属实，不希望您被欺骗！

白桃瞪着手机上的这一个个字，只觉得一口气差点没提上来。

好啊裴时，这可真是艺高人胆大，最危险的地方就是最安全的地方，难怪处理黄月然这么利索，黄月然就是个正宗躺枪的烟雾弹！正主可不被保护得好好的放在自己眼皮子底下吗？

为了力证自己没有骗人，对方还传来了用马赛克打码了的工卡，还说了不少公司里的细节，白桃一一核对，基本可以确定对方的身份无误。而且看得出，这位举报的内部粉丝，对这个第三者积怨很深，除了是自己铁粉外，大概率也与对方有职场上的矛盾，因此才会有动机向自己爆料。

白桃捏着手机，只觉得如坠冰窖，上一秒她还在感慨裴时的好，这一秒就立刻打脸了，可如果第三者在公司里，又是谁呢？自己这也在公司晃着呢，也没见到可疑的人啊？

白桃想了一晚上，也没想出个所以然，第二天午饭时，便决定旁敲侧击找孙静探听探听情况。

"静静，我们公司，是不是对员工的学历要求很高啊？"白桃咬了咬勺子，谎称试探道，"就我有个妹妹，挺想来我们公司投简历的，学大数据管理的，就是学校挺一般，不过水平很好，你看有希望进来吗？"

"没希望。"孙静瞥了白桃一眼，"不是双一流的本硕，就别瞎想了，没门！"她顿了顿，意味深长道，"我们公司人事制度的原则就是不找关系户，关系户既难管水平还差，像大数据领域是很专业的，不收学历不达标的，不破例！你可别觉得你就能内推进学历不行的亲戚啊，我们又不是家族企业！"

白桃点了点头，状若自然道："那张君雨不是学校一般吗？"

"哈？张君雨是北大毕业的，那叫一般？"

"林子·珊呢？"

"人家 MIT。"

"那我们前台呢？"

"你可别看不起前台，我们公司前台需要对数据安全和业务门类都了解才行的，收入也不低，所以学历也不差，家里还有钱，单纯随便找个地方上个班不脱离社会罢了。"

结果白桃问了一圈，把所有适龄的可疑女员工都问了一遍，所有人的学历都很好，都是有文化有能力的人，孙静本人也是名校毕业……

那么问题来了，这第三者到底是谁？

到底是什么人，让裴时舍弃了有文化有内涵的自己，在眼皮底下这么张狂地公然养个小情人？

时来科技是一家新兴产业公司，因此从业的女性员工都非常年轻，白桃思来想去，觉得自己一定是哪里搞错了，肯定是漏掉了什么重要线索。

"来,小姑娘,脚让一下,我帮你桌子底下拖一拖……"

白桃正聚精会神思考之际,保洁阿姨的声音打断了她的思绪,她下意识抬起脚,然后望了保洁阿姨一眼。

大部分公司的保洁阿姨都是年纪挺大的中年阿姨,但时来科技的保洁阿姨,其实都不能喊阿姨,对方看起来比白桃也就大个十来岁,但皮肤还挺白,眼睛也挺大……

难道?!

白桃皱着眉认真地打量起了保洁阿姨来,她抿了抿唇,在对方拖完地要离开前,还是忍不住叫住了对方——

"阿姨,你……是什么学校毕业的?"

保洁阿姨愣了愣,但还是笑着回答了这个问题:"我啊,我学历不高,就中专毕业的,哪能和你们公司里的小年轻比,你们都是高学历……"

果然……

排除了所有的不可能,那……虽然是最不可思议的事,或许才是真正的答案——

时来科技里,所有女性员工真的都学历不错,除了……唯独除了这位保洁阿姨!

白桃的心情一时之间相当复杂。

内部举报者说裴时出轨了公司一位没文化的女人,而排查了所有女员工后,虽然不想承认,但答案已经呼之欲出——

裴时!竟然出轨了公司的保洁阿姨!

难道被自己伤害后,不再愿意进行单方面付出的爱情,所以索性转向了能够无限给予他爱和体贴的姐弟恋?

保洁阿姨不知道白桃心中的惊涛骇浪,还笑着继续道:"我就和我儿子说，以后要向咱们公司里的人学习，好好努力，尤其是要向裴总学习，裴总真是我见过最优秀的人了，上次公司员工日，裴总还让我也把孩子带来了，我也正好让孩子和裴总多亲近亲近……"

保洁阿姨犹自在夸奖裴时，白桃却越听心里越翻江倒海的。

都让孩子也带来亲近亲近了，是方便亲近完了以后让孩子直接喊爸爸吗？

不过，裴时竟然这么重口味？不仅搞姐弟恋，还想混个便宜爸爸当当？这保洁阿姨也不知道是离异了没有，难道自己对裴时的伤害这么大？大到让他不惜去外面找补偿？钟潇破坏了他的家庭，他就去破坏别人的家庭？

白桃越想越是刹不住车了。

可裴时真的和保洁阿姨好了？

白桃有些魂不守舍，她胡思乱想，忍不住想起了之前看过的智斗第三者的攻略——

遇到第三者，自然是气愤的，但首先要冷静下来，然后知己知彼，了解第三者的优点，化为己用。

可这保洁阿姨到底有什么优点啊？

难道是……制服诱惑？

白桃想起余果说的夫妻之间床头吵架床尾和，咬了咬牙，决定豁出去了。

自己说什么也不能败给保洁阿姨啊！

她当即在网上下单了一套保洁制服，又深吸了两口气，决定今晚硬着头皮上了！

白桃买的是同城的店铺，当天下午，和时来科技保洁阿姨同款的保洁制服就被送到了她的手上。

机缘巧合，裴时今晚正好有个会议会晚饭后才回家，白桃抓住了这宝贵的时间，立刻回家做起了准备。

9点半，等裴时打开家门时，白桃早已换上了保洁制服，头发披散下来，还用卷发棒做了个撩人的大波浪，制服的纽扣解开了前三颗，使得自己的胸线若隐若现，涂上了斩男色的口红，姿势妖娆地侧卧在沙发上。

裴时一进门，见到正对着门如此侧卧的白桃，果然完全愣住了。

这男人用不可置信般的目光看向了白桃，皱了皱眉："你……"

"嘘。"白桃学着电视剧里狐狸精的样子做了个让裴时别说话的姿势，然后朝裴时抛了个媚眼，"老公，我这么穿，漂亮吗？"

裴时顿了很久，才干巴巴道："漂亮。"

瞧瞧这可怜男人，肯定是看得热血沸腾干柴烈火所以嗓音都这样了。

这可怜男人继续道："但你……为什么穿这个？"

白桃了然地笑笑："我知道我穿成这样对你冲击比较大，但，你看到我穿成这样，是不是不能浪费我这身衣服，应该让我做点什么？"

白桃说到这里，加深了自己的暗示，她又给裴时做作地送了几轮秋波，娇滴滴道："我就是想让你知道，今晚的我，老公想让我做什么都可以。"

裴时沉默了很久，然后看向白桃："真的做什么都可以？"

"什么都可以。"裴时装得波澜不惊，白桃此刻却是有点装都快装不下去，她的心跳如鼓，那速度快得让她觉得突发心脏病也不过如此。

真是的，心里肯定都开心坏了，结果裴时到这种时候了，竟然表情还可以这么镇定、语气这么认真。

有点点可爱。

只是虽然接受了自己的设定，也理解了自己如今和裴时是合法夫妻之后发生的行为都是正常婚姻内的范畴，此前为了挽救婚姻改变人生也做出了豁出去的打算，可事到临头，白桃还是紧张得连手指都在微微发抖。

对于此刻的白桃而言，等同于一秒前裴时才对自己冷眼相对告知绝对不会喜欢她，结果下一秒他们都要睡了？

这简直都是坐火箭的速度……但……

把裴时拱手送人，想也别想！

历来只有自己不要别人，绝对不允许别人不要自己！要甩，也该是自己甩裴时，如今绝对要稳住他，巩固感情，确定这男人到底是犯没犯错，犯了多大的错，然后再给予多大的报复打击！

白桃的思路乱七八糟的，她自己都没意识到自己如今的想法压根没有逻辑，也充满了前后矛盾——没多久前她才想过裴时脏了就得死，还气到胸闷；如今又忐忑紧张地一会儿想挽救婚姻"睡服"裴时；一会儿又心里怨恨咬牙切齿地决定按兵不动，一旦确认对方真的出轨后给予疯狂打击……

但箭在弦上，这一刻已经容不得白桃再想太多，因为裴时已经开了口。

这男人微微笑了下："说出来有些不好意思，但既然你今天这样讲，又穿了这样的衣服，那我就不客气了……"

果然！男人真是，除了这档子事还能想到什么呀！

白桃的整张脸都红了，体温也急速升高，她微微移开了目光，避开了裴时的视线，她刚要开口表达一下真实的害羞，结果却听裴时继续道——

"昨晚储藏室被狗钻进去弄乱了，今天家政阿姨请假了，所以没有整理，既然你穿了保洁的衣服，那你就晚上去打扫一下吧。"

裴时说完，又笑了下，挺有老板交代下属加班时的姿态："辛苦了。"

　　然后这男人就径自绕过白桃和她所在的沙发，一个人冷静镇定地上楼了。

　　裴时走后，白桃愣了足足五分钟，差点一口气没提上来，裴时刚才说什么？让自己去打扫被狗弄乱的储藏室？

　　自己这么美的女人躺在这里，都说了可以随便让自己做任何事了，暗示他不要浪费自己穿的这身制服，结果这该死的男人确实物尽其用，直接安排自己去干保洁！

　　我去你的！

第十三章
我绿我自己

白桃这人有点轻微强迫症，什么事情不干还好，一干就得彻底干完。她当夜在储藏室里耗费了五个小时，终于把东西都分类整理得清清楚楚。

结果第二天一早，当她扶着酸痛的腰顶着两个黑眼圈见余果时，余果还发出了揶揄的感叹——

"你和裴时这夜晚也过得太狂野了吧？你这得是一夜没睡吧？怎么？连腰都不好了？"她意味深长地笑道，"虽然泯恩仇了，但这还是要节制的啊，所以感情恢复如胶似漆了吧？"

"恢复个屁！"白桃简直气得咬牙切齿，裴时这是什么钢铁直男，自己话都说到那个份上了，竟然让自己半夜去做保洁？

等白桃黑着脸讲完昨晚的前因后果，余果差点没笑得从椅子上摔下去，但笑完，余果也挺纳闷："说真的，裴时这样绝对不正常，老婆都那么说了，竟然什么都没做？不是他不行了，就是他在外面有情况了……"

说者无心听者有意，余果虽然是随口分析的，但白桃介意上了。

但冷静地分析下，裴时会出轨保洁阿姨肯定是天方夜谭，既然举报人言之凿凿，也不可能完全空穴来风。

白桃忍着心里翻腾的情绪，告别余果，决定继续去时来科技上班做她的 Fiona——不是保洁阿姨，那肯定是别人。只要自己继续蹲点，肯定能找出这该死的第三者来。

如果说昨晚还心情复杂混乱，今天白桃就完全理智镇定了下来——要是裴时真出轨了，那自己绝对不会再要这男人了。

只是白桃兢兢业业按时打卡连续上了几天班，也没瞧出裴时和公司里任何一个女性有什么过界的交集。

这男人一涉及工作，完全工作狂化了，眼里好像压根儿没有男欢女爱这档子事了，别说别的异性，就连白桃，裴时忘我起来也压根儿忘了她还在公司里"取材"。

难道自己错怪裴时了？是那个举报者吃饱了没事干搞事？毕竟下属讨厌老板是天经地义的，尤其是遇到裴时这种高要求的冷面老板，下属心里厌恶他，想给他使点绊子胡诌他出轨了也不是没可能……

可就在白桃准备放下心里的怀疑把裴时在心里"疑罪从无""无罪释放"的时候，人事部带新员工入职了。

是一个和白桃看起来年纪差不多的女孩，皮肤白皙，长得很清秀，举手投足挺有种楚楚动人的气质，她向大办公区所有人姿态谦卑地打了招呼——

"我叫朱莉，大家也可以叫我Julie，擅长领域是信息网络安全，以后请多多关照。"

白桃本来并没有怎么在意这个新人，但让她意外的是，朱莉受到了所有同事热情而熟稔的欢迎。

"放心吧朱莉，以后大家都一个团队的，说这种客套话干什么？对了，明晚我和小李准备去吃火锅，你一起来吗？"

"可终于把你盼入职了，下次找你一起打王者也名正言顺了哈哈哈哈。"

……

白桃狐疑地看向了孙静："这个朱莉不是刚入职吗？怎么大家

像是早就认识了？"

"她是原来我们第三方合作公司对接时来科技的技术人员，半年前因为一个项目，对方公司还曾经把她直接驻派在我们这儿办公过好几个月，所以大家都很熟。"

孙静看向朱莉，也忍不住露出了赞许的目光："当初大家就看这姑娘可靠，但是工作踏实肯干，钻研技术问题也很拼，人事总监还和我说呢，真想把这姑娘挖过来，可惜当时我们的招聘制度没有改，有学历死线，好在最近裴总终于意识到学历也并不代表一切，改革了招聘制度，这才终于把人家给挖过来了。"

白桃本来只是随口一问，结果孙静这话音刚落，她就警觉起来了："你说，这个朱莉学历一般？"

孙静白了她一眼："人家虽然学历一般，但能力很好！"

孙静说完，就有事去忙活了，然而白桃的心情久久不能平静，等她蹭到人事部找了个人打听了打听，得知朱莉是三本院校毕业的后，心里就更是惊涛骇浪了。

关系户，文化层次低，受教育程度也不太行……

裴时公司的女性员工是一个也对不上，但这眼前的什么朱莉，非名校毕业，裴时亲自为了她降低招聘条件，可不正是关系户的模样吗？

如此一一对应，难道，这个第三者就是她？

白桃是个成熟稳重有内涵的女子，虽然心里燃起熊熊烈火，但这次她还是保持了冷静的按兵不动——她得抓奸！

倒不是为了打第三者，白桃对那种事情完全没兴趣，简直降低格调，她在意的是——分田地！

只有手握裴时出轨的铁证，自己离婚时才能在财产分割上占有优势。该死的裴时要是出轨了，自己可不得从他身上刮层皮再把他

白桃乌龙

给踹了？

爱情可能是短暂的，但钱一定是永恒的；婚姻可能有保质期，但人民币没有啊！即便几十年前发行的人民币！还是同样那么清香！

只是朱莉是正式入职了，裴时却忙着开会，这两人完全没有交集的模样，白桃认真上下班打卡蹲点了几天，大概是碍于在公司不敢做得太明显，白桃还是毫无所获，于是百无聊赖之下就索性观察起了这个第三者来。

这不看不知道，一看还真是……

这朱莉确实挺好的。

孙静说得没错，朱莉为人热情，脾气好，温和又大方，团队里要是谁遇上了工作难题，她都不吝于加班加点地帮忙，虽然白桃也听不懂他们在讲什么，但看着她和其余同事聚精会神讨论工作，嘴里专业术语乱蹦的样子，就觉得真是既专业又勤勉。

谦卑又上进，包容又独立，也难怪公司里大家都这么喜欢她。

白桃越是观察，心里就越是泛酸，还真别说，设身处地想想，自己要是裴时，可能也要选择朱莉。只是虽然某种程度上理解了裴时，但白桃心里更不好受了，酸胀又低落。

好在也是这时，白桃搜集裴时出轨证据的机会终于来了！

"后天周六计划出来啦，是去西郊爬山，大家想去的积极报名啊。"

时来科技自成立以来每个月便由公司工会出资组织月度活动，吃喝玩乐的同时也算是另类团建，而为了加强团队的凝聚力，和员工之间相处更融洽，和大家拉近距离能更好地倾听每个员工的声音，裴时每次月度活动都会抽空参加。

没想到本月的活动就是这周六！

果不其然，工会负责人正在挤眉弄眼动员大家报名："裴总去的啊，要超出工会预算了，裴总买单，所以大家别客气啊！裴总说了，还可以带家属……"

这是新人快速融入新公司的好机会，朱莉自然报了名，而孙静也挺积极地表示了要参加，她填写完信息报完名，瞥了白桃一眼，挑了挑眉，挺意外的样子："怎么？你不去？"

白桃矜持地笑了笑："有点重要的事要忙，不去了。"

不去当然是假的，只是不和你们一起去。

几乎就在几分钟之前，白桃心里突然就有了一个绝佳的主意——这个周六的户外爬山活动，既然裴时去，朱莉也去，那自己就不应该去了，毕竟这样才能给足偷情男女足够的机会，从而得到自己抓奸搜集证据的天赐良机啊！

简直是天助我也！

她只需要带上相机、望远镜，再全副武装乔装打扮跟着，就能速战速决，收集完裴时出轨证据后潇洒转身，并分走大部分财产让裴时流血流泪。

白桃决定缜密地计划周六的行动，大概是她盯着裴时看的眼神太过专注，本来下班用餐后坐在沙发上看报纸的裴时也忍不住抬头看了她一眼，白桃立刻移开了目光，佯装自然地玩起了手机。

倒是裴时先开了口："周六有事吗？怎么不一起去爬山？"

白桃愣了愣，然后像平日里一样用撒娇的语气开口道："最近为了取材，每天都打卡上班，好累哦。"她朝裴时眨了眨眼，"还是老公希望每天都能看见我，希望我一起去爬山呢？"

"没有。"裴时看起来有些不自然地移开了目光，"也没有到一刻不停都必须看到你的地步。"这男人咳了咳，欲盖弥彰般继续道，"只是本来觉得户外活动有利于身体健康，但你要是累，就在家休息休息吧。"

呵。白桃心里冷哼，面上娇俏地笑了笑："其实这几天老公天天开会，我也没什么机会看到你，有一点点想你。"

我倒要看你怎么接。

果然，听了白桃的话，裴时喝了口水，声音更加不自然了："我会早点回来的。"这男人顿了顿，故作自然地解释道，"周六员工活动是时来科技成立以来的传统，算是企业文化的一部分，我必须以身作则维护这个传统，所以必须去。

"这周确实有点忙，但下周基本没有会议，会常常在公司，也会准点按时下班。"

要是本来白桃还对裴时抱有那么一丝丝微弱的希望，那现在这男人的模样，基本是给白桃判了死刑。

出轨的男人会怎样？会为了撒谎而变得各种不自然。

试问自己和裴时都不是新婚夫妻了，早就从身体到心灵都熟悉得不能再熟悉了，裴时也不可能和自己说这些话还要不好意思吧？那他刚才那个表情，不就是因为心里有鬼才不自然吗？

还不得不去的传统？不就是为了名正言顺和第三者游山玩水吗？

还伴装主动邀请自己一起参加？不就是为了扫除自身的可疑吗？很多犯罪嫌疑人还假装是案发后的路人第一时间报警呢！

还委婉示好说下周多陪自己？不就是因为出轨后心有愧疚才会突然对蒙在鼓里的老婆加倍地好一点吗？

白桃觉得，自己已经看透裴时了。

只是即便如此，白桃还是觉得烦躁压抑和不开心，好在周六很快到来，白桃终于可以甩开心里乱七八糟的情绪，专注抓奸事业了。

爬山集合地点位于郊区，因此裴时一早就出发了，而等裴时一走，白桃便也立刻紧跟其后。

出乎白桃的意料，周末一大早来爬山的人竟然挺多，不过这也方便了她戴上帽子举着望远镜，然后混迹在人群里。

因为都穿着公司统一的运动文化衫，所以时来科技的团队非常显眼。这文化衫说实话不太好看，但白桃还是一眼望见了裴时。虽然是同样的衣服，但不知道为什么，穿在这男人身上仿佛一下子就提升了档次——公允地说，裴时确实穿什么都好看，大概十块钱一件的地摊货，他这张脸和这样的身材，也能穿出名牌的气质。

但很快，白桃的嘴角就垮了下来，因为她看到了朱莉，她自然也穿了公司文化衫，此刻正站在裴时身边说着什么，远远看去，仿佛两人穿了情侣装。

自己不在，裴时果然和她就不再遮掩了！

白桃掏出相机来了个几连拍，但明明眼见着这次抓奸搜集证据的行动将取得重大进展，白桃心里却一点高兴不起来。

可能是爬山爬累了胸闷气短吧。

白桃甩了甩不定的心绪，又继续盯梢起来——

裴时从山脚爬到山顶历时一个小时十分钟，其中和孙静说话两次，和袁牧说话十次，和不知名的同事说话分别三次和一次，而和朱莉说话，多达十五次！而其中的三次对话，都平均持续了十分钟之长！

这要不是出轨，什么是出轨！

唯一让她感到安慰的是，十分拎不清的孙静不离不弃地率领行政部门众人跟在朱莉和裴时身边，像是誓死做一个电灯泡一样，还不时插入两人的对话。

白桃一边拍，心里的火焰一边熊熊燃烧，要是目光能实质化，她现在仇恨的目光恐怕早把这对狗男女给点燃了！

两个人这是心意相通所以有说不完的话吗？说说说！都能一起

出道做脱口秀了！怎么裴时平时对自己就是沉默寡言呢！

而也是这时，裴时拿出手机，像是要给朱莉看什么东西，朱莉果真凑过头去，脸上带着仰慕的笑，眼睛放光般地看向了裴时，而裴时在对朱莉讲话的全程眉眼间都是淡淡的笑意……

狗男女！这奸情的样子都闪瞎了老子的钛合金狗眼！

白桃气得差点把相机给摔了。

好在爬到山顶后，午餐的时间到来了，裴时终于没法和朱莉再交谈什么。时来科技一行人去了一家农家乐餐馆，虽然明显不是裴时的口味，但他还是颇有些平易近人地吃了一点，但大约是刚才爬山碍于孙静这拎不清的电灯泡，没能和朱莉畅谈，这男人的脸色挺难看。

只是裴时的脸色难看，白桃的脸色更难看，从刚才到现在，她已经憋了太久，裴时一行在吃农家乐午餐，但她是一点胃口没有，只觉得心烦意乱，想要寻衅滋事。

而等裴时中途离席，往门外走时，白桃终于忍不住了。

理智告诉她要冷静，但情绪不可以。

农家乐的门外是一片果树林，裴时刚走到其间，拿出手机，白桃就忍无可忍了——

"裴时！"她沉着脸，死命盯着裴时的身影。

裴时脸上果然露出了惊愕的神色，但随即，他恢复了不太好看的脸色："白桃？你怎么在这里？"

"我怎么在这里？你也有脸问？看到我就摆出这种脸？不高兴不想看到我是吗？"

裴时愣了愣："我没有摆脸色的意思，我有点……"

白桃脑子一团糟，根本没在意裴时说了什么，只一股脑把自己准备已久的台词给念了，不论如何，气势上，她要抢占先机，死要面子了一辈子，离婚这件事上，也要白桃先提，因为这样，就是自己踹了裴时！不是裴时甩了自己，自己没输！

"我和你说，这样的日子我也过不下去了！"她拿出相机，"你的那些犯罪证据，该拍的我都拍了！裴时，我们就一拍两散！回去我就和你离婚！"

白桃噼里啪啦说完，才终于听清了裴时的后半句话，这男人说的是——"我有点胃痛。"

胃痛才脸色不好看？我信了你的邪！

白桃刚要出口继续反驳，她的手机就不断响起了提醒声，白桃本来不想理，但裴时听到"离婚"突然凝重而措手不及的慌乱表情让她的心里升腾起了一点先发制人的快乐。

此时此刻，为了表现出自己的游刃有余，她决定对裴时展现出自己的洒脱和无所谓，于是她点开了手机，状若云淡风轻道："你先别说话，让我看完这些信息再谈离婚的事。"

这么多连续的信息是微博私信，白桃点开，才发现正是此前那位匿名举报者发来的，是来告发今天裴时和第三者约会的事了？

白桃皱着眉点开，果不其然，对方讲的是今天时来科技出来爬山的事，但……

"白桃老师！向您汇报！今天员工日裴总和我们一起爬山，第三者没来！

"裴总爬山这一路和我们新员工讲一个项目的技术问题，但中间几次都讲到了你！因为新员工也快结婚了，但男友养了一只五年的狗，她怕狗，不知道对那只狗要怎么处理，所以还给新员工看了你在他生日送给他的狗！讲了你虽然怕狗但为了他还是去做了心理干预的事！鼓励她也可以试着心理干预一下，没准可以克服恐惧。

"这还是我第一次见到裴总谈自己的私生活谈到你！语气虽然很正常，但明显他眼睛眉梢都在笑的，朱莉也对你佩服得不行，当场仰慕到和我一样决定成为你的铁粉了！觉得能为裴总做这么多，你一定超爱他！

"总之，我觉得裴总应该心里还是很爱你的！你也那么爱他！第三者可能只是裴总一时糊涂，白桃老师，如果可以，还是给裴总一次机会吧！"

……

白桃心里一时之间有点茫然，所以裴时刚才笑是因为谈及了自己？拿出手机是晒恩爱炫耀自己给他买的狗？和朱莉谈了一路是在讲公司的新项目？表情难看是真的胃痛？而最重要的是，第三者今天没来？

据白桃所知，时来科技这次的员工活动，所有人都参加了，除了……除了白桃自己。

所以……

所以那个"文化层次很低，受教育程度也不太行，和自己相比是个完全没内涵的空壳子"的第三者，正是白桃本人？

我三我自己？裴时没出轨？举报人举报的正是自己？

看着举报人上几条私信里"没文化"这三个字，白桃陷入了沉默。

白桃从没有联想过自己可能是别人眼里的第三者，甚至第一时间排除了自己，因为她觉得自己十分有文化，因此绝对不可能是自己。

刚才跟在朱莉和裴时身边的，是孙静和行政部的一干人等，所以到底是其中哪一个，这么没眼光没品位，竟然完全看不出自己的内涵，甚至还参了自己一本？

这可真是很尴尬了。

可更尴尬的在于此刻的情况——她刚刚不分青红皂白斥责了裴时，并扬言要离婚……

也是这时，裴时终于再次开了口："你看完信息了吗？"这男人表情不太好看道，"那谈谈你刚才说的，你要离婚？"

能在危机发生时力挽狂澜最终反败为胜，是每一个成功人士和普通人的重要区别。

白桃没有穿越回过去几分钟的超能力，但她有别的招——

"对！我要离婚！这日子真的是没法过下去了！"白桃不仅没服软，反而变本加厉提高了嗓音，她冲着裴时吼道，"老公，你胃都不舒服成这样了，脸色这么难看，看到我仿佛都像不高兴一般了，却还不主动联系我，生病了也不喊我照顾你！我知道你爱我，怕我知道了担心，但夫妻之间本来就要互相扶持的，你这样太过宠爱我，生病都不说，让我觉得自己做得不到位，心里愧疚的只想和你离婚！结果你现在还有脸问我为什么要离婚？！你还不心知肚明？"

裴时果然彻底愣住了。

先发制人斥责完，白桃乘胜追击放软身段一脸绿茶道："一定是我不够好，才让你觉得我没法分摊哪怕你身体不舒服的压力！老公，这都是我的错！如果我们的婚姻继续这样下去，还有什么意思呢？"说到这里，白桃适度露出了哀伤惆怅的表情，这一刻，她的演技爆棚，甚至连眼眶都红了，声线颤抖，表情真诚而痛苦，"我这样的老婆，要来何用？不如离婚，放你自由！"

裴时好像被白桃这番说辞完全镇住了，毕竟如此 U 形大转弯般的对话，他大约也从未经历过。

过了片刻，这男人才仿佛终于找回了冷静，他皱眉看向白桃："你要离婚就为这？但我怎么觉得……"

"你觉得不重要，重要的是我觉得！"白桃抢白道，"老公！你生病不让我知道，太让我寒心了！"白桃声泪俱下控诉道，"你不要觉得我们之间没问题！我觉得我们的婚姻已经快触礁了！"

恶人先告状，趁着别人思维逻辑还没理清楚，先把人绕弯了就行！而扰乱别人思维的第一步，就是不断打断对方的理智陈述和分析。

只可惜裴时没那么好打发，他并没有被白桃带偏，只皱着眉继续道："你不是说不来爬山？怎么突然就来了？还有你刚才不是说拍了照片？说我的犯罪证据你该拍的都拍了？"裴时抿了抿唇，"所以你拍了什么？"

这……

这怎么能难得倒白桃呢?

她从容镇定解释道："可能夫妻连心吧！我刚才在家里，本来正打瞌睡，可突然就梦见老公胃不舒服，那种翻江倒海的感觉，就是醒来后都很真实，我就想，肯定是老公给我托梦了！担心你有什么事，所以就立刻开车赶来了！"

"至于拍了什么？你看，拍的都是老公爬山时候英俊帅气的样子。"反正本来拍的就是裴时，白桃当即掏出相机以正视听，然后义正词严道，"老公，你可能有所不知，如今的社会，长这么帅就是一种犯罪，我已经把你的'犯罪证据'该拍的都拍了！"

"你……"

"好了，别想那么多了老公，离婚的事回去再说！回家再和你算账！我现在看到你胃痛，心里难受得不行，我先送你去医院！从明天起，你不要出去应酬了，在家里好好养胃，我每天亲自给你下厨！"

作为一名成功的漫画家，白桃曾经总结过一条经验——不论你一话的连载里男女主多么甜蜜互动，只要你这一话连载结束时剧情对男女主下刀子了，那读者就会觉得整话连载都是虐的——没错，给读者最后印象的永远是最后的剧情，而这一点，放到现实生活里也一样，只要劈头盖脸扔出一堆问题，一般人最终只会关心最后一个。

自己这么噼里啪啦一串话，裴时果然被转移了话题，并且显然确实只关心了自己最后一句话。

这男人皱紧了眉："每天亲自下厨太辛苦你了，没必要，我……"他刚说到这里，胃大概又不舒服起来，表情也变得有些不对。

"别说这些了，走！老公，我先带你看病去！以后这种事，不可以再发生了，你要病了，第一时间必须和我说，你再这样，就离婚吧！"

裴时的胃确实有些难受，此刻也顾不上别的了，只接受现实地任由白桃拉着走，白桃今天都怪怪的，但裴时也无暇顾及了，他确实被白桃最后的话吸引了注意力，并且在努力想对策——如何自然又不伤感情地让白桃放弃给自己亲自下厨的决定。

毕竟连吃几天白桃亲自做的东西，裴时有点担心自己看不见下个月的太阳。

也大概是心诚则灵或者是刺激的正面作用使然，在对白桃亲手做饭的恐惧驱使下，裴时就近叫了跑腿买了胃药吃下后没多久，胃竟然很争气，在白桃并不怎样的做饭能力面前十分识相地恢复了。

既然不痛了，那自然不用中途跟着白桃离席了，裴时看了眼手表，言简意赅地表达了自己的态度："再过会儿，今天的活动差不多就告一段落了，你看你去车里等我半个小时左右？"

白桃刚闹了个乌龙，见裴时并没纠缠不放，当即见好就收，非常乖巧体贴地点了点头，然后含情脉脉地看了裴时一眼，叮嘱道："那老公快点哦，我等你。"她朝裴时眨了眨眼，摆出依依不舍的姿态，还挽住他的手晃了晃。

只是刚送走裴时，白桃正准备往车里走，就迎面撞上了孙静，对方像是刚从果树林里自拍回来，一抬头见了白桃，登时露出了见鬼般的神色。

"Fiona？！"孙静的语气上扬，甚至有些气急败坏，她质问道，

"你不是不来吗？怎么也在？"

"我给裴总送份重要文件！送完就走！"

白桃随便找了个借口搪塞，很快和孙静告辞后就回到了车里，只是她的屁股还没坐热，微博私信就又来了，还是来自那位举报者，只是语气更激烈了——

"白桃老师！我对不起你！我给出了假情报！那不要脸的第三者！今天还是来了！裴总，请你对他放弃治疗和抢救吧！他不配，他不值！这两面三刀的男人！请你狠狠分走他的钱，不要便宜了那个垃圾第三者！"

本来白桃百思不得其解到底是谁这么眼瞎举报了自己，还正准备好好排查一番，没想到如今自己就已经明察秋毫、真相大白！

这该死的举报人，竟然就是孙静！

等裴时结束活动和白桃一起返回家里，白桃都还在生气——

孙静什么眼神？到底哪只眼睛看出自己没文化了？！

她想来想去还是气不过，决定一定要让孙静刮目相看，真正认识到自己的人格魅力！

一回到家里，白桃就直奔自己的书房，一出院回家，她就迫不及待参观过自己的书柜，那上面可都摆满了莎士比亚、叶芝、司汤达，还有各种各样自己一点印象都没有但看起来就很高级很有格调的名著！最重要的是，从书脊来看，都是原版！

虽然一下子接手了这么个大烂摊子，但也有少数让白桃颇感骄傲和欣慰的事，五年前的自己可对这些名著一点兴趣都没有，沉迷地摊文学和厕所读物，没想到时间让自己成长了这么多，五年后的自己，变得如此有底蕴！书柜上放的竟然都是这么有深度的东西！

白桃决定从书柜里拿几本出来，然后带去公司，每天在孙静面前拿着书多晃晃，让她发现自己如此高品位的阅读层次，久而久之自然对自己改观。

白桃兴高采烈地从书柜里抽出了莎士比亚的书，结果因为用力过猛，竟然直接把书脊给抽出来了……

这原版书难道买的是古早版本？书脊都和书的文本分离了？这么容易就把书脊抽走了？脱胶？

白桃带着狐疑定睛一看，结果差点没晕过去。

这哪里是什么莎士比亚英文原本，这书脊里的，分明是一本封面艳俗的地摊文学——《霸道总裁的小娇妻》。

白桃瞪着上面浮夸的排版，心里有一种不妙的预感。

很快，她的预感就成了真——

《浮士德》的书脊里面是《霸道王爷的小宠妃》。

《红与黑》的书脊里面是《纯情少爷俏厨娘》。

《战争与和平》的书脊里面是《漂亮姐姐与小狼狗》。

……

白桃盯着这一地的地摊文学，只感觉到深切的绝望，果然，人是无法改变的，五年前自己啥德行，五年后还是这样……

这书脊……看来是自己买了装在地摊文学外面充面子的……

她确确实实没看什么名著，看的还是那些霸总狗血文……

白桃正对着满地书脊下自己真实的爱好目瞪口呆，裴时从门外走了进来：“刚才……”

白桃愣了几秒，立刻反应激烈地整个人扑到了地上的书上，想要遮挡裴时的目光——绝对！绝对不能让裴时发现自己竟然搞了一堆名著假书脊！

然而对自己夸张的行为，裴时竟然一点没意外，他冷静地瞥了白桃一眼：“这些《霸道总裁的小娇妻》你不是都看过好几遍了吗？

今天拿出来重温？"

裴时竟然知道？

白桃咳了咳，从地上爬了起来，有些尴尬道："你知道我里面放的是这种烂俗小说啊？"

"嗯。"

这么看来裴时确实知道自己这么没格调了……

但白桃是绝对不承认的，她冷静道："是这样，其实吧，人的格调可能一辈子也就那么点，此消彼长，我吧，都把格调用来找老公了，为了找老公，不得不牺牲了点别的方面的格调，我……"

"没觉得你没格调。"结果白桃的歪理邪说被裴时打断了，这男人顿了顿，看了一眼地上辣眼睛的封面，"看通俗小说解压很正常，就是少看点。"

裴时抿了抿唇："我有天好奇拿了两本翻了下，需要和谐的部分有点多了，虽然是通俗小说，但也太没有逻辑了。"

不是，裴时，你和地摊文学讲什么逻辑……

"我进来是想说，刚才门口有你的快递，我替你签收了，盒子在楼下。"裴时说完，又含蓄道，"这几年通俗文学进步挺大的，买点新的吧，更新下审美。"

他说完，在白桃的目瞪口呆里镇定自若地走了。

自己哪里是打算重温啊！自己不过是为了找本名著装面！

不过裴时倒是提醒了白桃，自己的审美品位眼看也就这样了，但裴时的书柜里，大概有那种看起来很深刻的东西？

这么一想，白桃就溜进了裴时的书房，然后在书柜里一眼挑中了看起来就很厉害的外文原版书。

她拿着书蹦到了楼下裴时的面前："老公！我可以借一下你的

这本书吗？"

裴时抬头看了书一眼："这本不是英文的。"

白桃当然知道不是英文的，反正她也不看正文内容，反而越是小语种越是能显得自己比较有文化，现在，她只需要知道这本书的名字叫就行了："这是哪本书？"

"《包法利夫人》。"裴时眨了眨眼睛，言简意赅地解释道，"我十五岁生日时裴菲送我的礼物，不要弄丢。"

"没问题！我明天下班就能用完，就给你带回来！"

白桃顺利借到了书，挺高兴地就塞进了包里，明天，她就决定在孙静面前大展神威。

《包法利夫人》是法国作家福楼拜的作品，拿着这本法语原著，在午休的闲暇时刻静静阅读，不正好能彰显自己的格调吗？

白桃自然甚至连《包法利夫人》的中文版也没读过，但为了万无一失，她连夜准备了万全的资料，把《包法利夫人》的故事简介和阐述表达的深意几乎都快倒背如流了，还别说，这故事主题还正切合白桃想要达成的效果！

第二天午休，一切果然如白桃预料般顺利进行，孙静在午饭后回到了自己的座位，此刻白桃留心观察，才发现这位匿名举报人确实一直在偷瞄自己——要的就是这个效果。

白桃对孙静打量的视线状若不知，径自从包里掏出了《包法利夫人》，然后翻阅起来，为了表现自己的投入，白桃一会儿蹙眉，一会儿嘴角微扬，一会儿眉头紧锁，仿佛真的跟随着故事里的情节情绪起伏。

她大剌剌看原文书的行为果真引起了孙静的注意，等白桃放下书喝茶的间歇，孙静狐疑地凑了上来："你在看什么？"

白桃抿了口茶，恬淡道："就是在看《包法利夫人》。"她微微笑了下，"其实看过很多次了，但最近重温，还是觉得福楼拜写得真有深度，而且吧，法语原版的，更让人能体会作家遣词造句和描绘里的精髓，也更让人能品出里面的教育意义——婚内出轨勾搭劈腿别的男人，是要遭天谴的，我们年轻女性绝对不能做这种事，更何况是像我这样能读懂原著的人。"

历来，无形的装最致命！

自己这话说完，孙静果然流露出了震惊的表情，她看了眼白桃，又看了眼她手里的书，愣了半天，才终于有些不忍地打断了白桃，脸上甚至都有些不忍直视的怜惜了："那个……你这本……是意大利文版的……"

白桃本来还想再来一段《包法利夫人》的深切寓意，结果被孙静这话搞得彻底卡壳了："……啊？意大利文版的？"

孙静面无表情道："我大学二外是意大利语，你这个，明显是意大利语啊……"

沉默，沉默是今晚的康桥。

这一刻，饶是自诩为灵活应变的白桃，也尴尬得说不出话了。

确实非常致命……

白桃心里把裴时骂了一百遍，这男人怎么就不能多说几个字，告诉自己这并不是法文原版，而是意大利语呢？！十五岁的小男孩，看什么意大利语书！自己就不该拿这本书！裴菲送的礼物，能和自己的气场相契合吗？！不可能啊！

本来是为了拗有文化的人设，结果白桃没想到反而翻车得如此惨烈……

她看向孙静，强行挽尊道："忘了刚才的事吧，孙静，就当是一场梦……"

"醒来还是很感动？"孙静这次像是憋不住了，她嘲讽地笑了笑，然后神色冷了下来，"Fiona，一个人，妄图装成别人是不可能的，不属于你的东西就是不属于你，早晚会露馅，偷别人的东西偷别人的人生也没有意义。"

"我的偶像是白桃老师，她为人正直，品行高洁，人淡如菊，淡泊名利，最重要的是教养良好贵族气质，画的漫画却充满少女心，三观正、情节甜、脑洞大，是一个超级有才华的女子，但她这样的底蕴，是家教使然，是天性如此，更是别人没法模仿像的，有些人，只是东施效颦罢了！"

孙静说完，又充满暗示意味地瞪了白桃两眼，这才头也不回就走了。

只是被孙静放了这么多狠话，白桃却一点也不生气，孙静这人，除了眼神不太好之外，别的，还是相当优秀的！不仅是自己的死忠粉！还有强烈的正义感！路见不平以为裴时出轨，不惜惹事上身还是向自己举报了！

当天下班后，白桃在饭桌上激情陈词，抑扬顿挫地讲述了这场乌龙。

裴时安静地切着牛排，也终于从白桃的只言片语里理解了她周末时诡异的行为，并得出了几点结论——

第一，眼前这女人竟然真的认为自己是会出轨的那种人。

第二，孙静这吃里爬外的，要找个理由扣工资。

第三，白桃的通俗小说真的不能让她再看下去了，不然她会脑补出更多乱七八糟的情节。

而白桃讲到这里，用手指敲了敲桌面："所以，说了这么多，你知道我打算做什么了吗？"

按照白桃记仇的个性，裴时甚至不需要猜都知道她打算干什么，不外乎要求自己给孙静降薪或者把孙静调离现岗位……

结果就在裴时等着白桃痛斥孙静之时，却听到白桃振聋发聩道——

"给孙静涨工资吧！"

裴时愣了一秒："什么？"

白桃清了清嗓子，重复道："我非常非常欣赏孙静！虽然她骂了'Fiona'，但那也是出于对'白桃'的爱，所以孙静看'Fiona'，当然充满了不好的滤镜，自然是哪儿哪儿都不顺眼！所以，我需要让她放下对'Fiona'的敌意！"

裴时微微皱起了眉，他心里有不太好的预感，白桃脸上出现如此激动的表情，总觉得没什么好事。

果然，这女人蹦了过来，挽住了裴时的手："老公，所以接下来的日子，就要辛苦你克制点自己了！"

"什么？"裴时完全无法跟上白桃跳跃的思维，"我以为我们在聊孙静？"

"没错啊！"白桃怜爱地拍了拍裴时的手，"我打算改变自己作为 Fiona 在孙静心里的形象！所以接下来，老公，就要辛苦你了。"

白桃同情地看了裴时一眼："以后在公司里，你就不要含情脉脉看我了，也别总是用眼神追逐我的存在，更别对我总是特殊对待，工作就好好工作，别总是眼里心里都是我了，你知道的，爱一个人，嘴巴不说出来，眼神也会泄露，肯定是因为你总是这样，才会误导孙静觉得我是第三者……"

我没有……

裴时下意识就想反驳，但他那句话还没开口，就听到白桃径自继续道："所以以后，克制点儿，我知道这对你而言很难，但我们是时候避嫌了，老公，我们一起加油！你能做到的！从明天起，我就再也不会回应你充满爱意的目光了，希望你做好心理建设，以后在公司和我保持距离，别到时候太难过失落影响到工作……"

白桃噼里啪啦说了一堆，说完，又眨着眼睛看了看裴时，脸有些红："但，考虑到你的损失，也不是不可以做一些私下的补偿……"

裴时还没反应过来，他的脸颊上就被亲了一下，然后白桃像是作案逃窜一样飞一般跑上楼了。

这是个带了点桃子味的吻。大概她刚喝过桃子味的饮料。

裴时不喜欢桃子，但此刻这新鲜又湿润的水果气息里还带了一些甜美，裴时竟然觉得桃子味好像也还不错。

至于白桃那些自己含情脉脉看她的误解，裴时觉得也没必要一定要纠正，毕竟也只是些无害的误解，无伤大雅，对自己也并没有什么损害，人生也没必要那么较真。

既然已经给裴时做了心理准备，第二天，白桃就大开大合地干起来。

表决心，重要的不是说了什么，而是做了什么，与其对孙静解释自己不是第三者，不如用明晃晃的行动告诉她！

不要匕，就是干！

一大早，她跟着孙静去参加了时来科技展厅讲解培训。

作为一家新兴的大数据类公司，裴时花费了半年时间打造了一间极具科技感的互动 AI 展厅，把枯燥的大数据知识以一种沉浸式互动体验的方式展现出来，不少图标和数据也以更生动的形式让人更加一目了然，还斥巨资拍了一段非常炫酷的企业宣传片。

"有了这个展厅，未来潜在合作方前来参观考察谈判，都可以先以展厅的形式让对方快速熟悉我们公司的业务领域，展厅的高科技感也能让对方震撼，知道我们时来科技的能力，裴总希望所有员工都能对展厅的情况熟悉，一来是了解我们自己的公司，二来也是在有参观团到访时，能够接待讲解，尤其是我们负责后勤的行政部门。"

孙静作为行政部的小头目，带领行政部的团队对展厅讲解进行了培训。

不得不说，虽然白桃为了"取材"来了时来科技一段时间，但做的也是打杂的活儿，外加大数据类型公司对数据保密的要求，她只能浮于表面地"取材"体验职场生活，别说对裴时公司的核心业务不了解，甚至连裴时到底在做什么都不太清楚，如今在孙静的带领下参观了这个展厅，一时之间也有些震撼——

五年后的科技这么进步的吗？

时来科技这么牛的吗？

自己老公这么厉害的吗？

"据大家所知，时来科技是一家创业企业，我们裴总并没有依靠家族企业的荫蔽，而是选择了逆流而上抓住时代风口，非常关注数据安全，投入到了国家急需的大数据研究中，公司从最初只有一个两百多平方米的办公区发展到如今的规模……"

孙静算是时来科技的老员工，能看得出此刻的她对时来科技确实充满了感情，对裴时也充满了敬意。

白桃身边大部分都是企业家二代，她知道选择跳出家族的安全圈自己开辟一条道路是多么了不起也难得的事，尤其是把这样一家初创型企业在几年内就做成如此规模，在技术业务领域拔尖，团队建设和企业文化凝聚力上也可圈可点，算是集合了硬实力和软实力。

在巨大的惊愕里，白桃心里涌上的也是对裴时的佩服，自己这个便宜老公，虽然有点恋爱脑，一见到自己就不理智，但竟然做起事业来还挺靠谱的啊！

意外！着实意外！看来男人的恋爱脑和事业脑是可以并存的啊！

而等讲完了展厅，孙静带领着行政部一行人返回公司，白桃心心念念的机会终于来了！

裴时正从会议室里走出来，此刻眼见和孙静白桃一行就要迎面在一条狭窄的过道里相遇了！

孙静见了裴时，点头恭敬道："裴总好。"

孙静身后其余行政部工作人员也在和裴时擦肩时同样朝他问好起来，裴时也都一一颔首回应，直到……

直到轮到白桃。

在孙静的目光下，白桃不仅没有喊出那句合群的"裴总好"，反而挺直了脊背，抬头挺胸，眼神看向天花板，生动诠释了"眼高于顶"这四个字，然后一脸冷酷对裴时视而不见、旁若无人地从他身边走过了。

果不其然，错身而过的那一刻，裴时脸上露出了愕然的表情，白桃没有再看下去，虽然自己做了心理建设，但此刻这么爱自己的裴时，一定是受伤了心碎了，不用想，自己转身后，裴时脸上该是多么痛苦……

白桃忍着内心的酸楚，还是坚持咬牙走了过去。

老公，对不起了！只能委屈你了！

想到裴时的悲惨，白桃差点泪洒当场，但……

不管如何，自己绝对会用行动向孙静证明！自己和裴时之间干干净净、清清白白！能不说话就不说话！毕竟难得遇到如此死忠的粉丝，即便没暴露真实身份，白桃也希望对方能认可自己。

未来，还有很多很多机会！白桃都会一一抓住！让孙静从全方位认识到，自己和裴时，真的不熟！

裴时最近觉得白桃有点不正常，首先，她每天和勤奋的通勤族一样打卡上班，没有迟到没有早退，工作也不摸鱼不偷懒，突然踏实肯干起来，自己几次都发现她在搬运和装订非常高非常重的文件；第二，她的穿着也朴素了不少，谈论的话题也正常了许多，花钱都变得接地气了；而最为重要的，她突然对自己的态度一百八十度大转弯了……

不仅再也不对自己露出那种引人遐想、含情脉脉的眼神，不再追踪自己的身影，不再总是眼巴巴望着自己的办公室，不再怀春少女般企图引起自己的注意，甚至突然……

突然一切完全变成了奇怪的走向——

在公司只要和自己迎面而去，只要路够大，白桃就会贴着离自己最远的那侧墙走；如果要去的目的地有别的路线的，她会立刻掉头绕远路；实在不行必须迎面而过，她就昂起那尊贵的头颅，像是治疗颈椎病一般抬头走过，虽然以她和自己的身高差，即便抬头，她还是比自己矮，但她的视线会直接越过自己，看向头顶，仿佛是要飞出头上的天花板飞向太阳……

难道这就是白桃之前提的"避嫌计划"？

这也……太刻意……太过了……

裴时最近有些忙，等稍稍空了点，晚饭后，把白桃叫住了，他准备好好和白桃谈谈——

"避嫌我没有意见，但方式还是自然一点，不要太浮夸了，反而很可疑。"

只是面对裴时的委婉建议，白桃的反应却是一脸"就知道你受不了我的冷淡"的表情，她笑嘻嘻的，然后凑过来揽着裴时往他左脸颊上亲了一下，语气娇滴滴地哄道："好了啦老公，知道你不好受，那我在家多补偿补偿你嘛，别生气啦。"

这是把自己当狗哄了？

裴时拉下了脸。

然而也是这一刻，白桃揽着裴时的脖子，又在他右边脸颊上也亲了口，生怕他还哄不好似的，这女人又来来回回左边右边亲了好几下，亲的裴时甚至都忘记了自己本来下一句要说什么，周身只闻得到白桃身上的桃子气味。

这女人趴在他胸口，眼睛黑亮，表情妩媚："别生气了嘛老公，好不好呀。"

裴时觉得白桃靠自己太近了，也可能室内空调温度调太高了，以至于他都觉得有点热，突然不记得自己应该要说什么了。

算了，白桃要是浮夸下去，可疑就可疑吧，自己是老板，又不需要事事向公司里的员工交代，别人的眼光也无所谓。

然而裴时心里兜兜转转了一圈，始作俑者白桃并没有意识到这样"避嫌"有什么问题，她觉得如今自己在公司和裴时的界限真是划分得越来越清晰了。

"今晚老郑的生日会，你去吗？"这天下午的时候，孙静过来问白桃，她特意加了句，"裴总不去。"

呵，来试探自己吗？裴时不去，不正是自己避嫌的好机会吗？

白桃当即道："裴总不去我就去！"

只是白桃没想到，聚餐进行到一半，裴时还是风尘仆仆地赶了过来，果不其然，几乎是裴时一进包厢，孙静那杀人般的目光就朝白桃这里飞刀一般地射了过来。

白桃见了裴时，虽然有些意外，但心情却突然就好了起来。

这男人真是的，果然是一刻也没法和自己分开，即便是个普通员工的生日聚餐，这么忙着开会谈判，还是结束后就风尘仆仆地赶了过来。

哎，爱情，就是这样，在不知不觉间已经包裹住你环绕着你滋润着你。

"来来来，裴总，加个座位，加个座位！"老郑见裴时来参与，自然高兴得不行，当即让服务生给他加了个座位，坐在自己和公司一位夏姓副总的中间，而白桃正坐在夏副总的另一侧，和裴时中间正好隔了这位夏姓副总。

裴时加入时酒席本来已经进行到一半，在座的不少人都喝了点酒，外加又是老郑的生日，大家的情绪比较高昂，餐桌上气氛也并没有因为裴时的加入而改变，还是热闹又自然。

仗着人多自己并不引人注目，白桃就坐在夏副总的身旁，偷偷打量裴时。

这男人，还真是越看越顺眼，即便光坐着没说话，气势还是那么强，大概是他这种长相的人天生就容易被偏爱，连餐厅的灯光都对他更好一些，打在他脸上的光影近乎完美，衬得裴时整个人更加像是画里走出来的。

白桃也喝了一点酒，此刻望着裴时的脸，更觉得有些微醺上头。她晕乎乎地托腮看着裴时，心里满意得不得了，瞧瞧，裴时这样的男人，还爱惨了自己！可见自己的魅力，到底是多么强啊！

白桃又忍不住回忆起那些新闻报道里裴时对自己多宠溺的细节来，如此一想，白桃就觉得自己确实应该多多给予裴时爱的回馈了，在酒精和胡思乱想的双重刺激里，白桃一瞬间都忘记了自己身在何处，周遭别人闹腾的声音仿佛都听不见了，她恍惚以为这是自己和裴时在家里二人世界，一瞬间鬼迷心窍，眼里好像只剩下裴时了。

也恰是此时，餐桌转盘上转到了裴时最爱吃的酱牛肉，白桃几乎想也没想，当即用公筷夹起了酱牛肉，然后就要往裴时的碗里放去，想要给予这个痴迷爱情的男人一些爱的关怀……

只是刚一站起身，从对面孙静处射来的两道眼刀立刻让白桃清醒了过来。

醒醒！这是在外面聚餐！不是在家里！

自己好不容易为避嫌和挽救名誉付出的努力，难道眼看着就要在这一场饭局付诸东流吗？

白桃绝对不允许！

但……

孙静似乎早就在蹲守自己，从自己夹起酱牛肉朝着裴时的方向起身开始，这女人就盯着白桃了，此刻自己如果贸然转身收回此前的动作，也绝对会被孙静认为是欲盖弥彰。

怎么办？

千钧一发之际，白桃急中生智，她并没有转身坐下，这反而太刻意也太可疑了，她只是顺着自己朝着裴时转身的方向，把用公筷夹着的酱牛肉，放进了夏副总的碗里。

"夏总！您吃！这个肉很好！"

夏副总脸上露出了讶异的神色，孙静本来杀人般的目光也顿住了，她盯着白桃，脸上露出了茫然和不知所措的疑惑。

白桃心里得意道，不愧是我！

要的就是这效果！孙静以为自己会给裴时夹菜吗？哈哈哈！自己偏不！

只是白桃高兴了没多久就发现，虽然孙静杀人般的目光是没有了，但好像有另一道目光取代了孙静，频频向自己看来，带了点杀气……

只是每次白桃顺着目光循去，对方就很警觉地早就移开了视线。

这好像是裴时的方向来的？难道是裴时？

可等白桃朝裴时看去，裴时的眼睛正目不斜视地看着老郑，像是在认真听着老郑讲什么话，偶尔颔首表示赞同，脸上没有什么特殊的表情，只是唇角有些平，总体看起来非常自然、非常正常……

一定是自己感受错了吧，这怎么看都不像是裴时……

白桃心虚地回想了下，自己刚才站起来给夏副总夹菜时，裴时正好和身边老郑讲一个新项目讲得火热呢，视线根本没往自己和夏副总这边放，应当是没看清自己快狠准的夹菜动作的。

之后的饭局里，裴时果然还是没有什么异样，因此最终，白桃也很快忘记了这个夹菜的插曲，投入到热闹轻松的聚餐氛围里，听着大家一起七嘴八舌讨论大数据的未来，看着每个员工脸上洋溢出来的希冀和热血，白桃不由自主也被感染了，心里关于自己漫画后续职场剧情里的情节灵感也一下下往外冒。

原来职场也可以没有尔虞我诈，也可以这样热血有凝聚力！

聚餐到 8 点半的时候就进行到了尾声，大家各自开始根据家里住的远近选择搭车拼车对象，白桃正想偷偷溜走打车，身边的夏副总就叫住了她——

"Fiona，我记得你好像住的地方和我回家一个方向？"

白桃愣了愣，才想起来自己是曾经胡乱填写过一个家庭住址。

夏副总是个挺和蔼的中年人，他笑了笑："你要回去我可以顺路送……"

他的"你"字还没说完，就被裴时冷淡的声音给打断了："不用了，我送她。"

夏副总愣了愣，看向裴时道："不对啊，你和她住的地方一个东一个西，不顺路啊。"这夏副总是个老好人，立刻笑着劝说裴时道，

"没事的，你别绕路了，赶紧回去陪老婆吧，你们小年轻在一起那叫互相甜蜜，不像我们中老年人，在一起那叫互相添堵，我老婆还不想看到我这么早回家呢！"

只是夏副总这么说了，裴时也没放弃，他抿了抿唇，看向了白桃："哦，我正好今天顺路要去一趟城西，所以还是顺路的，夏总你前几天连续加班，今晚早点回去休息吧。"

别的同事都忙着互相拼车，并没有注意白桃这里的动静，但不出白桃所料，孙静的小眼睛正探照灯一样地盯着自己这边……

如果自己这时候同意搭裴时的车，那自己所做的努力，不就又功亏一篑了吗？

面对两难选择，最聪明的办法是——哪个都不选！

白桃在孙静的目光中，义正词严地拒绝了夏总和裴时："夏总、裴总，你们都各自回家陪太太吧！让我一个人打车回家就可以！"

夏总温和地笑笑也没坚持，只对裴时打趣道："那你可得帮人家把打车费报销了。"然后朝白桃摆了摆手，"那你自己回家路上当心，我就先走了。"

白桃拒绝裴时后，孙静看向自己的目光果然柔和了许多，白桃刚想趁着孙静放松警惕的时候给裴时来个眼神暗示，结果裴时冷静镇定地看了白桃一眼："既然这样，那你自己打车吧。"

说完，这男人也不看白桃的挤眉弄眼，径自转身就这么走了……

裴时一走，孙静倒是彻底放松了，她看起来心情不错，朝白桃挥了挥手，也走了。

一时之间，走的走，搭车的搭车，等白桃回过神来，一屋子聚餐的人竟然除了自己，一个不剩了。

　　这次聚餐找的地方晚上并不容易打到车，白桃几乎是立刻就给裴时打了电话："裴时！他们都走干净了！你来接我吧！"

　　裴时很快接了电话，可惜声音有点冷："你不是不坐我的车，要自己打车回家吗？"

　　生气了，生气了，这男人果然生气了。

　　白桃放软了语气："老公，你车停在车库哪儿？我过来找你就行，刚才人多，我就是为了避嫌嘛。"

　　"我已经开走了，开车接电话不安全，挂了。"

　　"喂？老公？喂？裴时？！裴时？！"

　　白桃目瞪口呆地望着手机，简直惊呆了，裴时竟然已经把电话给挂了！挂了！

　　白桃气得半死，她试着开了几个打车软件打车，果不其然，附近一辆车也没有，亏自己刚才还想着给裴时什么爱的回馈呢！不给了！以后都不给了！垃圾！

　　这个天的晚间已经有些凉了，白桃裙子下光溜溜的两条腿有些冷，她冻得抖了抖，把自己又裹紧了一些。

　　这一刻，白桃一时之间心里很是顿悟，婚姻果然没用，这就是男人！自己不过是拒绝了坐他车的 offer，这男人就上纲上线小肚鸡肠了！看看男人丑恶的嘴脸！

　　"垃圾裴时！气死我……"

　　就在白桃一边抖腿一边打算继续实名辱骂的时候，裴时的车停到了白桃面前，这男人的车窗没关，此刻正一脸面无表情地看向白桃："垃圾来接你回家了。"

第十四章

他只能是我的

虽然自己背地里骂裴时"垃圾"被正主当场抓获，但白桃此刻心里最明显的感受不是害怕或者惶恐，而是非常剧烈的心跳感。

她呆呆地盯着去而复返的裴时，看着他隐在车窗里棱角分明又有些冷淡的侧脸，突然有种疯狂心动的感觉。

"你绕了一圈回来的？"

餐馆门前这条路是单行道，也禁止掉头，除非绕一个大圈子，否则根本不可能离开后重新返回。

裴时没回答白桃的这个问题，只看了她一眼："上车。"

白桃当即从善如流爬上了车，从外面的寒风到车内的暖气，白桃整个人终于暖和起来了，她看了裴时一眼，决定厚着脸皮开始狗腿吹捧："老公，你真好，我就知道老公不会抛下我一个人，对不起啊，老公，刚才那么多人看着，我想着避嫌，虽然内心也很痛苦不能和老公一起走，但想着待会儿我们不还是殊途同归吗？就……老公别生气啦，我知道刚才我竟然拒绝你，你心里肯定不开心，但……"

"没生气。"裴时声音很镇定地打断了白桃，顿了顿，他继续道，"我不会为了这种无足轻重的小事就浪费自己的情绪。"

"哦。"白桃听他这么一说，也放心了，"你没生气就好。"

说的也是，裴时怎么会生气呢！在那些新闻报道里，他都从不和自己生气，只会对他自己生气！觉得是他自己做得不够好！此前

259

是自己以小人之心揣度裴时了。

只是白桃正在深深自责反省之时，就听片刻的静默后，裴时再次开了口："以后不要乱夹菜。"

男人的神色自然镇定，语句言简意赅，但努力分辨，白桃仿佛觉察出他声音里竭力隐藏的不自然。

见白桃没接嘴，裴时非常刻意地咳了咳："你听到了吗？"

"嗯？"

裴时脸色有些沉下来，不太高兴的样子："以后，不要乱夹菜。"

白桃愣了片刻，才有些恍然大悟地反应过来："所以你还是生气了是不是？因为我给别的男人夹菜？"

"我没生气。"裴时几乎是白桃话音刚落就迫不及待地开了口，声音也难得带了情绪波动般微微抬高，这男人不自然地强调道，"我不至于你给别的男人夹菜就生气，我说过了，我没有那个时间在意这种事，只是我觉得站在客观的角度，你这样给别的已婚男高管夹菜是不合适的。

"虽然你可能问心无愧，但第一，别人可能会戴有色眼镜，觉得你别有意图；第二，夏总的太太要是知道，未必乐见这种场面；第三，夹菜不卫生；第四，太浮夸了，和我们时来科技企业文化不符，我非常反对这种对领导溜须拍马的风气……"

"裴时，那个酱牛肉，原来是要夹给你的。"

"第五……"裴时本来正逻辑分明一气呵成地分析着夹菜弊端，直到几秒钟后，才反应过来般地愣了愣，"什么？"

白桃一字一顿重复道："那个酱牛肉本来是要给你的呀！但是孙静老瞪着我，我就只好中途风骚走位，夹给夏总了！"

裴时沉默了片刻，才开口道："你给我夹菜干什么？"

"你不是最喜欢吃酱牛肉吗？我看到那个菜第一反应就是想夹

给你呀。"白桃摸了摸自己还因为微醺有些泛红的脸，"喝了点酒，有点迟钝，以为自己在家里，等站起来准备夹菜给你时才想起来了。"

她想起裴时刚才一二三四五点的弊端分析，瓮声瓮气道："我其实是用了公筷的，但你要觉得夹菜不卫生或者太浮夸，那我以后不了吧。"

"哦。"

此后，裴时没有再开口，白桃心里松了口气，这个话题看来就这么结束了。

同时，白桃突然想到自己后续职场剧情里的一个情节，近来裴时开会太多，也难得有时间逮着他，索性趁着此刻把这些问题都一股脑抛出来，询问起裴时正常职场中如果发生这种情况一般会是什么样的走向。

对于白桃的问题，裴时的回答还是惜字如金的风格，没有一个字多余，但是每一次都能恰到好处地解决白桃的疑问，也很少使用过分专业的词汇，即便白桃这种毫无工作经验、毫无数据方面专业知识的人，也能听得懂。

白桃噼里啪啦问了十来个问题，没一会儿就都理解了，她高兴地掏出自己的灵感本，记下了由此引发的职场剧情思路，一想到后面几期连载里也有主干事件和内容了，不由得十分兴奋，双眼放光地盯着裴时道："老公，你真的是一个好老师！讲的东西深入浅出！就是我这种门外汉，听了都觉得受益匪浅！"

马屁这种话只要一开了头，后面就好发挥了，白桃进入了状态，毫无心理负担地直吹起彩虹屁来："老公，难怪你能当创业公司老板！我今天参加了展厅培训，才觉得你好厉害！真的好棒啊，老公！"

"不靠家里靠自己，这样的男人才有魅力！我相信老公你即便不是裴家的人，靠自己也能成为现在这样的成功人士！因为你有这种能力！我爱的就是你这样的！不是爱你的家世，是爱你的优秀！"

裴时一开始还抿唇不语，但大概白桃的吹捧用力过度，最终，这男人还是有些受不了般地开了口："没什么，别说了。"

裴时还是镇定地开着车，声音却有一丝不自然，他轻轻咳了咳："我只是从小就习惯这样。"

裴时的表情很冷静，语气也非常平常，然而这一刻，白桃才终于理解了什么叫作装……

"所以你实在想夸，稍微夸一下就好了，没有必要这么夸，保持适度。"

行吧……

人性果然是共通的，连裴时也不例外，彩虹屁攻击果然放诸四海皆准，这男人虽然脸色沉静，然而微微泛红的耳朵和弧度微微上扬的唇角却泄露了他的真实心情——千穿万穿，马屁不穿，男人，果然都是吃表扬和崇拜这一套的！

既然如此……白桃决定趁热打铁，再接再厉，她不遗余力地继续吹捧道："老公，别谦虚！过分谦虚就是骄傲！在我看来，怎么夸奖你都没不适度！你看看你，不仅这么优秀，连教别人都这么厉害！你下属一定很幸福！遇到工作上的问题，能有你这样的老板这么清晰明白地解答！"

裴时仍旧目不转睛地开车，仿佛不为所动般："都说了时来科技不流行溜须拍马这套。"他顿了顿，然后补充道，"另外，我也不给下属讲解问题。"

"嗯？"

"你是第一个。"

这下轮到白桃愣神了，明明朝裴时扔彩虹屁炸弹的是她，如今却被裴时如此简单一句话就搞得有些心慌了。

"没给别人讲过。"

白桃觉得自己完了，她的心跳得更快了。

裴时却一无所知，仿佛还嫌不够似的，微微皱眉瞥了白桃一眼："所以你也应该不要给别人夹菜。"他顿了顿，有些不自然地补充道，"我不是小气，也不是介意，我不是那种成天只会盯着这些事的男人，只是觉得为了以表公正，站在遵从正常礼尚往来的大格局而言，参照我所经手的商业谈判，做什么事权利义务对等，彼此要有对价。"

等车行进到别墅地下车库时，裴时熄了火，再看了白桃一眼，状若自然地又关照了一遍："总之，不要给别人夹。"

其实只是挺轻浅的一眼，白桃却没来由地觉得裴时这个眼神里充满了像是带着小钩子一样的丝，一下子精准地缠绕到了自己身上，连带着感染了自己的思维，等反应过来的时候，她已经相当乖顺地点了头。

"今晚我加班，估计要一整晚，在书房，你先睡。"

白桃又下意识点了点头，她脑中的酒精还有一些残余，直到上楼回到自己房间，还觉得有些晕乎乎的，等洗漱完毕躺在床上，脸还有些微微发烫，只是关了灯，白桃辗转了片刻，还是毫无睡意，于是索性开了灯，下楼想去看看裴时。

在裴时加班时表现出体贴和温柔，给他热一杯牛奶或者切点水果，裴时一定会高兴得晕过去吧？毕竟这可怜男人要加班一整晚，自己还是给他搞点东西补充下能量吧！

白桃这么一想，就有些给裴时送惊喜的打算，只是等她蹑手蹑脚地轻声下楼切了水果，才发现书房的灯是暗的，白桃皱眉摸进了书房，用手机开了手电筒，才发现裴时的书房里一个人也没有，难道提前结束工作了？自己先回房间了？

白桃重新走到裴时二楼的房间门口，果然，从房内能听到淋浴的声音。

如今这个点，不算晚，裴时又提前结束了工作，还去洗澡了，那……是不是等这男人洗完澡，就会到自己房门口提出那方面的要求？毕竟虽然是恩爱夫妻，但自白桃车祸之后，她可是可着劲儿逃脱这方面的义务的……

只是但凡是个正常的已婚男人，不沾花惹草的情况下，总归是……忍不住的。

自己今晚，可能是逃不掉了！

白桃心里既紧张纠结又感到害臊焦灼，她在裴时房门口来回踱步思来想去挣扎了半天，最后决定还是……该来的总会来，要不索性心一横，今晚就把这道坎给过了！毕竟平心而论，不管是此前的新闻来看，还是如今而言，白桃都觉得，裴时这个人，还是可以的，长得也是……符合自己审美的。

白桃思来想去，终于做出了重大决定，决定今晚就豁出去了！

而也恰是此时，屋内的淋浴声停了，裴时洗完澡了！

白桃狠了狠心，伸手握住了房门的把手。

只是她心里那点心猿意马和绮丽气氛，完全在握住门把手转动的那刹那没了。

裴时的房门竟然上了锁！

家里就自己和他两个人！他洗澡竟然房门上锁！

怎么的？防火防盗防白桃？！还怕自己半夜梦游强奸他吗？！

白桃刚才的纠结这下完全烟消云散了，她努力转动了两下把手，愤怒拍门道："裴时！裴时！"

裴时姗姗来迟，已经穿上了浴袍，可惜头发没来得及吹，他打开门，有些讶异地看向白桃。

白桃状若自然道："你没加班啊？"

"今晚工作提前结束了。"裴时回答完，伸手接过了白桃的果盘，"怎么了？"

白桃努力佯装镇定地指了指手里的果盘："哦，我给你切了水果。"

裴时露出了一个非常好看的微笑："谢谢。"然后他接过果盘，"你早点睡。晚安。"接着，这男人的眼神就有些回避白桃，颇为不自然地关上了门，像是生怕关晚了会控制不住自己做出什么铸成大错的事来。

不是？这发展好像不太对啊？

回到自己房里，白桃还是久久不能平静，她觉得裴时和自己的相处，不知道为什么，总觉得似乎是有点问题，但到底哪里出问题了，白桃又想不明白，只是裴时刚才那个下意识的反应，白桃总觉得有问题。

辗转反侧之下，她给余果打了电话，并用经典句式"我的一个朋友"对现状进行了描述。

余果看起来像是买单了白桃的这个"借口"，没多想，她很快犀利地给出了答案："那还不简单吗？这说明你朋友和她男友，感情肯定是淡了！"

余果一边在电话那端嘎嘣嘎嘣地吃着瓜子，一边道："或者呢，就是这个男的不行了。总之两种情况，都不太好，建议你朋友早点确认男朋友到底什么问题，有病治病，没病只是单纯感情问题的话，最好看看是不是之前有什么矛盾啊争吵的，导致感情浓度下降甚至彼此心意不相通了……"

白桃挂了电话，久久不能平静，要说裴时不行了，她是不信的，毕竟那晚喝了苦艾酒后裴时的反应很明显，那……

这么一想，白桃确实也觉得裴时不对劲起来，一开始是自己防着裴时躲避"义务"，可细细想想，好像这都是白桃单方面一厢情愿的防备，其实自己车祸醒来以后，裴时自始至终从没有提出过这方面的要求。

可根据自己备忘录里的记载，裴时明明不是这样的人设啊。

老虎还能突然改性吃草？

白桃钻在被窝里，越想越觉得不对劲，越想越觉得可疑。

说实话，裴时对自己不差，面对出轨丑闻也力挺自己，还是爱自己爱到不可自拔的样子，但……似乎总是有所保留？有些地方也似乎总是有种违和的怪……

是不是自己的那些传闻，以及以前自己那骄纵作闹的模样让他也有些心累了？于是内心的爱到底变得有所保留来？

裴时这种男人，看起来很像是那种会嘴上说着没事心里却起了疙瘩的类型，嘴上说着不介意相信自己，但是身体是诚实的，对自己写满了拒绝，以至于都改吃草了？比如精神洁癖，觉得自己出轨了，所以也不碰自己了？

一想起自己那个姿色气质各方面都很平庸的前男友，白桃就觉得自己绝对不能轻易放过裴时，谁摆着山珍海味不吃，去吃地沟油啊！

何况只要一想到裴时的"没给别人讲过"会变成不仅给别人讲，还要给别人睡，白桃整个人就不好了。

这绝对不行！

裴时是我的！我的！我的！只能是我的！

一时之间，她的内心燃起了熊熊的火焰和占有欲，是的，没错，裴时要是脏了，也一定只能是自己玷污的！

为了挽救婚姻，面对危机，白桃一宿没睡，第二天虽然挂着两个明显的黑眼圈，但她也拿出了一份详实的爱情拯救计划书。

面对感情日渐淡薄的夫妻关系，死缠烂打、保证发誓、反省痛哭、赌气冷战或者谄媚讨好都不能起到最好的效果，最好的办法是——

重新唤醒对方对你的爱意，让对方看到你的改变，重建彼此的信任和爱意，这才是核心！

思来想去，白桃决定，重走长征路！让裴时和自己重温过去的回忆！快速唤回过去的美好！

但碍于白桃没有记忆，她不得不检索了一晚上，把市面上所有关于自己和裴时恋爱时的细节都搜集了，不过除开一些没什么参考意义的，也就几条可供参考。

有一篇报道比较实在，里面写的素材非常殷实：恋爱时，裴时和白桃常常去户外短途旅行，尤其爱去那些风景优美的国家公园，有山有水，一人载着另一人骑着自行车沿湖游览，蓝天白云，风和日丽，处处是恬淡和温馨，游湖完毕，就用自带的食材在园内提供的烧烤设备上烧烤，下午趁着起风，一个给另一个放风筝，在风筝上写满了两人爱的誓言，晚上则露营在园内……

不得不说，这篇报道的主笔人文笔不错，里面有板有眼写着是基于对裴时本人的采访口述整理，不仅细致描绘了白桃和裴时如何甜蜜的日常，还拔高了两个人的约会境界——

虽然很有钱，但两人非常喜欢这种返璞归真的生活，并不像别的人一样追求奢靡的消费方式，相处时就如此平常，如每一对幸福的情侣一样，体验着烟火人间的甜美，一起游湖时的风，一起烧烤时的美味，一起露营时夜空里的星，一起依偎时的温柔，一起紧握着的双手……所有一切的小细节，都勾勒出了爱情的模样。

还别说，虽然并没有亲身经历过，但光是这么读着，白桃也觉得，难怪自己会嫁给裴时，这男人约会追人的时候，还是挺有一套的，还这么纯情，竟然骑着自行车载自己，试问，这不正是经典言情恋爱桥段里的情节吗？

年轻的帅气男孩十分有心计地骑得飞快，后座女孩不得不在惊吓中下意识搂紧他的腰，然后他的手覆上她的手……一段爱情，就此诞生！

多么有青春漫画感的画面！白桃觉得这简直像是按照自己漫画思路般产出的情节！

裴时这男人，表面看着冷冷淡淡，没想到这么能对症下药，这种约会桥段，不正是踩在自己的少女心上吗？

还露营看星星看月亮，偌大的夜空下就只有依偎着的两个人，听起来简直浪漫到没边啊……

试问这么多套路，谁挡得住呢？

白桃看完这些报道，信心大增，当初裴时怎么泡自己，自己现在就反过来怎么泡他。

第二天一早，等白桃下楼，裴时果然已经在餐桌前优雅用餐。

白桃整理了下表情，然后娇滴滴地看向裴时："老公。"

裴时手里的刀叉顿了顿，然后他看向了白桃："怎么了？"

"你最近成天那么忙，我在公司也不怎么能见到你，在家里就更别说了，还说最近加完班尽快陪我呢，你和工作结婚算了，每个周末都没什么空……"

裴时冷静道："这个月确实很忙，下个月的周末我……"

"可我想你了。"白桃朝他眨了眨眼，无辜又可怜巴巴道，"离下个月的周末还有十几天呢……"

白桃本以为自己还要软磨硬泡一番的，毕竟自己如今和裴时正感情危机中，对方未必多吃她的撒娇了……

然而出乎白桃的意料，裴时移开了视线，有些不自然地打断了白桃："那这周末。"

嗯？

"这周末先陪你。"裴时清了清嗓子，吃完了最后一口煎蛋，"那我先去上班了。"他看了白桃一眼，又飞快移开了，言简意赅地补充道，"要空出周末的话，这两天会加班多一点，所以早点去上班。"

……

直到裴时坐了袁牧的车走，白桃还有些恍惚。

成了？竟然就这么成了？而且裴时刚才是主动和自己解释？平时他都不太和自己多话的！

白桃还以为会有一场恶战的，毕竟最近听孙静说，裴时在忙着一个大项目，对方的法务特别难缠，对条款卡得特别死，白桃今早的目标也不过是确保下个月的周末裴时能匀出时间来，然而？

然而结果就这么轻易搞定了本周末？

看来裴时也没有孙静说的那么忙。

但确定了这周末裴时就有空陪自己，白桃还是很高兴。容市远郊和邻市交界处就有一个环境优美、开放烧烤和露营活动的自然公园，因为门票贵路途偏远，并不是小情侣的主流选择，但因此人就也不太多，园区又足够大，客户体验好，湖光山色的，相当幽静，而且除了自然风光之外，还有诸如漂流、喂养小动物等小活动，可选择性也比较大……白桃非常愉快地把周末的目的地选定在了这儿。

上班后，趁着午休，她就开始选购起周末装备来。

露营嘛，自然是要帐篷的，还有别的一些露营用品，采购完毕后，她又订了不少烧烤食材。剩下还有一些小玩意儿，白桃就直接去附近的超市买了，等结账的时候，她随意一瞥，突然看到了一样东西。

中午来超市采购的人不多，自己左右和身后都没有人，但白桃还是做贼一样，她望着不远处货柜里的东西，内心挣扎又有些胆怯，但最终，也不知道是什么样的勇气，也可能是鬼使神差，或者是头脑发昏，等白桃意识到的时候，她已经飞快把货柜上放着的东西扔进了购物篮里。

收银员并没有任何特殊眼神地拿起来扫码结账，然而白桃却有些站立不安，像是偷吃糖果被抓获的小孩一样，整个人都不自在，她的心态还停留在五年前，觉得自己还是个清纯美少女，如今干这样作奸犯科的事，白桃的内心很挣扎也很羞赧。

太害臊了。

但，但自己要和裴时在公园里露营一晚，那晚上万一发生点不可描述的事，那还是要做好措施的，她还不想那么快生孩子……

"一共是五百六十三块。"

白桃掏出手机，想飞快地扫码付钱，只是命运像是偏偏和她过不去一样，平时都挺好用的手机，这个关键时刻竟然卡机了！白桃强关机都不行，竟然直接锁死了！

都怪科技太发达！

一旦享受到了五年后科技的便利，白桃就再也不是那个未雨绸缪的自己了，她早就习惯了移动支付，身上压根儿没带现金。

中午超市的人并不多，好不容易这时白桃左侧的另一条结账通道才也有了人排队，白桃本想着不知道能不能问别人借点钱，然而抬头看了眼那正在等结账的人，她就当即恨不得直接就地消失。

是裴时。

还借钱呢！只想跑！

明明白桃观察过的，裴时中午压根儿不会来超市买东西，怎么阴差阳错这还能撞上？

自己这次偷偷采购可是为了给他惊喜的！绝对不能被发现！

可惜白桃刚想低头溜走，收银员就再度开了口："客人，五百六十三块。"

因为这进口超市中午没什么人，收银员字正腔圆的声音一下子就显得很突兀了。

白桃心里祈祷着裴时没发现没发现，一边低着头压低声音嗫嚅着解释："那个，我手机好像卡死了……东西我要的，要不你先帮我暂存着，我公司就在附近，待会儿再来付……"

白桃的最后一个"钱"字还没说完，从白桃身后，就有一双手伸了过来——

"扫我的码。"

这双手的主人穿着裁剪得体的西装，袖扣都扣得充满禁欲气质，声音平稳淡然，白桃几乎不用回头，都知道是谁。

好死不死的，裴时他还是看到自己了。

收银员麻利地扫了码，白桃硬着头皮开始把东西往购物袋里装，刚才看到裴时的瞬间，她就努力想要用自己的身体去遮掩购物车里的东西。

不过裴时应当是没注意到，因为他替自己解完围，这男人就转身径自回到了自己那边的收银台——他的东西收银员正扫码完毕，可以付钱了。

白桃这时候才踮着脚尖看了眼，裴时买了烟。

裴时竟然是抽烟的吗？这男人竟然会抽烟……

白桃又是好奇又是忐忑地拿好了自己采购的东西，在把东西装进购物袋时，她特意把那个盒子放到了袋子最里面，这才有种绝对安全了的安心感。

等她装好购物袋，才发现裴时正站在超市出口等她。

这男人抿了抿唇："要帮你提吗？"

"不要！"

开什么玩笑，万一他提了看到了怎么办？！

为了掩盖自己过分激烈的反应，让自己显得更自然，白桃咳了咳，补充道："这超市离公司不远，万一有同事看到了，不好，引发误会。"她说完，看了裴时一眼，"在外面，我们还是装作只有简单的上下级关系吧。"

白桃说着，和裴时岔开了点距离，保持了一人的间距，装模作样道："裴总，自重啊！"

"……"裴时看起来无语到颇想翻个白眼，但最终良好的教养和表情管理让他还是压了下去，他没说话，只是用有些一言难尽的眼神看了白桃一眼。

原本不觉得，但此时和裴时同行，白桃才觉得从这超市回公司的路竟然这么漫长。

一路无言实在有些尴尬，走了一小段，见四周确实没有公司的人，白桃心里原本还在打鼓，但裴时至今的反应，看起来是挺正常的，因此白桃的胆子也大了，她看了裴时两眼："你抽烟啊？"

裴时淡然道："白桃，记住我们的上下级关系，保持自重，不要过于关心你老板的私人生活。"

"……"

这男人可真是记仇！

白桃清了清嗓子："做人要变通嘛，现在四下无人，就……也没必要那么刻板嘛裴总。"她状若无辜地朝裴时看了两眼，"老公，烟还是要少抽呀，不太健康呢。"

"我只买了一盒烟。"公司已经快到了，裴时看了白桃一眼，挺言简意赅，"你买了两盒。"

白桃刚想反驳说自己没买烟，更别说两盒了，结果就见裴时对自己戏谑地笑了笑，然后道："我看见了。"

白桃愣了片刻，才反应了过来。

裴时都看见了？

白桃一张脸烧得通红，恨不得就地打洞藏匿，结果裴时还不放过自己，这男人真的很记仇，不久前白桃刚用过的句式一字不差地又被他还给了白桃——

"白桃，什么事都是要适可而止，你买太多了。"

白桃没想到，自己竟然有朝一日会被裴时教训这样的话……如今可真是风水轮流转……

几乎是下意识的，白桃尴尬地开始辩解起来："不……我不是……裴时，你听我解释，那个是促销，买一赠一！我就……我就随便拿了凑单的，我不是那个意思，我是个洁身自好的人，喂！裴时！你别走啊！你说句话！"

此刻已经快到时来科技门口了，裴时自然没空听白桃说完，他只回头，淡淡地看了白桃一眼，然后按白桃要求的那样，说了句话——

"买错了。"

"啊？"

裴时难得加了一句，这男人看了白桃一眼，含蓄道："号买错了。"

直到裴时的身影彻底消失，白桃才终于彻底反应过来，她的整张脸都红了，心跳一瞬间都失控了，仿佛即将停摆。

垃圾裴时！臭流氓！不要脸！厚颜无耻！

白桃瞥了一眼购物袋底部，只觉得想死……

等拎着购物袋回了公司放好，一整个下午，白桃都还有些心神不宁。

尤其一整个下午，裴时极少几次从办公室走出，就连看也没看白桃的方向一眼，白桃越想越是疑神疑鬼——裴时是不是怀疑自己给他戴绿帽？联想此前的出轨传闻，自己原本计划的惊喜，却把他的心伤得更加彻底了？

这可怎么行！

白桃一下班就往超市冲，此刻这个点，购物的人就多了，白桃戴上帽子口罩，剧烈的思想斗争后，她硬着头皮还是排进了队伍里……

半小时后，白桃做贼一样地把东西塞进了背包里。

解除误会，还是得靠实际行动的！

眼看着该买的买了，买错的也换了，一切就绪的当晚，白桃向裴时官宣了此次周末计划——

"周末两天，我都安排好啦，但是为了给你个惊喜，现在不告诉你具体做什么，你只要一切听我的跟着我就行了！"

白桃说完，很自然地靠到了裴时身上，挽起了裴时的手。她已经非常习惯裴时的气息了，如今闻着这男人身上带了冷香气质的淡香水，觉得性感之余又十分安全，好像裴时在她自己的社交安全距离内，也完全没有问题。

虽然相比起裴时对自己的爱，白桃知道自己如今对这男人的这点眷恋根本不足挂齿，但她也渐渐在学习如何表达爱意，虽然别别扭扭，但也想给予裴时爱的回馈。

余果说了，爱一个人，不要埋在心里，要表现出来，讲出来，这样对方才能感受到，白桃觉得相当有道理，何况大胆热烈主动一点，这样才能挽救自己岌岌可危的婚姻不是？

尤其一想到查新闻时看到的裴时和自己恋爱时的细碎美好，白桃内心就涌动着很多复杂又甜蜜的情绪——裴时是真的爱自己的，花了那么大的精力陪伴自己，追自己还有那么多方案，这谁能不动心呢？

曾经裴时对自己爱搭不理、视而不见的冷淡，白桃决定再也不计较了，那也都是这男人为了掩盖自己汹涌爱情的伪装罢了！太爱一个人有什么错呢！

一想到这里，白桃就没忍住抬了头，她此刻窝在裴时的怀里，对方从一开始有些僵硬，到如今整个人也舒缓开来，十分习惯地揽住了白桃，从白桃的角度，正好能看到裴时流畅又好看的下颌线条，还有性感又分明的喉结。

白桃目不转睛地盯着眼前的裴时看着，直到终于把裴时看得也不自然了，他微微低头，纤长的睫毛近在咫尺，气息环绕着白桃。

白桃本来还想说点关于周末行程的细节，但是被裴时这样看了一眼，一下子好像都忘记了，她像个昏聩的君王一样，最后提出了鬼使神差又骄奢淫逸的要求——

她没说话，但朝着裴时嘟起了嘴唇。

裴时愣了一下，然后脸色开始变得有些慌乱，连眼神也移开了，声音有些喑哑："干什么？"

"亲。"

白桃把他的脸掰了回来，有些不悦地重复道："亲。"

白桃一边说，一边像个八爪鱼一样缠到了裴时身上，把他压倒进了柔软的沙发，整个人像是趴在裴时胸口一般，居高临下俯身看着他。

可惜等了片刻，裴时除了还是妄图移开对视的眼神、耳垂变红外，还是没有反应。明明从新闻报道来看，裴时当初谈恋爱为了追自己没少花手段，怎么的如今婚后也应该算老司机了，怎么这种时候这么……生涩？

当然，被压倒后，他是试图推开白桃的，但那动作并没有用力，看着倒是有几分欲拒还迎的味道，白桃这么跨坐在裴时身上，恍惚间觉得自己倒像个强取豪夺的恶霸。

这一瞬间，白桃甚至和霸道总裁小说里的男主角产生了点共情，小说里说得没错，她一瞬间脑子里只冒出一句经典台词——"摆着这样一张纯洁禁欲的脸，就更让人想弄脏了"。

裴时大概是觉得这个姿势不雅，撑着手想要起身，结果还没起来，就又被白桃按了下去，他微微皱着眉，有些懊恼又无奈的样子："白桃！"

虽然是带了点斥责的语气，但色厉内荏、外强中干，何况裴时心里那么爱自己，白桃一点没带怕的。

裴时还在试图推开白桃，一边重复道："白桃，你让……"

白桃不是个有耐心的人，所以她又一次把裴时无情镇压按了下去，然后堵住了他的嘴。

他不来亲自己，那就自己去亲他吧！

只是白桃也没想到，这个吻会越吻越深，两人都倒在沙发上，原本蜻蜓点水般的吻开始变得失控……

白桃和裴时的位置换了个个，白桃被裴时压在沙发上，她刚才那恶霸的劲儿是一点使不上来了，裴时的气息、裴时的味道、裴时的抚摸，所有所有一切外界的观感，仿佛都变成了裴时，白桃只觉得心跳加快到快要炸裂，而四肢却软得完全没有力气。

裴时此刻才像个掠夺者，白桃才知道，这男人力气有多大，他只用一只手就轻而易举把白桃的两只原本在抵抗的手都轻松按住举过她的头顶，然后便对她予取予求。

十分钟后，就在白桃溃不成军完全无力抵抗的时候，裴时像是终于清醒了过来，他的唇舌离开了白桃，然后揉了揉眉心，像是唤回自己理智般低声道："抱歉。"

然后这男人就起身，稍稍坐离了点白桃，在两人之间拉开了一个安全距离。

虽然事发突然，白桃也没料到会这样干柴烈火，但……就这？

裴时是男人吗？这种时候紧急刹车？这男人是真的不爱自己了吧？不然能忍？

白桃过了五分钟，还没反应过来如今的场面，她瞪着裴时："就这样？"

裴时看起来极其不自然，但他竟然还能绷着一贯的冷静镇定："我晚上还有工作要做，需要清醒一点，毕竟周末不能加班。你克制一点。"

还克制一点？

白桃气得半死："要我克制？是你先把舌头伸进来的！你怎么不克制？"

裴时看起来有些尴尬，但片刻后，这男人就找回了冷静自持："白桃，"他顿了顿，看向了白桃的眼睛，"是你先动的手。"

"……"

裴时说完，保持着移开视线的姿势，没再看白桃，径自起身就走了。

看来是真的。虽然爱自己，但因为自己总不回馈又疑似出轨，把这爱惨自己的男人都伤透了！一颗心恐怕都变成了蜂窝煤！如今宁可憋着惩罚彼此，也不愿意冰释前嫌！

　　白桃觉得，自己的挽救婚姻、恢复感情计划可要赶紧施行了！不然再这样下去，把裴时憋出不可逆的损伤，最后买单的可不还是自己吗？

第十五章
露　营

　　也不知道是不是白桃的求爷爷告奶奶终于奏了效，裴时虽然接连几天的工作日忙得都快找不着影，周五甚至到了晚上 11 点才回家，但他真的信守承诺，把周末的工作量赶在工作日都完成了，白桃的周末计划得以完美进行！

　　天还没亮，她就起来准备好了所有的行囊，以至于裴时 7 点起床，看着堆在客厅的行李箱，脸上果然是难以言喻的惊愕。

　　他抬头看向白桃："这是什么？"

　　白桃瞬间觉得自己一早上的整理都值得了，瞧这让裴时惊喜的。

　　她得意地笑了笑："老公！这都是我整理的我们带着去露营的东西！"

　　裴时像是不敢置信地看了白桃一眼："露营？"

　　事到如今，白桃决定揭晓今天活动的正确答案："对！这就是本周末的秘密计划！我们去自然公园露营！两天一夜！为了让你能够体验到至尊豪华的露营经历，我特意把所有有可能用上的生活用品都打了包！确保你在外露营也能有家一般的感觉！"

　　大概是自己这决定太过让裴时惊喜，这男人半天都没反应过来，过了好久，他才像是找回理智般的冷静了下来，望向了白桃堆满客厅的行李箱——

　　"你要带这么多？你拎不动的……"

白桃朝裴时抛了个媚眼："老公，你这个人讲的笑话一点也没有幽默感，带这么多，当然是你拎呀！今天，我有信心让你度过一个难忘的周末！"

"……"

白桃选定的自然公园距离家里有近两个小时的车程，因为号称早起整理行李累到了，整个旅途中她都歪倒在后座呼呼大睡。

这可真是位娇妻。

也不知道怎么的，只负责把整个家打包而已，就把白桃给累坏了，可怜搬运工的自己都还没喊累——光是把一连串的行李箱提上车的后备厢，裴时来来回回就用了四趟，剩下的几个行李箱，也是因为后备厢实在放不下，无奈之下白桃才依依不舍地选择了放弃。

白桃笑嘻嘻地调侃这是一场霸总和娇妻的旅行，但裴时觉得，更合适的形容，应该是小姐与马夫。

他还以为这女人周末要给自己什么惊喜，结果自己就为了这辛辛苦苦加班赶工了一周？

此时此刻，裴时一边开车一边自我怀疑，他觉得自己最近也该看看脑子了，白桃的脑子问题看来已经出现人传人现象。

为了匀出这周末，裴时这连轴转的一周实际也很辛苦，一个人孤独地开车也有些昏昏欲睡，本来他可以开车载音乐提神的，但看着白桃睡得香甜的模样，裴时最终还是放弃了开音乐。

当然，裴时并不认为自己这么做是为了让白桃睡好，自己只不过是不想惹麻烦而已，毕竟白桃的小姐脾气发作起来是很要命的，她有严重的起床气，如今脑子还坏了，自己不应该和她起冲突，这是出于对弱势群体的怜悯。

好在两个小时也不算太长，很快，裴时就驶临了目的地，等停好车，白桃还没有醒，裴时觉得自己也不是很急，只是等他掏出手机准备处理工作，才发现因为工作日的拼命，自己这周末真的一点工作也不剩了，连二十四小时待命的袁牧，他都给放假了。

没有工作，那只能下围棋了。

白桃是在裴时下了一小时围棋后醒的，因为充足的睡眠，她果然心情很好，从车上跳下来，就往裴时怀里蹭。虽然等人很麻烦，但白桃这种蹭在自己怀里示好的样子还算顺眼，裴时决定大人不记小人过地原谅她的懒惰。

"所以今天的安排是什么？"

虽然路途遥远，但白桃能有心来和自己度假，也算值得表扬，这自然公园山清水秀，空气也不错，确实适合周末逃离都市散心，裴时看着白桃，等着她选择徒步的路线，只是白桃看来并不打算散步，相反，她把裴时拉到了——

自行车租赁点？

裴时皱起了眉。

白桃却是非常高兴，她挽着裴时的手，一晃一晃的："老公！今天我们就重走恋爱路！像以前那样，一个载着另一个，环湖骑行。"她说完，朝裴时撒娇道，"你当初能想到这种约会方式，其实也是挺浪漫的呢……"

看白桃那笃定又陶醉的模样，就连裴时也差点信了过去真的和白桃这样约会过。

但望着眼前的自行车，裴时还是很快冷静了下来——

他不会骑自行车。

所以这大概是白桃又不知道在哪里看到的乱七八糟的通稿……

可惜很快，租车的队伍就轮到了他们，白桃高高兴兴租了辆车："走吧！老公！"

即便在工作中，裴时也从没有陷入过这种境地，从小到大，因为有轿车接送，他从没意识到不会骑车有什么问题，但生平第一次，没有骑自行车的技能让裴时感到焦虑和紧张。

如果他没有办法骑车载着白桃，那么白桃一定会起疑的，继而她会发现一切……

"我去一下厕所。"

裴时对白桃说完，就朝不远处走去。

他自然不是要去厕所，而是第一时间给袁牧打了电话："关于我以前骑车载着白桃的新闻，为什么之前搜集的新闻报道里没有？"

袁牧很想提醒老板今天说好给自己放假……但最终强烈的职业道德还是让他在两分钟内就找出了自己老板指定要的新闻："不好意思裴总，这条新闻因为按关键词搜索都排到了搜索引擎页面的第二十页，而且来源不明，通篇都是'据说''据悉'，所以我没有提供给您。"

袁牧非常敬业地还想继续分析，就听裴时打断了他："知道了，挂了。"

裴时没空关心自己特助此刻的心情，他几乎是立刻打开了这篇新闻报道，想确保自己能对应上每个细节，不要有过多破绽。

好在真的大概是车到山前必有路，柳暗花明又一村，裴时原本紧皱的眉，随着对报道的阅读而慢慢舒展开来了——

老天没有亏待他！

天也没有要亡他！

这篇新闻报道里，并没有写明是裴时骑着自行车载白桃，而是一笔带过地写着"一个载着另一个"，裴时看到这里，终于恢复了冷静和镇定，一个成功人士，关键时刻不能自乱阵脚，因为总有细枝末节，能让你逆风翻盘。

他整了整衣领，然后从容地朝白桃走回去。

在等裴时的间歇，白桃忍不住打量起四周来，周遭来租自行车的小情侣已经高高兴兴地同骑起来，女孩搂着男孩的腰，一脸的甜蜜青葱，连带着白桃都被感染，只觉得今天的阳光都灿烂了几分，而也是这时，裴时终于回来了。

这男人逆光走来，身姿挺拔，高挑又有气场，连身边几个有男友的小女孩，也忍不住好奇地多看了他两眼。白桃一时就有些得意，蹦蹦跳跳就上前挽住了裴时的手，她生怕裴时因为如今的地位拉不下脸来和小情侣一样骑自行车，已经准备好了撒娇的台词，然而还没等白桃说话，裴时就先行开了口——

"那就走吧。"

白桃甜蜜地看向裴时，顿时觉得这男人更加英俊了，看来他内心还是对自己深爱无疑的，对于骑自行车这种不太符合他如今霸道总裁人设的活动，也答应得如此自然顺从。

"那……"

"那你骑吧。"

白桃还没反应过来，就见裴时往车后座边一站，他看了她一眼："你可以上车了。待会儿有一段上坡路，加点油，用力踩。"

在白桃的目瞪口呆下，裴时朝白桃微微笑了下，镇定从容道："不是你说这次是来重温恋爱时回忆的吗？那一切就按照当时来还原吧。"他顿了顿，带着令人信服的笃定声音道，"过去就是这样的。"

不是裴时载着自己吗？白桃心里有些发慌，她毕竟没有过去的记忆，生怕自己哪里出错露馅，于是立刻找了个借口："老公，我有点尿急，我先去下厕所！"

说完，白桃就飞快地跑离裴时，然后偷偷翻起手机来，她再通读了一遍新闻报道，终于发现了其中的盲点——

确实，新闻报道里，并没有明确是裴时载自己，只写了"一个载着另一个"……

所以……所以竟然是自己载的裴时？

这……这和自己理解的版本有点差别过大啊！……

但裴时那笃定的模样和令人信服的姿态，他自然说的是真话，白桃心情复杂的同时又有些心有余悸的庆幸，幸好自己刚才没脱口而出大放厥词说什么以前裴时载着自己的时候怎样怎样，否则这不全露馅了吗？！裴时一定会起疑的！

为了不引起裴时的注意从而引发不必要的麻烦，白桃决定含泪按照过去的回忆来——那就自己载裴时吧！

她放下手机，再次回到了裴时的身边，姿态矫健地跨上了自行车，拍了拍后座道："来吧！老公！"

裴时看起来有些不自然，但最终，他还是镇定地坐到了自行车后座上。

十分钟后，白桃挥汗如雨地奋力踩着脚踏板，裴时"大鸟依人"地坐在后座。因为裴时有点重，白桃这段上坡路骑得确实很累，而她的身边，"沉舟侧畔千帆过"，别的情侣档都飞快地超过了他们……

如果说没多久前，这些小情侣里的小女孩还看一眼裴时，就对白桃露出羡慕的目光，那么此刻，她们看向奋力骑车的白桃和后座上的英俊男人，只对白桃流露出了巨大的同情。

童话里果然都是骗人的，什么青春漫画一般的情节，都是假的。

当然完全说假的也不合适，因为下坡的时候，当白桃冲得飞快，后座上的裴时仿佛第一次坐自行车一般受到了惊吓，他伸手揽住了白桃，抱住了她的腰……

平心静气地想一想，其实不纠结细节的话，这和漫画情节也没差——确实是一个人载着另一个，在微风中、在阳光中环湖，一个揽着另一个的腰，两个人靠得很近，能感受到剧烈的心跳——白桃那因为剧烈运动而狂跳的心跳。

除了性别对调，没别的毛病。

为了高度还原当时恋爱的回忆，白桃坚强地绕着湖骑行了一圈，结果等下自行车的时候，她的腿已经酸得走不动路了——自己到底是什么毛病？以前恋爱的时候竟然会骑车载裴时？所以不是裴时泡自己，是自己泡裴时？

此刻，白桃整个人都麻了，她蹲在地上，揉着酸痛的腿，觉得此次周末计划已经可以宣告失败了。

这时，裴时朝她走了过来："我饿了。"

本来按照计划，下一站应当去烧烤点，然而此刻白桃一点也走不动了，她又累又委屈，自己到底怎么会喜欢裴时的？自己都累成这样了，他也不关心关心自己，尽想着吃吃吃！自私的男人，心里只有他自己！

白桃在这边心情不好，因此都没回话，结果裴时像是没意识到似的，然后他重复了一遍："我饿了。要去吃饭吗？"

就在白桃想开口骂他之前，这男人蹲下了身："走吧。"

白桃低下头，没好气道："走不动！"

她想着自己这一天的遭遇，眼泪都要出来了，裴时真的爱自己吗？即便是重温回忆，有必要这么一板一眼还让自己载着他吗？自己这么累，也不知道来换人载自己……

"上来吧。"裴时挺镇定的，但他移开了目光，有些不自然道，"我背你。"

而也是这时，他才后知后觉地意识到了白桃的不对劲，这男人愣了愣，然后有些慌乱道："你哭了？"

本来白桃只是在偷偷流眼泪，然而此时一听到裴时的声音，不知道为什么，本来还能忍住的眼泪就决堤了，她开始放肆哭起来，透过因为眼泪而模糊的视线，她只看到裴时平时商务谈判里的咄咄逼人和口若悬河都不见了，这男人有些手忙脚乱甚至狼狈地试图用手给自己擦眼泪，全程只会循环重复一句话——

"你别哭了。

"走不动我背你。"

……

五分钟后，白桃不哭了，她趴在裴时身上，心里虽然还是有点乱七八糟的情绪，但随着时间推移，好像好受点了——

烧烤点离这里有一段距离，裴时背着她走了挺久，其间还过了一个小山坡，上坡路比此前骑行的那个还陡，路途也比沿湖还长。

白桃觉得心理平衡了。

此时公园内有些起风了，白桃缩了缩鼻子，往裴时背上更窝了窝，耳朵轻轻地贴在他温暖的背上。裴时的声音便顺着他的背传到了白桃的耳朵里，和平时有点不同，大约介质发生了改变，裴时的声音听着也温和柔软了许多——

"冷了？要脱件外套给你吗？"

可惜白桃还没来得及感动，裴时就不自然地补充道："没别的意思，就是怕你冷感冒了传染给我。"

"……"

裴时，闭嘴有这么难吗？

白桃窝在裴时背上，真的开始深切思考起来，自己到底怎么和裴时好上的？就凭裴时这张聊死天的嘴吗？还是凭自己骑车载他时的那份沉重？

　　白桃这么一想，没忍住就问出了口："裴时，我当时怎么会嫁给你的？"

　　裴时愣了愣，然后很快，这男人镇定道："因为我很优秀。"

　　不等白桃流露出疑惑，他补充道："我有很多优点。"

　　"比如？"

　　裴时顿了很久，再度开口道："我会背你。"

　　白桃简直无语了："猪八戒也会背媳妇。"

　　"……"裴时反驳道，"我长得比他好看，我健康饮食、规律作息、定期运动，身材管理做得比他强……"

　　白桃还是很记仇地翻起旧账来："可你不骑车载我！你让我载你！我累死了！腿都断了，所以才会要你背着！"

　　"……"

　　事实胜于雄辩，裴时果然一句话也反驳不出来了。

　　白桃作天作地地起来："你根本不爱我！你连骑自行车载我都不肯！别的情侣都是男生载女生，你就是不爱我。"

　　面对指控，裴时选择了沉默。

　　白桃原本只是随口一说，但见裴时的这种反应，让她忍不住心里也莫名地难受起来。

　　只是片刻的沉默后，这男人终于干巴巴地再度开了口——

　　"我不会骑车。"

　　白桃愣了愣。

　　不会骑自行车？现在还有人不会骑自行车？

　　裴时像是豁出去一样，破罐子破摔起来："不会骑，没学过。"

　　白桃沉默了。她从没想过，裴时不载自己，不是什么人性的缺失，也不是道德的沦丧，单纯就是……不会骑……

因为答案太过惊世骇俗，以至于一时之间，白桃不知道该说什么好。

而在长久的沉默后，裴时倒是再次开了口，他清了清嗓子，状若自然道："不过应该不难，我很优秀，我学什么都很快，我下礼拜开始学，之后可以载你。"

你敢载我还不敢坐呢！车技堪忧行不行！

但是裴时的下句话，让白桃什么抱怨和吐槽也说不出来了。

"所以你别生气了。

"没有不肯载你的意思。"

······

白桃的委屈、不开心和难受，所有情绪的褶皱，好像奇异地都被这几句话给抚平了。

"所以以前去自然公园里骑自行车，也是因为不会，才让我载着你的？"

"嗯。"

"那刚才为什么不早说呀！"

"没面子。"

裴时的回答越是一本正经的尴尬，越是毫无办法的无奈，白桃的心情就越是好，她怎么以前没发现呢？裴时的心态还挺可可爱爱小男孩的，像个弟弟。

还有不远的路程就能到达烧烤点了，白桃喊停了裴时，从他背上蹦了下来，她的腿恢复得差不多了，径自就跑走了。

只是从裴时背上下来之前，她仗着双手揽着裴时脖子的便利，咬了他的耳朵一下，飞快地亲了他的脸颊一口，然后凑在这男人耳边压低声音道："如果你自行车学得快，就给你奖励。"

做完这些，白桃的脸全红了。

而裴时的耳朵也全红了。

等两人走到租用的烧烤架边的时候，白桃还有些不自然，不过值得宽慰的是，裴时看起来也没好到哪里去。

不是已婚恩爱夫妇吗？怎么这气氛看着这么像是初次约会的小学生啊？

白桃一边心跳如鼓，一边内心腹诽着，好在这尴尬的气氛没有持续很久，因为白桃饿了，她开始捣鼓起烧烤架以转移注意力——

攻略上说，烧烤要先放上烧烤专用的木炭，再往木炭上撒点苹果木的木屑以方便引燃，再拿出自带的烧烤架，然后呢……点火应该怎么弄？

白桃来之前急来抱佛脚看了几篇烧烤攻略，可如今一紧张，后续步骤全都忘了，更别说理论和实践是两码事了，于是此刻只能抬头眼巴巴地看着裴时——

"应该怎么弄啊？"

新闻报道里对两个人的烧烤分工语焉不详，但看着裴时此刻的模样，这男人明显还没进入烧烤状态，看着木屑，脸上也写满了茫然，这表情让白桃只觉得有不妙的预感——

"裴时，你会放木炭吗？"

"不会。"

"那这个公共的烧烤架，可以先清理一下，你会弄吗？"

"……不会。"

"那点火引燃呢？"

"不会。"

白桃本想着裴时再不济还能会个一样两样打打下手帮个忙，结果没想到……噩梦成真！这男人竟然没一个会的！

行吧，看来烧烤也是自己为裴时烤的。

这些约会真的是自己泡裴时，不是裴时泡自己，如今的白桃，只觉得仿佛自己才是带女朋友出来谈恋爱的……

心好累！

白桃啊白桃，你到底怎么回事？一个男人而已，为什么竟然当初为了泡他，能如此费尽心思？裴时到底哪里那么好？

白桃越想越不甘心："之前是我烤给你吃的是吧？"

裴时移开了目光："嗯。"

白桃恨不得穿越到过去捶醒自己，只是如今她只能按照人设，不得不捣鼓起烧烤来。

裴时这次诚实地承认不会后，索性也放开了，白桃准备烧烤的过程里，这男人就好奇地站在一边，没有多话，白桃要什么，他就递什么。白桃干活的间隙看了他一眼，裴时盘靓条顺，身高腿长，大概因为不会烧烤有点不好意思，如今安分守己地站在一边，竟然颇有种乖巧的意味。

就还挺乖的……

白桃好不容易按照攻略用引火海绵和引火煤油点燃了烧烤架，因为没经验凑太近，都被烟呛得流眼泪，但看到裴时这个样子，她倒是奇异的不仅没生气，还挺有种心动的意味。

英俊男人乖起来感觉还……还挺可爱的。

白桃移开了目光，克制自己不去看裴时，盯着正燃烧的木炭，心里却还是心猿意马——难怪富婆喜欢包养乖巧小奶狗，这个瞬间，白桃心有灵犀地和富婆们达成了共鸣。

裴时这种长相，如果一直这么乖，自己骑车载他，准备烧烤投喂他，放风筝泡他，好像也不是不可以……

但自己这么累死累活，也不能让裴时轻轻松松就吃上烤肉不是？毕竟太容易的爱就不会让人珍惜，白桃觉得，还是要让裴时干点力所能及的活，该使唤的时候还是要使唤。

"裴时！帮我拿一下背包里的锡纸！"

原本白桃让裴时拿个什么，裴时都能很快找到了递过来，然而这次都去了十分钟了，裴时还没回来。

大概是背包里装了太多东西，裴时掏了半天都没找到。

"还没找到吗？"白桃只能放下了手头的工作，朝裴时走去，"应该就在背包最底……"

只是最后一个"下"字还没说出口，白桃就见裴时从背包的夹层里掏出了一个要命的玩意儿。

这下白桃什么也顾不得了，她瞪着眼睛朝裴时扑了过去，想一把抢过背包和裴时手里的东西，可裴时的乖毕竟是伪装，这男人此刻拿着手里的盒子，举高了手，白桃即便蹦跳起来，还是拿他一点办法也没有。

"你还给我！"

"白桃。"裴时一只手架着白桃，一只手放了下来，把手里的东西拿到了眼前，他看了眼白桃，眉眼微挑，"怎么带这种东西？"

看着裴时拿在手里的盒子，白桃简直又羞又恼，她硬着头皮辩解道："我没你想的那个意思！就上次也是凑单买的，所以也没具体看，就随手扔购物车的，不是你想的那样！"

"哦。"裴时没什么诚意地看了看盒子，"不是我想的那样？"他面无表情地看向白桃，"那怎么还特意换过尺码了？"

"……"裴时，视力太好是要被雷劈的！观察那么仔细是要孤老终生的！

白桃简直气到不想说话，她整张脸都憋红了，她一把抢过了裴时手里的东西，往背包胡乱一塞，开始强词夺理了："你别管那么多，我带这个，不是为了那个，我是有别的用途！"

结果裴时还围追堵截不放手了："还有什么别的用途？"这记仇的男人歪了歪脑袋，像是突然想起来一般回忆道，"白桃，你还记得以前你发给过我看的一些养生文章吗？比如好像有什么《做得越多，老得越快！》？还有……"

白桃冲上去一把捂住了裴时的嘴，她瞪着裴时，压低声音道："裴时，男人不要翻旧账，让往事随风，忘了以前那些事吧……"

裴时的眼神还是很揶揄，但总算没有再让白桃下不了台来了。

见裴时终于安静，白桃这才放开了他，然后她咳了咳，一本正经胡诌道："我真没骗你，这个我带着呢，是有别的用处的，至于什么别的用途，这是我的秘密，等以后你就知道了！"

"锡纸呢？找到没啊？"

很快，白桃就转移了话题，她状若自然地自己找了锡纸，又回头去捣鼓烧烤了。

不过烧烤比白桃想的还要麻烦，她弄了半天，脸上都快被熏得黑漆漆的了，结果准备的食材还是没烤好，不是没掌握好火候烤焦了，就是外面熟了里面还是生的……

看着自己折腾了这么久结果根本不能吃的食物，白桃饥肠辘辘、灰头土脸，想到刚才被裴时抓包拿到避孕套，丢脸得要死，再看着眼前一团糟的烧烤架，只觉得委屈和懊丧："怎么会这样……我都按照攻略上讲的做了！"

"算了，我来试试吧。"

就在白桃委屈得都快哭出来之际，裴时终于过来接过了她手里的烧烤工具。

"可你也不会烧烤啊！"

裴时看白痴一样的看了白桃一眼："可以学。"

"你还愿意花时间学这个啊？"

裴时一边有模有样地翻转手上的烤串，一边没好气地瞥了白桃一眼："那我能怎么办？娶你这样的太太，当然只能学。"这小气的男人装模作样地叹了口气，然后朝白桃欠扁地笑了一下，"毕竟我太太的时间都用来研究买一些计生用品了。"

"……"

这个梗是不是过不去了……

裴时说完，又含蓄地看了白桃一眼。

这男人没说别的话，但这一眼里包含的情绪可真是把白桃给气坏了！她以前怎么没发现裴时高冷的外皮下骨子里还能这么记仇这么贱呢？

白桃虎着脸，不想理睬裴时。

但很快，白桃就憋不住了，裴时这男人确实有点犯规，明明此前也不会烧烤，但如今看了攻略，倒是还弄得挺有模有样，没一会儿，烤鸡肉串的香味就出来了，白桃饶是再不想理裴时，但在她饥饿的肠胃驱使下，也忍不住朝着鸡肉串凑过去。

"好香啊，什么时候可以吃？"

"等你下次买对尺码的时候。"

"嗯？"

裴时翻转完烤串，俯身凑到白桃耳边，压低声音，一字一顿道："还是买错了。"

因为凑得太近了，这男人温热的气息直接呼在白桃的耳垂上，她只觉得酥麻发痒，几乎是下意识就和炸毛的猫一样跳开了一大步，然后戒备地看向裴时。

裴时什么毛病？还是自己有毛病？

白桃觉得自己不太对劲，原本见裴时时，再怎样也不过是心跳加速，如今好了，不仅心跳不在频道上，刚才裴时凑在自己耳边说话，她连脊椎都麻了，像是过电一样，手指尖都还残留着那种被电流袭击的感觉。

珍爱生命，远离裴时！

白桃红着脸瞪着裴时，原本在家里在公司，这男人都是一丝不苟禁欲冷淡的，结果这次郊游，白桃才发现裴时骨子里这么闷骚，有时候乖乖的可可爱爱，有时候又恶劣又垃圾，记仇小气还不要脸，嘴贱还能调戏人，再加上他那双桃花眼，一看就不像个宜室宜家检点的良家妇男！

自己怎么嫁给他的？！

脑子坏了吗？！

裴时却还不放过白桃，他一边处理着烧烤，一边哼笑道："买这么多，还不带钱。"

"我手机突然坏了！"

"哦。"裴时没什么诚意地点了点头，"对，突然坏了，所以等着我付钱买，毕竟是买给我的。"

白桃简直差点气死，这什么垃圾男人，给你的？瞧把你给得意的！你做梦！

机会总是留给有准备的人，白桃带着满腔怒火环顾四周，终于找到了表现的舞台！

她一脸有气势地朝着自己的背包走了过去，然后掏出了盒子："我现在就给你展示一下它的用途！"

裴时见了，果然脸上露出了一言难尽的表情，他有些不自然道："现在？你确定现在要用？在这里？野外？你是不是有点太……"

呵，以为给你用？想得美！

白桃朝裴时做了个禁言的手势，当即拆开了盒子，掏出了一只，然后在裴时复杂的眼神里，径自把套套展开，往自己左脚鞋子上就套了上去。

再拆一只，套上右脚。

我给我自己用！轮不上你！

白桃气定神闲地做完一切，朝裴时云淡风轻地笑了笑："看到没？这完全就是居家旅行必备的物品，以供不时之需！"她指了指眼前的一个水坑，一本正经道，"我带着它，就是为了这种意外时刻，还能从容面对，笑看风云，懂吗？"

白桃说完，就把自己的脚往水坑里试了试，给裴时展示道："瞧见没？完全不湿鞋，安全有保证！不侧漏不破裂！给你全方面的贴身守护，让你烦恼去无踪！人家外号叫'小雨伞'嘛，其实就还有这个作用，做你脚的小雨伞，让你泥坑来去自由！滴水不漏！"

"……"

白桃厚着脸皮解释道："真的，我带这个，完全就是这个用途，根本不是你想的那种，至于为什么换了个大号的。"白桃做作地瞪了裴时一眼，"还不是因为你的脚，比较大吗！我考虑着也让你用一用呢！"

她深藏功与名般笑了笑："你看，做人不要思维定式，很多东西有多功能的用途，伟哥除了能壮阳，还可以扩张肺血管，是肺动脉高压病人的续命药呢！我今天就给你展示了它的新用途，怎么样？开阔了你的眼界，提升了你的想象力吧？"

"……"裴时脸上的表情很精彩，他像是完全被白桃的逻辑给击败了，片刻后，才找回声音般道，"你开发的新用途确实让我见了世面，但问题是，你为什么要往水坑里跳？"

"……你怎么问题那么多？！"白桃恼羞成怒道，"万一下雨呢？下雨了水坑不就多了吗？我只是给你演示一下，告诉你户外活动时它是居家旅行必备多功能用品！保你安全出行，百分之百防护！别问这么多！有这个时间赶紧烤肉去！我饿了！我要吃肉！"

结果都说到这份上了，裴时这人还是意味深长地看了白桃一眼，然后他瞥了瞥白桃的脚，笑了笑："是啊，你都时刻准备着了，就等着了，看出你的迫切了。"

垃圾裴时，竟然还嘲讽自己？

白桃脸上保持着镇定冷静，心里却是咬牙切齿上了，行啊，裴时，有本事你存天理灭人欲一辈子，不然你可等着吧！我让你下半辈子想吃肉都吃不上！

十五分钟后。

"过来。"

白桃气呼呼地蹲在一边，戒备地咬着嘴唇，瞪向裴时："干吗？"

裴时看了眼烤串，言简意赅："吃肉。"

"我不！"

君子不食嗟来之食！

"那我吃了。"裴时作势就要自己吃。

白桃看了眼烤得亮澄澄，刚撒上了孜然的烤鸡肉串，内心剧烈斗争起来，但最终，她还是屈服了——裴时是垃圾，但肉是无辜的啊！识"食物者"为俊杰！不吃饱，怎么能锤得动裴时呢？

这种想法在白桃咬上烤鸡肉串的第一口后就更强烈了。

太好吃了！

裴时这男人还是有优点的，都市当代手艺人啊！

白桃一下子吭哧吭哧连撸了十几根肉串，等终于吃饱，才发现裴时一直还没吃，这男人保持着刚才的姿势，还在烤架前给烤肉串刷着甜辣酱，他都先顾着给自己烤吃的了。

白桃放下手里的鸡肉串，心里有点说不清的复杂滋味，她慢吞吞地走到裴时身边，然后把鸡肉串伸到了他嘴边："喏，你吃。"

裴时愣了愣，用好看的眼睛盯着她。

"你也吃。"白桃移开了视线，"都被我吃了，你还没吃上呢，辛苦你了啊。"

裴时笑了下，表情很淡："女士优先。"

这确实是良好的绅士品格所致，但不知道怎么的，白桃不太开心："以后不许女士优先。"

还没等裴时回答，白桃就继续道："以后只可以老婆优先，和别的女的，就没必要了，已婚人士的绅士品行，要克制好，留给该给的人，别四处乱放电了，这也是为了你好，以免引发不必要的误会，被拍到捕风捉影的照片。"

"哦。"裴时抿了抿唇，唇角带了点笑意，"白桃，你是打算给我报名上男德班吗？"

"……"

算了，当我没说。

可能是郊游的环境脱离了裴时一贯的职场空间，以至于这男人今天都看着心情不错的样子。

吃人嘴短，白桃泄愤地又吃了两口烤串，决定不和裴时斤斤计较。

可惜老天有和他们斤斤计较，两人刚吃完了午饭，天就下起雨来，一开始是小雨，以至于白桃做出了错误判断——她拉着裴时找了个烧烤架不远处的小亭子躲雨，然后眼看着雨越下越大……

原本因为天气风和日丽，白桃穿得不多，此刻便不得不在凄风苦雨里瑟瑟发抖了，只是她抖了没两下，一件外套就丢到了她的头上。

"穿上。"

裴时一脸淡然地站在不远处，双手插着口袋，挺镇定冷酷的模样：“我不冷。”他顿了顿，补充道，“肉吃多了，有点热。”然后他看了白桃一眼，“你肾虚，多穿点。”

"……"

白桃有点没好气地想把衣服从头顶拿下来，结果自己的头发缠住了衣服里的内扣，扯了两下，还是扯不下来，倒是疼得眼泪都要掉下来了。

垃圾裴时，衣服不能好好给吗？一定要丢自己身上？

白桃一边这么想，一边就抱怨出声了：“你故意的吧裴时？是不是嫉妒我头发多，故意扔我头上，害得我头发被缠住……”

裴时大概也是没想到这茬，愣了愣，然后走了过来，但显然这男人一点也不愿意承认错误，他镇定狡辩道：“一扔就罩到你头上了，本来以为应该是扔到你正好接到手里的位置。”

"什么？"

他好心补充道：“我没想到你那么矮。”

要不是自己头发还被扣子缠着，白桃现在就想打死裴时。

但这男人欠打归欠打，帮自己解开头发和扣子的动作却很温柔，甚至比白桃自己还轻柔，以至于白桃一点没觉察到疼。

可裴时虽然手上很注意，嘴上仍是不饶人，一会儿“你好麻烦”，一会儿“有剪刀就好了”，为了防止衣服的重量挂在白桃的头发上，裴时其实小心地拖着衣服，维持着如此弯腰的姿势，白桃仿佛和他一起置身在衣服下的半密闭空间，裴时每次开口，他独有的气味就飘散包裹在白桃左右，弄得白桃心猿意马。

“好了，解开了。”

好在终于，扣子解开了，裴时放下了刚才如临大敌的样子，松了口气，白桃在内心也庆幸地松了口气，刚才裴时离她太近了，再下去她都快无法呼吸了。

裴时抿了抿唇，移开了目光，状若自然道："没有故意。"

他补充道："真的一下子没反应过来原来你这么矮。"

"……"

别解释了，你这还不如是故意的……

白桃决定不再试图和裴时纠缠这个问题，因为这个时候她发现外面的雨已经小了，没一会儿，就停了。

可雨停了，新的问题又出现了——自助烧烤区是地势比较低洼的草坪，白桃和裴时躲雨所在的亭子外此刻都变成了泥泞的水坑，要是踩进去，这鞋就废了。

裴时看着水坑，脸上果然不太好看，而白桃却喜笑颜开，她晃了晃自己脚上的鞋："什么叫运筹帷幄、未雨绸缪？就是我这样的，看，安全护航，风雨无惧！"

裴时脸上的表情已经完全无法形容了，白桃也不去看，只把"小雨伞"郑重地晃了晃，咳了咳："你要是求我的话，我也不是不能分两个给你用用……"

结果白桃的话还没说完，裴时当即就是态度激烈地拒绝："我不要。"这男人死活不收，一脸倔强道，"我不用！"

不用就不用，白桃想，反正我是用了！

"小雨伞"，安全出行，值得拥有！

白桃脚上有"小雨伞"护行，犹如脚下生风，什么水坑，都没带怕的，裴时则小心翼翼多了，但因为不肯"安全出行"，等走出烧烤区，裴时的鞋子上都溅满了泥点。

白桃看了大为心疼："你这双还是当季新款吧，还是限量款，挺难买的，现在都全球断供了，但这个面料看着不太好清洁啊。"

"不清洁。"裴时很言简意赅，"回家就扔了。"

"那怎么行？缝缝补补又三年，现在实体经济这么难，全社会都讲究节约呢，你怎么还浪费呢？"

裴时瞥了白桃一眼："我自己赚的。"

裴时显然是喜欢脚上这双鞋子的，如今弄脏了本身就有点憋气，但又不能发作，表情还是冷冷的，但语气明显是气呼呼的了。

白桃有点想笑，她拽了下裴时的手："不要生气啦。"

裴时逞强道："我没生气。"他补充道，"我很好，非常好，特别好。"

虽然还是惜字如金，但这男人周遭的气息，都像个鼓起的河豚了，还不生气呢？男人可真是口是心非啊。

白桃笑嘻嘻的："我帮你洗嘛，一定让鞋子焕然一新！而且虽然鞋子脏了，和我一起出来玩难道不开心吗？"

裴时抿了抿嘴唇，心情好了一点的样子，但嘴上说的话还是一样欠扁："还行。"

"我也还行吧！"

只是白桃虽然嘴上这么说，唇角笑着的弧度却掩藏不起来，虽然有些乌龙，但她整体还是挺开心，以前每天和裴时抬头不见低头见，但没来由地总是觉得和裴时不太熟。

这一次短途旅行，白桃却突然觉得好像认识裴时多了一点——他仿佛一下子鲜活了，不再是印象里那个完美无缺、冷静疏离的完美男人，也有小脾气，会记仇，嘴贱，还有一堆少爷毛病，但……但这些组合摆在一起，白桃竟然意外地觉得还挺可爱？

虽然雨停了，但没有风，眼看着放风筝是不行了，此刻已近黄昏，白桃抬头，才发现湖面波光粼粼，夕阳的余晖下，远处的天空映染得像一幅油画，这是很日常的景色，并没有多壮丽或独特，但白桃坐在裴时身边，晃荡着腿，却觉得这一刻内心平和而安宁。

只是这份平和，很快就被打破了。

按照计划，今晚两人将夜宿露营在园内。这次露营的帐篷裴时直接不让白桃插手了，这男人搜了攻略，很快就搞定了一切，只是……

只是白桃想象里的两个人依偎在一起看星星看月亮的情节并没有发生，取而代之的是——

"啪"！

"啪啪"！

"啪啪啪"！

计生用品还在背包里，但激烈的"啪啪啪"早已发生。

随着一声高过一声的"啪啪"声，白桃咒骂着人生："这只赐死！这只也赐死！这只这只，统统给我赐死！"

是人性的缺失还是道德的沦丧，雨后的自然公园里，竟然到处充满了蚊子！

智者千虑，必有一失，白桃竟唯独忘记了带防蚊药水！

今夜不仅没有星星月亮，只有一块像黑色幕布的天空，周围还充满了蚊虫，没一会儿，白桃腿上就全是蚊子包了，她一边打一边抓，心情简直烦躁到没边——这情节，和说好的怎么都不一样！

裴时也没想到露营的条件竟然这么一言难尽，放白桃原地等待后，他就去了公园外找酒店，只是自然公园附近酒店原本就少，除开少数两家还不错的外，其余几家恐怕卫生状况还不如露营帐篷，而唯二好的两家酒店，一家整修，还有一家满员……

看来今晚住帐篷已成定局，但裴时没直接往回走，他又走了好几公里的路，终于在路口一家二十四小时营业的便利店里买到了防蚊喷雾。

等裴时回到露营处时，白桃正在喃喃自语，他走近了，才终于听清楚了对方在说什么话，这女人正对着蚊子双手合十地低声祈祷——

"你们待会儿去咬裴时吧！去咬裴时！他日常健身生化指标优秀，吃起来更美味更健康，快去吃裴时吧！我不健康，我不运动，喝我的血要早死的，健康长寿，去咬裴时！"

裴时看了眼自己手上的防蚊喷雾，突然觉得婚姻和爱情果然没有意义……

白桃正在偷偷碎碎念的时候，冷不丁背后走来个人，然后一个什么东西就被扔进了她怀里，白桃捡起来一看，防蚊水？裴时去了那么久，原来是去给自己买这个啦？

"老公，你对我真好！"

可惜面对自己的马屁，裴时冷着张脸："你对我也好。什么好东西都留给我。"这男人阴阳怪气道，"连蚊子也不例外。"

"……"

听到了啊……

白桃脸上有些红，但好在帐篷外的冷风一吹，她就能继续维持镇定："酒店订到了吗？"

"没有。"裴时抿了抿唇，简单讲述了自己去找酒店的结果。

白桃一听，脸果然立刻垮了下来，难道今晚真的只能露营？自己以前为什么会爱上这种粗犷的约会方式啊？是精致的高档酒店不香吗？

为了恢复感情，白桃自然只准备了一顶帐篷，外面夜露深重，她涂好防蚊药水，早早就窝进了帐篷里，而等裴时也弯腰钻进来后，白桃就后悔了。

原本还觉得挺宽敞，可裴时一进来，就觉得小了，密闭的空间里，两个人的呼吸都被彼此放大，露营灯的灯光柔和，在狭小的空间内打出了一圈光晕。

裴时换了睡衣，衣领有点大，转身的动作间就露出了一大片肩胛，线条优美，让人有点想往下继续一探究竟，这男人还浑然不觉，皱着眉检查帐篷里有没有留缝隙，大领口的睡衣让他领口往下的皮肤都若隐若现，暧昧的灯光一照，显得有点夜晚独有的色气。

不能再看下去了！

再看下去，就要出事了！

白桃缩回了目光，决定随便聊点什么让自己平静下来，她看了裴时一眼："喂，裴时。"

"嗯？"

白桃突然想起来，自己有个问题还真的很想问，她托着下巴看向裴时："你当时既然那么喜欢我，为什么我来你生日会表白，你还对我那么冷酷啊？"

裴时正检查完最后一个帐篷的角，他愣了愣，没有直接回答这个问题，只瞥了白桃一眼："生日会上你是喜欢我才表白的吗？"

这男人瞪着白桃："你不是，你不是喜欢我，你是为了报复裴菲。"

白桃来了精神，原来如此！

看来当初自己别有用心接近裴时，他一想到自己不是出于爱，一定内心痛苦得都睡不着吧？

好可怜！

"没想到你内心这么骄傲啊，我还以为你们男的，流行'得不到她的心，得到她的身体也行'这种呢？"

此刻裴时也躺了下来，白桃翻了个身，就势就滚到了他的手臂边，一回想这男人当初多痴迷于自己，白桃内心此行的使命感就越是明晰——这感情，还是要挽回一下的！

这么想着，白桃就靠到了裴时的手臂上，枕着他的胳膊，抬头看他，然后娇滴滴道："老公。"

裴时的身体有些紧绷，他有些不自然地翻了个身："我困了。"

就允许你裴时视力好不允许我白桃犀利了吗？

自己只是靠着他喊了句老公，白桃看得清清楚楚，裴时就起反应了……

白桃有点紧张也有点忐忑，但更多的是一种恶劣的心态——调戏裴时，好像也挺有意思的。

裴时越是这样躲着自己，还翻身掩盖自己的反应，白桃就越是想捉弄他，她欺身又靠到了裴时的背上，这一次贴紧了裴时的耳朵，故意对着裴时的耳廓吹气，裴时人看起来很冷漠，耳朵却特别敏感。

"老公，以前是我错了，但是现在，我的心灵和身体，都只属于你哦。"

白桃故意用了娇滴滴的声音，她在裴时耳边刚吹完气，裴时的耳朵就以一种可怕的速度变红了，这男人睁开了眼睛，色厉内荏地瞪向了白桃："白桃！"

他克制道："你今晚不想睡了是吗？"

"不，我想睡，我也困了。"白桃说着，佯装困倦般打了个哈欠，然后在裴时杀人般的目光里软绵绵地关掉了露营灯，不管对面男人死活地钻进了自己的睡袋里，"晚安哦，老公，你不是也困了吗？那早点睡哦。"

让你装！让你不假辞色！让你嘲笑我！

听着身边男人烦躁的翻身声和明显压抑克制的呼吸声，白桃觉得解气极了。

清晨醒来时，白桃才发现裴时早已经醒了，这男人正坐在帐篷的角落里，眼睛有些微红地看着自己。

白桃几乎刚睁开眼，又立刻假装蒙眬般闭了起来。

裴时在看自己！在看自己！

这男人，看来到底没法抵抗心里对自己惯性般的爱意，这么微冷的早晨，竟然早早就醒来，然后坐在一边只为安静地观赏自己的绝美睡颜，大概是想起过去，都红了眼眶！

虽然此次露营和白桃想的完全不一样，但殊途同归，眼见感情修复在即！

白桃激动得简直差点打滚，但她不能破坏这来之不易的好机会。

就……先装着睡着，让裴时好好再看几眼吧，毕竟此刻自己醒来，瞧见裴时这双眼含泪的模样，岂不是会让他尴尬？

"白桃。"裴时的声音十分沙哑，像是哭过一般，他站了起来，走近了白桃。

来了来了！趁着自己睡觉的真情告白要来了！

就像电视剧里演的那样，下一秒，裴时就会讲出内心的苦楚或者挣扎，而自己则需要躺平伪装睡着，等裴时真情流露完毕以后，感动地跳起来拉着他抱头痛哭，很快就能冰释前嫌！

可惜……

"别装了，我知道你醒了。"裴时的声音越发沙哑了，他顿了顿，"我有话和你说。"

难道裴时喜欢打直球？直接等自己醒了真情告白？

白桃装着刚醒一般睁开了眼睛，还伸了个懒腰，决定给他爱的回馈："我……我就刚醒。"她朝裴时娇柔道，"老公，昨晚做梦，梦到的都是你，梦见我们以前谈恋爱的时候，一幕幕，就像发生在眼前，那么真实。"

白桃适时做出了个娇羞的低头："我其实记性不太好，很多不重要的事都忘了，但我们恋爱的细节，我记得清清楚楚，醒来也觉得甚是爱你……"

裴时眼睛看起来更红了，他吸了吸鼻子，白桃都觉得，这男人感动得下一秒就要哭出来，就在她以为裴时要同样对自己深情回复的时候，裴时终于开了口——

"你爱我？"这男人抿了抿唇，鼻音很重，"爱我就把我被子都卷走了？"

"……"

白桃这下才看了看自己身下，这可不……自己确实卷走了裴时的被子，她再抬头看向裴时，就觉察出不对来——这男人哪里是因为感动而红了眼眶呢？明明是感冒和熬夜冻的，身上裹着外套，看向白桃的眼里哪是爱情？是仇恨啊！

"你还踢我。"

因为感冒，裴时好像没了平日里的气势，通红的眼睛和微红的鼻尖都把这男人衬得可怜巴巴的，他冷静道："昨晚你一共踢了我五脚，还用手打了我四下，说梦话还在劝蚊子咬我……"裴时吸了吸鼻子，"嗯，你就是这么爱我的。"

"……"白桃当即就是狡辩，"不可能，不是我，我没有啊……"

"我录音了。"裴时脸色阴森地盯着白桃，"你是真的爱我，所以把感冒也留给我，让我在这里冷得蹲了半宿。"

白桃自知理亏，只能嘀咕道："我卷走了你的被子你都冻醒了，那你可以推醒我把被子拿回去啊……"她一下子找到了问题的盲点，"裴时，这怎么能怪我呢！你自己为什么蹲了半宿不叫醒我？"

裴时的神色先是有些不自然，然后恶声恶气道："我都病了，你怎么还问题那么多。"

……

白桃是带着一脸期待去的露营，她印象里，和裴时共度浪漫两天一夜，重温恋爱回忆，修复感情，行程安排紧凑，回程应该都是疲惫的。

当然，她预测得没错，回程的路上，她确实十分疲惫——这该死的露营，和自己想象里完全不一样！

白桃开着回程的车，看着窝在副驾驶位上表情虚弱的裴时，简直悔不当初。在控诉了自己以后，裴时揉了揉发红的眼睛，擦了擦鼻涕，然后开始颐指气使地指挥自己开车——他病了，他娇弱了，他吃感冒药后犯困了……总之，他不能开车了。

于是白桃打包了行李并成功晋升为合格司机。一路上，她挑剔的"老板"就坐在她的身边——

"刚才转弯，你不先打转向灯吗？"

"应该走右拐那条路，你这条会绕圈。"

"前面红灯，你还冲这么快干什么？应该放慢步调了，不然急刹会不舒服。"

……

此刻裴时的重感冒症状看起来更严重了些，他的整张脸都变得有些潮红，声音有气无力的，眼睛下面也泛着泪意，但即便是这样，这男人还坚强不屈地"指点江山"，像个难以取悦的病病少爷。

白桃忍无可忍，在一个红灯停车时，转头向裴时发出了严正警告——

"裴时，你再说话的话，我就要堵住你的嘴了！"

裴时歪着脑袋，顿了顿，不可思议般瞪着白桃，然后一脸愕然地抬高了声音："你怎么一天到晚都在想这些事啊！"

啊?

这感冒了的男人继续低声道:"我都病了!"

白桃凑近了点:"什么?"

裴时十分戒备又有些无可奈何般地看了白桃两眼,身体往座位的方向又躲了躲:"等我好了吧。"

直到绿灯亮起,白桃启动汽车,对于裴时的话她还处于茫然中,只是很快,裴时的下一句话就让白桃整个人都不好了。

"等我好了你再亲。"

白桃再傻,这下也反应过来了,裴时的意思是……

"你觉得我要堵上你的嘴是想亲你?"

简直匪夷所思了!

"不然呢,你成天不就想这些吗?你那些通俗小说里,不也都是这种台词吗?"裴时被冻感冒了心里有气,对白桃也就不怎么客气。

白桃恨不得跳起来自证清白:"我没有!我只是打算往你嘴里塞吃的!"

因为感冒,裴时的声音有些恹恹的,他抬了抬眼皮,显然对白桃的说辞并不买账:"哦。"

他这个毫无诚意的态度刺痛了白桃,白桃当即垮了脸:"你不信我。你态度这么敷衍!"

裴时看了看白桃,确实认真了:"嗯,我相信你。"这男人顿了顿,继续道,"就像相信你多爱我一样相信你。"

"……"

裴时平时身体非常好,这次感冒却有点来势汹汹,回家后,虽然吃了药,但症状并没有得到缓解,第二天起来,裴时还觉得头昏脑涨，最终不得不选择了在家办公。这个选择本意是为了多休息缓解头疼，但裴时没想到，自己反而更头疼了——

白桃对照顾生病的自己产生了极大的热情。

"老公，你怎么样了啊？我来给你量一下体温。"

"老公，好点了吗？这是退烧贴，我刚出去买的。"

"老公，这是我刚给你泡的泡腾片，来，喝一杯。"

"老公，体温下去了吗？我过来给你记录下你的体温曲线……"

……

几乎每隔十分钟，白桃就蹭进裴时的书房一次，拎着个医药箱，然后掏出一堆东西，先是煞有介事地量体温，然后记录，最后总要弄点药和汤汁留下，她甚至还专门弄了个本子——感冒裴时护理指南及温度记录……

裴时简直忍无可忍，觉得白桃可能是太空了，得给她找点事做："你漫画画完了吗？我没什么事，你去忙你的工作就好。"

自被裴时指责不爱他以后，白桃心里就计较上了，自己是来维护婚姻的，结果反而没让裴时感受到家庭的温暖，这怎么行？

如今裴时生病在家办公，可不是自己表现的大好机会吗？

一定要让裴时感受到爱和无微不至的关怀！

结果都病成这样了，这男人如今还一脸坚强地让自己去画漫画！

白桃内心大为感动："老公！你真是太好了！都这样了！还不想麻烦我照顾你，还想着让我拼事业，但没事，漫画什么的，哪里有老公重要？你都病了！我要还是去画，那岂不是冷心冷肺？不行！老公病好之前，我绝对不离开你左右！"

这一番真情剖白，裴时脸上果然露出了复杂的神色，但饶是这样，这男人竟还口是心非道："不，我还没有病得很严重，你不要管我，忙你自己的事就好。"

"不用担心，我这期已经交稿了！"

"这期漫画连载画好了的话，就构思下下一期吧。"

"下下期也构思好了！"

"那狗喂了吗？"

"还没。"白桃有些不舍道，"你这人，先人后己也就算了，都先狗后己，放心吧，狗我替你喂！"

虽然自己还是有点怕狗，但把狗粮倒进狗盆，再摇摇铃，白桃还是做得到的，她拍了拍胸，保证道："交给我，你放心！喂完狗，再喂你！"

她看了裴时一眼："你想吃什么？我叫家政阿姨去做！"

"我不想吃阿姨做的。"裴时看了白桃一眼，求生欲让他几乎立刻道，"想吃你做的。"

白桃没事做，就给白桃找点事情做。

"我？"白桃愣了愣，"可做菜这件事上，我、我也不太熟练，前几次都是看着教程做的，所以要是我做的话，估计要花不少时间，你可能要过很久才能吃上饭。"

就是时间久才好。

"没关系。"裴时笑了笑，"生病了吃你亲手做的，感觉会好得快一点。"

先把白桃支走，这才能得到宝贵的平静。

白桃对裴时的心理一无所知，只觉得这男人病了后，怎么这么爱撒娇，瞧瞧，死活还不吃家政阿姨的菜，一定要自己亲手做羹汤，这娇气的……

但裴时话都说到这份上了，自己不亲自动手，恐怕是过不去了。

白桃一口答应完裴时，就跑去厨房倒腾起来。

也是，有什么比吃上老婆亲手做的饭菜更暖心的呢？

为了让裴时感受到自己的爱意，白桃挽起袖子，决定从洗菜切菜开始，一切事无巨细都自己来，这才有浓浓的爱意！

只是真做起来，白桃才发现，即便对照教程，很多事没有想的那么简单，白桃找了个七菜一汤的爱心家庭餐食谱，为了赶时间让裴时尽早吃上，她左右开弓，一边煲汤一边洗切炒，手忙脚乱之下就容易出错，先是切菜切伤了手指，然后炒菜油溅伤了手腕，还来不及处理伤口，另一锅的汤就快熬干了，等把汤的火关小，那边炒的菜又快焦了……

等白桃失败了好几次后最终做出了卖相勉强还行的菜肴，已经过去了两个小时……

裴时在这两个小时里，处理掉了所有的邮件，还复核出了一份合同里法务没看出来的漏洞，没有白桃的打扰，思路清晰，状态明朗，头好像也不疼了。

也是这时，白桃探头探脑地进了书房："老公，吃饭了……"她磕磕巴巴道，"我做好了。"

白桃的厨艺裴时是知道的，基本只能到能吃的地步，等他被白桃引着坐到餐桌前，看着一桌卖相相当一般的菜，更是加深了这种想法。

然而白桃的眼神透露着期待："你吃吃看！"

虽然掩藏得很好，但她小心翼翼的肢体动作里，写满的都是"求表扬"，对能做出这一桌菜，她显然内心是相当自豪的。

裴时原本是想找个借口不吃的，但面对这样的目光，似乎没有办法拒绝。

等裴时意识过来的时候，他自己已经举起汤勺喝起了汤。

有点咸。

白桃像是刚捡回了骨头的小狗一样盯着他，眼睛黑黑的亮亮的，俏丽小巧的鼻尖上微微沁着汗，能做出这样的一桌菜，她应当已经花费了很多努力。

"怎么样，怎么样？"

裴时坚强地咽下了那口汤："还行。"

白桃果然露出了有些失望的表情："只是还行吗？"但她很快振作起来，指了指另外一盆炒时蔬，"那你尝尝这个！"

也是这时，裴时觉察出点不对劲来，自始至终，白桃的手不是藏在桌下，就是背在身后。

他皱了皱眉："你手怎么了？"

白桃的表情果然有些不自然，她移开了目光，顾左右而言他道："没什么啊。"

"你手，拿出来我看看。"

白桃说什么也不肯，裴时没法，只能起身，径自走到白桃身边，把她的手强行拉了起来。

也是这个刹那，裴时才明白了白桃为什么藏着，几个手指上都贴着止血创可贴，其中有一个伤口就在最容易疼也最难止血的指腹，此刻都在往创可贴外渗着血，再往上看，白桃白皙滑嫩的手腕皮肤上，也有一块明显的红色水泡，是烫伤。

白桃趁着裴时愣神的片刻，几乎是飞速抽回了手，然后她撩了撩头发："就刚才走神不小心，你别管啦，菜都快凉了，你快吃嘛。"

裴时一时之间，心里是难以言喻的情绪，如果不是自己为了打发白桃让她去做菜，她根本不会受伤的，毕竟以白桃娇惯的性格，恨不得衣来伸手，饭来张口，绝对是不会亲自下厨的。

白桃却并没有任何责怪他的意味，她笑眯眯的，像个被打了还不记仇的小狗，明明手上的伤口都是因为给裴时做菜造成的，但她一点没有追究的意图，只是眼睛亮晶晶地盯着裴时。

裴时对可爱的小狗根本没有抵抗力。

他在这种眼神下吃了一口炒菜。

太油了。

但裴时笑起来，用了最幸福的表情："很好吃。"

他非常认真又郑重地吃完了一整桌的菜，即便米是夹生的，菜不是咸了、油了就是太甜了，但裴时发自内心地觉得这一桌菜非常珍贵。

看着裴时全部吃完，白桃果然露出了欣喜和得意："还说还行呢，还行你吃这么欢！"

裴时这人真是口是心非，一开始一脸嫌弃，后来勉强说还行，结果吃得一点不剩，可不是自己手艺好吗！白桃陶醉地想，果然没什么事能难倒自己！爱的力量是无穷的！自己手指受伤、手腕烫伤，也是值得的！

白桃刚想再嘚瑟两句，裴时就叫了她的名字。

"白桃。"

这男人顿了下："对不起。"

裴时的声音低沉，模样认真，郑重地盯着白桃的眼睛。

这是为自己的口是心非道歉啊？

白桃刚想挥一挥手表示不用，裴时就再次开了口——

"以后不会让你做菜了。"

白桃愣了愣："为什么？我做的不是很好吃吗？"

"很好吃。"裴时抿了抿唇，"但不会让你再做了。"

这男人看向了白桃，轻轻地抚摸了下她受伤的手指："因为不会让你受伤了。

"对不起。"

他又郑重道歉了一次,然后拉起白桃的手,轻轻吻了下她受伤的指尖:"以后都不会发生这种事了。"

白桃完全没有料到这种发展,直到裴时的唇蜻蜓点水般地触碰到她的指尖,指尖传来酥麻的微电流般的触感,她才终于反应过来,心慌地抽走了自己的手,心跳却不由自主加快起来。

她下意识就想跑:"我、我去洗碗!"

裴时拉住了她:"让家政阿姨去。"

"家政阿姨家孙子正好也病了,我想着不用她做菜就让她回家了,我、我去吧!"

"你待着。"裴时把白桃按回了座位上,然后他咳了咳,有些不自然道,"我去。"

……

最后是裴时洗了碗,他把厨房都收拾干净,然后给白桃切了水果,热了牛奶,一整个下午,白桃想做什么都被裴时制止了,这男人明明还感冒着,结果反过来都是他在照顾自己。

白桃越想越觉得过意不去,趁裴时去处理公务时,白桃路过垃圾桶——裴时那双被泥溅脏的鞋,正静静地躺在垃圾桶里。

明明这男人内心很在意这双鞋,但死要面子,又洁癖少爷病,竟然真的直接扔了!

白桃从垃圾桶里捡出了鞋子,决定给他洗一洗,这鞋,看起来还能抢救一下! 省吃俭用,缝缝补补又三年! 这可是婚后共同财产呢!

可惜虽然洗得很仔细,但鞋子侧边有一道污渍怎么都去除不干净,白桃想了想,跑楼上拿出了自己的丙烯颜料,然后利用污渍原有的轮廓,描摹出了一根小桃枝,边上再勾勒了一个可爱的小桃子……

裴时处理完邮件从书房里出来时，看到的就是这样的场景——白桃正认真地低着头，在鞋子上涂鸦，她的手指上蹭到了点颜料，但浑然不在意，嘴角微微带笑，还哼着歌。

她并没有意识到裴时在不远处，得意扬扬地观察着自己的"大作"："给你脚上也盖个戳，走到哪里都是我白桃的人。"

裴时依靠着墙壁，慵懒道："白桃。"

白桃被他吓了一跳，看清是裴时，她有些慌乱地把鞋子放下，装作很平静的样子："干什么啊！"

"你占有欲怎么这么强？"

这男人的声音很欠扁，模样也很促狭，声音里还带了恼人的笑意，白桃瞬间觉得自己又被嘲讽了，脸红脑热刚要反驳辩解，裴时就已经朝着自己走了过来。他一来，那种微妙的暧昧感就来了，好在这感觉只持续了短暂的几秒，因为裴时径自走到白桃面前，然后拿走了她手里的鞋子。

他挑了挑眉："这不是我刚扔掉的鞋？"他翻了翻鞋子的侧面，"哦，你捡起来洗干净画了个桃子？给我的？"

"不是给你的！"白桃觉得有点懊恼，下意识就胡扯道，"你都丢了，我不能处理了捐赠给有需要的人吗？"

结果裴时把鞋子丢到地上，径自把脚塞了进去，他穿上鞋子，走了两步到穿衣镜前，挺满意的样子，然后径自就这么穿走了，只扔下一句"我就是有需要的人"给白桃。

而还没等白桃反应过来，裴时走到楼梯口，又顺势回了头——

"我感冒已经好了。"

所以？

白桃没说话，咬着嘴唇盯着裴时，这男人清了清嗓子，继续道：

"你有什么特别想对我做的，可以做了，实在不想等的话，不用再等了。"

啊？

裴时抿了抿唇，又看了下脚上的鞋，这才一脸镇定自若地上楼了。

等裴时的身影彻底消失在楼梯口，白桃才终于后知后觉地反应过来——裴时刚才是让自己……让自己去亲他！

这也太不要脸了吧！也不害臊！谁要亲他！

白桃又是羞愤又是气，该死的裴时，自己都解释了，结果看来还是死活坚持相信白桃在车里时是要亲他堵住他的嘴！呸！

白桃气鼓鼓地也噔噔噔跑上了楼，当即就推开了裴时的房门宣告："谁要亲你的嘴，裴时你也太不要……"

结果白桃最后一个"脸"字直接卡壳了，她没想到屋里的裴时看起来正在换衣服，上身还松松垮垮地穿着睡衣衬衫，下半身则已经是……无码的。

几乎是白桃冲进来的刹那，裴时就吓得下意识扯过被单妄图遮住自己，然后他才抬起头，脸色有些难看和尴尬地看向了白桃。

白桃几乎没等裴时开口，就甩上门跑出去了。

没多久，裴时换好了衣服，沉着脸从房里走了出来。

眼看他要兴师问罪，白桃决定恶人先告状，先下手为强。

她恶狠狠狠瞪了裴时一眼："裴时，你这个不要脸的！白日宣淫，竟然上楼就开始脱衣服，怎么的？就是等着我进你房间然后勾引我吗？还想来'饭在锅里，我在床上'这种场景？

"男人，不要年纪轻轻就只想着这档子事，要多专注事业！既然你感冒好了，那我就去画漫画了！你也要男人当自强！以色侍人，色衰而爱弛，我不是那种肤浅的女人。"

白桃一咕噜说完，连口气也不敢喘，就又赶紧跑回自己房间了。

裴时虽然被指责时由一脸愕然到脸色逐渐变黑，但好在没再追出来纠缠。

白桃躲进自己被窝里，缓了很久，好像才终于冷静下来。

直到半小时后，白桃才堪堪从脑海里刷开了刚才在裴时房里撞见的画面。

只是白桃冷静下来没多久，又沉下脸来。

自己和裴时不是结婚了的恩爱夫妻吗？如今怎么竟然沦落到自己冲进房里撞见他换衣服，他都下意识遮住身体了？

这裴时心里对自己到底是多戒备多陌生了，才能做出这种下意识的举动？

裴时对自己的感情都到这一步了？在裴时心里，她都已经色到了让裴时这样防着她的地步了？

而且就算发生什么也是裴占便宜多一些吧？！裴时凭什么防着自己啊！

白桃越想越不是个滋味，她自己都没意识到，以前裴时想睡她，她不开心；现在裴时不想睡她了，她又不开心了。

裴时如今对自己这戒备心，可快赶上当初自己刚醒过来时对他的戒备了，而自己在裴时心里此刻的形象，白桃丧气地想，都不用猜，应该就是馋他身子的空闺少妇……

外加此前伤人的出轨传闻，自己在裴时心里的形象，是不是真的不太好了？

要不自己再试试？好歹决定了挽救婚姻，还是再抢救一下？被当成色中饿鬼就色中饿鬼吧？都是已婚夫妻了，还讲这些那些干什么！重要的是肥水不流外人田啊！

等在桌前写了一小时漫画脚本，白桃彻底冷静下来，她这才下了楼，裴时此刻已经在楼下了，换了一身衣服，正靠在沙发里看电视。

见白桃下来，这男人抿着唇，也没什么特殊的表示，只是一本正经地继续看电视，很认真的样子。

白桃在不远处偷偷摸摸观察了他片刻，以为裴时正沉浸在什么好片子里呢，结果冷不丁听到裴时开了口——

"刚才洗碗弄脏衣服了。"

啊？

裴时的眼睛还盯着屏幕，以至于白桃愣了片刻才反应过来他在和自己说话。

但这说的是什么啊？怎么没头没尾的？

裴时的眉微微皱起，这次他终于屈尊般从屏幕短暂地移开了视线，他轻轻瞥了白桃一眼，然后又移回了电视屏幕。

"因为弄脏了才换的。"

在白桃有些茫然的眼神里，仿佛无法放弃任何一秒般，这男人直视着屏幕，也没看白桃，清了清嗓子，径自道："没有白日宣淫。"

"只是正常换衣服。"裴时抿了抿唇，状若自然道，"你不要过度解读。"

片刻后，他终于拨冗看了白桃一眼，然后补充道："我和你不一样。"

白桃简直无语了，这男人的好胜心至于吗？怎么像是要保全自己的清誉一样还郑重其事解释上了？解释就解释，末了还要给自己一枪？还我们不一样？怎么的？合着白桃就是喜欢白日宣淫的典范？

白桃有点想寻衅滋事和裴时吵一架，可惜裴时说完，很快没事人一样转过了头，继续去看他的电视节目了。

是什么节目这么吸引人？

白桃探头探脑走到裴时身边坐下，刚拿起茶杯喝了口，一抬头，差点没吓得喷出来——配合着可怕的音效，画面上是一张血盆大口和两个掉出眼眶的眼珠子。

垃圾裴时！还以为这模样是在看什么国际新闻呢！结果是个鬼片！

白桃差点吓死，下意识就往裴时身上靠去，然后抓着他的肩膀就把头往他身后藏，等音乐趋于平静，她才小心翼翼地露出两个眼珠，还担惊受怕地用手掌挡着，仿佛从指缝里往外看才更安全。

裴时没说话，但拿起了遥控器，准备换台。

白桃眼疾手快拉住了他："你怕啊？"

裴时脸上果然露出了匪夷所思的表情："怎么可能？"

"那换什么台呀。"白桃一边说，一边又朝裴时身上靠了靠，"一起看嘛。"

还有什么比看鬼片更能名正言顺蹭到裴时身上的事？

白桃本来正纠结怎么找机会再抢救一下，没想到得来全不费功夫！那怎么能浪费呢！何况裴时不是说了吗？她白桃就是个喜欢白日宣淫的！那大帽子都被扣头上了，不坐实岂不是亏了？

只是白桃刚靠过去，裴时就往边上移了移，再靠，再移，总是和白桃之间保持一个安全距离，到最后，裴时直接用一根手指抵住了白桃又"柔弱无骨"靠上来的身体。

这男人一脸严肃道："你怎么回事？好好坐好。"

白桃朝裴时眨了眨眼，可怜巴巴道："我怕。"

可惜裴时挺冷酷，给出的方案充满了孤老终生的直男味道："怕那就换台，或者别看。"

白桃不太高兴地坐正了身体，嘟囔道："你以前不是这样的。"她前几天刚在一篇新闻报道里看见了，以前的裴时，都是抱着自己看鬼片，看到害怕的地方，还会帮自己挡住……

爱果然是会消失的……

白桃确实有点害怕鬼片，但就此换台或者离开，岂不是很没面子？她是死要面子活受罪的典范，最终虽然坐直了身体没再靠到裴时身上，但还是板着脸坚持继续看："我不怕，看就看！"

一开始剧情缓和处还能绷着，可随着情节的急转直下和氛围的渲染烘托，白桃很快就开始有些想跑了，然而今天是打死了要和裴时撑着，白桃坚强地睁着眼——

主角被困在一个电梯了，电梯的灯开始出故障般明明灭灭，很快终于全熄了，在黑暗中，她的背后出现了一双带了鬼火的眼睛，眼看着这个形容恶心的女鬼就要以全貌示人了……

白桃的心提到了嗓子眼，下意识就是想逃，但自己刚才嘴硬话都说出去了……

就在女鬼出场的那一刻，白桃既惊恐又惧怕都快要叫出来之时，一只手伸过来，捂住了白桃的眼睛。

手掌宽大而温热，莫名给人安全感，白桃刚才那口气终于松了下来，然后她听到了耳畔裴时的声音——

"怕就闭眼睛，没必要逞强。"

本来还好，裴时这样一讲，白桃反而委屈起来。

什么垃圾男人，刚才做什么去了？自己这么逞强还不是被逼的？有个话没听过吗？你若不勇敢，没人替你坚强……

白桃原来不觉得，此时裴时一捂眼睛，反而越发酸涩胀痛起来，等她意识过来，眼泪已经流了下来。

裴时的手自然第一时间感知到了手心的湿意，他的身体僵了僵，此前一贯冷静的声音里也带了点慌乱："怎么哭了？"

然后就是手忙脚乱地给白桃抹眼泪："怕也不用哭啊。"这男人搞不清楚状况地劝慰道，"别哭了，我把电视给关了。"

他有些无奈："刚才就要换台，你也不听。"

都这时候了，这男人竟然还在妄图和自己讲道理！

白桃哭得更伤心了："你是不是不爱我了？以前的你哪儿去了？还在这和我论证对错。"

裴时抿紧嘴唇没再说话了，片刻后，白桃觉得情绪冷静，差不多快止住眼泪，只希望裴时赶紧离开结束自己这尴尬时刻之时，裴时轻轻地上前，动作有些不自然不熟练地拉过了她，然后抚着她的后脑勺把她的身体抱进了怀里。

"这样行了吧？"

裴时的动作有点笨拙，但还是一下一下温和地顺着白桃的背。

"你别哭了，下次别看了。"

白桃觉得自己有点作，好像确实裴时哄了才会好，现在裴时这样，她好像也不委屈了，索性仗着刚哭过，赖在裴时怀里。

"你刚才凶我。"

裴时唇角有些平，反驳道："我没有。"

白桃瞪着裴时："你有！"

"……"

大概是觉得这样争吵有些幼稚，裴时没再开口了，像是默认了自己的错误，并且试图转移话题——

"你要吃点什么甜品吗？"

"不要！"

裴时的怀里太舒服了，白桃一点都不想起来。

只是一想起裴时对自己不复从前的宠溺，白桃又有点不高兴了。

裴时却还毫不知情，这男人轻轻笑了下，有些恶劣的样子："哦？对，我忘了，你最喜欢吃肉。"

行，又拿之前的事调侃自己。

白桃看着裴时，这男人还是一如既往的英俊，唇色很淡，唇形好看，眼神里带了点戏谑的笑意。

白桃一时之间头脑发热，也不知道怎么了，这个刹那，她突然决定一不做二不休，干就干了！

"对！我就喜欢吃肉，怎么了！食色性也，我还犯法了吗？"

白桃偷袭一般啄了一下裴时的侧脸，然后趁裴时还没反应过来，赶紧准备穿上拖鞋溜了。

只是她没能成功溜走，裴时随手一捞，就把她捞了回去，白桃没掌握好重心，一个不慎跌坐在了裴时怀里，形成了一个暧昧的姿势。

然而很快，她就发现，这还并不是最暧昧的，因为裴时俯下身来，然后撩开了白桃脸上的碎发："不犯法。

"这样才算。"

白桃的抗议消失在了裴时的唇舌里。

在她毫无准备的情况下，裴时给了她一个快要让她窒息的吻，简直像是手握重兵器的人对毫无寸铁的平民单方面的屠戮。

但白桃从不爱认输，即便是这种时刻，她学着裴时的样子回应了裴时，加深了这个吻，有点生涩，但带了点好胜心，缠绕着裴时，像是天真的玩耍，又像是别有用心的勾引。

吻到最后，裴时的气息也乱了，游刃有余的人也露出了破绽，只是在沉溺之前，裴时的理智回笼，推开了白桃。

然后他带着微微泛红的耳朵和喘息的声线，意味复杂地看了白桃一眼。

"我还有点事。"他说完，这才有些不自然地离开。

第二次了！

白桃简直气到快要心梗，情绪一下子从刚才的旖旎掉落到羞愤和尴尬。

裴时这男人怎么回事？

怎么的？展示自己引以为傲的自制力吗？不知道这样自己老婆会真的很没面子吗？

白桃的好胜心彻底被勾起了，这都不是挽回不挽回婚姻的事了，这是事关她尊严、事关她魅力、事关她自信的大事了！她就要证明，裴时的自制力在自己面前，不堪一击！

叶斐然

♡ 著

下

江苏凤凰文艺出版社
JIANGSU PHOENIX LITERATURE AND
ART PUBLISHING

目 录

第十六章
他急了

为了陪白桃去露营，裴时在前阵子加大了每天的工作强度，因此如今反而得到了一个相对闲暇的小空档，集中处理了一批邮件和OA里的审批流程单后，裴时其实可以暂缓步伐，稍事休息，毕竟感冒刚好。

但裴时最终还是选择了第二天就立刻去上班，因为他觉得自己再和白桃待在一起，可能会发生不可控的事——

白桃就是有这种能力，把裴时所有的计划都打乱，让裴时把所有的理智都丢弃，她是个完全无法预测的不稳定元素，到处任性胡乱地放着火。

但她和自己毕竟是协议婚姻，婚后的唯一一次，也是因为醉酒。

白桃现在脑子又不清醒，裴时无法毫无心理负担地乘人之危。

所以必须远离白桃，保持冷静。

于是他给自己找了点事做——原本一个不打算参与的行业论坛，裴时让袁牧给自己报了名。

工作确实能让人专注，抛却不必要的杂念。

等裴时到了会场，和业内的几家合作伙伴见面聊了聊大数据产业的前景和彼此公司的近况，他觉得自己正常了许多。

大数据是这几年的风口，政府也罢相关行业协会也好，都在非常积极地组办相关的主题论坛或行业分会，希望能打通产业链的上下游，但裴时也不是每一个都去，诸如今天这一个，因为主办方并不十分强势，能邀请到的业内龙头企业也较少，出席的多数是容市这两年来未成规模、处于初创期的大数据或衍生行业企业，还有一些尚在进行天使轮的公司，相较而言，时来科技已经不太会与这类企业产生合作了，且今日参会的企业在业务上多与时来科技有重合，在暂时对竞品领域没有并购意图的情况下，裴时原本是不打算来的。

但作为大数据行业已经有所规模的新贵公司，来参加一下也不是不行，就算是看看同领域的初创企业都做到什么程度，了解市场行情，研判大数据行业的未来走向……

裴时给自己找了一堆理由，但其实看着有点乱糟糟的展厅，他也有些自我怀疑。

这次的主办方对于会务完全没有经验，导致现场非常混乱，主旨演讲的嘉宾话筒突然出了问题，以至于场下的小企业主们都不愿意干坐着浪费时间，纷纷主动出击，上前找投资机构的与会人投递名片试图拉投资，毕竟大部分大数据公司，前期都比较烧钱。

好在因为是临时参会，在裴时的要求下，主办方没有强制给裴时制作席卡，裴时也低调出席，没有引起不必要的注意，所以此刻也没有人围着他。

但现场这样的情况还是让裴时的眉心都拧在了一起，好在就在他准备离开之前，会务方终于重新恢复了秩序，乱糟糟的会场重归平静，与会人都再次落座。

这段主旨演讲结束后就是茶歇，也是这些初创企业主们最期待的时刻——初创企业最开始最多的工作除了研发就是开拓市场，而开拓市场就包括营销：向你的客户营销，向你的投资方营销。

因此即便今天出席的资方并没有多大腕，出席人也并非投资公司的高级管理人，但多认识两个资方总没坏处，现场企业对资方参会人表现出了极大的热情。

而初创企业创始人的风格不同，在资本市场的受欢迎程度也完全不同，此刻茶歇，就能看出明显的差别：有些创始人是技术宅，谈具体业务头头是道，但对商业谈判融资或与资方沟通接洽都不擅长，身边最后也没几个人，场中倒是有一家叫什么潇兆科技的创始人非常能说会道，这男人看着和裴时差不多年纪，人长得也还行，左右逢源，没一会儿就和几个资方的参会人打成了一片，言谈甚欢，都快称兄道弟了。

茶歇时离开是最方便的，不显眼不突兀，裴时收回了眼神，正准备往外走。

只是经过潇兆科技那创始人身边时，对方的话让裴时成功停下了脚步。

他正压低了声音说话，模样有些神秘："你们知道时来科技吧？"

这男人笑了笑，对其中一个投资方道："我这公司背后的合伙人之一，就和时来科技有很深的渊源。"

时来科技是裴时一手创办的，根本没有什么第二个合伙人的说法。

在场的投资人自然也有了解时来科技的，当场提出了质疑："时来科技就是裴时一个人创办的啊。"

这男人被质疑了也不恼，恍然不知自己嘴里的当事人正站在不远处，还在一个劲儿地继续道："我不是说我背后的合伙人是时来科技的合伙人，我这个合伙人呢，准确来说，是和裴时有关系。"

他说到这里，径自拿出了手机，向几个资方参会人展示了什么照片。

"这个，裴时现在的太太。"

裴时没看到照片，但听到了对方得意的声音浑然不觉地继续着——

"我是裴时太太的初恋，此前我们见面了，她很明确地告诉我，她会在近期和裴时起诉离婚，你们也知道，时来科技正在冲击上市，这过程里如果爆发创始人的离婚诉讼，那简直是致命的。"对方说到这里，顿了顿，"此前裴时太太出轨的新闻你们应该也有看到吧？"

投资人都是人精，怎么可能不知道这种八卦，当即有人接嘴道："裴时的太太是那个漫画家吗？我记得挺有名的。"

"对，叫白桃。"那男人点了点头，声音也带了点恰到好处的哀伤惆怅，"其实我和白桃才是初恋，当初我们都快订婚了，但白家最终死活要选择和裴家联姻，把我们拆散了，害得白桃婚后并不幸福，和裴时不过是一对怨偶，婚姻早就出现了危机。"

这男人装模作样道："自然，我在白桃恢复单身之前，是无意插足他们婚姻的，那次不过是白桃找我谈潇兆的业务，她和她父母都想投资，我们商讨具体合作事宜，才会被拍到。"

有人听到这，恍然大悟般开了口："所以钟潇，你的公司名字叫潇兆，也是有含义的吧？"

原来这就是钟潇。

对面钟潇并不知情，还在一个劲儿点头："王总，您真是慧眼，一下子就被您看出来了，这公司，因为背后也有白桃和白家在投资，所以名字就在她的'桃'字里取了一半。"

他进一步解释道："但是碍于白桃现在还没离婚，我的公司和时来科技产品业务线又存在竞争关系，所以没有在公司登记上把白桃列成股东，白桃的股份只是我代持，但你们相信我，我这很多都是内部消息，你们投资时来科技，不如来投资潇兆，你看我们提供的主营业务，几乎是一样的，但潇兆不会出现什么创始人离婚的事，时来却是不好说，毕竟作为婚后共同财产，也不知道离婚诉讼会扯皮成什么样，股份会不会被分割呢……"

裴时知道大数据行业里有一些所谓的初创企业，并不是好好做业务的，而是到处骗投资的，等把投资骗到手，这些法人有一百种办法从公账里挪作私用，等自己挥霍一空，再宣告创业失败。

天使投资本来失败率就高，投资十个项目，八个黄掉都不为过，因此只要这些所谓的初创企业并没有拿投资机构太过大额的经费，挪用投资的手法足够隐蔽低调，最后以经营不善宣告项目流产，非常容易就能蒙混过关。

更有甚者，在这家"创业项目"即将清算时，另一边早已移花接木，以同样的主营业务范围在另一城市设立了新的公司，准备无缝对接，以"新公司新项目"去敛财骗新一轮的投资了。

这就是典型的创业骗子，并不是正经创业的，而是以"创业"为包装来骗钱挥霍的。

此前听裴菲提过钟潇，当时裴时没太当回事，如今见到了人，才反应过来——其实没必要在意他在做什么算法，因为这并不像是正经做业务的人。

白桃婚前也就算了，婚后还会和这种男人有牵扯？

这个钟潇，大概率是骗投资的那类。

这类惯犯，一般都口若悬河、能说会道，情商也不差，才能游刃有余地游走在各个投资方之间，最重要的是会吹，会包装。嘴里的话，十句里八句是假的，但正因为真假掺杂，导致很多时候根本分辨不出，还真有很多投资方会着这种道。

只是裴时明明知道钟潇说的话抖一抖都是水分，自己不应多加理会，但不知道为什么，他还是在意了起来，心情也变得有些烦躁。

他和白桃不会离婚，时来科技上市也不会遭到离婚诉讼措手不及的打击。

但钟潇手里的照片让他非常不悦，即便可能是伪造的。

此刻的钟潇还在卖弄，暗示着自己和白桃、和白家有千丝万缕的关系，试图以白桃和白家作为自己创业的背书，能拉多少投资就拉多少。

钟潇恐怕在企业业务设置上就是对标的时来科技，也方便以时来科技的飞速崛起来诈取投资方的信心，从而达到圈钱的目的。

对此，有几家小型私人股权投资机构还真的表现出了一点兴趣，钟潇大概受到鼓舞，于是又拿出了手机："你们真的不要对我有误会，我和白桃是正经谈合作的，她平时也知道裴时时来科技的业务情况，所以一听我这项目，就知道在初创期就投资回报率绝对是几倍的，一直追着问我要投钱。不信你们听。"

他一边说着，一边大概是放了一段视频，音质挺清晰，裴时看不到画面，但一听声音，几乎瞬间认出了是白桃，她的语气确实挺正经——

"你要多少钱？"

别人不知道，但裴时几乎可以确定，确实是白桃，他甚至能够想象白桃皱着眉说这话的表情。

照片好造假，但视频加音频就不容易了。

裴时原本以为一切不过是钟潇虚张声势的骗局，然而没想到竟然还真掺杂有真实性。

所以白桃真的去见了钟潇？真的要给他这种诈骗一样的项目投资背书？

裴时的脸沉了下来。

钟潇很快掐断了视频："我习惯商业谈判都做好录音备份，后面的是我们就公司业务进行的沟通，属于保密范围，但这项目真的是裴时的太太亲自站台要投钱的，听完我的项目介绍，就不停问我要多少钱……"

钟潇有些苦恼地晃了晃手机，也是这时，裴时终于看清了他手机上此前展示的那张照片，确实是白桃，照片像是第三人拍的，有点糊，但能看清白桃正和钟潇讲着什么的模样，还戴了假发，装扮也和平时不同，鬼鬼祟祟。

这叫谈业务？谈业务还要乔装打扮？出轨还差不多。

只是白桃平时并没有露脸过，因此有投资人表示了怀疑："可裴时那太太不是挺神秘低调吗？我们怎么确定这就是她啊？"

"您瞧您，我在这种事上作假有意思吗？不过我这也有证据，您看，这是我以前和白桃谈恋爱时去她家玩翻她家相册留念拍的，您不认识白桃，白桃的父亲白亚林总该认识吧？这上面都是他们的家庭合照呢，这里面不就有白桃吗？看看这脸不是一个人吗？"

投资圈里有谁不认识白亚林的，当即就有几家投资人信了钟潇的话。

……

钟潇还在侃侃而谈，裴时抿紧嘴唇，沉着脸从会场走了出来。

按照裴菲的说法，这钟潇回国也才没多久，创业也是自己和白桃结婚后的事，而他手里有那样一段视频，也就是说，白桃一边对自己撒娇、套路、甜言蜜语，一边还背着自己去见这个初恋？还要给他投钱？那可是婚后共同财产！四舍五入一下，白桃不就是用自己的钱去养其他野男人吗？

袁牧和自己的老板约好了时间，因此已经在会场门口等候，只是等了很久，才见裴时从门口走了出来，脸色肉眼可见地难看，整张脸拉得老长。

袁牧是从裴时初创就跟着他干的，创业会遇到各种各样的问题，裴时毕竟大少爷出身，偶尔遇到令人上火的客户，有点脾气也正常，但时来科技从初创时亏损面巨大一路走到今天，风风雨雨，袁牧陪着裴时几乎经历了所有，却从没见过他脸色难看成这样。

难道……

袁牧有点不好的预感，难道时来科技要倒了？

毕竟最近老板非常怪，先是从不休假的人，破天荒地休了一个周末的假，人也不知道上哪儿去了，休假回来，就号称感冒在家办公，如今参加完这个按规格来说他根本不应该参加的论坛，脸又臭成这样……

袁牧一边开车一边心里忐忑："裴总，回公司吗？"

裴时的唇角很平，他有些烦躁地扯了扯领带："回家。"

完了，工作狂人竟然要回家，袁牧不妙的预感更强烈了，觉得自己或许是时候看看跳槽信息了。

白桃是在和狗对峙的时候发现裴时回家的。

裴时一回家，白桃就丢下狗，跑向了裴时，指着院子里的狗告状道："老公，狗在院子里随地大小便！这狗一点不讲文明！"

她本来指望裴时给自己主持公道，代表月亮惩罚这不文明的狗，结果裴时只瞥了她一眼，脸色沉了沉："我回家的用途就是管狗吗？"

这男人说完，径自换了鞋就上楼了。

这是怎么了？吃枪子了？

白桃也不管狗了，噔噔噔上了楼。裴时今早出门时，虽然矜持，但心情明显是挺好的，自己手忙脚乱煮的速冻饺子，他都很给面子地吃了一整盆，怎么去个什么论坛回家，脸就臭成了这样？

难道生意不顺？事业上遭受了什么挫折？

这不正是自己乘虚而入温柔安慰升温感情的好时机吗？

白桃推开门，觉得自己机会来了，声音温柔道："老公，怎么了？是公司业务上遇到什么事了吗？"

她准备了一堆诸如柳暗花明又一村之类的安慰话，结果还没来得及开口，就见裴时看了自己一眼："你就不指望我点好的。"

裴时又看了白桃几下，白桃总觉得他回家后都有些阴阳怪气的。

这男人抿了抿唇，像是忍不住般又开了口："我破产了对你有好处吗？"

裴时此时已经坐在了桌前："算了，不说了，我要看一下公司财报，麻烦帮我关一下门。"

这就下逐客令了？

白桃还愣着，裴时倒是又转身加了一句："还有，忘了说，以后你的零花钱没了。"

什么？

这白桃就不乐意了："为什么啊？"

自车祸后醒来，白桃知道裴时每个月是固定会往自己卡里打一笔丰厚的"零花钱"的，而她漫画的各类衍生版权费收入不菲，因此鲜少需要动用这张卡里的钱，她也不觉得已婚女性就该依附男人生活，但……

这不是钱的问题，这是态度问题！

怎么的，这钱不给自己，是要给外面哪个小狐狸精吗？

结果裴时不仅毫无所觉，还雪上加霜："不仅没零花钱了，以后你还要交家用。"

白桃惊呆了，裴时的公司难道真的要破产了？

"你是最近手头比较紧张吗？"

"不紧。"裴时面无表情道，"但我看你钱太多了，与其贡献给莫名其妙的事和人，不如贡献给家庭。"

自己怎么贡献给别人了？这莫须有的指责下，肯定是裴时的虚张声势了！

白桃心酸地想，看来裴时的企业真的是遇到瓶颈了，但这男人死要面子，是绝对不会承认手头紧的，只能变着法子用别的由头克扣自己的花销了。

这种时候，一个合格的豪门贵妇，自然不是和老公闹，而是站在老公身边，陪着他渡过难关，甚至慷慨解囊，救自己老公于水火啊！

表现自己的机会又一次来了！

白桃当即拍了拍胸口，豪情壮志道："老公，夫妻都是命运共同体，没什么过不去的坎，不用不好意思讲！我这几年漫画上也有不少钱，再不行还能问我爸妈要，你要多少钱？我……"

结果白桃那句"我都给你"还没说完，裴时脸色就唰地黑了，他的声音几乎有些咬牙切齿了："正常男人都不会用女人的钱。希望你不要总想着给男人花钱。"

裴时讲到这里，垂下了视线，像是在认真看财报的样子，说的话题却完全不是那么回事，他瞥了白桃一眼，意有所指道："会花你钱的男人都不是真的喜欢你。"

自己给什么别的男人花钱了啊？

白桃简直想大喊——

我窦娥冤啊！

明明时来科技不论上市进程还是近来业务拓展都非常顺遂，可裴时的心情就是好不起来。

钟潇凭借暗示和吹嘘，虽然没有唬到资深投资机构，但也从好些小机构或者个人手上敛了不少财。

大数据行业是当前风口，自然就有热钱、快钱涌入，如今社会贩卖焦虑，大部分传统制造业的老板们都对自己的实业感到悲观，对未来科技发展迟疑害怕又好奇跃跃欲试，因此多少都会布局所谓的新兴产业，好来个几条腿走路，而这些焦虑又不懂数据科技产业却急于在其中投资挖掘商机的老板们，就成了钟潇割的韭菜。

何况在钟潇包装下，钟家也还勉强能算名门富户，外人也对他没落的家境并不详细知情，再加上他自我营销的海外留学人才人设，附带那张能说会道的嘴，确实还真的有人买账。

裴时是随时准备好给钟潇发律师函的，然而钟潇比他想的小心，他从没有留下过什么物证，言辞也都很含糊，法律上无法定性为诽谤。

何况裴时都不知道这钟潇到底是不是诽谤，毕竟他手握和白桃约会的视频，裴时也没看到全部。

"裴总，针对这种情况，您应该录音的，有了录音，我们还是可以做文章的。"

律师还在惋惜："既然您在场，怎么会没留下证据呢？"

裴时面无表情地看了对方一眼："忘了。"

律师还在感叹："可听您的意思，这钟潇说了不是一句两句，裴总，您应该是有机会录音的啊！怎么还能忘记呢……这幸好目前传播度不广，要有录音，律师函至少能发一个警告，免得这谣言扩大范围传到投资机构那儿，可别真的对时来科技上市产生点什么影响，总归是防患于未然……"

裴时抿着唇，觉得自己这个律师，话真是太多了。

但无法否认，这律师说的也没错。

可即便是平静下来的如今，再回想此前，裴时都能想起当时巨大的愤怒，被那种情绪裹挟着，人根本不可能理智，他确实完全忘记了录音留存证据这回事。

好在钟潇大概确实不是正经创业，骗了一小波投资以后，看起来就在业内消停了。

只是很快，裴时就发现，对方确实是在拉投资方面消停了，但无限的精力和热情就用到别的领域了。

刚结束了一个公司例会后，裴时接到了裴菲的电话——

"哥！我真的是要气死了！你看看白桃和钟潇多嚣张！都上综艺了！这是决定撕破脸皮高调劈腿了吗？"裴菲的语气气急败坏，"哥，你就不能当机立断吗？白桃有什么好的？以前也没见你喜欢她，现在这是怎么了？……"

裴时皱了皱眉："出什么事了？"

"就那个钟潇，我和你讲过，白桃的前男友，最近上了一档综艺访谈类节目。虽然以初恋代称，没讲具体名字，号称是保护隐私，但我这种明眼人一看他说的这个初恋就是白桃啊，什么信息都能对得上。这男人在节目里大肆宣扬以前和白桃多难舍难分，自己和白桃多互为彼此的初恋白月光，是多阴差阳错被命运分开，结果那么多年过去，心里还是难以忘怀呢！"

裴菲拉拉杂杂、连骂带怨地讲了一堆，裴时总算是理清了事情的来龙去脉——

大概是为了营销富二代创业者人设，钟潇回国后不仅在投资圈里各种暗示自己和白桃的关系，还参加了一档什么综艺节目。

这节目只是容市的地方电视台的，算个不怎么入流的节目，本身并不需要多好的履历就能参加，多半也是钟潇为了能以富二代创业人才的人设行走方便，自己花钱去参与的，没收视率也无所谓，只要营销跟进，多发发通稿，营造出氛围就行。

本来节目都已经悄无声息地播出完了，但没想到因为钟潇长得不错，钟家原本也有钱过，在不知情的外人看来，钟潇表面也算是个留学归国的高富帅，因此莫名其妙就有了所谓的"颜粉"，把钟潇参与综艺的片段挖了出来，剪成了专辑，一下子就在网络上爆了。

裴时抿着唇，按照裴菲的叙述，找到了钟潇网上的剪辑专辑。

这剪辑专辑名字就很耸人听闻——爱你，深情永不悔。

裴时脸色不善地点了开来，钟潇那张惹人心烦的脸就跳了出来。

主持人没什么新意地问："所以十年前的初恋，你至今还忘不掉？"

钟潇在镜头里沉痛地点了点头："实际上我们恋爱的时间没有那么久，但我早就喜欢她了，一开始是暗恋吧，你们懂的，年少时候的感情都很青涩，小心翼翼地试探和靠近，没想到她心里也有我的名字，两个人就这么渐渐心意相通在一起了，但我要想到后来她会阴差阳错被迫为了家族利益牺牲，嫁给自己不爱的人，我说什么也会早点告白，早点求婚的……"

说到这里，钟潇低下了头，很痛苦的模样："都怪我当初年少气盛，想着一定要先立业再成家，虽然家境很好，但还是希望能靠自己的能力有一片天，所以想着去外面闯荡，没想到却不慎弄丢了她……没能保护好她，没能在她的家里逼迫她结婚时为她撑起一片天……"

主持人这下脸上露出了八卦的热情："可钟先生这么优秀，这么多年来，难道没再交往过新的女友？没再遇到令自己心动的人？"

"没有。"钟潇斩钉截铁道,"她们都不是她。"

这男人一脸深情又带点忧郁道:"你要是见过了那个人,你就知道,此后别人都永远无法替代。"

"可您也说了,您的初恋已经嫁人了,重新开始了新的生活,您这样还偏执地沉浸在过去,是不是……"

"是,我知道这不聪明,但我忍不住。"钟潇脸上露出了恰如其分的绝望,"如果她过得好,也就算了,可偏偏我知道,她一点也不快乐。她的丈夫根本不能理解她,她是活泼的人,但她的丈夫不苟言笑,和她根本没有任何共同话题,和她的丈夫生活在一起,她那样性格的人,一定会感觉到窒息。

"当然,我不会打扰她,她要是过得幸福,我甚至会很欣慰,会祝福,但知道她过成这样,我心里又怎么放得下?我想对她而言,也是一样的,她也放不下我,但是出于道德和婚姻契约,让我们彼此都只能把对方埋在内心最深处,我想这不算是出轨,也不算是不道德吧?毕竟每个人心底,总有一些伤痕和秘密,而这就是我和她的青春回忆,是我和她永远彼此怀念的过往,是无法逾越的惆怅……"

裴时一边看,一边简直要气笑了,这钟潇排比句用得还挺顺,可狗嘴里到底吐不出象牙,这说的是人话吗?彼此内心怀念精神出轨就道德了?裹上青涩青春的标签就能豁免责任了?

英俊年轻、富二代、留学归国人才、创业者,这些标签就够吸引眼球了,外加十几年深情如一日、初恋、白月光这些关键词的升温,钟潇这档小破节目竟然隐隐有出圈的势头。

裴时点开网上的热评,脸色更难看了。

我什么时候能有钟潇这样的前男友!

天啊，我要是那个初恋，我恐怕也走不出来！

哎，真是，好希望钟潇和初恋能破镜重圆哎。

网友或许并不知道钟潇嘴里这个两两相念的初恋是谁，但裴时不傻。

此后的剪辑里，是不少访谈中钟潇提及的这位初恋白月光的细节，以及两个人过去甜蜜青涩的回忆片段，主持人多次询问这位初恋白月光的名字，但钟潇都表现出了为保护对方的三缄其口，然而话里行间，他就透露了足够多的信息了——

怕狗、骄纵、喜欢画漫画、喜欢甜食、害怕牙医、不会做菜、漂亮、每天靠奶茶续命、可爱、有酒窝、古灵精怪、狡黠、娇气、一委屈就哭、喜欢白色、喜欢桃子……

几乎是瞬间，裴时的脑海里就浮现出了白桃的脸。

舆论赞美着这段阴差阳错走散的年少恋情，但作为这段故事里的反派当事人，裴时的心情就完全无法愉悦了。

可着自己是他们这段伟大恋爱里的绊脚石？

一个没有情趣、没有共同语言、性冷淡、钟潇嘴里疑似不行的联姻对象？

裴时这天是自己开车回家的，回程路上，他就公放着钟潇的访谈——

"我们以前一起去放风筝，一起野餐，看星星看月亮……"

"印象最深刻的是一起看鬼片，她害怕地躲进我怀里，结果我心跳得好快，她还以为我是看鬼片害怕的……"

"还有一次，她一定要给我做吃的，结果失败了很多次，做出来的虽然不好吃，但我还是很感动。"

"我生病了，她不眠不休亲自照顾我！"

行了，看来白桃对自己的这些，都是以前和钟潇玩剩下的。

"还说要以我的形象创作一个主人公；我生日的时候亲手缝制了手工皮包给我；还为我编织了手工风铃，亲手做了装饰陶罐……"

随着音频的继续播放，裴时的脸色越来越难看，重复以前对钟潇的套路也就算了，怎么和自己结了婚，从没用自己作为主人公进行过创作，从没送过什么手工皮包和风铃，更别提什么装饰陶罐了。

要说同样的套路同样的待遇也就算了，结果自己比钟潇还不如。

访谈里钟潇还在不住懊丧喟叹："当初我们在一起，只是纯纯的恋爱，我和她什么都没发生，但现如今，才觉得后悔，当初就应该把第一次留给彼此，至少能给她一个美好的回忆，不至于让她……哎……算了，往事随风，不提也罢……"

裴时脸色铁青，还不提也罢？你都已经祥林嫂一样提了多少遍了？

这些访谈自然越听越令人不悦，裴时却自虐般坚持把钟潇回忆初恋的部分全部听完了，一字不差。

白桃觉得裴时最近不对劲。

先是这男人突然就不加班了，每晚按时回家，这听起来仿佛是能和自己相处时间增多感情升温了，但实则不然，裴时虽然回家和自己一起用餐，然而坐在餐桌上，脸拉得老长，一声不吭，把牛排都切出了刀和瓷器碰撞的声音，偶尔喝茶也把茶杯放得老响，恍惚让白桃觉得裴时不是在家里用餐，而是在开公司业绩会，而自己则是惴惴不安等着汇报的业务经理。

总之，气氛怪怪的，裴时不是对自己视而不见，就是偶尔抬头看自己一眼，眼神幽深晦涩，也不知道在想什么，但显然没什么高兴的情绪就是了。

白天上班时，白桃特意找孙静和袁牧都旁敲侧击确认了，确定时来科技不仅没有遇到瓶颈，甚至市场前景一片光明。

所以裴时这是怎么了？

一脸看自己不爽的表情，难道自己和他又进入婚姻危机了？

等这顿饭快结束，家政阿姨上了甜品之后，裴时望着自己眼前的提拉米苏，终于状若不经意般地开了口——

"我听说很多人画漫画写小说，都会以身边人为原型创作。"裴时咳了咳，"所以你哪个人物是以我为原型创作的吗？"

白桃当即诚恳道："没有啊！"她保证道，"绝对没有！"

很多人是很介意被当成原型写进漫画或者小说的，觉得个人的隐私被侵犯，何况漫画小说作品讨论度大，原型人物的某种性格特质很可能成为读者谩骂攻击的点，按照裴时的性格……

白桃觉得，他是绝对不会喜欢被讨论的。

她再次补充道："你放心吧！从没有用过你做原型！我就用过别人！"

结果自己这么保证完，裴时不仅没有满意，脸反而沉了下来。

怎么回事？

白桃在古怪的气氛里有些坐立不安，然而裴时还保持着安静，好在甜品吃到一半，他终于打破了尴尬的沉默，只是问题有点奇怪。

裴时清了清嗓子："我钱包最近坏了。"

哦！

白桃立刻懂了，她热情道："老公！那我给你买个新的！你想要什么牌子的？"

"也未必要牌子。"裴时百无聊赖般用叉子插了下提拉米苏，"听说现在有些手工皮具也挺不错的。"

"没问题！我找个定制的手工皮具中心给你做！你想要什么款式？给你弄个独一无二的！"

裴时这次不再插提拉米苏了，他瞥了白桃一眼："没必要还找皮具中心，你要会做的话，你自己做的就行，不用太浪费钱。"

说什么胡话呢？自己怎么会做那玩意儿？

白桃笑嘻嘻道："没事，钱不是问题，给你花还能算浪费吗？"

可惜适得其反，裴时的脸色更差了。他扔下提拉米苏，一言不发就上楼了。

又怎么了！

白桃也不知道怎么回事，近来裴时的情绪变化好像越发能牵动起她的来，因为裴时这奇怪的态度，白桃也变得有些患得患失的。

白桃把裴时的症状匿名发到网上的医疗论坛进行了询问，因为忘记写了性别，得到了一堆"怀疑为经前期综合征"之类毫无建树的回答，唯独有一个引起了白桃的注意——

"可能是夫妻生活不和谐导致的内分泌问题。"

这个刹那，白桃几乎有种醍醐灌顶之感，是了，就是它了！这说的不就是裴时吗？

自自己车祸后醒来，这都多久了！裴时还憋着！这能不心理失衡吗？所以最近成天和来了生理期一样！

破案了！

这个夫妻生活吧，确实是婚姻和谐不和谐至关重要的因素，白桃其实最近也在琢磨，总不能年纪轻轻才二十多岁的，就过了无性婚姻貌合神离吧？

但裴时也不知道是不是还是内心介意此前的出轨传闻，都多少次了！箭在弦上了，竟然真的不发了！

　　白桃几次想证明，裴时的自制力在自己面前不堪一击，然而时至今日，裴时的自制力还好好地坚挺着，简直是对自己魅力的漠视和践踏，忍无可忍了！

　　正好下礼拜就是自己的生日了，白桃决定从长计议！

　　攻城略地，一举拿下裴时！

第十七章
生日旅行

白桃想来想去，觉得自己这次生日不能在家里过，得换一个有点新鲜感的地方，要给裴时一种犹如新婚时的冲击感。

白桃近来对自己身材管理挺严格，眼看着曲线越来越好，可惜容市近来已经有些冷了，穿的衣服都多起来了，连好身材也没法展示，等天再冷点，她恐怕穿得要和个过冬的熊一样。

所以……要不去海边？

这个灵机一动的主意一下子让白桃雀跃了起来。

还有什么比在海边穿着比基尼更加性感的呢？还有什么比在海边更加让人放空放松的呢？

难怪蜜月旅行大部分都去海边，这还不是海边的氛围实在太适合谈情说爱吗！

白桃一向是行动主义，等裴时回家，她决定铆足劲儿说服裴时——

"我生日要去海边过！"

为了防止裴时拒绝，白桃没给他回答的机会，径自继续道："第一，我生日我最大我做主，上次你生日我都给你送狗了！夫妻之间应该互相迁就包容，所以只是让你陪我去海边，你不应该拒绝。第二，偶尔的短途旅行有益身心健康，你工作压力那么大，应该劳逸结合。第三，容市最近都没有太阳，海边阳光灿烂，利于钙和维生素 D3 的合成，以后老了不容易骨质疏松。第四……"

果不其然，裴时打断了她："白桃，不用再说了。"

白桃不服输地继续道："你听我说完，真的我可以列出一百条理由……"

"你没必要给我再列理由。"裴时的声音挺镇定，但表情有些微的不自然，他咳了咳，"可以。我没有意见，不需要再给我讲理由。你想去的话，你决定好就好了。我会配合留出假期和时间。"

这男人说完，才一本正经地上了楼。

这么容易？

白桃简直不敢相信，五年前她心怀鬼胎准备追裴时时就调查收集过资料，记得很清楚，裴时不喜欢海边，本来还以为自己要花九牛二虎之力才能说服裴时，结果就这？

这男人甚至连抵抗和不满都没有一丝一毫就同意了？

挺好！良好的开端是成功的一半！

距离白桃生日还有一周，这一周里她的情绪都很高昂，每天准时上班签到，哼着小曲办公，孙静安排她加班她也挺乐意，闲暇时间就准备去海边要带的东西。

大概一忙起来时间就过得飞快，等白桃再意识过来的时候，她都已经躺在了度假酒店的私人海滩上了。

裴时因为临时有个会议，因此和白桃分开出行，白桃先到了度假村安顿下来，裴时则会坐下一班飞机来会合。

这个时间差也正合白桃的心意，她先打了酒店客服电话要求把房间布置成了充满浓情蜜意的"蜜月套间"，让人所入眼之处都是粉色红色，把订购的玫瑰全部插满花瓶，床上也用玫瑰花瓣拼凑出了爱心的形状。

白桃还挺心机地把买来的精油用了起来，确保从视觉嗅觉都能给裴时爱的体验。

看下时间，裴时应该已经下飞机了，再过片刻就能从机场赶到酒店了。

白桃手忙脚乱地把房间布置的扫尾工作都做完，然后就开始换起了比基尼。

她原本就存了贼心，因此挑的时候就找性感诱惑风的挑，因为是网购，此前也没来得及试穿，如今穿上后往镜子里一照，白桃差点没晕过去。

说好的尺码没有偏差呢！

这比基尼的尺码明显偏小了！

穿是能穿，但衬得白桃的胸在视觉上相当有冲击。性感是性感，就是性感得穿着拍照上传都能被系统打马赛克了……

夸张了，真的夸张了。

但效果很能打。

白桃看着镜子里的自己，得意地觉得，裴时恐怕看自己第一眼，就要腿软拜倒在自己脚下了。

她又细细化了个妖娆的妆容，把头发披散下来，别上一朵充满海岛风情的鸡蛋花，然后拿起了一条同色系的纱巾披在了身上。

含而不露才是最高级，若隐若现最勾人。

这一波，她给自己打满分！

裴时不太清楚白桃为什么突然想去海边，但这是她的生日，鉴于上次她给自己过了生日，裴时觉得虽然很忙，自己还是有义务腾出时间配合。

可惜得知自己要来海滩给白桃庆生，裴菲气炸了，裴时上飞机前她还在电话那头纠缠，即便此刻，裴菲的话还有些魔音穿孔般萦绕在耳边，仿佛她正气急败坏地在裴时跟前咆哮——

"哥！你脑子怎么了？白桃有什么好的？还庆生呢！她和钟潇这么缠绵悱恻，钟潇那么深情不二，我看她应该去轻生！你怎么会喜欢她喜欢成这样啊？哥！你都色令智昏了！"

裴时没多理睬裴菲，他从学生时代就对白桃和裴时这种小女孩之间的微妙斗争毫无兴趣，也并不认同裴菲的话。

他怎么可能色令智昏？

这怎么就是色令智昏？

他不过是配合一下。忙中抽闲过来给白桃过生日，为她挑选了生日礼物，这不过都是源于中华民族的传统美德——礼尚往来。

白桃订的是直接连接私人海滩的别墅套房，只是说好了已经在别墅里等自己，等裴时进屋的时候，却没有人来迎接，房间里布置得倒是极尽夸张，到处是红色玫瑰，空气里是香氛的味道，甜腻的味道夹杂在海风里，带了点若有似无的引诱。

裴时微微皱着眉往套房里走，终于在别墅开放式阳台连接的私人海滩上找到了白桃。

她正斜躺在一顶沙滩伞下的躺椅上，从背后，裴时仅能看到她披散下来的长发，动作间能隐约瞥见颈肩一颗红色的小痣，衬得白桃的脖颈更加白皙，沙滩伞的缝隙下，有几缕渗透下来的阳光打在她的颈肩，以至于白桃的皮肤在光照下白得都有些透光感。

裴时从阳台向下走，脚踩沙子的声音终于引起了白桃的注意，她转过头来，见是裴时，略有些茫然的脸上几乎刹那间漾起了笑容。

"你来啦。"

她笑起来酒窝会渐渐扩大，眼睛里都像是盛着阳光，明艳又动人。

裴时想，当初会选择白桃协议结婚，大约也是因为她确实漂亮。

而如今，这个女人就这样坐在自己面前，修长好看的腿轻轻交叠在躺椅上，她晃着秀气的脚踝，有些抱怨："怎么这么久啊？"

裴时突然忘记了自己原本想说什么，因为入眼的都是白桃的腿，白到晃眼，视线再往上，除了红色的比基尼，入目的还是那种让人心驰神往的白——虽然披着小纱巾，但她连胸口都几乎敞着。

裴时的视线接触到白桃的胸口，几乎是立刻就移开了。

裴时这个反应正中白桃的下怀。

她露出毫无芥蒂的纯真表情："怎么啦老公？是阳光太刺眼了吗？"

而白桃的表情越是无辜和天真，这种蓄意勾引的意味就反而越是强烈。

裴时果然更不自然了，因为白桃的话，他不得不看了她一眼，然后视线无法避免地又扫过了白桃的腿和胸口，然后这刻板的男人几乎又是立刻避嫌一般地移开了视线。

白桃脸上表情天真自然，心里却有些隐秘恶劣的快感，裴时嘴上不说，身体却是诚实的，自己的魅力果然无法阻挡！白桃觉得心情愉悦了点，自信心也连带着爆棚了。

她摆了个妖娆的姿势，然后态度自然地轻轻扯下了披在肩上的纱巾。

裴时果然更加移开了视线，这男人咳了咳，有些不自然道："海边风大，你把纱巾披上。"

"不要。"白桃抿嘴笑了下，"海边紫外线好强，我要涂防晒霜，但是背上涂不到，老公你帮我涂下可以吗？"

白桃一边说，一边拿出了防晒霜，一脸心无旁骛的模样，裴时看着有些挣扎，但奈何白桃的要求实在太过合理，裴时最终抿着唇走了过来，他接过了防晒霜，在白桃的指示下坐在了躺椅的一边。

白桃整个人懒洋洋地趴在躺椅上，裴时涂防晒霜的动作有些笨拙，也有些不自然，涂来涂去，都在白桃的肩上，至于她的腰侧，裴时的手总是回避。

"你涂均匀一点呀。"白桃回头，娇嗔地瞪了裴时一眼，"不然我的腰不要和肩晒成两个颜色的吗？"

可惜裴时这人完全不解风情："腰你自己够得到。"

白桃发现裴时这人也挺有意思，明明耳垂都有些红了，眼神也飘忽了，结果还能装得和禁欲系老干部一样一本正经、面无表情。

行，装！你继续装！

私家独栋别墅隐私环境良好，这栋独栋别墅周围没有旁人，安静的海风吹着，耳畔是海浪有节奏的声音，白桃坐在光影里，像一尾短暂搁浅的美人鱼，美丽无瑕，雪白的肢体，柔软饱满的线条，裴时不得不承认，美貌确实是武器，白桃这样，他甚至有些无法直视，或许说她像美人鱼也是不准确的，她更像是海妖。

裴时觉得自己不可以再待下去了，因为他可能会管不住他的视线，视线过后，继而沦陷的可能是别的，此刻的白桃让他有一种自己即将犯错的危险感觉。

他们是协议夫妻，本身就没有恩爱的义务。白桃那个前男友的话，也不知道有几分真几分假，白桃心里是不是对对方还……

如今的白桃脑子坏了，但自己没坏。如果趁着白桃不清醒和她搅和到一起，第一自己这种做法很卑劣，第二万一她脑子好了，要上门索赔闹事，就很难看了。

裴时的挣扎落在白桃的眼里，就是另一个意味了——

这男人急了急了！

他肯定在内心焦灼，心里还介意着一些乱七八糟的传闻……

白桃见此，决定再自己加加码，她轻轻地靠到了裴时身上，然后开始啄吻他的耳垂。

她一边亲一边拉着裴时的手，就把自己往裴时怀里送。

裴时显然是动情了的，他带了些喘息地回吻了白桃，情不自禁地，眼睛也有些微红，然而就在两个人都快贴到一起，吻渐渐带了欲望，一切渐入佳境之际，裴时最终还是悬崖勒马般推开了白桃。

"不行。"他盯着白桃，声音有些喑哑，眼神幽深，"白桃，你不知道你在干什么。"

说完，这男人站起身，模样和身影都仍旧很镇定和冷静："吹海风冷静一下，我去洗个澡。"

裴时！你个王八蛋！

白桃简直无法形容自己心情了。

又一次！

自己都这样了！已经使出浑身解数了！裴时竟然还这样！毫不留情地把自己推开！

一次两次白桃还能自我安慰还能忍，但事不过三，这一次她是真的气炸了。

肯定不是自己魅力不行，也不是自己不够美，一定是裴时的问题，这绝对是裴时不行！垃圾！人渣！

今天都是自己生日啊！他就这样对自己！

白桃是个特别爱面子的人，因此如今觉得遭受了巨人的屈辱和打击，而让她觉得更加悲惨的是，今天还是自己生日，裴时别说两手空空，眼见着是什么生日礼物也没准备，就连亲亲抱抱都没有，还一把把自己推开了。

这是正人君子的时候吗？自己和他还没离婚呢！这日子真是没法过了！

白桃正在气头上，结果接到了宋妍的电话——

"白桃老师！生日快乐！祝你年年岁岁有今日！"

宋妍的声音甜甜的、柔柔的，可惜讲的内容不太令人愉快，白桃一点也不想年年岁岁有今日！毕竟今天这日子过得够惨了！

可惜宋妍并不知情，她祝福完白桃，挺商务地给白桃汇报了下近期几项在谈的漫画衍生版权合作进展："今天是你生日，连载平台那边会做一个专题特辑，给足广告位和开屏，除了正常更新外，会把你之前交给我的一个小番外也放上去，刺激下订阅，另外，微博上也要记得营业了哦，白桃老师。"

宋妍声音活泼道："记得晒恩爱哦！之前每年都有晒裴总给你买的生日礼物，什么限量版包包、拍下的钻石或者买下的一整个店铺甚至星星的命名权，这次也不用低调，大方地晒出来吧！正好能力破之前谣传后你俩不和的谣言呢！"

白桃有气无力地挂了电话，内心简直悲从中来，还营业呢！自己拿什么营业啊！以前还有限量版包包、钻石，现在自己都有什么啊！什么也没有！裴时自始至终没有任何表示！自己拿什么晒恩爱呢？

白桃点开微博，果然，下面除了粉丝在祝福自己生日快乐，就是一些黑粉在挑事——

不是吧不是吧，到现在都没晒恩爱，看来是要离婚了吧，前几年可每年都在当天凌晨就晒了呢。

白桃老师营不了业啊，是不是婚姻不顺夫妻生活不和谐，漫画画风怎么也觉得越来越丑了，谈恋爱情节更是干巴巴的……

之前出轨被裴总甩了吧。

人争一口气！裴时不送给自己生日礼物，自己还不会编吗？！

白桃气得要死，愤怒和屈辱占据了她的头脑，她二话不说，当即在网上找了找某奢侈品名牌稀有皮包的图片，然后进行了剪辑加工，一口气发到了微博上——

都怪老公，害得我今早起晚了，都没法坐下画连载了，但是看到老公送我的包，竟然是我随口一句期待了很久但一直断货买不到的，谢谢老公一如既往的爱，在纷乱人世里，我也只爱你。

白桃打完字，配上了包的图片，大功告成，点了发送。

没多久，粉丝就占据了评论区——

我白桃老师的晒恩爱或许会迟到，但不会不到！

打脸了吧！

虽然评论区还有几个不和谐的声音，但因为白桃这条晒恩爱的微博，粉丝们到底占据了上风，白桃觉得自己心里好受多了。

此前为了酝酿气氛，她特意开了一瓶酒，如今裴时走了，她心里烦闷，索性自己倒酒喝起来。

因为宋妍耳提面命让白桃做好舆情管理和日常营业，白桃发完微博，也没直接走人，还进自己和裴时的 CP 超话逛了逛，对一些产粮的同人画作点点赞，以此带动下超话的热度。

她是无意看到一篇同人 CP 文的，在这篇文章里，她是有钱有势的贵族小姐，而裴时是自己家里保姆的孩子，典型的社会底层穷小子，然而这穷小子也不知怎么的，竟然对小姐生了心思……

　　整个文章的基调是虐恋情深，文章开头作为贵族小姐的白桃如何打压裴时的剧情一下子引起了白桃的共鸣——太爽了！

　　虽然知道这都是假的，但白桃还是看得热血沸腾，不知不觉竟然就沉浸在这小说里了，看到关键剧情，她内心更是跌宕起伏——

　　把裴时当成敌人一样对待！冷酷！不要给他好脸色！

　　这同人作者的文笔相当好，白桃的情绪完全被调动了起来，可惜看着看着，白桃就觉得不对劲了……

　　前面自己是虐了裴时挺久不错，但这后面的剧情？

　　光是章节标题，这……就不太对啊……

　　不是自己想的那个吧？

　　白桃犹豫了片刻点开，越往下看，就越是脸红耳赤。

　　这……这都写的什么玩意儿！

　　光是入眼的文字，白桃就觉得自己快瞎了。

　　理智告诉白桃不能再看下去了，但后续剧情还有一个虐裴时心的桥段，白桃又有些心痒痒，只是正面红耳赤地这么看着，也不知道正主什么时候就站到了自己身后。

　　等白桃意识过来头上的阳光被裴时的身躯遮挡了一大半时，白桃已经不知道这男人在自己身后站了多久。

　　裴时手里拿着椰子和水果拼盘，他洗过了澡，头发还带着微微的水珠，模样很镇定，声音也恢复了冷静自若，他把果盘端给了白桃："给你的。"

　　"哦。"白桃接过水果，脸上有些烫，头也有些晕，但还是佯装镇定地咳了咳，"放这儿吧。"

　　裴时原本打算走，但看到白桃已经喝光了半瓶的红酒后，微微皱起了眉："怎么又喝酒了？"他伸手拿起了红酒，看清了酒瓶里还剩下多少，声音也微微抬高了，"白桃，你疯了，怎么喝这么多！

你的酒量根本……"

白桃本来心里就充满了委屈、耻辱、羞愧、愤懑各种复杂的情绪，借酒消愁后自然不仅没有开解，反而更愁苦了，情绪被酒精放大了一百倍，如今看着裴时还这么一本正经训斥自己，登时情绪彻底失衡了。

自己这么惨，在生日时一个人对着海喝这么多酒，还不是因为裴时吗？

换在平时，白桃是死要面子不会示弱的，但裴时说得没错，她确实不胜酒力，半瓶红酒一上头，别说行动迟缓，就是整个脑袋，都是晕乎乎的，心里只剩下空落落的难过。

失去了五年宝贵的光阴，一下子老了那么多岁，结果摊上个老公还这样！未来这日子还怎么过？！

"你别管我。"白桃越想越难过，"我不和你过了，回去就和你离婚！"

裴时的声音听起来像从很远的地方飘过来的，却透着一如既往的令白桃讨厌的镇定，这男人平静道："你喝多了。别闹了。走吧，跟我进屋去。"

白桃本来不想哭的，但等她意识过来，眼泪已经流了出来，她努力吸了吸鼻子，转过了脸："我没喝多！我真的要离婚！我要找别人过去，喝不喝酒和你以后也没关系，你别烦我……而且，裴时你年纪轻轻就不行了！法官一定会判离的！"

白桃本来以为自己这样讲，裴时大概率会转身离开摆出懒得理睬自己的态度，毕竟这垃圾一点都没有安慰自己。

白桃保持着转开脸的姿势，抹了抹眼泪，又委屈又觉得丢脸和难过，她的视线有些空空地落在不远处的海面上，时间流逝快得让人猝不及防，此刻已近黄昏，夕阳的余晖笼在海上，色块温柔又浪漫。

　　白桃痴痴地看着这样美丽的海上落日，就在她觉得心情已经快平静下来时，裴时的声音再一次传了过来，白桃才意识到，他一直没走。

　　"你说谁不行？"

　　"你离婚了要跟谁过？"

　　这男人的声线低沉，听着有些阴郁，白桃还没开口，他就径自继续道："和钟潇过？他有什么好你就这么放不下？"

　　"关你什么事！"白桃懒得解释，还在气头上，感觉眼泪又要流下来了，"反正比你好！至少生日不会不送我礼物，还是我初恋！初恋都是最好的！不像你，理也不理我，冰冷的塑料夫妻感情走到了尽头，反正你都对我没兴趣，我也不是死缠烂打的人，大家离婚放彼此自由，我去找我前男友，你去找你前女友呗！"

　　"白桃。"裴时并没有发怒，表情很冷静，声音也很镇定，然而连喝醉的白桃都能听出他语气里的咬牙切齿，"初恋怎么了？我不知道你有这么强的初次的情结。"

　　"他是你第一段懵懂的感情，但我是你第一个男人。"

　　白桃刚要开口，裴时的身影就压了下来，继而是他的唇以及带了点威压和躁动的气息，这男人用一根手指抬起了白桃的下巴："也是你唯一一个男人。"

　　话音刚落，白桃还没反应过来，裴时的唇舌就撬开了她的，攻城略地般吻了起来。

　　这个吻相当强势，白桃难以想象裴时维持着冷静自持的表情却能吻得这么有侵略性和……充满欲念。

　　白桃也不知道事情是怎么开始的，更不知道又是怎么失控的，这一次裴时没有再克己守礼地结束这个吻，这男人把白桃推倒在躺椅上，然后继续了此前每一次被他暂停的事，凶狠又独裁。

白桃只觉得浑身像是着了火，她仿佛失去了任何反抗的能力，所有感官都不再属于自己，而是为裴时所动。

虽说此前白桃信誓旦旦要拿下裴时，但事到临头，白桃反而叶公好龙般地厌了，裴时抱着她亲，她却推开了裴时，然后拉过了一边的纱巾，努力把自己包裹进去，脸和耳朵都红了，只觉得两颊发烫脊柱像是过了电，陌生的感觉让她既惊又怕。

裴时却是笑了，这男人扯开了自己的衣领，扯掉了领带，不再是一贯的冷静自持，莫名带了点放荡的味道，他看了白桃一眼："之前招惹我的时候怎么没怕过？"

"穿比基尼，叫我涂防晒，解开衣带，看鬼片靠到我身上，动不动就露出想让我亲你的表情，老不停盯着我看暗示我，白桃，你不就期待我这样对你吗？"

看破不说破，裴时有毛病吗？虽然白桃做这些时心里确实有鬼，但当面对质，自然是死也不承认的，她气得都涨红了脸："我没有！你什么意思？我勾引你？你怎么不说自己满脑子废料，看什么都像是我在勾引你呢？"

"你看，又这样了。"

裴时又一次扯了扯领口，居高临下地看着白桃："又露出这种眼神了。"

自己露出什么眼神了！

"你烦死了！不喜欢我就直说！我都说了不行就分就离婚了！以后不看你了还不行吗？"

面对裴时这种指控，白桃又绷不住了，今天这生日到底怎么回事，情绪简直像坐过山车一样。

"不离婚。"裴时却并没有顾忌白桃的瞪视和怒斥，他把她顺势拉了起来，搂进怀里，又吻了吻她的侧脸，然后凑在她的耳畔，声音冷冷地警告道，"所以你想离婚去和钟潇过，就做梦吧。"

这男人强迫白桃直视着他，然后一字一顿道："继续看着。"

"就这样继续看着我。我没有不喜欢，也不觉得烦，所以不离婚，以后可以继续看。"

白桃还没来得及开口，就被裴时再一次吻住了，这次的吻相较之前的都温柔，也更缠绵。

或许是酒精，也或许是别的，白桃觉得有些恍惚，好像手脚都发软了，没有力气去做任何事，只想懒散地把一切交给裴时，疼痛、欢愉、热烈、震颤，一切的一切，都交给裴时，由他主宰……

……

从黄昏到傍晚，从日落到星辰，等一切归于平息，白桃已经觉得累到连手指都抬不起来了。

她开始深切地后悔起来，自己怎么会怀疑裴时不行的，她现在倒是希望这男人真不行！

自己都快睡着了，裴时却还精神奕奕，他把空调被替白桃拢了拢，然后亲了她的脸颊一下，翻身起了床。

"我去洗澡。"

白桃根本没力气回应，她觉得浑身都很疼，因为裴时的不知餍足，白桃的身体像是快散架一样，到最后，已经连逃避和抗拒的力气都没了，完全任由裴时予取予求。

白桃心里的情绪其实很复杂，也很羞怯，虽说和裴时早就是已婚夫妻了，但是她毕竟心理上总还是五年前的自己，总觉得仿佛自己还是未婚少女，然后就和裴时睡了，这么一想……就觉得刺激到不行。

好在因为累，白桃也没有心思再想有的没的，只是裴时仿佛没打算轻易放过她，没一会儿，这男人洗澡出来，白桃听着他吹好头，拉开了窗帘，然后朝自己走了过来，他的手指带了点微凉，然后他碰了碰白桃的脸颊，继而慢吞吞地描摹着她的轮廓："别睡了，先起来。"

不是吧！

白桃都有些哭唧唧的了："裴时，你是人吗？我动不了了，求求你，放过我吧。"

"之前不是说你挺行吗？"

裴时低笑了下，然后还是不容分说地把白桃从床上捞了起来，但他并没有做什么别的事，只是把白桃抱在了怀里，但动作并不掺杂任何欲望，然后他凑到白桃耳边："别睡了，看外面。"

白桃累得要死，勉为其难地睁开眼睛望向了窗外的夜空。

"生日快乐。"

几乎是裴时话音响起的同时，窗外暗色的夜空突然炸裂开了绚丽的烟火。

是非常漂亮、非常宏大壮丽的烟火，几乎像是覆盖了整座岛屿般，整个私人海滩都笼罩在灿烂的金色里，像是下起了金色的雨。

裴时轻轻地咬了下白桃的耳垂："这就是你的生日礼物，没有不给你准备。"

这是非常昂贵的烟火秀，而等空中绽放的烟花拼凑出了"P love B"，然后巨幅的"Happy Birthday"在空中闪耀的时候，白桃是真实地有点感动了。

这样的烟花秀，一定是需要提前定制的，所以裴时确实没有不送自己礼物？反而是偷偷准备好了？只是碍于烟花要到晚上才能放，所以延迟到了现在才送出？

白桃心里觉得好受了点。

"还想离婚吗？"

提起这个话题，裴时就有些阴阳怪气："你那个前男友有什么好，你有钱投资他，还不如自己花。"

"我什么时候投资他了？"

虽然白桃家里挺有钱，但她从来都是骗她的钱就是骗她的命的类型："我怎么会给他花钱？你这个污蔑怎么张口就来！"

睡都睡了，虽然累点，白桃勉为其难对裴时也算满意，此刻气氛大好，因此自己的气焰又嚣张起来："裴时你这人是不是要赖账？准备污蔑我养小白脸来对我始乱终弃吗？"

裴时愣了愣，然后垂下了视线："你没给钟潇的创业项目投资吗？"

"没有！我都不知道钟潇创业了！"

裴时语气自然道："哦，可你不是最近和他见过吗？"

"……"

"你和他见过几次？没聊他创业的事吗？"

"……"

"如果是光明正大见面，为什么还要乔装打扮？"

世上果然没有不漏风的墙，白桃咬了咬牙，没想到刚睡完裴时，不是自己要裴时写保证书，反而是裴时在质问自己！

不管怎样，自己兢兢业业、努力上进、忠贞不贰，白桃觉得问心无愧："我是无辜的！我自己花的钱都是我靠漫画辛苦赚的！才不会随随便便投给什么野男人花，想花我的钱，那可是要我的命！我也根本不知道钟潇在创业。面确实见了，但也就见了一次，是为了让他死了那条心的。"

如今裴时与自己的关系都更进一步了，白桃觉得大约这男人心里的关卡暂时是放下了，也知道沟通质问自己了，索性也坦白了："我们的见面就持续了很短时间，我是严正警告他不要厚颜无耻破坏别人家庭的……见面前我都没有钟潇联系方式，还是问余果临时要的，不信你去问她。至于乔装打扮，那还不是前阶段媒体捕风捉影造谣我出轨吗？我哪里还敢大摇大摆出去见他，这不分分钟上新闻吗？好歹作为漫画家也算半个公众人物，我也不想老是靠这种私事喜提热搜啊，当然希望大家更关注我的作品……"

白桃觉得自己这番解释有理有据，为做配合，她本想挺起腰杆中气十足地为自己澄清的，结果刚动了动腰，就酸得瞬间瘫了。

她这人历来不怎么能吃苦，如今自己生日一夜过去，不仅没捞着什么好，反而像是挨了一整夜的打，当即脸也垮了。

垃圾裴时，不知节制！

一想起这儿，再想想裴时此前对自己的冷淡，白桃又不高兴了，裴时怎么那么像 pua（精神控制，打压）渣男，之前对自己爱理不理，睡的时候又心口不一："你先别说我，你什么意思？你一直怀疑我出轨所以介意我、疏远我吗？那你有本事昨晚别那样啊。"白桃的声音微微低了下去，嘟囔道，"可不是又要走渣男套路，睡完翻脸，又不认账，又开始对我视而不见了吧。"

女性温柔是好事，但白桃总觉得，一段关系里，女生也不能一味让渡主控权。

昨晚和裴时睡了一觉，总体客户体验良好，裴时比自己更加神清气爽，如今看他望着自己的眼神，白桃觉得，是时候收复一下失地了。

"就，结婚总是有争吵和矛盾的，过去的事也都不提了，反正这大半年来，我的心里只有家庭！你要是对我还有什么意见或者猜忌，那不如早点放彼此自由，离婚了的好，否则拖拉下去，只会把彼此情分都折磨没，最终连美好的回忆也没了，你要……"

"不离婚。"裴时抱住了白桃，把头埋进了她的颈肩，"不会对你视而不见，以后好好过。"

这男人亲了下白桃的肩窝，深邃的眼神看了眼白桃，又状若自然地移开了，然后裴时清了清嗓子："我也同意你说的，以前的事都不作数了，过去怎么样，都已经过去了，没有必要深究。总之过去不论怎样的决定，都随着现在翻盘了，一切以现在为准。"

这话听着没问题，像是裴时不打算追究白桃那个前男友了，但白桃总觉得裴时这话中有话，像是在说她，又仿佛在说裴时自己。

但白桃现在太累了，何况不论如何，裴时算是表了个态，两个人也算言归于好了，白桃沉入梦乡之前，终于觉得彻底放松了，自己挽救婚姻的任务总算是顺利完成不辱使命。

虽然一开始心理上接受自己已婚的事实还是会有些疙瘩，但如今和裴时相处下来，昨晚又这样了，白桃觉得自己完完全全接受如今的身份了。她也没什么别的作妖想法，打算和裴时把往后日子好好过，当好一个已婚贵妇。

白桃做梦都没想到，一旦和裴时有了接触，这日子突然就过得……荒唐了起来。

裴时一点不像是已婚男人，反倒有点像是年轻小男孩，也不知道之前对自己不理不睬那段时期这男人是怎么熬过来的。

但裴时多少也算在意白桃的感受，第二天和白桃认认真真地度过了在海滩上闲散的一天。

"今天风好，我陪你放风筝。"

也不知道裴时从哪里找到了个风筝，说什么要带着白桃玩。

白桃整个人懒懒散散的，只想躺在床上睡觉，裴时叫她，她便往被窝深处再缩了缩，带了鼻音撒娇道："外面好晒，能不能不去啊？"

"不能。"

可惜没有什么用，裴时这男人翻脸不认人，无情地拒绝了白桃，但到底没有完全不为所动，因为很快，白桃的被子被掀开，然后裴时凑上来，亲了她一下，声音还是很平稳，白桃却品出了点努力抑制的不高兴——

"钟潇带你放过风筝。"裴时顿了顿，"我还没有。"

得了得了，这钟潇的陈年老醋也不知道要吃到什么时候！不是说了不翻旧账往前看的吗！

裴时面无表情地看向白桃："我不会放风筝，但看了一晚上视频，学了很久。"

白桃和裴时越亲密，越发现这男人其实狡诈得很，表面看着云淡风轻的，心里黑得很，比如现在，又是搬出钟潇，又是暗示为了学风筝花了很多时间，这简直让白桃完全没办法拒绝，等意识到的时候，思路不自觉就被裴时带着走了。

十分钟后，白桃哈欠连天地坐在沙滩躺椅上，裴时在不远处调试着风筝。

今天的风确实挺好，但裴时的风筝还是没有飞起来，这男人脸色沉了下来，像是努力掩藏尴尬似的，见白桃看他，他垂下了视线，强调道："我昨晚看的那个视频可能不行，教程不好，不是我的问题。"

这男人表情还很冷静镇定，但整个人给白桃的感觉就是气鼓鼓的，像是青春期想要炫耀球技的小男孩，一直计划着等心仪的女孩经过球场时来一个帅气的灌篮，结果事到临头，灌篮没成功，还被人抢了个球，既尴尬又懊恼。

白桃起了身："放风筝两个人配合更好啊，这样，我帮你托着风筝，你在前面跑，这样就好了。"

也不知道是不是两人搭配默契还是正好一阵好风，总之，白桃一托，裴时再试了一次，风筝还真的就这样随风扶摇直上了。

新闻报道里说自己曾带裴时放过风筝，白桃对此自然是一点印象没有的，如今和裴时一起放起风筝来，手也生得很，仿佛自己压根儿没学会过这门技能，听裴时那话，自己以前还带钟潇一起放过风筝？

难道现在有钱人谈恋爱都流行放风筝了？

自己难道泡男人都用带他们去放风筝这一招？这么老土？

不过……看起来很管用？

男人这么好骗？

因为此刻的裴时显然比白桃还高兴。

"飞起来了。"

这男人脸上是毫不遮掩的愉悦，丢弃了一贯的冷淡自持和稳重，在阳光下笑得灿烂又不带阴霾，这份快乐像是没有任何附加条件。

裴时笑起来原来这么好看。

而显然，这么想的不止白桃一个，海滩上走过的几个酒店工作人员都忍不住朝裴时看去。

白桃当即有些绷不住了，虎着脸道："裴时，别笑了。"

裴时果然皱了皱眉："什么？"

白桃清了清嗓子："你都是有妇之夫了，要矜持！"

在裴时反驳之前，白桃继续道："你笑得有点太招蜂引蝶，要做个守夫道的男人，男德讲了，不可以对外人多笑。"

"我招蜂引蝶？"裴时不可思议般地看了白桃一眼，然后抿了抿唇，"哪里比得上你。我也没有前女友可以找，不像你。"

哦对！自己怎么忘了呢！按照裴时五年暗恋多年苦追的时间线来说，这男人早就对自己倾心了！恐怕确实没时间去结交前女友。

一想起裴时对自己的深情，白桃就忍不住有点陶醉："我算了算啊，你暗恋我五年，那推算下岂不是我甚至都不认识你的时候，你可能就喜欢上我了？"

但白桃想了想，又觉得不对："可……不对啊，你大学都是在国外念的，我也是你毕业回国才知道裴菲有你这么个哥哥，你……"

"没必要问那么多。"裴时大概是不愿再回忆苦涩的暗恋，径自打断了白桃，"主要还是你招蜂引蝶。"

白桃不服气了："我？我招蜂引蝶？我哪里？"

结果这话说完，裴时就有些阴阳怪气了："你以前上学的时候，就没少收情书，前男友就不少，现在还有个著名的前男友正在上综艺，都过去这么多年了，你都结婚了，还让人念念不忘，要回忆当年的激情，要给全国观众分享过去的甜言蜜语和恋爱回忆。"

裴时顿了顿，颇有点受害者的模样："想想你以前为了和裴菲赌气就能来向我表白，这招惹人的功力和豁出去的勇气双管齐下，最后把我也招蜂引蝶到，不很正常吗？"

"我什么时候交往过很多前男友！我大学时候就没谈过恋爱！"白桃一听裴时这控诉，就气上了，"肯定是裴菲和你说的是不是？你说你妹妹这么大个人了，怎么老给我造谣呢？要不是看在你的面子上，我就要给她发律师函了！"

白桃确实挺委屈，自己这一出车祸，别说老公是莫名其妙有的，就连钟潇这个前男友，也是从天而降般给她安排的，她完全没有和这两个人恋爱的回忆，不明不白就变成已婚少妇了，恋爱的快乐都没享受到，就结婚了！

还有，著名前男友上综艺又是怎么回事？

是钟潇？还是……还是别的？

好不容易和裴时重修旧好如今你侬我侬，白桃想想自己，说什么也不敢这时候不怕死地发问了。

还是转移话题为上！

"对了，老公，不说别人了，我们要珍惜二人世界。"白桃又娇滴滴地依偎到了裴时怀里，"以往每年我生日，你不是都会亲手给我做蛋糕吗？今年的蛋糕呢？"

大概自己转移话题转移得有点突兀，裴时果然愣了愣，他顿了片刻，才有些艰难道："今年来海边过，赶来之前工作比较忙，来了酒店以后又没有蛋糕粉这些食材，去年生日的时候，你又说要减肥，叫我今年不要做了。"

不是吧？蛋糕可是自己最喜欢吃的东西，自己还能拒绝，说要减肥？

真是完全无法理解一年前的自己！

不管了！

反正善变是女人的权利，白桃当即又蹭了蹭裴时："可今年没吃到，又想念老公亲手做的蛋糕的味道了。"

裴时自然不可能拒绝，只是声音和表情都有些不自然："那明年生日给你做。"

这男人怎么就听不懂自己的暗示呢！

白桃娇嗔地看了他一眼，踮脚凑到了裴时耳边："回家以后你补给我嘛，我要你今年就给我做。"她朝裴时眨了眨眼睛，"想看老公亲手给我做蛋糕，还想吃老公亲手下的生日面。"

"……"

见裴时没出声，白桃拉了拉他的手："好不好啊？"

"好。"

只是一个"好"字答应起来自然是容易的，但真的要完成答应的事却是相当难的。

短暂的海岛游以后，裴时就带着白桃回到了容市，在回程的整个飞行时间里，白桃几乎都在睡觉。

她确实吃不了什么苦，娇气地喊着腰酸，嘟囔着腿疼，但完全不了解这种话听在男人耳朵里完全是另外一回事，因为她这样叫喊的缘故，导致裴时又没有忍住，在退房之前，他又对白桃犯了错误，因此差点误机。

裴时在听着值机广播朝登机口赶的路途里，都觉得有点恍惚。差点赶不上飞机这种事，他以为这辈子都不会发生在自己人生里的，何况引发这种差点误机的缘由，非常地不自律，非常地羞耻。

他努力不去想刚才的事，想显得更加专业稳重和集中注意力，然而白桃总是能轻而易举打破他的计划——

"裴时，你走慢点啊。"她在裴时身后有气无力地喊，落后了裴时好多距离，等裴时回头，才咬着嘴唇可可怜巴巴地抱怨，"我走不动。"

裴时没想过自己会这么有耐心，他完全没有感觉到被拖后腿的生气，只是平静道："你今天还没运动过，怎么已经走不动了？"

白桃眨了眨眼睛，凑到裴时的耳边，声音挺委屈的："可是我腿软，真的走不动，你走慢点嘛……不行可以改签等下一班……"

裴时觉得裴菲说自己色令智昏的话，可能确实有一点点道理，因为他已经在海岛多待了一天，计划的改变让袁牧手忙脚乱，已经有一大堆工作因此堆积推迟，如今已经没办法再改签下一班了。

因此最终的结果是裴时不得不放慢脚步，无视机场里别人探究好奇的目光和打量，也不顾周遭别人都行色匆匆的气氛，镇定自若地以奇慢无比的速度在登机口快要关闭之前才带着白桃赶到。

如今坐在头等舱的机舱里，裴时看着白桃的侧脸，还在自我怀疑。

他有点头疼，怀疑白桃脑子的毛病确实已经出现了人传人现象，他的可能也不太好了。

这女人到底有哪里好的？

自己当初怎么会选了她？

裴时这样的家境，注定不可能有太多自由恋爱的空间，婚姻也必须在既定的圈层里挑选，但裴时对此并不抗拒，他甚至觉得非常省事，因为婚姻和爱情从来不被他认为是人生的主旋律，事业才是。

婚姻不过是事业的点缀，稳定、不太耗费精力就可以。

裴时的择偶观非常简单粗暴：不黏人，不作不闹，不会干涉自己，不侵占自己的时间，长得过得去，最重要的是识大体。

裴时以为这样的择偶标准找个结婚对象会非常容易，然而回国一段时间后，却发现相当难。

裴时上学时，裴时的母亲就多次暗示他"什么时候能带个女朋友回家"，一段时间未果后，她又开始旁敲侧击"妈妈心理承受能力很强，男的也不是不行"，如今裴时毕业回国一段时间后，她都不再暗示了，而是开始明示——她直接开始为裴时物色符合条件的女孩，并建议他相亲。

裴时对相亲嗤之以鼻，自然一一拒绝了见面，但圈子就这么大，此后的一些商业活动或者酒会里，虽然不是相亲，但裴时或多或少以别的方式见到了这些女孩，然而每一个都不符合他的标准——她们看起来既黏人又娇气，裴时尚未和她们正式共进过哪怕一次晚餐，只是礼仪性地交换过联系方式，有些女孩就已经摆出了要支配裴时时间的架势来。

这让裴时觉得麻烦，也进一步让他明白了自己需要什么样的太太。

他需要一个喜欢贵妇生活多过喜欢自己、对自己毫无占有欲的太太。

也是这时，他得知了白桃的近况——

她拒绝了家族的安排，坚称要实现梦想，做一名自由职业的漫画家，为此和家里大闹，甚至被切断了经济来源，白家最后对这个小女儿退让了一步，给她开出了各退一步的条件——如果她能有一段稳定体面的婚姻，白家不再干涉她的婚后择业自由。

而挺巧，白桃正好也在裴时母亲的那份女孩清单上。

裴菲自见了那份名单，就气愤上了："妈妈怎么还把白桃列上了？我听说上个月她刚带了个男的回家吃饭呢，说是交往的男朋友，姓钟吧，这都不是单身，难道吃着碗里瞧着锅里，还想来端我们家的碗吗？呸！臭不要脸！"

一提起白桃，裴菲情绪就异常激烈："哥，你还记得吗？当时在大学里，她为了报复我，就来接近你，什么垃圾！那么多男的给她递情书，还不是因为她到处招蜂引蝶、搔首弄姿吗？我当时误会她是第三者有错吗？以往我多少前男友，最后都说喜欢上她了要和我分手的！"

裴菲说者无心，裴时却听者有意了。

是的，白桃不喜欢自己。

轰轰烈烈地追求了几天后，她被车撞了，在医院躺了几天，出院后再也没出现在自己眼前，那表白虚假得都不加掩饰。

倒是裴时隔三岔五就听到裴菲骂她——又有谁给她写情书了，又有谁为了她分手了，又有谁为了她都打起来了。

而所有这些故事里，都缺乏白桃本人的反馈，她像是毫不在意，这些事统统与她无关。

裴时本来拒绝接班，硬是要自己创业，遭到了家里的反对，毕竟裴时的父母非常想把公司都交给裴时，好趁机退休；发现裴时是认真创业后，父母对接班也看得淡了，但母亲在结婚一事上多次提点暗示——她想抱孙子孙女了。

裴时自然不会妥协，接班和结婚，原本都不在他的计划内。

但是随着创业的深入，不论是和合作伙伴谈判，还是和投资方周旋，裴时越发觉得，或许自己是需要一段稳定婚姻的，因为这是唯一让他迅速显得沉稳可靠的方式，能让合作方、投资方都打消对他年龄过分年轻、定性不强的顾虑。毕竟外界总有一种思维定式，有家庭的男人更有责任感，也不会过分冲动。

这个念头一旦在脑海里冒出来，裴时发现，很快，第二个念头也冒了出来——

或许可以找白桃？

裴时不擅长谈感情，但是擅长谈合作，只要彼此有所求，没有什么是不能协商的。

他起草了协议，一周后和白桃见了多年后重逢的第一面，再三天后的第二面，两人就谈妥了合作细节和合作年限，直接在民政局成为合法夫妻。

婚后裴时十分满意，白桃确实是最完美的伴侣，她完全符合了裴时此前的标准，不干涉自己，不需自己费心，除了通知自己将单方面发一些恩爱通稿以避人耳目外，就是埋头画漫画，几乎完全不占用裴时时间。

为了让读者更多关注她的漫画而非长相，她也从不出镜，不作妖，安分守己，几乎是豪门贵妇的模范典型了。

这段婚姻也让裴时和白桃的家人都非常满意，如果说唯一有不满的，那就只有裴菲了，好在最终裴菲选择了远赴奥地利求学，也没有机会再和白桃有接触。

……

如今再想这段回忆，裴时只觉得恍如隔世。

自己当时是怎么觉得白桃省心的？

她完全是自己择偶标准的反面模板：黏人、又作又闹，也挺有占有欲，并且非常浪费时间——和她在一起，时间总是过得很快，快到裴时也不知道自己到底干了什么。

他的人生像是被白桃装了一个漏斗，不知不觉间时间就没了。

此刻白桃趴在餐桌上睡得香甜，因为盖着毯子，整张脸都睡得微微发红，睡颜天真无邪，像个无忧无虑的小孩。

裴时突然觉得，这样其实也还好。

白桃是变得有一点黏人和不省心，但裴时毕竟非常擅于时间管理，如果事业和白桃多线任务同时进行，也并不是不行，毕竟事业上进入了相对稳定的时刻，多进行一些新的挑战锻炼兼顾能力也很有必要。

但裴时很快又头疼起来。

他不会做蛋糕。裴时甚至根本分不清泡打粉和苏打粉的区别，对烘焙完全没有概念。

他真的应该制止当时白桃单方面发通稿的。

只是往事不可追，后悔也没用了，裴时不是那种沉溺过去的人，比起过去，还是抓紧现在比较重要。因此裴时抿着唇，点开了蛋糕初学者速成教程。

第十八章
解决前男友

裴菲最近刚举办完容市的小型独奏会，比她想象中取得了更好的效果，自己哥哥说出资就真的是不遗余力出资，一场小型独奏会，愣是办成了大型名家演奏会的排场。

"裴菲，你弹钢琴时的样子真是太美了！我看我座位边上那几个男记者，眼睛都直了！"郑晴咬着橙汁吸管，眼睛里流露出艳羡，"你的礼服裙真是太漂亮了！是当季的高定吧？"

裴菲却有些心不在焉，独奏会是相当成功，但她一点也提不起精神，有气无力道："是啊，我哥给我联系品牌方定制的。"

"你哥哥真好！"

一说起裴时，裴菲脸色就不好看了："别提他。"

见裴菲不愿多提，郑晴也识相地换了话题，两个人随便聊了聊近期的八卦，郑晴就巧妙地转到了自己的漫画上："对了，我的新漫画出版上市了，不过也不知道是巧还是别的，又和白桃的新单行本撞上档期了，她工作室那边营销宣传推广费一直往死里砸，真担心我的拼不过她……"

裴菲本来还没什么精神，一听白桃，立刻抖擞起来了："我给你宣传新书！我刚举办完独奏会，微博热度挺高，我哥还给我买了不少营销推广的，流量正好着，来，我们合个影，我给你上微博宣传去！赶紧把白桃从销量榜上挤下来！"

郑晴露出受宠若惊的表情，感谢后继而就是感慨："我新上市的漫画其实就是那本女主角是钢琴家的，当初好多弹琴的细节都是请教的你呢，你还帮我宣传，我可一定要好好感谢感谢你。"

裴菲和郑晴合影完，立刻三下五除二地发了微博，一边问郑晴道："你漫画实体书有吗？给我一本，之后我哥还给我安排了几个采访，我带你这本书出镜。"

郑晴腼腆地笑了笑："我正带着一本想送你呢。"

郑晴说罢就从包里拿出了漫画，然后她挺体贴地看向了裴菲："你怎么空腹喝咖啡？我帮你点个蛋糕吧？这家店就是以蛋糕出名的……"

"别！"一提蛋糕，裴菲脸都扭曲了，"别和我提蛋糕，我哥最近疯了！给白桃在海边过完生日，天天就跑我这儿来做蛋糕！"

"这不是挺好吗？你哥对你真好呢，知道你喜欢，就每天给你做蛋糕。"

"好个屁！"裴菲简直气死了，"他做的那就不是人能吃的，就天天找我当试验田！"

一讲起这事，裴菲就忍无可忍了："我哥那种人，这辈子基本没怎么进过厨房，你指望他能做出点什么来？第一次做的时候蛋壳都在蛋糕胚里；第二次呢，面粉没搅拌开，他连做蛋糕有搅拌机都不知道！第三次更好了，也不知道怎么设的烘焙时间，外层都烤焦了，里面还是一大坨湿乎乎的……"

郑晴听了，抿唇笑了笑："裴时哥哥真可爱，爱烘焙的男人一般内心都很温柔呢。"

"还行吧。"裴菲心有戚戚道，"也不知道他怎么突然爱上烘焙了，天天特意回家来烘焙，说要给我吃，虽然我的生日还在两个月后，他这么早就准备起来是挺让我感动的，但也不能老是吃这种失败品啊……"

"好在我连续吃了六个黑暗料理蛋糕后，昨天他终于烤出了一个好的！连裱花都堪称完美！现在放在冰箱里冷藏呢，今晚回家我就能吃了。"

只是裴菲没高兴几秒，脸又垮了下来："只可惜我哥，好好的一朵鲜花，怎么就插白桃这堆牛粪上了。"

郑晴状若不经意道："他们现在，感情真的那么好吗？"

"好！好得都快发腻了！从海岛回来，白桃就春风得意的，见了我更趾高气扬了，我哥呢，就差把生活和谐写在脸上了，反正看到了他们两个我就烦死了。照道理他俩结婚也快一年了，不应该是老夫老妻的风格了吗，但怎么看怎么给人狗男女的氛围……"

裴菲一说起这就糟心："总之，我哥应该是疯了，钟潇都在综艺上回忆往昔成那样了，就差指名道姓让人对号入座了，你上次一告诉我这事，我就告诉我哥了，结果他竟然还不硌硬，我真是服了！我以前怎么就没发现我哥这么宽宏大量和包容呢？"

郑晴喝了口饮料，垂下了视线："那你现在还想他们离婚吗？"

"我连晚上做梦都在想！"

"你以前不是说你哥肯定不会喜欢她吗？会不会是你哥有什么难言之隐没法离婚呢？"

"我哥那样子，我看也不像有什么难言之隐，哎！人在局中看不清吧，或许还得外界施压才能让我哥清醒起来离婚……"

郑晴咬了两下吸管："对不起，菲菲，都怪我。"

"嗯？"

"还是因为我当初告诉你，你当时那个男朋友劈腿的第三者在画室，没讲清楚是女模特，害得你冲动之下把白桃打了，才让你们结仇，才让她怀恨在心到今天。当初为了报复你就不惜接近裴时哥哥，后来失败了还以为她放弃了，没想到她心眼这么小这么坏，这么多年过去还是祸害裴时哥哥祸害你家了……"

郑晴说到这里，露出了羞愧又难过的表情："真的，都是我的错。都怪我，不是我，白桃也不会记恨你。如今裴时哥哥一定是被她蒙蔽了，他以前对你和我都那么好那么照顾，自从和白桃结婚后，和我就再也没联系，彻底疏远了，如今和你也……"

"你放心吧，我会帮你一直盯着白桃的，最近我工作室那边好像查到点什么，但还没确定，就暂时先不告诉你了，但如果是真的……"郑晴咬了咬吸管，微微笑了下，"那白桃就能被打趴下了……"

裴菲没太在意郑晴的话："不是你的错。"她安抚地拍了拍郑晴的手，"主要还是白桃战斗力强，也不知道她哪儿来的魅力，我哥突然对她这样了，钟潇又上节目说多年不能对她忘怀？这些男人一个个都怎么了？真是……"

裴菲又骂了白桃一顿，才发现对面的郑晴有些心不在焉，一直在侧头往旁边看，她循着郑晴的目光看去，才发现了缘由。

裴菲皱起了眉，钟潇怎么在这里？

郑晴觉察到裴菲的视线，终于转过了头，声音有些不自然："那个就是钟潇吧？长得竟然还挺好的，我还以为综艺节目里是 PS 过的。"

裴菲嘲讽道："白桃眼睛倒是不瞎，男第三者和老公这个脸都是可以的。"

也是巧，此刻钟潇朝着裴菲一桌走来："不好意思，请问你们带现金了吗？我刚在这边喝咖啡，车停在外面，停车场只收现金，我可以加微信转账还……"

钟潇刚说到这，抬头一看，也愣了愣："裴菲？你怎么在这儿？"他顺势看了眼郑晴，"这位是……"

裴菲了扯嘴角："我朋友。"

恨屋及乌，裴菲对钟潇完全没好印象，也没有借钱帮忙的打算，倒是郑晴掏出了钱包："你要多少现金？我今天刚好带了……"

钟潇露出了一个绅士的笑，然后向郑晴借了钱加了微信还款。

钟潇一走，裴菲的余光就看见郑晴在手机上搜索起钟潇来，她打了个哈欠："他没什么好查的，综艺里都有，深情咖，有些话真是让我都起鸡皮疙瘩。"

裴菲看了看时间："不早了，我先走了。"

她还等着回家去冰箱里取裴时做的蛋糕吃呢，冷藏时间正好，正应该是最适宜享用的时刻。

只是等裴菲兴冲冲回家，她并没有吃到心心念念、亲哥亲手做的蛋糕，本该在冰箱里的蛋糕，不翼而飞了！

裴菲并不知道，在城市另一头的别墅里，白桃此刻正盯着这个蛋糕发出惊叹——

"老公！这是你亲手做的吗？做得好棒啊！"

裴时矜持地点了点头："嗯。"他抿了抿唇，云淡风轻道，"因为想给你惊喜，所以去老别墅里做的。"

"你怎么不亲手做给我看呢！"

"因为这款是第一次做，怕做不好，所以先提前做一下，你想要看亲手做的话，可以挑别的款，下个周末我可以做给你。"

原本其实是可以买现成手工定制蛋糕的，但裴时觉得人应该遵守契约精神，既然答应了白桃亲手给她做，那自然还是应该守约，毕竟他都是个快上市企业的创始人了，言而无信传出去比较坏名声。

而裴时如今很镇定，连续失败多次后，他确信已经完全掌握蛋糕的正确做法，未来无论面对白桃想让他亲手做什么的要求，都无须担心。

从海岛回来后，白桃显然更黏人了一点，约定以后夫妻之间必须更有仪式感，于是早晨自己上班出门前，都必须给她一个分别吻。

分房分层自然也是废除了，白桃当夜就挺大发慈悲般地表示裴时可以去她房里睡觉了，结果第二天一早就黑着脸反悔，要把裴时再次赶出去。让裴时不得不感慨，女人真的是很麻烦、很善变。

好在此刻，白桃因为眼前的蛋糕，表情非常雀跃，眼睛也亮晶晶的，然后她看了裴时一眼，像是有些纠结挣扎的模样，隔了片刻，她才颇有种壮烈牺牲觉悟般道："今晚，那就奖励你和我一起睡吧！"

裴时从海岛回来后精神抖擞，白桃就正相反……

她觉得自己最好能暂时出去避避风头，休息休息再回来，也不知道是不是姐妹连心，正是这时，余果给她打来了电话——

"白桃，周末去泡温泉吗？就你和我喊了好几次的那个温泉酒店，很难订的那个，我找代拍给我订到了！"

白桃眼睛都亮了，她当然想去！

可答应的话刚到嘴边，白桃望了镜子里的自己一眼，就给咽下去了："不去了！周末没空！"

"为什么啊？！"

白桃撇了撇嘴，强颜欢笑道："要陪老公！你这种单身狗是不会懂的！"

最终，被余果笑骂了两句后，白桃挂了电话，然后她就胸闷气短地坐到沙发上瞪着镜子里的自己来。

裴时就站在不远处，对她和余果这段对话听得一清二楚，这男人看了她一眼："你既然这么想去，去就是了，不用周末特意空出来陪我。"

白桃委屈死了："我怎么去啊？"她往下拉了拉衣领，露出了脖颈里的斑痕，"泡温泉也要穿泳衣，就算顶着被余果嘲笑的风险穿那种老式的连体泳衣，我身上现在这样……还怎么见人啊！"

裴时不说话了。

垃圾男人，连哄也不哄一下的吗？造成自己不能去泡温泉的加害人不就是他吗！

白桃有一点点气愤："你就不说点什么吗？都是你，害得我连温泉都没法去了……"

"你让我说什么？"裴时表情镇定自若道，"说以后不这样了吗？"

白桃还没来得及开口，就听这男人继续道："但这种明显就骗人的话，我觉得没有说的必要。"

他看了白桃一眼，然后移开了视线，像是在叙述公司的业绩一样云淡风轻冷静道："因为以后还会这样。"

白桃刚要生气，就听裴时继续道："想泡温泉的话，下次我可以带你去，私人的那种。"

这男人咳了咳，挺深明大义的样子："你也别老是什么事都找余果，你已经结婚了，她还没有，如果没记错，还是单身吧？你老拉着她，她怎么有机会认识别人？怎么脱单？"

怎么有人能把独占欲说得这么冠冕堂皇？

不过虽然没有温泉泡，但裴时在多日的加班后，此刻如约给自己带来了亲手做的蛋糕，白桃还是相当高兴的，她忍不住又蹲到蛋糕前，各种角度拍了无数张照片，然后上传到微博营业——

有些人就是控糖事业上的绊脚石，还用亲手私家定制

homemade 下饵。但是，秋冬吃一点甜食，也不算犯罪吧？希望你们每个人也都有甜甜的秋冬呢。

微博发出没多久，果然，下面都是一堆哀号吃狗粮的。

白桃大为满意，刚放下手机，又突然想起了什么，她朝裴时看了一眼，然后娇滴滴地凑了上去："老公，蛋糕你做得这么大，我们两个人怎么吃得完哦，这样吧，叫上菲菲吧？她不是前几天刚举办了独奏会吗？就顺带帮她一起庆祝庆祝？"

笑话，如今自己和裴时重修旧好、蜜里调油，跨过了钟潇这个疙瘩，眼看大哥女人的宝座是彻底坐稳了，怎么能锦衣夜行？当然要好好在裴菲面前耀武扬威一番！这是大哥的女人必备的排场！

自己就要让她看看，不管她怎么上蹿下跳，裴时还是一如既往这么爱自己！在自己面前，她就只能跪下叫大嫂！

"不用了吧。"裴时脸上却有些不自然，"菲菲住在我以前住的老别墅里，离这里车程远，算了吧。"

"那怎么行，老公？没记错的话，公公婆婆环球旅行还没回来呢吧？你想想，我和你甜甜蜜蜜吃蛋糕，菲菲一个人孤枕难眠到天明，那么大一个别墅，后面又是森林公园，多荒凉啊，我们虽然结婚了，也要多给菲菲一点爱是不是？"

说罢，白桃就拿起了手机，给裴菲打了个电话，她用特别贤惠的语气温柔道："菲菲啊，我是大嫂，今晚你哥让你来家里吃饭呢，我们结婚以后也一直想着你呢，好久没见了，我挺想你的，快点哦，晚上不见不散，嫂嫂在家等你哦。"

裴菲在电话那端暴躁地怒骂起来："白桃？你还装上了？还嫂嫂？你以为你是谁？你叫我我就来啊？你……"

白桃一点都不生气，她姿态优雅地挂了电话，朝裴时露出个懂事的笑容，然后保持着如此的微笑，再次拿起手机，给裴菲发了条短信——

> 裴菲，你要不来你是狗，从此见我得绕道走。何况今晚你不来也挺好，我看今晚夜色漫漫，正好适合和你哥恩爱，就一年后满月酒再见吧。

"她的态度，下次我会说她。"裴时在电话里的嗓音挺大，足够裴时也听得一清二楚，他看了白桃一眼，"以后没必要叫她，她不会来的。我也不想她来。"

白桃从手机上抬头朝裴时妩媚地笑了笑："不，老公，她一定会来的。"

裴菲怎么可能不去？

她瞪着白桃的信息，简直气得想要吐血。怎么的？想吊着自己哥哥不放了？还在想母凭子贵那一套？还想今晚造人？做梦去吧！

她今天说什么也要搅合掉白桃的造人计划。

一小时后，裴菲就气喘吁吁地出现在了别墅门口。

白桃一脸温婉可人地把她迎进了屋，在自己哥哥面前端庄地对自己嘘寒问暖，等哥哥一转开头，白桃就毫不掩饰地朝着裴菲翻了个白眼。

裴菲本来以为这已经是今天最坏的情况了，然而等她看到餐桌上的蛋糕时，整个人都不好了。

那不正是原本躺在自己冰箱里不翼而飞的蛋糕吗？！

白桃矫揉造作地往自己哥哥身上一靠，挽上了他的手，姿态亲昵又矫情地笑了笑："菲菲，这是你哥哥亲手为我做的蛋糕，这次特意叫上你一起来吃呢，主要是为了给我补过生日，我说讨个好彩头，顺带给你庆祝下演出成功嘛。"

这语气，含沙射影表示自己只是个附带的暗示，做作的炫耀，但裴菲这一刻关注的反而不是这些，而是被骗的愤怒！

裴时天天来老别墅做蛋糕让自己当小白鼠的时候，可不是那么说的！他说的明明是想给自己做蛋糕！结果自己只是个试毒的，白桃才是成功果实的采摘者！

裴菲差点气疯了："哥！"

结果自己的眼刀这么给裴时扫过去，自己哥哥倒是端着张脸，挺镇定自若的："别喊我了，路途远，你过来也饿了，先不聊天了，切蛋糕吧。"

白桃装模作样地像是突然想起什么般道："哎呀老公，补过生日，也要先唱生日歌的。"她娇滴滴道，"要不就你给我唱，菲菲伴奏？"

说完，白桃给裴菲抛了个做作的眼神："菲菲，虽然大家都说你弹琴好听，可我一次也没去听过，要不索性你现场给我弹奏一曲？"

自己一个国际知名的新秀钢琴家，给白桃弹生日快乐歌？在想什么呢？

裴菲酝酿了下情绪，刚打算发飙，就被裴时给拉住了，对于白桃那么作的提案，他不仅没有反驳，甚至相当平静。

他看了裴菲一眼："去吧。"

"什么？"

"生日快乐歌，很简单，弹一下。"他抿了抿唇，"或者你给她唱歌，我去弹琴。"

被给出了二选一的选择题后，人通常都会下意识按照这个思路走，裴菲也不例外，她想了想，觉得还是弹琴更好些，让她给白桃唱生日歌，不如让她死了更容易。

因此，等裴菲意识过来时，她已经坐在钢琴前了，白桃点了爱心形的蜡烛，熄了灯，自己哥哥也真的和着自己的钢琴声轻声哼唱了生日曲，白桃就在这样的背景音乐里双手合十闭眼祈祷。

然后她睁开眼睛，在吹蜡烛之前，突然凑到裴时面前亲了他一口。

自裴菲来后，白桃就一直非常造作，但此刻她并没有假装的成分，爱心形的蜡烛还在燃烧，摇曳的烛光下，白桃看向裴时的眼睛非常温柔，没有什么粉饰的意味，裴菲甚至在她的眼神里看到了点腼腆和害羞……

这女人又看了裴时一下，才移开了视线，声音轻得快要淹没在裴菲的钢琴声里——

"老公，谢谢你陪我过生日，我很开心。"

裴时愣了下，然后有些不自然地移开了视线："你开心就好。"

……

好一对不要脸的狗男女！

这是此刻裴菲脑子里冒出的第一印象，虽然这么说自己哥哥不太合适，但……

这还唱什么生日快乐呢？怎么不唱浪里个浪呢？

裴菲有一种感觉，自己明明也在场，但好像又不在。

她这下是真的有些慌了，以至于白桃重新开了灯，开始切分起蛋糕时，她都还有些心不在焉。

完了。

裴菲心里只有这么一个想法。

虽然不知道都发生了什么，但他们好像是玩真的。

白桃可能真的要给自己当一辈子嫂嫂，一辈子踩在自己头上作威作福了。

这个认知把裴菲打击得够呛，后半程都无心应战，惨遭白桃当面屠戮了——

"菲菲啊，我上次给你推荐的生发精华用了吗？头发怎么还是有点薄呢，要不我再给你打听两个偏方试试？最近降温了，你这头顶怪冷的吧，嫂嫂我下次再给你买顶帽子。"

"……"

"还有上次你留下的那个行李箱，说里面是什么来着？哦，气球彩带对吧？可惜我和你哥是用不上了，撑死只能在未来宝宝满月酒上用用了，或者留给你以后婚礼用也行，就是这些东西也有保质期，也不知道你在期限满之前能不能结婚哎……"

"……"

今天的裴菲完全缴械投降、束手就擒，虽然白桃有些奇怪她怎么这么容易就退出刺激战场了，但获胜的快乐是巨大的，白桃觉得自己简直是风云雄霸天下，大哥的女人都不足以形容她，自己该是大姐，裴时是大姐的男人才是！

白桃最近简直春风得意，感情顺遂，果然夫妻之间没什么不能床头打架床尾和的，如今和裴时也不分房了，虽然这样是有一点累，但每天早晨能睁开眼睛就看到裴时，白桃竟然觉得一切辛苦都是值得的！

她的心情灿烂得不得了，连带着灵感也爆棚，画起连载漫画里男女主角的甜蜜互动来下笔如有神，事业也风生水起了，最新上传的那一话点击量较上一话翻倍，甚至不少黑都转粉了。

太甜了吧！每个细节都好动人！

以前我总觉得白桃漫画里男女主角之间的甜蜜很塑料很浮夸，现在我深刻忏悔，我觉得简直甜到了心里！呜呜呜，我爱白桃老师，三个深水鱼雷代表我的歉意！

虽然以前也觉得白桃老师画得好甜，但是不知道为什么，看了最近更新的，一对比，觉得如今才是甜得有灵魂了？是我的错觉吗？

如今男女主角之间的张力苏得我脸红心跳！

白桃得意扬扬地把评论区翻完，觉得挺骄傲。

自己到底是个人才，就算没了五年记忆还不是事业爱情两手抓吗？

瞧瞧，不仅和裴时冰释前嫌，好得如胶似漆了，漫画连载也被自己接上了，甚至比原本画得还好！

这怎么也算不辱使命，交出满意的答卷了吧？

不过很快，白桃就发现还存在一个历史遗留问题——自己那莫名其妙也不知道怎么瞎眼找了的前男友钟潇。

在海岛时，裴时就挺阴阳怪气地提起过自己有个正在上综艺的著名前男友，白桃怕引火烧身，当时就转移了话题，但内心一直挺忐忑，自己和裴时结婚才一年不到，所以自己在婚前到底交往了几个前男友？不会除了钟潇外还有别人吧？

等回了容市，她才偷偷查了下是哪个著名前男友。

结果这一查，就把白桃差点当场气死。

她看着那些综艺剪辑片段，简直想骂娘。

什么玩意儿？自己还和钟潇有这么一段？

呕。

而且还真的又是放风筝又是看星星看月亮？怎么和自己与裴时

那些恩爱新闻里的一模一样？简直像是流水线上批量生产的？

问题是自己到底怎么了？泡男人这么老土没有诚意的吗？不应该啊！

也难怪裴时要阴阳怪气了，看了这种采访，没作没闹，只是阴阳怪气一下，这已经是识大体有男德的绝世好男人了！

白桃本来不想理睬钟潇，但是代入一下裴时，觉得对他实在不公平。

以往她没有很在意这些，但如今也不知道怎么回事，好像越来越在意起裴时的想法来，虽说裴时没有表示抗议，但毕竟这可怜的男人爱了自己那么久，什么都憋在心里，隐而不发，谁知道如今波澜不惊的表情下是否早已痛苦到千疮百孔。

白桃不希望出现一切可能会影响裴时哪怕一丁点心情的东西，也不希望有任何元素成为破坏她和裴时感情的潜在威胁。

白桃左思右想，还是下定了决心。

白桃曾经认真梳理过自己的通讯录，除了一些朋友、漫画方面的合作方外，还有一位"焦律师"。

根据新闻报道，白桃的漫画在两年前曾经遭遇了盗版书商侵权印刷，因此曾经付诸过诉讼，想必这个焦律师就是当初认识的。

虽说裴时那边有长期合作的律师，但钟潇这件事，白桃并不想让裴时知道，所以决定自己来。

只是搞知识产权侵权的律师，对钟潇这种事擅不擅长？

算了，法律不都共通的吗！白桃决定先给这位焦律师打个电话探探。

电话很快接通了，对面焦律师有些意外，语气却是挺熟稔的："白小姐？"

"焦律师您好，我有点法律方面的事想麻烦您跟进……"

结果白桃还没说完，焦律师就径自道："是继续您之前的离婚诉讼吗？隔开这么久您没联系我继续推进，我还以为您放弃离婚打算了，虽然不知道如今是什么情况，但如果您想继续提起离婚诉讼，所有的证据我会进行保全，但需要您确定下后先和我们签署下委托代理协议……"

尴尬，不是知识产权律师，竟然是离婚律师……

以前的自己可真不是个东西，不仅结婚了还想着钟潇，甚至都接洽离婚律师，想正儿八经和裴时离婚了！试问这样的自己还是人吗？

要是自己没失忆，裴时岂不是已经被离婚，然后过上了失去灵魂的空洞生活，因为没有自己，每天都有新痛苦，按照他那种什么都往心里憋的性格，可能已经罹患抑郁症，说不准都想不开跳楼英年早逝了！

太惨了，太惨了。

白桃一瞬间有一种裴时拯救者的感觉，还是让她来改写命运改写裴时的后半生吧！

于是白桃清了清嗓子："不，我不离婚，请你把这件事忘了吧。"

她顿了顿："你们律师嘴很紧吧？虽然我不离婚，但是有个别的活儿倒是要找你们去帮忙谈谈。"

她得带上律师，正正经经约钟潇见次面，然后让他闭嘴，从自己和裴时的生活里消失。

挂了电话，白桃深深地叹了口气。

哎，或许这就是女人不坏，男人不爱吧，瞧瞧裴时和钟潇，一个对自己暗恋苦追多年，即便自己和钟潇暧昧不清，都还为了婚姻隐忍，爱到癫狂爱到快要丧失自我；另一个则都过去那么多年了，还涛声依旧地惦记已嫁做人妇的自己走不出来。

男人，真的太好骗了；男人，真的太单纯了。

自己可真是太有魅力了。

白桃感慨地想，自己可真是一个翻脸不认人的狠心坏女人，为了博新欢裴时一笑，旧爱钟潇就只能赐死了。

哎，也没办法，谁叫这新欢这么带劲呢。

旧爱就去死吧。

"今日官宣，《深夜坦白》即将迎来嘉宾钟潇入驻，此次将围绕钟潇的初恋，讲讲那些时光里令人扼腕的青涩错过……"

裴时沉着脸要求袁牧关掉了车载广播，然后有些烦躁地松了松领带。

裴时并不是没有气量的人，他可以接受白桃有过去、有前男友，他不应该为钟潇烦心，过去已经无法改变，抓住当下才是关键。这些道理裴时都懂，但他还是忍不住烦躁。

钟潇真的太碍眼了。

不仅在创业圈里打着白桃的名号碰瓷骗投资，如今还不知道见好就收，上了一个综艺给他引流带来热度后，竟又接洽了别的综艺节目，眼看着就准备开始卖深情初恋人设了。

如今舆论并没有挖出钟潇的初恋，但裴时觉得不能再放任钟潇下去了。

出于对白桃的保护，他也需要干预。何况更为重要的是，裴时发现，自己根本忍不了。

每次钟潇那些回忆过去美好恋爱的片段都可以轻易地让裴时烦闷。

好在袁牧适时的开口让裴时心情好了些许——

"裴总，上次您交代的事我已经差不多办好了。"

上次行业论坛后，裴时就让袁牧调查下钟潇。

袁牧的办事能力果然不会令人失望，他向裴时汇报道："确实是钟潇在利用太太的名义套投资，太太此前根本没联系过他，仅有一次确实见过面，至于太太和他见面的照片，也是钟潇做了局，特意找人拍的，他还全程把和太太的聊天内容都录音了。"

裴时看了窗外一眼，状若不经意地自然道："那音频你拿到了吗？他们聊了什么？"

"钟潇的原始录音音频我肯定是拿不到，但是我设法从那家餐厅要了监控，还挺巧，那里监控带录音，不过可能背景音会有一点杂。"袁牧从后视镜里看了裴时一眼，"至于录音内容，我没有听。"他补充道，"这段监控录像我从餐厅老板那里已经买断了，裴总不用担心泄露。"

笑话，老板的家事私事，袁牧敢听吗？这眼看着是一段三角恋啊。

一个称职的秘书，多听多看多做，但一定要少说话。

但袁牧很快就忍不住起来，因为他的老板在等红灯的时候，问他要了拷贝视频的 U 盘，然后竟然在车上就打开电脑戴上耳机播放起来……

这段回程的路挺长，又在修路，还堵车，车子停停挪挪，既缓慢还颠簸。

袁牧憋了半天，最终还是没忍住，抬高了声音以确保塞着耳机的裴时能听到——

"裴总，这样看伤眼。"

"嗯。"

可惜裴时连头也没抬，像是根本没在听的样子，敷衍得实在很随便，只是聚精会神地盯着电脑屏幕。

袁牧觉得，裴总真的变了。

以前曾有一次，袁牧把需要紧急签署的文件在车上请裴时签，结果遭到了裴时的沉脸拒绝，理由正是——伤眼，不健康。

那时袁牧刚开始给裴时做助理，因此记忆特别深刻。这些年，他细细记下了裴时的很多习惯，然而没想到，如今这些习惯也正一个个被打破。

这就是爱情的可怕了。

裴时确实觉得这段路有些过于颠簸了，但他还是耐着性子看着屏幕里的白桃，她戴了假发，像是很不想让人认出来般落了座，对钟潇自始至终没给过好脸。

很快，裴时听到了被钟潇录音后散播出去的语音，白桃问他，要多少钱。

只是接着的发展，和钟潇所言完全不同——

"……出轨是要浸猪笼的，希望你明白，我和你已经再见了，虽然我们过去是好过，但是昨日已死，这话你听过吧？你现在对我而言已经没有吸引力了……"

监控的画质不怎样，背景音很杂，但拼拼凑凑，裴时还是能大致了解白桃在说什么。

他本来心情很烦躁，但听到白桃讲自己多爱她，爱她到会为了她插瞎钟潇双眼让他去做盲人按摩的时候，裴时完全忍不住笑了起来。

路程还是很堵，监控的音质也很差，但白桃对着钟潇那趾高气扬的样子，让裴时心情很好——

"可能我之前脑子出问题了，审美产生了偏差，但现在我恢复健康了，我喜欢裴时那样的……"

……

"更何况他不仅脸好，身材也好，品位好，钱还多，对我也好，爱我爱得都快迷失自我了，也不知道我之前到底为什么想不开。总之，以前的我可能脑子出了问题，现在的我彻底冷静清醒了，我不会离婚的，死也不会的……"

裴时把这一段都转成了纯音频，然后发到自己手机上。

或许是因为通过了拥堵的路段，这一刻，裴时觉得自己心情也舒畅多了。

白桃确实和钟潇没有什么别的联系，白桃也完全没有想过投资钟潇，更不知道钟潇创业，问他要多少钱不过是为了让他滚。

裴时彻底扯松了领带，望着车窗外，嘴角带了点笑意。

也是，自己大可不必多虑，钟潇那样的，正和白桃讲的一样，身家、品位、长相、身材，哪一样比得上自己？白桃又不瞎，确实喜欢的只能是自己。

裴时把音频移到最后一段，又放了一遍——

"我不会离婚的，死也不会的……"

裴时本来还想继续听，然而电话切断了手机上的音频播放，是裴菲的来电。

电话那端的裴菲气喘吁吁："哥！哥！我抓到了！"

这么多年了，还这么毛毛躁躁的，裴时皱了皱眉："什么？"

"抓奸啊！"裴菲气愤道，"我刚买了点狗粮，想给你们那小狗送去，结果刚到门口，就看到白桃鬼鬼祟祟出门，我就开车跟上了，结果你知道我发现了什么？她带着另一个老男人，正在和钟潇见面！"

"哥！白桃要是好好和你过日子，我也就认了！但她果然是个不要脸的，竟然还偷跑出来会前男友！以前不管我怎么说，你都不信，今天我就给你抓个现行……"

裴时皱了皱眉："在哪里？"

裴菲快速报了一个餐厅的名字，然后压低了声音："先不说了哥，我要跟进去了……"

裴时还想关照裴菲不要乱来闹事，结果还没开口，裴菲连电话都挂断了，再打也不接了，看来是打算专注"抓奸"了。

裴时揉了揉眉心，觉得有点头痛："不回家了。"他报了餐厅的名字，"改去这里。"

白桃雷厉风行地约了钟潇，就带上焦律师直奔了餐厅。

"所以如果我给的钱合适，是可以让他签署保密协议，不再对外乱讲的吧？"

焦律师点了点头："是这样，个人隐私也可以有保密协议，约定好对方的违约责任就可以。"

那就好！

得知白桃约自己，电话里钟潇就很热情，如今果然已经早早坐在一边等待，见了白桃，当即笑着打起招呼来，然后他看了一眼跟在身后的焦律师："这位是？"

白桃想起钟潇上综艺的事就没好气："是找你讨债的爸爸。"

焦律师咳了咳，打破了尴尬，简单做了自我介绍。

"焦律师？你是那个业内知名的离婚律师吗？我有朋友讲起过你……"钟潇的眼睛在白桃和焦律师身上来回逡巡，然后他恍然大悟道，"白桃，你终于想明白了，要和裴时离婚了啊。"

"离你的头。"白桃更火了，"你能不能闭嘴？我和裴时好得不得了，怎么会离婚？"

钟潇顿了顿："那你带律师来……"

"为了警告你，叫你闭嘴。"白桃沉着脸，"要不是违法，我真想直接把你毒哑。"

裴菲戴了个浮夸的帽子，还搞了个黑框眼镜，确保一般人认不出自己，坐在白桃不远处偷听。

这餐厅座位与座位之间有一道日式屏风，彼此看不清对面的人，但因为此刻不是用餐时间，餐厅里相当安静，只要尽量靠近屏风，刻意听，还是能把对面人的声音听个大概。

裴菲已经做了全套准备，手机里早开了录音功能，就等着白桃说出大逆不道的话，好让她交给自己哥哥让他清醒。要是白桃和钟潇一旦有什么亲密行径，她随时准备着冲到隔壁去拍照取证。

大概是白桃多行不义必自毙，没一会儿，自己哥哥竟然也来了。

只是他沉着脸坐下后，见了裴菲第一句话就是"你别乱来"。

虽然见到自己老婆出轨的实况是很悲惨，但是社会的捶打和残酷的折磨是成长的必经之路。

裴菲沉住气，准备等屏风后面的白桃自毁前程，她都组织好了语言，准备好随时跳出去辱骂白桃和钟潇。

只是……只是事情好像发展的和她想的一点也不一样。

屏风后的白桃确实开口了，只是——

"我要是能回到过去，我一定掐死当初和你谈恋爱的自己。不，死之前先把你一并带走。"

白桃的语气相当冷酷："我怎么能品位这么差，摆着裴时那么好的男人不要，找你这么没品的？竟然能把以前谈恋爱时候的细节拿出来营销卖弄，靠踩着女人上位，你可千万别再回忆了，一个男人，这么多年了，还在回忆过去，你是七老八十还是要死了？中间没什么可吹嘘了是吗？还号称'除却巫山不是云''曾经沧海难为水''一见初恋误终身''再也没谈过别的女友'？我看你那是根本谈不到。也别吹什么为了保护我不睡我这种了，血气方刚的年纪，谈恋爱正常人谁柏拉图啊？我看你就不行。"

"所以也别绕弯子，你要多少钱？我带了律师，直接签个保密协议，给你钱你闭嘴，拿了买点虎鞭鹿茸药酒治治吧，我刚来的路上看到有男科医院的广告，随治随走，照片给你拍下来了，待会儿发你，真的，早看早好，晚了可能功能彻底萎缩了，以后想找对象也不行，只能长期压抑最后心理变态。现在还能上综艺，以后就上社会法制新闻了。"

裴菲彻底呆了，她本来准备的满肚子辱骂好像也没用武之地了。而等她转头看向她哥，才发现一贯清冷的裴时，嘴角带了弧度，正在轻笑。

裴菲感觉相当窒息，她本意是破坏她哥和白桃的感情，结果如今看来，这破坏不仅没成，好像还给人家的你侬我侬添砖加瓦了……

而屏风对面，钟潇被劈头盖脸这么问候了一通，果然气得声音都扭曲了："白桃，你……"

同行的律师也有些汗颜："白小姐，您……"

接着就是对面水杯被砸碎的声音，钟潇看起来是真的动怒了，嘈杂里夹杂着律师拦着人劝架的声音。

"白桃，你以为你是什么东西？还蹬鼻子上脸了？以为裴时多宝贝你呢？"

钟潇的语气意有所指地讽刺道："裴时？呵？你以为他比我好多少？他多半也是骗你的，你还真是脑袋坏得彻底，就一个联姻还真情实感上了？等哪一天你脑袋要是好了，你就知道你真是被卖了还在给人数钱，你看看你这一天天的，都是谁给你的勇气啊？"

"哥？"

裴菲还没反应过来，就见裴时起了身，然后朝屏风走了过去——

"我给的。"

"你用白桃的名义在投资圈骗取投资，给出投资人错误暗示这些事，我都完成取证了，会把材料一份份发给各投资方，以方便他们避雷，让行业发展更健康些，所以建议你还是停下录制那些乱七八糟的综艺，先考虑下怎么应对接踵而至的诉讼比较合适。"

"至于我太太，我有多宝贝，也不劳你挂心。"

裴时转头看向白桃："白桃。"

"嗯？"

他伸出手，声音凉凉的："回家了，家里的狗还等着喂，不要再招惹外面的狗了。"

白桃一开始有些忐忑被裴时抓包，生怕他误会，然而没想到迎接她的是裴时全方位的信任。

她走过去，牵起了裴时的手："嗯！"她眨了眨眼，都这时候了还不忘记当狗腿，"老公，人经历了错误才会知道珍惜对的人！"她完全无视钟潇道，"我的前男友分手的时候就死了！现在一心一意只知道老公是最棒的！"

钟潇无语了。

裴菲看着自己哥哥和白桃，只觉得彻底完了——

她可能真的要给白桃跪下唱《征服》了……

第十九章
这尴尬的乌龙

白桃没想到轻而易举就解决了前男友的事，回家的车上就抱着裴时亲了一口："谢谢老公！"

裴时看了白桃一眼："就这样？"

"嗯？"

裴时瞥了一眼袁牧，然后微微压低了声音："是不是有点太敷衍了。"

虽然糖吃多了容易蛀牙，但白桃想了想，裴时过几天就要出国出差，让他出行前吃吃糖，好像也不是不行。

裴时出马，果然马到成功，虽然不知道后续他又请律师做了什么，但钟潇终于没再出来"营业"自己感天动地的初恋了，此前号称加盟的新综艺，也都以工作行程过忙推拒了。

至于那些关于钟潇深情的营销软文，也在一夜之间几乎消失了个干净。

白桃昨晚有点劳累，但灵感非常顺畅，她索性这几天向孙静请了假，决定在家里好好把后续剧情大纲整理一下，梳理下故事走向。

等下笔如有神般又画出了新的一话，再翻看下此前连载的评论，自然又是一片称赞。

自己可真是太厉害了！就算失忆了，还是轻轻松松就把所有事都搞定了！

可不想还好，一这么想，白桃又不开心起来。

原本她只想别把五年后的生活搞乱，免得自己记忆恢复，还要被迫接手自己搞出的一个烂摊子，可如今虽然不想承认，但白桃无法欺骗自己的内心——

她不想回去了。她不想把此刻的生活交还给五年后的自己。

这么一想就有些烦躁，白桃喂了狗，然后决定去院子里走一圈放松下。

只是这一走，就走出问题了，白桃本打算给院子里的桃树浇浇水，结果凑近一看，自己和裴时爱情的结晶竟然就快保不住了——

有段时间没注意，桃树竟然！竟然长虫了！底部的树干上，都已经明显地蛀出了一小个洞！

树在爱在！树亡人亡！

这不是个好彩头啊！

白桃当即拿出手机，就要给裴时打电话。

以往的白桃尽可能不去麻烦裴时，但如今遇到点屁大的事，好像都娇揉造作到恨不得都找裴时。

"作"是"作"了点，但不论自己多"作"，裴时每一次都很耐心，每一次都很温柔，每一次都能让白桃觉得自己是被爱着的，而这种被爱的感觉能让白桃更有安全感，觉得自己眼下这一切都是牢牢抓在手里的，都确确实实是自己的人生。

她想立刻能听到裴时的声音，想要朝裴时撒娇。

最近 Fiona 说有点私事要忙因此请了一段时间假，孙静一开始觉得眼不见为净，挺好，结果 Fiona 没来的第四天，她就有些想念她了……尤其是在她虽然没来，但还在自己生日这天通过快递寄来了一套白桃老师的签名漫画册以后……

孙静有一点点矛盾，一方面，Fiona 之前和裴总肯定是有那么点不清不楚的；但另一方面，真正相处起来，Fiona 这人也还行，如今和裴总也划清了界限的样子……

当然，比起白桃老师，她还是差得远了。

粉丝应该和偶像同仇敌忾是没错，不过如今看来，Fiona 应该是放下屠刀改邪归正了，因此，自己不对她赶尽杀绝，也不算错吧？毕竟如果这事换成人淡如菊的白桃老师，是一定会选择原谅和宽容的！

没一会儿，孙静发给 Fiona 的感谢信息终于被回复了——

不用谢啊，生日快乐！

孙静立刻给她打了电话："你在干吗？什么时候回来上班啊？"

"给我老公挑礼物，最近不想上班。"

这怎么行？

孙静这就有些语重心长了："女人要靠自己，男人靠不住的。"她斟酌用词道，"再好的男人，偶尔也会心猿意马，你应该很清楚……你要是自己没个立足的事业，万一以后你老公出轨……"

白桃想也没想当机立断道："如果我老公敢出轨，我就离婚，分他的钱，打他的第三者，去他公司拉横幅丢他的人！"

这么狠？

这 Fiona，简直市井泼妇做派，和恬淡的白桃老师比起来也差太远了！

孙静本来还想和 Fiona 扯两句，可惜很快，袁牧就来通知她开会了，孙静立刻识相地把手机开了免打扰模式。

近期公司已经到了上市的关键期，因此会议相当多。

　　裴总在工作上是非常强势和专注的，这种会议一开始，直至会议结束，他是不会接任何外部电话的，因此也要求所有与会人遵守同样的标准，再急再赶的事，都会议后再说。

　　只是很快，孙静就发现，自己这话说得太早了。

　　会议进行到一半的时候，裴总的手机响了。

　　第一次裴总自然是连手机屏幕也没有看，继续开会，只是这打电话的人似乎锲而不舍，很快，手机响了第二次，接着是第三次……

　　虽然裴总开了静音，但是因为会议室内正关着灯播放投影仪，因此不断亮起来的手机屏幕就足够引人注意了。

　　一般人打一个电话对方没接，肯定能推断对方在忙，要再打也总会隔开个半小时一小时的，不至于立刻就打。而能直接给裴总打电话的，也都是生意场上的聪明人了，因此孙静可真是第一次遇到这么拎不清的，果不其然，裴总大约也第一次见到这样不识相的，微微皱眉看了一眼手机屏幕。

　　这人完了，肯定要被裴总拉进黑名单了，孙静几乎内心有些同情对方。

　　结果裴总看了眼，眉皱得更紧了，甚至拿起了手机。

　　然后他抿了抿唇："休息十分钟，会议之后继续。"

　　等裴总拿着手机离开会议室，孙静还处在愣神里。

　　裴总竟然第一次会议中途休息了？或许真的是十分重要的电话？比如和上市有关的？

　　不过会议久坐也够累了，休息下也挺好，孙静到外面泡了杯咖啡，又想起自己手机快没电了，赶紧从会议室区域跑回办公区域拿充电器。

　　她坐在办公桌前一边充电一边玩手机，才发现裴总也特意回到了自己的办公室接电话。

孙静发誓自己不是有意偷听的，只是她的手机还没充满电，她不得不继续待着，如今裴总都讲起来了，她突然起身反而尴尬和突兀。

好在桌前的大片绿植完全把她的身影给遮了起来，一眼望去，裴总绝对看不见她，大办公区看起来完全没人，也算避免了尴尬……

而出乎她的意料，办公室里接电话的裴总，眉已经完全舒展开了，唇角也微微弯着，声音表情都很轻松——

"有虫了吗？"

"不会的，不会有事，可以除虫。"

"树没有你想的那么脆弱，我安排除虫的上门，你在家里好好等着。"

"爱情的结晶不会死，我保证。"

"明年会有桃子吃的。"

……

虽说裴总的声线并没有太多的变化，但孙静莫名觉得挺温柔的，是她们这些打工人从未体会过的耐心。

而孙静听来听去，终于确定，裴总完全不是在讲公事，他第一次破例会议中途休息出来接电话，讲的完全是不搭边的私事，并且好像只是一件完全无关紧要的小事——给桃树除虫。

所以是他为白桃老师种的那棵桃树有虫了？

孙静听来听去，再次确定，裴总这通电话是给白桃老师打的。

所以……所以裴总和白桃老师的感情看来没问题了！

孙静心里因为偷听和激动有一种双重的刺激，此后裴总压低了声音，再讲什么她已经听不清了，直到最后——

"好的，爱你。"

"可以了吗？"

裴总的声音有一点不自然，有一点被迫营业的无奈，但低沉性感，孙静品出了"拿你没办法"的宠溺……

很快，休息时间结束，孙静怀揣着不小心撞破的秘密，回到了会议室。

裴总自然还是冷静甚至冷酷的模样，然而孙静作为 CP 粉的内心却激动到癫狂——

裴总和白桃老师，自己嗑到了，嗑到了！

Fiona 回头是岸，裴总白桃老师重修旧好、恩爱非凡，真是太好了！

不过白桃老师漫画里说的果然没错，一个男人吧，还真是有两副面孔，谁能想到这么冷漠风的裴总，私下对着白桃老师原来也会这样……

白桃发现桃树有虫就给裴时打电话，其实完全是下意识的反应。

此前电话响起"嘟"的声音时，她就有些后悔了。

这未免有些小题大做了。只是打都打了……

她公允地想了想，好像今天是有点想听听裴时的声音……

然而很快，白桃就发现自己不用后悔了，因为裴时根本没接电话。

原本想着还是别打了，然而裴时真的没回应，白桃又不开心烦躁起来，她知道这是不对的，但手已经自作主张给裴时拨出了第二个电话……

而等裴时最终接起了电话，白桃才知道对方此前在开一个上市相关的会议。

但他还是非常非常耐心，完全没有生气，对白桃小题大做提出的问题，也都一一安抚，没有太过腻味的甜言蜜语，然而就是这种温柔以待就足够让白桃动容。

白桃原本有些纠结，然而等挂上这通电话，她做了个决定——她打算向裴时坦白。

自己是自己，但又不是自己，这听起来完全不可理喻，但白桃还是想告诉裴时。

告诉他，虽然缺失了五年时光，但五年前的自己，这一刻也非常爱他。

白桃做出这个决定后，突然就心情放松了，她哼着歌，一时灵感大发，坐下就把一个奇幻脑洞新故事的大纲给写了……

白桃下笔如有神地写完大纲，又处理了几个合同，宋妍就来电告知新一批样书到了。

"白桃老师，你方便来你们小区门口取一下吗？我待会儿还要赶着去平台那边开个商务会，洽谈下我们下一本新漫画的合作，时间上有点赶，就不送进你们小区里面啦。"

白桃应了好，问物业借了小拖车，在小区门口简单和宋妍聊了两句，取了一沓样书就打算回家。

因为相当专注地在欣赏自己新漫画的封面，等路边有人突然窜出来拦住白桃时，白桃吓了一大跳。

"白小姐，可算找着你了！"

对方是个中年男人，满脸菜色，神情慌乱紧张，头发乱糟糟的，像几天没洗了，邋里邋遢的，一把就拽住了白桃的小拖车。

难道是传说中的私生饭？！

白桃下意识就想求救，结果还没开口，对方反倒是"哐当"一声抱住了白桃的小拖车，接着号啕大哭起来——

"白小姐，做人要有良心啊！当初合作的时候你是怎么说的？一切法律风险都由你来负责，合同里白纸黑字写着，结果现在翻脸不认人了。"

"我们真是小本买卖啊！现在一审判决下来了，要我们赔那么多！这还不是要了我们的命吗！白小姐，你要不出面处理这事，我就和我们员工一起吊死在你们小区门口这棵树上！"

对方不开口还好，这一开口，白桃终于也是依稀想起来了。

这不就是当初有次在停车场堵截自己的男人吗？指责自己付费发出轨离婚稿后翻脸不认人的那个？

对方声泪俱下，手里挥着一份像是合同的东西——

"当初咱们的长期合作协议，虽说这两年发得是挺多的，但我们利润薄啊，总共才挣了一百万不到，里面还有三十万尾款您还没结清，现在按照裴总的起诉，我们还得赔两百万啊！"

不是只发了出轨离婚的一条新闻吗？怎么花了快一百万？还有三十万尾款？奸商来碰瓷的吧！

上一次白桃就不大愿意相信，这次对方这么一讲，就更觉得离奇了。

只是白桃正要开口质问，就听对方继续道——

"要不是您和裴总都那么有钱，我可真是以为你们一搭一档诈骗我们玩呢！"对方苦着脸道，"一会儿要我们发恩爱通稿，一会儿又发出轨离婚通稿，现在好了，又同仇敌忾一致对外起诉我们造谣了！我们是讲职业道德的，也从不过问白小姐你到底在想什么，反正拿人钱财替人干活儿，但你不能这么干完了，拍拍屁股不认账啊！当初您那么多恩爱通稿，还不都是我们润色措辞的吗？"

对方一讲起这来，语气相当委屈："您看看效果多好？现在您出去，谁不知道您和裴总是恩爱的一对儿？您那些恋爱细节，裴总追求您的事，大家可都当是真的呢，这您想要的效果得到了，怎么就任由裴总起诉呢……"

什……什么……

白桃犹如五雷轰顶："你放什么屁！我那些新闻，明明都是真的发生过啊！"

对方一见白桃这反应，登时脸色就难看上了："白小姐，你这样就没意思了吧？当初可都是我们小编辑一个字一个字原创出来的啊，还根据你的意思修改了好几稿呢，这些所有的版本我们都还保留着，都有留底的，今天包里都带着呢！"

"最开始写的那些版本，我记得你还嫌不够浮夸，觉得小编辑体会不到你的精髓，自己亲自操刀动手写过呢！"

这男人大概生怕白桃不信，当即掏出一份手稿："我这有份你手写改动的版本都还给保存着呢！"

白桃趁他不备，一把从对方手上抢过了手稿，她原本是不信的，然而只看了手稿一眼，她就没法反驳了——那的的确确就是自己的字迹没错啊！

这一下，白桃简直被对方这些话给打蒙了，一时之间震惊过度，反而整个人变得迟钝起来，她面无表情一字一顿道："所以我和裴时的恩爱，不是真的？那些报道……"

"真的真的，您和裴总绝对是真的。"对方一脸了然地点头道，"您放心，我们绝对保密，这些发的通稿除了合同当事人的您和我司，真的绝对没透露出去过，我们保证，这些通稿一发，你们就是真的，真的不能再真了。"

看着对方脸上一脸"我懂，你们豪门就是这样，发点假通稿很正常，塑料夫妻商业联姻罢了"的表情，白桃觉得，自己还能怎么放心？

　　她一把抢过了对方的合同，连带着翻出了对方包里所谓的各种恩爱通稿的版本。

　　也不顾及就是在小区门口，白桃就坐在小拖车上翻看起来——

　　　《裴时送花等候，耐心蹲守他的爱》

　　那男人此刻已经起身坐到了白桃身边，贴心地指着报道解释道："这一版本被你毙掉了，因为觉得太普通了，不够吸引人注意力，说想效果惊悚一点，就有那种裴总为你可生可死的效果……"

　　白桃木着脸翻到了下一篇——

　　　《裴时捶打胸肌大声怒吼求爱，雨中与情敌打架只为争夺
　　白桃一个眼神》

　　"这篇您觉得把裴总描述得像是抢地盘和母猩猩的灵长动物，所以也没采纳……"对方嘿嘿一笑，"这个小编确实不行，原来是当《动物世界》节目组的字幕写手的，一直跟踪猩猩组……后面您提了，我们也发现了她写的稿子猩猩味儿超标，已经把她开了，现在听说回《动物世界》了。"

　　"……"

　　她又扫了一眼下面几篇废稿——

　　　《裴时为爱流泪又流血，虐身又虐心》
　　　《裴总爱情故事：他愿为她，挖心取肾》

　　新媒体写手写的吧？简直精神污染……

等白桃翻完所有的稿子和合同，紧抿着嘴唇，彻底一句话也说不出来了。

白桃觉得自己一口气也快上不来了——

"所以，裴时为爱种桃，不是真事，都是你们找人写的？"

"那不是哈，那是您自己操刀的！写得贼棒！要不是您不差钱，我们老板真想吸纳您到我们公司来，真的，写得太好了，既甜宠又浪漫，兼顾真实与梦幻，我都拿这篇稿子当新人训练教材呢！要我们公司那些小编辑有您这一半水准，我也发财了！"

真谢谢你夸奖了。

"不过您最近几个月微博上发的恩爱照片都是我们小编辑之前PS后发您的素材，还有微博上最近几个段子也都是直接出自我们小编辑此前发您的素材库，看来您最近挺满意我们之前服务的啊，我看那些段子可几乎是一字没改，沿用我们小编辑的呢。"

最近自己发的都是此前存在自己手机备忘录里的，原本白桃以为那是自己随手记录下来的真实恩爱生活，结果原来竟是……

对方还在继续据理力争他们公司付出了多大努力，可白桃真是不想听下去了……

她木着脸放下了所有的稿子，心里只剩下两个念头——

这不对劲。

还有，自己完了。

其实一直以来，白桃不是没有怀疑过的，但最终，这些疑惑在她极度良好的自我感觉面前烟消云散了。

正常人会莫名其妙爱别人到癫狂到要割腕吗？

想想也不可能，但白桃太自恋了，以至于自己一旦成为这些新闻的当事人，她就觉得完全有可能了！

为什么?

因为自己的优秀!因为自己的魅力!因为自己最耀眼!

五年,科技都那么发达了,发生什么事都不奇怪,何况她就是有一股自信,即便不了解五年间发生了什么,还是觉得裴时疯狂迷恋爱上自己相当正常。

如果自恋是一种病,白桃毫不怀疑自己已经无药可治了。

可人的悲剧常常在于没有早点吃过亏挨过打,虽然自恋,但白桃这一路都顺风顺水,从没有因为自恋遭遇过重大挫折,家境优渥、美貌、年少成名……爱慕她的男孩、追逐她的粉丝、追捧她的记者……她有了太多,有得又太容易,也因此完全被蒙蔽了双眼,觉得这一切自己得到得理所当然,因为自己就是这么优秀这么棒。

长久下去,白桃也有些飘飘然了。

谁能不爱自己呢?

于是,她终于在这一天,发现自己因自恋栽了顿大的,眼看着要把以往都没挨的打一顿补上……

自己和裴时的恩爱,竟然都是通稿?

等确认了合同的真伪后结清了尾款,并答应对方解决后续纠纷问题终于把那个男人打发走,回到别墅后很久,白桃的内心还是无法接受。

所以自己和裴时根本没有什么浮夸恩爱,裴时既没为自己割腕过,也没为自己癫狂过,什么为爱哐哐撞大墙,更是没有?

那些什么共同回忆的去森林公园、放风筝、看星空,也都是假的?

可……可自己是失忆了不清楚情况,那裴时还能不清楚吗?

自己信以为真了,他也没反驳啊!

白桃心里像是在下油锅,一会儿滚烫一会儿煎熬,她脑袋很乱,完全理不清个头绪来。

自己是误会了，那裴时不会说清楚吗？！

他还陪着演？那他是看了自己多少笑话？

他……他还睡了自己！

白桃扑在床上，钻进了被子里，以前一门心思地自恋，以至于忽略了好多细节，如今再回想，白桃越想就越觉得不对劲……

每次自己撒娇裴时脸上的不自然，还有面对自己出轨照片时的淡定，裴时一片光滑的手腕……

如今回想，白桃真想回到过去锤死自己，那是因为爱人膏肓不能自拔吗？那恐怕只是尴尬、麻木和无所谓！

一旦按照新闻通稿全是自己买的设定去回溯，白桃简直是想死，如果裴时根本……根本和自己不恩爱，就是正常的一对塑料夫妻，出于一些不可告人的秘密结了婚？

如此一想，自己都做了些什么啊？

苍天啊！

白桃这次是真实地哐哐撞大墙了，她把脑袋往墙上机械地撞着，心里更是惨淡——

自己怕不是社会性死亡了。

要不自我了断算了……

但强烈的求生欲还是让白桃自我安慰起来。

那个男的说的一定是真的吗？就算发通稿了，自己和裴时也未必就不恩爱吧？或许只是恩爱得不那么明显？毕竟发新闻都浮夸一点很正常！

人遭遇重大的震惊后，除了不敢相信外，就是试图竭力否认，只是白桃回顾了所有过往的细节，这一下，所有蛛丝马迹全部涌入了白桃的脑海——钟潇上次见面话里有话是怎么说的？

　　他骂自己脑袋坏彻底了，还说裴时多半也是骗自己的，嘲讽自己一个联姻还真情实感上了……

　　自己是失忆了，不了解情况，靠着一腔自恋和脑补就把新闻通稿演绎成了绝美爱情，那么钟潇作为自己的前男友，是不是反而知道点什么？何况按照余果说的，自己不都曾带着钟潇见爸妈了吗？

　　所以说不定通稿虽然是假的，但裴时爱自己应该是真的呢？钟潇这么讨厌他，是因为裴时横刀夺爱呢？

　　不到黄河心不死，白桃决计无法接受裴时和自己是塑料婚姻这种设定。

　　怎么可能呢？不可能的！

　　那么尴尬至死的乌龙不可能发生在自己身上的！

　　正常人怎么能会这么戏剧性的倒霉？

　　不会的，不会的。

　　白桃一边安慰自己，一边打算先把钟潇叫出来——她才不要直接去问裴时，那简直尴尬到无法呼吸、无法面对。

　　还是先把钟潇弄出来，诈上一诈。

　　何况，不知道是不是白桃的错觉，她现在回想起来，觉得钟潇也怪怪的……

　　面对自己的邀约，钟潇倒是一改上次嘲讽白桃的姿态，显示出了十二万分的热情和小心翼翼。

　　怕不是有事相求？

　　等白桃一落座，这种猜测就成了真。

　　"桃桃，上次是我急红了眼，看到你和裴时那样恩爱，心里嫉妒痛苦，才口不择言，但你要相信，我是一直爱着你的，现在裴时在业内发了好多函，搞得我资金链都快断了，虽然我的'潇兆'并没有你的股份和投资，但你看我企业的名字，也知道我的深意吧……你能不能让裴时……"

"不能。"白桃板着脸，"还有，别叫我桃桃，我们很熟吗？"

钟潇脸上讪讪："我们毕竟好过……"

他不说还好，一说，白桃心里的怀疑就越来越大了，虽说人是会随着时光推移变化的，但……白桃怎么看钟潇，怎么都觉得自己不可能瞎眼喜欢这种人啊……

钟潇摆人群里是还能看，但照理说完全不到让白桃心动的程度，何况品行方面也没多绅士优雅，话还那么多……要知道，白桃可是最讨厌话多的男人了！

男人一话多，就显得毫无魅力毫无神秘感，变得浅薄又低级。

按照钟潇在综艺上透露的，自己还曾经和他看星星、看月亮、去露营、去放风筝、一起骑自行车？与自己和裴时做的事一模一样？

不对啊！

白桃差点拍起自己大腿来，自己和裴时这些事是假的，是自己操刀写的，是买的通稿啊！怎么钟潇还能一模一样呢？

钟潇是不是也搞诈骗啊？

这么一想，白桃再看钟潇，就怎么看怎么不对劲了。

会不会……

白桃心里咯噔了一下，决定试探使诈。

她脸上却摆出了镇定的表情："钟潇，你骗我了吧。"

白桃稳住了情绪，板起了脸："我和你什么时候放过风筝、露过营、看过星星月亮？"

钟潇果然愣住了，他探究地打量了白桃几下。

这表情，果然有问题！

"你编排我和你的恋爱故事的时候，挺开心的啊，我和你什么时候那么好过？"

白桃没有露怯，钟潇果然反而就露怯了，他有些尴尬地看了白桃两眼，试探道："你想起来了？"

白桃差点一口气没接上来，自己果然没和这个钟潇有过一腿！自己的审美果然没问题！

钟潇脸皮也挺厚，如今被戳穿了，也还挺镇定，他喝了口茶："你也不能怪我，当初你那样，对我打击确实也很大，一开始说好让我陪你见你爸妈吃个饭，堵住你爸妈叫你联姻的嘴，好不干涉你当漫画家的决定，让我假扮下你男友。虽然我们是没好过，但你前脚刚带我见父母，后脚立刻和裴时订婚然后结婚了。一段时间里，我都是圈子里嘲讽的对象，大家都说我被甩了。"

事到如今，钟潇竟然还能反过来恶人先告状，指责白桃道："男人都是要面子的，你平心而论，我刚在圈子里宣传我是你男朋友，还拼命宣传想帮你挡住你爸妈要你相亲的压力呢，结果反过来被朋友圈子里的人笑了，说我在发梦，你都和裴时订婚了。"

"白桃，将心比心，就算是合作关系，你刚和我谈好了合作，结果连个口头通知都没有就毁约，转头找裴时当新的合作方了，这也不太妥当吧？正常按照契约精神，你也要给我意思点有所赔偿吧？"

钟潇笑了笑，把自己事业失败这件事都扣锅给白桃了："而且就因为这件事，我不得不出国躲避这些流言蜚语，结果正好国内这几年大发展，害得我失去了创业机会和风口，如今回头创业，市场早被分割得七七八八。"

他看了白桃一眼："所以你也不能怪我，我只是问你收个违约金和滞纳金，这么多年过去了，难道你不觉得应该对我进行补偿？"

白桃简直没话讲了："所以当你发现我对过去的事没印象的时候，就开始诈骗我了？"

"你这话说得太难听了，我这怎么能叫诈骗？我只是对我们的过去进行了美好的艺术处理，你不是漫画家吗？不应该最懂这种吗？"

钟潇话里话外，完全不认为自己有什么错，还挺理直气壮的。

白桃负责任地想了想觉得确实也不是他的问题，还是自己的错，是自己的品位有问题，就算合作，怎么找了这么一个垃圾合作？

她应该一开始就找裴时的！

钟潇则还在察言观色，见白桃露出懊丧表情，当即趁热打铁般道："何况这事是你先开的头，我们这么多年完全没联系过了，这事本来我都想开了、看淡了，也打算回国了，本来都不打算找你要赔偿了。"

"结果这时候突然出了个新闻，说什么你出轨了，狗仔还放出了照片，说你夜会小鲜肉，虽然没看到你的脸，但我一看，那所谓出轨对象的背影不就是我吗？"

"虽然你拿的是我早几年的照片 PS 的，也改了改背景，可熟悉我的一下就能认出那是我啊。"说到这里，钟潇露出了受害者的姿态，"你看，本来过去的事就算了，结果我又被你牵扯进这些事了。"

钟潇暗示道："本来你找我谈，我是想解释清楚的，这新闻肯定不是我干的，可你劈头盖脸也不听我讲，就一口咬定自己确实和我出轨了……那我也实在是盛情难却，就被你……威逼利诱着认了啊。后来将错就错，也是想着正好问你趁机讨要一点利息，总而言之，这错不在我，在你自己啊……"

这骗了人，还赖被骗的人脑子不好使？

白桃差点气得撒手人寰："你还委屈上了！"

钟潇眨了眨眼，大言不惭道："你要不给我空子，我能犯罪吗？"

白桃真是差点一口气抽过去，所以出轨照片也是假的？根据之前那个通稿合作方的话来说，这新闻还是自己发的。

自己到底怎么想不开去发个和钟潇出轨的照片啊？就算和裴时塑料婚姻走到尽头，离婚就离婚，为什么要在离婚前败坏一波自己的形象，自己给自己发出轨新闻呢？明明没有的事，这么一发，不就直接坐实自己是婚姻过错方，还可能在离婚时被裴时拿捏着在财产分割中处于劣势吗？这不合理啊！

虽然心中的问题一堆，但白桃还是决定先着眼眼前，解决钟潇这个问题。

她当即没忍住，就搜出了当时那张新闻照片来，白桃这一次放大了照片，又瞪着眼对照着钟潇看了半天，越看越觉得不对了："这背影也没和你多像啊，你有那么高身材那么好腿那么长吗？我至少给你艺术处理手动给你装了内增高；还有你自己看看，你皮肤有那么白吗？我给你调了至少三个色度；侧脸的脸型都给你修饰过了，这除了衣服可能是你的，还有哪点像你？"

"钟潇，能不能照照镜子？你有长成这样吗？我都PS成这样了你还能对号入座上？"

钟潇顿了顿，像是被白桃问卡壳了，只是很快，这位诈骗能手就恢复了冷静，他坦然地解释道："人看自己都容易带滤镜，我心里自己就长这样，何况这照片原图至少是我没错吧？"

白桃真是一句话也说不出来了。

她此刻也没心思和钟潇计较他"顺水推舟"的诈骗，心里只有越发不妙的预感。

和裴时的恩爱通稿是假的，钟潇这个前任也是假的。

所以自己身边到底还有什么是真的？

钟潇见白桃不语，立刻顺杆爬道："白桃，虽说没和你真的好过，但我对你确实一往情深啊，你当初转头找了裴时，我真的痛苦了挺久，裴时那种人，我也很担心你和他不会幸福，不过现在看你们这么恩爱，你看裴时那边……能不能给我打点一下？"

白桃一肚子火地打断了钟潇："你哪只眼睛看到我和裴时恩爱的？"

"回国后我看了好多你和裴时恩爱的新闻，本来以为他只是你用来抗衡家里压力协议婚姻的产物，但上次看他那么宝贝你，没想到你们确实还挺好……"

钟潇狗腿道："对不起啊，我上综艺回忆和你所谓的'美好'往事，还是看了你们恩爱新闻后产生的灵感……"

一模一样的放风筝、露营、看星星、看月亮，可算冤有头债有主找到出处了。

这果然不是自己会喜欢的类型，脑子太不好使了！

白桃此刻也多少有点理解自己当初为什么找钟潇对父母谎称前男友——虽然这男人品位差劲，但正因为脑子不好使，比较便于控制。

但……

和这种白痴合作，后遗症显然后患无穷！

"你们感情真好，所以这次的事你们两个能不能大人不记小人过……"钟潇还在诉苦，"现在创业真的很难，要是资金链一断，我现在这样的生活水平可就维系不住了……"

白桃是一点听不下去了，脑子不好就算了，脸皮还这么厚，简直绝了。

"钟潇，我给你三个忠告：第一，以后不希望你再和我扯上任何关系；第二，少看点新闻，也别创业，对脑子好；第三，想维持你的生活水平，还是趁着还年轻，找个富婆从良上岸吧。"

钟潇表情有点难看，但他只关心一件事："那裴时那边……"

白桃板着脸："裴时我搞不定，你自求多福吧。"

别说是钟潇的这点破事，白桃自己的事就够她头疼了。

白桃给了钟潇正式警告，回家的路上，心里简直是冰火两重天，脚也像踩在棉花上，一脚轻一脚软。

此前那种突然安定下来的安全感荡然无存，她小心翼翼地掩盖着内心的惊惧和狐疑，甚至对周遭一切的真实性都怀疑起来了。

这五年里到底发生了什么？还有什么是自己忽略的，是自己不知道的？

通稿是假的，那裴时到底骗了自己多少？

她一方面自责又懊丧着自己先入为主相信通稿的愚蠢，一方面又忍不住给自己开脱——也不能全赖自己，看看钟潇，不也被那些恩爱通稿洗脑包给荼毒了信以为真吗？

这要怪还是怪自己写通稿的水平太高了！

人的性格短期内是真的没法改变，白桃心里百转千回，绕来绕去又自恋上了。

呸呸呸！现在是自恋的时候吗？自恋都已经让自己掉坑里了！

白桃回到家，看着家里的一切，想来想去，还是决定先冷静下来。

既然自己发了恩爱通稿后，又亲自 PS 图片发了自己的出轨新闻，那自己的目的是什么？

白桃把当初的出轨新闻又找出来看了一遍，这次，她发现了这篇新闻里强调的重点——全文对出轨是一笔带过，对"据悉裴时白桃已商定离婚细节中"却着墨颇多。

对了！焦律师！

白桃灵光一闪，是了，焦律师是知名离婚律师，而从他和自己沟通的只言片语来说，五年后的白桃确实正计划着和裴时离婚！

白桃一开始先入为主地认为是五年后的自己瞎眼出轨了钟潇，所以才像被下了降头一样要和裴时离婚，可和钟潇压根儿是假的，那……

那离婚看来就真的是要离婚了？

白桃不自觉地咬着手指甲，精神紧张又忐忑，心里既想知道真相，又反而有点害怕知道真相，她有种不妙的预感，总觉得离事实越近，就越是会得到自己无法承受或不想知道的东西……

和裴时的恩爱是假的，想离婚是真的。

光是这个认知就让白桃完全措手不及惶恐起来。

那裴时为什么要骗自己？还一直配合装着和自己很恩爱，夫妻之间一点问题也没有？

……

等白桃反应过来的时候，她已经拨通了焦律师的电话——

"焦律师，我之前联系您是不是计划离婚？"

"是这样没错，有什么问题吗白小姐？"

"你能和我讲讲，我当初为什么要离婚吗？"

虽然这个问题有点莫名其妙，但焦律师显然有良好的职业道德，还是简要做了回答："作为律师，我们不会过分探究当事人的私生活或者做某件事的缘由，但当时您离婚的态度非常坚决，甚至为了离婚不惜发了自己出轨的假新闻，说自己都出轨了，裴总不至于还愿意戴着绿帽子，所以一定会同意离婚的……"

发出轨假新闻这事焦律师竟然是知道的！

但很快，白桃就觉得不对劲了："可我为什么要发这种通稿？都要离婚了，要发不也应该发裴时出轨的新闻造谣来打舆论战吗？发我自己出轨，那不是反而会被裴时抓住把柄，当成婚内出轨过错方，还少分到财产吗？"

白桃说到这里，贴心地插播解释道："不好意思，我之前发生了车祸，撞坏了脑子，就有些事……"

结果回应白桃的是焦律师的惊喜和感动："没！您这脑子，现在感觉终于是撞好了！"

一旦理解了白桃为什么突然问这种问题，焦律师像是终于放下了心里的石头，说起话来也更放松了："白小姐，你刚才说的那些，就是此前劝过你的，都要离婚了，就算真的出轨了也该消灭证据，倒打一耙，更别说发那种假新闻了！但你怎么也不肯听，执意发了新闻，说什么要出轨也只能你出轨，不在乎钱，但面子一定不能丢，只能是你甩了裴总、绿了裴总……"

焦律师一说起这事，看来还挺心有芥蒂的："当事人想要离婚时分割到最大限度的财产，就应该听我们律师的专业意见，不能自己想怎样就怎样，如今看到你刚才分析的逻辑性，感觉你这才是终于想明白了！"

他完全进入了业务模式："所以白小姐，现在你是想继续推进离婚诉讼吗？我看了下，裴总的时来科技上市在即了，选在这时候起诉，我们简直瓮中捉鳖，而且大概率可以先和裴总商谈，他此前为了不影响上市，就坚决反对关键时期离婚，同意先做出对你相当有利的离婚协议，等上市完成后再做离婚登记，只要你一句话，我就放手干，一定能给你争取到最有利的财产分割方案，我们可以先……"

说者无心，听者有意，白桃当即就炸了："裴时同意离婚？"

焦律师吓了一跳："上市之前不同意……"

"那就是上市后，他就同意离婚？"

"差不多那个意思？"

这一惊一乍的，焦律师也很心累，自己这位当事人到底是想离婚还是不想离婚啊……脑子一会儿好使一会儿不好使的……

"裴时的意思就是离婚可以，但是要拖，拖到上市完成后？为了这个还可以多给我点钱？"

"是这样没错……"

焦律师还想说什么，白桃就挂断了电话。

所以这婚还离不离？自己这笔大业务到底是接上了还是没接上啊？

第二十章

抓到你了

白桃挂了电话，一张脸一阵白一阵红，她原本为了探听真相还憋着一股劲儿，如今这股劲儿终于泄了，心里又是酸胀，又是慌乱惶恐和委屈。

裴时竟然真的要和自己离婚！

她也不是傻子，冷静下来刨除了自恋滤镜，再回过头去想一想，这蛛丝马迹就好像都能给出合理解释了——

自己和裴时的那些恩爱通稿，不知道是自己出于什么缘由发的，但总之是假的；虽然不知道自己为什么会和裴时结婚，但确实就如钟潇一开始以为的一样，自己和裴时是一对毫无感情的塑料夫妻，才能在自己提出离婚后，裴时第一时间想的不是挽回，而是别影响公司上市。

裴时能陪着自己按照新闻通稿里的将错就错演下去，单纯在意的是上市节点，也就是说，裴时不是不想离婚，只是不想在公司上市之前离婚……

竟然是这样！

白桃自车祸醒来后一直挺乐观，可如今终于绷不住，趴到床上默默掉起眼泪来。

委屈、难堪以及被骗的难受席卷了白桃。

自己不仅社会性死亡，像小丑一样在裴时面前给他提供了绝佳的娱乐素材，还赔了夫人又折兵，被骗身又骗心，财色两空！

白桃想起自己失去的睡眠时间，登时更加悔恨交加了。

累死了自己，便宜了裴时。

如今自己将心向明月，奈何明月照沟渠！裴时说不定压根儿不喜欢自己！自己完全是送上门的小甜点，不吃白不吃。

白桃越想越惨，越觉得自己亏大了。

但即便如今事实差不多胜于雄辩了，白桃绝望地发现，自己竟然还下意识为裴时找着开脱的理由，并且无可救药地想要在这一刻听到对方的声音——

即便这男人的温柔和耐心可能都是假的。

奶茶没有毒，但是长期每天一杯奶茶，等没法喝到奶茶的时候，人也会有戒断反应。现如今，白桃原以为自己把接手的烂摊子都收拾得妥妥当当，结果没想到是自己睁眼瞎，把一手好牌都打烂了，一事无成，唯一做的一件事就是把裴时这垃圾变成了自己的奶茶。

自己怎么会这么差劲，怎么会这么弱，怎么会这么没出息！

白桃心里难过又羞愧，但她本人并不是个多有自制力的人，等自己反应过来时，她已经拨通了裴时的电话。

"白桃？"

裴时的声音一如既往的冷静和镇定，以往白桃非常喜欢这种稳重带来的安全感，但如今一听到就鼻子发酸想哭。

她憋了憋情绪，佯装自然地信口雌黄道："就突然想你了。"

但白桃语气末梢的哭腔还是略微泄露了点情绪，裴时几乎很敏感地意识到了这一点："哭了？怎么了？"

白桃吸了吸鼻子："哦，就刚午睡的时候，做梦梦到你不爱我了，在睡梦里哭了。"

"不会。"

"嗯？"

裴时像是走到了什么没人的地方，然后这男人才开口继续了刚才那句话，他微微压低了声音："不会不爱你。"

说的和真的一样！

骗子！怎么不进军娱乐圈？靠他这张脸再加这个演技，怎么的也能混个奥斯卡影帝了！

"所以别哭了。"

裴时的声音太好听，以至于白桃还是有一瞬间，甚至希望自己什么都不知道……

她心里很乱，也不想再和裴时纠缠，因此随口胡诌道："最近老是做噩梦，可能要你每晚睡前像以前那样给我讲睡前故事才会好了……你还记得以前这么给我讲过故事吧？"

睡前故事这一点完全是白桃临时瞎编的，连恩爱通稿新闻里都没有，然而裴时一点都没有疑惑，只是声音低沉地"嗯"了一声。

"记得，以后每晚都给你继续讲。"

如果不知道前情提要，裴时这样的态度简直温柔到无可挑剔，白桃心却如坠冰窟——

假的！确实都是假的！自己临时胡乱瞎扯地从没发生过的事，裴时还面不改色地应了下来，还继续讲？你什么时候讲过睡前故事啊？哪来的继续？！

白桃原本想给裴时找的台阶都被裴时自己给搬空了……

他的的确确就是蓄意欺骗啊！

白桃再也没法欺骗自己了，她真的干了超级大的蠢事，闹出了可怕的乌龙——

裴时压根儿不喜欢自己，为了公司陪着自己演演戏，结果自己自恋地真情实感上了。

白桃想起此前的种种，只觉得社会性死亡不过如此，尴尬到脚趾抠地都能抠出一栋豪华独栋别墅。

她是死要面子的人，如今一想到自己不仅没真的俘获裴时，做上大哥的女人，还被裴时当傻子似的耍着玩，再想想等时来科技上市成功，裴时大概率是要一脚把自己踢开不陪自己继续胡闹了，等那时候裴菲的嘴脸还有外界的嘲讽，包括黄月然之类小花对裴时的虎视眈眈……

简直光是想都要窒息了。

白桃心里一片混乱，这等蠢事，就是和余果，她也说不出口，如今面对这么大一个烂摊子，白桃只恨不得当个把头埋在沙里的鸵鸟。

要是跑到马路上再被车撞一下，是不是就能把记忆找回来？

当然冲到大马路上被车撞这种事白桃还是不会真的做的，万一撞死嗝屁了一了百了也就算了，别给撞个半身不遂生活不能自理……

三十六计，跑为上策。

只要跑得够快，尴尬就追不上我！

因为无法面对裴时，也不知道怎么解决当下的乌龙，白桃很厥包地决定跑路。

她挂了裴时的电话，就在房间里收拾起来，自己的样书、漫画工具、电脑、平时的化妆护肤品、当季新款的衣服、包包鞋子口红珠宝……

真正收拾起来，她才发现原来在这个家里已经留下了那么多生活的痕迹。

一来一去一个小时里，白桃已经打包出了五大个行李箱，按理说，这也差不多了，但白桃自觉自己是诈骗受害者，如今就算厥了不敢和诈骗犯正面刚，但什么也不能给诈骗犯留下！

墙上自己添置的挂画、新买的花瓶、花瓶里的鲜花、新换的桌布、下单买的铁铲、冰箱里的鸡蛋、吃剩下的半个苹果……

一切白桃但凡花过一分钱买的东西，她统统不打算给裴时留下，连自己的牙刷碗筷，她都准备一波打包带走，包括厕纸！

等最终把所有东西打包完，白桃已经收拾出了整整十大箱东西，不过现代社会，只要有钱，没有什么是解决不了的，她叫了搬家公司，没一会儿，卡车就到了，搬运工人贴心地把白桃的行李都搬上了车。

"姑娘，东西都齐了吗？"

"等等！"

白桃想了想，折回别墅，然后板着脸，一手提着狗，一手提着一大袋狗粮，从别墅出来，这才风风火火地上了车——

"现在齐了，走吧！"

虽然自己怕狗，但狗也是自己搞来的，自己就是跑路，连狗和狗粮，也不给裴时留下！

唯一能给裴时留下的，就是桌上的那张离婚宣言和离婚协议。

都这么骗她了，这日子是没法过了。

白桃性格挺刚硬，即便这一刻感情上对裴时是喜欢又依赖的，但你若作罢我便休，她是要面子又自傲自恋的人，裴时只是为了上市骗她，根本不爱她，她决计没有斯德哥尔摩综合征，也没有爱好和一个不爱自己的人过一辈子。

离婚，必须离婚。

白桃坐在车上，拉黑了裴时的联系方式，坚强地忍耐着狗的好动热情，心里是快意恩仇。

呵，裴时，你老婆没了，你狗儿子也没了！

只是报复的快感永远只在报复的那一刻，等搬家货车上路，面对司机"去哪儿"的问题，白桃陷入了沉默。

住酒店？

不行，以裴时的人脉关系网，很快就能找到自己，可现在白桃最不想见到的人就是裴时。

所以住酒店不妥。

找朋友？

自己最铁的朋友也就余果，可这么丢脸的事，就算是余果，白桃也不想告诉。

回娘家？

那更算了，丢人更是丢大了，白桃也没想好怎么面对父母。

……

总之，死要面子活受罪，说的就是白桃这样的人。

因此，她想来想去，也想不出个藏身之处来。

好在天无绝人之路，就在白桃焦躁纠结之时，她接到了孙静的电话——

"Fiona，你什么时候来上班啊？这假请得也太久了吧？最近公司临近上市关键期了，审计和律师团队全都驻点了，每天不是要这个资料就是要那个，我们都忙得不可开交了……"

几乎是灵光乍现般，白桃脑海里有了个绝佳的主意。

不如，躲到孙静那里去？

反正她也不知道自己是谁，就算丢脸，丢的也不是白桃的脸，丢的那是 Fiona 的脸。

正好 Fiona 这个名字，也是垃圾裴时给自己取的，多半而且真的是出于取笑的目的才取的，不要也罢，未来马甲一丢，墨镜一戴，谁也不爱！

白桃一打定主意，当即就拿出了哭腔："静静，我……我被渣男老公骗财骗色，现在无家可归……这个城市，太冰冷了！我恐怕没法再来上班了，毕竟如今我只能带着自己破碎的梦想睡到大街上去了……"

半小时后，白桃就带着载着自己几个大箱子行李的货运车停到了孙静家小区的门口，在那里，孙静已经在等候。

自己虽然车祸醒来后遭受诈骗闹出乌龙，但那属于智者千虑必有一失，自己整体还是个品行高洁、充满人格魅力的人，这可不，什么样的偶像就吸引什么样的粉丝，瞧瞧作为自己铁粉的孙静，还不是非常善良热心吗？

白桃没想到事到如今，收留自己的反而是孙静，一时之间内心也百感交集，又是愧疚又是感动——果然，搞男人是没有前途的，搞事业才是！

她心中暗暗发誓，为了回馈孙静，自己一定怒画新连载！

孙静本来脸上露出了真实的同情，但等白桃把无数个巨大的箱子从车上搬下来后，她就有些一言难尽了："你不是说被渣男害得无家可归了？怎么还带这么多东西？"

"那难道就留给渣男吗？"白桃一边说，一边招呼孙静，"来来，静静，帮我一起提进来，这个箱子里都是护肤品，上次我给你说的睡眠面膜我也带着，正好送给你，全新的！没开封呢！"

孙静住在一个一百来平方米的公寓里，原本她觉得房子挺大，但 Fiona 的行李箱进门后，房子就似乎不够看了，等 Fiona 打开好几个箱子，大大方方地把高级护肤品、高档包、全新的限量版口红都分给孙静的时候，她更愣神了。

"这么多，都是谁买的？"她从行李箱里挑出了两份一模一样的护肤圣诞套装，"都买重复了啊。这套好贵的！"

白桃瞥了这些东西一眼，虽然不想提裴时，但还是老实道："垃圾渣男买的。"

孙静没说话，但眼神已经传达出了一切——这还是垃圾渣男？这种垃圾渣男哪儿可以找？

"你不是说被他骗钱了吗？他这么肯给你花钱，哪里需要骗你啊。"宁拆十座庙，不拆一桩婚，孙静当即劝解道，"你们小夫妻是不是闹矛盾了，你误会他了吧？"

"误会个屁！"白桃一起这事就没好气，"对，他是在钱的问题上不怎么管我，也给我花钱，可他根本不爱我！对我的感情都是假的！都是为了维持他婚姻表面的和谐。"她剔除了部分细节，模糊解释道，"就，他的工作是需要婚姻稳固才能赚钱的！他装着爱我，说到底还是为了钱。"

白桃越说越委屈，越说越气愤，她这么美的女人，何时受过这样的侮辱！裴时竟然爱人民币上的那个男人都胜过爱自己！垃圾！

她双目含泪地看向孙静，控诉道："静静，平心而论，你能忍受男人只给你花钱完全不对你走心吗？"

白桃原以为会得到孙静极大的同情和共鸣，结果孙静听完，眼睛都亮了："还有这种好事？那岂不是既能花钱还不用浪费时间谈恋爱？"

"……"

夏虫不可语冰！自己这个粉丝真是不想要了。

见白桃拉下脸来，孙静才觉得自己表现得不太妥当，她咳了咳，调整了下表情，也义愤填膺道："渣男！那他是怎么欺骗你感情的？"

孙静如今这个情绪白桃感到比较满意，于是继续指控道："他骗婚！"

孙静这下来兴趣了："他怎么骗的？身份什么是假的？其实已经有老婆小孩了？学历造假？还是垫内增高了？"

"这倒是没有……"白桃气呼呼道，"就……反正骗了我，让我以为我和他是一对恩爱夫妻……"

不仅看着自己演，还推自己进火坑，自己脑子都这样了，这外在表现可不就像是脑子坏了吗？怎么也应该带自己去看病啊！结果裴时这垃圾乐享其成，还是人吗？！

白桃一想到这里，斟酌用词愤怒道："就怎么说呢？我虽然确实是没病，但是按照症状来说应该是病了，照道理他是应该带我去看病的，结果他配合我让我以为自己确实没病，也不带我去看病，放任我的病情加重，最终现在病入膏肓针石不及了他也不带我看病，反而拖着，拖到现在，我……我面临一个破碎的身体和破碎的心灵！总之，就是一个烂摊子，已经没法抢救了！"

白桃自然没法讲真话，因此只能用如此浅显易懂的方式阐述，她看了孙静一眼："这样讲你明白吗？"

孙静完全被绕晕了，狐疑道："那你到底病没病啊？"

自己这粉丝可真是孺子不可教！

白桃抿了抿唇："你别管我病没病，总之他不带我去看病！"

"……"

孙静也没整理出个所以然来，但看 Fiona 一双眼睛泫然欲泣，只好配合道："垃圾！真的是渣男！连病也不带你看！"

"是的，而且他还想骗我生孩子！"最近几次裴时都没有用安全措施，白桃一想起这就更来气了，"这垃圾和我都没感情，骗婚可能就是为了骗生孩子，幸好生活不是小说，没有那种一次就中的，现代人更是因为生活环境问题，不孕不育的都好多！"

白桃讲的时候不觉得，结果孙静听完这，倒是出离愤怒了："我听明白了！"她气愤道，"你这个渣男老公，这不是骗你吗？不爱你，但是可能见你长得美，基因是不错，所以想搞个小孩，才诈骗你！给你平时买买买能花多少钱啊？这都叫前期投入，真正花大钱的是生孩子啊！他不就是投资点钱在你身上好诈骗你，之后连本带利地要回来呢！好不容易逮着你，可不使劲儿地骗吗？毕竟长得好看但又好骗的人也不多了……"

等等，什么叫长得好看但好骗？

然而白桃还来不及发问，孙静就真情实感骂上了："Fiona，从今天起，你就是我的姐妹了，我前几天刚看过个新闻，就是个女的被渣男骗了生孩子，结果遭遇难产人没了的，我对这种渣男深恶痛绝，你放心吧，你无家可归，就住我这里！"

孙静当即拍了拍胸："这种骗婚骗生孩子的渣男，早点离了好，幸好你发现得早，还没怀上，否则这以后后患无穷啊！"

孙静说到这，目光如炬地看向白桃："你现在离婚没？不会还不想离吧？你这种情况，我是劝离，你不会只是小打小闹吧，渣男哄哄还要回去？"

"当然离！我离婚协议都签了！"白桃拍了下桌子，"不仅离，我还要立刻找第二春！"

要找个比裴时还帅还有钱还爱自己的！气死垃圾裴时！

孙静对此挺支持："我看行！"

但很快，她又想起什么般补充暗示道："就是，别找有妇之夫啊，我知道我们公司裴总是比较优秀，但你自己也结婚了，之前不也深恶痛绝第三者吗？可别让自己变成自己曾经最讨厌的人啊……"

白桃这下不乐意了："裴时哪里好了？"

"？"

白桃清了清嗓子，大言不惭道："我现在看他哪儿都不顺眼，骚里骚气的，上班穿那么讲究干什么？去相亲啊？每天都穿那么好的西装，想天天相亲啊？演技倒挺好，每天装得人模狗样的，还指不定内里是什么衣冠禽兽冷血变态呢……"

虽然是在自己家里，但孙静还是被白桃这么"大逆不道"的危险发言给吓得下意识捂住了她的嘴："呸呸呸，你遇到渣男就算了，怎么连带着骂上我们裴总呢？"孙静瞪了白桃一眼，"你自己不还和裴总不清不楚过？难道得不到就要毁掉啊？"

孙静不提醒还行，这一提醒，白桃就不爽起来了。

是了，之前去裴时的公司体验生活还体验出了这么个后遗症来。要是换在往日，白桃也不管孙静怎么想了，可如今她恨不得立刻和裴时一刀两断，一点关系再扯上，绝对不能让人误会自己和裴时有什么乱七八糟的事。

"没！我和裴时从来不是那种关系！"白桃斩钉截铁道，"现在我可以公开我的身份了！"

"我就是白桃……"白桃义正词严地顿了顿，"老师的亲戚！"

孙静愣了一会儿，像是在消化白桃的信息，过了片刻，脸上才露出了坐过山车般恍然大悟的表情："难怪难怪，我说裴总怎么对你这么包容，原来是姻亲和爱屋及乌啊！"

果然，裴总对白桃老师是爱到极致，因此都色令智昏到连Fiona这种看起来学历就低、脑子不太好使的也招进来当临时工了，对她还各种关照，连自己都误会了！错怪了裴总！罪过罪过！

"可裴总对你这么关照，还是姻亲，你为什么还这么骂他啊？难道……"

白桃一看孙静脸上的表情，就知道她又在脑补什么了，但白桃此刻因为巨大的乌龙冲击早已身心俱疲，懒得解释，只随着孙静为她编排完了剩下的故事——

"难道对你骗婚的渣男是裴总给你介绍的？"

白桃望着孙静，公允地说，她觉得自己这个粉丝脑洞也挺大的，做裴时助理委屈了，应该天高任鸟飞，出去做点创意型创业才行，没准去那家给自己写通稿的公司倒是可以大放异彩。

但换一种方式来说，孙静说的也没错，自己和垃圾裴时结婚，肯定是垃圾裴时设下的圈套，然后主动找上自己这个受害者的门的。

白桃遭遇婚姻滑铁卢，自信心被打击得七零八落，但好在她是个心脏强大又恢复力强的人，虽说裴时不喜欢自己，只想着公司上市陪着自己演戏，但白桃还是坚信，自己当时结婚一定是裴时使诈，虽说没走心，但裴时一定是看上了自己的美貌。不然他咋不诈骗别人就诈骗自己呢？

虽说没成功引得裴时动心，但自己的美貌还不是引得裴时欲火中烧？

哎，失败中总算也有成功，也不是全然一败涂地。

白桃感慨地想，自己总之也没有那么差。

骗婚她的渣男裴时也确实肯定是裴时本人介绍给自己的。

孙静这说法不错。

白桃叹了口气，沉重地点了点头："所以才说是垃圾裴时害我至此呢！"

可惜食人俸禄忠人之事，孙静内心还是对裴时很忠诚，表示了同情后，还忍不住为裴时开脱："裴总也只是牵线搭桥，你也不能全怪介绍人啊，要赖还是赖你自己没睁大眼睛看清渣男。"

也是吧。白桃哀怨地叹了口气。

"算了算了，旧的不去新的不来，你离婚后还有广阔的未来，先睡吧。"孙静给白桃备好了客房，离开之前又转头回去，像是想起什么般郑重道，"还有一件事，我一定要和你说。"

看来是想认认真真安慰自己这个失婚妇女当自强了。

只是白桃内心还来不及动容，就听孙静扭扭捏捏继续道："就，既然你是白桃老师亲戚，能不能再给我搞几套白桃老师的签名漫画啊。我是白桃老师一个后援会的会长，我虽然自己有了白桃老师的签名本，可我们后援会里别的姐妹还没有呢，大家都自己买的实体书，你就只要帮我们转交一下给白桃老师就好了，邮费我们也能自理……"

孙静可真是一颗红心向太阳，什么都想着自己。

白桃的心态有些微妙，有点对自己吃味上了，自己作为 Fiona 都婚姻破裂了，孙静还在关心白桃的签名本！

孙静你没有心！

上市进行到最关键的时刻，裴时近期确实很忙，但每每白桃来电话，他心情还是愉悦的。

虽说每次接电话真的是百忙之中抽空，但是也拿白桃没办法，她确实挺黏人也花时间，但鉴于是自己挑选了她做太太，成年人应当为自己的选择负责，裴时觉得这也没什么大不了的，偶尔在工作中穿插一些私事也挺有挑战性。

只是今天白桃这通电话，让裴时隐隐总觉得有些不对，她的语气有一点怪，而且故作镇定里努力隐藏的哭腔很明显，说话的尾音还有些颤，像是情绪刚大起大落过。

裴时有一点疑惑，但手头正在和高律师过一个合同，因此没再多想，而是把精力投入到了工作中，等确定完合同版本，已经是半小时后的事了。

也是这时，裴时才终于有时间想白桃。

他拿出手机，径自给白桃拨去了电话。

然而无人接听。

再打别墅的座机，也是同样的结果。

或许在专心画漫画。

只是裴时等了半小时，白桃仍旧没有回电话，他终于觉得蹊跷起来。

想想白桃今天的怪异，裴时突然有种不太妙的预感。

等裴时给白桃发了微信，发现自己已经不是白桃好友后，他才觉得出大事了。

刚才白桃说什么了，她说要自己每晚睡前像以前那样给她讲睡前故事。

裴时此前曾草草扫过所有新闻通稿，记住了大部分，但毕竟不是过目不忘，何况有些新闻通稿流传度也不广，总有漏网之鱼，因此白桃提起讲睡前故事时，他便下意识觉得又是白桃从哪个犄角旮旯里看来的通稿，因此顺着她的意思就说了下去。

裴时抿着唇，用自己和白桃的名字以及睡前故事作为关键词搜了一下。

果然，搜索引擎上什么都没查到。

裴时脸色沉了下来，知道自己心里不妙的预感恐怕是成真了。

"袁牧，之后和高律师的对接你做好记录，我有点事，需要回家一趟。还有，明天美国的那趟出差，你安排投资部的田敏全权负责。"

袁牧显然有些蒙："裴总，可待会是事关上市比较核心的会议内容，尤其有些法律条款我怕转述上，而明天的出差也最好是您亲自去，毕竟上市的关键时刻了……"

"是很急的事。"裴时看了袁牧一眼，"我必须走一趟，做好你的工作。"

　　他说完，也没给袁牧反应的时间，径自拿起大衣和车钥匙就往别墅赶。

　　白桃问了个新闻通稿里根本没有的恩爱事迹，自己并没有第一时间意识到不妥便应和了。

　　白桃挂电话时候的不自然和声音颤抖，直到这一刻，在裴时心里都有了答案——

　　她是不是想起什么了，才编造连通稿里都没有的素材来试探自己？

　　虽然自白桃遭遇车祸把脑子给撞坏开始，裴时就知道这一天总有可能到来，但最开始他从来没当回事，也觉得除了在上市之前会对上市造成一些麻烦外，并不会对自己造成太大的影响。

　　只是如今裴时才发现，人类根本没法预估自己在某种情况下的情绪。

　　他比想象的糟糕得多。

　　然而并不是因为上市在即，而是单纯因为——白桃不见了。

　　裴时风风火火赶回家，找了别墅每一个角落，都没有白桃的身影。

　　一起不见的还有她房里所有的东西，这个绝情的女人连自己新买的墙纸都抠走了，留下斑驳地看着相当凄凉的墙壁。

　　裴时打开冰箱，连新买的鸡蛋都没了，那些鸡蛋明明是她买了说要早起煎蛋给他吃的……

　　他抿着唇把整个房子都转了一圈，清点了白桃带走的所有东西。

　　很好。非常好。

　　能带走的不能带走的，这女人全都带走了，甚至包括她送他的狗!

狗粮、狗食盆、狗厕所、狗玩具,连根狗毛都没给裴时剩下。

还有前几天她买来送给自己的领带、衬衣,包括内裤!包括自己用过的内裤,白桃都一起带走了!

裴时抿着唇,又气又慌。

然后他在自己的书桌上发现了白桃留下的离婚协议和附在协议前的"离婚宣言"——

> 大骗子,垃圾裴时,不和你过了!把你家产分一半给我,立刻离婚!别影响我找第二春!

白桃不知道自己给裴时丢下了多大的一个炸弹,她只知道孙静家的客房不太舒服,她有点想念裴时别墅里的记忆海绵床垫,此前几晚她都是和裴时抱着睡在那上面的,既舒服又温暖……

呸呸呸!还想什么裴时!

白桃痛恨地甩了甩脑袋,觉得自己绝对没有想裴时,不过是想了下他家的床垫。

孙静一大早就出门上班了,还热情招呼白桃一起去,白桃不想见裴时,自然也不会再去他的公司,又痛骂了一通垃圾渣男,表示为了以示节气,裴时那儿那份临时工作也不要了。

"还有,你千万不要在裴……裴总面前提起我。"白桃在孙静出门之前拉住了她,殷切关照道,"就不要提我,他要是提起我,你也不要应声,总之我的行踪你一定要替我保密!"

白桃说完,又觉得自己有些没意思:"算了,他大概也不会提起我。"

塑料婚姻自己还真的真情实感上了,可能真是看通稿看坏脑子了。

结果孙静眼神却很了然："我懂，你怕渣男通过裴总来找你是吧？你放心吧，我不会说的。"

等孙静一走，她一个人窝在孙静家里，白桃又感觉到寂寞了，以及混杂其中的委屈和颓废，她也不知道自己该怎么面对眼下的烂摊子，嘴上说着要找第二春气死裴时，但整个人提不起精神，什么也不想干。

只是人不找事，事倒是会找人。

白桃百无聊赖之际，她接到了庄严的电话——

"白桃？我是庄严！我可是费了老大的劲儿才打听到你联系方式，有空出来吗？我有件事想拜托你……"

庄严和裴时关系不错，白桃想也不想就要拒绝："没空，谢邀，再见。就当我们从没联系过。"

"等等！我可以付钱！重金……"庄严飞快道，"重金求你当模特让我拍几张人像……"

哦，不过拍人像？听说庄严确实是个小有名气的摄影师，而且拍得还不错？

白桃脑子里突然灵光一现，有了个绝妙的主意——

"你要不是裴时派来的，能保证向裴时绝对保密我的行踪，我也不是不可以配合……"

最终，在庄严的再三保证下，白桃决定拨冗见他一见。

为表诚意和正式感，庄严把白桃约在了自己的摄影工作室见面，他带白桃简单参观了摄影棚和后期制作室，便再次游说起来："其实我上次同学会上就和裴时提过，想要以你为模特拍点人像照，可裴时死活不让……"

庄严这么一提，白桃也想起来了，自己当时是怎么以为的？以为裴时爱自己到癫狂，连别的男人多看自己一眼都是死罪，可如今知道新闻不过是通稿后……

她咳了咳，状若不经意道："他当时为什么阻止你？"

庄严是个搞艺术的，有一些搞艺术人的通病：洒脱、不太在意人际交往、对人的情绪感知也比较迟钝，他又打量了白桃两眼，像是在评估似的，片刻后，大概评估完了，他挺为白桃高兴道："他说你脑子有点问题，但我和你交谈下来，觉得你挺正常的。"

庄严说罢，朝白桃竖起一个大拇指："你的脑子，我看行！没问题！"

"……"

庄严，我看你脑子倒是有点问题。

白桃心里气得简直想要爆炸，她并不太在意庄严怎么看自己，但一想起当时裴时根本不是吃醋，阻碍庄严接近自己不过因为觉得自己脑子坏了，生怕露馅，就难受得快要无法呼吸。

也因为这种情绪，白桃加速了自己的行动，她直奔主题成功转移了自己的注意力："庄严，你不是要用搞艺术的名头去做黄色勾当吧？拍的是正常人像吧？拍完照片我自己能用吗？"

"我会给你费用，买断拍摄的照片版权，因为这些照片我可能会用于向新的客户展示或者参加比赛，你可以留着底片，但不能商用，不能和我的使用范围起冲突，只是给你留个纪念……"

庄严一讲起工作，倒是挺像那么回事："关于价格和授权买断年限以及我们的拍摄范围，你的工作内容，我这边有完整的合同条款，我计划给你拍五套，每套内有十张照片。当然，拍摄时我可能会拍很多张，但最终我会选片，没选中的废片我会全部销毁，绝对不会侵权使用。"

"我不差钱，不要钱，但底片你都要给我一份，我也要用。"白桃瞥了庄严一眼，"当然，我不会商用，也不太可能和你的使用范围有重复。"

庄严有些犹豫："你真的不要钱？这些照片你要去干什么？"

白桃微微一笑："征婚。"

庄严惊呆了，以至于一时之间真情流露道："你和裴时终于离婚啦？"

据庄严所知，裴时和白桃结婚之前完全没有感情基础，当初收到喜宴请帖，庄严的心情完全可以用莫名其妙来形容，原本还寻思着裴时是不是犯了全天下男人都会犯的错，把人家白桃的肚子给搞大了，结果如今结婚快一年了，也没见两人生出个孩子来……

站在庄严的角度，他的话有理有据，但进了白桃耳朵，就觉得不大中听了，以至于她相当不悦，一时之间都忘记解释自己和裴时还没彻底离婚只是在去离婚的路上。

白桃几乎是当即就瞪起了眼睛，只关心上了另一个问题："什么叫终于？我们就这么不配吗？"

"没有没有。你们很配！很配！"

白桃又火了："我们哪里配了？他配得上我吗？！"

合作面前无朋友，庄严当即一脸镇定道："配不上！配不上！这必须配不上啊！你这么一朵鲜花，他那是牛粪！"

白桃一言难尽地瞥了庄严一眼："总之，你必须完全就我们的合作对裴时保密，我最近不想见到裴时，你懂我的意思吗？"

"你放心吧！"庄严笑得像一只狐狸，"我和裴时好多年没联系了，关系其实也不怎么样，塑料友情，你懂的！"

择日不如撞日，白桃和庄严都没浪费时间，当天就雷厉风行把这五套照片都拍了。

出乎白桃的预料，庄严还真的是个正经摄影师，拍的人像确实可圈可点，并不需要自己刻意地做动作拗造型，庄严随意捕捉的瞬间就够好了。

白桃看着照片，一瞬间内心只有一个想法——

自己真的太美了！

她拿着移动硬盘拷贝好照片，终于心情好了点，得意扬扬地就回了家。

瞎了眼的裴时，等着吧！

等一离婚，自己第一时间就要用这套照片去征婚！

一定要找个比他各方面都好的小鲜肉！

那边白桃对照片很满意，这边庄严也同样。

他不得不赞叹自己的眼光，有些模特美则美矣，没什么灵气，照片拍出来就是个木头美人，但白桃不一样，她美得很生动，眼睛里就很有戏，光是照片就足够能打动人。

虽说裴时和她这婚结得莫名其妙，但庄严负责地想了想，换他是裴时，倒未必愿意离婚。每天这么赏心悦目的，还有什么不满的？

他又看了遍原始照片，然后把修图小妹找了来："小段，这套图精修一下。"

小段全名段晶晶，是刚毕业入职的新员工，以前是个小明星的站姐，修图技术简直逆天。

只是当段晶晶拿到图一看，就有点愣住了："这还用修？是不是修过了啊？还有哪里能修的？"

庄严挺得意："看看我选的这个模特，多完美！所以脸型五官都不用修，调下色调，今天自然光线有点不够亮，你多调几个版本看看。”

段晶晶应了声，照片基础好，几乎没什么她的用武之地，很快她就调好了色，把聊天界面偷偷切换回了和追星同的对话上，对方正给自己发了一条链接——

“看看我们的偶像出道照片，绝密！”

段晶晶没多想，直接冲了，结果点进去一看，电脑就黑屏了。

没一会儿，同好的电话就来了——

“姐妹！我号没了！我号中毒了！好像给你发了什么，别点啊！”

点都点了……

不过好在短暂的黑屏后，电脑又恢复了正常，段晶晶检查了下自己的银行卡账户也都没有异常，想想这台工作电脑里除了客片外也没别的敏感信息，因此没再当回事，又快乐摸鱼追星去了。

另一边，虽然上市进展得非常顺利，但裴时开始失眠。

白桃至今下落不明，甩下了那份乱七八糟的离婚协议后，她就像是人间蒸发了，裴时找了她所有可能去投靠的亲友打探，但都未果。

他知道如果报警，消息走漏后有影响上市的可能，但已经三十六个小时了，裴时难以忍耐这么久见不到白桃，如果到今晚为止袁牧还找不到白桃，裴时还是决定报警。

上市和白桃比起来，好像白桃更重要一点。

倒是高律师愁眉不展：“裴总，关键时期了，还是不要闹出大事啊，裴太太一定会找到的，你可千万别冲动……越是找越是头绪乱，你不找，太太的信息说不定就自己冒出来了……”

裴时没太在意高律师的话，他作为律师，自然是上市成功才获利最大，白桃又不是他的太太，他当然不关心白桃。

只是裴时没想到，最终高律师这嘴倒真像是开了光。

裴时在结束一个审计会议后，散会时看到一位男下属迫不及待打开手机点进了什么App，他原本也只是随意一瞥，结果没想到竟然在对方手机屏幕上看到了白桃的脸。

"你留一下。"

男下属有些战战兢兢："裴总，是审计报告里有什么问题吗？"

"不是。"裴时抿了抿嘴唇，"你刚才看的是什么？"他状若自然道，"我好像看到了Fiona的脸，你之前拍了她的照片？"

"哦哦！"男下属一听说不是工作出了问题，大为放松，然后有点腼腆起来，"我没拍她，是我最近注册了个相亲软件，刚看到首页推广匹配信息里有她……没想到她这么漂亮还是单身而且竟然还需要相亲……"

剩下对方说了什么，裴时是完全没听进去，他沉着脸："这相亲软件叫什么名字？"

"啊？"

裴时抿了抿唇，脸不红心不跳道："最近我在考虑拓展业务，这类相亲软件也在考虑范围内，根据同城与否、兴趣爱好筛选匹配度，这里面也涉及算法问题，另外管理这些注册用户的数据库，也可能需要我们的服务。"

不愧是裴总！

自己只想到相亲找对象，可裴总无时不刻不在想着业务！

男下属十分羞愧，并立刻奉上了这个软件的所有资料："裴总，需要我去接洽这个软件的负责人和运营团队吗？"

"暂时不用。"裴时声音仍旧镇定自若，"我先评估下。"

男下属一脸敬佩地离开后，裴时的脸就沉了下来，他下载了

App，然后注册登录。

　　根本不用找，这 App 就自动给他推送了白桃的照片。

　　首页大图，都不带滚动的，配着一行谋杀审美的广告语——

　　"单身美女，娇媚等待各位哥哥捡走。"

　　……

　　是可忍孰不可忍。

　　裴时简直快要气炸了。

　　近来因为上市的事情，律师和审计团队来来往往，裴时知道自己需要无时无刻不保持专业稳重的形象，但这一刻，他甚至顾不上还在公司，烦躁地扯松了衣领。

　　婚还没离，白桃就迫不及待找下家了？

　　迫切到都上这种不入流的相亲征婚 App 了？

　　还等各位哥哥捡走？

　　她知不知道这叫诈骗？重婚？没有道德伦理观？

　　良好的教养让裴时忍住了说粗话，但他决计一刻也不再忍了，他必须立刻见到白桃，然后把她抓起来。

　　这一刻，裴时心里甚至闪过很多阴暗的想法，白桃这种不省油的灯，给她戴上锁链，锁在自己床头，或许这样她才能安分一点。

　　裴菲说她招蜂引蝶也确实没错。

　　裴时又盯着 App 上白桃的照片看了一眼。

　　照片全程并没有任何裸露，穿得也足够端庄贵气，但白桃的眼睛里仿佛自带引诱的气息，整张脸很明丽，并不俗艳，但裴时觉得，就是会让人有那方面的联想。

　　她光是长成这样，还拍照放在相亲征婚软件上，就是有罪了。

　　只是裴时心里快气疯了，手上却还是忍不住操作起来。

　　等他反应过来，才意识到自己不知不觉间已经把白桃那张照片保存进了手机相册里。

但愤怒归愤怒，至少循着这张照片的蛛丝马迹，可以顺藤摸瓜找到白桃了。

裴时看了下时间，距离下场会议还有一小时，这款相亲 App 可以在线聊天，他完善了自己的注册资料，然后点开了针对白桃的私聊频道。

裴时原本计划花半小时套出白桃所在的位置，但是十分钟后，他就退出了软件——只需要这点时间，裴时就可以确定，手机对面的人根本不是白桃。

他了解白桃，也知道她的说话语气。

裴时查了查这家 App 所属公司的介绍，很快就推断出了结论——怕是白桃的照片被人盗用后放到了这类相亲网站上，揽客发展男性会员。

因为并非白桃本人，十分钟的聊天里，裴时对她人在哪里的信息自然是一无所获的，但挺意外的，得知并不是白桃本人去挂网相亲，裴时反而心情意外地好了起来。

这女人虽然作了点，但是做人的底线看来还是有的。

热心市民裴先生对举报此类盗取他人隐私信息的非法软件很有经验，没多久就完成了全套流程。

报完警，需要配合警方做个小调查笔录，裴时一边回答简单的问题，一边思索着怎么继续找白桃，结果也不知道是不是运气好，笔录完成后，警方倒是笑着立刻向裴时反馈了一些好消息——

原来这个 App 软件盗取了大量隐私和照片，警方早就接到了大量受害者的报警投诉，如今 App 的负责人和管理人员都已经被控制，也交代了自己的作案过程。

小民警挺热心地解释道："虽然已经有不少举报信息，但您的补充举报对我们也很有用，我们等处理完，会电话通知您处理结果，不过盗用照片侵犯肖像权，这还是民事纠纷的范畴，建议还是让受害者本人同步起诉。"

裴时点了点头，转身打算离开。

只是刚走到门口，就撞见了从另一侧门火急火燎往里冲的庄严，他像是有什么急事，根本没注意到裴时，见了小民警，就是哭丧着脸抱怨起来——

"有没有搞错啊？警察同志，你让我怎么去和客户解释啊，说我们摄影工作室的电脑中毒了，中的还是特别弱智的低级 QQ 链接病毒，现在客户照片全泄露了，大家都被相亲被征婚了吗？！"

庄严还在愁眉不展，裴时却是觉得自己好像知道了什么。

校友会上庄严就想给白桃拍照，所以白桃那张招蜂引蝶的照片恐怕就是他给拍的，大概率还是在白桃离家出走逃跑后拍的。

裴时脸色沉下来，他走向庄严，觉得是时候和自己这个朋友谈谈了。

朋友妻不可欺，他不知道吗？

就算白桃找他做下家，庄严也应该拒绝！

毕竟自己和白桃只要一天没有离婚，白桃就还是他的太太，庄严再翻腾，也不过是个名不正言不顺、见不得人的角色。

第二十一章
不离婚的理由

本来周五晚，又有点阴雨，白桃是想早早睡美容觉的，但最终，她还没换上睡衣，就被下班回来的孙静叫了起来干活，两个人——

一起揉面团？

白桃看着手上的面粉，简直有点怀疑人生。

孙静却很理所当然："你理解你因为遇到渣男心情不好，但是睡觉对治愈情绪低落是没用的，烤面包做食物会让人幸福起来，能发泄心里的负能量……"

白桃一边揉着面团，一边随口问道："你不用加班的吗？不是上市前夕了？"

"上市进程很顺利，裴总好像今晚也有事情要忙，所以今晚大家都正常休假了。"

老婆都跑了还有事情要忙？

虽说是自己跑路掩盖行踪把裴时所有联系方式拉黑了，可……

裴时都不找自己的吗？

离婚是要离的，但裴时这敷衍的态度也着实让白桃非常不爽，正常漫画也好，言情小说也好，就算不爱，长期习惯了一个人，这人突然离开，不也应该惶惶不可终日几天的吗？

裴时倒好，忙上市也就算了，毕竟上市了自己再提离婚，那上市的增值部分，还是共同财产，自己还可以分钱！但裴时竟然不忙上市，去忙别的事情！

自己竟然要排在上市和别的事情的后面！

白桃简直气炸了。

她把面团当成是裴时，一边甩得乒乓响，一边装作自然地看向孙静。

"静静啊，都要上市了，裴总不忙上市，在忙什么呢？"

"听我们运营部同事讲，裴总在研究一个相亲 App 呢。"

行啊，裴时，这婚还没离呢，比自己还赶着找第二春啊？都研究起相亲 App 了？

白桃气得要死，当即把面团拼死折腾，孙静说得没错，做烘焙确实能让人发泄掉心中负能量。

好，白桃，要冷静，再问问。

"静静，那裴总最近心情有不好吗？比如愁眉不展像是丢了什么重要的东西？"

孙静不以为意："没有吧，裴总为什么要心情不好？都要上市了，春风得意好吗？更何况，我说实话，你能看出裴总心情好不好吗？他不一直都是一张扑克脸吗？"

白桃咳了咳，努力引导道："那裴总有没有提过白桃老师呢？"

"没有啊。"孙静笑笑，"裴总公私分明，从不提自己私生活的。"

"……"

白桃麻了，她突然觉得自己有点没意思，揉好面团，她就往床上一躺，决定走流程开始哭了。

只是情绪刚酝酿好，鼻子刚开始发酸，大脑中枢还没把眼泪审批下来，庄严的电话就来了。

"白桃，你、你快来我工作室一趟！"

白桃看了眼时间："大晚上的都这个点了？你认真的？"

"你之前拍的照片效果太好了，我这边参加的一个摄影展想再要一点以你为模特的人像照，今晚就是提交作品截止期，你是画漫画的，也算搞艺术的，懂我的感受吧？十万火急，你快来，我给你补拍两张，真的，你不来，我命估计都要没了，求求你了，大恩大德没齿难忘啊！"

白桃设身处地想了想，最终还是同意了庄严的请求，毕竟电话里庄严的声音都快慌到变了，像是被人提着刀威胁般，感觉确实像快没命了，想必那个摄影比赛对他确实犹如生命一样重要吧！

孙静正在逗弄白桃的狗，狗一来这儿，就立刻叛变黏上了孙静，如今白桃倒像两人之间的第三者，她和孙静交代了一句，这才出门打车。

只是火急火燎赶到庄严的工作室，虽说工作室灯火通明，但里面倒是一个别的员工也没有，庄严老早就在门口等候，一见白桃，几乎是眉开眼笑，立刻把她迎进了工作室。

只是等白桃刚一脚踏进工作室，庄严就飞速跑到工作室门口锁上了大门，他神态有些慌张，眼神躲闪，嘴里念念有词——

"对不住啊白桃，这事发展到这样，你也不能赖我，还是怪你自己太招蜂引蝶……"

不是吧？这……庄严难道大半夜的意欲对自己行凶？

虽然自己是长得漂亮了那么一点点，引得别人心猿意马也正常，但庄严竟然连社会主义法治理念都不遵守了？！

怪还是怪自己长得太美！怪还是怪自己太善良轻信了他！

白桃紧紧捂住了外套，随手举起了一个花盆："你别过来啊！我喊救命了啊！"

只是白桃还没来得及把花盆往庄严那边扔，就有人从她身后走来，然后拿走了她手里的花盆。

还有帮凶？

白桃刚想愤怒回头攻击帮凶，身后的人就先动了一步，圈住了白桃的腰，把人用力往怀里带，然后凑到了白桃耳边，声音低沉——

"抓到你了。"

当这带了点阴森意味让人明显感觉到声音主人不悦的声线传达到白桃耳畔的刹那，她就认出来了。

是裴时。竟然是裴时。

他温热的气息轻轻打在白桃的耳朵上，让她整个人都禁不住有些战栗。

庄严赶紧从裴时手里接过了花盆："哎，这可是我新买的，你们别砸烂了啊。"他说着，抱歉地看向了白桃，"对不住啊，裴时说，不把你骗出来，就弄死我，我也是被逼无奈……我有点事，我先走了！再见！工作室随便用！如果有需要的话，楼下就有二十四小时便利店！"

庄严说完，径自溜了。

行了，这一刻，白桃算是明白了。

敢情庄严这是替裴时设了圈套逮自己呢。

裴时的声音很冷静，但维系着禁锢白桃的姿势："白桃，我们谈谈。"

这是谈判的姿势吗？这是威胁！

"你先放开我！"

裴时抿了抿唇："然后好让你拿花盆砸我的头？"

白桃不想看裴时的眼睛，她避开了视线，恨恨道："我和你没什么好谈的，离婚协议你找我的律师谈……"

"不离婚。"裴时径自打断了白桃，声音很冷，"谁和你说要离婚？"

这就有点倒打一耙了！

"还不离婚？我都知道了！焦律师找你谈，你不都首肯了吗？只要不影响上市，之后协议好谈？"一说起这，白桃心里的委屈就泛了上来，"何况裴总可是一点空档期也不允许出现，这不已经研究起相亲 App 了吗？"

"我没有要相亲，我看相亲 App，是因为上面有你照片。"

裴时一只手还是死死拽着白桃，另一只手腾出来拿出手机，翻到了之前截下的相亲 App 的首页图："你自己看。"

白桃一看，气不打一处来，这不就是庄严才给自己拍的照片吗？

"庄严把我照片就商用在这儿？"

"不是庄严，他工作室修片员工的电脑中毒了，客片全被盗用了。"

原来是以为自己上相亲网站，所以来兴师问罪了："怎么？我挂上相亲网，你很没面子吗？"白桃瞪着裴时道，"你放心，我不是那么没道德的人，和你离婚之前，都还属于婚姻存续期间，不至于出去出轨。这照片我等离婚了再去用来征婚。"

"白桃，我说了，不离婚。"

裴时抿了抿唇："你不能和我离婚。"

哦？凭什么？

"因为你上市还没完成吗？"

"不，上市完成后，你也不应该和我离婚。"裴时微微皱着眉，像分析投资报告一样理智道，"主要有十点理由。第一，你需要我，你为人天真，不懂人情世故，也没在社会上受过挫折，如果和我离婚，没有我给你把关，很容易被人骗得人财两失。"

裴时不愧是分析鬼才，他流利道："举个例证，就像这次的事，我看了庄严和你签订的肖像权使用协议，你根本没有在条款里对他的商用范围进行约束，也没有针对他违约使用设定赔偿条款，更重要的是，连保密协议也没有，幸好你拍摄的是正常照片，如果是带私密性质的，那这样的泄露是很大灾难，但因为没有违约责任和保密协议，对工作室的权利给予太多，义务限制太少，后续维权也会非常艰难。"

裴时一口气讲完，看了白桃一眼，挺自然的模样，然后这男人冷静总结道："所以，你需要我，离婚后，没有我，你会被骗的。"

这什么强盗逻辑？

白桃简直惊呆了："难道我现在没有被你骗得人财两失？"她瞪着裴时，"我们恩爱是假的，都是新闻通稿，你既没陪我露营也没陪我看星星看月亮，所有的一切统统是我编的……"

"有的。"

"什么？"

裴时抿了抿唇："我陪你露营烧烤过，陪你看过星星月亮，也陪你放过风筝，为你亲手学了蛋糕做法做过蛋糕，为你在海边过了生日放了烟花，虽然通稿发出的时候是你编的，但现在已经是板上钉钉都发生过的事了，该做的不该做的，反正我们也都做了。"

这男人大言不惭道："先做和后做没什么区别，总之做了，所以新闻通稿里那些事，不能算假的。"他看了白桃一眼，"既然是真的，你有什么理由离婚？"

白桃怎么没发现，裴时原来竟是这等逻辑鬼才！

"我出轨了！我不爱你了！我和钟潇好了！"

白桃不想面对裴时，心里乱得很，只想急于摆脱这种让她无法掌控又烦躁的局面。

可惜没想到这样都不行。

"你没有。"裴时的声音几乎毫无停顿，"没多久前钟潇找我求情让我高抬贵手，已经把来龙去脉都讲了，不仅在婚后你和他没有联系来往，就连婚前是什么情况，他也交代了。"

裴时看向白桃："你从来没和他谈过恋爱。"

"我和你也没谈过恋爱！我们结婚难道是因为爱情吗？"白桃赌气道，"和他没谈过不要紧，等和你离婚谈起来就行了，你不说了吗？反正先和后没什么区别！"

裴时的脸色沉了下来，因为白桃说的事实他无可辩驳，两人最初确实不过是各取所需的协议婚姻，但最终，这男人抿了抿唇，像是不甘示弱地补充了起来："他没我好。"

裴时唇角有些平，带了明显的不开心，但仍继续冷静分析道："你和他谈不如和我谈，他趁着你不记得以前的事就骗你，蹭你热度，还想吃你软饭，根本不像个男人，你当初就算找个人假扮男友也不应该找他，完全可以直接找我……"

裴时提起钟潇的语气就像是在说一个大号垃圾，言语里的挤对非常明显，说的倒像他相比之下是多么高风亮节、正人君子了。

白桃以前一直以为自己的脸皮算是比较厚实的了，经此一役，才发现对比裴时，真是自愧不如："你倒是说说你哪里好？"

裴时挺镇定："长得比钟潇帅，身材比他好，学历比他高，比他有钱，比他知趣，不矫情不黏人，各方面能力都比他好。"他看了白桃一眼，"你需要的话我可以列个清单。"

白桃简直叹为观止："我看你比他还不如，他骗我至少都是口头上的，没对我造成实际损失，你呢？你还骗我和你睡觉！你能是什么好东西！"

"我们结婚了。"裴时脸不红心不跳道，"不和你睡，去找谁？而且你不是说了，男人脏了就要扔掉，你弄脏我，现在就想扔掉我了？"

不要用这么平静的语气说这么……这么不可描述的话题！

"可我们是协议结婚的！根本没有感情！你好歹应该有契约精神，协议结婚就应该彼此相敬如宾、守身如玉！可你倒好，在我脑子还没出问题误会我们关系之前，你就把我给骗色了！"白桃简直有些气急败坏了，"你不要脸，你下流！一定是当初你引诱我走进圈套的！"

裴时抬了抬眼皮："你还没记起来？"

白桃瞪着眼睛看他："怎么？你希望我都记起来吗？我要是都记起来，你死得会更难看！"

"别的事没必要记起来了，但这件事你最好还是记起来。"裴时顿了顿，"因为事实正相反，第一次是你引诱我，是你设了圈套。是你自己喝多了，然后灌我酒。"裴时抿了抿唇，"在我眼前晃，用那种眼神看我，还凑到我身上来。"

如果是事实，那简直太羞耻了，好在白桃什么也不记得，尚能保持勉强的镇定："你这是受害者有罪论？你也说了，我那是喝多了，可我灌你酒之前，你喝多了吗？你不会拒绝吗？裴时，你是个成年男人，就算我对你意图不轨，你也能反抗逃脱吧？现在趁着我不记得就让我背黑锅？说我引诱你？那你没有自制力吗？"

裴时看了白桃一眼，沉稳道："白桃，我是正常男人。"

所以？

"正常男人在那种情况下都不可能忍住。"

行……别问，问就是犯了全天下男人都会犯的错。

裴时还挺不怕死，明明在回忆，但这男人脸上的表情倒是带了几分回味："你喝多了，然后对着我跳脱衣舞。"

白桃简直觉得自己快升天了，自己玩得这么野的吗？

裴时还在继续："而且从你第二天早晨起来的表情来看，我觉得你不能算受害者。"

白桃的脸已经唰地红了，她想不通怎么有人可以这么冷静地谈论这种话题。

裴时却还嫌不够似的补充道："早上起来你给我转了钱，说客户体验好，给五星好评。"

怎么还给钱呢？

"为什么是我给你钱？你凭什么收啊！"

裴时像是看出了白桃心里的疑惑，他简短解释道："你就给了我五毛。"

这男人顿了顿："我觉得你可能是为了羞辱我。"

"那你收了吗？"

"收了。"

白桃代入想想那场景，简直尴尬得脚趾抠地："五毛你还收？裴时你没见过钱？"

裴时看了白桃一眼："我为什么不收？那是我的合法劳动所得。"

"……"

是呢，还辛劳了一晚上的劳动所得，真是绝了。

"行，就算第一次是这样，那之后呢？之后也都是意外？都是我的锅？"

裴时移开了视线，声音淡淡道："之后第二次就是海边了。在此之前我都没有对你做过什么，此前第一次确实是意外。"

行，第一次是意外，那第二次呢？

"海边那次我可没灌你酒，你也清醒得很，怎么？难道还是我的问题吗？"

都这种时候了，裴时竟然还相当淡定，他看了白桃一眼："白桃，就算以前的事你没全部记起来，但是后面的事，你也是清醒的，你车祸导致认知出现偏差后，我确实顺从了你的误导，没有纠正，但我确实并没有乘人之危，对你我也多有回避。”

裴时抿了抿唇：“每次你对我引诱，我都努力克制了，我没有在最开始你误导后就对你怎样，在海边那次发生之前，也确实有诸多别的机会，但我都躲避了开来，比如我都有锁门睡觉，关键时刻也会推开你，宁可洗冷水澡也避免铸成大错。”

白桃听完都觉得自己要给裴时颁个道德楷模的大奖：“那还真是辛苦你了啊。”

裴时看了白桃一眼，脸皮还挺厚，都这个时候了，这男人还挺镇定地应了声：“嗯，有几次确实忍得很辛苦。”

他顿了顿，补充道：“其实对身体伤害很大。”裴时唇角很平，“你有时候确实挺有手段。”

那你可真是付出良多啊！你有本事你倒是忍到底啊！难道忍过了但最后没忍住，还值得表扬吗？所以错的人反而是自己？因为自己撩起来太有手段？

白桃差点两眼一黑，她觉得是没法和裴时沟通了，以前怎么没发现裴时这么不要脸，这么有谈判专家的潜质呢？

“总之，针对第二次以及后面的所有，我一开始确实做到了努力回避，也有很多行动可以侧面辅证我的主观意图并不是占你便宜，是你紧追不放，我是正常男人，挡不住你那样对我；针对第一次，我就合理推断怀疑是你引诱我，设置圈套针对我的了。如果你不信，我可以回忆当晚所有细节，或许你听了会有一点印象，公允客观一点讲，我可能更是受害者。”裴时抿了抿唇，“那晚的细节，你想听吗？你当时身上除了……”

“不想！不想！住口！别说了！”白桃几乎是不管不顾跳起来

捂住了裴时的嘴，"你别说了！你不害臊吗？！"

裴时脸色平静道："更害臊的都做了，有什么不能说的？"

白桃怒瞪裴时："你再讲！我告你传播淫秽色情信息！"

裴时倒是停止了话头，他抿了抿唇，像是做总结般道："反正都这样了，我被你弄脏了，离婚是不可能的。"

男人茶色的漂亮眼珠平静地看着白桃："如果你还想离婚，我还有剩下九个理由没有讲完。"

"我不想听！你有九十九个理由我也不想知道。"

白桃突然有点泄气，裴时总是这样，冷静克制，任何时候都胜券在握，即便是此刻，他还是淡定沉稳，宛若参加商务谈判，可以拿出婚姻的优势清单，仿佛一切只是个可以商谈出价格的商业合作，只要你开口，他就出得起钱。

可白桃做不到，即便知道了这段婚姻只是塑料的协议婚姻，恩爱通稿也是假的，自己不过恩爱了个寂寞，但裴时用这样高高在上的姿态来谈判，试图以分析利弊的方式说服白桃放弃离婚，白桃还是相当难过。

在裴时的世界里，大概这些都是可以计算的吧。

"算了，我不想和你聊这些，你不用担心，上市之前我会安分守己，上市后我们再谈这些事。"

白桃敛了敛表情，站起了身："没别的事我先走了。"

裴时大概是第一次在谈判中折戟沉沙，愣了片刻才反应过来，然后快速拉住白桃的手："你去哪儿？你跟我回家。"

不等白桃开口，这男人又咳了咳，继续道："目前还在婚姻存续期间，你应该和我一起回家。"

白桃甩开了裴时的手："婚姻存续期间还能分居呢！你就当分居吧！"

虽说禁锢人身自由这种违法乱纪的事裴时绝对不会干，但白桃站起来往外走，这男人便也亦步亦趋地跟着走："你现在住在哪里？"

白桃不想理他，简短道："住在朋友那儿。我不想见到你，我需要冷静。"

"余果、梦琦、丁悦那里我都去问过了，甚至所有在容市的同学，我都旁敲侧击找人打听过了，你都没和她们联系，酒店也没有你的信息。"

裴时站在白桃身边，他的唇角很平，像是在叙述一个所有人都知道的事实——

"白桃，你没必要这样，你的生活模式限定了你必须有个人照顾，你没法一个人独自生活，也没法吃苦……"

理智地说，裴时说的是实话，白桃确实四体不勤、五谷不分，但心理上她无论如何接受不了裴时这种像分析报告一样逻辑严密的说辞，总觉得他带了种高高在上的冷静客观，令人如此讨厌，也如此让人难过。

他的人生好像总是完美，像精确计算过的公式。

上市是他算术里的一部分。

自己也是。

或许过去的白桃可以接受这样明码标价、各取所需的人生，但现在的她不可以。

因为她愚蠢地相信了那些通稿，在良好的自我感觉下对裴时假戏真做，真的产生了感情。

如今自己真情实感地喜欢了裴时，整个人被裴时的一举一动牵动着情绪，裴时却还是那么冷静。

这不公平。

这注定不是对等的感情，也无法形成对等的婚姻。

协议婚姻能良好运作的基础是彼此没有感情。

白桃犯了规，所以这婚必须离。

她是喜欢裴时，但她决计无法成为婚姻里卑微的一方。

对于白桃坚持不肯回家的决定，裴时似乎非常意外："我理解你的心情，但不论怎样，我们已经结婚了，你还有什么想要的，我也都可以满足你。"

这男人朝白桃伸出了手："走吧，白桃，跟我回家。"

很可惜，白桃觉得他并不真的理解自己的心情。

白桃发现闹了乌龙虽然丢脸，下意识反应就是逃避，只是虽然嘴上叫嚣着离婚，但白桃心里还是期待着另一种可能。

是不是有可能，裴时对她，也是有感情的？

裴时靠着庄严把自己"抓获"的那一刻，白桃心里是有过悸动的，只是当这男人摆出商务谈判的架势，以 SWOT 分析的手法去试图说服白桃放弃离婚回归家庭，白桃心里只剩下巨大的空洞和失望。

从头到尾都是一场乌龙，都是她闹出的一个笑话，她不应该在裴时身上祈求不属于自己的东西。

拒绝跟随裴时回家后，白桃径自下楼打了车，只是在裴时面前尚能端着的情绪，一上车就决了堤。

等到了小区，也是巧，白桃正遇上了在帮自己遛狗的孙静。

她看了白桃一眼，就大惊失色道："Fiona？你怎么搞的？眼睛都哭肿了？"

白桃心里委屈得不得了，裴时不喜欢自己也就算了，不是他自己说的吗？还是夫妻呢，那老婆都一个人跑了，怎么不学学电视剧里追在出租车后面跑呢？枉费她还特意叫出租车司机开慢点！怎么一路裴时也没开车来堵自己，或者等自己一下出租车就冲过来抱住自己说不能没有自己呢？

垃圾，裴时果然是垃圾。

白桃胡乱抹了抹眼泪，也不想说话，沉浸在忧伤的情绪里，默默一人跑上楼了。

孙静在原地莫名其妙，她也有些困了，正准备跟着 Fiona 一起上楼，手机倒是响了，一看来电显示，孙静立刻吓清醒了。

"裴总？是上市材料归档上出什么问题了吗？"

电话那端裴总的声音一如既往地镇定冷静："你出来。"

"现在？去公司加班吗？"

"不是，出小区门，我在外面。"裴总顿了顿，"我已经看到你了，就在小区的绿化面前，所以给你五分钟，应该足够了。"

孙静挂了电话，更忐忑了。

都这个点了，能让裴总大动干戈甚至主动跑到自己小区门口来的，难道上次行政部经手的归档材料出了什么大问题？

她牵着狗，跑到小区门口一看，果不其然，在对面街上，正停着自己老板的黑色迈巴赫。

裴总已经站在了车门外，正倚靠着车门抽烟，沉着脸，眉心有些微微皱起。

这是孙静第一次见到裴时抽烟，也是孙静第一次从自己老板身上感受到即便遮掩也无法遮盖全的茫然和烦躁。

孙静心里咯噔一下，不会是上市凉了吧？

她还等着裴总允诺的上市后涨薪和奖金呢……

结果自己还没激动上呢，狗比自己还激动，见了裴时和见了亲人似的，孙静心里无语一秒，如今连狗也这么势利眼了，还是狗鼻子确实特别灵敏，能闻出裴总身上散发出的人民币清香？

"裴……裴总？"孙静拉住了狗，小心翼翼道，"上市出了什么问题吗？"

结果裴时愣了愣："上市？为什么这么问？上市没什么问题。"

哦……

那您摆这种脸是怎么回事啊？

孙静偷偷打量了裴时两眼，觉得他这个神情，看起来都有点恍惚，活像是初次恋爱激情表白然后被人甩了。

好在很快，裴时的声音打断了孙静的思绪——

"有点东西，你拿一下。"

哦，是有什么紧急加班任务吗？

孙静松了口气，继而狗腿道："您邮件发我就行了，我今晚就处理好！"

结果她还想继续表忠心，自己老板就转身从后备厢里搬出了一个大箱子："这个，你拿去吃。"

嗯？

裴总抿了抿唇："是刚空运来的车厘子，还有阳光玫瑰葡萄、蓝莓和草莓。"

"啊？"

这下换孙静有点茫然了。

好在裴总很快咳了咳，给出了解释："最近上市你带领行政部门做后勤辅助工作辛苦了，这是员工福利。"

哦哦哦！

孙静心里乐开了花！

自己跟的都是什么好老板！瞧瞧自己刚才那个乌鸦嘴，还上市不成功呢？呸呸呸！

孙静搬了水果刚想离开，结果又被老板再次叫住了，他清了清嗓子："还有，不止。"

说话间，又从车后备厢里拿出了几个大箱子。

孙静目瞪口呆。

裴时简短解释道："左边这个箱子里是护肤用品，包括去法国定制的精油，佛手柑类的可以试试，比较舒缓心情；右边这个箱子是日本最近几本畅销漫画的最新连载本，还有一套是纪念版的。"

"这些？都给我了？"

孙静觉得裴总怪怪的，总像是话里有话似的，连带着送这么几大箱子的东西，孙静也有点忐忑起来，这无功不受禄，要不是自己遛狗前刚照过镜子清醒过，孙静甚至都要怀疑是不是裴总想要潜规则自己——这大半夜的，送了这么几大箱子东西，实在非常可疑啊……

好在很快，裴总就打消了孙静的疑虑，他清了清嗓子："听说你是白桃的铁杆粉丝，我和她提过，为了表示对你支持的感谢，她让我务必把这些送给你。"他抿了抿唇，"这些东西本来也是给她的，所以她想给你，就尊重她的处理方式。"

原来如此！

白桃老师果然是德艺双馨的偶像！粉对了人，天天都是过节！

裴时的声音有些不自然，他的眼神看向别处："你人际关系挺好，和其余同事可能也常有来往或者住得就挺近吧，我顺路路过你家，就把这些直接都给你了，要是见到别的同事，你要分享一下给她。"

"有些同事习惯了吃穿住行比较讲究。"他看了孙静一眼，"总之，你要多照顾好同事。"

嗯？

孙静虽然有些茫然，但还是用力点头称是，团结同事，她最行了！这不家里还收留着个前同事 Fiona 吗？

"裴总，那还有什么事吗？"

裴时挥了挥手表示让孙静离开，孙静正打算招呼保安小哥一起帮忙搬运下箱子呢，就听背后自己老板又开了口——

"还有一件事。"

只见裴总抿了抿唇："狗，给我摸一下。"

"狗？"

裴总脸色不大愉快："我的狗被偷走了。"他看了一眼孙静牵着的狗，咳了咳，"和你这只长得一样。"

孙静一下子同情上了，裴总太惨了，看他那样子就是爱狗的，把一个爱狗人士的狗偷走，这也太道德沦丧了吧！

白桃正准备往被窝里钻，孙静就冲了进来，她两眼放光地摇醒了白桃："别睡别睡，起来吃好东西了！还有精油啊高档护肤品啊漫画！"

白桃本来也气得睡不着，倒是不太饿，但等她看到孙静客厅里的各种进口水果，十分确信自己确实饿了。

车厘子、阳光玫瑰葡萄、蓝莓和草莓，这不就是自己最喜欢吃的水果吗！

白桃吃起东西来特别挑剔，即便是进口水果，也还挑供应商，结果此刻面前的水果都出自自己长期采购的那些品牌商，简直像是专门为自己购买的。

心情不好，那就吃点甜的，此话果然不假，等她吃了点水果，又搜刮出了几个自己曾记在备忘录里心仪已久的定制香氛，最绝妙的是有一个箱子里竟然装满了自己想要收集的绝版漫画，连带着还有几本她也在关注的畅销漫画的最新连载本！

"这哪里来的好东西？"

孙静一边往自己嘴里塞车厘子一边道："员工福利！快上市了，我这不是日理万机替公司鞠躬尽瘁死而后已吗？所以我的努力感动了上苍！"

垃圾裴时，对员工倒还挺好……

白桃恨恨地咬了个车厘子，然后就听孙静继续吹嘘自己此次上市进程中的付出。

"总之，我感觉我要升职了。"她愉快地做着总结，目光灼灼地看向白桃，"你知道吗？你现在看到的这些，都是裴总亲自送到我小区门口的！他还特意向白桃老师提了我！白桃老师也送了几大箱子！除了员工福利的水果，别的都是我的偶像亲自送我的！"

谁送你了？

但白桃此刻没时间关心这些，她放下了手里的漫画书："裴时送来的？什么时候？"

"就你上楼以后没多久啊。"孙静还沉浸在自己高升的美梦里，"你说，我都能让裴总亲自慰问犒劳了，都惊动白桃老师了！我肯定是要飞升了！你看裴总是会升我当什么啊？首席运营官吧？我看还不错。你说我升职演讲时应该穿什么衣服？我得赶紧买套高档的套装，之前那些已经配不上我了，等我升了职，这房子也要换了，我堂堂一个COO，怎么能住在这种地方呢？"

孙静喜不自禁，白桃心里也难得有一点悸动。

所以裴时其实还是跟来了？也知道自己在孙静这儿？

她又往嘴里塞了个车厘子。

还别说，裴时虽然垃圾，但买的车厘子不错，还挺甜的。

虽然没感情，但还能记住自己喜欢吃什么水果，记得自己随口提过的精油香氛，也知道自己想看什么漫画。

白桃乌龙

白桃一时之间百感交集，她心下有些小雀跃了没到一秒，就有些沮丧起来。

瞧瞧自己这德行，为了裴时这么个垃圾，竟然被迷得七荤八素的！

但她也有些理解自己为什么会找裴时协议结婚了。论长相、论床品、论细致，他确实没话说。

虽说没有哭着追车，但好歹一路跟着自己来了，也算做个人送了点东西，本来这一波勉强能合格得六十分，但鉴于他对自己也没啥感情，倒扣一百分，最终得负分。

白桃一想起这些，又觉得嘴里的车厘子也不甜了。

而另一边，孙静已经计划到胜任 COO 迎娶高富帅登上人生巅峰了。

白桃瞧她这么激情澎湃，也没好意思打搅她做梦，倒是孙静"发达"了还不忘"父老乡亲"，美梦之余还想起了白桃，她豪情万丈地拍了拍白桃的肩膀："Fiona，你也别难过了！病树前头万木春！"

白桃本来正在吃车厘子，被这么一拍，一颗车厘子核差点把她给噎死。

孙静看了她这表情，更来劲儿了："别动不动就露出'我要死了'这种情绪，怕什么？你长得这么好看，等离了婚，再找不难！什么年下小奶狗啊，丧偶总裁啊，大龄单身宅男啊，应有尽有！两条腿的男人还不好找吗！"

我可替裴时谢谢你了。

孙静讲起这，非常热情："你这样天天宅在家里不行的，你看，刚回来时还哭，吃车厘子时又笑，情绪波动大，容易不稳定，还是要多社交，转移注意力，不要太关注自己失败的婚姻，这才能走出

460

来。明天周六，我参加的容市吃喝玩乐小组正好周年聚，都是年轻人，一起聚聚聊聊，你也一起去，也算散散心。"

这个容市吃喝玩乐小组组建的初衷其实带了点单身联谊性质，孙静原本也存了脱单的心思加进去，但没想到单没脱，倒是认识了一群挺聊得来的朋友，平时空了也定期聚会，填补了她不少空虚的周末。

白桃原本只想在家里睡觉看漫画，可惜最终抵挡不了孙静的热情，何况一想到孙静要不在家，自己也不想下厨，只能叫外卖，而同时……

"那边很多好吃的，我们这组里有烘焙高手还会带亲手做的甜点去……"

白桃彻底叛变了，那就去吧！

孙静近来春风得意，先是裴总亲自送了员工福利，还得到了偶像白桃老师的关心爱护，如果说这些都还不能说明问题，那第二天裴总的关心就一定能证明什么了——

她孙静，勤勤恳恳，终于快要 C 位出道！

周六几乎一大早，裴总的电话就来了，先是问了几个上市材料的问题，此后就话锋一转，表示上市进展顺利，孙静大有功劳，要给孙静发几盒海鲜。

"另外，白桃对你印象非常好，前几天出版商送了她一些活动入场券，包括今天下午漫展的，还有一些餐厅电影院的代金券，她也用不上这么多，想要转赠给你……"裴总在电话里顿了顿，"和你的朋友。"

然后他咳了咳，接着自然道："毕竟周末了，之前上市准备工作你辛苦了，也该，和你的朋友好好放松下。"

孙静大为感动，但还是婉拒了裴总的好意，当下属的，老板给的时候要接着，但是也不能样样都来者不拒，否则次数多了，老板也觉得你贪心。

她当即坦诚道："裴总，谢谢您这么想得到我，但这周末我和朋友的活动都排满了，这些活动入场券和餐厅电影院的代金券，您还是分给别的员工吧？袁特助为了上市也很辛苦！"

孙静讲完，觉得美滋滋的，自己这招就是高！先是感恩老板，再是为其余同事美言几句，还彰显了自己不嫉贤妒能，能和同事团结友爱的高贵品质！

"你下午有活动了？"电话那端的裴总声音有些意外，然后孙静就听到了他状若自然的询问，"那能让你们放弃漫展的，是什么特别有意思的活动吗？"

他顿了顿，补充道："白桃正好没什么事情做，如果是不错的活动，我也考虑带她参加。"

原来如此！

孙静当即热情起来了："裴总，这是容市吃喝玩乐小组的活动，我带我朋友一起去，你们要决定来，随时联系我！这活动有很多年轻人，还有做流浪小动物收养的，您狗不是被偷了吗？正好可以聊聊看要不要领养一只新的！"

电话里，裴总并没有允诺到底去还是不去，但挂了电话的孙静还是久久不能平静，万一……万一裴总真的带白桃老师来参加，自己岂不是能见到心心念念的白桃老师真人了吗？

那可是从不露脸，希望大家关注自己作品多过私生活，人淡如菊的白桃老师啊！

孙静是挺激动，可裴时就激动不起来了，尤其当他简单搜索容市吃喝玩乐小组，并发现这个小组的创建初衷后。

相亲！

这就是个美化成吃喝玩乐的联谊相亲群！

裴时沉着脸又翻了翻，发现这组群里果然都是不少年轻单身男女勾三搭四的阵地。

其实容市吃喝玩乐组群里有大量非交友性质的交流帖，但裴时对此完全视而不见了，他只看到了那零星几个动机不明的联谊帖。

白桃可真是出息了，没参加线上 App 相亲，直接参加线下相亲了。

她还没离婚，自己也还没死，就已经恨不得无缝对接了吗？

裴时抿紧了嘴唇，自己是不可能让她如愿的。婚是死也不会离的。

他不知道自己做错了什么，虽然是协议结婚开的头，但正常夫妻之间该有的该做的已经都做了，白桃直接离家出走，他比谁都担心，宁可放下公司放下上市，也急不可耐一样一定要先把她找到，找到后立刻做了沟通，已经明确表达了自己并不想离婚的真实想法，甚至站在她的立场缜密地分析了婚姻的好处。

裴时本来觉得胜券在握，以往他所有的谈判，只需要做足此时为白桃做的准备工作的 70%，就无往不胜了。

只是得到的反馈与裴时预料的大相径庭——白桃不仅不愿意跟自己回家，甚至表现出了极大的愤怒和不悦。

对于这个结果，裴时是茫然而无措的。

他不知道自己还能做什么。

他对白桃拿出了最大的诚恳，该表达的诚意也都表达了，唯独还藏着唯一一张底牌——他需要白桃，他不愿意离婚，不是为了上市，是为了自己。

　　但之所以是底牌，就不能轻易拿出来。

　　商务合作也好，谈判也好，一旦一方亮出底牌，就会任人宰割了。

　　裴时的骄傲让他无法做出这种把武器递到对方手里任由对方审判的行为，常年的教育也向来让他要克制自我感情，避免过分透露情绪，他没有学习过如何表达这些情绪，也没有任何经历能指导他做恰当的表达。

　　他心里也纷繁复杂，然而他无法把这些传递给白桃。

　　因此他选择他擅长的谈判。

　　能量化分解任务的谈判让他更有掌控感。

　　然而如今谈判失败了。

　　不仅失败了，白桃不肯回家，她还要去线下相亲。

　　唯一值得裴时庆幸的是，幸好爱她的话还没有说出口，因此即便被白桃拒绝，也显得自己不会那么悲惨，尚能端着一贯的骄傲。

　　裴时此刻脸上尚能绷着情绪，但心里已经快要气炸。

　　孙静平时挺机灵的，就不能长点脑子管管白桃吗？还带她去相亲！

　　裴时扯松了衣领，努力保持了镇定，给孙静再打了个电话："你们聚会的时间地点给我。"

　　绅士应该在妻子想要冷静的时候给予她自由和空间。

　　知道白桃暂住在孙静住处相对安全后，裴时原本也确实是想当绅士的，不要咄咄逼人，给予白桃足够的尊重和时间冷静，奈何现实逼迫他无法当绅士。

　　再当绅士，自己太太恐怕都要二婚了。

　　白桃和孙静一同到了聚会的地方，不知道什么原因，孙静自去外面接了个电话后就有些魂不守舍，先是回来各种补妆，讲话也变得装模作样、文文雅雅的，之后就开始频繁地看手表，看活动会场入口，像是在热烈期盼着什么人，完全把白桃给忘了。

白桃撇了撇嘴，这可真是"小妹妹呀心里慌，东张西望等情郎"，还说带自己外出散心呢。

好在一如孙静所言，确实来参加的都是挺有趣的年轻人，有几个还是漫画迷，正在讨论的漫画是白桃也在追的，她当即便加入了话题，热火朝天地聊起来。

只是等白桃聊完了一整本漫画，那边孙静却还在等人。

白桃没忍住，她走上前拍了孙静一下："你在等你男朋友还是看上的男人啊？怎么这么不准时？"

"我在等我偶像！才不是什么男人！"

偶像？

白桃皱了皱眉，她还没问，孙静就得意扬扬地吹嘘起来了："我在等我风华绝代的白桃老师啊。"

有事吗？风华绝代的本人就在你面前啊！

孙静见了白桃惊讶的表情，却是以为她不信，于是再次强调了一遍："白桃老师马上要来这里了！是真的！我马上就要见到她真人了！"

难道自己都这么红了？红的都有人假借自己名义进行诈骗活动了？

白桃刚想再次询问事情经过，就见孙静望着门口，突然就站了起来，白桃循着孙静的目光看去，然后在门口看到了风尘仆仆的裴时。

"裴总！"孙静摆出了接驾一般的姿态，在白桃的目瞪口呆里，立刻热情迎上去给裴时拉开了门，顺带眉眼含笑地看向了他的身后……

裴时后面此刻跟着一个胖胖的中年妇女。

孙静看向那个中年妇女，脸上闪过惊讶、不解、惋惜，继而是心痛，接着是顿悟，很快，她像是说服了自己，调整了表情，一脸崇拜地冲过去，握住了中年女子的手——

"白桃老师好！您和裴总真是太配了！简直是天造地设的一对！我不仅是你的漫画粉，我还是你们的 CP 粉！你们真的！这长相气质，哪儿哪儿都太契合了！您简直是……"

白桃觉得这个粉丝自己是不想要了。就算有偶像滤镜，也不能这么瞎眼吧？

孙静显然还准备了一堆吹捧之词，只是还没说完就见"白桃老师"莫名其妙地看了她一眼，然后转身朝结账台前的老板娘吆喝起来："刚接到电话说水管漏水了？我来修了！不收你钱，给我打包个兔腿再来两把瓜子就行！"

原来来人是来修水管的阿姨……

孙静讪讪地放下了手。她再抬头，就发现裴总的脸果然黑得很均匀，但他并没有表态，只是盯着自己身后的 Fiona。

孙静又伸头望了望裴时身后，确认没有别人来后，有些失望，她呐呐道："您不是要带白桃老师来玩吗？我哪能想到您一个人来啊……"

"我来找你有正事。"

"啊？"

孙静心里嘀咕起来，这是什么正事需要裴总周末赶到自己活动现场找自己的吗？难道是临危受命？上市前夕扶正自己当个什么副总之类的？

孙静忐忑又期待地看向了裴总，然后就听到对方冷静道——

"你先回公司去加班。"

裴时镇定地看了孙静一眼："上市正在最关键时刻，技术部的员工也都在公司加班，他们现在很需要你。"

"裴总，谢谢你这么器重我！不过下次叫我加班，你手机上找我一下就行了！我随叫随到！不用特意还跑来接我！"

可惜裴时冷酷地打破了孙静的美梦："我不是来接你的。"他唇角很平，"我有别的事。"

"别的事？"

裴时望向了孙静的身后："我来抓人。"

"啊？"

"偷我狗的人。"

"偷你狗的人在这里？"孙静觉得脑子里好像有很多线索，仿佛一幅快要拼完的拼图，她正欲整理，就见裴时看了眼自己，言简意赅道："你可以走了。"

孙静很热情："那偷狗的人要我帮你一起抓吗？抓好我再走！"

裴总垂下了视线："加班费按照三倍工资算。"

"狗你自己抓吧，裴总！我立刻走！"

开玩笑，三倍加班工资，那可是一分钟也不能浪费！咋能用来抓狗呢！

孙静一走，现场就只剩下了白桃和裴时。

只是两人都还没来得及开口，就见刚才和白桃聊漫画的其中一个男生走了过来——

"那个，可以和你加个联系方式吗？"对方戴着黑框眼镜，模样有些腼腆，看着还像个大学生，"觉得和你很聊得来，都喜欢一样的漫画，对很多情节人物的观点也完全一致，就觉得还挺有缘的……"

白桃愣了愣，刚想拒绝，还没来得及，就听裴时先开了口："没什么缘分，她已经结婚了。"

男生愣了愣，像是这才意识到有裴时这个人："叔叔你是她的长辈吗？"男生笑了笑，气死人不偿命般继续道，"我听孙静姐说过Fiona 已经结婚了，但孙静姐也说了，她结婚太早，当时不懂事，所以嫁了个渣男，现在已经分居了，正在离婚进程中。"

男生看了眼对面英俊男人黑到赛锅底的脸，有些不好意思但坚定地解释道："叔叔您先别生气，您放心，我不会做第三者让 Fiona 被渣男抓到婚内出轨把柄的，我也不介意 Fiona 有过婚史，这真的是我第一次有一种一见钟情、怦然心动的感觉，我愿意等，等 Fiona 离婚后再追求她，现在只是想要个联系方式，万一那个渣男又要骚扰她，她又需要帮助，也可以随时找到我……"

裴时脸上没有特殊的表情，但白桃知道这位"英俊叔叔"内心恐怕已经快气疯了。

他冷冷地看了男生一眼："你大学还没毕业吧？"

男生回道："我明年就毕业了。"

"那你也有二十了，我才二十六，当不了你叔叔。"裴时克制着怒气说完，指了指白桃，"你知道她有多能花钱吗？"

"她每个季度都会买新出的高定，所有限量版包会收集齐所有颜色，花钱都是随心所欲的，也不懂理财，因为工作性质，沉迷创作的时候完全不修边幅，也不会整理房间，不懂做家务，喜欢撒娇，还作。"

裴时罗列了白桃一大堆缺点："你太年轻了，没法承受，也没法容忍的。"

"你是谁啊？凭什么这么说 Fiona？"

"凭我是她老公。"

男生愣了愣，随即恍然大悟道："你就是那个渣男啊！"

即便此刻，裴时还是保持着良好的教养，只是咬牙切齿、一字一顿道："不是渣男，是误会。我们不离婚，你也养不起她。你再骚扰我太太，我就报警了。"

男生还是不服，但最终碍于裴时的合法丈夫地位，没再纠缠，只是又看了白桃两眼："Fiona，我每周都会来这里，孙静姐也有我联系方式，等你离婚了想要散心都可以随时联系我哦。"

裴时简直忍无可忍，现在的小孩真是太没有基本道德和礼貌了，当着人家丈夫的面拆台，劝说人家离婚，这都是什么素质？

小男生是打发了，但白桃脸上还是很臭："既然你刚才说了我那么多缺点，明显对我不满，那为什么不离婚放彼此自由？"

"我没有说这是你的缺点。"

白桃简直没脾气了："对对对，你是没说这是缺点，你只是说了我花钱多、随心所欲、不懂理财、不修边幅、不懂家务，喜欢撒娇还作。"

"我陈述的是事实。"

就你还想有老婆？白桃差点没气到升天，她刚要发作，就听裴时继续道——

"你花钱多，我很有钱，足够你挥霍，所以你花钱随心所欲，对别人是缺点，但对我不是。

"我有专业的投资理财团队，因此你不懂理财也没有影响。不懂家务也是同理，本来就有专业的家政服务可以选择，你可以潜心创作，所以这两点，对我也并非缺点。

"至于不修边幅，你长得已经足够漂亮，不修边幅也不会减分，所以也无所谓。

"撒娇和作的话，我是很能包容又脾气好的人，也不是不能接受，因此你撒娇和作对我也不会造成影响，不算缺点。"

裴时黑色的漂亮眼睛看向了白桃："对我而言，都不是缺点。并不是对你不满。"

白桃承认，自己在这个刹那，心脏快速跳动到像是要飞出胸腔。

如果放在以前，裴时说的这些话，她会当成情话一一笑纳，只是如今……

如今这男人从没对自己说过爱。

白桃搞出了这么大的乌龙，已经完全不敢再乱臆想，也无法分辨裴时这番话到底有几分真心，是否又是为了稳住自己以便顺利上市随口说的托词。

她有些难受地低下头，用脚踢了踢地面，努力云淡风轻道："所以你还有什么要说的吗？"

裴时安静着，也没有说话，沉默了片刻，这男人过来拉了白桃的手，语气沉着而不容分说："跟我回家。"

出了这么大的事，随便哄自己两句这事就过去了？

然后回家继续塑料婚姻？

白桃简直一口气没提上来，可想来想去，似乎也没法指责裴时，两人结婚之前说好就是协议，不能因为现在自己喜欢裴时，就要求裴时也喜欢自己。

怪来怪去，还是只能怪自己不争气。

白桃闹了那么大的乌龙已经觉得十分丢人，死要面子的性格让她咬死了不会说出自己对裴时的那点不轨意图。

感情这种事，历来是谁先动心谁就输了，所以即便此刻难受得要死，她还是拼了命地装作随性、淡然、满不在乎。

毕竟裴时也很镇定，即便遇到自己被男生当场表白，这男人也仍旧一脸波澜不惊的模样。

要是场景调转，是裴时被女大学生这样表白，白桃觉得自己是决计不能这么淡定的。

说到底，还是不爱自己。

裴时还是那样冷静："何况我以前就说过，'以前的事都不作数了，过去怎么样，都已经过去了，没有必要深究。总之过去不论怎样的决定，都随着现在翻盘了，一切以现在为准'，当时你都答应了。"

不说还好，说起这事，白桃才火，这是裴时什么情况下说的？事后！这男人思维可真缜密，就那个情况下，还不忘给自己挖坑呢，是人吗？

"裴时，你有听过一句话吗？男人床上的话不能信，反之亦然，女人床上的话也不能信！我当时是答应了，但床上的话，你就别当真了，随便说说的！"

白桃心里怄着气，甩脱了裴时的手，摆出了公事公办的姿态："所以以后你别找我了，找我律师，和你没什么好聊的。"

……

裴时听说白桃来参加线下联谊会时什么也没想，甚至没有考虑过此次要她放弃离婚跟自己回家该有的谈判策略，等他意识到的时候人已经在孙静说的地点了。

只是没有任何准备的仗自然打不赢，白桃仍旧态度冷淡地拒绝了自己。

裴时心里混杂着巨大的混乱和茫然，好在一贯的精英教育让他即便束手无策仍能维持冷静自持的从容。

他赶走了白桃的追求者，然后努力哄了她，只可惜回馈他的仍然是白桃不变的态度。

明明快要气死，但裴时还是努力抑制住了情绪，也好在在他都快要绷不住怒意之前，高律师的一通电话让他得以有理由暂时回避。

上市前夕，需要排查公司所有往来的合同，厘清所有存在过的昔日诉讼，其中有一个战略投资合同是创业初期裴时亲自去谈的，战略部门没有经手过，因此几个合同条款的细节需要裴时亲自去梳理。

这样也好，裴时觉得自己也需要系统性梳理一下白桃和自己的关系，然后再做攻略的打算。他还是必须抽出空来看住白桃，她太招人了，自己不能掉以轻心，这女人说离婚就离婚，变脸这么快，谁知道会不会在分居期间看上别人了。

好在工作进展比较顺利，只是因为需要和美国律师一条一条过合同，比较花时间，眼见今天的会议恐怕要开到凌晨。

在两个小时的会议后，裴时安排了中途茶歇，然后他来到办公室，给白桃拨了个电话。

可惜没人接。

裴时抿紧了嘴唇，还是决定会议结束后就去堵人。

他放下手机，准备往会议室走，结果刚出办公室，就撞上了迎面走来的孙静，她手里的咖啡也全数泼出来，差点弄脏了裴时的西装。

孙静显得神情有些恍惚，被咖啡烫了手，她才后知后觉意识到撞了人，下意识道歉道："对不起啊……"

等抬头见了裴时，孙静整张脸表情倒是丰富了起来，像是探究像是惋惜，又像是一腔感情错付了的失望和难过。

裴时皱了皱眉："怎么了？工作上有什么问题吗？"

"没……没问题……"

孙静眼神躲闪，语气尴尬，不知是怎么回事。

裴时并不会越界关注员工的私人情绪，正准备转身走人，却被孙静喊住了——

"裴总，网上说的都是真的吗？"

裴时皱了皱眉："什么？"

"你……你还不知道吗？"孙静拢了拢头发，"那没什么，我……我还有事要忙……我先走了。裴总再见。"

怎么回事？网上说了什么？难道白桃又发离婚通稿了？

裴时抿紧嘴唇拿出了手机，以自己和白桃为关键词随便搜了下，几乎是瞬间，铺天盖地的新闻就涌了过来——

《白桃起底大扒皮——假恩爱真塑料，没底线营销恩爱夫妻只为割韭菜卖漫画》

《惊天大瓜——告诉你白桃虚假人设背后的产业链》

《恩爱是假？协议联姻是真？盘点那些年你磕的玻璃渣假糖》

裴时不知道发生了什么，但十分钟之前，几乎所有媒体开始统一精神污染一样发布了关于白桃扒皮的帖子，帖子发出没多久，众多营销号就进行了转发，水军也很快进场，果不其然，很快，＃裴时白桃 BE＃ 就作为话题冲上了热搜榜第一，别的社交网络和 APP 上也迅速沦陷，白桃、裴时协议婚姻毫无感情的通稿几乎爆炸式发酵起来。

这很明显不是巧合，也很明显并不是白桃自己的手笔——

帖子里对白桃充满了恶意，主力攻击了她营造人设造假恩爱，用词恶毒，几乎把她往死里黑，而舆论讨厌造假，白桃本来就有不少黑粉，还有一些认为自己受骗的粉，也转了黑，骂起白桃来比任何人都狠。

白桃从没经历过这些，也不应该经历这些。

裴时心里满是悔恨和自责，是他没有保护好她。

他不知道白桃看到这些消息会是什么样的心情，只想立刻见到白桃。上市对接会还有十分钟即将开始，他再次拨打了白桃的电话，仍旧无人接听，无奈之下，裴时揉了揉眉心，叫来了孙静——

"你刚才和 Fiona 联系过吗？"裴时抿着唇，"我知道她借住在你家里，我联系不上她，有点担心她。"

孙静脸上露出了真实的疑惑，裴总真的是"村网通"吗？网上关于他和白桃老师的事都传成那样了，他还能这么镇定并且关心 Fiona ？

不过她倒是正好刚和 Fiona 聊过，于是老实道："五分钟前她说她要去找一根绳子，还问我家里有没有绳子，没有的话她自己下楼买……"

结果她话音还没落，对面裴总就彻底变了脸色，他几乎是立刻拿起了车钥匙："你跟我一起，马上赶回家。"

"不是，裴总，下半场会议马上就要开始了……事关上市的几个核心条款……"

可惜裴总压根儿没理睬孙静，只是沉着脸，想也没想就放弃了上市会议。

十分钟后，孙静忐忑地坐在车上，有些心慌地看着裴总的车速越来越快，他的脸上还是没有太过特殊的情绪，但就连孙静都能感受到他的焦虑——他像是在紧张什么，连握住方向盘的骨节，也显得更加用力和突出。

Fiona 不是说了和裴总不是那种关系吗？难道她欠裴总钱了？这得是欠了多少钱，才能让裴总都放弃上市会议呢？

裴总甚至没有来得及找车位把车停好，就那么大剌剌地停在了路边，对孙静"这边路窄，可能有人车技不好会蹭到"的建议置之不理。

孙静刚想再说点什么，裴总就脸色难看地看向了她："现在我来不及和你解释，但是晚一步，Fiona 可能就会想不开出事了。"

啊？ Fiona 怎么会出事？她没多久前还在问自己附近有没有好吃的外卖呢，一个想着吃的人能出什么事啊？

大概是孙静的疑惑太明显，裴总屈尊般简短解释了下："她刚才不是说要去找跟绳子吗？她就在没多久前遭遇了一件挺大的挫折，我怕她是想不开……"

裴总不说还好，这下孙静也急了，她原本没多想，如今裴总一提点，才反应过来——

Fiona 难道是找根绳子要上吊？

而她人生的大挫折……

考虑到裴总给她介绍了渣男，孙静当即义愤填膺起来："是不是 Fiona 那个渣男老公又出什么幺蛾子了？ 不会是骗婚吧？！ Fiona 可千万别出事啊！她怎么那么傻！连死都不怕了，好歹用绳子先把渣男给勒死啊！能带走一个是一个！"

孙静不联想还好，顺着这个思路一想，觉得一切都说得通了："难怪 Fiona 长这么美都不爱她！"

照道理，裴总能这么关心 Fiona 的生死，可见介绍渣男也不是他故意，人有失手，如今因为这事弄得 Fiona 这样，应该也对渣男同仇敌忾才对，可孙静一边带着裴总小跑往家赶，一边骂渣男，却发现裴总的脸在紧张焦急之外，倒是越来越黑了。

不过因为裴总的这种进入战时般的状态，孙静连带着也被传染了极大的紧张，几乎是用百米冲刺的速度冲回了家。

打开门，裴总就对她抱歉地点了点头然后几乎第一时间冲了进去，孙静还没反应过来，就听到裴总开了口——

"白桃！"

孙静还来不及确定是不是自己幻听了，就见 Fiona 探头探脑从房间里走了出来，她看起来像是刚剧烈运动过，脸红扑扑的，眼睛水润又黑亮，额头上还带着晶莹的汗珠，她见了裴总，愕然地瞪大了眼睛，然后就鼓起了腮帮子，气呼呼地就要往房间里跑，一只手也准备带上门，显然是不想见到裴总。

而几乎是同时，裴总快步走过去，一把拉过 Fiona，然后把她抱进了怀里。

孙静见鬼似的看着这一切，然后更加见鬼地看着裴总不顾 Fiona 的挣扎，把她抱得更紧了一点。

"白桃，我以为你出事了。"

什么？什么白桃？不是 Fiona 吗？

孙静感觉自己此刻感受不亚于火星撞地球后的幸存者，呆呆地看着眼前的场景——

Fiona 一把推开了裴总，脸上有些不高兴的样子："我能出什么事？"她白了裴总一眼，"裴时，你不能用点好的借口吗？我为什么会出事？"

然后她看了孙静一眼，特别烦躁地回头又瞪视裴总道："你为什么要在孙静面前喊我名字！"

不得不说，Fiona 是真的漂亮，如今这样脸色不悦地使小性子，也让人觉得妩媚又娇嗔，这么对裴总，裴总竟然一点也没生气，反而又抱了她一下："是我想多了，你比我想的勇敢坚强很多，别的事你不用在意，我会处理。"

……

如果说上一秒孙静还麻痹自己是幻觉，是自己理解错误，那这一刻眼前两人的相处，就让她再也无法否认了——

Fiona 竟然是白桃老师？！

孙静想过那么多种自己见到偶像的场景，绝没想过会是这种……

虽然在接触中孙静渐渐对 Fiona 也改观了不少，且基于她悲惨的被人骗财骗色的惨痛经历，孙静颇为同情，甚至有了种把她收入麾下当小妹的冲动，但……

Fiona 摇身一变成了白桃老师？！自己可不允许啊！白桃老师那是 Fiona 能玷污的吗？！

第二十二章
桃子离家出走

　　白桃本来好好地跳完绳，正准备洗个澡，结果裴时带着孙静莫名其妙地破门而入，然后抱着自己就差又亲又搂了。这男人号称确认自己没事后才有心情工作，又和自己说了几句莫名其妙的话，这才看了下手表，表示要赶回去开上市会议，走之前顺带把孙静给留下照顾自己了。

　　这还不如把孙静给一起带走。

　　毕竟裴时刚才那一喊，自己算是彻底在孙静面前掉马了，如今孙静那探照灯一样瞪着的目光，让白桃也觉得压力很大。

　　这怕不是要当场粉转黑跳起来打自己吧？

　　毕竟自己在孙静心里犹如那皎洁的白月，和 Fiona 在她心中的形象相去甚远，人嘛，对偶像都有一种虚幻的想象成分，一旦发现偶像竟是自己生活中有这样那样缺点的凡人，往往以前多狂热地爱她，可能翻脸后就有多疯狂地恨她。

　　孙静这不声不响的模样让白桃有点害怕，她偷偷从桌上拿了个不锈钢水杯，要是待会儿孙静跳起来打她，她好歹有个称手的武器。

　　就在白桃在内心评估自己和孙静对打的胜算时，孙静像是老旧机器终于重新运转了起来，她朝白桃冲了过来，然后针对白桃出手了——

　　她飞速地拧了一把白桃的脸。

　　用了十成的力度！

白桃招架不及，又怕疼，当即眼泪都快下来了："痛痛痛痛！"

孙静收回手，一脸紧张地盯着白桃："真的痛吗？"

"当然痛！"

孙静有些讪讪的："我就是觉得有点不真实，和做梦似的，拧一把看看是不是真的……你喊痛喊那么大声，看来是真的啊……"

白桃差点气升天了："那你怎么不拧你自己呢？你拧我干什么啊？"

孙静挺老实："我怕痛。"

你怕痛你就拧我啊！要不是自己铁粉，白桃是真的想报警了。

孙静倒是一点没内疚，她看向了白桃，眼带怀疑道："你真是白桃老师啊？"

白桃还没来得及说什么，孙静就清了清嗓子表明了态度："算了，你别开口，我想静静……"

于是，静静本人就在白桃的注视下，一个人失魂落魄扶着墙回房间静静了。

只是她内心显然还是不太静，因为没过多久，孙静就又冲出了房门——

"我还是不太信，今天是愚人节吗？你和裴总是不是联合起来诈骗我？"

"……"

孙静像是做出了巨大努力般维持冷静道："这样，我给你个机会，要不你证明一下？不然我就报警了。"

还要证明自己是自己？

事到如今，白桃也不装了，她不乐意了："你刚没听到裴时喊我吗？而且我这么高雅有文化，不是我是谁？"

"高雅？你？"孙静的脸上毫不遮掩地写着大大的疑惑，"有别的证明吗？你要真是白桃老师，那《像这样靠近你》下一话你打算画什么情节？你有本事现场给我画一张图，我只要看到那个画风就能知道你是不是白桃老师了。"

白桃抿着唇没说话，径自拿出自己的平板，调出了存在相册里的图，扔给了孙静："自己看吧，这是下一话的内容初稿，你看画风就能知道是我了。"

孙静一开始眼神狐疑，很快，她盯着屏幕的表情就变得专注起来，没多久，她就意犹未尽地翻到了画的尽头。

画风没法骗人，尤其是故事的节奏感和台词互动。

只是都如此铁证如山了，孙静抬起头来看向白桃的眼神还是充满了不可置信，除此外，真要努力分辨，好像还带了点无法接受的生无可恋和遭受生活重锤的摇摇欲坠。

哎，白桃打了个哈欠，内心惆怅地想，原来铁粉也不过如此！她们爱的也不过是塑造出来的自己，在真实的自己面前，果然如此叶公好龙了！

这样一想，又忍不住回想起即便知道自己趣味低级就爱看地摊小说，却也没有流露出失望或者不耐的裴时，裴时倒是不介意自己真实的一面。

但或许不在意是因为不够爱？

因为裴时不太在乎自己，只要自己在上市前安分守己地做一个不惹事的贵妇，他无所谓自己到底什么样，不像孙静，因为真情实感地爱过，所以情绪比较激动……

这样一想，白桃又有点生气。

结果自己这边正在悲秋伤春地气愤着，孙静倒是皱着眉表情像吞了苍蝇一般，她看向白桃，如临大敌道："我可以接受你是白桃老师，但你是人淡如菊高贵端庄的知性气质女子，怎么可以这么不讲形象地打哈欠呢？你就不能尽量优雅一点吗？"

白桃又眼泪汪汪地又打了个哈欠："不能。我最近好容易犯困。可能天冷了，该冬眠了。"

孙静显然还有点消化不良，她瞪着白桃左看右看，还是恨不得找出白桃身上破绽的模样："都说白桃老师不肯露脸，是因为长得不是那种一眼美人，主打气质，如果你真是白桃老师，那都有这种脸了，为什么不多出镜出镜？还能带动销量啊……"

白桃翻了个白眼："静静，我美吗？"

孙静愣了愣，但还是点了点头。

"那不就行了？正因为我长成这种超级大美人的样子，如果我一出镜，请问读者还关心我的作品吗？可不都成了我的颜狗了？我的才华岂不是被我这倾国倾城的美貌给拖累了吗？那怎么能行呢！"白桃撩了撩头发，"我的美已经不需要别人证明就是真理了，可我的才华需要啊，我才不要被人讲靠脸吃饭，我是要当实力派的！"

"……"

孙静觉得自己心中的信仰逐步崩塌中，谁能告诉她，这竟然真的是白桃老师，此前自己甚至还向白桃老师本人举报了白桃老师……

粉随正主，孙静很好地实践了"只要我不尴尬，尴尬的就是别人"。

她清了清嗓子，转移了自己的尴尬："那你说遇到的渣男其实是裴总？可裴总一点不像渣男啊，他刚才多紧张你呢。"

一提裴时，白桃果然不高兴了："裴时给你多少钱，我白桃给你两倍。"

"……"

孙静没话讲了，她一下接受了太多信息，承受了太多这个年纪不该承受的东西，此刻脑子很乱，看裴总和白桃，似乎感情挺好的，但似乎确实又有点问题，总之一切都真真切切恍恍惚惚……

不过好在唯一令人欣慰的是白桃老师脸皮还挺结实，心理素质明显超强，外面扒皮帖都说那么难听把她老底都给掘成那样了，她倒是还能和自己插科打诨，可见确实是个人才。

孙静真诚地佩服道："没想到这种时候了，你还能淡定找根绳子跳绳！这点倒是很有我心目中白桃老师的风范！可见那些扒皮帖或许讲的是真的，因为裴总完全不够了解你，怎么会以为这种情况下你就打算找根绳子打算上吊呢……"

孙静感叹完，看了看时间："我去趟超市买点菜，裴总让我给你管饭，中午还是别吃外卖了，太不健康，也不符合我心目中白桃老师的格调。"

行吧……

但孙静风风火火走了，白桃倒是皱着眉有点介意，她刚才都听得云里雾里，什么扒皮？是发生什么事了吗？以至于裴时能觉得自己会找根绳子自我了断？

刚才又是运动又是被裴时和孙静打断，以至于白桃至今都没摸上手机，她翻找出手机刚想看看网上是出什么事了，就发现竟然有十多个宋妍的未接来电，她还没来得及回拨，宋妍的电话就又一次进来了。

这是出什么大事了？

白桃皱着眉按了接通，宋妍哭天抢地的声音就传了过来——

"白桃老师，现在怎么办啊？你和裴总到底是怎么回事？真是网上扒皮帖里说的那样吗？我之前虽然叫你营业，可没叫你去 PS 照片和拼凑段子啊！事发突然，现在工作室这边根本应接不暇，我们刚投诉删除一个帖，下面就又冒出来四五个，你和裴总是真的要离婚了吗？那还有可能让裴总出面发个声明平息这件事吗？”

宋妍几乎是不带喘气地一口气抛出了一堆问题，彻彻底底把白桃给整蒙了。

她有些无措的茫然：“什么？”

宋妍愣了愣：“你还没看吗？网上铺天盖地的……”

扒皮帖？PS照片、拼凑段子？

白桃心里有个不妙的预感，她没心情听完宋妍的话了，径自挂了电话，颤抖着手以自己和裴时名字为关键词进行了搜索。

等那些耸人听闻又足够引人眼球的新闻标题跳出到白桃眼前时，她整个人都是呆滞的。

怎么会这样？

白桃咬紧了嘴唇，她点开了自己微博，果不其然，下面早已沦陷，变成了大型脱粉现场——

哇，你长得肯定丑，所以裴时根本不爱你，也不敢露面，只能倒贴发新闻通稿营销恩爱了。

我当初是为绝美爱情才粉你买你书的，没想到都是假的，麻烦退钱！

除了粉转黑的群体，还有各路浑水摸鱼的——

真想把白桃下贱打在公屏上。

既然是塑料婚姻，那看来之前出轨传闻是真的咯？哇，真是好可怕一女的。

估计各玩各的吧，彼此给彼此戴绿帽，有钱人很多私生活都很混乱……

　　营销翻车，人设大起底，还深情夫妻呢，不过是因为你家里钱多，装时才商业联姻的吧！

　　……

白桃退出微博，仔仔细细通读了扒皮报道，这篇文章扒得确实很深，几乎将白桃微博上所有信息都翻了个底朝天：她 PS 的照片，找出了原图；她发过的恩爱段子，找到了最原始出处，美工挺厉害，把所有原始图和文字都进行了嘲讽式的对比。

而除了扒皮白桃秀假恩爱，还从这点引申开来诋毁了白桃的人品甚至漫画——

　　作为原创内容创作者，白桃却厚颜无耻地直接把他人的照片 PS，偷窃网上别的博主的段子，私改后当成自己的，有些甚至一字未改！抄袭一定是惯犯，可见她创作的漫画作品里，恐怕也不干净……

如果辱骂自己白桃尚且还能忍受，这样污蔑指摘自己的作品，她就完全不能接受了。

这个扒皮帖做得非常细致，原图和白桃的 PS 图、原段子和白桃的段子，都做了细致对比，几乎是铁证如山。

对于一个内容创作者，这几乎就是死罪了。

因此从这个扒皮帖开始发酵，网上除了嘲讽白桃虚假婚姻辱骂她靠恩爱营销骗钱骗热度外，也开始出现了抵制她作品的标签。

不少冲动的年轻粉丝已经在自己微博里放出了损毁自己收藏的白桃作品的视频和照片，还有直播把白桃的漫画集扔进垃圾桶的……

白桃胸闷到快不能呼吸，她只觉得鼻腔酸涩，眼睛也开始发热。

因为自己失忆闹出这么一场乌龙，她很羞愧，如今被暗示成作品都不干净，她更是难过、委屈和痛苦。

可这些被暴雷的照片和段子，并不是白桃自己 PS 也不是她自己写的。

上次那个营销公司的男人也说了，自己最近发的照片和段子，都是来自他们家的小编辑！

而因为自己的愚蠢和过分自恋，白桃先入为主就对恩爱通稿信以为真，因此对手机里存着的照片和段子，也都全盘接受，根本不知道是自己合作公司里的小编辑提供的，因此也完全没可能去确认原创性，她也完全不可能想到这小编辑为了省事会直接从网上抄袭。

当然，冤有头债有主，白桃自然可以找到对方公司的小编辑来认错，可事到如今，能有什么用呢？

发声明说什么呢？

难道说，自己和裴时的恩爱、婚姻，确实都是假的，自己确实找了营销公司写通稿、PS 照片、编段子，可出现抄袭并不是自己的原因？

这种话会有谁信？大家只会觉得白桃翻车后还死不悔改、死不认错，把小编辑拉来躺枪。

原本白桃并不知道这么件事，如今看了扒皮帖，只觉得手脚冰凉。

孙静有一点说错了，裴时确实了解自己，面对这一切，白桃现在确实都想拿根绳子吊死好自我了结。

她是个非常非常要面子的人。

此前发现恩爱是通稿，已经觉得丢人至极，但好在只在裴时面前丢脸，可如今这些帖子一出，白桃觉得自己已经完全社会性死亡了——所有人，但凡能上网，都可以看戏一样地围观她矫揉造作地秀恩爱，都可以嘲讽她，都可以恶意揣测她的人品，辱骂她的作品……

从前的人生几乎顺风顺水地过了，以至于白桃面对这样的场面，完全不知道该怎么做。

她抹了抹眼泪，想想实在没脸见人，飞速收拾出了个包裹，留下了狗，再给孙静留个条子，然后就跑路了。

出了这种事，白桃下意识第一反应就是逃避。

丢人丢这么大，实在无颜见江东父老，除了浪迹天涯，好像没别的方法了。

总之有多远躲多远，逃跑可耻但没准有用。

车祸醒来后觉得自己事业爱情双丰收，如今回头看，白桃才发现自己简直像个笑话，爱情是假的，事业也翻车了。

她完全没有目的地地晃荡到了容市的汽车站，望着发车牌发了会儿呆，情绪崩溃哭过又一场后，此刻白桃心里就只剩下茫然无措和无助。

要不就像影视剧里播出的那样，随便上一辆车，然后任由车把自己带到哪里就是哪里吧，找一个没人认识自己的地方了却余生……

总之能逃一天是一天。

虽然裴时已经紧急处理了，但因为白桃的扒皮帖扩散范围太广，背后又显然存在有规模、有计划的推手，即便裴时力挽狂澜，已经造成的影响在短时间内消除也是不现实的。

而这些新闻除了对白桃造成了负面影响，不可避免地对裴时即将进行的上市也产生了波及——一时之间，白桃和裴时正在离婚大战的传闻甚嚣尘上。

几乎是裴时刚回公司没多久，就接到了多个合作方或投资方或真或假的试探。

这原本是裴时最不希望发生的事，但此刻比起白桃，裴时才发现，这些事原来也可以这样微不足道。

他原本为了上市欺骗误导了白桃，惧怕离婚是出于对公司的担忧。

而此刻，裴时还是惧怕离婚，但不再是出于任何外部的原因了。

他向投资方坦诚说明了情况，又安排了人员排查这次扒皮帖的背后黑手，简单交代了公司事宜，这才风风火火再次往孙静家赶——

没有任何一刻比此刻让他更想立刻见到白桃，好像只有那样才能安心。

唯一值得庆幸的是，此前在孙静家见到白桃，她倒是没有像他预料的那样在这些扒皮帖前情绪崩溃，甚至相当淡定。

裴时安心的同时，又有些隐隐的自责——他好像总是不够了解她，总是对她束手无策，也因此至今没有办法说服她放弃离婚。

只是现实很快就让裴时知道自己庆幸得太早了。

他刚停好车，准备说什么都要说服白桃把她接回家，还没来得及上楼，就接到了孙静的电话——

"裴总！不好了！白桃老师她离家出走跑了！"

等裴时三步并作两步上了楼，孙静已经一脸焦急慌乱地等在了门口："我就下楼买个菜，上来白桃老师就不见了。"她把手里的东西递给裴时，"只留了这么一张纸条……"

裴时沉着脸打开纸条一看，确实是白桃的笔迹，歪歪扭扭写着

白桃乌龙

一行大字——

> 落伍潮流，刚刚才看到扒皮帖，自觉没脸见人，从此退出江湖，尘缘已尽，我走了，静静，照顾好狗，它三天没拉屎了，记得买点益生菌。

裴时的脸全黑了，他紧紧攥着纸，没想到自己智者千虑还是有了遗漏。

深切的后悔爬满了裴时的心，他应该想到的，按照白桃死要面子的性格，闹出被扒皮那么大的事，心情怎么可能有刚才那么平静？

到底是自己忙中出错，没料到当时白桃根本没看到扒皮帖，以至于放松了警惕，自己刚才不应该离开的，应该好好看住白桃。

只是这一次就没之前那么好运了，此前白桃离家出走，好歹还在容市范围，但这一次她确实离开了容市。

裴时托朋友调取了车站、机场的监控，自己不眠不休在监控室看了一晚上，才终于在容市汽车站找到了白桃一闪而过的身影。

"她这个方向，走的是西南，当天那边有四趟车，都是出容市的，路线也各不相同，我可以联系我们在这四个城市汽车站的负责人，帮忙找一下，但排查需要时间……"

如此情况，裴时心里再着急，也只能回家等消息。

只是他情绪紧绷地回到家，裴菲却心情愉悦地提着箱水果已经站在门口等候了。

一见裴时，她就兴奋地跑了上来："哥，我来看看你。"她探头探脑道，"现在这样，你和白桃是不是打算离婚了啊？"

裴菲一进家门确定家里没有白桃的踪影和她原本留下的任何痕

迹，脸上立刻喜形于色起来：“哥，她真走了？”

裴菲这下像是扬眉吐气了，她往沙发上一坐：“可终于等到这一天了！

“哥！你辛苦了！是我之前错怪了你，我现在看了扒皮帖，才终于想明白了，你就是为了公司，为了上市，才不得不对白桃那种垃圾虚与委蛇，好让外界觉得你们婚姻稳定吧？但其实也不过一直是塑料婚姻罢了。”

裴菲笑嘻嘻地：“不过还别说，哥，你演技真挺好的，为了对外塑造恩爱形象，当初和白桃那些互动，我都以为是真的。但其实你大可不必，上市虽然重要，但委屈自己和白桃这种人一起过日子假装恩爱也是挺难的，现在扒皮帖出了，反正都这样了，你也没必要再忍她了。我看业内分析这个事件对你上市进程也不会有关键性影响。

“没想到白桃这么死要面子，发了那么多通稿，现在被打脸啪啪啪的，也是活该！”裴菲越想越是解气，“不过白桃反应这么激烈，不会是真信以为真了吧？她可真是想得美，哥你即便当时演得那么走心，也从来没和她说过一句爱她啊！男人都没直白地表露自己的爱，那怎么能当真呢？她可真蠢……”

此前不论裴菲多得意扬扬，裴时都并没有回应，他的唇角很平，像是并没有听到裴菲的话，而是盯着墙上一个空钉子发呆，裴菲记得那里原先有一幅白桃买的画。

裴菲以为自己哥哥此刻的表现是对白桃离开与否彻底的漠视，然而当她骂白桃蠢的话音刚落，却见自己哥哥转过头突然打断了她。

他的声音有一点干和沙哑的不自然，然而问得却很认真：“所以你们女的会觉得，喜欢一个人一定要直白地表露出来说爱，不然就是不可信的吗？”

489

裴菲有点莫名，但还是点了点头："是啊，很多男的都信奉自己不说爱，也不随便展现自己内心，这才既酷又有范，觉得用自己的行动传递出爱才是奥义，但问题就在于他们那么普通却那么自信，自以为是地觉得行动很感人传递出了爱，但在我们女生眼里就……完全没感受到啊！他们觉得展现爱的行为，我们根本没体会到。所以你不说自己内心的感受，自己多爱对方多需要对方，对方可并不一定能知道啊。"

"我之前一个朋友就是，男友从不说爱她，她也感受不到对方的爱意，提出分手时，那男的这才慌了，把自己的日记拿出来给女友看，我这朋友这才哭笑不得地发现对方原来这么爱她，但碍于面子从来不讲，你说这不是有病是什么啊？"

裴菲在国外时也陆续交往过几个男友，内心也挺想和自己哥哥分享下感情心得，只是她刚打算酝酿下情绪推心置腹，就听裴时的手机响了起来。

几乎只是看了来电号码一眼，裴时就满脸忐忑地接起了电话，然后裴菲听到自己哥哥一贯冷静的嗓音带了点微微紧张的尾音："找到了？到了育林市汽车南站后出站了几小时，然后又返回了汽车站？好，我马上过去。"

裴菲嘴里那句哥还没来得及喊出口，就见自己哥哥以迅雷不及掩耳之势收拾好东西走人了，虽说一脸沉静，但裴菲还是敏感地觉察到了哥哥的焦虑和慌乱，难道是上市还是受了那个扒皮帖很大影响？

裴菲刚追出门想做个贴心妹妹关照几句，却见裴时已经坐进了迈巴赫，但毕竟兄妹情深，见了自己，裴时确实回了头——

"我不委屈。"

裴时抿了抿唇："和白桃在一起，没委屈过，你看到的也不是假

490

的，我很爱她，很需要她，不会离婚。所以菲菲，你要学会对她客气一点，也最好接受这个现实。白桃很好，如果你和她处不好，就是你的问题了。"

裴菲脑子完全没反应过来，她像是无法处理过多信息的老旧机器，没消化裴时给的最新讯息，还沉浸在自己上一个想问的问题里："哥，你现在这么晚了出去干吗？"

"追老婆。"

裴时言简意赅说完，也不等裴菲反应，就毫不留情地发动了汽车，只留给目光呆滞的裴菲一嘴纯天然尾气……

裴时几乎是以最快的速度驱车赶往了育林市汽车南站监控室，只是育林市汽车南站是个交通枢纽大站，白桃出现的站台上有十一班发往不同方向的汽车路线，如此短的时间里根本无法排查到她到底上了哪一班。

裴时绷着情绪皱着眉道："这里的广播可以播寻人公告吗？"

得到了工作人员肯定的回答后，裴时抿着唇走向了广播站。

白桃从容市出走后，辗转了几个地方，一路漫无目的，活像个流窜作案的犯罪分子。她百无聊赖地到了育林市，待了没几个小时，就觉得饭菜太辣不合口味，又跑回了汽车南站。

汽车站人员流动性更大，也更难排查，为了躲避裴时的追踪，她特意没有坐高铁，而是选择了汽车。好在容市和临近几个市车程都不远，买个豪华大巴票，车上还带 wi-fi，行程也挺舒服的。

听说西边的杜江市有不错的江景和海鲜，因此白桃此刻就坐上了去杜江市的大巴。

杜江市是挺出名的旅游城市，白桃后座几个结伴出游的老阿姨自上车后就激动地聊个不停，白桃因此被科普了一遍杜江市的景点，然后听着她们从旅游聊到了中老年感情八卦，继而就是风起云涌的老姐妹派系斗阵内幕。

还剩十五分钟发车，很快，车站广播响起了播放提醒——

"前往杜江市的客342号客车即将发车，请乘客前往5号站台检票……"

白桃打了个哈欠，也不嫌身后老阿姨叽叽喳喳吵闹，正相反，她很感激也很需要这种吵闹，因为唯有此能让她短暂抽离出自己的生活，忘记自己遭遇的窘境。

八卦和瓜子很配。

为了应景，白桃掏出了自己在便利店刚买的瓜子，只是她刚打算嗑起来，就吓得差点呛到——

"插播一条重要播报，插播一条重要播报，走丢的白桃小朋友，你的家长已经在广播站等候，请你就近联系车站警务人员，尽快到广播站，你的爸爸已经在等你了。"

这广播播一遍仿佛还嫌不够似的，继而竟然精神污染一般一遍遍重复起来，大有白桃不出现就誓不罢休的架势。

白桃后排的老阿姨忍不住嘀咕起来："哎哟，真是的，谁家的孩子，弄车站来还能弄丢，这个爸爸怎么带孩子的？"

"没听过一句话吗？男人能带娃，母猪上树爬！"

"作孽，听名字像个女孩子，车站这种人多眼杂的地方，很可能都被抱走了，车次又那么多，可别是被人给拐卖了。"

都是成家有过孩子的人，这几个老阿姨一讲起孩子丢了，都义愤填膺起来："你说这种男人怎么还能找得到老婆啊？叫他带会儿孩子都能给你直接弄丢。"

白桃瓜子也嗑不下去了，她这次因为实在丢人现眼，离家出走也没搞出多大阵仗，何况她爸和她妈正在国外度假呢，中老年根本不上网冲浪，白桃前几天试探她父母，发现他们果然对国内自己这点破事一无所知，如今听着广播一遍遍播报自己爸爸来了，满心纳闷和紧张。

车站毕竟要继续运转，寻人广播在坚持了一段时间后，最终被切换回了正常的车次广播。

白桃有点郁闷，但还是决定视而不见，继续嗑瓜子。

只是这瓜子嗑了没多久，后座几个阿姨又有了新的骚动——

"哎，你们快看，那个小伙子好周正啊！"

"哎哟，怎么比我偶像还帅！而且更年轻！"

"你们说我还来不来得及下车问下这个小伙子联系方式啊？我女儿这不是相亲一直看不上别人吗？说自己是那个什么颜控？总之意思就是一定要给我找个帅女婿才行……"

全世界的女性，不论任何年纪，都有喜欢帅气英俊年轻男性这一共性。

白桃此刻是没什么心情欣赏窗外走过的英俊路人，甚至心里也没当回事，有一说一，能帅过裴时的男人不太多了，老阿姨们的审美恐怕也不怎么样。

不过老阿姨们估计是没怎么见过世面，眼神一路就盯着窗外了——

"你们看，这小伙子像是在找人啊？"

"怎么问站里那个服装店老板借了个扩音大喇叭啊？"

"不是吧？长这么帅难道是给那个老板打工吆喝的吗？那老板总是喊店铺转租跳楼价清仓都喊了一年了！这小伙子这个脸蛋去干点别的啥不行啊，太埋没人才了，我女儿给我说了，现代人只要脸好看，都有可能逆袭改变命运呢……"

白桃听到这里，也忍不住有些忧郁，这些老阿姨这么聊，让她都忍不住想到自己的垃圾老公了。

哎，也不知道裴时怎么样了？

扒皮帖一出，时来科技受到影响了吗？

虽然从解气的角度看，白桃觉得自己应该跳起来诅咒上市失败，但即便到此刻，她发现自己也没法这样，她内心里还是希望时来科技一切顺利，当然，她觉得这并非出于对裴时心软，而是单纯在时来科技取材了这么久，对同事们有感情罢了。

浪迹天涯以来，白桃一直保持鸵鸟心态，完全没去二次元冲浪过，如今一想起裴时，突然有点手痒想掏手机了，但想起此前铺天盖地的负面新闻和人身攻击，白桃又沮丧起来。

只是当白桃的好奇心刚战胜自尊心拿起手机时，外面扩音大喇叭响亮的声音就把她手里的手机都给震得差点掉了下来——

"白桃！"

见鬼了！

白桃甩了甩脑袋，难道自己想着裴时以至于幻听了？这可是裴时的声音啊！

后座两个老阿姨也惊呆了："噢哟，这个小伙子就是那个走丢孩子的啊？这么年轻就有孩子了？聪明面孔笨肚肠啊，长得挺好，咋连孩子都能搞丢啊……"

白桃瞪着眼睛，这才拉开车窗帘，循着声音的源头，一眼就看到了正站在几辆大巴停靠站台中间的裴时。

垃圾裴时，都这时候了，还要占自己便宜，还说什么走丢了小朋友，家长在等待，想当自己精神上的爸爸啊？

白桃在震惊和混乱中忍不住再次揉了揉眼睛，确定自己不是在做梦，而接着响起的声音，让白桃再次确信一切都是在真实发生的——

"白桃，我知道你在车站，我不知道你在哪一辆车上，但希望你能下来，和我谈一谈。"

这是非常劣质的扩音喇叭，连裴时平时好听冷质的声音经由它的传播，都有点失真，都让白桃产生了一种声音的主人正在焦虑紧张的错觉。

但怎么可能呢？裴时从不慌张。

谈谈？都这时候了，还谈谈，你以为真是买卖呢？都可以商务谈判？

浑蛋裴时，可去你的吧！

白桃心里既酸涩又烦躁，索性眼不见为净，拉上车窗窗帘，顺带把自己的脸也遮住，然后泄愤般地嗑起瓜子来。

只是很快，她的嗑瓜子大业又进行不下去了，因为在短暂的沉寂后，裴时显然又拿起了扩音喇叭。

几秒后，他的声音就响彻了整片站台——

"白桃，我爱你。我错了，只要你回来，我做错了哪里，我都可以改。我不想离婚并不是因为公司，只是因为我爱你，我需要你，我不能没有你。"

"哎哟喂，这个白桃不是小伙子的女儿啊？是他老婆？"

白桃还坐着没动，后座几个老阿姨倒是按耐不住了，她们拉开了窗帘，纷纷掏出手机就想拍视频："这是不是在拍电视啊？难怪这小伙子比明星还帅！我要上传到抖音，今天竟然还能撞见拍电视！"

白桃偷偷把窗帘拉开一条线，顺着缝隙往外看。

站台上川流不息，人来人往，但她还是能一眼认出裴时。

这男人身高腿长，又穿着明显昂贵品相不凡的衣着，好像放到哪里，都自带光环。

因为刚才提着扩音喇叭的发言，站台上的人或多或少都朝他分去了目光，甚至有些等车的年轻人起哄起来。

在大庭广众下如此激情告白，大概是裴时这辈子想都想不到会做的事。

虽说表白内容大胆直白，但这男人脸上果然混杂着努力抑制的尴尬和强装冷静的不自然。

明明刚才说了那么劲爆的话，但裴时竟然还能表现出极度的沉稳，要不是白桃亲耳听到，光看裴时此刻神情，可是死也想不到他竟然会和扩音喇叭联系到一起的。

而对于裴时这番激情告白，白桃心动自然是心动的，只是一切来得太过突然，她除了怦怦怦直跳的心，手心也有些微微地沁汗，然而并不敢相信。

这又是裴时的什么诡计吗？是不是他上市出问题了，需要自己出来辟谣站台发声明说恩爱如初？毕竟这男人前科累累，差不多也是半个诈骗犯了！谁知道这次是不是破釜沉舟豁出去了为了把自己抓获呢？

四处流窜之际，白桃午夜梦回，像是在脑海里过电影一样把自己车祸醒来后的点点滴滴都回顾了一遍，想起裴时装作不知情糊弄自己的样子，白桃除了尴尬外，就是气愤。

这男人是真的很会演，心里指不定怎样看好戏，但面上倒真是挺深情、挺温和。

所以他还值得相信吗？

他说的是真的吗？

白桃此前吃够了苦、上够了当，因此面对裴时如此告白，生怕自己才刚丢脸又受骗，最终还是决定按兵不动。

而因为没有人回应，站在站台上的裴时也终于不再那么冷静自持了，他的脸色渐渐变得有一些慌乱，众人探究的、看好戏的目光落在他身上，但这男人在最初的不自然后，没有尴尬，仿佛自己在做一件必须做也应该做的事，因此不需顾及他人眼光。

很快，他重新恢复了表情管理，用刀枪不入般的冷酷重新包装了自己，几乎是面无表情地继续了他的"喊麦事业"——

"白桃，我们现在还是合法夫妻，你就算想离婚，也需要现身，但我并不认为我们感情已经破裂。上市不如你重要，工作不如你重要，什么都不如你重要。你回来，我不和你谈判了，你想要什么都可以。"

扩音喇叭质量看起来很低劣，裴时低沉的声音里带着杂音和车站天然的吵闹声，以至于有一点失真。

后座的几个老阿姨更确定一切是演戏了，津津有味地一边看着一边讨论着后续情节——

"要我说，下面就是女演员哭着跑出来，然后和这个男演员抱头痛哭在一起，最后才真相大白，原来女主角不是真的不爱他了要离开，而是得了治不好的绝症，两个人说着说着，女的还要吐几口血……"

白桃原本挺入戏地沉浸在裴时的深情告白里，听着后面老阿姨们的魔音入耳，顿时一下子就出戏了，她放下瓜，气呼呼地转头："凭什么是女的得绝症啊？不能是因为这个男的诈骗女的，所以才会事到临头追妻火葬场吗？而且为什么这男的就拿个破烂扩音喇叭喊两嗓子，女的就要出来抱头痛哭啊？怎么能这么便宜这男的啊！"

几个老阿姨叽叽喳喳道："哎哟小姑娘，电视剧就是这样的啊，现实生活里更是啊，女的也不要太端着了，男的稍微哄哄，就自己找个台阶下得了，我们女人还是要给男人面子的，女人最大的美德就是温顺啊……"

打住，打住。

白桃决定还是不和老阿姨们继续战斗了，否则接着就要给自己上女德教育了。但也因为对方这一席话，白桃更不想下车了。

怎么的？裴时就这么喊两嗓子都不知道真假的所谓表白，自己就屁颠屁颠回去了？

都出了这么大的事，扒皮帖又不会凭空消失，自己屁股后面还有这么大一个烂摊子，太丢人现眼了。

虽然对裴时广场喊麦的行为有一点感动，但最终，白桃还是稳住了情绪，决定继续自己浪迹天涯的状态。

她看了眼时间，自己这班汽车很快就会发车了。

而等白桃再偷偷转向窗外，发现原本站台上的裴时不见了。

一时之间，白桃心里既有点果然如此的失望，又有点期待落空的酸涩和难过。

可能老阿姨们见多识广说得对，在车站举着扩音喇叭或许已经是裴时能为自己或者为上市哄自己做的极限了，他给了自己这样的台阶下，自己不下，他便也没耐心了，然后就把台阶都收走了。

难过伤心过后，就是庆幸。

幸好自己刚才没有下车，没探头探脑被发现，不然才是丢份。

白桃顿时瓜子也嗑不下去了，心里酸涩难言，就在准备拿出耳机听首钢琴曲平静一下的时候，她的耳畔再次传来了裴时的声音，比上一次更清晰和响亮——

"白桃，有件事一直忘了和你说。"

白桃呆了呆，顺着车窗窗帘的缝隙往外偷看，才发现裴时竟然去又复返，手里提了个新的扩音喇叭。

所以这男人并不是直接走人了，而是嫌刚才那个破烂扩音喇叭效果差，去换了个新的？

那么自己是不是可以稍微相信一点他……

何况听他那意思，一直忘记和自己说的话到底是……这是又要进行激情表白了？

白桃内心正在动摇纠结，就听裴时一脸镇定地再次开了口——

"我一直忘了和你说，你最新的连载漫画，男主角人设很有问题。"

哈？

这男人顿了顿，继续道："你给男主角的设定是双相感情障碍，双相感情障碍的患者会既狂躁又抑郁，情绪很不稳定，亲密关系对他们而言某些时候也是负担，患者和患者的恋人其实都非常痛苦和备受折磨，但你的漫画里男主角在女主角面前完全没发过一次脾气，都能温文有礼，这明显不现实。"

"另外，你男主角的职业是总裁，那他为什么每天那么空闲？他的企业怎么可能还没倒闭？"

"正常合理的发展应该是他的企业倒闭，女主角失业，而他则需要送去医院吃药治病，最好打一个狂犬疫苗。"

白桃心里的火苗噌噌噌地往上涨。

对于一个漫画家而言，自己的每个故事就像一个个孩子一样，都是自己思维的结晶，而对自己作品里的主人公，每个创作者多少都带着点滤镜。

对白桃而言，骂她可以，骂她的主角，绝对不可以！

可裴时显然不懂见好就收的道理，他继续提着扩音喇叭道："而且我个人觉得他不是情感障碍，反而是有点精神分裂，上一秒冷酷，朝下属、同事发起火的时候像是得了狂犬病；下一秒女主角一进来，就突然宠溺，又像是智障，情感转变太突然了，正常男人都不那样……"

裴时，竟敢骂我的男主角！

　　白桃简直气疯了，她完全忘记了周遭和当下处境，径自拉开窗帘拉开车窗，开始和裴时激情对喷："我的男主角人设绝对没问题！裴时你这个浑蛋！竟然污蔑我的主角！我的男主角是全天下最棒的，完美！没有缺点！读者看了都说好！"

　　白桃这一嗓子，果然镇住了全场。

　　她喊完是舒坦了，但是很快，她就发现不对。

　　因为循着自己的声音，裴时很快定位到了白桃的所在地，他放下了扩音喇叭，一点没有恋战和白桃继续论证的意愿，而是松了口气般抿着唇迈开腿朝白桃所在的汽车走来。

　　也是这时候，白桃才终于意识过来。

　　糟了！中计了！

　　垃圾裴时倒还真是应了"知己知彼，百战不殆"那句老话，攻击自己的男主角就是为了激自己反击。

　　几分钟后，这身高腿长的男人就出现在了白桃即将发车的客车里，然后他走到白桃面前，脸色沉静镇定——

　　"我来接你回家。"

　　白桃还在生气，没出声也没动。

　　裴时也不恼，他看着白桃，沉默了片刻，然后垂下了视线——

　　"白桃，我很想你。"

　　这男人声音低沉性感："你可以跟我回家吗？"

第二十三章
回家吧

裴时这一阵仗已经在车站引起了小小的骚乱，因为白桃不走，他也死活赖在车上不走，最终在后座老阿姨及全车乘客的起哄下，为了不影响别人正常出行，白桃心情复杂地被裴时一路牵着下了车。

走错一步，全盘皆输。

白桃看着准时发车离她远去的客车，还是绷着情绪板着脸。

车站很吵闹，裴时也没再说话，只是牢牢牵着白桃往前走，生怕稍有不慎她就又跑了似的。

最终是白桃先忍不住开的口："裴时，你要去哪里啊？停车场又不是这条路！"

"去车站管理处。"

"去那里干什么？"

"领治安管理处罚。"

裴时抿了抿唇，车站的聒噪环境让他不得不微微提高了声音，而白桃也是这时才发现，这男人的嗓音带了点沙哑，像是刚才"激情喊麦"的后遗症——

"刚才用扩音喇叭在车站喊话，是不是算噪音扰民扰乱车站秩序？"裴时抿了抿唇，"我去道歉，如果需要罚款，也接受处罚。"

他看了一眼白桃："何况家里小朋友找到了，过去道谢也是应该的。"

最终，白桃就这样被裴时紧紧拉着，听裴时道了歉又道了谢，这才被他带着一路牵回了停车场。

短短时间内，自己的人生就跌宕起伏地发生了那么多事，白桃此刻整个人都还有点慌乱，但裴时都找来了，恐怕是要和自己彻底谈谈以及摊牌了。

她下意识害怕知道全部的真相，心里只想着逃避，因此也还在计划着等裴时不注意时跑路。

只可惜裴时根本没给她这个机会，这男人紧紧拉着她的手，等她一上车，裴时就飞快地锁了车门。

在密闭的空间里，重新面对白桃，这男人才像是终于情绪上有了点放松，不再那么紧绷，他伸手摸了下白桃的脸，声音低沉："瘦了。"

白桃警戒地瞪着裴时，然后清了清嗓子："我警告你啊裴时，现在法治社会，你别动手动脚，我们现在已经算是在走离婚手续了。"

"白桃，我说过了，不离婚。"

这架势，是要和自己谈判了？

可白桃一点都不想谈："我现在没准备好，不打算和你谈，我需要见我……"

最后"律师"两个字还没来得及说，裴时就打断了她，他黑色深邃的眼睛盯着她："不谈判了。"

这男人抿了抿唇："这辈子都不和你谈判了。"

法治社会你不谈判协商还想逼迫？刚才还说爱自己呢？果然是诈骗！

就在白桃想发作之前，裴时看了白桃一眼，然后垂下了视线开了口——

"这件事上，我不会以商业谈判的姿态和你沟通。

"对不起，之前摆出那样的架势，可能让你产生了误解。是我没有表达好，白桃，和你有关的所有事，以后我都不会和你谈判。

"不是说会逼迫你的意思，只是所有关于你的事，我现在理解了，是不可谈判的，感情的事是不可以用谈判的姿态去协商的。"

裴时的表情仍很镇定，但声音里还是有些微努力遮掩的不自然，他顿了顿，最终还是继续说了下去——

"我此前摆出谈判的姿态，并不是我不珍惜你或者不重视这段感情和婚姻，并不是把我们之间的事等同于商业合作，而只是我从没经历过这些，我没有经验处理这些，所以才会选择用我熟悉的方式，觉得用我擅长的谈判来处理，我就能像谈商业合作一样能获胜。"

这男人顿了顿，然后看向了白桃："因为我不想离婚，也不能接受离婚的后果。所以我不能输，而只要是谈判，我总能赢。"

虽然在内心告诫自己要保持警惕不能被骗，但这一刻，无可否认的，白桃的心跳得非常剧烈。

始作俑者却并不认为自己犯了错，还在径自继续——

"我不知道该怎么让你相信，但我不想离婚，不是为了上市，只是出于我最自私的内心。我们确实是协议结婚，在结婚前就约法三章互不干涉，在不损害彼此利益的基础上，一旦一方有了真心喜欢的人，就可以单方面提出离婚，另一方必须同意。但对不起，我反悔了。

"没有契约精神，不讲理，随便你怎么说，但如果想到你离婚后去喜欢别人，和别人组建家庭生儿育女，我没有办法接受。"

裴时沉默了片刻，才声音沉稳道："因为我有了真心喜欢的人，所以我更不能和你离婚。"

明明刚才在站台上面对那么多人激情喊麦都没见紧张，但此刻只是面对自己，白桃却敏锐地觉察到了裴时努力掩盖的忐忑。

"我喜欢你，白桃。"

这男人露出了自暴自弃的神色："我认命了。"

"你离开的这几天，我常常在想，我可能应该早点认命，如果从五年前你在我生日告白时我就认命，或许现在我们连孩子也有好几个了；或者从一年前结婚后就早点认命，现在的境况也不一样。

"我很少后悔，但对这件事真的很后悔。

"我甚至想应该早点让你有孩子，这样你在决定离婚与否时，至少或许会因为小孩而再给我一次机会。"

裴时豁出去以后，仿佛反而没了任何心理负担："我不想结束这段婚姻，我知道如今自己完全是站在非常自私的角度。但我想让你知道，这和上市无关，只和我自己有关——我想要和你在一起。"

"如果上市成功了你就要离婚，那我宁可我的企业不能上市，因为比起上市而言，有你在我身边更加重要，如果你离开，上市和坐拥金钱对我来说会变得毫无意义。"

不论是谁，面对这种告白，说不动容是假的，尤其这些话还是从裴时这种人嘴里说出来的。

可白桃此前被骗怕了，内心还是有点"一朝被蛇咬，十年怕井绳"的害怕，这真的不是为了上市稳住自己吗？

她试探道："如果我说我听了十分感动但还是想要拒绝你呢？"

裴时沉默了片刻，然后深吸了一口气："我说这些不是为了道德绑架你，只是希望你知道我的感受，但确实没有道理一个人表白另一个人就必须接受，所以我还是会尊重你的决定。即便你想上市前离婚，我也会尊重你的想法。"

白桃有点意外，因为她印象里，裴时并不是这种温和的性格，这男人的本性就是掠夺，为了自己竟然可以破例到这一步，说不感动是假的，白桃都有点哽咽了，她刚想说点什么，就听裴时继续道——

"但在此之前，我觉得还有必要提醒你，我们此前协议婚姻里包括了部分婚前条款，主动提离婚的一方放弃所有婚后财产分割，而我也有理由抽回对你漫画工作室和经纪公司的所有投资额，你需要在离婚的同时将这笔投资额度全额并按照年10%的收益补足给我，必须现金，当天全额付清。如果我没记错，这个总额应该在六千万人民币左右，对你的家庭而言并不是一笔多大的费用。

"但我在三天前刚送了你爸爸一个苏富比拍卖会上拍卖得来的明成化青花杯，是你爸爸心心念念找了十几年的收藏品，也顺带在电话里诚心地和你爸爸交流了下我们的感情问题，坦承了我不想离婚的决心。"

白桃简直惊呆了，裴时这是什么意思？

她气呼呼道："你找我爸也没用，我爸不会答应你来干涉我的，只要我答应他离婚后再找个合适的男人结婚……"

裴时笑笑："是，爸爸确实这样说，不会掺和小辈们的婚姻，他会保持中立，所以如果我们离婚，他也不会替你支付六千万，这还是需要你全额自行支付。"

这叫不干涉小辈婚姻？

白桃一时之间上哪儿找六千万现金去？自己有的都是房产或者信托啊！……

垃圾裴时，嘴上说得好听，这叫尊重自己离婚的决定？这叫不和自己谈判了？这不就是让自己离不了婚吗？

而且谁是裴时爸爸!

白桃快气死了:"那是我爸爸!你叫那么亲热干什么?"

"白桃,我们还是夫妻,所以我也没叫错。"

白桃当即掏出了手机:"我要给我爸打电话确认。"

白桃的父亲总体上对女儿还是娇惯的,白桃不信这种关口还能倒戈到裴时那去。

因为时差,外加父母正在海外旅游,电话是响了很久才接通的,白桃酝酿了下情绪,刚委委屈屈开口喊了声"爸",电话那端自己父亲就声音威严地径自打断了她——

"你和裴时的事我听说了,你以前小的时候任性就算了,这种事上还是要冷静思考,别胡闹了。裴时在你身边吧?把电话给我佳婿,我和佳婿就上次谈及的医疗大数据项目开发再聊两句。"

佳婿?自己是胡闹,裴时却摇身一变成了佳婿?

裴时伸手接过电话,自然又恭敬地喊了声"爸爸",然后这一老一少两个资本家就通过电话聊起一些专业术语来了,最终言谈甚欢,裴时又说了几句保证会照顾好白桃,这才挂了电话。

白桃警戒地盯着裴时:"你给我爸灌迷魂汤了吧?他怎么会突然这样?"

裴时抿了抿唇:"我们以前约定协议结婚,彼此的父母也都自己处理,只仪式性地出席彼此必要的家庭聚会,不需要改口,其余时候不需与对方亲属社交。

"所以虽然结婚一年,但这是我第一次改口喊爸爸,顺带,也就他此前一直头疼的一个医疗大数据项目做了一点疏通。所以他目前对我应该还挺满意的。"裴时笑笑,"你想要离婚后再找也行,但岳父经过了我以后,口味恐怕变得会有点挑剔。"

白桃差点气晕,裴时可真是绝了,为了拍自己爸爸马屁,又是买青花瓷又是亲热叫爸爸，摆出这么平易近人、做小伏低的模样，自己爸爸能不晕头转向吗？

"裴时，你这样的话，我就等你上市消息发布后起诉离婚！让你股价暴跌！"

"我已经向投资方、审计财务团队和律师团队都做出了相关说明，进行了必要披露，也针对离婚做出了预案，已经把自己的婚姻状态或将带来的风险都掌握在可控范围内了。"

白桃别的没听进去，抓重点又抓到别的地方去了："你果然想要离婚！都把离婚风险做好应对方案了！"

裴时皱了皱眉："白桃，那不是重点，我没想过……"

白桃愤怒地打断了他："你竟然敢想和我离婚！裴时，我要弄死你！"

裴时简直无措了："离婚是你提的……"

"我提可以！但是你不可以！"

裴时脸上露出了头大的表情："你怎么这么双重标准？"

"对！我就是双重标准，不可以吗！"

"可以。"裴时揉了揉眉心，有点无可奈何的模样，"我说过，已经认命了。你想怎样都可以，就是你下次定标准前先通知我一下，规则制定权归你，但我至少应该拥有知情权。"

"你别在这里假惺惺地哄我！说了不谈判，结果还不是变着法子威逼利诱吗？"

裴时抿着唇，他看了白桃一眼，然后移开了视线："我以为你知道，如果你真要走，我不可能问你要这六千万的。"

"那你还给我分析这么多利弊干什么？"

"白桃，我只是想让你知道，想要让你没法离婚，我有千百种办法，但如果你真要走，我对你一点办法也没有。"

裴时说完，拿起了白桃的手，然后放到自己唇边轻轻吻了一下："但我希望你知道我有多需要你。"

这男人讲到这里，像是又想起什么来似的抓紧了白桃的手："而且从一开始，就是你先招惹我的，你拿着扩音喇叭冲进了我的人生，是你先对我下的手。

"裴菲以前就说过你邪门，说仿佛只要是个男的都会喜欢你，说你招蜂引蝶，我以前不理解，直到现在自己也成了你的受害者。"

"你好意思叫自己受害者？"白桃虽然手还被裴时拽着，但不妨碍她目瞪口呆，"你也记得我拿着扩音喇叭冲进你院子？我那次丢尽脸了！还不是因为你！"

"所以我还给你，五年前你用扩音喇叭说爱我，现在我也用扩音喇叭说过了。"裴时抿了抿唇，"白桃，我们扯平了。"

这男人不自然地解释道："刚才我也挺丢脸的，还有很多人拍视频，虽然关照了袁牧处理，但舆情很难控制，也不知道之后网上会不会还是有漏网之鱼的视频被上传，更不知道这个漏网之鱼的视频会不会有热度，继而被传成什么样子。"

一说起舆情，白桃就有些胸闷、沮丧，高兴不起来了："我才是名声彻底臭了！"

她一想起自己热爱的漫画事业，连带着这几天居无定所、浪迹天涯的委屈也爆发了，鼻尖酸涩，等意识过来，眼泪都已经流下来了。

"裴时，我讨厌你，讨厌死你了！你既然不喜欢我为什么一开始要协议结婚啊，裴菲不都说了吗？我就不是个好东西！

"明明知道我误解了通稿信以为真，为什么不来阻止我啊？害得我以为营销公司写的存在自己手机里的通稿是真的，于是发了微博，结果被扒出来是抄袭的。现在好了，平台和合作方对有瑕疵的画手合作都非常谨慎，我以后都不能画漫画了，我坚持了那么几年的最热爱的事业现在全毁了！

"我还被全网嘲笑，我这辈子就是爱要面子，结果现在这样了，你知道网上怎么说我吗？说我倒贴你、捆绑你，说你真正喜欢的是黄月然，传闻你两礼拜前还去找了黄月然私会被拍到了床照，我这下真的是 Fiona 了！你给我起那个名字就是不怀好意，一定是为了报复我原本把绿颜料扣到裴菲头上……"

白桃是哭得畅快了，裴时却像是完全慌乱了，他伸手抹白桃的眼泪："好了，别哭了，扒皮的帖子我已经在处理了，该告的告，该澄清的澄清，帖子背后是有人操控的，也快有眉目了。

"我也没找黄月然私会，两礼拜前我天天晚上时间都花在谁床上了你不知道？需要我帮你回忆两个礼拜前每晚上我们都在干什么吗？"

白桃心急则乱，脑子混乱也没注意时间线，如今裴时提了，她一算时间一回忆，知道这新闻确实是造谣了，整张脸也都红了。

她知道裴时这人干得出来，虽说此刻两个人都在私密空间的车内，但是还是害臊地直接伸手捂住了裴时的嘴——

"你不许说话！"

裴时从善如流地闭嘴了，但是白桃也没法说话了。

这奸诈的男人直接用手固定住白桃的后脑勺，然后不容分说地凶狠地吻了上来。

白桃被吻到脸红心跳、四肢瘫软，好在裴时尚有良知，在白桃彻底缴械投降后放过了这位手无寸铁的可怜平民。

他靠在车座上，试图冷静，密闭的车内空间里，裴时此刻克制的喘息声都被放大，白桃虽然脱离了他的桎梏，却觉得这男人的气息无所不在。

很快，白桃的耳畔响起了裴时略带沙哑克制的声音，这男人道歉道："对不起，太久没见你，所以有一点过激。"

白桃红着脸，心跳如鼓，但还是气愤，红着脸移开了视线："还说什么太久没见，你撒什么谎，还不如诚实一点，太久没睡还差不多。"她咬着嘴唇，"你那是喜欢我吗？我看就是喜欢对我做那种事满足你自己。"

结果自己这指责下去，裴时倒也不恼，这男人甚至有点坦诚的疑惑："我怎么撒谎了？这不是一个意思吗？反正从你生日过后，我们只要见面就会……"

白桃捂住了耳朵："你能不能不要一脸镇定一本正经地说这种话题！"

要不是车门被裴时锁了，白桃真是分分钟想跳车。

她努力把走偏的话题拐回正途："总之谣言猛于虎，现在发什么声明都没用了，没人会信的。"

"发声明可能确实不一定有效，但实际行动肯定有用。"

"实际行动？"

"白桃，你可以给我生个孩子。"裴时抿了抿唇，"生个孩子，力破塑料婚姻谣言。"

这什么逻辑鬼才？

裴时一边说，一边伸出手，轻轻按了下白桃的肚子："你说现在会不会已经有孩子了？"

"你别胡说！"白桃一把推开了裴时，心里狂跳，"现在不孕不育很多的！我也没说就不离婚！我警告你别乱讲啊！而且生孩子对破谣言有什么用啊？！塑料夫妻也可以生孩子的！"

别动不动吓人啊！自己还是个孩子，怎么可以有孩子啊！

裴时认真想了想，很快想到了解决方案："我们可以多生几个，感情不好没法生那么频繁。"

裴时抿了抿唇，冷静解释道："你自己也说了，现代人怀孕不一定简单，正常情况下，你爱看的那些通俗文学小说里一次中标是不太可能的，如果我们生很多孩子，至少证明我们的夫妻生活非常和谐，这么多孩子是靠我自己的努力得来的。"

听听这都什么歪理！那自己岂不是还要感谢裴时半夜努力耕耘为自己力破谣言啊？

白桃简直不想和裴时说话了，她决定主动出击掌握主控权："行了你打住，你不想离婚是吧？那对于你不想离婚的提议我需要斟酌考虑下，毕竟你有'前科'，我怎么知道你说的真话？所以接下来我问你答，我不问你不许乱联想！"

车上不是个长久聊天的好场所，最终裴时把车开回了家，两个人得以好好坐下来心平气和地谈谈。

白桃也想通了，毕竟自己是失忆了，虽然阴差阳错知道了恩爱新闻稿是假的，但对于往昔别的信息，白桃还是一无所知。

何不趁机对裴时拷打一番，尽可能地掌握信息？

何况如今裴时号称喜欢自己，看起来各项表现还挺真实，如果是这样……

自己的自我感觉是不是又可以良好起来了？

裴时这样，白桃心里说不开心那是假的，毕竟她还是有一点点喜欢"诈骗犯"的。当然，只有一点点！

不过，回到家后，她很快发现了一些不同，自己原本带走的那些东西，裴时都采购了一模一样的进行了复原，白桃跑上楼，自己的房间也不例外，她带走的衣服鞋子裴时都买了一模一样的摆好。

"你的东西都没了，有点不习惯。"裴时清了清嗓子，"我尽量按照原本复原了，狗也从孙静那里要回来了，现在你也回来了，房子和过去就没什么不同了，也算彻底齐整了。"

说起狗，白桃有点自责："狗呢？我走的时候它的便秘好了吗？"

"在院子里，好了。"

"这几天我不在，它吃喝都正常吗？"

"挺正常的。"

"那狗有表现得想我吗？"

"没有。"

不是都说狗是人忠实的朋友，特别懂得感恩吗？自己好歹把狗领养了，让它有了裴时这个富爸爸，过上了飞黄腾达的好日子，最开始离家出走去孙静家的时候，还记着狗一路带着相依为命呢，结果自己走了，狗连想也没想……

白桃正在胸闷，就听裴时咳了咳，然后有点不自然地补充道："我有。"

"嗯？"

"狗没有，但我有。"

哦……

白桃愣了愣，等反应过来，手心也有些犯热。

还挺有一套。

白桃刚有点飘飘然打算对裴时网开一面，结果就听这男人开始翻旧账倒打一耙了。

"可惜我对你是有，你对我是没有。"

大概白桃和缓下来的态度给了裴时底气，这男人阴阳怪气道："你给孙静留的纸条里，连狗都关照了，唯独没提到我。"

"事到临头还自称是被我欺骗的受害者，号称被我骗财骗色，觉得自己真心错付，错信了我，结果连狗的便秘都交代了，对我连一个字都没提。这算哪门子真心错付？讲索赔都要自证损失，我看你是没什么损失，倒是我被骗财骗色还差不多。"

"裴时，你这醋劲儿也大了点吧？连狗的醋都吃？！"

"我没有，我只是陈述事实。"裴时抿了抿唇，镇定道，"当初你暗示我不要出轨，是为了给狗健全的双亲和一个幸福家庭，你既然喜欢狗超过我，那希望你也多替狗想想，离婚很不负责，狗还小，心里会有阴影。"

都这样了还说没吃狗的醋？

裴时大概平时没有过这样的表达机会，此刻的行为既无措又想虚张声势地伪装沉稳，结果反而像极了刚谈恋爱的小学生。

他好像是真的有点喜欢自己？

所以可以相信吗？

白桃的心也怦怦跳起来，但心里是难以掩盖的得意："我现在要问了，你不是说喜欢我吗？那你选我协议结婚时是不是就喜欢我所以设计我了？"

呵。肯定是。

虽然自己婚后秉承协议结婚的契约精神，完全冷酷对待裴时，但裴时肯定是对自己有意思的，不然为什么会选自己结婚呢？瞧他现在这个样子。

白桃看向裴时，咳了咳："你要老实交代！因为已经骗过我一次了，要是再骗我，裴时，你就完了！"

裴时愣了愣，抿唇回答道："没有。结婚时并不喜欢。"

"你想好了回答啊！坦诚，知道吗？"

裴时"嗯"了一声："我没有骗你，结婚时确实不喜欢。"

看着裴时那张不像说谎的脸，白桃心里只有一个想法——

行吧，裴时，话题终结者，我们没什么好聊的了。

白桃准备气呼呼回房间先睡一觉，结果就被裴时拉了回去，这男人看着她的眼睛："但后来喜欢了，很喜欢。"

第二十四章

父凭子贵

白桃看着裴时郑重但也有些不自在的表情，心里终于平衡了点，这还差不多。

"还有，你去一下你房间边上的衣帽间。"

自己长途跋涉刚被"擒获归案"，这种时候不是应该更多地安抚自己的心情吗？裴时这是什么莫名其妙的提议？

白桃有点呆愣，裴时像是无可奈何般看了她一眼，然后径自牵着她的手，把白桃拉着上了楼，然后带到了衣帽间门口。

"打开看看吧。"

白桃不明所以，但还是按照裴时说的开了衣帽间的灯，然后她眼里就没裴时了——

自己衣帽间空间已经用了百分之七八十，如今却百分之百都放满了。

"这个牌子的稀有皮包你怎么买到的？超难买的。

"还有这个，这个表也是我喜欢但没买到的一款。

"这个鞋子也是！当初没有我的号了……"

白桃两眼放光地看着摆满衣帽间的东西，高高兴兴地转了一圈，才转头看向了裴时，她努力抑制下内心的雀跃，佯装平静地问身后的男人道："你买的啊？"

"嗯。"

白桃抿了抿唇，矜持道："哦，品位还可以，正好都是我喜欢的。

不过怎么一次性买这么多？我记得有句话，无事献殷勤，非奸即盗，裴时你是不是做了什么坏事瞒着我啊？"

"是补给你的礼物。"

"啊？"

裴时倚靠在衣帽间的门框上，看着白桃，语气淡淡："这些东西都是以前你在微博或者发的新闻通告里号称我送给你的。"

"你都那么暗示我送你了，我当然从善如流。"

裴时不说还好，他一讲，白桃也有些反应过来了，是了，她确实在翻看自己微博或者恩爱新闻里看到过这些款式的出现，大约是自己喜欢但没买到，所以就索性在秀的假恩爱里过过嘴瘾。

"你离家出走的这几天，我都睡得不好，睡不着的时候就把你以前的微博和新闻通稿都再看了一遍，虽然以前晒的恩爱是假的，但现在都是真的了，现在你提及过的这些包、鞋子、珠宝、手表，都确实是我送的了。"

裴时垂下了视线："我也整理出了你发的通稿里我们还没做过的事，未来我都可以陪你做，包括这些通稿里没有发过的事，我们也可以去创造新的回忆。

"以前缺席过的你生日，我也都补出了生日礼物，衣帽间放不下了，放在你房间的柜子里。"

明明一贯镇定冷静的人，裴时这时候竟然看起来有点不好意思和微微紧张："希望未来你每年的生日，我都能和你一起过，也希望你能陪我过我未来所有的生日。"

裴时的眼睛很漂亮，专注看人的时候更是有一股难以抵挡的深情，白桃在这种目光里有些忐忑紧张。

裴时像是吃准了白桃这样，微微上前了一步，帮白桃把脸颊边垂下的长发拢进她耳后："白桃，不离婚了好吗？"

　　这男人声音温柔，表情也如声音一般温柔，带了股循循善诱的味道："我对你而言已经没有秘密了，该交代的都交代了，还有什么你想我交代的我也都可以说，横亘在我们之间的问题已经不存在了，日常生活我们已经磨合得很好，各方面节奏都很配合，现在国家已经进入老龄化少子化社会了，我认为我们还是应该做一下表率，有一点社会责任感，至少不应该带头离婚。"

　　裴时这男人真是逻辑鬼才，乍一听他说什么都很有道理。钟潇有一句话说得对，要是裴时想坑你，那你真的可能最后被骗了还在给这男人数钱。

　　好在白桃还比较冷静，太容易得来的东西不会珍惜，她还是觉得不能轻易答应裴时，至少也得要他"割地赔款"吧？这才能让这男人知道，骗自己是要付出代价的！

　　裴时大概是怕白桃拒绝，看她没说话，就径自咳了咳，先行补充起来："你不用这么快答复我，可以好好想一想，正好我先把网上的那点事处理了。现在对所有当初转载帖子的营销号、自媒体公司都发了律师函，后续会起诉，一些对你进行人身攻击、说话过分的网友，也都让律师保存了证据，后续也会一步步处理。"

　　一讲起这事，白桃心里也有点沉重，其实她也完全想不出这种事还能怎么处理，自己这漫画还能怎么继续画——

　　"还能怎么办啊，我以后是不是不能画漫画了……"

　　"不会的。"

　　裴时的声音很沉稳，莫名让白桃感觉到安全可靠，这男人笃定道："目前舆论咬住不放的就两点，第一，你晒的恩爱是假的；第二，你的照片和文字涉嫌抄袭。

　　"针对第二点，发函和声明就行了，说明一下官方微博平时聘用了新助理临时管理，针对临时助理涉嫌抄袭的事宜不知情但是深表歉意，大众买不买账那是后话，至少表明了我们的态度，力证并非你自己主观故意抄袭，你也确实不知情，这个我已经安排好了，这两天声明就会发出，同步则是起诉，并且绝不和解；至于第一点，只要把假的变成真的就行了，我们把所有以前假的事都做一遍，该补送的礼物我也都送了，只要不离婚，过几年生个孩子，就可以了。

"大众很健忘，过几年，可能早记不得这件事，去谈论新的热点话题了，就算还记得，那我们婚姻稳定、家庭幸福，彼此没有绯闻，自然更是用行动说话力破谣言了。"

裴时听起来分析得挺冷静理智，但最后顿了顿，终于铺垫了这么久，成功夹带上了私货——

"所以为了维护你的名誉考虑，也不建议这个时候离婚。"

说来说去，所以是不能离婚……

裴时这男人真是绝了。

白桃简直目瞪口呆："那这边建议什么时候离婚呢？"

"先把你这个风波稳过去再说，之后尊重你的意见。"

之后？还有什么之后啊！孩子都生了，自己又蹉跎了几年都变成正儿八经的中年贵妇了，这还离什么婚啊！

裴时这个男人可真是精打细算。这不就是自己买入他以后被长期套牢了吗？

这男人说的比唱的还好听，什么全听自己的，自己想怎样就怎样，结果到头来还不是力诱自己按照他想要的路线走吗？

白桃眨了眨眼："裴时，我问你，如果我想好了，还是坚持现在就要离婚，你会怎么做？"

"我说过我是尊重你意见的。"

"所以你会怎么做？"

裴时抿了抿唇："让你再想想。"

"那想了还是想离婚呢？"

"那你多想想，现在离婚设置了冷静期，你多冷静冷静。"

"……"

"你想冷静个一年两年都可以，毕竟我以有耐心著称。"

你还有耐心？白桃内心腹诽，裴时在工作上是多没耐心一个人，孙静可把他吐槽得够够的了。

而此刻，白桃盯着裴时冷静镇定的侧脸，总觉得自己这个婚，就算自己想离，恐怕也是离不掉的了……

这样一想未免有些怄气，明明做错事的是裴时，到头来竟然还是这狗男人拿捏着主动权。

那自己也不能答应得太容易了！不能太便宜了他！

何况在此之前，白桃自己也还有事要向裴时坦白——

"既然你这么强烈要求不离婚，那裴时，其实有件事我一直骗了你。"

白桃清了清嗓子："这件事其实之前我就想说，但总之诸多琐事下耽搁了，现在既然你不想离婚，那我觉得你也有知情权，我其实不是那个白桃。"

裴时脸上露出了疑惑："什么？"

"就是我不是你以为的那个白桃，怎么说呢？我既是你老婆，又不是你老婆；既是白桃，又不是白桃。"白桃看向了裴时，忍不住压低了声音，"告诉你个惊天秘密。"

白桃一字一顿道："我其实，是五年前的白桃！"

半小时后，白桃瞪着眼前的医院不可置信："裴时？你竟然觉得我有病？"

裴时的眉皱了起来，表情很凝重的模样，牵着白桃的手就往医院精神科走。

不是吧！

"我知道这很匪夷所思，但我真的是五年前的我！在那次离开酒店游泳池后，我出门就被车撞了，醒来就是现在了，之前对你的印象还停留在五年前，所以看到新闻通稿才会信以为真。"

白桃生怕裴时不信，继续道："不然你以为我怎么会相信那种新闻？还不是因为我是五年前的我吗？因为我还是个单纯的学生！哪里知道社会的险恶！"

可惜白桃越是解释，裴时的脸色就越是凝重："白桃，你要相信科学。你是被车撞以后记忆错乱了。"

白桃指了指自己："我不看医生！万一医生一治，把我车祸之后的记忆弄没了怎么办？那我就回到那个和你没感情的我，会坚持和你离婚的！"

可惜不管自己多晓之以情、动之以理，裴时不为所动，给医生打了电话后，他就牵着白桃站在一边等待，说什么也不让白桃走。

白桃简直气炸了："按照时间线一算，现在我的实际心理年龄小五岁，你老五岁，一来一回我们差十岁，忘年恋果然没有好结果，你这个中老年的心态完全不知变通！十岁的代沟太大了！"

裴时看了白桃一眼："回家了给你补数学。"

等医生姗姗来迟，然后热情地和裴时交流了白桃的"病情"，之后就把白桃引进了一个治疗室："裴太太，你放心，不是什么大问题，不需要吃药，不需要住院，正好院里新引进了一台治疗仪，可以通过微电流刺激脑部记忆，疗效很安全，没有副作用，孕妇小孩都能用！就算没有记忆错乱，平时也有提高记忆力的保健作用。"

这听着不就是另类电击治疗？

不过五年后的科技确实非常发达，车祸醒来后，白桃享受过不少微电流按摩仪和美容仪，客户体验都非常好，虽说心里对裴时多有怨言，但在医生的解说和网络信息的查阅下，她最终确信了治疗仪的安全性，抱着好奇的心态，她最终还是同意试了试治疗仪。

提升一下记忆力也好，近来自己确实有点容易忘事，还老犯困。

白桃忧伤地想，虽然心理上是五年前的自己，这身体到底过了五年，还是有点老化了。

一个完整疗程后，白桃神色笃定地从治疗间走了出来——

"什么也没想起来。"

裴时不知道又和医生交流了什么，总之自己等了片刻，他才表情沉静地过来拉了白桃的手："一次疗程不一定有效果，医生建议多来几次。"

"我不来了！我讨厌医院！闻到这里的味道我就想吐！"白桃有点委屈，"而且怎么我说话你都不听啊？难道你这就不爱我了吗？"

白桃也不知道自己怎么了，或许是最近遭遇的事太多了，总之这几天她的情绪都很敏感，动不动就想哭，一回到家，她就委委屈屈地抱着抱枕坐到了沙发上。

裴时见她眼泪汪汪的模样，果然绷不住一贯的冷静了，他给白桃抹掉了眼泪，认真回答道："爱的。"

"你怎么样我都爱你。"

白桃气呼呼地锤了两下抱枕出气："你再这样我不仅离家出走，我还要报警告你对未婚少女下手！不和你忘年恋了！"

"……"

裴时脸上露出了无话可说的表情，他憋了憋，最终服了软："如果我也认可你说的，那是不是你就继续'忘年恋'了？"

"是的！"

裴时凑近白桃，贴着她的耳朵低声道："那忘年恋安排上了，什么时候安排一下让我老来得子？"

因为在忙上市的事，外加关于白桃那个黑帖的事似乎查出了点眉目，裴时回了公司，留下白桃躺在床上，累得手都抬不起来。

裴时这人挺身体力行，说安排老来得子，就立刻努力起来。

到底比自己老一点，大概年纪大了就是有点着急。

白桃慵懒地打了个哈欠，明明昨晚睡得也挺好，但大概和裴时那么运动实在消耗体力，白桃觉得自己又困了。

但她还是强撑着睁开了眼睛，几次心理斗争下，还是打开了手机。

准备"逃窜"去外市之前，网上铺天盖地都是她的信息，如今才过了几天，白桃以为事件还会继续发酵，然而出乎她的意料，当她以自己和裴时为关键词搜索，才发现裴时大概是把关键词相关搜索都花钱公关了，搜索结果竟然是不予显示。律师函大约也起了效果，有不少之前带节奏的营销号已经删光了帖子，并且在置顶微博里发了道歉。

或许裴时真的有办法解决这个窘境也说不定。

此前这个黑帖让白桃几乎茶饭不思、精神恍惚，如今事情尚未顺利解决，白桃觉得自己理应还是很焦虑，然而也不知道是自己更乐观还是更豁达了，白桃就是困，手机都没丢开就睡着了。

这一觉，白桃睡到日上三竿才醒，她爬起来，然后虎着脸坐在床上不说话——

那破治疗仪看来挺管用，只是效果有点延迟。

事实证明很多话不能说得太早。

睡了一觉，白桃发现自己还真的想起来了点什么。

不是全部，她的脑袋还是像个生锈机器，五年来的大部分还是维持着一片空白的状态，记起来的都是自己和裴时的婚后。

只是白桃此刻根本无心关注这些，她沉着脸，心情不佳，脸色不善，只想找裴时寻衅滋事——

她记起来的，都是婚后裴时对自己很差的部分！

昨天还差不多原谅裴时了，今天想起这些，白桃心里顿时不爽了。

垃圾裴时，虽然是协议婚姻，以前对自己也太差了！

不过裴时不在，裴菲倒是送上门来了。

白桃本来就越回想越生气，恨不得找个姓裴的出出气，如今裴菲不请自来，她原本还想忍忍，结果裴菲见了白桃，愣了愣，然后就开始阴阳怪气挑衅起来——

"不是离家出走要闹离婚吗？怎么又回来了啊？"

白桃沉着脸："你怎么有这里的钥匙？我只要没离婚，就还是这个家的女主人。"

"有人离家出走把狗丢下了，我哥这几天忙着找人，又要处理网上的帖子，还要兼顾公司，忙得几乎没怎么睡，没时间喂狗，怕狗饿了，才把钥匙暂时给我，让我白天来照顾狗，顺带遛狗呀。"

"现在不用你喂狗、遛狗了。"

裴菲径自走进客厅，毫不客气地给自己倒了杯水："我比较有责任心，和有些人不一样，我哥交代的事，没叫我停下，我当然要做好。"

虽说看自己哥哥那个样子，和白桃看起来是不可能离婚的，但一想到白桃这辈子都做定自己嫂嫂了，裴菲就浑身不舒服，赶不走白桃，哥哥还这么宝贝她，虽然被警告过对白桃客气点，但自己哥哥又不在，裴菲想起新仇旧恨，忍不住就想气气白桃——

"你有本事倒是真的硬气点，离家出走一口气和我哥把婚离了。

"你不知道网上传出你那个帖子后，有多少人找我打听我哥，都等着我哥和你离婚后好让我介绍呢，就算离异，我哥还是很抢手的，反正和你也就算个短婚无孩，没什么牵绊的。"

看裴菲这趾高气扬的模样，白桃简直快气死了："裴菲，你怎么不去问问你哥，是他不想离婚还是我不想离婚？"

一说这事，裴菲表情就垮了，但还是虚张声势道："我哥那是被你蒙骗了！不过你别得意，像他这样优秀的男人，说不定什么时候就清醒了，他身边优秀的女生又那么多，对比下他早晚会知道好坏的！现在他就约了我一个美女朋友在珍岛餐厅吃法餐呢！"

裴菲说的是真话，前几天裴时突然联系了她，要了自己一个做公关的美女朋友的联系方式，今天她刚从自己那朋友那听说裴时中午会请她单独吃饭。

见白桃咬紧嘴唇瞪着自己，她添油加醋道："我那个朋友，也是我们校友呢，叫林莲，以前可是英文系的系花，长得又漂亮又高雅，还琴棋书画样样精通，又喜欢狗，家里养了四五条，致力于流浪狗保护呢，总之和我哥的兴趣爱好完全契合。"

裴菲说到这里，嫌弃地看了白桃一眼："哪像你，我看你趣味就很低级，我哥喜欢的你一样也不喜欢，烘焙做饭样样不行，你这哪里有一个贵妇该有的素养啊？除了长得好看，你还有什么优点？"

自己哥哥倒是为了她，又烘焙又喂狗遛狗的，简直让裴菲无言以对。

裴菲只是冲动气愤之下随口刺激白桃，按照白桃的性格，多半是白她两眼，趾高气扬地冷嘲热讽她几句，然后就会把她赶走的。

白桃这个人就这样，死要面子，总之里子可以丢，但面子上是绝对要占上风的，现在网上她的扒皮帖传成这样，虽然自己哥哥紧急处理了，但该看的人也都看过了，她是决计没脸以白桃的身份大张旗鼓出门了。所以裴菲觉得，白桃此刻就算心里气死，多半也只能憋着，不会惹出什么事来。

裴菲自以为对白桃很了解，她看白桃脸一阵红一阵白，又想起自己哥哥警告的脸，刚想给白桃个台阶下，缓和下气氛，抛一下和平的小橄榄枝，就见白桃抿着嘴唇，径自拿起车钥匙，在裴菲都没来得及阻止之前，就甩上门走了。

裴菲放下水杯，赶紧开门，才发现白桃已经一脸杀气地坐到了自己的小跑车里。

"白桃，你要干吗？"

白桃恶狠狠地看了裴菲一眼："捉奸！"

从醒来开始，白桃就快气死了，睡了一觉，把裴时婚后对自己多冷淡多差都记起来了不说，现在还得知裴时跑去单独见林莲了！

林莲在大学时也是个风云人物，漂亮、气质好，原本是跳芭蕾的，要不是伤了腰，也不会弃舞从文，但常年的舞蹈训练让林莲的仪态和气质都非常曼妙，进了外语系以后，几乎年年招新都有小学弟为了要到她的微信而竭尽所能。

裴时都没和自己报备就去单独见林莲了！还说不想离婚！现在这婚都没离呢，他就撒谎偷腥去了？明明昨天和自己讲中午会忙工作，这是忙工作吗？

白桃觉得近来自己情绪起伏大，有时候一点小事都能让她生气炸毛，如今一边开车，一边委屈到更是直接哭了出来。

垃圾裴时，一点也不爱自己，婚后对自己那么差，现在还这样，裴菲气焰还这么嚣张，这日子真是没法过了！

白桃知道自己最近情绪不稳不太对劲，稍微一点事就冲动得不行，敏感又脆弱。

她停好车，不顾身后同样驾车一路追过来的裴菲，径自就板着脸往餐厅里走。

在一个临窗风景绝佳的位置，果不其然坐着裴时和林莲，两个人像是很熟的模样，林莲在裴时面前甚至表现出非常放松的样子，常年讲究仪态背脊挺直的人，此刻竟然毫不讲究地松垮靠在椅子上的垫子里。

这不对劲！

白桃心里的情绪快要爆炸了。

她原本从来都自信到自恋，但如今也不知道怎么了，想着裴菲此前说的话，连白桃都有点自我怀疑起来了——林莲真的很优秀，自己相比之下是不是也不怎么样，裴时是不是真的会渐渐移情别恋呢……

来的路途中白桃其实想了一堆质问裴时的话，然而真的踩着十几厘米的细高跟气势汹汹走过去，看着裴时和林莲相谈甚欢的模样，白桃的脑海里又一片空白了。

"白桃！"

就在白桃呆愣的当口，身后裴菲气喘吁吁追了过来，也是拜她这一声叫喊所赐，裴时和林莲都下意识地看向了白桃。

这个时候，应该拿出气场，就是装也应该装出足够的镇定和冷静，应该先发制人。

可白桃发现自己一看到裴时就一点办法也没有了。

她什么话也说不出来，什么问题也问不出来，什么情绪也表达不出来。

几乎裴时一喊她的名字，她就哭了出来。

裴时愣了愣，像是吓坏了，他站起身："白桃？"

白桃推开了他的手："你走！你不是说在工作吗？"

"我是在……"

只可惜白桃没能听完裴时的解释，这家法式餐厅里为了营造气氛，放了红醋栗味的熏香，这原本是白桃挺喜欢的味道，但不知道为什么，她突然觉得恶心反胃……

来不及顾及别的，白桃就捂着嘴冲进了厕所，然后吐了个天昏地暗。

裴时没法进女厕所，裴菲倒是追了进来，见白桃吐成那样，她当即捂住了鼻子，一脸嫌弃道："白桃，你怎么了？又吃了什么垃圾食品啊，吐成这样……事先说明，不是我自己想进来的，是我哥逼我进来看你怎么样的。"

白桃觉得吐得胆汁都出来了，大概是模样十分凄惨，裴菲都做个人了。虽然挺不情不愿，但裴菲还是给她递了个一次性水杯："你漱漱口。"

白桃漱完口，又缓了缓，看见裴菲，只想佯装气场掩盖自己的丢脸，她清了清嗓子："怎么了？你还好意思问我？当然是看见你就想吐了。"

果不其然，裴菲当即黑了脸："你这人就是不知好歹的，刚才车开那么快，我担心你才追出来。"

"你是怕我搅黄你哥和林莲的约会吧？"

白桃吐完后神清气爽，又充满了战斗欲，决定和裴时对质决一死战。

她本想找裴时寻衅滋事，不料刚出洗手间，就发现裴时送上门来，正候在外面。

至少还知道自己吐了过来关心下。

正常来说，白桃是不会这么冲动和情绪化的，再怎样，就算裴时真的出轨了，她这么死要面子，在外面也是会给足彼此台阶下的，何况裴时到底出没出轨，至少也该给他个机会解释，可如今不知道怎么的，她近来情绪变化都相当激烈，想了想，最近也没来生理期呀！甚至因为帖子的破事又离家出走，生理期都紊乱了！所以难道内分泌失调了？

大概是自己脸色实在差劲，裴时脸上也有些慌乱的神色。他径自拉了白桃的手，不容分说就要往外走："我带你去医院。"

但白桃此刻完全管不住自己的情绪，她鼻尖酸涩、心里委屈，想起突然记起来的回忆里裴时对自己的冷漠，登时甩开了裴时的手，也完全不想听他解释，只佯装强势地宣布道："裴时，你骗我在工作，我宣布我要和你离……"

可惜"婚"字还没说完，白桃的胃里又翻江倒海起来，她不得不落荒而逃再次冲进了厕所。

老话说得没错，很多事如果不能一鼓作气完成，那就只有再而衰，三而竭了。

白桃来来回回吐了三回，再从洗手间出来时，整个人都很虚弱，刚才寻衅滋事的豪情壮志早已烟消云散。

裴时脸色不善，但很坚持："不离婚，先去医院。"

白桃看了看还坐在座位上的林莲，自己虚弱狼狈，对方还是光彩照人，刚才这么一出，甚至都没从座位上起身过，只是有些探究关切地朝自己看来。

她突然就有点懊丧，也觉得患得患失的自己有点难看。

明明平时自信心爆棚的，但白桃这一刻面对林莲，却有一种相形见绌的自卑感，内心脆弱到好像一点点小情绪都能放很大，看到裴菲又觉得很暴躁，看裴时也不顺眼……

混乱、失落、多愁善感、暴躁又脆弱，还……还想吐！

白桃心里委屈死了，她看了裴时一眼："我不管你了，随便你吧，我病了，我要回去吃药，不打扰你'工作'了！"

她气呼呼地转身想走，结果被裴时拉住了手。

虽然白桃也觉得自己这几天"作"得都有些过头了，但裴时还是很耐心，他温柔地把白桃揽进了怀里："好了，别闹了。"

"确实不能算工作，算是为你'兼职'。之前关于你的那些新闻，都是请林莲帮忙在公关处理，现在处理得差不多了，所以请她吃饭感谢。"

裴时垂下了视线："利用中午的时间是因为不想占用晚上，毕竟晚上的时间更多些，整个晚上都想和你一起。"

"哦……"

白桃本来眼泪汪汪的，但裴时的怀抱仿佛有魔力，她像只炸毛的猫，被裴时声音温和、动作轻柔地顺了顺毛，心里的委屈和怒意消散了一半，剩下一半就是尴尬和不好意思。

好在因为来回去洗手间吐了好几次，白桃没和裴时对质起来，外加中午这家餐厅也没几个人，因此并没有引起别的客人的太大注意。

只是白桃刚要庆幸，结果一抬头，就看到林莲正笑眯眯、颇有深意地看着她。

自己在大学里以前的名号可是高贵冷艳的！男生的情书别说看了，连收都不收的！结果如今竟然被林莲看到自己这么哭唧唧的狼狈场面，白桃当即一个胸闷气短，就想推开裴时，只是手刚放到裴时胸口，就被他牵起来握进了自己的手里——

"是不是吃坏什么东西了？我和林莲打个招呼，你在这里等一下，我带你去医院。”

白桃暂时不吐了，好了伤疤忘了疼，她的关注点完全偏移了，她一把把裴时拉了回来，然后瞥了还坐在座位上的林莲几眼，压低声音嘟着嘴唇道："那你先回答我一个问题，林莲漂亮还是我漂亮？她是不是和我宣战啊，好歹是校友，怎么见到了我，都不起来打个招呼？……"

裴时愣了愣，随即有些失笑："你一天到晚都在想什么？"

他说完，不容分说地就拉起白桃的手，把她带到了林莲面前："你自己看。"

看什么？让她自己看到底自己漂亮还是林莲漂亮吗？

白桃心里登时又不高兴起来了。

垃圾裴时，不能直接回答自己的问题吗？这种绕着弯不肯直面问题的，多半心里有鬼！

白桃不太开心地瞥了林莲一眼，刚想着勉强打个社交层面礼貌的招呼，林莲倒是先看了一眼白桃的小腹，然后开了口——

"白桃，你几个月了？"

什么几个月？

白桃愣了愣，等反应过来，立刻气炸了，这什么话啊！

问自己几个月了，这不就是讽刺自己腰部有赘肉看着像是怀孕吗？

白桃低头，自己的腰还是细得很！

她当即有点生气："我没怀孕，你才怀孕了！"

"我是怀孕了。"林莲笑了笑，这才有些吃力地扶着腰站了起来，"不好意思，刚才宝宝突然踢我，有点不舒服，没能马上站起来和你打招呼。"

林莲穿了很宽松的衣服，坐的时候又有桌子遮挡视线，因此白桃压根儿没注意到，如今她这样站起来，白桃才发现，林莲的肚子确实微微隆起。

"啊……这……"

白桃看了眼裴时，又看了眼林莲，顿时有些尴尬和语无伦次："对不起，我以为……"

裴时把她揽进了怀里："所以你可以放心了吗？"

林莲笑了笑："我结婚了，已经有一个孩子了，这是第二个。"

白桃非常尴尬也非常羞愧，好在林莲很落落大方，她看了白桃一眼，有些揶揄道："说实话，刚看到那些帖子的时候，我也信以为真了，因为你看起来不像是会和裴时走到一起的人，裴时找到我帮你处理这些负面新闻时，我都还有些怀疑，是不是因为家族联姻需要，他才不得不出手收拾烂摊子，不过现在我算是知道了，这些扒皮帖子确实是乱写，你们感情是挺好的，我真的很难想象白桃你会变得这么黏人。"

白桃脸有点红，她很想告诉林莲，扒皮帖子倒确实是真的……

裴时又和林莲就后续事宜沟通了几句，这才告辞——

"抱歉，我带白桃去一下医院。"

"裴时。"林莲叫住了裴时，她盯着白桃又看了看，"不用先赶着去医院。"她顿了顿，"带她去药店买个验孕棒吧。"

"不可能的！不可能怀孕的！怎么可能呢？这太突然了，这风波都没过去，我没有办法接受！所以一定没事的，一定没有怀孕！稳住！不要担心！不信谣，不传谣！淡定等结果……"

半小时后，裴菲在别墅客厅里来回踱步，嘴里念念有词，告辞林莲后，自己哥哥真的带白桃去买了验孕棒，继而就回了家。虽然白桃一路上没给裴菲什么好脸，自己哥哥也多次暗示自己识相点离开，但裴菲还是厚着脸皮一路跟着这对夫妻一起回了他们的别墅。

没想到如今白桃拿着验孕棒进了洗手间后，最在意的反而是自己。

裴菲继续在客厅里打转，一边继续自我安慰："裴菲，别担心，别着急，一定不会怀孕的！会没事的！"

她这个模样，要是不知情的人，还以为是她本人在为自己意外怀孕担惊受怕呢。

最终是裴时皱着眉打断了她："菲菲，不要再念了。"

"哥！"裴菲这下没忍住，喊了还坐在沙发上看财经报道的裴时，"如果白桃真怀孕了怎么办啊！你怎么还这么淡定！"

裴时镇定自若地看了她一眼："我为什么要急？我们是合法夫妻，结婚有一年了，怀孕了那就生，正常不过的事。"

他皱了皱眉："别成天把'不可能怀孕'挂嘴边了，我又没有难言之隐，为什么不可能？"

裴菲还想说点什么，卫生间的门就打开了，白桃举着验孕棒，表情有点茫然地走了出来："裴时……"

刚才还坐着一脸全然无所谓、泰山崩于面前而不改色的裴时，几乎是立刻站起了身，身上那种紧绷的紧张感仿佛把周遭气氛都感染了，连站在他不远处的裴菲都能感受到自己哥哥身上的情绪——期待的，忐忑的，带了点不知所措的慌乱的。

他根本没有他表现的那么淡然，如今见了白桃出来，才泄露了真实的情绪——像个等在考场外等待成绩的小男孩，即便佯装得再镇定，成绩结果出来的那一刹那，内心的紧张还是无法掩盖。

裴菲看着自己哥哥走到白桃面前抽走了她手里的验孕棒，他看了一眼，表情有些呆，盯着那根验孕棒，像是不敢置信一样。

白桃也有些忐忑："裴时，这什么意思啊？"

　　裴菲再也忍不住，她凑上前去，在验孕棒上看到了清晰的两条红线。

　　白桃这傻子还不知道是什么意思，表情还是有些茫然呆愣，哥哥却已经在最初的震惊后收拾好了情绪，脸上已然露出了如释重负、重新掌控一切的轻笑。

　　而裴菲只觉得一时之间犹如五雷轰顶，她眼前发黑，差点晕厥——

　　"白桃！你们不是说好的协议婚姻吗？为什么会这样？孩子怎么来的？你们两个人有没有道德，有没有契约精神？"

　　可惜裴菲没能继续质问白桃，因为裴时很快过来把白桃护在了身后，并对裴菲下了逐客令："我要带白桃去趟医院，你自己回去吧。"

　　裴菲简直要哭了："哥！白桃是不是真的要母凭子贵了？"

　　现实是如此残酷，裴菲觉得自己哥哥就像是养大的白菜，最终还是被白桃这只猪给拱了。

　　她已经不指望自己哥哥会回答自己的质问了，然而没想到裴时给白桃穿上大衣，抽空还是进行了解答——

　　"不是她母凭子贵。"他冷静道，"准确来说，是我父凭子贵。"

　　裴时说到这里，看了一眼白桃和她目前仍旧很纤细的腰腹，嘴角带了点笑意："在关键岗位上有人了。"

　　这一天对白桃来说简直像是狗血连续剧，等从医院验完 HCG、拍完 B 超，彻底确认了早孕事实后回家，白桃拿着诊疗检查单据还是不敢相信，然而裴时那种恨不得替她走路、一下把她列为肩不能挑手不能提的濒危保护动物的模样，还是迅速把白桃拉回了现实——

糟了！又中计了！

敌军都把卧底安插到她肚子里了！

白桃又气又慌，偏偏这卧底还不安分，她又开始有反胃想吐的征兆，眼看胜利在望，结果卧底策反，敌军看来是要长驱直入、反败为胜了。

裴时自然不可能放弃这样的机会，他安顿好白桃，给她腰后垫了个垫子，双手交叉，摆出了谈判的架势——

"事已至此，那婚肯定是不离了，后续……"

白桃心里却还完全无法接受自己已经揣崽了，一脸哭唧唧道："我真的怀孕了吗？怎么会这样？"

说着，白桃又怨恨上了，她忍不住举起腰后的垫子打起裴时来："你诈骗！你对我不好！我要告你！"

裴时根本不敢反抗这位"施暴者"，还生怕"施暴者""施暴"过程中伤到自己，等白桃打够了，他才拿开了抱枕，等白桃重新以一个安全又舒适的姿势坐好，他才一脸无奈道："好了，是我诈骗，但我对你哪里不好了？"

"我想起来了！"白桃一说起这事就心里泛酸，"你结婚以后怎么对我的，我都想起来了。"

"什么？"

"你对我好差，平时回家里，连话都不和我说，还很冷淡；有次在外面，我刚结束一个饭局，发现你也在附近谈合作，想让你载我一起回家，你拒绝了我！在家里还严格区分我们彼此的地盘，你的那层楼除了过道，其他地方都不让我进，如果我进去了，要向你支付高昂的违约金……"

白桃越说越委屈："还把家里网络切断设密码不给我用，有一次漫展想让你帮我搞两张内场票也不肯，还有一次你竟然把我拉黑了一个礼拜！总之结婚后你对我太差了，你的罪行简直罄竹难书！你肯定是很讨厌我，所以我现在回想起来的才只能都是这些，总之没一件好事！"

在白桃的控诉下，裴时愣了愣："你记起来了？"

"就记得你对我差的这些！难道你还想骗我说这些是假的吗？"

"是真的。"裴时挺冷静，"但白桃，你都没记全。"

"我回家以后不和你说话，那是因为你说和你说话要收费，一个字一千块。"

"在外面我不载你回家，是因为你那次喝多了，给我打电话大言不惭说'马夫来接本小姐回家'，那晚你身边还有余果，她没喝酒，清醒得很，我想我不至于需要上赶着当马夫。"

这……是这样吗？

裴时没在意白桃尴尬的神色，继续道："至于为什么家里严格区分地盘，那是你最初不管三七二十一提出的霸王条款，但是你从来都是双重标准，你自己可以不遵守，但我不可以。当然，我从没有违约过，从没有不经同意踏入过你的楼层一步，你喝多以后却进了我房间，然后开始跳舞，接下来发生的事我想你也知道了，我记忆清晰那是因为事后第二天我收到了人生里第一个五毛钱辛苦费，原来我一宿几乎没睡就值五毛钱。

"鉴于不想再被你用五毛钱睡一晚上，我禁止你出入我的房间以防止你碰瓷讹诈，我觉得在这个前情提要下，也很合理。

"把网络切断了不让你用，那是因为你连续熬夜一礼拜赶画稿导致眼睛发炎，医生已经禁止你使用手机等电子产品，但你不遵医嘱，医生追着我告状，我不堪其扰，所以在和你沟通无果的情况下采取了断网让你配合治疗。

"至于不给你内场票，你自己问问你那次想和谁一起去？又是一个单身对你疑似有想法的男人，你看我像是那种会花钱供别的男人和自己法定妻子一起逛街的人吗？

"把你拉黑一礼拜，也是因为你天天早中晚给我发三篇男德教育，我实在不胜其烦，才把你拉黑让你反省。"

······

"你还有什么想起来想问的吗？"

白桃觉得没了······

但是想了想，她还是下意识问出了内心最深处的疑惑："我这样你竟然没和我离婚？毕竟我们本来就是协议结婚······"

"每次合作都是有风险的，做出合作决定的是我，自然也需要承担合作失败的风险，除去偶尔这些事，你整体符合要求，因为大部分时间都献给漫画了，我们产生冲突的时间并不多，何况合作方之间第一次合作总是要磨合的，我觉得整体你是符合我标准的。

"至于你说的对你差，白桃，那时候我们没有感情基础。"

白桃也没想起来太多，如今被裴时这么一条一条反驳回来，心虚的同时还想虚张声势："那就算没有感情基础，我长得这么美，你不能对我态度好点、更热情点吗？在我记忆里你都是板着个脸的形象！"

"我不是一个会对没有感情基础的女性暧昧的人。"裴时看了白桃一眼，"只有喜欢和不喜欢两种状态，不存在中间地带。"

"可能开头确实不算多美好，但至少之后将错就错，反而负负得正，既然现在也有孩子了，离婚这件事就不提了，过去做得不对的，给我时间未来补偿。"

说到这里，裴时顿了顿，然后移开了视线，声线放低，有点不自然道："以后你都可以当小姐，至于我，马夫就算了，太难听了，但是可以当你一辈子的司机。"

虽然有点老土，但这一刻，白桃确实觉得自己的心跳犹如看过的小说里所言，仿佛漏跳一拍，裴时的语气很镇定自然，并不浮夸，也没露出多激烈的情绪，然而那种稳重的认真让白桃心动不已。

"所以不离婚，也给我们的孩子一个见世界的机会，可以吗，白桃？"

都这样了，那自己还能怎么办啊？

毕竟白桃扪心自问，喜欢裴时吗？

喜欢的。

会离婚吗？

还是算了。

那孩子要生吗？

反正不离婚，那生孩子是早晚的事，既然怀了那当然生，何况小孩又没罪，是自己瞎了眼主动推倒了诈骗犯，那愿赌服输，除了认命，还能怎么办？

真是便宜裴时了，还真的让他成功老来得子了！

见白桃不说话，裴时知道事情差不多也稳了，他松下紧绷的情绪："这几天你就在家里安胎，这期间我会把帖子的事处理干净，还有上市的事，所以这两天会有点忙，但我会尽快回来，你要有什么需要的话我都会尽量满足。"

裴时的语气如此笃定，白桃几乎立刻就意识到对扒皮帖的事，他已经十分有把握了，忍不住好奇道："所以这事情是谁在背后搞我啊？"

"你暂时没必要知道了影响情绪，我会处理好，也会让始作俑者付出应有的代价。"

行吧。

白桃现在不仅情绪敏感，还动不动就想吐，犯了个长期肠胃病似的，确实也没心思管别的事，就算外面把她黑到人神共愤、遗臭万年，也是没精力去管了。人一旦身体健康遭到破坏，才发现名声、权势、事业、钱财都不重要，不过都是身外之物。

白桃从没想过，自己因为怀孕，几乎成了个无欲无求的人，眼见着就快参透人生真谛、得道飞升了——

饿是饿了个半死，心心念念想各种各样的好吃的，可食物真的端到面前，她光是闻着个味道就想吐，坚强不怕死地吃上一口，更是呕到地老天荒。

都是姓裴的才害自己吃上这个苦！

裴时要放着让他出去给自己善后，不能敲打，但裴菲可不需要啊。

白桃转了转眼珠，自己不爽，裴菲也休想舒坦，她当即眼泪汪汪哭唧唧地看向了裴时："老公，好难受，宝宝不乖，我想吐，还老犯困，加上怀孕了，医生不刚也说因为荷尔蒙内分泌的问题，会导致情绪敏感，总是容易乱想，可都这种时候了，菲菲还老是来气我，刚才骗我说你和林莲单独约会去了，还说以后你一定就会清醒过来，然后不喜欢我……

"如今我都有宝宝了，她还不能接纳我，那以后宝宝出生，她一定也不会喜欢宝宝，好可怜，感觉宝宝已经是个不被祝福的小生命了……

"老公，我在想，我和你结婚是不是真的错了，还是离婚了比较好……

"……

白桃矫揉造作地哭着撒了一通娇，裴时倒是挺冷静，他听白桃

538

"嘤嘤嘤"哭诉完毕,揉了揉眉心:"白桃,不用铺垫了,也不用演了,你就直接说,菲菲要怎样你才能消气?"

爽快人,不愧是我白桃看上的男人!

白桃满意地收了梨花带雨的眼泪,眼带杀气道:"我要她写悔过书!至少五千字!手写!要写满十个错处!总结今年对我犯下的错,展望未来的补救措施,要有高站位,从思想上大格局地分析自己的过错!反省自己!要真情实感!"

"嗯。"裴时点了点头,丝毫没有顾忌裴菲的死活,一点都没替妹妹说话,径自点头道,"我知道了。我会和她说。"

"还没完!"白桃气呼呼的,"除此外,你叫裴菲天天来这儿陪我。"

裴时皱了皱眉:"可你和她……我怕你……"

是,自己是和裴菲处不来,但白桃什么时候服输过,处不来也要处,这次一定要一鼓作气,把裴菲一举打服。

之前处处和自己作对也就算了,自己和裴时你侬我侬呢,她这小姑子还成天想惹是生非,是可忍孰不可忍。

白桃假惺惺地缓了缓激烈的情绪,状若乖巧地看了裴时一眼,换上了娇滴滴的声线:"老公,这几天我哪里也没法去,你又不能每时每刻陪着我,我在家太无聊了,网上还有那种帖子,也不能上网,我就想菲菲能过来陪我打发打发时间。一来我们未来是一家人,还是要培养下感情;二来呢,她不是能弹钢琴吗?宝宝也需要胎教,你就让她过来给我弹琴呗。"

自己现在是个孕妇,"作"都有了正当理由——早孕后激素失调!

垃圾裴菲,平时针对自己就算了,自己通过努力收服了裴时,还要挑拨离间,害得自己又哭又笑,还在林莲面前丢了脸!

　　如今自己肚子里揣了裴时的崽，天天吐得稀里哗啦的，还不趁机挟天子以令诸侯要挟裴菲吗？

　　此仇不报非君子！

　　你未来侄子侄女在我手上，还不乖乖认错！

　　和裴菲恶斗了这么久，是时候决战光明顶，分个胜负了！

第二十五章

统一战线

这段时间裴菲的情绪简直大起大落，先是看到白桃被扒皮时的狂喜，接着是发现自己哥哥竟然真的对白桃挺有那么点意思时的不敢置信，再然后是遭受生活毒打的失落和麻木……

她原本以为这就是自己最为触底的人生了，结果没想到还有更糟的！

白桃怀孕了！

裴菲被裴时耳提面命教训了一顿，被迫连夜手写了悔过书，第二天一早七点就被勒令来别墅里陪白桃。

当然，陪是名义上的意思，白桃心里想什么，裴菲怎么会不知道？表面上的陪伴，实际上的伺候！

这女人还不是趁着怀孕，准备对自己耀武扬威吗？！

但裴菲在不知情的情况下，确实刻意刺激了白桃，害得白桃冲冠一怒去捉奸，搞得又哭又笑又吐又闹的，如今回想起来，裴菲也觉得自己有点不地道。

不管怎样，孕妇是弱势群体，自己的行为确实不太好。

何况白桃虽然人不怎么样，但她怀的是自己哥哥的孩子，从血缘上来讲，至少一半是优秀的基因！而且优秀的基因一般都比较强大，说不定还能把白桃那点基因彻底打败，生出一个和自己一样优秀的孩子！

只是虽然裴菲做了很多心理建设，但面对白桃，好像无论如何也没法做到心平气和，尤其是这都日上三竿了，这女人还躺着呼呼大睡，自己却不得不为她准备早午餐——小人得志的白桃昨天就把今早自己想吃的食谱发给了裴菲。

裴菲一边洗菜，一边咬牙切齿。

就是前男友，裴菲都没亲手为对方洗手作羹汤过！

没想到如今这宝贵的第一次，竟然给了宿敌白桃！

她做完，忍不住进房间掀了白桃的被子："起来吃饭。"

白桃懒洋洋地躺着，把被子拉回去，从被窝里只露出两个眼睛："你给我端进来呀，菲菲。"她造作地哎哟了两声，"昨天你说裴时去私会别人，差点把我气坏了，到现在肚子还疼呢，怕不是随便起床会不小心流产……"

裴菲知道她是装的，却一点办法也没有，她像个伺候小姐的丫鬟一样把东西端了进来："白桃，你故意整我的吧？你们本来不是有家政阿姨吗？为什么突然辞退了叫我来？你被扒皮事业滑铁卢没钱了，那我可以给你出钱请一个。我的手是用来弹琴的，不是用来给你做饭做菜的！何况万一我切伤手指，你赔得起吗？我的手你知道上了多少钱的巨额保险吗？"

"菲菲，我怀孕了才知道家人的好，家里现在就不想见着外人，你在身边我才感到安心，何况我也没让你切菜啊，让你准备的可都是不需要用刀的东西，比如煲汤啊，做手工面包啊，还有炖菜。"

白桃矫揉造作地说完，对裴菲笑了笑，装模作样道："虽然小姑子不懂事，可嫂嫂我还是想得很周到的，不会伤着你的手呢。什么样的手，自然要干什么样的活儿，你这双，确实是钢琴家的手呢。"

这还差不多。

裴菲刚想松口气，结果白桃就过来拉住了她的手，然后继续道——

"所以去给我弹个小曲吧。"

裴菲惊呆了："什么？"

"就你给我弹个钢琴曲啊，既然是钢琴家的手，我这不是物尽其用吗？"白桃打了个哈欠，惺惺作态地摸了摸肚子，"孩子昨晚给我托梦，说想赢在起跑线上，想要听钢琴曲做胎教了。"

行吧，为了未来侄子侄女，我忍！

裴菲努力心态平和道："《卡农》《爱之梦》《少女的祈祷》，还有《蓝色狂想曲》，你想听哪一首？"

"不不不，这些太老了，《最炫民族风》听过没？我要那个。"

裴菲瞪大了眼睛："那种通俗烂大街的歌，你让我弹那个？你知不知道那很没品位！"

"怎么没品位了？大众的就是最好的！古典乐很好，这些通俗歌曲能有这么大传播范围，也不差啊！菲菲，你是不是不会弹啊？"

"这世界上我裴菲不会弹的曲子还没出现！"

是可忍孰不可忍，为了证明自己的专业能力，裴菲一口气弹了十几首曲子，就是以往练琴的时候，都没这么认真过！

虽然这样的日子是有点屈辱，但裴菲很快还是开心起来，因为为了她未来的侄子侄女，这一切都是值得的！

不愧是流着裴家血的宝宝，血缘的力量是无敌的，只在白桃这待了一天，裴菲就觉得和这孩子有缘，这宝宝上路子！

白桃折腾自己，这宝宝就替自己出气折腾白桃。

一天到头，白桃也没趾高气扬上多久，因为动不动她就脸色发绿，不得不冲去卫生间狂吐。

白桃吐了四五次，最终再也没精力和裴菲斗了，眼泪汪汪、生无可恋地躺在躺椅上哭唧唧。

裴菲却开心非凡："我们宝宝就是全宇宙最懂事、最可爱、最贴心的宝宝！"

白桃没什么气势地瞥了裴菲一眼，正好奇她突然而来的家人爱，以为她爱屋及乌改性了，就听裴菲继续道——

"宝宝加油！让你妈吐！可劲儿在她肚子里造作啊！你想听什么曲子都行，姑姑都给你弹！在你妈肚子里要是听得高兴，可记得多翻滚翻滚啊！宝宝你就是最棒的！"

"……"

此仇不共戴天……

白桃心里还没气完，一阵反胃，不得不又跑卫生间吐去了。

她背后，裴菲还在得意扬扬地宣告——

"宝宝啊，你还没出生，就能和姑姑站在一个战壕里，可见果然是我裴家的血脉！姑姑虽然讨厌你妈妈，但不得不承认，你妈妈能怀你，可见总算还是有点用的！你一定要健康平安出生哦，姑姑给你买好东西！"

白桃又吐了个昏天黑地，才软着腿从卫生间出来，这次裴菲终于做个人了，虽然脸上明晃晃地挂着对白桃的嫌弃，但还是递了盆草莓给她——

"喏，吃。"她白了白桃一眼，"你别得意，不是喂你的，是喂我未来侄子或者侄女的。"

白桃一点食欲也没有，脾气也上来了，直摇头拒绝："我不吃！"

"那不行，你这样我侄子侄女怎么有营养啊？你看你几乎吃的都吐了，荤腥的东西没法入口，就吃点水果，我给我侄子侄女都洗干净了，给我吃！"

白桃原本确实不想动，但奈何裴菲把草莓摆盘摆得挺好看，她确实又难受又饥饿，因此最终试探着用牙签插了一小颗，没想到确实清甜可口，勉强压住了想吐的意念，在裴菲的瞪视和逼迫下，还真的吃了小半盆。

裴菲收了碗，坐到了白桃身边，如今白桃蔫蔫的，一点战斗力都没有，裴菲觉得自己的时机到了，她当即学着自己哥哥的样子敲了敲桌面，声音不自然道："白桃，既然我哥现在被你赖上了，我侄子侄女也被你绑架了，那以后也没办法，虽然我也不想，但是看来只能这么过了，但我们裴家有几点规矩，我来给你讲一讲，第一……"

白桃虽然蔫，但战斗的号角一吹响，几乎立刻来了精神："你可千万别勉为其难，和我处不来就别处，连裴时都不给我立规矩，你就更别来狐假虎威，从头到尾挑事的就一直是你，说我私生活混乱，交往前男友众多，这些造谣张口就来，我儿子和女儿可不认这种造谣狂魔当姑姑，别一脸眼巴巴地过来认亲。"

白桃白了裴菲一眼："你要不在你哥面前进谗言，以我的魅力，你哥早和我好了，小孩都生了一群了，你现在正恭恭敬敬喊我一声嫂嫂呢。"

说到这点，裴菲倒像是也来了气："我造谣？不是你玩弄那些男生感情是什么啊？人家给你送礼物，你不是都来者不拒吗？一边收东西给人家希望，一边又矫情地说和人家只是朋友，还魅力呢？我哥也不过是太傻太天真，中了你的计！"

白桃也火了："你哪只眼睛看见我收礼的？我从没收过！不管是别人的情书还是礼物，我都当面退还了！"

"我是没亲眼看到，可郑晴都看到了！她都告诉我了！

"至于我好几个前男友为什么和我分手了就去追你，你别以为你使的那点下作手段没人知道！郑晴和你一个系的，你做的那点事，正好都被她撞见了。还不是你先对我那几个当时正交往的前男友抛媚眼、娇滴滴撒娇、各种暗示传纸条的吗？"

裴菲又气又酸道："你手段这么高，连我哥都被你搞定了，还有什么搞不定的啊，我青春期那么多无疾而终的感情，我被那么多前男友甩，难道不就是因为你吗？"

大概是想起过去的事，裴菲越说越委屈："对，是，那次去画室打你确实是我不对，可你扪心自问，要不是你把我前面几个前男友都勾走了，我能郑晴一说抢我男朋友的人在画室，见了你就先入为主觉得是你吗？

"白桃，现在我也不端着了，就和你敞开了说话，你不就是嫉妒我吗？所以先前抢我男友，其实也不是真的喜欢他们，人家一甩了我，你也不和人家在一起，就是为了打击我而已，后来我打了你，你更变本加厉了，直接抢我哥哥，现在还成功怀孕上位，你不就是对我嫉妒意难平吗？"

白桃简直目瞪口呆，她决计没想到裴菲竟然对着自己这个受害者委屈上了，但另一方面，她也终于理解了裴菲那莫名其妙的敌意："我从没和你的那些前男友们有过任何接触，什么收礼物、抛媚眼、写纸条，都不存在，郑晴说的都是假的，虽然不知道她出于什么目的，但她完全就是在污蔑我，她怕不是想借你的手害我吧？"

裴菲一股劲儿地恨了白桃这么多年，如今听了白桃的反驳，下意识就是无法接受："不可能，郑晴没有必要做这种事，她和我关系可铁了，是我最好的朋友，污蔑造谣你对她、对我有什么好处啊？她就是看不过去，才冒着可能被你打击报复的风险还坚持偷偷告诉我……"

"裴菲，你该叫你哥给你买点核桃补补脑，这些要真是郑晴和你说的，总之她是没安好心，毕竟我不仅从没嫉妒过你，在你找我麻烦之前，我都不太在乎你。"白桃嫌弃地看了裴菲一眼，嘀咕道，

"也不知道你哪来的自信，你有什么好嫉妒的啊，你长得有我美吗？你身材有我好吗？"

裴菲这下就不服输了："每个人审美各不相同，有些男人品位比较低俗，就觉得你这种是更好，可也有人更有品位，觉得我这样的气质型的才更美！"

白桃打了个哈欠："是是是，世界上所有男人里，就属你哥品位最低俗，喜欢我喜欢得不要不要的。拼了命地想和我生孩子好父凭子贵成功上位。你这么有品位，怎么你哥哥这么低俗啊？"

"……"

裴菲再一次被白桃嘲讽了，气得要命，然而又没法发作。

千错万错，还不是自己哥哥的错吗？

喜欢谁不好，喜欢白桃！害得自己如今也抬不起头来，在白桃丧心病狂的哈哈声里，虽然不服，但除了憋着，还能干吗？

算了，自己不和垃圾孕妇一般见识。

自己哥哥收了她也好，省得她再去祸害别人！这正是裴家家训之一——牺牲小我，完成大我！

裴菲和白桃互相嘲讽斗嘴了一天，还要负责伺候这个垃圾孕妇，又要弹琴娱乐对方，虽然心累身累，但这种斗法的紧张感和刺激感，还是让裴菲觉得整个人精力充沛。

明天，她要继续来白桃这里！

她还能打！

她还能战！

裴菲志得意满，心里正想着明天要给自己未来小侄子小侄女做什么菜补补，就接到了郑晴的电话。

"菲菲，你有空吗？"郑晴的声音带了点哭腔，"我有点事，只能求你了。”

裴菲一直觉得郑晴是个称职的好朋友，对于白桃的一番话，她本能地就不想相信，如今郑晴约她，裴菲倒想着好好了解下内情，是不是郑晴也误解了白桃，无心之下才造成了如今的局面？

她和郑晴约在了一家私密性挺好的咖啡厅，落座后，才发现郑晴相当憔悴，眼下两个大大的黑眼圈，像是哭过，眼睛还有点肿。

裴菲的心一下子就软了。

她虽然偶尔也有点小姐脾气，交朋友却并不以家世划分。郑晴家里条件不仅不优渥，曾经还相当困难，但裴菲觉得对方在困境里不气馁还相当努力，平时又总是一脸温和坚强，对自己也多有照拂，因此相当欣赏对方。

郑晴毕业后最初成立漫画工作室甚至都有裴菲的帮忙，自己练琴遭遇挫折时，也多是郑晴温柔抚慰，因此在裴菲心里，她和郑晴是互相扶持、一起成长的朋友，郑晴对白桃的敌视，也是源于作为自己朋友才恨乌及屋的同仇敌忾。

然而真的是这样吗？

裴菲这一刻突然也有点疑惑。

而接下来郑晴的话，就让她更加动摇了。

“菲菲，我、我一冲动，为了替你出气，做了件傻事。”

郑晴几乎是一见到裴菲，就落了泪：“结果没想到好心办了坏事，现在裴时哥哥很生气，要、要我赔偿，那是天价的赔偿金，我根本……根本出不起的……”

裴菲简直一头雾水：“什么？”

郑晴抹了抹眼泪，一脸痛苦地哽咽道：“就我上次不是和你说过，发现了点什么，可以让白桃被打趴下爬不起来吗？其实就是白桃发虚假恩爱通稿，还有发抄袭段子 PS 图片的事……”

548

裴菲整个人愣住了，忍不住打断了郑晴，抬高声音道："你是说网上扒皮白桃的帖子是你发的？"

郑晴又吸了吸鼻子，可怜巴巴又无辜道："不是我发的。虽然是我意外发现的，可我也很纠结要不要发，我工作室的员工是建议我一定要发，毕竟你知道，白桃和我的漫画是同类型竞品，可她靠着那种虚假恩爱营销卖了不少货，我工作室的工作人员都非常看不惯她这种恶性竞争……但你知道我的，我这个人心软，想着毕竟和白桃同学一场……"

裴菲有些急了："那你最后怎么还发了啊？！"

"我最后也没叫他们发，只是没有严厉去制止，因为转念一想，你不是特别讨厌白桃吗？一直和我说她是怎么气你的，也一直说希望她栽跟头，希望裴时哥哥能和她离婚，我一想到你，就放任了工作人员，等知道的时候，帖子发都发出去了……"

郑晴说到这里，眼圈又红了："后面你也看到了，这种事，毕竟白桃欺骗了大众、消费了大众感情，大家怎么可能放过她，我后面想消除影响也没可能了，帖子被转得到处都是，她也是自作孽不可活，才变成现在人人喊打的局面。"

要是换在以前，裴菲大概要立刻跟着郑晴一起情绪激动起来，然而如今一想到白桃肚子里还揣了个崽，加之白桃今天的一番话，裴菲也第一次冷静下来——

白桃发通稿秀假恩爱，照理说非常隐蔽，要不是成天盯着她，决计不可能发现蛛丝马迹，她被扒皮起底成那样，一看就是有人长期盯梢关注她，才能对她的翻车如此如数家珍，这可并不是什么意外发现可以解释的。

自己虽然讨厌白桃，但也没有那么多时间盯着白桃的一举一动，如果郑晴只是鉴于对自己的友情而连带讨厌白桃，也不应当有这么多闲情逸致一举一动都关注着白桃……

而郑晴的另一套说辞就更是漏洞百出了，郑晴的漫画工作室里，郑晴就是说一不二的老板，其余工作人员也不过是打工混口饭吃的，怎么可能越俎代庖不经老板同意就私下爆料呢？何况以白桃那些扒皮帖子的传播速度和传播量级，不可能是舆论纯自然发酵的，难道工作人员不小心爆料后，还会自掏腰包去推波助澜吗？

裴菲看向了郑晴："郑晴，你盯白桃多久了？你是不是比我还讨厌白桃？"

郑晴愣了愣，有些不自然地垂下了视线："菲菲，你在说什么啊？我、我都是为了你，这次冲动之下害得事情变成这样，也全是想到你被白桃欺负的那些事，真的是气不过，才放任事情成这样……

"何况当初是你说，裴时哥哥大概是有什么把柄在白桃手里，所以我看到那些虚假恩爱的证据，也是想着帮裴时哥哥一把，他碍于一些桎梏没法公开的事实，就让我来替他公开好了，这样以后他就可以顺水推舟和白桃离婚了。"

郑晴的语气柔柔的、软软的，哭泣也很真切："可我确实没想到，裴时哥哥的公司在上市关键时刻不能传出这些，我真的是一下子情绪激动上头了，想到你的事太气愤了！

"现在裴时哥哥公司的法务和外聘律师都给我发律师函了，还把我告了，法院开庭传票都送到我手里了，向我索要巨额赔偿，说我传播谣言。

"菲菲，你一定要帮我啊。"郑晴一把握住了裴菲的手，"我做这些的时候太不理智了，只想着帮你，帮裴时哥哥，没想到会发展成这样。我可以给裴时哥哥道歉，你能不能帮我约他？我会亲自解释我做这件事的初衷，都怪我当时脑袋一热，我真的是为了给你出气，希望裴时哥哥能大人不记小人过……"

裴菲因为家境优渥，没受过什么挫折，再加上有裴时一路保驾护航，确实也没受过大的委屈，没见过人心险恶，生平遇到的最大倒霉事就是前男友劈腿了，因此她从没想过被人利用，何况是自己的"好友"。

可如今彻底冷静下来恢复理智，裴菲才觉察出郑晴对白桃微妙的态度——

她好像比自己，更敌视白桃。

自己对白桃尚且是讨厌，但郑晴对白桃，好像是天然的恶意。

"郑晴，我是讨厌白桃，也恨不得她和我哥离婚，可我从没有为此就让你去发这类帖子替我出气，光是扒皮起底白桃虚假营销的部分也就算了，可为什么那帖子里都是污蔑白桃漫画抄袭的？明明她的漫画并没有抄袭的佐证。

"一个人要敢做敢当，这些事你事先从没和我商量过，事后被我哥哥起诉，还准备把我搬出来当挡箭牌，不合适吧？"

郑晴愣了愣，见裴菲竟然没有冲动地和自己一起骂白桃，还如此严肃，当下也有些慌了："菲菲，可你确实说希望白桃被打趴下爬不起来啊！我不过是为了帮你。现在白桃这样，被人扒皮，被大家看笑话，你难道内心不开心吗？我们是好姐妹，和我说真话又没事，裴时哥哥那里，我们也一起去解释……"

"郑晴，我确实把你当朋友，但你真的也把我当朋友吗？

"我再讨厌一个人，也不屑用这种背后阴人的手段，骂白桃就堂堂正正地骂，打她也是，该对质就对质，可你真的是为了我做这些事的？没有任何私心？你当初是真的亲眼看到白桃接近我的那几个前男友了？"

裴菲已经不想再多和郑晴讲话，只移开了视线，不愿看她："你好自为之，好好和白桃真心道歉，或许才能解决被起诉的事。"

因为裴时的高压政策，裴菲每天按时来报道。

白桃这两天孕吐稍微缓解了点，整个人又精神了，战斗的激情也重新回到了她身上，每天指挥裴菲干这干那，总之把裴菲差遣得手忙脚乱。

自然，和裴菲冰释前嫌是不存在的，例行互相大开嘲讽也是日常，但碍于自己有人质在手，裴菲是没以前那点气焰了，这两天还常常偷偷打量白桃，像是有什么话要说。

白桃按兵不动了一阵，裴菲终于熬不住了，她佯装自然地看了白桃一眼："郑晴最近找你没？"

这都什么没头没脑的问题，白桃没好气道："她找我干什么？哦，新作正好上市了，又要踩着我营销了是吗？难道她每次碰瓷我还会提前和我打招呼的吗？"

说起这事白桃还来气，前几天宋妍刚给她打过电话，裴时接手了工作室后续应对扒皮帖的事，舆论已经有所控制，但挡不住对家一波骚过一波的操作。

"白桃老师，这郑晴要不要脸啊？她公司发了各种通稿，吹郑晴是真正的德艺双馨，说她明明可以靠脸吃饭，却还那么有才，坚持梦想，搞了好多'低调美少女画家追梦，谱写人生新篇章'的新闻，不停夹枪带棒地冷嘲热讽咱们，说我们见不得光，靠着虚假营销骗钱，还各种暗示你是靠自己家族庇护才能走得这么顺风顺水的，暗戳戳地说你原本漫画得的那些奖，都是暗箱操作的，甚至暗示你有代笔……"

宋妍当初告状的话白桃如今还历历在目、记忆清晰，自己因为孕吐被折磨得快生无可恋，对别的事都佛系了，倒是宋妍快气炸了："这个女人真够恶心的，还吹自己低调，哪次不是她先贴到我们身上蹭的，你都快被她蹭秃了！还吹自己美女，真想把你和她一起拉出来遛遛！

"算了，和你说没用，我去找裴总告状去。"

没说两句宋妍就挂了，裴时才对接了没几天，自己这助理就彻底倒戈，仿佛裴时才是给她发工资的老板了……

白桃原本想跟进下事情进展，但很快就因为早孕反应作罢，如今裴菲提起来，她才又想起这回事，给了裴菲一个挺大的白眼："什么样的人结交什么样的朋友，看看郑晴的好朋友是谁，她这种倒打一耙的白莲花操作也不难理解。"

原本这么嘲讽裴菲，裴菲是肯定要跳起来和白桃吵的，结果挺令人意外，今天的裴菲虽然脸色一如既往难看，但竟然忍了，只装模作样转移话题道："都说宝宝在肚子里的时候，孕妇看了什么人像会影响小孩长相和未来审美，最近我哥忙得快都见不到，所以我昨天翻出了我们裴家的家庭相册，以后你每天必须看我哥的照片两小时，这样我未来侄子侄女生出来就能长得和我哥更像。"

白桃叹了口气："裴菲，在你身上我是真看不到祖国的未来。这都能封建迷信上？你智商呢？"

可惜裴菲毫不理睬白桃的嘲讽，径自拿出了相册，然后抽出了一张张裴时的照片在自己面前晃，还搭配着极尽吹嘘的解说词——

"宝宝，下面请观赏全球第一帅哥你亲爸爸裴时的西装照，这张西装照拍摄于两年前的一次基金投资高峰论坛，可以看出，从衣品到脸，你爸爸都毫无破绽……

"这张呢，是你爸爸参加朋友婚礼作为伴郎的照片，天啊，站在新郎身边，简直让对方暗淡失色，你爸爸因为太上镜，从此失去了成为别人伴郎的资格……"

行吧，虽然广告词有点浮夸，但裴时确实长得还行。

裴菲强行展示了十几张照片，翻到相册的一处，突然停了下来："哎？这里的照片怎么没了？是我拍的我哥的睡颜哎！就冷酷帅哥的温柔瞬间！那可是我第一次试我的新相机，拍得超赞的，怎么没了？是我放哪儿了吗？这相册一直放在家里，也没带出去过啊！"

裴菲成功被自己哥哥莫名其妙失踪的照片吸引了注意力，彻底放过了白桃，找了一圈未果后，她想起来今天要烤面包，于是白了白桃一眼，跑厨房去忙活了。

而裴时则是在白桃昏昏欲睡的时候回来的，半梦半醒间，白桃感觉有人摸了摸自己的手，然后给自己盖上了毯子，动作轻柔温和，带了熟悉的属于裴时的气息，让白桃觉得安全又放松。

等她迷迷糊糊又睡了会儿，再睁开眼，才发现裴时还坐在自己对面，眼睛温和地看着自己。

因为既要忙上市的事，又要处理自己的那个扒皮帖子，裴时连轴转了几晚上，虽然神色温柔，但眼底也难掩疲劳。

白桃有些不好意思："反正我在睡觉，你干什么不也去睡下？你也应该休息下了。"

"想看看你。"裴时看了白桃一眼，"也算是休息。"

白桃忍不住有点脸红，胃部不适感都仿佛减轻了。

虽然生孩子很麻烦，怀孕也很辛苦，但如果对象是裴时的话，好像也不是不可以。

"关于那个帖子，目前我已经对发帖人和推波助澜的营销公司、自媒体都进行了起诉，等案子有眉目了，也会再从舆论上下手澄清。"

事情交给裴时果然很靠谱，白桃好奇地刚想问问到底这件事的幕后黑手是谁，结果就响起了门铃声。

裴菲在厨房给白桃热牛奶，声音嘹亮道："哥！可能是我买的胎教书快递到了！你帮我开门取一下！赶紧让白桃学上！陶冶下她的情操！"

白桃忍不住翻了个白眼："我的情操好得很，哪里还需要陶冶。"

裴时有些无奈地拍了下她的手："别和菲菲一般见识，我先去开门。"

白桃窝在沙发上，刚想开电视消遣一下，就听到门口传来了一个有点熟悉的女声，来的不是快递，而是不速之客——

"裴时哥哥，求求你一定要听我解释！"

虽然看不清来人，但这女人声音哀婉又带了点柔弱感，像是说完话就能倒在别人怀里似的，白桃竖起了耳朵，顿时心里拉响了警报。

这谁？自己还在呢，就找上门喊起"裴时哥哥"了？

可惜裴时哥哥本人对对方不仅没有回应，还相当冷淡，虽然声线平稳，但以白桃对裴时的了解，他已经生气了。

他冷硬道："郑晴，你来这里干什么？"

郑晴？

郑晴为什么会找到家里来？

"裴时哥哥，我真的不是有意的，这件事是我冲动了，因为想着菲菲，想给菲菲出气，没想到好心办了坏事，但我会做出这种事，还是因为菲菲希望你能和白桃离婚，彻底看清她的真面目。"

郑晴的声音带了哭腔："只是我太蠢了，没想到这会给裴时哥哥你的公司造成影响，我……我要是早知道会这样牵连到你，我是说什么也不会那么做的，就算菲菲天天劝我，我也不会把白桃的那些虚假营销的事告诉别人。"

白桃原本还听得云里雾里，但听到这里，她终于反应过来。

所以，那个帖子的背后黑手是郑晴？

白桃乌龙

郑晴和裴时就在玄关处，别墅的设计使人从玄关无法看到客厅的全貌，因此郑晴并不知道白桃也在场，更不知道厨房里还站着她的"好姐妹"菲菲，而是径自抽泣着开始朝裴时卖起弱来——

"裴时哥哥，知道给你惹了麻烦的时候，我比任何人都难过痛苦，一直想跟你道歉，但要说说心里话，其实我也有不后悔的地方，或许你和菲菲碍于一些错综复杂的关系没法澄清和白桃只是协议婚姻没有感情，那不如就让我来做，至少这样公众不会误解你，不会觉得你会包庇那种会抄袭别人段子的太太。"

郑晴平日里在男人面前总是一脸文静娴雅、岁月静好的模样，如今白桃才发现，这女人小嘴叭叭的其实挺能讲的。

以前白桃只觉得郑晴是裴菲的小跟班，虽然偶尔有些小打小闹的操作，还成天唯恐天下不乱地找裴菲告状，但翻不出个大水花，如今看来，这女人才是游戏副本里 boss 级的怪。

如今白桃回想，方觉得有些后怕和齿冷，但凡裴时真和自己只是没有感情的协议婚姻，恐怕此刻郑晴原本计划的一切早就得逞——裴时不会如此无条件地维护自己，自己也绝无可能和裴菲有坐下来聊天的一天，更无从得知原来那么多年前郑晴就对自己展露出恶意，甚至未必能知道这些扒皮帖背后的黑手，很可能就真的中了郑晴的招，名声俱毁，深受打击，一蹶不振。

郑晴确实下了一盘大棋，只可惜千算万算，漏算一点——感情是无法预测的，裴时和自己假戏真做了。

此刻裴时还没表态，就听郑晴继续百转千回压低了嗓音柔柔道："何况，其实发现你和白桃不过是表面夫妻，其实我……其实我还挺开心的，裴时哥哥，我知道白桃不是什么好人，总觉得她配不上你……"

她的声音既婉转又夹杂了一些少女情怀般的羞怯，就连白桃听了也想拍手叫好。

没想到这郑晴竟然还是个"茶艺达人"，虽然嘴上一副温良恭俭让的样子，还挺义正词严，打着"清君侧"的名号，可那些话里话外的暗示，白桃怎么会不懂？

这下白桃全明白了！

为什么郑晴总是无中生有在裴菲面前攻击自己，为什么总是煽风点火——因为裴菲这个跟班一样的"闺密"竟然垂涎裴时！

可惜郑晴暗戳戳的话并没有换来裴时的回应，他非常直接又毫不留情地打断了郑晴："郑晴，请你自重。我不想听你说这些，请你离开我的家，所有沟通也都通过我的律师来处理。"

"我这是什么好运气撞到了这么劲爆的现场啊？"白桃忍不住从沙发上爬起来，慢悠悠地晃荡到了玄关，她看了眼裴时，"老公，客人来了怎么不请进门呢？快。"

郑晴能演，白桃第一个不服，她也能啊！

她一脸温柔地看向了郑晴："郑晴你也太体贴了，可能知道我怀孕了觉得他我老公比较空虚寂寞，所以这是主动来给他送温暖啊？这一腔情深的，我光是听了就十分感动，但可惜怀孕了人比较容易疲劳不能久站，郑晴，要不你进来，好方便我躺在沙发上观赏你向我老公表白？我给你们录一段像，好给这个隽永的瞬间留下永恒的回忆？"

郑晴见了白桃，整个人和见了鬼似的，只颤抖着嘴唇不敢置信道："你、你怎么在？菲菲说你出了帖子的事觉得丢人现眼已经离家出走了……你怎么又回来了？你们、你们的恩爱不都是假的吗？你怎么还好意思在这里？"

我不好意思难道你好意思啊？

白桃气得要死，但脸上还是佯装云淡风轻，声音欠扁道："哎呀，那是菲菲还没来得及和你更新我的最新动向吧？我又没离婚，还怀孕了，裴时求着我回家，我就回来了呀！秀的那些恩爱确实是假的，可不代表我们私下关系不行啊，只是我们的真恩爱我没秀呀！"

见白桃出来，裴时立刻移开了冷漠看向郑晴的视线，非常自然地扶起了白桃，几乎是下意识就解释起来："我和她没关系，你不要误会，和她少有的接触也仅仅因为她此前是菲菲的朋友，婚后就没有往来了。"

哼，男人，求生欲倒是挺强。

郑晴整个人像是没反应过来，她瞪着白桃，看向了她的小腹："你怀孕了？可裴时哥哥对你根本没感情的，你是不是死皮赖脸不想离婚所以使了什么手段？"

"不好意思啊，这还真的是你的裴时哥哥对我下的手。"白桃笑笑，加重了"裴时哥哥"四个字，她面无表情地看向郑晴，"论手段我哪里比得过你，背后踩我、蹭我热度就算了，还给我搞个扒皮帖，里面可劲儿地夹带私货造谣。死皮赖脸比起你我更自愧不如了，我这还没离婚呢，你就颠颠地上赶着来了，怎么？想捡漏？自荐枕席？可惜裴时太太这个工作门槛比较高，以你的品行还远远达不到标准。"

郑晴大概完全没预料到这种发展，整个人愣住了，过了片刻，才眼睛有些充血泛红地转头看向了裴时："裴时哥哥，我、我不是那个意思，我只是、只是觉得你……你不可能喜欢白桃这种人，是不是她用孩子来要挟你，逼迫你回心转意为她善后？但你知道白桃和她初恋钟潇的事吧？她如果真怀孕了，肚子里这个孩子会不会也是骗……"

"啪"！

伴随着清脆的耳光声的，是裴菲充满怒意的声音——

"郑晴，你给我闭嘴！"

也不知道是什么时候，在所有人没注意之时，裴菲已经从厨房里出来了，如今大约是听清了刚才的一切，她终于忍无可忍冲了出来，然后毫不留情地给了郑晴一个耳光。

"枉费我一直拿你当朋友。"裴菲咬着嘴唇，眼神愤怒而失望，"结果你竟然是这种人。"

她转头看向了裴时："哥，白桃帖子的那件事，我没参与过，也没煽动过她，根本不知情，郑晴自己的责任自己承担，你就走法律流程，该怎样就怎样！不用顾虑是我朋友！从现在开始，她不是！"

裴时抿了抿唇，挺无情地说明道："就算是你朋友也不会留情，菲菲，你别想多了。"

裴菲看起来噎了噎，但最终选择了闭嘴认命。

此时，裴时的视线转向了郑晴。他确实在看她，但眼神里完全像是无视了她，声音冷漠："我和白桃很恩爱，也很期待这个孩子的降临，如果你想再多收两张我的律师函，多对自己的造谣赔偿的话请继续。

"对你进行起诉，并不是出于我的公司上市遭到这些扒皮帖的影响，而是因为你攻击了我的太太。你影响我的公司上市，我们或许还有可能和解，但你污蔑我的太太，影响她的心情，不论你能赔偿多少，我都不会撤诉和解。

"现在，麻烦你从我家里出去，我已经报警了。"

郑晴的脸上露出茫然和不相信的癫狂："裴时哥哥，你说的是假话吧？你不是这种人！你没那么肤浅的！不会喜欢白桃的！她除了长得像样，还有什么地方好的？你是不是有什么把柄被白桃抓住了？她是不是使计才靠怀孕上位的？"

白桃乌龙

郑晴大概是一下子受刺激太大，一直以来伪装压抑的情绪彻底崩溃了，也终于连自己的包装都不顾了，她红着眼眶，声音压抑而痛苦："裴时哥哥，既然这样，我也不再隐瞒了，这些年我一直在等你看到我，我一直陪在菲菲身边也是为了让你能多看我一眼，我不在乎你上市成功不成功，我也不在乎你是不是离异有过婚史，我更不在乎别人的眼神，我愿意一直一直等你……"

白桃叹为观止。

这说的都是什么话？还她不在乎裴时上市成功不成功，不在乎裴时是否离异，说得仿佛裴时上市失败、和自己离婚就能看得上她似的？这给自己脸上贴了多少金哪！

只是白桃刚摩拳擦掌想下场，就被裴时拉到了身后："你一个孕妇，别影响心情。"

这男人色厉内荏地瞪了她一眼，然后转身看向了郑晴，恢复了充满距离感的冷漠："请你不要乱喊我名字，我和你没有血缘关系，能喊我哥哥的只有裴菲一个。"

白桃看热闹不嫌事大，她挠了挠裴时的手掌心，娇滴滴地喊了一声"裴时哥哥"，然后撒娇道："我也不能喊吗？"

裴时脸上有点无可奈何的宠溺，但还是回了头："别添乱。"这男人拉紧了白桃的手，低声道，"你当然可以。"

饶是裴菲天天看，此刻也露出了受不了的表情，而对这一画面完全没有免疫力的郑晴，反应就更为激烈了——

这女人几乎癫狂了："不可能的，不可能的……"

郑晴几乎想上前扯过白桃，只充满恨意地瞪着她："你凭什么这么顺利？凭什么？不过就是投胎好！我这么努力，为什么还是被你踩在脚底下？这个世界根本不公平，要不是有你，我活得会比现在好多了！你什么都要跟我抢，我喜欢的男人，我的爱好，我的事业，我的梦想，你为什么什么都要和我抢！"

很多时候人总爱和别人对比，然而永远有比自己更优秀、更走运、更幸福的人，对比除了让自己心态失衡扭曲外，只能产生更多不幸福和嫉妒感。

郑晴明明长相清秀、事业小有所成，也是被人夸奖的才女、美女，可她仿佛无法看到自己的优秀，愣是把白桃想象成假想敌，要和她明争暗斗。

只是原本还靠着"裴时并不喜欢白桃"作为支撑下去的心理安慰，如今这个信念崩塌，又面临着裴时的巨额赔偿起诉，郑晴整个人情绪完全决堤了。

要不是裴时护着白桃，她像是恨不得冲上前撕咬。

伪装的尽头就是原形毕露的难看，这一刻，郑晴脸上那些文静和清秀都不复存在，只剩下赤裸裸的恶意，她几乎是诅咒般咬牙切齿地看向了白桃，毫无理智地口不择言起来。

"白桃，你可真是不要脸！当初你收到那些匿名床照，不是骨气挺硬地表示自己立刻和裴时哥哥离婚吗？结果呢？结果我等了这么久，你不仅没离婚，倒是连肚子都大了，以为自己多有原则呢，不过也是个不讲廉耻的玩意儿！"

郑晴完全撕破脸皮，可惜白桃根本没反应过来她在说什么，但边上的裴菲倒是露出了恍然大悟的表情。

"郑晴，我把你邀请到家里来玩过，还给你展示过我们家的相册，难怪现在我哥那几张照片都没了，原来是被你偷了！"

裴菲是个暴脾气，或许原本还对郑晴念一丝旧情，如今则完全气炸了："所以你偷了我拍的我哥睡觉的照片，说是床照，然后匿名寄给了白桃？号称是第三者，以第三者身份威胁她离婚？"

裴菲瞪了白桃一眼，求证道："是不是这样？"

这么精彩的吗！简直一台大戏啊！

可惜自己不知道！

白桃于是诚实道："不记得了。"

结果这话极大地刺激了郑晴，她几乎歇斯底里了："你就是死活要扒拉着裴时哥哥！还说不记得了，真可笑！当初多刚烈啊，我给你发匿名信息的时候，你怎么回我的？说无法和人分享男人，本来对裴时哥哥也没感情，所以裴时哥哥你不要了，送给我，会快速离婚。

"说丢掉的东西送给我，把裴时哥哥骂成了垃圾，说让我垃圾回收，呵呵，结果呢，结果嘴上说着一套，做着却是另一套，死活对裴时哥哥不肯放手！你等着吧！我一定会赢过你的！你不过就是命好！但我比你努力！"

......

可惜郑晴的怨恨咒骂没有持续多久，因为很快，物业保安和民警就来带走了郑晴，场面一度十分混乱难看。郑晴最终被送上了警车，只是她显然并不死心，在被扭送进警车的最后一刻，还在充满恶意地瞪视着白桃，还抛下了一句颇有深意的狠话——

"白桃，你别得意，总有你珍惜的东西，会被我抢掉的；总有地方，我会赢的。"

除了裴时和漫画事业，白桃觉得自己也没别的什么珍惜的人、事了，可惜两者郑晴都抢不走，她总不至于还和自己玩真假千金游戏，是什么流落在外的自己父母的真女儿，还能抢走她亲爸妈吧？

只是白桃没当回事，郑晴却像是偏执地相信着、筹划着什么。

而对此，别墅大门口的摄像头忠实记录了一切，因为前几天裴时刚调整过角度，不出意料，郑晴今天这一出大戏也都被明明白白记录在册。

物业负责人则是一个劲儿地道歉："对不起，她之前打扮成送外卖的，是我们疏忽了，下次工作一定注意！"

郑晴一走，闹剧收场，屋里再次恢复了平静，裴菲板着脸重新回了厨房，裴时则握紧了白桃的手。

"所以是这个原因之前坚持要离婚？"

白桃打了个哈欠，有点犯困，指了指脑袋："你知道的，我脑子不太好使，我真的不记得了。但确实挺像我的风格，与其等你和第三者双宿双飞叫我滚蛋，还不如我先下手为强提出离婚，毕竟男人脏了就不能要……"

裴时打断了白桃："没有脏，还能要的。"

他抿了抿唇："郑晴今天上门闹事总算也顺手做了件好事，至少还了我清白，原来还发生过这种事，但你下次再遇到这种事也该找我求证，总不能看到个照片就直接认定我出轨了。"

白桃吊起眉梢："什么？我以后还会再遇到这种事？你不能别给裴菲和别人机会拍床照吗？"

因为怀孕取得合法寻衅滋事资格证的白桃摆出了依法办事的架势。

裴时有些无奈："那不是床照，只是在家里睡觉的照片，除了穿着睡衣，没什么少儿不宜的地方。但你不用再说了，你以前每天轰炸我的男德教育里有写，我知道了，吸取教训了，以后就是裴菲，也不让她拍这种照片了。"

"那些男德教育，你还真看了啊？"

"你给我列了个宵禁时间，超过时间回家，就必须竞答，答不出当天男德题知识点，不给进门。"

"……"

但很快，白桃又不高兴了："可我看你男德知识储备也不怎么样啊？你是不是趁着我不记得骗我啊？"

裴时咳了咳，解释道："因为我也就背了两次，实在不堪其扰，后来不得不都在规定时间前就回家了。"

"不愧是我啊！御夫有术！"只是白桃得意了没两秒，就又想起了件重要的事——

"我是不是应该再去做做那个记忆力电击治疗？"

虽然此前死活不愿意治疗，但自从上次渐渐回想起一些片段来，白桃也不再那么坚持了。

失忆土是土了点。

但医生说得没错，人还是要相信科学。

这几天在家躺着，白桃闲来无事查阅了不少文献，不少论文里写了，人容易在事故面前产生应激反应，基于自我保护机制，难以处理太过复杂的信息时，就像计算机 CPU 过载，再之后就会死机，死机重启后，则容易丢失此前的工作日志和操作档案。

自己五年前也出过车祸，这次车祸后脑袋受到撞击，一下子死机重启，结果丢失了五年的记忆，又因为五年前和五年后都遭遇了同样的事故，应激反应之下自己整个状态就回到了五年前。

虽然垃圾裴时趁机诈骗了自己，父凭子贵成功上位，但或许说的倒是没错。

失忆了还是需要治疗。

这有病，还是要治的！

白桃原以为自己的让步和配合会得到裴时的大加赞扬和肯定，然而让她意外的是，裴时想也不想就拒绝了——

"不用了，你毕竟怀孕了，虽然说设备对孕妇、小孩都适用，但能尽量减少孕期诊疗还是减少。"

他对白桃笑了笑，镇定自若道："没必要治疗，只是失忆，虽然确实太过时了，配不上你。但我完全接受现在的你。"

不是？我看你表情不像是相信我啊？

这边白桃愿意治疗了，倒是裴时开始不愿意了？

"不管怎样你和我都已经结婚了，这一点不会改变。"

白桃皱了皱眉，觉得事情并不简单："裴时，你是不是又有什么事骗我，在搞什么阴谋啊？"

因为裴时太可疑，白桃最终对他进行了"严刑拷打"，并成功让对方交代了"犯罪意图"——

"你确实是失忆，但我私心里觉得不恢复记忆也没什么问题。"

反正也这样了，裴时索性面不改色坦率起来："一方面你是孕妇，确实尽量减少诊疗会比较好。

"另一方面就完全出自我的私心。"

白桃眨了眨眼睛："难道你之前真的做了什么对不起我的事，所以不想我想起来？"

"没有。"

"那为什么私心里突然不想我记起来了啊？"

"虽然没有做破坏协议婚姻的事，但也没有对你很好，就算你记起来，仅存的一年婚姻里，好像也没什么值得纪念的事，多半记起来的都是我让你生气的细枝末节。"

裴时顿了顿："你失去了五年记忆，除去这一年乏善可陈的协议婚姻时期，其余四年，其实我并没有参与你的人生。钟潇不是你的前男友，但我不知道这四年里，你是不是还有别的旧爱。"

这男人冷静总结道："所以我昨晚缜密分析了下，觉得你恢复记忆对我没有好处。"讲到这里，裴时的语气就变得有些阴阳怪气了，他看了白桃一眼，"毕竟谁知道你会不会突然想起来个前男友，还不如都忘了的好。"

白桃不服了："你怎么确定我一定有前男友啊？你看，裴菲以前都是因为郑晴才对我造成了误解和污蔑……"

"别的男人又不瞎。"裴时又看了白桃一眼，然后移开了视线，"你长成这样，多的是男人愿意为你赴汤蹈火……"

哇，这个酸溜溜的哀怨味道！酸得都快能给自己止吐了！

白桃不乐意了："不是你说的，第一个男人是你？"

"那你可能和别人也谈过恋爱。"

白桃忍不住掰正裴时的头，强迫他看向了自己："反正我不记得了，那就是没有，只和你谈过恋爱，只喜欢你，以后也只看你，行了吗？"

白桃说完，凑近裴时啄吻了下他的嘴唇。裴时愣了愣，反客为主加深了这个吻。

等意犹未尽地结束这个吻，裴时脸上的表情果然好看了不少。

哎，这男人是自己瞎眼挑的，还能怎么样啊？

当然是只能哄着了。

裴时被哄好了，虽然还有点不自然，但语气缓和多了："当然，我的私心只是我的私心，你要是想去治疗，想要恢复记忆，我尊重你的一切决定，只要你清楚，不管怎样我们已经结婚了，孩子都有了，人还是要对家庭、对另一半负责，不要因为一些虚无缥缈的美好回忆就抛弃配偶和小孩就可以了。"

这话说的，仿佛白桃下一秒就要当渣女了似的！

但扪心自问，白桃如今也没多大动力去治疗，肚子里的小崽子已经够她受的了，光是想到医院里的消毒水味道，她就又想吐了。

白桃一犯恶心，裴时就手足无措起来，倒是从厨房出来的裴菲很有经验，她拿来了个柠檬，送到白桃鼻边："快嗅嗅。"

也不知道怎么回事，白桃原本不怎么喜欢柠檬，如今怀孕了倒是特别喜欢那个味道。

"哥，你去给她榨杯果汁。"

最了解你的人很可能是敌人，白桃和裴菲斗了这么多年，对裴菲的熟悉程度大概已经到了——裴菲一脱裤子，自己就知道她要放屁了。

果然等裴时一走，裴菲就虎着脸朝白桃走了过来，她沉着声："白桃。"

这阴沉的语气、吓人的气势、决一死战般的表情……

如今自己揣了崽，身手不如从前，白桃立刻警惕起来："裴菲，你干吗？我现在怀着你侄子侄女你知道吗？！冷静点！我死了你哥会守寡的！"

白桃还打算动之以情，晓之以理，结果就听裴菲径自开了口——

"我认输。"

嗯？

"你赢了。"要不是白桃离得近，不存在听错的可能，裴菲这个咬牙切齿的语气和恶狠狠的眼神，白桃还要以为她是在说"你死了"……

裴菲大概是鼓起了勇气，脸上有一种豁出自尊的屈辱感，但还是继续道："郑晴的事我确实不知情，也没有参与，更不赞成这种处理方式，所以我和她从今天起就绝交了，她未来的事都与我无关。至于我，往后我也不打算为难你了，既然你嫁给了我哥，以后也算我们家的一份子，看你怀了孕吐成这样也可怜，我就高抬贵手……"

你这挽尊挽得也太勉强了吧？

"裴菲，至少你该承认郑晴以前都是污蔑我，你也听信了谗言针对我吧？那是不是先给我道个歉啊？"

结果不提这个还好，一提这个，裴菲果然死鸭子嘴硬起来："我也是受害者，我也是被蒙蔽的，我没错！"

"那你自己没有是非判断，没证据就听信谣言，这不就是你的过错吗？"白桃装模作样地摸了摸肚子，"宝宝啊，你听听你姑姑，死不悔改啊，错误示例，以后不要学她……"

裴菲气得脸红："白桃，你都和我未来侄子侄女说什么呢！小孩都很精的，你老是向他说我坏话，以后生出来他不会和我亲的！"

白桃看了裴菲一眼，裴菲也是个烈性子，被逼到认输这一步估计已经是她的底线，白桃也懒得再和她作对，刚想挥挥手让她"跪安"，对过去的事既往不咎，就见裴菲扭扭捏捏凑了过来。

她往白桃身边一坐，然后就弯下腰，把头凑向了白桃的肚子。

白桃吓了一跳："你干什么啊？！"

裴菲瞪了白桃一眼："我要和我小侄子小侄女说话！"

她说完，用手捂在嘴巴两侧，做贼似的凑近了白桃的肚子，用几不可闻的声音说了声"对不起"。

一说完，裴菲就板着脸，不看白桃表情，佯装高贵冷艳却极其不自然地跑了。

看着裴菲灰溜溜的背影，白桃简直想站起来叉腰狂笑。

当初耀武扬威的裴菲，如今还不是对自己俯首称臣？

找对了男人，果然天天都像是过节！

因为裴菲难得这次也和白桃、裴时统一了战线，针对郑晴的处理方案就完全交给律师公事公办。

郑晴不知道是被嫉妒蒙蔽了双眼，还是以为裴菲能充当她的保护伞而过分狂妄，在所谓的扒皮帖子里给白桃塞了很多莫须有的罪名，夹带私货污蔑造谣白桃在学校时就私生活混乱，暗示白桃创作的漫画抄袭，指责白桃拉踩郑晴上位，总之，律师取证后，喜笑颜开地认为这简直是一道送分题。

裴时本想立刻出声明和律师函的，白桃反而觉得没必要——

"反正现在网上那些乱七八糟的谣言和起底帖已经在你的介入下删除了，我不想搞什么律师函和声明这么没力度的东西，要发就发法院判决书。既然郑晴造谣我那么多莫须有的黑料，案子我是铁定能赢的，那要打脸就要一次性用力打，直接把她打趴下。发律师函还会有人嘲笑是虚张声势，发法院判决书那些人总没话讲了吧？"

不过说到这里，白桃也有些心虚："但是虽然她说我私生活混乱这些都是假的，可之前那些段子和假恩爱营销……"

"这个没关系，交给我就可以。"裴时给她端了杯热牛奶，"你不用想这么多事，我会处理好的。"

白桃近来孕吐好了些，除了困，没别的毛病，感觉自己又恢复了健康，本想出去转转，只可惜裴时和裴菲像两座大佛时刻看着她。

尤其是裴时，也不知道从哪里看了一堆孕妇护理指南，白桃要不是肚子里揣着崽，真的又想离家出走了——

"正在那时，林总突然把小萌推到了墙角，掐着她的腰，红着眼，眼角的泪痣都微微泛红，他声音嘶哑道：'女人，你再这样，我把命都给你'……"

因为白桃不小心揉了两次眼，坚信孕妇要注意用眼的裴时，更是坚决不让白桃劳累了，于是他自告奋勇充当白桃的读书机器，成功劝退了白桃偷偷看霸总文学的心……

不管多么苏的情节，到裴时嘴里一念，白桃除了觉得尴尬，还是尴尬。一点也不想再听了。

"老公，我最近真的不想看这种小说了，我改邪归正了，要不我们看个综艺或者新闻吧？"

为了逃避尴尬，白桃求生欲很强地立刻打开了电视机，结果没想到更尴尬的事情来了——

电视机屏幕里赫然出现了钟潇的脸，正一脸陶醉地接受着采访。

"就觉得她特别美好，像是我人生里的一道光，能扫除一切阴霾，觉得她特别纯净，为人单纯，让我想到倔强的冰凌花……"

我没有，我不是，别瞎说啊！

这哪里是自己？何况不是都警告过钟潇不允许再暗戳戳拿自己进行这所谓"初恋"营销了吗？

结果白桃刚要跳脚，就听钟潇话锋一转继续道——

"是的，因为小晴，我终于从过去那段初恋里走了出来。是她，带给了我新的希望，用温柔的爱意包围着我，给了我重新开始的勇气。"

竟然不是说的自己？

白桃愣了愣，倒是真的来了兴趣。

电视屏幕里钟潇还在继续："认识她也是一次意外，当时没有现金支付，是她很善良地借了钱给我，后面也是她一路陪伴着我，温柔鼓励我，带我走出了初恋失败的困境，她也是一位独立女性，是一位非常有才华的年轻美女漫画家……"

白桃原本还没觉得，听到这里，就有些疑惑了。

小晴？漫画家？这不会是讲郑晴吧？

等白桃点手机搜索，才发现她的猜测没有错，如今钟潇确实不再拿着自己这个假初恋营销了，而是开始带着他的新女友郑晴出镜，短短一天时间，竟然爆炸式营销参加了多档自媒体采访，还预告了将携新女友一起出席下档情侣综艺节目的计划。

"钟潇竟然和郑晴好上了？"白桃不可思议地看向了裴时，"郑晴不是没多久前还在对你涛声依旧、芳心暗许吗？结果就这？一看在你这里上位无望，就分分钟和钟潇好上了？"

说到这里，她颇为怜悯地看了裴时一眼："裴时你好可怜啊！"

裴时皱了皱眉，不明就里。

"你想想，他俩都直接上媒体晒恩爱了，可见也是勾搭暧昧了一阵，才能一下子确立关系飞速发展到这一步的吧？这不就说明，对郑晴而言，你也不过如此。她对你'一片真心'的同时，还在多线任务搞备胎呢！"

白桃一脸沉痛地摇了摇头："裴时，你不行啊。"

"……"

"你的魅力看来还需多加精……"

白桃的"进"字还没说完，裴时就打断了她："行不行你知道就可以了，我只服务你一个客户，你的客户体验五星好评就可以，别人我不在乎。"

行吧，行吧。

白桃觉得自己像是色令智昏的昏君，安抚完争宠的后宫妖妃裴时，把他打发去工作，自己才终于有时间处理点正事。

她打开了微博，认真研究郑晴和钟潇的事。

这两个原本八竿子打不着的人撞在一起，总让人觉得十分蹊跷。

如今这两个人高调认爱，微博也热烈互动，钟潇帮着郑晴宣传她新上市的漫画，郑晴则为钟潇站台他的创业计划，微博下是各种吹捧和夸赞——

> 简直是天造地设的一对！
>
> 钟潇终于翻篇啦！和郑晴好配！
>
> 这才是正确的情侣秀恩爱打开方式！

怎么哪儿都要拉踩自己下场呢！诅咒还这么恶毒，自己这不刚吐了一礼拜呢吗！

白桃气得要死，决定眼不见为净，只是刚想扔开手机，电话却响了，也不知道是不是巧合，来电显示竟然正是钟潇。

白桃本来不想接，结果裴时给自己洗了盆草莓，端过来时正看到了来电显示，几乎是一瞬间，这男人脸就臭了起来："怎么又是他？"

虽然不合时宜，但白桃当即忍不住还是有点小得意，调侃道："看来你的魅力不怎样，我的魅力却不小啊！你看，郑晴有了新人，你这个曾经的朱砂痣就变成蚊子血了；钟潇呢，有了新女友，却还忍不住给我这个假初恋打电话。"

白桃安慰般地拍了拍裴时的肩："不过你放心吧，虽然我确实魅力太大了点，但我不会接的。我是个有道德的人！"

"你接。"结果裴时看了白桃一眼，冷笑一声，"接起来叫钟潇不要再骚扰你了，你不仅有老公了，还有孩子了。"

因为裴时的坚持，白桃最终开了公放接听，她刚清了清嗓子想要告诫钟潇自己和他绝无可能，就听钟潇道——

"白桃！我看到扒皮帖子了，你和裴时原来是这个情况，想必你现在脑子也清醒了吧？我现在有个计划，你考不考虑给我的项目站台？正好和裴时的公司对打，这样我们可以趁机融一波资，我可以给你抽成，反正你肯定要和裴时离婚大战了……"

可惜钟潇没能激情四射地讲完自己的计划，因为裴时黑着脸抢走了手机："钟潇，你多虑了，我和白桃很好，不会离婚，希望你不要再私下联系骚扰我孩子的妈妈。"

钟潇挺油腻，一听裴时的声音，都没带尴尬的，立刻语气春风拂面般打起了招呼："恭喜恭喜啊，不离婚是好事，我就随便和白桃开开玩笑，哈哈哈，一个玩笑，别当真啊，裴哥！孩子的妈妈？你这意思是白桃怀孕啦？好事，好事！那可要一起吃个饭庆祝庆祝啊！我来请，你们什么时候有空？"

裴时瞬间面色更沉了，沉声警告钟潇："钟潇，据我所知，你的资金链近期已经面临断链，项目也面临全面崩盘了，拆东墙补西墙的方式总会暴雷的。至于此前针对时来科技的造谣，也请你及时支付侵权赔偿金。"

钟潇原本见了裴时和老鼠见了猫似的，这次语气却很轻松："我马上就能拉到投资了。至于违约金，咱们这个关系，还用赔吗？"

裴时皱了皱眉："为什么不赔？我们有什么关系？"

钟潇声音有些得意了，忍不住炫耀道："你这消息也太不灵通了，我现在交了新女友，你知道吧？郑晴！你妹妹的好闺密！铁得不行的那种！你妹没和你说吗？看在这连带的份上，你也得对我高抬贵手吧？"

大概最近网络上营销带来的粉丝让钟潇飘了，他扬扬得意道："至于我的资金，只要我开口，郑家自然会给我站台。"

裴时愣了愣："郑家？哪个郑家？"

"郑晴家呗。"钟潇吊儿郎当道，"你妹妹裴菲的朋友，还不是非富即贵吗？你们这种圈子里交友不就这样？都是势均力敌的才走到一起。我现在是她男友，我们还要一起上综艺呢，她那么爱我，等我开口，还不是一句话的事？"

裴时这下听明白了，他抿了抿唇，严正声明道："郑晴不是菲菲的朋友。"

可惜钟潇完全没当回事，他以为裴时在开玩笑，因此语气揶揄道："这有什么好装的？我又不傻，我可是亲眼看着裴菲和郑晴一起玩的，两人关系看着就不一般。裴菲的好闺密，条件能差？何况郑晴也是个漫画家，平时也有不少新闻采访呢，都说她是低调神秘的豪门大小姐，恐怕和你们裴家，也渊源深厚吧？有这层关系在，我看我们之间的赔偿金就算了吧？以后没准你妹组织的聚会上，我们都还低头不见抬头见的呢！"

　　虽然裴时言简意赅、十分冷酷地再次重申了态度，但钟潇显然一点也不在意，最后还是笑嘻嘻挂了电话。

　　围观了全场的白桃表示十分玄幻和目瞪口呆。

　　撇开所有的不可能，剩下唯一的可能，即便再离奇，看来也是真实了——

　　所以钟潇还真的听了自己的意见，去傍富婆了？

　　因为见过裴菲和郑晴之前混在一起，又看了不少郑晴自己发的低调白富美的营销通稿，就理所当然以为郑晴也是和裴菲势均力敌的年轻富婆？

　　但……

　　郑晴真的不仅不是富婆，甚至即便她在漫画行业里创业多年，也勉强只能算个小康，恐怕还不如家道中落的钟潇家……

　　"所以什么靠着郑晴的阳光走出阴霾、忘记初恋压根儿是不存在的，不过是钟潇资金断链之前抓的救命稻草？他以为郑晴有钱，所以想利用她，才这样飞速高调'爱上'了？"

　　这么一想，白桃突然有点同情郑晴："虽然她是垃圾，还背后阴我，还把你当云备胎多线攻略，但一码归一码，她对我做的事会有法律制裁，现在知道她被钟潇当'杀猪盘'一样骗，是不是应该提醒一下？"

　　只是白桃的纠结没有持续很久，因为几乎是没几天后，一条爆炸性新闻就横空出世——

　　郑晴在接受一档针对她新上市漫画的宣传直播时，突然情绪崩溃，现场流泪不止，然后爆出了惊天大料。

　　"我没想到会这样，好不容易陪着钟潇走出了上一段感情，却没想到他那个初恋前女友和他恢复了联系，我无意间看到钟潇的手机，才发现他们前几天的通话竟然讲了二十分钟，我、我一直是个大度的人，从一开始也知道他这段感情，甚至也因为他的长情才更想珍惜他，可我没想到，他的前女友是这样的人……"

白桃确实和钟潇讲过电话，但那都是在裴时的监督下！大部分时间都是裴时和钟潇聊的！何况电话都是钟潇先打来的！没想到还被借题发挥上了！

白桃面无表情地坐在沙发上看着这段被网友剪辑下来的直播回放，视频里，郑晴哭得梨花带雨，哽咽了好几次。

如此劲爆的话题，直播间一下子涌进了大批网友，直播间的主持人对此发展措手不及，但基于同为女性的同理心，试图安慰郑晴："说不定是你误解了钟潇呀，和前女友联系也可能只是因为他们已经成了朋友，毕竟是曾经爱过的人，前女友或许也只是听说你们在一起的消息所以特意祝福呢？"

"可、可他的前女友，我没想到是白桃那种人啊。"郑晴哭得一脸伤心欲绝，她像是完全无心讲出了这个，立刻捂住嘴，"对不起，我不是故意说出来的，但我发现的时候也太震惊了，要是别人，我都不会介意，但……如果是她，我不知道她会不会做出跨越底线的事，毕竟作为漫画家竟然涉嫌抄袭，作为同行，这种事我也完全无法接受和理解……"

郑晴不愧是"白莲花"专业级选手，她欲言又止地讲到这里，又抹了抹眼泪，然后仿佛强颜欢笑般道："对不起，我太难受了，你们也知道，恋爱时太爱对方，情绪就容易被轻易带动。外加和白桃是同行，好几个漫画奖项，因为一些原因，最终都是她得的，因此我心里也一直有点想法，可能在这件事上牵连和过分扩大化了，在直播间这样，让大家见笑了。我想应该是我误解了吧，白桃肯定是不会来纠缠钟潇的，毕竟她还没离婚，主持人你说得对，他们只是互道珍重罢了，再次向各位道歉，也希望不要牵连到无辜的人……"

哇!

钟潇是误以为郑晴是白富美才勾搭的,那郑晴到底是受了什么刺激突然看上的钟潇?要说白桃之前对此还不明白,如今倒是突然醍醐灌顶地悟了——郑晴此前咬牙切齿是怎么说的?说要抢走自己珍惜的东西,说在别的地方总是能赢过自己的。

所以她也真的以为钟潇和自己曾经是感情深厚的一对初恋?也真的买账了钟潇营销出来的对自己一往情深的人设?真以为他也是自己宝贵的初恋,抢不走裴时,就去抢钟潇?觉得这样就可以单方面向自己宣战?如今更是趁着一个来电记录,可着劲儿借题发挥恶心自己?甚至和钟潇演着演着都真情实感上了?

可惜啊,可惜。

钟潇才不是什么和自己有过美好回忆的白月光初恋,他就是个大骗子!

他们这两个人各怀鬼胎撞到一起去了,也真是"天赐良缘"。

只是虽然想到这点觉得很讽刺,但面对郑晴对自己的污蔑,白桃还是无法平静。

看着郑晴那矫揉造作、故作单纯大度的模样,白桃更是快气笑了:"裴菲!你快过来挨打!"

正好今天裴菲刚到别墅没多久,本来正在厨房里忙活,被白桃叫来得知了前因后果,除了气愤,也很委屈:"我和她已经绝交了啊!你怎么还搞连带啊?"

"不连带你连带谁啊?!你自己看看你这个好姐妹,真是又当又立啊,明明是暗示引导观众去误会我,还这么'白莲花'地又把自己摘干净了,不就是为了给我泼脏水吗?"

郑晴这人也确实完全没有吸取教训,这场直播之后,水军果真跟进,又发了一批白桃的"大料",包括白桃原本是怎么各种暗戳戳抢走本应该属于郑晴的东西，愣是在只言片语里就把白桃塑造成了无底线的人。

当然，这次郑晴机智了很多，她用的都是暧昧模糊的字眼，带上了"涉嫌""疑似"等词。

"这类不能起诉，因为不算真正对你进行了造谣，用词很讲究。"

等裴时看完直播，白桃得知这个结果，一下子神色就垮了，好在很快，裴时揽住了她，送了她一个重大利好——

"但好消息是，之前那次起诉，虽然郑晴拒绝出席，只找了代理律师出席，可就在刚才，律师带来了缺席判决的判决结果。"裴时笑了笑，"你胜诉了。"

他把白桃抱紧了些："准备了这么久，捂了这么久，也该是彻底肃清跳梁小丑、好好反击的时候了。"

裴时去书房联系律师和林莲处理后续事宜了，虽然生怕白桃被影响心情，裴时关照她在他处理完之前都不要上网，也不用理睬社交舆论，但白桃还是忍不住，趁机又偷偷拿出了手机。

不出所料，没多久，自己那个扒皮帖子，此前裴时好不容易压下去的热度又一次起来了，郑晴的直播剪辑下面留言都是这样的画风——

怎么哪里都有白桃啊？钟潇一定是被骗了吧？那个前任白月光竟然是白桃？

白桃漫画受欢迎还不是资本的力量？之前她那些扒皮帖，一夜之间全部消失，找她爸爸给处理了吧？

一定是白桃见钟潇有了新的感情，心里不平衡就想破坏吧？毕竟裴时压根儿不爱她啊，如今还被扒皮了，意难平，看到原本被蒙骗的初恋都走出来了，有新感情了，就心理失衡了吧。

都没离婚呢，就想着勾搭前任，这不就是我们身边最讨厌的那种恶心前女友吗？

……

白桃抿着唇，关闭了这一条，又用自己名字作为检索关键词搜了搜，果不其然，大部分都是在骂自己的。

唯独有一条微博画风清奇，引起了白桃的注意。

爆个小料，某知名漫画家的事不是她父亲公关的，别人的家事也别瞎掺和，人家老公宠着的，发言前先动动脑，网络不是法外之地，否则律师函就在去你家的路上了（别怀疑，人家老公有这个能力和财力一个个起诉）。

发文的是个法律科普类博主，白桃研究了下，才发现对方在现实生活中就是个律师，主打侵权官司的，平时做做奇葩案子讲解和法律普及 vlog（视频网络日志），坐拥几百万粉丝，互动和评论都很热闹。

这条爆料很快就被网友对号入座了，因此下面是一连串的问号——

不是？你说的漫画家是我想的那个桃吗？她和她老公不是塑料婚姻吗？

霸总小说看多了吧？脑补过度警告！

不要蹭这个热度瞎爆料了，实锤过晒恩爱互动都是假的，虽然白桃工作室是发了声明，可裴时那边一点动静也没有，就算之后发律师函，多半也是为了公司上市，也别想太多了，像这种有钱人的婚姻，反正没什么爱情可言，就是利益罢了，彼此工具人而已。

白桃还有人爱？肯定长得丑才从不露面，裴时什么美女没见过？还能为她冲冠一怒啊？今日份最大笑话。

大概是评论里实在太多辱骂的杠精，这个法律科普博主气不过，最终在五分钟后又发了一条微博——

我所在的律所已经接到了十几个当初谩骂某白色水果漫画家的网友咨询了，这种小的侵权案，某白色水果出动的都是顶配律师团，而这个顶配律师团，业内稍微打听一下，就知道是只服务于白色水果老公的，这么说清楚了吗？如果只是协议婚姻，只担心自己上市的事，不会闲情到把每个骂过白色水果的网友都告了，明显是来真格去维护自己老婆的，而且态度强硬，绝不和解。骂某漫画家最狠的那些网友，你们回头看看是不是都已经删号注销吓得屁滚尿流跑路了？不信我可以，那你们就继续骂，等收到人家老公起诉书的时候可别哭，也别来私信我咨询怎么办，能不能免费提供法律援助。

因为这几条微博的插曲，一下子让舆情变得扑朔迷离，但众人吃瓜的同时大部分还是不相信，直到没多久后，一个新注册的微博ID发了一份判决书扫描件。

裴时的微博账号和他本人一样性冷淡风，因为同名ID已经被他人注册，这男人非常传神地换了一个新的——"pei123456"，头像则是一片什么也没有的白色，而他发的微博也非常裴时，连一句话的说明也没有，只是干净利落地甩出了那份郑晴背后操纵营销号污蔑白桃作品存在抄袭以及私生活混乱而被起诉的判决书。

白桃工作室官微很快跟进转发了这条微博，并配以文字——

坚决支持白桃老师合法维权！遏制网络暴力不正之风，不传谣，不信谣。

一石激起千层浪，判决书的信息量太大，而裴时还嫌不够似的，在没多久后，又发了第二条微博——同样没有任何说明和文字，直接上传了郑晴在别墅里骚扰裴时、求他高抬贵手的一段视频，以及她最后情绪崩溃狰狞着被警方带走的模样，视频里很贴心地给白桃打上了马赛克，而除此外，同时发出的还有裴时的报警回执单。

第三条微博则更明明白白了，是一份此前被钟潇欺骗投资而被套牢的公司对钟潇发出的律师函和报警后公安局出具的合同诈骗案立案通知书。

而同时，白桃工作室官博也再次发出了一条微博——

因白桃老师孕期身体不适，此前由我们的工作人员接管了她的微博管理，是我们审核不严导致新来的小助理偷懒，滥用了直接引自网上的资料，而没有用白桃老师和先生每日恩爱的真实日常，对产生的不良影响我们再次道歉，工作室已联系了相关被侵权当事人，谈妥了赔偿方案并支付了赔偿金。我们也再次重申，白桃老师支持原创，从未在自己的作品中有过剽窃行为。针对私生活混乱、作品抄袭等不实谣言和指控，我们将维权到底！

这些声明和铁证发出后没多久，果不其然，短短半个小时后，等白桃再刷新微博，已然风云巨变，舆论整个都炸了——

　　我天啊，没想到吃了这么一个惊天反转大瓜，所以说，虽然确实晒了假恩爱，但白桃和裴时实际是真恩爱？只不过小助理没找好？等等，还有，白桃怀孕了？

　　呜呜呜，白桃老师，我是你铁粉，之前为你澄清到处被人骂，现在终于可以扬眉吐气做人了，我们白桃老师就是最棒的！祝你做一个快乐幸福的准妈妈！

　　进去看了一眼裴总的微博认证，我又重新相信爱情了！

　　以为会认证时来科技董事长的，没想到认证是"漫画家白桃老公"，被塞了一嘴酸柠檬出来，虐死单身狗算了。

　　你们看郑晴那个视频了吗？她好病态、好可怕，感觉就是上赶着当第三者啊，也就是说她一直踩着白桃上位？还和裴时的妹妹裴菲交好，就为了挑拨姑嫂关系？好歹毒。

　　而且你们看时间，郑晴前脚才对裴时茶言茶语妄图勾搭，结果后脚就和钟潇突然大秀恩爱了？这个时间线怎么推断都很有问题啊。

　　以前每次白桃老师发了新连载，她过阵子就会发个跟风的同题材，然后发很多通稿暗中贬低白桃老师，之前以为我自己多心了，如今，呵呵……

　　天啊，滤镜碎了，钟潇竟然是创业骗子！"深情富二代"果然不过是人设！

　　好累，为什么在这里吃了这么多连环瓜，撑死了，白桃老师真的是勤劳瓜农了。

事实胜于雄辩，这话放诸四海皆准，虽然没有过多的说明，也没发什么小作文，但环环相扣的证据反而更有力量，郑晴再怎样在直播间装委屈，除了零星几个死不认账的郑晴死忠粉，舆论已经彻底站队白桃了。

而网友的力量总是惊人的，虽然裴时对钟潇算点到为止，但因为这些抛砖引玉般的讯息，网友们顺着蛛丝马迹，靠着自己的努力又挖掘出了更多关于郑晴和钟潇的细节。

虽然仍有网友觉得白桃此前微博交给小助理管理而造成晒了假恩爱一事相当可疑，对白桃的扒皮帖子里不少细节也仍旧觉得有板有眼，但裴时说的确实没错，公众的注意力相当好引导，一有新的热点，很快就会忘记之前的事——如今，舆论已经开始起底钟潇和郑晴了，完全无暇再顾及白桃了。

"所以说，你完全不用担心，等你早孕反应不那么激烈了，身体状态都平稳的情况下，完全可以画画漫画调适心情。"

力挽狂澜处理完这些事，裴时并没有邀功，而是相当平静，以至于白桃反而有些不好意思了："你、你要不要什么奖励啊？"

裴时愣了愣，继而有些失笑："奖励？你现在这样，怎么奖励？医生说前三个月不建议的。"

白桃一开始没反应过来，等意识到裴时是什么意思，忍不住有些恼羞成怒："你就不能想点积极健康向上的东西？"

"是你暗示我的。"裴时倒是脸皮厚，这时候了，还脸不红心不跳道，"别的也算不上奖励吧。"

好在在白桃再次炸毛之前，他拍了下白桃的脑袋："逗你玩的，不用奖励。"

"为你做的所有事，都不用奖励，不附带条件，也不求回报。"裴时笑了下，"不是有句老话？为太太服务，都是应该的。"

眼前男人的眼神认真、表情温和，白桃忍不住也有些心跳加速。

这还差不多！

今年年底发生了不少大事，让吃瓜群众简直目不暇接。郑晴和钟潇双双被扒皮的事还没平息，这两个人之间狗咬狗扯皮又带来了新热闹。

不出所料，钟潇很快反应过来郑晴并非和裴菲势均力敌的白富美，自己刻意勾搭她最终不过竹篮打水一场空，妄图让根本不存在的"郑家"来给自己站台，挽救断链的资金并退还诈骗到的投资金额，完全是不可能的。

情侣本是同林鸟，大难临头各自飞，因为裴时这次的声明更多的针对的是郑晴，钟潇几乎是立刻为了撇清自己而以受害者的身份接受了采访——

"想和电视机前的观众朋友们都道个歉，是我自己傻，没有看穿郑晴的伪装，现在才意识到，她接近我、对我温柔不过是因为病态的嫉妒心。她嫉妒白桃，听说从学生时代就如此，白桃的东西她不管喜不喜欢，就想抢，还不断败坏白桃的名声，之前在裴时那边折戟沉沙，就转头把陷阱抛向了对白桃还一往情深的我，觉得把我抢走就能满足自己扭曲的虚荣心，也觉得会让白桃痛苦。"

即便到了这一刻，钟潇的表情竟然还十分镇定，只是碍于对裴时的忌惮，此次带白桃出场，立刻求生欲很强地继续补充道："但我不得不声明，我和白桃，早就是过去式。白桃现在和裴时感情非常稳定，我们也没有再联系过，都是翻篇的事了，我经历了郑晴这件事后，也反思了很多，决定暂时还是不谈感情而是集中注意力拼事业了。"

这男人话锋一转道："至于网上传的诈骗，其实是无稽之谈，合作中确实产生过一些纠纷引起了投资人的误会，而裴时也因为白桃的事对我有所误解，所以才引出了这件事……"

郑晴是毫无翻身之日了，但钟潇显然觉得自己还能抢救，因此嘴里生花地美化粉饰着自己，以受害者的身份试图博取舆论的同情。

"可惜光脚的不怕穿鞋的，郑晴都到这一步了，据说直接和钟潇打起来了。"裴菲一边看钟潇的采访，一边一脸八卦地凑到了白桃面前，"现在郑晴也说自己是受害者，虽然是通过努力逆袭的平民子弟，但从没欺骗过钟潇自己是白富美，那些网上关于她是白富美的传闻不过是粉丝传的无稽之谈，从没想到钟潇受误导想傍富婆才和自己谈恋爱；反而她自己，从没考虑过钟潇是否是真的富二代，是因为喜欢上钟潇，和他恋爱后发现他对你不能忘怀，才心生妒忌，最后心态扭曲才做出了这种事……哇，总之两个人现在隔空互骂，彼此扬言要起诉对方，恨不得对方把黑锅全背走，嘴脸可真丑恶。"

什么锅配什么盖，这两个恶人狗咬狗，或许真是他们多行不义必自毙而应得的下场。

"虚假富二代诈骗犯"遇上"心机深沉病态白莲花"，还别说，倒真的很配，互相撕扯起来也是真的势均力敌，建议两个人白头到老，也别再祸害别人了。

裴菲语重心长地叹了口气："果然啊，面对大众的晒恩爱真的不能信，钟潇和郑晴翻车成这样，你和我哥呢，也……"

近来也不知道怎么回事，白桃的早孕反应又再次激烈起来，成天就是吐——躺着吐，坐着吐，走路吐，吃饭吐，吐得白桃每天眼泪汪汪，心态失衡直嚷嚷要离婚。

裴菲不提还好，她一提，白桃又气上了，她看了一眼坐在一边的裴时，又开始寻衅滋事了。

"我就是被骗的，我根本不知道是协议结婚，所以才会中计怀孕，裴时你就是个骗子！我还这么年轻！离婚，我要离婚！"白桃有气无力地骂人，"你有种就去离婚！是男人就去离婚！"

如今内忧外患都彻底解决了，裴时安逸之下脸皮也越发厚了起来，面对白桃的控诉，他一边一只手拉着对方安抚，一只手还在手机上查着什么。

他有些无奈地笑了笑，然后这男人瞥了白桃的小腹一眼，语气不咸不淡道："我是不是男人你不是最清楚？"

"至于有种，我当然有。"他轻轻摸了下白桃的肚子，"不是在这里吗？"

讲到这里，这男人终于放下电脑，看向白桃，语气也温和了起来："好了，熬过这阵子就好了，现在没能吃到的，你每天嚷嚷着想吃的，我都记下来了，等之后孕吐好了都补给你。谢谢你愿意忍耐这些孕期的不适，才让我能欣慰地'老来得子'。"

好像不论自己怎么作，裴时总能四两拨千斤地化解白桃的情绪。他都这个态度了，白桃觉得自己好像也没什么可发作的了。

"算了，惩罚一个男人最大的手段是什么？就是让他落到女人的手里！"白桃瞥了裴时一眼，"裴时，你可要认清现实，以后不仅你在我手里，连你未来小崽子都在我手里，所以……"

白桃的话还没说完，就被裴时打断了："所以要多哄着你是吗？"这男人说话间，就往白桃手里塞了一份文件，"打开看看。"

白桃有些好奇地打开来，才发现是一份协议，她带着疑惑，只是很快，就露出了惊愕的表情。

放在白桃手里的，是一份更新过的补充协议，废止了所有此前协议婚姻中对白桃不利的婚前条款，几乎给出了百分之五百的让步，入眼的条款里，白桃得到的全是权利，而裴时只有义务。

她忍不住抬头看向了裴时："这是什么？"

"随手用来哄你的小玩意儿。"

裴时表情云淡风轻，仿佛完全不在谈论或许上百亿的资产归属问题，真的只是随手弄来哄太太、不值一提的小玩意儿。他含笑的眼睛看向了白桃："不是我和我未来孩子都落在你手里了吗？我是个识时务的人，也想未来过点好日子，当然要讨好你。

"反正落在你手里了，我也不打算费力挣扎了，只能给一点心意表达我的臣服，未来往后，就请你对我好点了。"

白桃孕吐难受，还是不太想轻易放过裴时，她看了眼还在手机上认真看什么东西的裴时，有点想借题发挥："你在干什么啊？！和我说话不能专心点吗？"

"在查未来宝宝的名字，你要一起看吗？"

"要！当然要！"

阳光正好，心情尚可，裴时也还算顺眼，白桃一边凑过头去一起起名字，一边想了想，大发慈悲地决定准了裴时此前的提议，对自己的这位受害者再好那么一点点。

【正文完】

番外一

公主 VS 菲佣

因为没能明辨是非，在郑晴的事上栽了大跟头，外加白桃这垃圾怀孕了，裴菲近来可谓卧薪尝胆，不仅安分守己充分显示了自己淑女的品格，忍耐着没和白桃发过脾气，甚至还能心平气和地像个人形 KTV 放送机一样给白桃提供起点歌服务弹起钢琴来。

虽然是有点忍辱负重，但看着此刻自己哥哥从丰巢快递柜领回来的一堆书，裴菲顿时觉得一切都是值得的，自己的努力，哥哥都看到了！

她当即有些泪意，望向了自己哥哥："哥，你懂我就好了，买了这么多《情绪管理大全》《控制你自己》的书，我实在太需要了！确实应该让白桃好好看看，学习一下淑女品行！"

可惜裴菲的高兴没持续一秒，她话音刚落，就见自己哥哥颇为诧异地看了她一眼，然后镇定自若地开了口："这是买给你看的。"

啊？什么意思？

裴时抿了抿唇："不是要求她控制情绪，是要求你。"

Excuse me？

"哥……"

可惜自己哥哥并没有纠正的意图，他看了裴菲一眼，云淡风轻道："之前郑晴的事，你就是情绪上头，才在没有任何证据的情况下误解了白桃那么多年，所以你更应该学会管理情绪，何况她是个孕妇，她就算有情绪，也是内分泌激素失调，当然应该要求你控制情绪。"

"但是，哥……"

"没有什么但是。菲菲，你看白桃为什么不和我生气，老是和你生气？你要想想自己的原因。"

裴时扔下这句话就拿起手机看邮件，不理睬裴菲了，留下裴菲在原地恨不得揪着自己头发呐喊。

白桃当然不会和裴时生气，毕竟看看自己哥哥平时对她无微不至的那个模样，她就算寻衅滋事，也找不到理由啊！

裴菲甚至毫不怀疑，白桃就算哪天睡糊了脑子，突然想摘天上的星星，自己哥哥可能都会投资个什么载人航空项目，或者真的给她去苏富比拍个宇宙陨石碎片什么的回来。

他对白桃都毫无底线了！都"二十四孝好老公"了！白桃还能找出什么茬来啊！

裴菲心里气得要命，这不就是现在讲的"内卷"吗？白桃都没要求呢，自己哥哥就给自己定了个贼高的要求和贼完美的指标，他是执行得很好，但这不拉高了白桃的心理预期吗？连带着害得自己跟着一起吃白桃的苦！

气人！

更气人的是她抬头一看，才发现刚还在处理邮件的哥哥已经动作熟练地切换到了微信页面，然后点开了那个白桃的头像，开始给她发着什么。

发现自己工作时从不分心的哥哥摸鱼倒没什么，最让裴菲无法接受的是，她发现自己哥哥对白桃的微信备注名竟然是"公主"！

公主！

裴菲简直无语了："哥，你至于吗？公主？白桃是公主？至于备注这么浮夸的名字吗？你们的秀恩爱让我感到恶心、肉麻、难受、心悸！我快要窒息了！"

被裴菲抓包到的裴时显得有那么一点不自然，但很快，他清了清嗓子，恢复了冷静："不是我改的，是白桃拿着我手机硬改的。"

"你以前不是说过，手机绝对是个人隐私，即便未来交女友结婚，也不会随意给对方看的吗？毕竟里面全是商业机密！你怎么随随便便就把手机丢给白桃用呢？"

裴菲觉得自己哥哥和白桃结婚后，简直上演了灾难性的精英堕落史，一时之间只觉得痛心疾首："何况，她怎么有脸给自己改这么肉麻的备注？哥，你既然手机拿回来了，为什么不改回来呢？！"

可惜裴菲话还没说完，就被自己哥哥打断了——

"我没觉得肉麻。"他言简意赅道，"我觉得这个备注挺正常的，所以没什么必要改。"

裴菲一瞬间一句话也不想说了，心里只有一个想法——

上天啊！快把我带走吧！

不过自然，死是不会死的，想着白桃还在蹦跶，裴菲一下子斗志就来了，不管白桃多垃圾，她毕竟怀着自己未来小侄子小侄女，因此裴菲觉得，自己此刻做的一切，也还是值得的！

这天下午，她照常去白桃的别墅里陪了她，先是给她洗了水果，然后弹了琴，最后还在白桃的指挥下去院子里那棵象征她和自己哥哥爱情的鬼桃树浇水、施肥、除虫。

本来，裴菲难得和白桃最近开始和平共处了，正准备随便和白桃唠嗑两句缓和下情绪、增进下感情，于是在微信上给白桃分享了个自己刚看到的搞笑视频。

可惜几乎是裴菲发出消息的瞬间，她就从桌上听到了"叮"的声音，看来白桃去院子里视察桃树生长情况没带手机，裴菲原本想拿着手机去院子找白桃，结果却一下瞥到了白桃对自己的微信备注——"裴时他妹（塑料小姑子）"。

难道自己作为一个成功的钢琴家不配拥有单独姓名?

"白桃!"

饶是被自己哥哥耳提面命看了几天的《情绪管理大全》，裴菲心里还是气呼呼的。

垃圾白桃，凭什么对她自己的定位是公主，对裴菲的定位就是"裴时他妹（塑料小姑子）"呢!

自己忍气吞声，忍辱负重，还是裴时唯一的亲妹妹、知名钢琴家裴菲! 难道不应该也备注叫"公主"吗?

裴菲委屈坏了，她冲到了白桃面前，举着手机就开始质问:"白桃，你要不要脸啊? 在我哥手机上，给你自己备注是'公主'，结果在你手机上，给我备注就是'裴时他妹'，还加个括号，标注我是'塑料小姑子'! 我裴菲哪里不如你了? 过去的事我都给你道歉了，现在谅你怀着我未来小侄子小侄女，我也都好汤好水给你伺候着，凭什么你是公主我就没姓名呢! 没你之前，我在我哥那，也是个小公主啊! 我抗议! 公平起见，你至少也应该给我备注'公主'! "

裴菲在这跳脚，结果始作俑者的白桃竟然相当云淡风轻:"哦，我当什么事呢。"

她歪着头看了下裴菲，挺理所当然道:"可我觉得自己也没备注错了啊，我做事可都是有理有据的。"

裴菲快气死了:"那你说说，为什么你是公主，你的理由呢? "

"你知道白雪公主吧? 我和白雪公主有很多共同特点。"

裴菲忍着性子:"比如? "

"比如我们都有个白字，还都是女的。"

行! 就算强词夺理，这也总算八竿子打着了有那么一丁点联系。

"那我就算名字和白雪公主没直接联系，肯定也有别的和我名字有联系也适用于我的称呼吧？"

"有是有……"白桃抬头看了裴菲一眼，欲言又止道，"就是我不好意思说。"

"说！"

"和你最相关的词语，就一个特别贴切。"

"哪个！"

白桃微微一笑："菲佣？"

裴菲差点当场气到撒手人寰："我和菲佣有什么联系呢？我这么高贵优雅，哪里和菲佣像了？"

"你们都有个'菲'字啊！"

"……"

白桃气死人不偿命地笑嘻嘻道："'菲佣'两个字，'裴菲'也两个字，你们有百分之五十的相似度！四舍五入就是百分之百！要是论最贴切的相关联想，你不是菲佣是什么啊？难道我说错了吗？"

气死了，气死了，真的气死了！

最悲惨的是，裴菲扪心自问地想想，她如今天天跑前跑后伺候白桃，可不正是干着菲佣的活儿吗！

当然，事后，裴菲才意识到，这并不是最气人的部分，最气人的事发生在裴菲当天下午一把鼻涕一把眼泪地找到了自己哥哥哭诉后。

"哥，我真的忍不了了，她给我备注'裴时他妹（塑料小姑子）'！我据理力争也要改成公主，她竟然说我和公主没有直接联系，反而是菲佣最适合我！说因为我名字里有'菲'字！你听听这是人话啊！你说我该怎么办?！"

她以为自己哥哥好歹能主持下公道，压制下白桃的气焰，只可惜，现实总是相当残酷。

裴时只是"嗯"了一声，然后自然道——

"'菲'字和菲佣确实是会容易关联到一起，你要咨询下怎么改名吗？虽然有点麻烦，但也不是不行。但'菲佣'这个词，也没什么不好，人家也是正经工种，而且服务态度很好，你不应该看不起菲佣。"

上天啊！求求你带走这对狗男女吧！

虽然此刻窗外阳光明媚，但裴菲有一种预感，从此她的人生里，恐怕是没有太阳了。

番外二

白桃老师的初露脸营业

白桃的事在多天的发酵后终于渐渐平息，郑晴自作孽不可活，因为名声大降，事业简直跌到了谷底，几大漫画平台也都唯恐被她的诉讼案件牵连，中止或暂停了合作。

她的"苦命鸳鸯"钟潇也不遑多让，被业内不少投资公司起诉就算了，正自顾不暇的当口，白桃还不怕事大地发了个内涵微博，表示自己没和钟潇初恋过，再胡说就发律师函了。

一段时间后，新的热搜代替了过去的，白桃相关的事宜终于恢复了平静，日子还是按部就班地过，但白桃老师的粉丝圈里不是——

为什么白桃老师的微博风格完全变了？！

虽然最近营业很频繁，一直在分享日常，可这个画风也太奇怪了吧！根本一点不像我们平时云淡风轻的白桃老师啊！

难道怀孕以后人会性格大变？但不应该啊，孕妇情绪可能是会比较敏感，但不至于有脱胎换骨的变化吧？是不是被盗号了啊？

还我人淡如菊的白桃老师！

孙静看着粉丝群里的讨论，再点开白桃微博看了眼，哀怨地叹了一口气。

　　原本白桃还敬业地营业，营造人淡如菊气质和人设，发微博频率很低，如今大概是孕期实在无聊，工作计划也因为怀孕放慢了脚步，因此上网时间更长了，只是明明可以多分享点高大上的东西，她却偏偏转发搞笑视频大全，满屏都是"哈哈哈哈哈哈"……

　　要是原来，孙静肯定也以为白桃是被盗号了，只是如今……哎……

　　谁能想到，这就是自己心心念念那么久的白桃老师的真实画风呢？

　　孙静很忧伤、很痛苦，隔了这么久还是觉得自己没法平静。

　　前几天时来科技成功上市，裴总今晚订了庆祝晚宴，白桃在微信上敲自己表示也要出席。

　　一想到又要见到白桃真人，再遭受一次偶像人设崩塌的感受，孙静心里就有些忧虑。

　　只是……

　　真的等到当晚见了白桃，孙静心里原本那点情绪都一扫而空了。

　　白桃老师不开口，光是站着，果然完全是女神降临一般的观感！

　　不得不承认，同样作为女性，白桃走进来的那一刹那，孙静都忍不住为她心动了一秒。

　　虽然已经官宣怀孕，但大概孕期才头几个月，加上白桃选了腰腹略微蓬松的裙摆，如果没有特殊说明，愣是谁也不可能想到这是个孕妇。

　　她妆容精致缓缓走来的一瞬间，孙静甚至几乎能感受到在场所有人的呆愣——确实太美了。

　　白桃脸上没有特殊表情，因此反而带了点冷艳，加之浑身那散发着人民币清香的衣着珠宝，只让人觉得是高不可攀的贵族小姐……如果……

如果她不开口的话。

白桃几乎是一见到孙静，脸上的冷艳就没了，她眼睛亮亮地看过来："静静！"

眼看她正要热情地跑过来，倒是一把被边上本来正在和高管谈事情的裴总给拦截了，他微微皱着眉像是关照了她要慢点，像个老父亲似的叮嘱了两句，才放了白桃走。

白桃步子虽然慢了点，但还是很活泼，并没有那种稳重的端庄。

好在虽然来参加了上市庆祝晚宴，但白桃也并没有公布自己身份，此次公司不仅邀请了全体员工，还有不少合作方和投资方、客户，也都受到了邀请，加之白桃作为Fiona，也曾经算是公司的一员，倒是并没有人对她的存在或者身份提出质疑。

看着走到自己面前又忍不住打了个哈欠的白桃，孙静心里沉痛地想，这样也好……

白桃老师竟是这样的，自己知道就好了，这个打击，让她孙静来遭受就行了，白桃粉丝群里那些坚信她人淡如菊的同好，还是不要知情了……

"静静，我最近在家里新构思了一个漫画，打算等我生完了开始连载，你想要先看看吗？"

孙静是典型的"嘴上说着不要，身体却很诚实"，一听说有新作品，当即也两眼放光起来，等白桃掏出自己的笔记本电脑，把新漫画的一些草图调出来，孙静完全忘记自己此前要在庆功晚宴大吃特吃的宏伟愿望，完全沉浸到白桃的新作里了。

等看完了最后一话，孙静还意犹未尽："后面呢？后面是什么情节？

"女主角和男主角，到底是不是在一起过啊？就那夜醉酒后到底发生了什么？怎么就拉灯了呢，那个能不能详细展开画画呢？怎么就一个分镜切到第二天了呢，后面你看男女主角还有机会深入交流一下吗，白桃老师？"

孙静不得不承认，不管白桃真人是什么样崩坏的形象，每次自己只要一看她的漫画，就又会再次不可自拔地爱上她。

活泼的基调、唯美的画风、跌宕起伏戏剧化的情节，这完全是踩在了孙静的审美点上。

她，在脱粉边缘徘徊的前铁粉队员孙静，再一次栽进了白桃老师的大坑里！

孙静望了一眼眼前的白桃，只觉得自己又可以了。

这新漫画，能火啊！

只是孙静如此激动，白桃的情绪就平淡很多了："其实这不是唯一的连载计划，我还有另外一个设定也想画，具体还是看之后哪个灵感更多些……"

"画这个吧，白桃老师！这个好看！我想看这个！"

之前孙静内心确实对 Fiona 就是白桃有些无法接受，但如今看了漫画，觉得白桃老师就算是个男人，她也忍了！

脱粉边缘的孙静在漫画作品的诱惑下，毅然决然踏回了铁粉行列，为了口粮，连节操也不要了，生怕白桃真的丢下这个去画别的漫画，当即开启了吹捧模式——

"白桃老师，真的，一定要画这个！太符合你气质了！文艺之中带着活泼，安静里不乏跳脱，完全是完美结合！说实话，虽然我之前是有一点不能接受，但现在我才意识到，这才是真正的你！才更让人有亲近感！所以，你画吧！

"今晚回家就画，我来充当你的第一批观众，为你试阅！"

此后一整个庆功宴，孙静都没去大吃大喝，全程围绕在白桃身边和她聊漫画。还别说，白桃这人平时看着不太靠谱的样子，一说到自己的老本行，倒是十分敬业，对业内的几个知名漫画也都有很独特的见解，好几个孙静特别喜欢的冷门小众漫画，没想到白桃也都看过！和自己不仅趣味相投，对漫画行业的很多观点也相当有共鸣。

讲起漫画的样子，又确实很像她的白桃老师了！

孙静喜滋滋地提前试阅了白桃的新漫画，又成功靠狗腿当上了新世纪催稿人，虽然在庆功宴上没吃上什么，晚会的抽奖也并没有运气好到抽到什么，但作为时来科技的一分子，参与了公司的成长，也相当有成就感。

她觉得这一晚已经十分满足。

因此在晚宴结束分别时得到白桃的特别礼物和意外惊喜，孙静整个人都有点蒙——

"我看你一整晚都在陪我聊天，几乎没吃什么，就给你点了一份外卖，回家记得吃夜宵，还有送你的礼物。"

白桃说完，才笑了笑，朝孙静挥了挥手。

孙静有些惊愕，也有些惊喜，等她回到家，看到送上门的"外卖"，就更感动地说不出话来了。

这哪里是"外卖"啊！这是满汉全席啊！

而送自己的礼物，则是自己此前随口朝"Fiona"提过一嘴的下个月演唱会门票！没想到"Fiona"竟然记得！

虽然和自己想象的白桃老师完全不同，但孙静这一刻觉得，这样的白桃，好像也没什么不好的。

她感动地一边吃着白桃送她的大餐，一边点开了白桃粉丝群，刚想说点什么，却发现都这个点了，群里还热闹非凡——

不是吧，不是吧，白桃老师怎么又上热搜了？

现在我们来玩找白桃老师的游戏！目前是裴总左二的那个女生得票最多，目测就是白桃老师。

我不知道是不是自己敏感，我对裴总有点意见，左二的应该是白桃老师不错，但他身边站得更近的那个右一的狐狸精是怎么回事？这女的一看就很嫩，长成这样，多半是哪里的小明星或者练习生，被邀请参加时来科技的晚宴，不懂要让出C位给裴总太太白桃老师的吗？懂不懂规矩，就大刺刺往裴总旁边一站！

就是，这还有没有武德？这么拎不清的吗？虽然长得是不错，但我根本没听过娱乐圈有这号人，估计也是不入流的小明星，红是没红，娱乐圈恶习倒是学了个遍，连时来科技晚宴上都抢C位了。

要我说，最有问题的还是裴总，为什么自己已经怀孕的太太不搂在怀里，倒是和那个小明星站那么近？我作为白桃老师铁粉，三分钟内想要到这个小明星的微博，真的恨不得对她重拳出击！

群里已经热火朝天地聊了十几页，孙静一头雾水地回溯到了好早好早之前的聊天记录，才终于弄明白了是怎么回事。

因为时来科技这次晚宴上请了专门的摄影师拍了不少照片，在晚宴开始前，也为了纪念上市，诸多员工宾客一起合了影，结果这照片也不知道是哪个嘉宾或是员工随手上传了微博，就这么流传了出来。如此无心之举没想到引起了舆论注意——因为此前白桃的热度，好事者都热心地找起白桃来。毕竟这是时来科技的重大时刻，围观群众觉得裴时总应该是带着老婆的。

孙静本来还能镇定自若地看聊天记录，等看到大家投票投出的"白桃老师"时，整个人都快晕厥了。

裴总左二站着的，不是自己是谁！

自己这群同好的粉丝朋友到底是什么眼神，竟然能把自己认成白桃老师！

伪"白桃老师本人"孙静几乎是立刻在群里辟谣："左二不是，绝对不是白桃老师，白桃老师绝对不长这样！"

可惜自己振臂一呼，下面不仅没人赞同自己，反对的倒是一片——

排除合照里所有男性，再排除年龄不适合的女性，再从裴总身边找起，能符合人淡如菊又有气质还比较清秀的，不就只有左二吗？除非白桃老师压根儿没去，不然左二肯定是她！

反正看裴总右边那个真的很讨厌。

感觉心术不正、图谋不轨，怕不是想趁着白桃老师孕期勾搭裴总？

我表姐在影视公司工作，我刚截了那个右一的图去找我表姐打听这到底是哪家艺人，结果气死我了，问了一圈没人认识，倒是几个有名有姓的大经纪说这张脸很有可塑性，反过来向我打听这人是谁，有没有联系方式，想签约！气死我了，气死我了！

孙静心里真的非常想呐喊：我不是，我没有，真的弄错了啊！

左二不是白桃老师，但你们在实名辱骂的右一那个讨厌的，就真的是啊！

白桃老师，你看看你的粉丝，都对你有多少误解！

孙静心里祈祷着，希望白桃还是公开长相救救自己吧！

她还是单身呢！还想着出门相亲呢！结果网上都把自己传成贵妇本人了，这还怎么混呢！

白桃接到孙静哭诉的电话的时候正在做面膜。

孙静在电话里悲悲惨惨："白桃老师，你得给我正名啊，现在我的照片，都被误传成是你了，本来以为是粉丝群里小范围传播，结果今天早上我起来一看，你的百度百科里，大刺刺挂着我的照片截图呢！我都没找到对象，难道就被定性成已婚了吗？"

白桃的一头雾水在孙静的简单解释后才明了，她安抚了孙静两句，挂了电话，立刻联系了助理宋妍，要求去修改删除百度百科里孙静的照片，并以工作室名义发一个公告。

宋妍雷厉风行就把这事给处理好了。

可惜百度百科的照片虽然是删除了，但效果似乎并不太好，自己越是主动出击去处理照片否认，围观群众好像越是逆反心理般的不相信。

据孙静说，她的照片还是被在私下传播。

虽然白桃一贯希望读者更关注自己的作品多过自己个人，但到这一步，也觉得必须严正视听了。

更令人恼火的是，没多久后，宋妍告知白桃，正因为白桃从不露面，竟然有人伪装成白桃去找一些漫画小平台谈合作，大概是对方骗技高超，小平台又审核不严，竟然还信了，欢天喜地以为能和白桃合作，签了合同意向书，还非常大方地支付了预付金。

"然后呢？预付金付完，怎么了？"

宋妍喝了口水，绘声绘色道："付完骗子当然就拉黑操作一条龙，跑了啊！结果现在人家律师函和起诉书倒是发到我们工作室来了。我就想问问，之前签合同时怎么没直接找上门来确认确认真实性呢？被骗子骗钱了，要维权了，倒是想着找到我们正主了？真是无语。

"不过白桃老师，你不用担心，我已经同步汇报给裴总了，裴总的律师团队会处理的！"

法律层面的应诉环节交给裴时是没问题，但白桃想了想，觉得关于这件事，自己或许也该出面了："之前平台不是一直想让我做直播吗？要不你去商谈一下可以做一波直播？正好我此前的作品再版上市，我也趁机出镜澄清下吧。"

从不出镜的漫画家白桃直播，光是这个噱头宋妍就觉得能带来很多热度，又能顺带营销下再版漫画书，她当即就热情地去张罗起来了。

直播当天，直播间热度也果然如宋妍所料一下子爆表，而这种热度，在等白桃的脸出现在镜头后更冲上了巅峰。

在短暂的沉默后，直播间里是疯狂的问号和不可置信——

不是？这是白桃老师？

刚以为走错了成哪个小明星的直播间了，特意退出去看了一眼，发现是白桃老师的直播没跑了，所以这……

不是人淡如菊吗？请问这个哪里人淡如菊？不是说好的气质清秀型吗？这哪里是气质清秀型？

行了，我再也不怀疑裴总和白桃老师感情了，有这种长相的老婆，试问谁还会出轨？

之前说我们白桃老师长相平平的出来挨打！吊打你们黄月然好吗？

所以那天那个被我们粉丝群骂成狗的就是白桃老师本

白桃乌龙

人……尴尬。

当然，除了这类友好的弹幕，也会有些比较讨人厌的——

得了吧，这女的肯定整容了，之前不敢出来恐怕是恢复期没过。

我还是坚信，裴时和白桃是塑料夫妻，长成这样的老婆，不带出去？你们不觉得可疑？反正我是从没见过他们同框！

白桃一边直播，一边看着这些弹幕，她自动过滤了极少数来踢馆的黑粉留言，只针对性看了夸赞自己的。

粉丝们本身对自己喜欢的漫画家就有滤镜，彩虹屁更是吹得没边了，连她这样自我感觉良好的人，都有些不好意思地脸发红。

因为算是第一次露脸，又是面对面和粉丝读者聊天，粉丝们的热情程度完全超过了白桃和宋妍的预期，原本计划好的半小时直播时间压根儿不够用，不知不觉，白桃就延长了直播时间，耐心回答着读者关于自己漫画的问题，她正也比较兴奋地聊到之后的计划和一些构思，结果背后突然传来了裴时的声音——

"白桃。"

男人的音质清冷，但极有辨识度，他走过来，因为身高，脸并没有入镜，屏幕前的粉丝只来得及看到裴时骨节分明的手，这双手伸过来定位精准地拿走了白桃桌边的饮料。

"不是答应我不喝了吗？"

弹幕又沸腾了——

裴总？

没想到白桃老师直播能遇见裴总！

刚才说裴总和白桃老师没有同框是塑料夫妻的出来挨打！

虽然听起来裴总挺关心白桃老师的，但是白桃老师有一种被管着的感觉？而且凭什么拿走饮料啊！我们饮料党决计无法容忍别人抢走饮料！要么喝饮料，要么分手！

不过很快，弹幕就安静了，因为所有人都听到裴时声音温和道："外面的饮料不好，我买了鲜奶，可以给你煮，如果想要果汁的话也可以给你现榨。如果还有别的零食想吃，烘焙也可以，之前你很想吃的一款蛋糕，我上次试做了一次，挺成功的，虽然孕妇最好少吃含糖量高的蛋糕，但是偶尔试一两次应该问题不大。还有，今早我出门你还在睡，欠我的早安吻是不是应该补上？"

接着，直播间前的粉丝们突然发现，原本今天直播非常活泼话多的白桃老师刚开口说了个"裴时，我在……"，声音就消失了。

至于两个人在干什么，直播间粉丝们非常悲愤——

今天又不是情人节，我只是来看我喜欢的漫画家首次直播，不是来吃狗粮的！

已经没有单身狗能活命的地方了吗？

我躲过了情人节，躲过了七夕，躲过了圣诞节，结果没躲过白桃老师的直播间……

等弹幕刷了一大片，白桃才结束了那个吻，也终于来得及说完了刚才未尽的话："裴时，我在直播！"

"宋妍说你今天只直播半小时，现在不应该早就超时了吗？"

裴时的这一话音刚落，直播间所有粉丝就发现，镜头里出现了裴总的脸，这男人微微皱着眉，抿了抿唇，像是做会议总结般言简意赅道："不好意思，各位，我太太因为孕期不能过分劳累，现在必须下播了，谢谢你们的热情，各位再见。"

他说完，转头看向了白桃："白桃，和你的粉丝说再见吧。"

白桃虽然不情不愿，但想了想也确实有点累了，于是嘟着嘴朝屏幕前挥了挥手："再见哦，各位，记得买我的漫画书！下次等裴时不在家的时候我再播！"

等白桃关掉了直播，她还有点不甘心："明明可以再播一会儿的！再播十分钟也行啊！"

裴时扶她从椅子上站了起来："可是十分钟我也不想让你多播。"

"十分钟而已啦，我现在健康状况良好，不至于因为十分钟就劳累到的啦。"

裴时抿了抿唇，然后有些不好意思地移开了目光："我知道你状态很好，但想让你关掉直播，多陪我十分钟。可以吗？"

可以，可以！

你都说成这样了，我还能怎么办呢？

准了，准了。

"那就多陪你十分钟吧！"

番外三

"男德"教育

裴时上市前有不少事要忙，原以为上市后会空闲一阵，能腾出时间多陪陪白桃，结果没想到反而更忙了——企业上市，总要宴请社交，光是合作方、投资方和客户轮番上阵，裴时的应酬都排到了下个礼拜天。

虽说态度诚恳地和白桃做了说明，每次应酬回家裴时也会顺路去花店买上一束花，可孕妇还是不太满意。

这晚9点40分，裴时因为超过了约定的宵禁时间十分钟，果不其然被拒之门外。

"答题！不答题就不能进来！"

白桃还没恢复记忆，但裴时以前和她说了什么，她倒是一五一十都学了起来，还不知道从哪里买了个鸡毛掸子，挺着微微隆起的小肚子站在门口来回逡巡。

门是开着，家是有的，但白桃大佛一样站在门口，有点一夫当关、万夫莫开的架势，裴时第一次感受到了有家不能回的凄凉。

他把花拿出来："白桃，我买花了，能让我进去先把花插了吗？"

白桃瞪着眼睛："花可以进来，你继续站着。"

"……"

这几天来白桃的孕吐已经渐渐平息了，但随之而来的是睡眠问题，肚子渐渐大了起来，睡觉总觉得怎么都不舒服，白桃常常不断

605

翻身，明明很困，但还是辗转反侧。

裴菲这两天有国外的朋友来访，回去接待了，裴时又忙着宴请，宋妍正好休假，连孙静都因为谈恋爱没空理睬自己，白桃一下子竟变成了孤家寡人，寂寞之下还很委屈。

裴时倒是挺平静，一点都不带怕的，还翻起旧账来了："你不是答应以后要对我好的吗？结果把我拦在门外，又要我答题。"

白桃想了想，清了清嗓子，诚恳道："只要你遵守社会主义男德，我会对你好的！题还是要答的！"

裴时有些无可奈何，但最终还是点开了答题链接，他原本预计会有一百来题，然而真点开后，反而笑了。

白桃只给了他一道题——

"选出世界上最美的女人。"

裴时简直失笑："这题我会。是我的太太白桃。"

白桃原本也没想真的为难裴时，不过有些小委屈想闹一闹，看裴时这样气也消了，只装模作样道："答对了，恭喜你！你可以进来了！"

只是刚说完，白桃就愣住了，她脸色紧张地看向了裴时："裴、裴时，肚子、肚子……"

她这个模样，裴时吓了一跳，当即连花也顾不上了，就扶住了白桃："怎么了？不舒服吗？要带你去医院吗？"

"不，不是的。"白桃愣了很久，才找回了冷静，她眼睛亮晶晶地看向了裴时，"我没事，就是刚才宝宝在肚子里踢了我一脚！这是第一次胎动！"

裴时这下也惊喜了："真的吗？"

他把白桃扶到沙发上坐下，整个人小心翼翼地趴到了白桃的肚子前，声线温柔道："宝宝，是爸爸，能听到吗？"

也不知道是不是真的肚子里的小崽子听到了，也或许就是巧合，裴时话音刚落，白桃又感觉到了明显的胎动："动了动了！真的又动了！"

两位准新手爸妈都是第一次经历这些事，白桃激动得有些手足无措，就连一贯冷静的裴时脸上也带着惊喜和不可思议。

爱情是奇迹，生命也是。

白桃第一次当妈妈，体验了人生里很多的第一次，疲劳、犯困、内分泌失调、长痘、孕吐、失眠，有些并不那么愉快，也常常令她惶恐不安，然而还有更多的第一次，让白桃觉得一切都值得。

裴时第一次知道她怀孕后的快乐，两个人第一次听到宝宝胎心时的动容，还有如今一同分享第一次胎动时的奇妙。

所有所有这些第一次，平淡又琐碎，但组成了难以忘怀的回忆。

虽然过去五年很多事白桃记不起来了，但一起制造更多更多的回忆，去填补过去的空白，好像也很有意思。

虽然这两次胎动以后，小家伙大约累了休息了没有再闹腾，裴时却坚持上了，他兴冲冲地又贴着白桃的肚子和小家伙聊了会儿没有反馈的天。

"宝宝，对不起，最近都回来晚了，从明天开始不去加班应酬了，会早点回家陪着你和妈妈。"

裴时都这么说了，白桃觉得自己也没什么可闹腾的了，反而有些不好意思起来："算了，你加班应酬也是为了赚奶粉钱，也不是不能理解，但这样连续好几天都这么晚回家，作息也不太健康，对身体不好，以后也别这么累了。

"虽然生个孩子就像是养个四脚吞金兽，但也不至于需要你那么辛苦，未来往后，你们俩就都跟着我混好了！如今我的莫须有黑料也澄清了，热度还很高，画漫画赚钱养家不是问题，要是未来行业突然不景气了也不要紧，我……"

裴时笑着打断了白桃："怎么？行业不景气，你捡垃圾养我们吗？"

白桃笑嘻嘻调侃道："不啊，我只能铤而走险画十八禁漫画养你们了！"

"……"

白桃到底是漫画家，实在擅长脑补，讲到这里，看向裴时，竟然一下子有点眼泪汪汪又演上了："我要是进去了，你要定期来看我好吗？"

"……还是别画了，违法乱纪不可取。"

裴时觉得还是不能让白桃闲着，他想了想："现在孕中期，医生说可以适当运动一下了。"

当天晚上，白桃终于理解了适当运动的真正含义。

裴时果然还是裴时。

白桃觉得，自己就不应该心软！就应该让他通读背诵《男德大全》！

番外四

白桃的孕期日记

周六　晴

有点失眠，裴菲正好在，让她弹了《秋日私语》，她很激动，以为我终于改邪归正，放弃《最炫民族风》，可以欣赏她的古典乐琴技了，大叹我的审美水准终于上升，觉得和我未来有不少共同话题可以探讨，但……

十分钟后我果然就睡着了。

感恩古典乐，总是如此让人催眠。

醒来后菲菲果然气死了，扬言要离家出走，表示没见过我这么没有鉴赏能力的人。安慰了她半个小时，让她相信正因为她的音乐够抚慰人心，才能治愈我的失眠，她才终于脸色好看了一点。

哎，姓裴的怎么都那么难搞啊。

我好难啊。

周日　还是晴

裴菲约我去逛街，结果走了半小时就喊累，还没我这个孕妇能打！

她怎么回事啊？趁着打折给她办了个健身房的卡，大发慈悲送她了，她这种身体素质，以后怎么和我对打呢？

卡送给她的时候，还推辞不要，说不能收我的礼，算了吧，前几天还被我发现偷偷在用我之前推荐给她的生发精华呢！

难怪觉得她最近头发都浓密了些！发际线边上都是小绒

毛！当初推荐给她的时候也是看了网上评价，没想到她这个小白鼠试用下来竟然挺管用！都说女人生完孩子会面临产后脱发，所以我是不是也应该囤一点？

不过她真嘚瑟，不就长了几根小绒毛吗？至于天天跑过来撩自己头发，暗示我看她头顶炫耀吗？

我发量是她几倍，根本不会羡慕的好吗！

周一　天气怎么还是晴啊

裴时今晚给我做了超级好吃的蛋糕！因为是他亲手做的，所以用了减糖配方，其实我孕期体检结果都很好的，医生也没让控糖呀，但谁让裴时看了不少孕期健康指南，说孕期糖份摄入过多到了孕后期可能会存在血糖升高影响孕妇健康的情况。

真是爹系老公了。

不过虽然是减糖配方，但蛋糕还是很好吃！和裴时申请还想吃！结果他说那他晚上也要"吃糖"，礼尚往来才行。

好吧好吧！

男人真是好麻烦！

周二　天气终于不是晴了，今天阴天

裴时没有去上班！今天在家里办公了！好开心哦！

裴菲说还想过来继续给我弹琴，都有裴时了，还要什么裴菲啊！

我无情地拒绝了她！

裴菲还不高兴了！上次不还说不想见到我要离家出走吗？

还是那句老话，他们裴家人真的好难搞！

周三　多云

小崽子今天老是踢我，我午睡时直接被踢醒啦！打电话和TA爸爸告状了！

哼！

这么不安分！

你爸都落我手里了，劝你也识相点！

周四　阳光灿烂

不孕吐了真开心，每天就是吃吃吃，把之前吐掉的肉都吃回来了！

今早上秤一看，哭了！我怎么像个吹气的气球一样胖了好多哦！

但是幸好裴菲给我推荐了不显肚子的裙子，我穿完在路上走，都没人觉得我是孕妇，开心！看裴菲都顺眼了！裙子裴时看了都夸了好几次，还自责自己怎么没想到给我买，很有点嫌弃裴菲抢走了他表现机会的样子。

哎，裴家兄妹难道要为我闹内讧吗？

怪我。

魅力太大了。

周五　下小雨

今天去直播啦！读者们还是一如既往可爱。就是裴时拿着个闹钟站在边上提醒我超时了，我简直像个惨遭抓获的网瘾少女。

崽崽，虽然你还没出生，但我已经看到了你未来的悲惨生活，仿佛看到了你爸拿着教鞭站在你边上督促你做作业的前景……

但是，我是不会帮你解围的。

甚至对此，我还喜闻乐见，毕竟裴时的精力是有限的，他去管你，就没空管我了。

这个层面上来说，生个孩子还是很有用的，声东击西，用你转移你爸的注意力，获取我短暂的自由。

我简直太聪明了！

周六　多云

肚子越来越大了，之前明明都还很不明显，结果突然几天之内，仿佛就吹了气一样变大了，如今坐下都发现腹部鼓起好多，再也没法忽视自己是个孕妇的事实了。

胎动也越来越频繁，踢到肚皮上都能看到小脚的形状了，好神奇啊。

第一次看到这个景象的时候，裴时高兴得像个傻子，宝宝的脚踢出一个形状，他就立刻用手去摸，还要和宝宝击掌，可惜宝宝没理睬他，但他自说自话竟然也很高兴。

裴菲听说这个以后当晚就连夜赶了过来说要观看，可惜她大概是没什么魅力，她一来，崽子一次也没再踢我，菲菲气得一夜没睡。

有点可怜呢，但我还是忍不住丧心病狂地嘲笑起了她。

周日　晴

裴菲一定要教我钢琴，天啊，我不想学啊！她坚持要陶冶我的情操，还说这样以后我可以和她四手联弹。

问题是我为什么要和她四手联弹呢？我要四手联弹也找裴

时好吗？

好在我飞速以肚子里小崽子不安分为理由溜走了。

最后裴菲也放过我了，不过过了没多久，她又郑重其事地把我叫到客厅，要和我坐下好好谈谈，说她已经对她未来侄子侄女有了超前培养的计划，等孩子一生，到了四岁，她就要开始给教钢琴，势必要让孩子赢在起跑线上，成为和姑姑一样优秀的钢琴家。

虽然我也同意小孩最好学门乐器，但是其实觉得钢琴并非首选。

听了我的回答，裴菲果然瞪起眼睛质问我钢琴哪里不好。

哎。

钢琴是挺好的，但万一以后家里破产家道中落，小孩会钢琴的手艺，好像也没什么用啊？谁街头卖艺还扛着个钢琴到处走的，城管来的时候跑都来不及跑，还是学个小提琴、二胡之类的吧，不仅能卖艺，还溜得快。

周一　多云

裴菲拼命在看《育儿大百科》，自告奋勇说要给我带娃，被我婉拒了还坚持，还说从小带孩子就能和她亲，以后我和她要有吵架的地方，孩子至少不会偏袒我，说不定还会帮她呢！

怎么可能呢！

我才是亲妈！她想得美！

不过如果她这么积极想带娃，也不是不行。我愿意给她机会！

不想记日记了，肚子太大了都坐不住了。

呜呜呜，想要赶紧卸货！

番外五
生　产

小崽子是提前预产期两周发动的。

白桃上午还伏案画了会儿新项目，晚上睡觉的时候状态也很平稳，她怀孕后容易困，早早就睡了，但睡到晚上十二点，也不知道是心有所感还是什么，突然就想上厕所。

然后就是破水。

整个过程里白桃都还有些睡意惺忪，人都是迷惘的，裴时睡得浅，听她去了厕所这么久还没回房，因为担心爬起来一看，倒是比白桃先彻底清醒了。

"白桃，换好衣服，马上去医院。"

"怎么了？"

"你羊水破了。"

等白桃迷迷糊糊换上衣服穿上安心裤被裴时塞进车里，她还有点不能接受："你的意思是我要生了？可我一点也不疼啊！"

裴时一边在联系妇产科医生，一边抽空摸了摸她的手："破羊水也未必每个人都会疼，也并不是意味着一定很快就会生，但羊水破了，还是最好住院。你别担心。"

白桃一点反应都没有，当然不担心，她坐在车上，掏出了手机，开始给裴菲发信息直播——

"裴菲！我好像要生了！

"如果今天生，那就不是射手座了！可能是天蝎座！"

　　白桃本来给裴菲弹了一堆语音和留言，这大半夜的，并没有指望裴菲回复，结果没过五分钟，裴菲的电话就来了。

　　"白桃！你要生了吗？你在哪儿？到医院了吗？我马上来啊！"

　　白桃惊呆了："都这时候了，你没睡？"

　　"你不是说今晚想听我给你视频通话弹曲子吗？我等你好久了，你怎么都没弹我语音呢。"

　　"还有这事？"

　　裴菲一副委委屈屈小媳妇的模样，白桃都惊呆了，她对此一点儿没印象了，或许真是怀孕后记忆力衰退……

　　不过裴菲倒是不在意这些，她一听说白桃破水了，挂了电话，二话不说就往医院赶，急吼吼地，激动得仿佛是她自己去生孩子，愣是到的比白桃和裴时都早。

　　白桃一开始仍旧毫无反应，甚至指挥裴时给自己买了一堆吃的——到了孕后期，她总是非常容易饿。

　　阵痛是在她吃到第五个甜甜圈的时候来的，一开始并不强烈，隐隐一阵阵的，甚至都没影响白桃和裴菲斗嘴，可没一会儿，事情发展就急转直下了——

　　这都不只是疼，白桃第一次发现，真正疼起来，人除了冒冷汗，以及虚弱地哼哼唧唧，都没办法大声喊疼。

　　看她这个样子，裴菲急得要死，裴时倒镇定不少，但心里的担忧一点不比裴菲少，看着白桃这样，但又无法替代她受苦，这男人无措的同时也很心疼，只能握紧了白桃的手，一下下帮她抚摸着顺背，试图缓解她的疼痛。

　　"你要疼得厉害，又没力气叫，就捏我。"

　　白桃确实疼得都快进气多出气少了，但还是咬紧牙关没拧裴时。

　　因为脐带绕颈，白桃很快被推进了剖宫产的手术室，而裴时和裴菲只能等在门外。

　　裴菲一圈接着一圈地来回走动，最后还是忍不住了："哥，白桃该不会有事吧？"

　　"听说女人生孩子好危险的，什么在鬼门关外走一圈……虽然白桃老是压榨我、气我，但毕竟怀的是我们家的崽崽，而且我最近也看她顺眼好多……拜托手术顺利点赶紧结束啊！"

　　整个手术过程中，裴菲念念叨叨焦虑得不行，上帝、佛祖、老天爷什么的都来回祈祷了一遍，唯独裴时还保持着镇定和冷静。

　　而等终于听到"哇"的一声婴儿啼哭，继而有护士出来报喜，是个六斤的小姑娘时，裴菲才彻底松了口气，转眼一看自己哥哥，仍旧如此自持稳重。

　　裴菲却觉得有点头晕目眩，仿佛是她自己生了个孩子，连护士的声音都让她觉得有些恍惚了，只听到个大意——等过会儿把白桃推回病房，他们就可以去看新生儿和产妇了。

　　只是自己这个小姑子肾上腺素分泌都快失衡了，哥哥这个产妇的老公倒是还面不改色。这等大将风度，饶是裴菲，都忍不住对自己哥哥再次刮目相看。

　　"哥，你果然是做大事的人！"

　　裴菲以为自己哥哥升级做了爸爸好歹应该激动一下，结果还是泰山崩于前而面不改色。

　　虽说这样挺符合自己家庭教育说的不喜形于色，但裴菲同为女性，这一刻心里也有些忍不住向着白桃——哥哥怎么回事啊，老婆辛辛苦苦剖宫产生下千金，哥哥都不带笑一下的！就算稳重冷静，也太稳重冷静了吧！这都可以说是冷酷了！

　　裴菲设身处地地想想，要是自己躺在产床上痛了好半天生了个孩子，自己老公就这德行，那可真是分分钟想离婚。

哎，这一刻她突然忍不住有点同情白桃，太惨了！怎么就摊上了自己哥哥这么一个天然制冷机！

如今白桃就快出来了，他脸上这么镇定，竟然还在路口拉了个小护士说着什么。

裴菲有点不高兴，这都什么时候了，哥哥还在那边和不相关的护士聊天，她走过去，刚想拉走裴时，结果就听到了哥哥刻意压低的声音——

他问那小护士："有镇静剂吗？"

镇静剂？要那个干什么？

小护士显然和裴菲一样疑惑，因此直接问道："请问是出了什么事吗？"

裴时脸上还是冷静又自持，然而开口说出的内容，却暴露了这个男人真正的内心。

他的声音有一点不自然，也有一点努力抑制的微微颤抖："我太太刚生了，我觉得我现在的情绪有点过分激动，虽然努力克制了，但我觉得我可能还是需要使用镇静剂，让我自己好快速冷静下来。"

哥哥背对着自己，并不知道这些话一五一十被自己听到了。

他还装模作样给自己留着个挺拔冷酷的背影呢。

裴菲有些失笑，自己还当哥哥是泰山崩于面前还不动的超人，但原来他也就是一个普通的男人。

老婆生孩子，自己升级到爸爸，原来他其实心里激动到了都要用镇静剂的程度。

其实在裴菲眼里，多数时候裴时都一直像个超人哥哥——好像永远每个方面都能做到完美，没有什么是能难倒他的。

虽然对此是自豪的，但时间久了，裴菲也会有疑惑。

自己哥哥真的毫无瑕疵弱点一直都这样强大吗？

可太过强大不受外界干扰的人，多半时候也很凉薄。

超人哥哥很棒，但有烟火气的哥哥好像更有人情味了。

在外呼风唤雨，手段雷厉风行，他可以是别人眼里的裴总，可以是众人忌惮的裴家实际掌权人，但对白桃而言，他只是她的丈夫。

裴菲内心突然动容，好像是这个瞬间，她突然也有点想谈恋爱了。

番外六

手忙脚乱的带娃生活

小孩子的成长真是飞速，白桃对自己孕期时的记忆还历历在目，然后和裴时一起度过了手忙脚乱的新手父母期，陪伴着彼此成长，也见证了小崽子第一次抬头、第一次学会坐、第一次直立行走，以及第一次开口喊爸爸妈妈……

然后时间仿佛装了一根可以随意拨动的指针，咻的一下，等白桃再反应过来，小崽子都已经两岁了。

当然，准确来说，不能再喊小崽子了，人家有官方大名——裴雨蒙，小名——裴点点。

裴时和白桃在小崽子出生之前各自准备了一堆名字，结果全家人在孩子的名字投票上分庭抗礼，完全无法达成一致，最终是裴菲提出了解决方案——裴时说一个数字，白桃说一个数字，然后翻字典，翻到哪个是哪个。

好在小崽子运气不错，至少没翻牌到"铁蛋""狗剩"之类的名，看着裴雨蒙这个名字，可见她父母的手气还是可以的……

至于小名，那单纯是因为白桃一整个孕期因为这个小崽子，不得不健康饮食，因此错失了无数次点奶茶的机会，于是将女儿赐名点点。

……

裴点点小的时候，白桃总期盼着她赶紧长大，可惜如今长到能跑能跳、能说能唱的两岁，白桃心态就有点崩了。

谁能告诉她，可怕的两岁，第一反抗期，该怎么应对？

两岁的裴雨蒙进入了自我认知和叛逆期，对于白桃的指令，几乎都是下意识的拒绝。

白桃喊她吃饭，小崽子拒绝——

"不，妈妈！我不吃饭！我要吃饼干！"

白桃喊她刷牙，小崽子拒绝——

"不！我不要刷牙！我讨厌刷牙！就不刷牙！"

白桃喊她睡觉，小崽子还是拒绝——

"不，我还要玩！月亮不睡我不睡！"

……

总之，能对着干，就绝不听话。

好在长此以往，在总结了敌我斗争经验后，白桃还是想出了应对之策。

晚上裴时一回家，白桃就开始给裴点点下指令——

"宝宝，下面由妈妈来给你讲绘本故事。"

果不其然，迎接自己的是小杠精的实力拒绝："不！我不要妈妈给我讲故事！我要爸爸！"

白桃装作失落的样子，其实心里早就乐开了花，她看了裴时一眼，赶紧把绘本塞给了裴时："老公，宝宝不要我讲，那就交给你啦。"

她塞完绘本，立刻往床边上一躺，毫无负担地玩起手机来。

裴时自然早就看穿了白桃的计谋，但他只是有些无奈地笑笑，继而拿着绘本，把裴雨蒙抱进怀里，开始讲起来。

因为摸到了规律，白桃之后的带娃生活其实非常轻松。

裴雨蒙要喝奶了，白桃："宝宝，那妈妈给你去泡奶粉吧！"

"不要！我要爸爸泡！"

裴雨蒙要搭积木了，白桃："宝宝，那妈妈陪你搭积木吧！"

"不要！我要爸爸搭！"

裴雨蒙便便了，白桃："宝宝，那妈妈来给你换尿不湿再洗屁屁吧！"

"不要！我要让爸爸来！"

好好好，白桃自然快乐地把铲屎这项工作交给了裴时。

当然，裴时也乐此不疲，他也乐于分担育儿工作，看到白桃开开心心还是和以前一样轻松，才觉得松口气，毕竟自己这个太太多娇弱金贵，他可是体会过的。

刚生宝宝那会儿，白桃产后身体恢复需要时间，加上孩子又是高需求宝宝，一分一秒也离不开人，最后常常是孩子在哭，白桃也快哭了。裴时不得不一边安抚女儿，一边安抚老婆。

自然，他一开始也是手忙脚乱的，但好在裴时是个学习能力很强的人，很快，就已经能熟练地单手抱娃，给娃换尿不湿，以及用奶瓶喂奶后拍嗝继而哄睡了。

虽然月嫂、育儿嫂一路都有请，但这些服务人员休假或更换时，总需要有家人接替上，因此，孩子出生后一年内，裴时婉拒了许多聚会和应酬，以至于近乎在社交圈半隐退了。

也不是没遇到过合作伙伴半真半假地开玩笑："裴总，你这做大事的人，不能拘泥在带孩子啊，娶老婆干什么用的？不就是给你生孩子、带孩子的吗？你要多参加参加我们的聚会啊，孩子丢给你老婆就行了。"

每每谈到这种话题，中年男人们就忍不住要起哄炫耀："那是那是，我老婆就是全职太太，在家的工作就是带娃，我平时可是要给KPI指标考核的，全职太太都别觉得自己多了不起，养活她们的可是我们。"

"我老婆可听话了，带孩子理所当然是女人的事啊，我们男人可要在外面闯荡的，裴总，何况你太太不就是全职太太在家的吗？"

虽然这样的论调和起哄总是会一次次发生，但裴时也都会一如既往地一次次回复："我太太有工作，是很成功的职业漫画家，并不是全职太太。即便是全职太太，女人也没有义务一定要带孩子，成功男人不仅应该事业有成，更应该在家庭育儿里也是重要参与者。"

白桃这么年轻就为自己生了孩子，裴时觉得不应该再让她单独承担育儿的苦和累。

所以她那些偷懒的小把戏，他都一并笑纳了，甚至白桃不知道的是，她扬扬得意，自以为成功找到了对付小崽子的办法，靠着自己的聪明才智成功逃脱育儿烦恼甩锅裴时，却并不知道，这不过是裴时送给她的一份小礼物——在白桃发现之前，裴时就成功收买了他们的女儿——

"点点，以后妈妈如果说要她来带孩子、要她来辛苦，你记得一定要立刻拒绝，说都交给爸爸做。"

两岁的裴点点不明所以："为什么呀，爸爸？"

"因为爸爸平时工作比妈妈更忙一点，所以带宝宝的大部分时间还是妈妈，她很辛苦，通过爸爸这个方案，你妈妈可以放松一下，而且不会产生负罪感，毕竟是你主动不想让她带。"

裴点点十分好学："爸爸，什么是负罪感？"

"负罪感就是你今天偷偷吃掉了爸爸买来周末才能吃的糖，虽然你偷吃了糖应该很开心，但现在肯定又有点害怕和担心，因为你本来答应了爸爸平时不吃糖保护牙齿的，只有周末才能吃。"

"……"裴点点嘟起小嘴，挺委屈的样子，"你都知道了啊，那你会向妈妈告发我吗？"

裴时笑了笑："不会，只要你和爸爸一起保守让妈妈放松的秘密，我们拉勾可以吗？"

裴点点伸出了还有些肉肉的小手，大约是遗传了裴时的基因，很会顺杆爬，有些未来谈判专家的潜质："好吧，那我待会儿还可以多吃一颗糖吗？如果你让我再吃一颗，我保证我一定不告诉妈妈。"

她眨了眨眼睛，一脸天真无辜地看向了裴时："隔壁的多多说，多吃糖对记事情有好处，会更记得住，我要是少吃一颗糖，可能就记不住了，会忘记爸爸说的话了。"

"……"

裴时有些失笑的同时轻轻摸了摸裴雨蒙的头："你和你妈妈在某些方面得寸进尺得一模一样。"

好学小宝宝裴点点当即追问道："爸爸，什么叫得寸进尺？是不好的意思吗？那你是不是会不喜欢宝宝和妈妈了？"

裴时抱起了可爱的女儿："没有的事，什么词语什么话，落在你和你妈妈身上，都不是不好的意思，就算你听不懂，也不用在意，只要记住，爸爸永远爱你们，这就行了。"

回应裴时的，是裴雨蒙奶声奶气的撒娇："爸爸，我也永远爱你和妈妈。"

番外七
关于蜜月的回忆

　　白桃没有再接受系统性的记忆力治疗，带孩子很忙，她又有点懒，觉得失去五年记忆好像也没有太大影响，因此也没再去医院。但随着时间的推移，她时不时也会想起点过去的片段，比如……

　　比如她突然记起了和裴时那塑料又相敬如宾的蜜月旅行——

　　虽然是协议结婚，但为了在外界面前营造至少是正常夫妻的状况，在举办了盛大的海岛婚礼后，即便白桃并不愿意，但还是不得不佯装着笑意踏上了和裴时的两人蜜月之旅。

　　为了避人口舌，白桃自然不能和裴时每人各自一个房间，好在定的都是总统套房，除了大床房的套间外，还有巨大的会客室，里面有足够容纳一个人侧躺的沙发，绝对宽敞……

　　白桃一回想到这里，就开始不爽了，这天是周末，裴时不用去上班，刚带女儿从游乐园回来，就见到白桃板着个脸，有点委屈的样子。

　　"怎么了？"

　　"裴时，我又记起来了，你对我真的太差太差了！"白桃委屈了半天，一见当事人，立刻憋不住了，伸出手就不痛不痒半威胁性质地打了裴时一下，"你这人是男人吗？"

　　裴时有点茫然，他看了眼拉着他手乖巧站在一边的裴点点："女儿都生了，长得还和我这么像，是什么让你怀疑我不是男人？是我最近不够努力吗？"

白桃有些恼羞成怒："不是这个事！是蜜月时候的事！"

她把裴点点交给了育儿嫂，等孩子走了，才和裴时摆出了谈判的姿势："你别装了，我都记起来了，当时总统套房就一张大床，还有一个沙发床，你竟然都不直接把大床让给我……在法国度蜜月住了一周，这整整一周里，你都让我睡沙发床！大床是你自己睡的！"

白桃越说越气："所以，裴时，礼尚往来，君子报仇，十年不晚，今晚开始，你睡七天客房。"

裴时愣了愣，继而有些失笑："白桃，我都怀疑你是不是选择性失忆，只记得我差的地方，对造成这种结果的自己的过错倒是完全忘记了，和之前那次记起来的时候一模一样。"

"？"

"当时我提议让你睡大床，我睡客厅，但你拒绝了，豪情壮志说现在两性平等，不需要我给你让渡这么多优待，你要找一个绝对公平的办法来调配睡觉资源，让我输得心服口服。"

哦……

这个听起来倒像是自己的风格。

白桃点了点头："这点听起来合理，所以聪明机智的我找了什么办法来公平调配？既然是公平调配，不应该七天里至少我也能睡到三天大床房吗？为什么最后七天全是你睡的？"

"你说的方法是石头剪刀布。"裴时抿了抿唇，仿佛光是回忆那段时光都有些一言难尽的样子，"我也以为你会想出多机智公平的方式，但你告诉我石头剪刀布，还说那个最方便、最公平，甚至警告我说你是石头剪刀布最强王者，曾经得到过石头剪刀布锦标赛小学组冠军，让我当心，你一定会让我七天都睡在沙发上，输得心服口服的。"

还……还有这种事？想起这个石头剪刀布锦标赛，白桃的脸有点发红……

她的声音有点干巴巴的："所以后来……"

"所以后来我们就石头剪刀布。"裴时顿了顿，看向了白桃，"然后你都输了，输了每一局。"

"……"

"我其实挺好奇，你不是石头剪刀布锦标赛小学组冠军吗？虽然后来年龄大了点，但至于水平下降得这么严重吗？"

石头剪刀布锦标赛小学组冠军这事白桃倒是记得，她脸上火辣辣的："那个奖，是我爸特意为我举办的，奖状也是我爸发给我的……"

这下轮到裴时有些失笑了："你当时唬我倒是挺像回事，难怪你技术这么差，七局你都输了，还耍赖，死活要再来，我没办法，又陪你再来了七局，你还是都输了。"

所以自己这才倒霉睡了七天沙发？

裴时点了点头："对，愿赌服输，我给了你两次机会，你都没赢，一开始我要直接让给你睡大床的机会，但说要公平竞争的是你，最后自然也只好自己灰溜溜地睡沙发了。"

这样哦……

白桃有点不好意思："对不起啊，我还是记不太清楚，那你书房不用睡了……"

结果裴时倒是较真上了："不能这么简单就结束吧？"

"嗯？"

"不睡书房只是我的正常权利和待遇，我觉得你至少应该做出补偿措施。"

"为什么？"白桃有点惊讶，"虽然我是愿赌服输，可我蜜月里竟然在客厅沙发上睡了一礼拜，我现在让你继续睡房里，我觉得都是大发慈悲呢！”

“你最后没有睡沙发。”裴时看了白桃一眼，“我都怀疑你是故意的，你最后哪天醒过来是在沙发上的？”裴时移开了目光，“每一晚我都等你睡着把你搬去床上了，七天沙发，实际都是我睡的。”

这男人回忆起过去，竟然还带了点控诉的意味：“你也不给我省点事，都说了就算我赢了，睡床的机会也让给你，可你死活坚持要睡沙发，害得我还要等你睡熟了再把你搬过去。”

裴时想了想，补充道：“你还挺沉的。”

自从带了小崽子后，白桃的脾气已经好了很多，觉得自己离人淡如菊也真的只有一线之隔，不过她还没来得及生气，裴时已经笑着补充了起来——

“但我力气很大，你再吃多一点、再沉一点也没关系。”

他这样，白桃反而也有些不好意思，她咳了咳：“那我们蜜月当时还干了什么啊？别的我还没记起来。”

“大概就是两个人组团旅游吧，没什么特别的。”裴时认真回忆道，“就在巴黎随便逛了逛。”

有点遗憾的是，白桃并没有想起来这部分，因此有些遗憾之余，对这次“蜜月”旅行很感兴趣：“所以去了哪些景点？”

法国多浪漫呀，光是巴黎就有走不完的名胜，虽说自己没印象了，但好歹和裴时一同游览过……

“去了香榭丽舍大街。”

白桃憧憬道：“还有呢？”

裴时愣了愣，然后有些理所当然道：“没了啊。七天你都在香榭丽舍大街购物。”

白桃愣了半天，才找回了语言：“我买了七天东西？”

裴时点了点头：“你说巴黎你去太多次了，再去景点也没什么新意，不如购物。"

虽然这样买买买挺符合自己的人设，但白桃望了望裴时，确认道："那你呢？我们是不是分开行动了？"

男人可似乎对购物没有多大的热情吧……

"没有。"裴时抿了抿唇，"我陪着你。"他看了白桃一眼，"因为你买太多了，需要一个拎包的。"他顿了顿，继续道，"我就是那个付钱和拎包的。"

"这样啊……"

"不过你也不是全然没想着我，也给我买了一样。"

白桃的尴尬少了点："我就说嘛，我这个人，肯定不会只想着自己的，你帮我拎包，我肯定是会犒劳你的，所以我送了你什么？"

"一个冰箱贴。"裴时指了指厨房，"就现在贴着的那个埃菲尔铁塔，三欧元。"

"……"

裴时不说还好，他一提，白桃也想起来了："就那个超级丑的、看着就很便宜的冰箱贴啊？"

她还说呢，这玩意儿到底哪里来的，好几次白桃都受不了这廉价感破坏整体家装风格了，都扔进垃圾桶里好几次了，但都被裴时捡了回来。

她还当是裴时买的什么具有纪念意义的东西呢，结果竟然是自己"蜜月"里随手送他的？

所以……

"裴时，你是不是当时就喜欢我啊？"白桃突然有了个大胆的猜测，她盯着裴时，"不是说结婚时候都没感情吗？那为什么我买了个这么差的冰箱贴，都还舍不得扔掉？"

裴时移开了眼睛："我只是比较恋旧，毕竟是当时买的，也算个纪念，而且每天贴在冰箱上，等你有朝一日恢复记忆了，说不定还能反思一下自己当时对我有多差。留下来还能当个物证。

"当时你说也给我买了一件礼物时，我还以为你至少给我买个领带袖扣的，结果就一个冰箱贴，实在是我这辈子得到的礼物里最廉价、最随便的，所以我觉得必须保留下来，对我自己也是个警示。"

"警示什么？"

"警示你这个人是多没良心。"

"让你睡大床，放弃去其余景点陪你买了一周的东西，又付钱又拎包，最后拿到一个廉价冰箱贴，你自己可以去看看那个冰箱贴，连埃菲尔铁塔的模样都失真了，也不知道你从哪个小店里买的。我都怀疑是不是你购物买得多人家随手送你的添头。

"你连给余果都带了很贵重的礼物，甚至你们家原来的家政阿姨，你都买了名牌围巾，轮到我，就一个冰箱贴。"

这些事裴时仿佛憋了很久，如今一翻旧账倒是越回忆越多："原本我倒是不想说，但既然你记起来了，还倒打一耙来质问我，那我倒是有必要好好和你清算清算，到底是谁对谁比较差。"

看裴时脸上这表情，白桃就有不妙的预感，她当即转移话题想溜："哎，我去看看宝宝怎么样了……"

"都这个点了，阿姨当然已经陪着宝宝睡了，现在你就好好坐下来，我们仔细理一理。"

不、不要了吧……

"举办婚礼前夕，你说要去办单身派对，我同意了，但是我没想到你请了一百多个人，里面有四十个男的，其中三十个菲菲说大学时候还和你传过绯闻。

"蜜月回来后，说要给我做一顿早饭，结果用了过期的西红柿，我吃完就去看了医生。

"还有，你根本记不住结婚纪念日，之前甚至忘记过我的生日。有空在网上发那么多恩爱通稿，结果连做个样子、走个流程、送个无功无过的礼物也懒得做。"

……

裴时越是说，白桃这头就越是往下低，她都不知道，自己原来踩了这么多婚姻的大雷……

"对不起啊，裴时，但我以前也不喜欢你啊……你不是也不喜欢我吗？所以大家很公平……我面对自己不喜欢的人，怎么可能做到很在意对方啊……你别想以前的事了嘛。"

裴时咳了咳："不用道歉，我没生气，毕竟你运气好，找到世界上气度最大的男人。"

"不过……"白桃越想越觉得有点微妙，"裴时，你既然介意，为什么要让我办单身派对呢？而且反正是塑料婚姻，没有规定你必须吃新婚妻子做的早点，我的厨艺明显也不行，为什么要坚强地吃下我做的东西呢？明明你可以选择不吃的……至于你生日我老忘记，听你这个意思，是挺希望我记起来给你办个生日会送你个生日礼物的？但你既然这么想要生日礼物，为什么不直接和我说呢……"

裴时不说话了。

他看了白桃片刻，才移开了视线："可能我总是记吃不记打吧，所以最后才会栽在你手里。"

白桃却是乘胜追击："裴时，你说清楚啊，你什么意……"

白桃的问题被裴时用吻拦截了。

这男人一吻完毕，有些不自然的样子："白桃，过去已经过去了，不要去深究了，我们还是抓住当下吧。"

过去的已经过去，但甜美的未来尚在眼前。

兜兜转转，总之没有错过，能拥有眼下的幸福，白桃觉得自己这运气还是不错的。

但是一想到并不能完全记起来的"蜜月"旅行，她还是有些遗憾："虽然那时候我们之间挺塑料，但那些回忆总觉得也挺珍贵的呢，娱乐圈有个说法叫'考古'，就是人家明星情侣要是官宣恋情了，粉丝还能回去找人家以前甜蜜的蛛丝马迹呢，结果轮到我，自己'考古'自己都不行……"

"那就补一次蜜月。"裴时牵了白桃的手，"我补给你，可以吗？

"你要是想继续去巴黎购物七天，我还是一样陪着你。

"你要是还想继续只买个冰箱贴打发我，我也还是一样陪着你。"

他看了白桃一眼："但是让我睡七天沙发，那是不行的。"

这男人装模作样地清了清嗓子："众所周知，蜜月到底应该干什么，这点还是不能落下的。"

好吧好吧。

白桃想，裴时这人可真是得寸进尺，听着像是给白桃补了一次蜜月，可说到底，还不是给他自己补的吗？瞧瞧这男人道貌岸然的样子。

哼。

但是再来一次蜜月，好像有点期待。

番外八
裴菲番外

裴菲缩在自己酒店式公寓的地下停车场柱子后面，有些紧张地搅着手指，她不确定地看向白桃："这样真的能行？"

"绝对行！"白桃信誓旦旦地拍了拍裴菲的肩，"你相信我，我对搞男人有丰富的作战经验！你看看你哥哥！我当初就是以出其不意的手段成功引起了他的注意，在他纯洁的心灵里埋下了爱的种子！"

不是吧……

"但……"

"别但了，裴菲，你看看，我和你哥结婚了，你是单身；我和你哥一胎了，你是单身；现在我和你哥估计没多久就要二胎了，你还是单身，你要单身到什么时候啊？女人，要么狠要么滚，既然你有了感兴趣的男人，不要怂，就是冲！"

不过说到这里，白桃也有点纳闷："不过你和他也没什么接触，怎么就突然看上人家了？"

这事要从一个月前说起，裴菲自己居住的酒店式单身公寓对面搬来了新的邻居——一位海外归国的医学博士、血液病专家，自此，她的人生频道也调频成了春天。

针对白桃的问题，裴菲忍不住娇羞地笑了笑："虽然不熟，但他身上的高贵品格吸引了我，听说他是不顾美国那边私立医院的挽留坚持回国的，特别心系祖国，说明他爱国，有正能量，虽然在美国待了十几年，但是不忘本，这是很珍贵美好的品质。

"还是 A 大医学院史上最年轻的客座教授。

"对学生非常有耐心，不像别的教授一样会压榨学生，为人一点不油腻，平易近人。

"平时在 A 大附属医院开专家门诊的时候，对每个病人都很耐心，好评如潮。"

……

白桃受不了地翻了个白眼："打住打住，废话少说，你还不是看上了人家那个脸蛋和身材？要是这个顾锐医生长得五大三粗，我才不信你会注意到人家有什么高洁品性。

"但有一说一，这个顾锐长得是还行，比你哥也就差那么一点，也是上乘姿色了，可以勉力一试。"

裴菲有些一言难尽："他至少和我哥差不多帅！甚至某些角度来说我觉得更帅！而且比我哥年轻，你这人看自己老公也太带滤镜了，完全不公正，人家顾医生就是传说中的漫撕男！"

她正说着，熟悉的车牌号就闪过了裴菲的眼前，继而是停车，然后从车里走出了身高腿长的英俊男人。

白桃压低了声音："行动开始！"

白桃低头看了眼自己的女儿裴雨蒙："雨蒙，上！"

五岁的裴雨蒙郑重其事地点了点头，又把自己的脸蛋弄得更脏兮兮了点，然后这小戏精一秒入戏，眼眶里就含上了两泡热泪。

她哭哭啼啼地从柱子后走出去，一路冲向了顾锐，然后精准地抱住了对方的大腿："大哥哥，我走丢了，我找不到我妈妈了，你能帮帮我吗？"

顾锐愣了愣，果真蹲下身，表情温和地和裴雨蒙说了些什么，白桃见准机会，就把裴菲也从柱子后面推了出去："该你上了！"

这剧本是裴菲自己写的，因此她也早就熟稔在心，当即给自己打了打气，拢了拢头发，佯装路过一般走了出去。

裴菲今天特意根据自己写的剧本人设穿上了非常淑女的长裙，配上了气质细高跟，化了淡妆，显得整个人温婉腼腆。

她又收拾了下情绪，才装作被裴雨蒙哭声吸引注意力的好心路人般朝着裴雨蒙走去，她佯装不知情地看向了顾锐："孩子这是怎么了？有哪里不舒服吗？有需要我帮忙的吗？"

这么近距离看到顾锐的脸，裴菲再一次心跳加速起来。

顾锐的英俊里总带着一种韵味，光是眼神和神态就让人觉得这个男人不是徒有其表，反而非常睿智；不是那种空洞的英俊，而是一种带了智慧的内敛的性感。

经过裴菲的前期调研，顾锐单身，似乎喜欢温柔的大家闺秀，因为他以前的绯闻女友几乎都是温柔、完美、积极向上、健康又乐观的，关键词都是脾气好。

白桃在看到她的剧本时就质疑为什么裴菲要给自己设定一个一点不贴合真实性格的人设，但正因为这份调研，让裴菲决定以这样的人设接近顾锐。

毕竟男人都喜欢温柔善良又完美的女人，除了自己哥哥这样的奇葩。

裴雨蒙泪眼汪汪地看向裴菲，非常入戏地哽咽道："漂亮姐姐，我和妈妈走丢了，你和大哥哥能一起帮我找妈妈吗？"

裴菲温柔善良地点了点头："好的，不要害怕，我一定会帮你找到妈妈的。"

按照这个剧本，接着，顾锐肯定会欣然接受，然后和裴菲一同帮着裴雨蒙找她不知道早跑到哪儿去和丈夫二人世界的妈妈。

根据精心设计的剧本，这个过程可以持续整个晚上，两人可以顺理成章地带着孩子吃晚饭，席间自然会交换联系方式，而裴菲也能通过这种帮助走丢小朋友的事，在顾锐心里树立自己善良单纯、乐于助人的形象，自然而然地走近顾锐。

裴菲简直要为自己的计谋拍手叫好。

只是……

只是显然她没有预料到顾锐根本没按照剧本走情节，裴菲刚说完，他的手机就响了，顾锐接起来听着对面说了几句就脸色大变，他顺手把裴雨蒙交给了裴菲："那就麻烦你了。"

然后径自转身风尘仆仆钻进车里，接着一脚油门而去……

啊，这……

裴菲不敢相信自己的眼睛。

"他走了？"

"他就这么走了？"

"不应该乐于助人和我一起帮你找妈妈？"

裴菲瞪着裴雨蒙："是不是你演技不够好啊？人家识破了所以跑了？"

裴雨蒙不高兴了："姑姑，为什么是我的原因呢？我演戏现在连爸爸都识别不出来，我妈也说我卖惨可熟练了，我绝对没问题。"

"你要没问题，人家为什么就这么直接跑了？"

"那应该是你长得不行。"

"？"

裴雨蒙正在叛逆期，有理有据道："你不是那个哥哥喜欢的类型，所以他对你不来电，不感兴趣，也不想浪费时间和你一起帮我找家人，所以就把我甩锅给你跑了。"

裴菲差点气死："你知道你在你妈肚子里的时候我对你多好吗？天天用我这双尊贵的手给你弹琴呢，还给你念胎教读本。我对你这么好，如今你生出来长大了，翅膀硬了，就开始和我顶嘴了，我可真是一片真心错付啊……"

"姑姑，如果你不每天逼我练琴，不向我爸妈告发我没练琴，我们的感情也不会破裂的啊！我对你什么感情你不知道吗？难道不应该是我才是你说的那个什么错付吗？"裴雨蒙演技确实不错，当即一脸痛心疾首地背起了刚学会的诗词，"'我本将心向明月，奈何明月照沟渠'……"

顾锐平时都在医院，偶尔还要抽时间去学校讲课，虽说是裴菲的邻居，但裴菲完全没有近水楼台先得月的便利，几乎没什么机会见到顾锐。

如今好不容易蹲守到对方，自己大张旗鼓准备了这么久，结果人又不知道什么原因走了，饶是裴菲，也有些泄气。

白桃这家伙也会算计得很，说是把裴雨蒙借给自己当"群演"，和自己姑嫂关系铁就不收"租赁费"了，简直是得了便宜还卖乖！别以为裴菲不知道她的如意算盘，还不是飞快甩脱裴雨蒙，让自己变相带娃，然后她和自己哥哥双宿双飞两人世界去了吗？

结果如今裴菲折戟沉沙，想到晚上9点之前都要带着叛逆期的小崽子，顿时心酸到无以复加，索性和裴雨蒙互相伤害起来——

"既然空着也是空着，那下面我们来复习下我前几天给你布置的乐理知识……"

小崽子嗷的一声惨叫："姑姑！你这样会找不到男朋友的！"

裴菲气呼呼地作势要打小崽子，两个人手牵手，一边斗嘴一边往前走。

顾锐去又复返，看到的便是这样一幕。

他是血液病科的，刚接到医院紧急电话，说自己的一个病人突发大出血，事发突然，病人生命垂危，又恰逢有路过的好心人也愿意帮着孩子找爸妈，因此他当机立断把孩子交给对方，自己先上了车回医院。

只是刚驶出地下车库，医院的同事打来电话，说在他们的竭力抢救下，病人情况已经稳定，顾锐可以不用再赶去。

于是顾锐重新往地下车库驶，这一来一去没花多少时间，果不其然，他停好车，发现刚才走丢的小朋友和那个好心上前帮忙的女孩还在原地。

两个人正在说着什么，并没有注意到顾锐。

顾锐笑了笑，上前，打算和女孩一起带着小孩去找家人，说不定家人发现孩子走散很快就会来原地找寻，再不行就送去派出所求助民警，然后他就意外听到了上述的一幕。

虽然没有听全，但这一大一小，明显是近亲属，想必是一个团伙的，假装走丢显然是为了骗自己。所以是为了诈骗钱财？还是别的什么？

现在社会上有很多利用拐卖的孩子去要饭诈骗的新闻，孩子叫这女的姑姑，也没准根本不是真的近亲属，总之是相当可疑。

顾锐觉得这女生有点眼熟，也不知是病人情况稳定了心情大好，还是一时之间的鬼使神差，他佯装并不知情般走上前，露出了温和又无害的笑容——

"孩子还没找到妈妈吧？我刚有点事，现在好了，可以帮你一起找孩子的家人。"

裴菲觉得自己的运气还是挺好的，原本以为没戏的事，结果峰回路转，顾锐去又复返，要帮着她一起给"可怜的走丢孩子"一同寻找"不负责任"的爸妈。

虽然横生了一点枝节，但一切竟然又都按照剧本走了下去。

裴菲自然拿出了一万分的精力开始演。

裴雨蒙装模作样地假装想起了家里的电话，等顾锐拨打后，电话那端的白桃自然配合地千恩万谢，说要从很远的地方赶过来，在此之前能否麻烦两人一起照看下孩子，或者把孩子送派出所也行。

裴雨蒙此刻演技爆棚，几乎立刻眼泪汪汪地看向了顾锐："大哥哥，你和漂亮姐姐能不能一起陪我等我妈妈，我不想去派出所，而且我妈妈智力有点问题，只记得把我丢在这里了，去了派出所，她找不到我的，我要在原地等她……"

顾锐如她想的那样，温和又儒雅，而且这种男人，受过良好的高等教育，又常年在海外，接触的环境不是医院就是学校，人际关系比较单纯，看起来相当无害，裴菲有些志得意满，他对自己的套路显然一无所知，并且自己说什么，他简直就像是踩点似的给出了裴菲希望他给的反馈——

"哎呀，找了这么久，也不知道小朋友饿不饿……"

"那附近有家不错的饭店，我们先带着小孩去吃一点东西，等吃完再回到原地等孩子妈妈。"

上路子啊！

对中国人而言，饭桌是拉近距离的最佳地点！

顾锐很有品位，选的餐厅也不错。席间，裴菲自然按照自己的人设温婉大方起来，当"第一次"听闻顾锐的职业，她露出乖巧的赞叹："原来你是医生呀，医生好厉害哦，一定学习很棒……"

白桃说了，男人对女性的崇拜和夸赞没有抵抗力，裴菲几乎不遗余力地星星眼起来。

而大约是自己今天运气确实很好，吃完饭买单时，裴菲竟然在餐厅遇到了粉丝。

"是裴菲吗？天啊，你真人真的好美、好有气质！我超级喜欢你的，你的每一场钢琴演奏会我都有听！能给我签个名吗？"

听到对方竟然是钢琴家，顾锐果然露出了惊讶的眼神。

裴菲挺有自豪感，她温柔又耐心地给粉丝签了名，还答应了合照，让粉丝都有些受宠若惊。

粉丝走后，顾锐果然询问了起来："你是钢琴家？裴菲？"

裴菲状若害羞地点了点头，给出了完美的答案模板："不能称钢琴家，只是一个以弹钢琴为职业的人而已，在钢琴的道路上，我还有很多地方值得精进，也希望能早日成为一个大家。"

她看了顾锐一眼："不过和顾医生比起来，还是觉得顾医生更厉害，你的双手可以救人呢。"

原来是裴菲。

顾锐却是终于想了起来，难怪自己觉得她眼熟。

原来是她。

顾锐的父母经商，顾锐大学时他们正在创业期，因此常年在外出差，顾锐不喜欢常年除了自己空无一人的房屋，因此常常跑到楼下的小咖啡厅看期刊、做实验总结。

这家咖啡厅非常小众，小众到几乎没有人来，除了……

除了每次自己身后隔间里那个女孩——

"我裴菲哪里不好，你要出轨？

"我还不够温柔体贴，不够懂事？就因为我够温柔够体贴，你现在还有狗命和我说话。你再多说一句小心我找我哥打你。

"当时我是看你长得丑，以为丑的男人比较老实才答应和你试试，没想到你丑就丑了，人还不老实。

"你可真是应了'贱人就是矫情'这句话，劈腿就劈腿，还怪我？"

这女孩仿佛定期过来分手，每隔一段时间，顾锐就会听到她在对面开"分手大会"，言辞冷酷辛辣，几乎让所有前男友都下不了台面来。

而在长期"连续剧"般的熏陶下，在对方各种奇形怪状前男友的控诉下，顾锐总算是弄明白了。

这女孩叫裴菲，家里挺有钱，有个哥哥，从小被宠坏了，自己是个弹钢琴的，有点公主病，喜欢被人捧着，暴脾气，容易情绪上头，一惊一乍的，擅长冷嘲热讽攻击，得理不饶人，换男朋友和玩过家家似的，当然，从她和前男友们的相处模式来看，大概真是过家家，就牵个手一起逛个街就算谈恋爱了……

要不是顾锐亲身经历，他甚至难以想象这样暴躁的人竟然是弹钢琴的。长得倒是挺好看，某次意外一瞥，脸蛋倒是不错……

不过过了一阵子后，裴菲倒是不来这里进行"分手活动"了，她开始来这里进行愤怒发泄。

大概以为这小破咖啡馆里不会有别人，也大概错信了小隔间的隔音能力，顾锐可以听到她在里面尽情嚎叫——

"讨厌钢琴曲！

"今天也不想练琴！啊啊啊啊啊啊！

"好讨厌白桃啊！

"又要练琴了！为什么会这样！我为什么会选弹钢琴啊？为什么，为什么，为什么！

"裴菲！端庄！高贵！继续装！你做得很好！就算心里想骂人，也要忍住！为了人设！人设！打败白桃！加油！

"打人犯法！裴菲，挺住！"

顾锐每每看期刊看到投入处，不是被裴菲的反"分手宣言"打断，就是深受她呐喊吐槽之苦，以至于头痛之时，内心暗暗发誓，以后找女朋友找老婆，千万绝对不能找这种类型的，一定要找温婉大方、善良懂事的。

后来父母创业有起色，他搬离了原来的住处，也出国留学深造并工作，没有再去过那家小咖啡馆，因此也没有再见过裴菲。

直到……

直到这一刻这女孩竟然以这种神奇的方式重新坐到了他的面前，并且脱胎换骨成了他理想中那种温婉大方、善良懂事的形象。

她家境优渥，因此顾锐此前想的拐卖小孩或者诈骗钱财自然也不存在了。

眼前的裴菲却并不知道顾锐心里所想，还在竭尽所能地表演温婉完美："我从小学琴，一直对钢琴充满热爱，没有哪一刻是不想练琴的，因为我觉得，虽然我不能像顾医生你一样用双手救人，但音乐某种程度上也可以治愈人心，所以我就用我的双手，弹奏出美好的音乐，来治愈别人吧。"

裴菲说着，对顾锐露出一个温婉的笑容："何况我觉得我也十分适合弹钢琴，因为我本人就是个温和的人，所以想着音乐可以把我内心这份祥和传递出去，让大家不再那么暴躁和浮躁……"

没一会儿，裴菲的"团伙"搭档二号出现，是个挺漂亮的女人，和号称走散的小女孩长得很像，她千恩万谢了顾锐和裴菲，对裴菲进行了特别浮夸的吹捧，包括"谁找到你这样的女朋友就真的是撞大运了""一看你就很宜室宜家"等，这才领着小孩走了。

江山易改，本性难移，若说裴菲已经从一个极端走到另一个极端，这显然是不可能的。

所以她不是要来钱财诈骗，而是要来感情诈骗了吗？

竟然骗到他身上来了。

这倒有点新鲜。

顾锐望着眼前佯装温婉的裴菲，突然生出点恶劣的心思，他温和而无害地望向了裴菲："明天能约你出来吃个饭吗？"

裴菲的眼睛亮亮，眼睛里是真实的惊喜："真的吗？"

她这个表情，确实有点可爱，顾锐点了点头："真的。"

裴菲觉得一切顺利得简直像做梦，顾锐虽然拥有相当不一般的长相和学历，人却简单得仿佛是一张白纸。

白桃认为裴菲的剧本相当幼稚，需要大改动，否则是很少有男人每一个套路都吃，但出乎所有人的意料，顾锐就是所有套路都吃了……

他很快约裴菲吃了第一次饭，环境选择得很高雅，饭后也没有约看电影，而是去听了交响乐，并且再约了下一次见面，要请裴菲看芭蕾。

"总之，他是个高雅和有品位的人！"裴菲回忆了下，如此和白桃总结道。

白桃却有点意外："你们约会就干这些？不觉得有点枯燥和无聊吗？交响乐也好，芭蕾也好，几个小时就两个人干巴巴坐着，连个互动和肢体接触都没有，你不犯困？"

裴菲有苦说不出："可按照我的人设，我就喜欢这些啊！"

最开始拗造型的是她，如今演到一半，是怎么也没法叫停了。

裴菲回忆起第一次单独吃饭，就很胸闷——

为了就近听饭后的交响乐，顾锐把就餐地点约在了音乐大礼堂的附近。

因为常常来礼堂演奏的原因，裴菲对这一带其实很熟。

顾锐挺有眼光，挑的是一家环境优雅的餐厅，这家餐厅还挺有特色，老板就是个古典音乐迷，其间往来的客人也多是古典音乐痴迷及爱好者，谈论的也多是古典音乐圈的八卦。

气氛很好，裴菲演得也足够入戏，本来一切都很愉快，直到……

直到裴菲和顾锐的隔间后面来了几个裴菲的黑粉——

"说起来裴菲好久没营业了啊。"

"估计是荒废了吧，也不意外。毕竟，她那个技巧，也不怎么样，就是家大业大，背后有她哥撑腰，外加长得还行，走的还是网红钢琴家路线，不能算是正正经经的钢琴大家，比我见过的几个不走网红风的女钢琴家差远了。"

"她就是走捷径，水平不怎么样……得奖还不是因为她姓裴？"

"要不是张若然上次比赛的时候临场发挥失误，裴菲能得奖吗？真是走了狗屎运。"

裴菲知道自己身后有一群黑粉，因为她年少成名，非常年轻就斩获了圈内一众钢琴家要更年长才能得到的奖项，因此总有别的钢琴家的粉丝指摘自己获奖有内幕，或者讽刺她钢琴水平差。

虽然参赛时确实有临场发挥的运气成分在，但裴菲扪心自问，她所有奖项得来的公平清白，从没有靠自己家里去施压搞过黑幕，从小到大练琴也勤勤恳恳，想成为一个钢琴家，自己确实付出了很多的精力，从没有懈怠过。

甚至临场发挥，这也是一个钢琴家水平的重要指标之一，毕竟钢琴家都需要当众演奏，如果对舞台会紧张而影响发挥，这不正是对方综合水平业务有问题的表现之一吗？

自己临场发挥每次都很好，除了极少数的运气，更多的是自己有足够的自信和心态调试能力，怎么能就此指责自己水平差呢？

裴菲心里既气愤又委屈，要按照自己的性子，早就恨不得当场和对方对峙反驳起来了，只是如今碍于人设，对面坐着的顾锐还笑眯眯地看着自己，裴菲一腔熊熊怒火，只能憋着。

不仅要憋着，还要佯装大度，裴菲强颜欢笑道："我确实不能称为钢琴大家，面对观众朋友们的批评和不同声音，也都是要接受的。"

去死吧隔壁的傻瓜们，听两首钢琴曲就当自己是鉴赏家了？你们懂什么？

"多亏你带我来这家餐厅，让我听到了这些，可以鞭策自己未来继续好好努力。"

这烂餐厅怎么还不倒闭？以后再也不会来了！

"作为一个面向公众弹钢琴的人，就要随时做好这样被别人评价的准备。"

就你们也配点评我的钢琴技巧？

裴菲整个人都分裂了，嘴上说的和心里想的完全不一样，隔壁隔间的几个人也不知道收敛，嬉嬉笑笑地从点评裴菲的钢琴技巧，到转而谈起了她的私人生活——

"她年纪也不小了吧？怎么还没对象啊？"

"我有个亲戚和她以前大学一个学校的，说她在学校里男朋友成天换，平均一个月就要分手一次，总之，人家可能是没对象，但是有伴儿，不劳我们费心啊，哈哈哈哈。"

"是啊，这种文艺圈的女的私生活都很乱的，她家里又有钱，可不是乱上加乱吗？"

裴菲差点要掀桌了，对自己不断做着心理疏导，我不生气，我不生气，气死人来没人替。

她刚要继续强颜欢笑解释，对面顾锐就先开口了："你不生气？"

裴菲坚强地笑着道："我是个心态平和的人，不太会和人起冲突，不会为这种谣言就生气……"

怎么可能不生气呢，背后嚼舌根就算了，还在自己目前攻略对象面前戳了自己的脊梁骨，哪个女生能大度到这个份上？

可自己给自己安排的人设，不是说抛就能抛的。

裴菲努力转移着话题，试图分散自己的注意力，缓和自己的情绪，但顾锐并不愿意移开话题，他看了裴菲一眼："你真的不生气吗？"

裴菲状若云淡风轻地点了点头："嗯。我不生气的。"

她以为顾锐接着会夸她温婉大度，然而顾锐收起了此前有些微妙的笑，沉下了脸："但我生气了。"

裴菲还没反应过来，就见这男人站起了身，敲开了隔间的门——

"餐厅是公共场所，几位虽然在隔间内，但因为隔音设施并不好，你们说话声音实在太响，已经影响了我和我女伴就餐。

"另外，一群男人在背后嚼舌根，传一位优秀女钢琴家的私生活谣言，实在非常没有风度。"

……

裴菲坐在自己和顾锐的隔间里，听着隔壁顾锐字正腔圆的一番话，心里翻腾的是动容和愧疚。

顾锐真的是很好的人，她感激于他这样有风度的维护，但同时又有些坐立难安起来，他能这么保护自己，恐怕正是以为自己太过温婉大度，但……

但如果他要知道了自己不仅不大度，甚至睚眦必报，根本不是个好东西，那……那他可能不仅不再维护自己，说不定加入骂自己的行列了。

一顿饭，吃得裴菲很是胸闷。

但这还不是最胸闷的部分。

一个谎言要用一千个谎言来圆。

因为裴菲号称自己平时业余生活热爱钢琴、交响乐、芭蕾等众多高雅活动，吃饭喜欢清淡健康饮食，爱好是看书、写读书笔记，此后和顾锐的见面里，她不得不继续维系自己的这一人设。

可……

可这几乎和裴菲真正的业余生活背道而驰。

平日里就是以钢琴为职业的了，业余生活除了必要的练琴，她其实会找些别的活动放松，比如打游戏，比如看看白桃的漫画，吃饭则是重口味，几乎无辣不欢，麻辣烫、烧烤等不健康食品是她的爱，清汤寡水的健康饮食则是消受不起。

碍于人设，能和顾锐一起做的事越发收窄，也确实如白桃所言，两个人一起听交响乐、看芭蕾、看画展，次数多了，裴菲实在是觉得非常无趣枯燥。

按照自己的剧本设定，她大概确实踩准了顾锐的点，因此两个人自然而然走到了一起，确立了关系。

可裴菲反而从一开始的热烈期盼约会，变成现在都有畏难情绪了。

她毕竟不是演员，每次和顾锐在一块，都要调动浑身精力去演另一个人，去展现自己的完美，一次两次还好，次数多了，实在也有点累，和上班要被人考核KPI似的，即便这工作本身是她喜欢的，但在长期精神压力很大的情况下，喜欢之余也开始觉得疲惫。

有些人是越熟悉越接近，就越会加快此前滤镜的破灭，但顾锐不是，越是接近他，越是了解他，裴菲反而越是喜欢对方，这是她从不曾有过的体验，心情都会随着对方起伏波动。

裴菲纠结了很多天是不是要和顾锐坦白，但总是没有勇气。

只是没想到，在自己坦白之前，不知道顾锐是不是也觉得新鲜感退却，不再主动约自己了，这个月里仅有的几次见面，中途他的手机总是响起来，裴菲偷偷瞥过一眼，是个女人的名字，每一次都是同一个女人的名字。

顾锐会回避开裴菲去接电话，每次接完也会脸色如常的回来。

但此后，他约裴菲的频率越来越低了。

顾锐的职业原因导致他本身就忙，但要是他忙着救治病人，裴菲是不会有别的感受的，但找他的这女人，明显不是工作上的事……

所以，顾锐是不是劈腿了？！

这怀疑在周末裴菲再次主动约顾锐，顾锐却推说有事，结果被裴菲撞见在路上挽着个漂亮女生时得到了坐实。

顾锐，竟然真的劈腿了！

男人果然没有一个是不同的！

除了自己哥哥和爸爸，所有男人都会劈腿！

裴菲简直气到快要爆炸，她为顾锐付出这么多，装了这么久，结果又和以往每一次没有任何不同。

被背叛的愤怒和难受挤压着她的内心，正好今天她是带着裴雨蒙一起逛街想买新的钢琴谱的，索性"物尽其用"，当即低头凑在裴雨蒙耳边讲出了自己的计划，然后她推了推裴雨蒙："行了，现在上吧！事成之后必有重赏，姑姑给你放一天假！不告诉你爸妈！"

……

顾锐明知道裴菲到底是什么样的人，也知道每次见自己她都是可着劲儿矫揉造作，但也不知道怎么回事，见了她一次以后，他还是约了第二次、第三次，甚至顺水推舟和她确定了情侣关系。

裴菲演得确实不错，完全是照着自己喜好的模子来的，温柔大方，得体懂事，又大度，一切都完美得不行，品行高洁，志趣高雅。

只是这样约会的次数多了，顾锐却发现不是这么回事。

如此完美的性格，反而有点无趣，反倒是裴菲每次以为他没注意时流露出来的真实片刻，才比较好玩——

明明隔壁隔间里的人骂她，趁着自己低头，以为自己没有注意她时，裴菲的脸都快气扭了，白眼也快翻天上去了，但自己一回头，她又立刻恢复了本分又谦卑温婉的模样。

听交响乐的时候，以为自己不知道，她一直在偷偷打哈欠看手表，像是恨不得这场演奏立刻结束。

吃健康素菜馆的时候，她看着盘子里的荠菜丸子，整个表情都快垮了，感觉像是下一秒就可以哭出来。

和自己分别后，以为自己没注意，当即掏出手机叫了个烧烤外卖……

顾锐对和裴菲约会有点上瘾，只是恰是这时，他家里出事了——

顾锐从小一起长大、关系亲厚的表姐未婚先孕，结果没想到遭遇了渣男，对方隐瞒了已婚已育的事实，自己表姐一下子在不知情的情况下变成了插足他人婚姻的女人。

虽然他表姐当即和渣男断绝了关系，但因为怕丢人，一个人去医院做了人流引产，结果术中大出血，人差点没了，也是幸好顾锐医疗系统里有熟人，才得知这个情况，赶紧火急火燎去接手了表姐术后的照顾料理工作。

不过因为表姐的拜托，他也帮着隐瞒下了这件事，只想着等表姐身体好转后再和她的父母坦白。因为确实不光彩，他也没有和裴菲讲起这事。

这天表姐身体康复出院，他便婉拒了裴菲的约会要求，想陪着表姐散散心再把她送回家。

因为表姐刚出院，又是引产后，身体总体还是虚弱，因此顾锐一路都搀扶着她。

"我最近认识个女孩子，挺好玩的，下次介绍你和她认识。"

顾锐表姐来了兴趣："你交女朋友了？是什么样的女孩子？"

"就……挺好玩的，嘴巴挺毒的，脾气挺大，有点公主病，喜欢吃垃圾食品，听交响乐会打哈欠，但是演技挺好，挺能装的……"

顾锐一说起裴菲，就有点想笑，只是他话还没说完，突然就有个小孩冲过来抱住了他的大腿。

顾锐低头一看，这不是那天走丢了自己和裴菲帮着找家人的小孩吗？难道是又丢了？还是见到自己有点激动过来感谢？

可惜很快，裴雨蒙就让他知道了以上都不是——

这小孩抱着顾锐的大腿，当即就是眼泪汪汪，然后字正腔圆道："爸爸！我可找到你了！"她可怜兮兮地看向了顾锐的表姐，再瑟瑟发抖般看了眼顾锐，"爸爸，你是不是不要我和妈妈了？……"

裴雨蒙的大声呼喊很快吸引了周围的路人，不少人停下对顾锐指指点点起来，顾锐表姐也一脸意外："这……这怎么回事？"

裴雨蒙涕泪交加道："姐姐，你被骗了！我爸爸他早就有对象了！"

……

裴菲见时机差不多，这才从人群中黑着脸走了出来，事到如今，她也不想装了，只瞪着顾锐。

"顾锐，没想到你也不是个好东西，男人劈腿，断子绝孙！"

裴菲虽然脸上装着镇定，但心里也难受得不行："我就知道你最近鬼鬼祟祟的很可疑，还老是接到同一个女人的神秘电话，没想到今天果然被我抓到劈腿。"她看了眼顾锐边上的女人，"姐妹，你恐怕是被这男的骗了，别看他衣冠楚楚还是个医生，但其实一边和我在交往……"

"没……没有，姑娘，你搞错了，我是小锐的表姐……"顾锐身边的女子在短暂的惊慌后，很快解释起来，"这是个误会，这些日子打电话给他的人也是我……"

……

很快，顾锐的表姐把一行人都带进了咖啡厅，然后简短地向裴菲说明了来龙去脉："你就是顾锐的女朋友吧？之前是我，因为自己的私事实在不光彩，都没脸面对，所以才一直不希望别人知道，也不希望作为小锐女朋友的你知道……没想到引起了你的误会，我该向你道歉才是。

"但请你相信，小锐绝不是你口中那种会劈腿的男人，我自己就是出轨男的受害者，我也最恨这种男人了。"

顾锐表姐笑着看向了裴菲："不过你和小锐说的还真是一模一样……"

虽然顾锐表姐还在说着话，但裴菲整个人已经麻了。

顾锐没出轨，这是好事，证明他是个好男人。

但可惜的是，不管他有多好，自己已经凉了……

她因为过分的敏感和激动而暴露了自身，顾锐又不蠢，还是同一个"群演"裴雨蒙，他能不理清前因后果吗？……

这会儿，他表姐说话的全程，顾锐都似笑非笑、煞有兴致地盯着裴菲和裴雨蒙看呢。

自己废了。

毁灭吧，这地球。

裴菲没想到自己千算万算，各种伪装，最后还是栽在了自己的暴脾气和单细胞上——因为以往每个前男友都以劈腿分手收场，她看到顾锐挽着别的女性，几乎是下意识就觉得他是出轨了，都没往是亲属的方向想……

想想自己刚才意气风发、怒骂顾锐的模样，裴菲就知道，半身武功毁于一旦，以往苦心经营的温婉大度人设，看来是彻底崩了。

顾锐倒真的是个挺有绅士风度的人，即便想明白了，此时也很有风度，对裴菲也仍旧非常温和，态度都没带一点变化的。

"我姐身体还不太好，我先开车送她回家，你可以自己一个人回去吗？"

裴菲麻木地点了点头，希望用面无表情来伪装内心的尴尬懊丧和难受。

"那回去后再联系。"

顾锐真是个滴水不漏的人，都这个时候了，裴菲很清楚，没有以后了，他还能面不改色地说出这种场面话，可真是干大事的人。

裴菲把裴雨蒙送回白桃那儿，再心如死灰地回到家里，几乎一躺下，就把头埋进了被窝里。

结束了，一切都结束了。

裴菲打开音响放了首气氛悲戚的钢琴曲，正准备吊唁自己刚刚死透的爱情，结果门铃就响了。

她以为是刚叫的奶茶外卖到了，去开了门，才发现门外站着的竟然是顾锐。

这下裴菲就有点尴尬了。

她紧张时就容易慌乱，被顾锐看得理亏，内心既羞愧，又有破罐子破摔的心酸。

顾锐看向了她："你没什么要和我说的吗？"

裴菲低了头，咬了咬嘴唇，索性也不逃避了："就，对不起，我骗了你。

"一开始就对你有点不轨想法，刚才那小孩是我侄女，所以所有一切是串通好的，认识你，和你见面这些都不是意外，至于我本人……也不是什么温婉、得体、大方的人，我都是装的……"

裴菲一口气道："我业余时间也不喜欢听什么高雅的音乐，更讨厌看展览，最好窝在被窝里看肥皂片，欣赏水平也不怎么高大上，漫画和狗血小说我都很喜欢，也讨厌健康饮食，最喜欢垃圾食品，总之和你喜欢的样子是背道而驰。

"你要能接受我的道歉，那很感谢你的大度，你要是不接受，觉得产生了时间损失和精神损失，我也愿意在合理范围内对你进行赔偿。"

"哦。"顾锐笑了笑，"你是应该赔偿。"

裴菲原本内心还有一线希望，如今是彻底没了，果然……

她语气涩涩道："你要什么赔偿啊？"

"程明街有家新开的烧烤店听说很不错，你晚上陪我一起去吃吧。"

"啊？"

"明晚还有一部新的爱情片上映，我买好票了。"

"至于你的侄女，我看挺有缘的，我刚过来的路上给她买了个小礼物。"

顾锐看了看裴菲："还有，你现在不请我去你家里坐坐吗？"

裴菲对此刻的发展完全茫然了，她看着淡定走进自己家里然后倒了杯茶喝的顾锐，整个人都充满了不真实感："顾锐，我刚说什么你听到了吗？我骗了你！我完全不是你的理想型！我就是你最不喜欢的那种很差劲的女生！我脾气很差的！还老骂人！以前交往过的所有前男友都劈腿了！我……"

顾锐没让裴菲再继续说下去，他揽着裴菲的腰，给了她一个吻。

"我知道啊。"

一吻完毕，他笑着看着裴菲，语气温柔："我一开始就知道你是个什么样的人。"

"但你一点也不差劲。"顾锐顿了顿，"很真实，也很可爱。"

"遇见你之前，我确实以为自己的理想型是温婉大方型的，但遇见你之后，我发现还是有小性子的更可爱一点。

"在我面前你没必要表现得完美，也没必要伪装，做你自己就很好。

"你前男友们劈腿不是你的错，是他们的错。他们劈腿也不是因为你差劲，不是因为你不够好，而是他们品行不端。

"要说你唯一的问题，就是眼光有点差了，以前那些前男友，真的连和你玩过家家也不配。"

虽说平时一直咋咋呼呼，谈起被前男友们劈腿也很不屑一顾的模样，但裴菲心里其实是在意的，一个前男友劈腿还能说是意外情况，可轮到她，是每一个前男友都劈腿了。

一开始还能说服自己，对方劈腿是对方的问题，可时间长了，她也开始怀疑自己了——是不是自己不够好，才会导致每一个前男友都劈腿？

也是在长久的心理暗示后，她才觉得，只有自己足够完美，才能得到爱情。

因此虽然白桃提出了很多质疑，她还是坚持设计了温婉大方的人设和剧本，接近了顾锐。

她以为顾锐果然是喜欢她的完美，然而……

然而现在这一刻，顾锐告诉她，不是的，他早就知道她的缺点，但仍旧喜欢她……

"好了，既然说开了，我们也没有再装的必要了，我发现我也不太喜欢听交响乐、看芭蕾，也更喜欢吃垃圾食品，当然，也更喜欢有脾气的你。"

顾锐笑了笑："现在我饿了，所以我们什么时候出发去吃烧烤？"

"……"

直到裴菲坐到车上，她还有非常大的不真实感。

这？

她心里一堆疑问。

自己明明演技还不错啊？

是从哪里开始暴露的？

顾锐是怎么知道自己脾气很差的？

不对啊！……

"你怎么知道的啊？"

顾锐帮裴菲系上安全带，然后看了她一眼："很早很早以前，早到你还不认识我的时候。"

"那是什么时候？"

"等你和我交往满一周年的时候再告诉你。"

顾锐发动了汽车，然后问出了一直以来的另一个疑问："还有，白桃是谁？这名字为什么这么熟，总像是在社交平台上见过的样子。她对你做了什么？你为什么老骂她？"

"……"

顾锐是怎么知道这些的？

裴菲紧张起来：“这都是过去的事了！以后你见了我的家人，可千万别提这个！”

“嗯？”

“她就是那个抱着你大腿哭的小戏精的妈！”

裴菲一路叽叽喳喳，顾锐的车就这样缓缓驶离，载着她驶进她人生真正的春天。

番外九

白桃的育儿日记

周一　天气晴朗，和我的心情一样

今天小崽子终于去上幼儿园啦！感觉自己像是一个刑满释放的改造人员，终于可以获得自由了！可惜裴雨蒙这家伙，明明和她做了这么久的思想工作，上幼儿园不仅有老师带着玩很多玩具，还有很多小朋友一起，给她阐述了那么多上学的好处，到头来真的往幼儿园一送，我刚要转身，她就眼泪汪汪了。

心里有一点可怜她，但是……

算了，回家让她多看一集《小猪佩奇》作为弥补吧！

学还是不能不上的！

周二　晴

昨晚裴雨蒙回家抱着我和裴时，说自己能不能一辈子不离开爸爸妈妈，说幼儿园一点都不好，哪里都不如家里好，昨天在幼儿园哭了一天，想我们想到不行，把我和裴时感动得差点老泪纵横。

结果今天把裴雨蒙送去幼儿园后和老师聊了下，老师竭力否认裴雨蒙哭了一天的说法，为了佐证，还负责任地调出了昨天的监控——

裴雨蒙哪里哭了？

我一走，她就抹干眼泪去幼儿园里玩了，一整天都玩得很疯，根本没有什么伤心欲绝一天、茶饭不思的现象。

"她下午甜点都吃了两份。"幼儿园老师挺委屈，"雨蒙妈妈，也不知道雨蒙为什么说在幼儿园不开心，她昨天和我说的可是，幼儿园比家里好玩多了，想一辈子住在幼儿园呢。"

"……"

小兔崽子裴雨蒙，小小年纪倒是前途不可限量，都学会做两面派了？

这演技，真是青出于蓝胜于蓝，比她爸还强！

周三　小雨

晚上因为我要赶稿，裴时带了孩子，结果可差点把我气死。

裴时这人有原则吗？

说好了《小猪佩奇》只能看一集，结果在自己女儿的软磨硬泡下，立刻没原则了，直接给看了第二集，小崽子也不知道见好就收，竟然还妄图看第三集，幸好父女两人的"犯罪行径"被我当场抓获，两个人还妄图对口供一起骗我，最后通过一个在房间审问，一个在书房审问的方式，各个击破，很快就得到了"认罪陈述"。

再次感慨，我家这个小崽子，真不是个好东西，几乎把裴时一赶去书房，她立刻做了"污点证人"，就差没痛哭流涕指认她爸了。

"妈妈，其实我本来也不是特别想看《小猪佩奇》了，但是爸爸暗示我，就说，你是不是还想看一集啊？那我当然是想看的，我只是个小孩啊，他那么说，我肯定就没忍住，但如果爸爸不说，我是绝对不会再看第二集的，这事还是赖爸爸……"

我把这些话告诉裴时，这男人还笑。

被人卖了还给人数钱哪?

对两个人都进行了"通报批评",作为惩罚,裴雨蒙取消明天的《小猪佩奇》,至于裴时,哼,睡一天书房!

周四　晴

本来在赶稿,结果下午接到幼儿园老师的紧急电话,说裴雨蒙出事了。

火急火燎赶过去一看,才发现老师表述有误,不是裴雨蒙出事了,是裴雨蒙让别人出事了——

才这么小的年纪,竟然就有两个幼儿园同班小男孩,为了谁和裴雨蒙玩吵起来了,吵得不可开交,一定要老师评理,老师征求裴雨蒙的意见,问她到底想和谁玩,裴雨蒙也说不出个所以然,最后只能把家长找来评理了。

我这一天天的……

感觉生个孩子提前进入了中老年,都开始有劝架评理业务了。

心好累。

裴雨蒙怎么就有点红颜祸水那个意思了呢?

回家要和裴时好好商量下,要树立良好的价值观啊!

周五　晴

今天答应了带小崽子去做烘焙,告诉她烘焙完还会有一个和烘焙相关的惊喜。她可激动了。

可惜啊,烘焙完就要带她去看蛀牙……

因为老吃烘焙点心,牙刷得不仔细,小小年纪就蛀牙了。

光是想象她见到牙医以后的样子,就有点想笑了。

上一次去全口涂氟，她就求生欲很强地试图不断和医生聊天，还妄图说服医生放弃对她进行牙科检查，又是狗腿又是好笑。

周六　晴

讨厌的裴时，昨晚竟然提早回来了，然后我一夜没睡。

今早照镜子一看，黑眼圈都出来了，裴雨蒙还笑嘻嘻来问我，妈妈你为什么一晚上没睡好呢？

你不应该问我，你应该质问你爸爸！

周日　晴

和裴时带着裴雨蒙去郊外野餐啦。

裴时很仔细地给裴雨蒙讲解了垃圾分类，野餐完非常认真地和裴雨蒙一起把垃圾都收拾好了处理掉。

结婚以后才发现，温柔的、愿意带小孩的男人才最性感了呢！

周一　小雨

虽然今天天气一般般，但是有个好消息。

裴菲来给我送结婚喜帖了！

天啊，天啊！

她终于要嫁出去了，我简直有一种嫁女儿般的老泪纵横。

结婚的对象就是那个医生，温文尔雅，看着很体贴的模样。不过菲菲在他面前倒是一点伪装也没有，还笑嘻嘻来骂我，可之前她不是装着乖巧温婉才把这男人搞到手的吗？结婚前就这样原形毕露真的好吗？

　　不过小插曲是，顾医生听到我的名字是白桃，脸上非常讶异，像是认识了我很久一样，还特意来确认"你就是白桃？你是她嫂嫂？"

　　嗯，是啊，有什么问题吗？为什么我点头后，他看了看裴菲，再看了看我，一脸的意味深长啊？

　　有古怪。

　　裴菲是不是死性不改，又背地里骂我了？

　　她再这样我也要放大招了！

　　周二　晴

　　裴菲想必收到我的大招了。

　　我把裴雨蒙给她送了过去，让她从一周一节的钢琴课，加到一周两节。

　　嘿嘿嘿。

　　不过虽然裴菲骂我她婚前都不给她省事还让她带孩子，但其实我是派裴雨蒙过去卧底的。

　　裴时和我还是挺担心裴菲的眼光的，毕竟她以前交的那些前男友都是什么牛鬼蛇神啊？这个顾医生卖相是不错，但会不会性格什么也是伪装的？

　　带小孩是验证一个男人脾气的最好的试金石，特意让裴雨蒙过去，让他俩提前带娃磨合下，看看是不是适合，我和裴时商量了一晚上，给裴雨蒙安排了好几个任务，就等她回家汇报了！

　　周三　还是晴天，好晒啊

　　裴雨蒙不辱使命，果然来汇报了！

听了她的汇报，我和裴时都感到非常感动！

顾医生人品原来这么好，对孩子超级耐心，对菲菲那臭脾气也完全能治得住，裴时和我都觉得菲菲这下终于有人管了！

周四　晴

喜上加喜！

裴菲今天领证了！虽然婚礼还没办，但是！她怀孕了！

看着沉浸在幸福和意外惊喜里的这对新晋小夫妻，我和裴时露出了"嘿嘿嘿"了然的贼笑。

年轻人就是傻。

这么早生孩子，这么早就进入育儿，有你们受的。

嘿嘿嘿。

一想起以后"熊孩子受害群体"又要增加这两员大将，我和裴时就幸灾乐祸了起来。

我决定今晚就给菲菲买点什么"佛系生活""快乐放养""人生很容易只要肯放弃"之类的育儿类心灵鸡汤，希望她这种暴脾气能提前做好心理疏导。

哈哈哈！

【全文完】

图书在版编目（CIP）数据

白桃乌龙 : 全 2 册 / 叶斐然著 . —— 南京 : 江苏凤
凰文艺出版社 , 2022.1（2023.2 重印）
ISBN 978-7-5594-6265-7

Ⅰ . ①白… Ⅱ . ①叶… Ⅲ . ①长篇小说 – 中国 – 当代
Ⅳ . ① I247.5

中国版本图书馆 CIP 数据核字 (2021) 第 188126 号

白桃乌龙 : 全 2 册

叶斐然 著

责任编辑　周颖若

特约编辑　马春雪　夏君仪

装帧设计　安柒然　鬼　哥

责任印制　刘　巍

出版发行　江苏凤凰文艺出版社

　　　　　南京市中央路 165 号，邮编 : 210009

网　　址　http://www.jswenyi.com

印　　刷　天津鑫旭阳印刷有限公司

开　　本　880 毫米 × 1230 毫米 1/32

印　　张　21

字　　数　524 千字

版　　次　2022 年 1 月第 1 版

印　　次　2023 年 2 月第 2 次印刷

书　　号　ISBN 978-7-5594-6265-7

定　　价　69.80 元（全 2 册）

江苏凤凰文艺版图书凡印刷、装订错误，可向出版社调换，联系电话025-83280257